F. PAUL WILSON

Die Kommission

Buch

In Washington kommen binnen weniger Tage vier Senatoren unter mysteriösen Umständen ums Leben. Das FBI ist alarmiert, denn alle Opfer waren Mitglieder der Marsden-Kommission, die im Auftrag des Präsidenten an der Neuorganisation des Gesundheitswesens arbeitet. FBI-Mann Gerry stößt bei seinen Ermittlungen auf den berühmten Schönheitschirurgen Duncan Lathram. Zunächst scheint es purer Zufall, daß Duncan alle verunglückten Senatoren kurz vor ihrem Tod operiert hat. Doch dann schöpft die ehrgeizige Ärztin Gina, neues Mitglied der Kommission und Assistentin bei Duncan, einen furchtbaren Verdacht: Rächt sich Duncan an der Marsden-Kommission für persönlich erlittene Schicksalsschläge? Als sich zuletzt auch Senator Marsden zu einer Operation bei Duncan einfindet, beginnt ein Wettlauf mit der Zeit ...

Autor

F. Paul Wilson, geboren und aufgewachsen in New Jersey, ist gelernter Mediziner und preisgekrönter Autor mehrerer Romane sowie einer Sammlung von Kurzgeschichten. Seinen letzten Roman *Die Prüfung*, ebenfalls ein Thriller aus der Welt der Medizin, lobte die *Brigitte* als »hochkarätigen Thriller, dessen Story an Grishams ›Die Firma‹ und Donna Tartts ›Geheime Geschichte‹ erinnert, beides aber weit hinter sich läßt«. Der Autor lebt mit seiner Frau, zwei Töchtern und drei Katzen an der Küste von New Jersey.

F. Paul Wilson im Goldmann Verlag

TWINS – Schritte ohne Spur. Roman (08126)
Leiser Verdacht. Roman (41606)
Die Prüfung. Roman (43583)

F. PAUL
WILSON

Die Kommission

Roman

Aus dem Amerikanischen
von Wulf Bergner

GOLDMANN

Die Originalausgabe erschien 1995 unter dem Titel
»Implant« bei Forge Book, New York

Umwelthinweis:
Alle bedruckten Materialien dieses Taschenbuches
sind chlorfrei und umweltschonend.
Das Papier enthält Recycling-Anteile.

Der Goldmann Verlag
ist ein Unternehmen der Verlagsgruppe Bertelsmann

Taschenbuchausgabe 12/98

Umschlaggestaltung: Design Team München
Umschlagfoto: Tony Stone/Haas
Druck: Elsnerdruck, Berlin
Verlagsnummer: 44258
JE · Herstellung: Heidrun Nawrot
Made in Germany
ISBN 3-442-44258-3

1 3 5 7 9 10 8 6 4 2

Die Woche nach dem 17. September

1

Gina

»Noch immer kein Ausschlag«, sagte jemand.

Verdammt, das sehe ich selbst, dachte Gina Panzella, während sie hilflos den Monitor anstarrte und den gleichförmigen Lichtfaden zu hypnotisieren versuchte, eine Systole oder wenigstens eine Muskelzuckung zu zeigen. Er ignorierte sie. Außer einer kleinen Sechzig-Hertz-Interferenz störte nichts seinen geruhsamen, geradlinigen Lauf.

Widerlich säuerlicher Todesgeruch lag in der Luft, und die drei Krankenschwestern des Code-Blue-Teams beobachteten Gina erwartungsvoll und fragten sich, wann sie das Offensichtliche eingestehen werde.

Also gut, sagte sie sich. Gib's endlich zu.

Sie seufzte. »Hat keinen Zweck.«

Die Krankenschwestern nickten und machten sich daran, ihre Geräte wieder auf dem Notfallwagen zu verstauen. Gina trat zurück und warf einen letzten Blick auf Mr. Nussbaums bleichen, aufgedunsenen, nackten, leblosen, zweiundfünfzigjährigen Körper mit den schlaffen Gliedmaßen. Ein gerippter Plastikschlauch ragte aus seinem Mund, Drähte führten von den an seinem Brustkorb angelegten Elektroden weg, transparente IV-Schläuche steckten in beiden Armen und unter seinem rechten Schlüsselbein. Bei ihm war gestern die Gallenblase entfernt worden, und er hatte die Operation gut überstanden. Aber heute nacht – genauer gesagt, heute morgen gegen drei Uhr fünf – war ein Herz-Kreislauf-Stillstand eingetreten, der sofort Alarm ausgelöst hatte.

Da keiner der Kardiologen im Krankenhaus gewesen war

oder noch rechtzeitig geholt werden konnte, hatte Gina als Nachtärztin die Notfallmaßnahmen geleitet. Als sie gekommen war, hatte das Team schon das Brett unter Nussbaums Körper geschoben und mit der Wiederbelebung begonnen. Gina hatte eine Intubation vorgenommen; danach hatte das Team sich unter ihrer Leitung vierzig Minuten lang um Mr. Nussbaum bemüht. Sie hatte alle verfügbaren Mittel eingesetzt: intrakardiale Injektionen, wiederholte Defibrillation, das gesamte Spektrum. Eigentlich fehlte nur noch, daß sie den Brustkorb öffnete und sein Herz mit beiden Händen massierte.

Erfolglos. Nussbaums Herz hatte beschlossen, den Dienst zu versagen, und ließ sich durch keine ihrer Bemühungen mehr umstimmen.

»Guter Code, Doc«, sagte Judy Hooper und legte Gina kurz eine Hand auf die Schulter. Judy war groß und sehr schlank und hatte lockiges blondes Haar, das ihr hageres Gesicht umrahmte; sie war Ende Dreißig – ungefähr zehn Jahre älter als Gina – und hatte schon mehr Notfälle dieser Art erlebt, als Gina hoffentlich jemals sehen würde.

»Nicht sehr gut«, antwortete Gina und nickte zu Mr. Nussbaum hinüber. »Er kommt ins Kühlfach statt auf die Intensivstation.«

»Sie haben ihm jede Chance gegeben. Zehn zu eins, daß die Autopsie eine massive PE zeigt. Dagegen ist nicht viel zu machen.«

Gina nickte. Bei derart übergewichtigen Patienten war ein Herz-Kreislauf-Stillstand im allgemeinen auf eine Pulmonarembolie zurückzuführen – auf einen großen Blutpropfen, der irgendwo aus einem Bein in die Lunge gelangte. Alle Medikamente und Elektroschocks der Welt reichten nicht aus, um eine verstopfte Lungenarterie wieder freizumachen.

»War gut, mit Ihnen zu arbeiten«, sagte Judy und fing an, Mr. Nussbaum die Elektroden abzunehmen.

Yeah, dachte Gina. Echt gut.

Sie hoffte, niemals so dickfellig zu werden, wie Hooper zu sein schien. Andererseits hätte Hooper ohne dieses dicke Fell vermutlich nicht überleben können.

Gina spürte, wie ihre verkrampften Muskeln sich im stillen Halbdunkel auf dem schwach nach Desinfektionsmitteln riechenden Korridor zu entspannen begannen. Auf halber Strecke zum Aufzug näherte sich ihr eine junge Krankenschwester. Sie hatte kurzes rotes Haar, schlechte Haut und einen beträchtlichen Überbiß. Auf ihrem Namensschild stand *T. Graves, RN.*

»Dr. Panzella, würd's Ihnen viel ausmachen, sich eine IV-Patientin in 307 anzusehen?«

»Wo ist das IV-Team?«

»Nun . . .« Die Rothaarige rieb sich nervös die Hände. »Ich bin's in dieser Schicht, aber irgendwie . . .«

Die Krankenschwester schien fast Angst vor ihr zu haben.

»Also gut, sehen wir uns die Sache mal an.«

»Oh, vielen Dank!« Sie führte Gina den rechts abzweigenden Flur entlang. »Ich kann Ihnen gar nicht sagen, wie dankbar ich Ihnen bin.«

»Keine große Affäre.«

»Nun, letzte Nacht habe ich Dr. Grady um Hilfe bei einem anderen Patienten gebeten, und er . . . er hat sich aufgeregt.«

Wie ich Grady kenne, dachte Gina, hat er dir bestimmt fast den Kopf abgerissen. Grady, im dritten Jahr Assistenzarzt in Georgetown, war hochintelligent, aber manchmal etwas zu sehr von sich selbst eingenommen. Als städtisches Krankenhaus im Nordwesten stand Lynnbrook Hospital im Schatten des Georgetown Medical Centers. Es war kein Lehrkrankenhaus wie sein berühmter Nachbar, aber es erfüllte seinen Zweck.

Gina wußte, daß einige Nachtärzte, vor allem die von sich überzeugten Kollegen, unwirsch reagierten, wenn sie gebeten wurden, einen Tropf anzulegen. Auch sie selbst ärgerte sich manchmal darüber. Schließlich unterhielt das Krankenhaus für diesen Zweck ein IV-Team und bezahlte Gina für ihre Tätigkeit als Ärztin. Aber irgendwann kamen alle, so gut sie sonst auch sein mochten, auf der Suche nach einer Vene einfach nicht mehr weiter.

»Sie liegt im Bett am Fenster«, sagte Graves. »Eine von Conways Patientinnen. Hat 'ne Lungenentzündung gehabt. Hat intravenös Antibiotika bekommen, kriegt jetzt nur noch D-5-W.

Hat von Anfang an nicht viele Venen gehabt, die jetzt alle verbraucht sind. Die letzte ist in der vorigen Nachtschicht durch Infiltration unbrauchbar geworden, und ich kann keine neue finden.«

Gina hatte eine gebrechliche alte Frau mit hagerem, verkniffenem Gesicht und kurzem weißen Haar vor sich. Die Alte saß hellwach in ihrem Bett und starrte ihnen entgegen. Sie hatte den oberen Teil ihrer Bettdecke mit beiden Händen zusammengerafft und knetete ihn wie Teig.

»Bitte schicken Sie mich heute nicht heim«, sagte sie.

»Sie soll heute entlassen werden?« fragte Gina.

Graves legte die Krankenakte der Patientin in Ginas ausgestreckte Hand. »Voraussichtlich.«

Vorn auf der Krankenakte stand *Harriet Thompson*. Achtundsiebzig Jahre alt. Dr. Conway war einer der hiesigen praktischen Ärzte: ruhig, kompetent, mit treuem Patientenstamm. Gina, die ihm hier mehrmals begegnet war, fand ihn sehr sympathisch. Sie blätterte den Stapel verschiedenfarbiger Berichte durch. Die letzte Röntgenaufnahme von Mrs. Thompsons Lunge war ohne Befund gewesen. Aufs Patientenblatt hatte Dr. Conway gekritzelt: »Morgen vormittag nochmals Entlassung versuchen.«

Gina zog das Verordnungsblatt heraus und schrieb darauf: »IV bis vormittags zurückstellen.« Sie zeichnete ihren Vermerk ab und gab der Krankenschwester die Akte zurück.

»So, damit wäre das IV-Problem gelöst.«

Graves lächelte. »Wunderbar.« Sie griff nach ihrem Körbchen mit Nadeln und Schläuchen und hastete zum nächsten Patienten auf ihrer Liste.

»Kennen Sie Dr. Conway?« fragte Mrs. Thompson.

Gina drehte sich nach ihr um. »Ein bißchen.«

»Sagen Sie ihm, daß er mich heute nicht heimschicken soll. Ich bin noch zu schwach.«

»Ich kann ihm keine Vorschriften machen. Ich habe hier nur Nachtdienst.«

»Aber ich hab' überhaupt keine Kraft mehr. Ich weiß nicht, wie ich zurechtkommen soll.«

Gina tätschelte ihre Hand. »Hören Sie, Mrs. . . .« Der Name war ihr im Augenblick entfallen.

»Thompson. Aber Sie können mich Harriet nennen.«

»Okay, Harriet. Sollte ich Dr. Conway sehen, spreche ich ihn darauf an.«

»Danke«, sagte sie und lächelte zum erstenmal. »Sie sind sehr freundlich.«

Gina hatte nicht damit gerechnet, dieses Versprechen halten zu können, aber als sie mit einer Bürste durch ihr kurzgeschnittenes schwarzes Haar fuhr und sich überlegte, ob sie sich die Mühe machen sollte, den Lippenstift aus ihrer Handtasche zu holen, kam Dr. Bill Conway ins Ärztezimmer.

»Sie machen schon früh Schluß?« fragte er lächelnd. »Fangen Sie eine eigene Praxis an?«

Er war noch jung, höchstens zwei bis drei Jahre älter als Gina, und sah sehr gut aus – er hätte einer der Brüder Baldwin sein können. Gina fand ihn sehr attraktiv, mochte seine Einstellung und mochte sein Aussehen. Aber er trug einen Ehering. Schwer verheiratet.

»Grady übernimmt meine Arbeit mit«, antwortete sie. »Zur eigenen Praxis reicht's noch nicht. An ein paar Tagen in der Woche assistiere ich Duncan Lathram.«

Er zog die Augenbrauen hoch. »Donnerwetter! Ich hab' gar nicht gewußt, daß Sie sich in so vornehmen Kreisen bewegen. Und seit wann sind Sie Chirurgin?«

»Eigentlich kann ich Chirurgie nicht ausstehen, aber was Duncan macht, ist faszinierend. Das ist richtige Kunst.«

»*Die Kunst der Nasenkorrektur*. Guter Titel für ein Buch.«

»Warum nicht? Wenn Donald Trump eines schreiben kann, warum dann nicht auch Duncan Lathram? Es fände bestimmt reißenden Absatz innerhalb Washingtons. Oh, übrigens ist der Tropf bei einer Ihrer Patientinnen durch Infiltration letzte Nacht unbrauchbar geworden, und ich habe ihn abstellen lassen, bis Sie kommen.«

»Thompson auf Drei Nord?«

»Richtig. Ihre Venen sind hinüber.«

»Verdammt!«

Gina wunderte sich etwas über Conways Reaktion. Sie hatte keinen zwingenden Grund für einen Tropf gesehen.

»Schließlich blieb immer eine Subklaviapunktion, wenn Sie glauben, daß...«

»Nein, darum geht's nicht. Das PRO hat mich gedrängt, sie an die Luft zu setzen. Den Richtlinien nach braucht sie keine Krankenhausbehandlung mehr: Ihre Lungenentzündung ist abgeklungen, folglich muß sie hier raus.«

»Sie hat davon gesprochen, wie schwach sie sich fühlt und daß sie sich davor fürchtet, heim zu müssen.«

Er nickte. »Eine dieser wundervollen Situationen, in der auf dem Papier alles gut aussieht: Röntgen ohne Befund, Fieber zurückgegangen, Blutbild wieder normal, Elektrolythaushalt ausgeglichen – aber in Wirklichkeit kann sie sich nicht allein versorgen. Bekommt erst in einer Woche einen Platz in einem Pflegeheim, fürchtet sich schrecklich davor, eine Fremde in ihre Wohnung aufnehmen zu müssen. Sie hat eine Tochter in San Diego, die nicht kommen kann oder will, um Mom für ein paar Tage zu versorgen. Was soll ich also tun?«

»Sie vom PRO weiterbehandeln lassen«, schlug Gina vor.

»Yeah, richtig«, sagte Conway. »Wann haben diese Bürokraten ihren letzten Patienten behandelt? Hätten sie eigene Praxen, hätten sie keine Zeit, ihre Nasen in die Krankenakten anderer Leute zu stecken.« Er seufzte. »Der Tropf ist überflüssig, aber immerhin eine Ausrede dafür gewesen, sie noch ein paar Tage hierzubehalten. Aber wenn da nichts mehr läuft, werden sie massiv auf ihre Entlassung drängen. Wollen Sie mal raten, wann ich einen Anruf von der Verwaltung bekomme?«

»Irgendwann kurz nach dem Mittagessen, würde ich sagen.«

Sie wußte genau, was der Krankenhausverwaltung Sorgen machen würde: Geld. Der PRO-Ausschuß konnte Mrs. Thompson nicht rauswerfen, aber er würde entscheiden, ihr Zustand erfordere keine Krankenhauspflege mehr. Daraufhin würde Medicare alle weiteren Zahlungen einstellen. Das Krankenhaus würde für die Kosten aller Zusatztage aufkommen müssen, und Dr. Conway würde ab heute kein Honorar mehr erhalten. Gina war sich ziemlich sicher, daß es Conway völlig egal war, ob er

Mrs. Thompson ein paar Tage lang kostenlos behandelte. Aber sie bezweifelte, daß das Krankenhaus die Sache so locker sehen würde.

Gina fragte sich wieder einmal, ob sie wirklich eine Privatpraxis eröffnen wollte. Manchmal kam ihr die Vorstellung, bis ans Ende ihrer Tage Nachtdienst im Krankenhaus zu machen, gar nicht so übel vor.

»Was haben Sie also vor?«

Conway zuckte mit den Schultern. »Der Teufel soll sie alle holen. Sie bleibt, bis sie selbst so weit ist.«

Gina reckte einen Daumen hoch und winkte ihm abschiednehmend zu. Aber sie fragte sich, wie lange er diesem Druck würde standhalten können.

Die Sonne stand am Himmel, die Luft war frisch und belebend, und die Vögel zwitscherten wie ein Zimmer voller Monitore mit Herzrhythmusstörungen. Sie stieg in ihren alten roten Pontiac Sunbird und fuhr nach Hause. Aber nicht, um ins Bett zu gehen. Sie hatte eine wichtige Besprechung vor sich. Für Schlaf war heute keine Zeit.

Gina war nicht müde. Bis vor wenigen Monaten hatte sie als Assistenzärztin im Internal Medicine/Public Policy Program der Tulane University über hundert Stunden pro Woche gearbeitet. Jetzt kam sie mit drei Zwölfstundenschichten als Nachtärztin im Lynnbrook Hospital, Untersuchungen vor Operationen und drei Vormittagen Operationsassistenz in Duncan Lathrams Surgicenter auf insgesamt nur etwa sechzig Wochenstunden.

Fast wie Urlaub. Sie wußte beinahe nicht, was sie mit soviel Freizeit anfangen sollte.

Nun, das stimmte nicht ganz. Sie wußte zumindest, was sie gern damit angefangen *hätte*. Senator Hugh Marsden war Vorsitzender der Kommission für ärztliche Ethik und Richtlinien zur Berufsausübung. Sie wollte zu seinem Stab gehören, sie wollte an Gesetzen mitarbeiten. Und um zehn Uhr hatte sie einen Vorstellungstermin in seinem Büro.

Alle ihre Freunde und Bekannten hielten sie für verrückt. Sie hatte sich bemüht, ihren Eltern zu erklären, worum es ihr ging, aber selbst das war schwer.

Gewiß, eine tiefgreifende Gesundheitsreform war auf Eis gelegt worden, aber ihre letztendliche Unumgänglichkeit brachte das gesamte Gesundheitswesen durcheinander. Gegen Ende ihrer Assistenzarztzeit in Tulane hatte sie sich umgesehen und sich gefragt, wohin sie gehen, was sie tun und wo sie sich am nützlichsten machen könne. Sie hatte alles gelesen, was sie finden konnte, jeden gefragt, dessen Rat ihr wertvoll erschien, und schließlich erkannt, daß die Zukunft der Medizin in Washington entschieden werden würde – von Leuten, die nahezu nichts davon verstanden. Folglich konnte sie für ihre Patienten – und den Arztberuf im allgemeinen – unter Umständen in Washington mehr tun als in einer aus Fachärzten bestehenden Gemeinschaftspraxis in Louisiana, die ihr ein attraktives Anfangsgehalt geboten hatte.

Die Medizin verwandelte sich jetzt in ein Spiel mit neuen Regeln, deshalb wurde es vermutlich Zeit für eine neue Spezies von Ärzten, die in beiden Welten zu Hause war – die Medizin praktizierten und trotzdem Einfluß auf die Abgeordneten und Senatoren hatten, die diese Regeln beschlossen. Waren diese neuen Ärzte geschickt, einsatzfreudig und kenntnisreich genug, was die Festlegung solcher Regeln betraf, konnten sie sich vielleicht genug Achtung und Glaubwürdigkeit verschaffen, um entscheidenden Einfluß zu haben.

Gina war seltsamerweise davon überzeugt, zu diesen Ärzten zu gehören.

Überzeugt genug, um den Mann, den sie liebte, zu verlassen, und in die Gegend, in der sie aufgewachsen war, zurückzukehren, um sich dort zu behaupten.

Sie blinzelte, als lasse die Erinnerung an Peter Hansons verzweifelten Abschiedsblick sich so verdrängen. Sein sonst immer tadellos frisiertes braunes Haar war regennaß gewesen, in seinen dunklen Augen hatte ungläubiger Schmerz gestanden, als sie auf die Gangway zugegangen war. Sie erinnerte sich, wie sie ihm zugewinkt hatte, wie sie sich hatte beherrschen müssen, nicht zurückzulaufen und sich in seine Arme zu werfen. Aber sie hatte in tiefster Seele gewußt, daß sie sich ewig fragen würde, was hätte sein können, wenn sie nicht wenigstens diesen einen Versuch wagte. Sie hatte keine Lust, den Rest ihres Lebens damit zu verbringen, sich bedauernd zu fragen: »Was wäre gewesen, wenn ...«

Sie wollte jetzt nur eine Chance, ihre Fähigkeiten zu beweisen. Den ersten Schritt auf dem Weg dorthin sollte sie in einigen Stunden tun können. Sie schickte ein stummes Gebet gen Himmel: Laß mich diese Chance nicht vertun.

2

Auf dem Kapitol

Gina ertappte sich dabei, daß sie an einem Fingernagel kaute, als sie auf dem U-Bahnhof Union Station mit der Rolltreppe von der Metro zur Straßenebene hinauffuhr. Sie vergrub ihre Hand hastig in ihrer Jackentasche. Nervös. Zuviel Kaffee und einfach Lampenfieber. Die nächste Stunde konnte für ihre weitere berufliche Laufbahn entscheidend sein.

Sie sah sich um. Durch die Metro hatte Washington seit ihrer Kindheit am meisten gewonnen, das stand fest. Gewiß, die Denkmäler waren herausgeputzt, und die Freiheitsstatue auf dem Kapitol war renoviert worden, aber Gina war gleich jenseits des Flusses aufgewachsen. Die Sehenswürdigkeiten, derentwegen andere Leute Tausende von Meilen reisten, waren für sie alltäglich. Aber die Metro – *das* war Fortschritt. Für die drei Meilen lange Autofahrt von ihrem Apartment im Stadtteil Adams Morgan konnte man bis zu einer Dreiviertelstunde brauchen. Im Gegensatz dazu gab es in der Metro keine Staus, keine mühsame Parkplatzsuche, nur ein kurzer Spaziergang zur Connecticut Avenue, beim Zoo in die Rote Linie einsteigen – und ein paar Minuten später war sie in der Union Station.

Auf der Straßenebene war die Luft drückend schwül. Links von ihr hockte ein zerlumpter Obdachloser auf einer Holzbank und schwatzte in ein Handy. Gina bezweifelte, daß das Gerät wirklich funktionierte, aber es war ein großartiges Requisit für jemanden, der gern Selbstgespräche führte.

Gina erinnerte sich, wie sie als Kind auf diesem Bahnhof gewesen war, wenn sie Mama begleitet hatte, um Papa nach einem seiner regelmäßigen Besuche bei seiner in New York lebenden Mutter abzuholen. Hier hatte sie immer Angst gehabt. Damals war die Union Station ein kalter, unheimlicher Bau gewesen: ein höhlenartiges Mausoleum aus fleckigem Granit und düsteren Ecken, dessen nähere Umgebung nach Einbruch der Dunkelheit berüchtigt gefährlich war.

Jetzt befand sich hier eine Einkaufspassage mit Dutzenden von Boutiquen für Kleidung und Accessoires, Restaurants, einer Apotheke und sogar einem B Dalton. Und die nähere Umgebung mit dem Postmuseum auf der einen Seite und dem Federal Judiciary Center auf der anderen war ebenfalls saniert worden. All die heruntergekommenen Sandsteinhäuser entlang der Massachusetts Avenue schienen in Restaurants umgewandelt worden zu sein.

Welche Veränderung.

Aber sie wußte, daß die magische Wirkung dieser Luxussanierung schon wenige Blocks weiter östlich wieder verebbte. Dort, außer Sichtweite der Touristen, der Politiker und ihrer Mitarbeiter, gab es verfallene Häuser, rostige Autowracks, Armut und Verbrechen wie in früheren Zeiten.

Sie ging am Kolumbusdenkmal auf dem halbkreisförmigen Bahnhofsplatz vorbei, schlängelte sich zwischen Touristenbussen durch, deren Motoren im Leerlauf brummten – selbst an diesem schwülen Montagmorgen drängten sich hier bereits Touristen –, wich einem gelben Lastwagen aus, lief über die Massachusetts Avenue und erreichte einen der kleinen Parks, mit denen der zum Kapitol hinaufführende Hügel übersät war. Dieser eine wirkte irgendwie irreal: makellos gepflegter Rasen, keinerlei Abfälle, ordentliche Reihen von Bäumen, von denen jeder mit Gattung und Familie bezeichnet war.

Welcome to Federal World.

Sie ging schräg nach links weiter, bahnte sich einen Weg zwischen Beamten in Anzügen und Touristen in T-Shirts durch und erreichte die First Street. Dort warf sie einen Blick auf ihre Skizze: Sie war als Kind oft auf dem Kapitol gewesen – aber nie in einem der Bürogebäude des Senats. Rechts vor ihr stand das Russell Building mit seinen weißen Klötzen, links erhob sich das Dirksen Building. Sie hastete an dem mit Stauden und Blumenrabatten abgetrennten Parkplatz vor dem Dirksen Building mit dem Schild *Nur für Staatsbedienstete* vorbei – hoffentlich würde sie dort bald einen festen Platz bekommen –, folgte der Constitution Avenue, bog hinter dem Dirksen Building links ab und kam an mehreren verwegen gekleideten Radkurieren vorbei, die mit aufgesetzten Helmen auf dem Gehsteig herumlungerten und auf einen Anruf über die in ihren Westen steckenden Funkgeräte warteten. Ihr Ziel war der nächste Gebäudeblock aus weißem Marmor, das Hart Building.

In der Eingangshalle, ebenfalls aus weißem Marmor, nannte Gina einem uniformierten Wachmann ihren Namen und trug sich ins Besucherverzeichnis ein. Sie wurde angewiesen, ihre Handtasche auf ein Förderband zu legen. Während das Röntgengerät ihre Tasche verschluckte, ging sie selbst durch den Metalldetektor. Genau wie auf einem Flughafen.

Auch hinter den Wachmännern ragte weißer Marmor auf – das ganze Gebäude schien daraus zu bestehen. Ein nicht sehr langer Korridor mit Bäumen in Pflanzkübeln führte in den riesigen zentralen Kuppelsaal des Hart Building.

Gina blieb unwillkürlich stehen, so imposant war die bloße Masse der riesigen schwarzen Stahlskulptur, die den Raum beherrschte. Wildgezackte Gipfel, die in mehreren Reihen bedrohlich schwarz vor dem weißen Hintergrund aufragten, schienen nach dem durch die Glaskuppel einfallenden Sonnenlicht zu greifen. Zwischen Kuppel und Gipfeln schwebte ein ebenso riesiges Mobile aus schwarzen Stahlscheiben.

Schwarze Berge und schwarze Wolken in einem weißen Raum. Eindrucksvoll. Aber ihre nervöse Anspannung hinderte sie daran, diesen Eindruck wirklich zu genießen. Sie mußte weiter, mußte nach oben, mußte Senator Marsdens Büro finden.

Auf ihrem Weg durch den Kuppelsaal fiel ihr ein Mann auf, der sie anstarrte. In seinem grauen Anzug hätte er einer der vielen tausend Assistenten sein können, die in den Senatsgebäuden arbeiteten. Sie fand, er sehe recht gut aus: ungefähr dreißig, groß, kurzgeschnittenes blondes Haar, blaue Augen, energisches Kinn. Aber warum starrte er sie so an? Dabei unterschied ihre Kleidung sich nicht wesentlich von der anderer Frauen, die durch den Kuppelsaal gingen. Nichts Besonderes an ihrem schlichten dunkelblauen Nadelstreifenkostüm – nur ein knielanger Rock und eine kurze, auf Figur geschnittene Jacke. Warum gaffte er sie also an, als trage sie zu einem aufregenden Minirock nichts als ein Top mit Spaghettiträgern?

Das war ihr peinlich. Gina war froh, als sie ein Hinweisschild zu den Aufzügen sah. Sie bog um eine Ecke und brachte etwas weißen Marmor zwischen sich und den Blonden.

Nur für Senatoren stand an dem letzten der nebeneinander angeordneten Aufzüge. Gina fuhr mit einer der hellbeleuchteten Plebejerkabinen in den siebten Stock hinauf und machte sich auf die Suche nach SH-752 – Senator Marsdens Büro.

Die Büros umgaben den Kuppelsaal; vom Verbindungskorridor aus – in Wirklichkeit ein Teil der Treppe, die an den Innenwänden dieses Saals nach oben führte – konnte man ins Erdgeschoß hinabblicken und hatte die Skulptur schon unter sich. Gina fiel auf, daß die Oberkanten des Mobiles mit einer pulverartigen grauen Schicht bedeckt waren. Die Wolken mußten dringend abgestaubt werden.

Unten im Erdgeschoß sah sie jemanden mitten im Kuppelsaal stehen – als ruhenden Pol, während um ihn herum alles in Bewegung war. Wieder der Mann in dem grauen Anzug, der sie unverwandt anstarrte.

Welches Problem haben Sie, Mister?

Gina wandte sich ab und ging rasch davon. Die Nummer 752 fand sie am anderen Ende des Korridors. Auf einem schlichten schwarzen Schild an der Eichentür stand *Sen. H. Marsden*. Jalousien mit senkrechten Lamellen versperrten ihr den Blick durch die bis zum Boden reichenden Fenster auf beiden Seiten der Tür. Sie wollte nach der Türklinke greifen, zögerte dann jedoch.

Lächerlich! dachte sie, während sie ihre feuchten Handflächen an ihrem Rock trockenrieb. Du hast die Aufnahmeprüfung bestanden, die Medical School absolviert und als Assistenzärztin gearbeitet; du hast fast schon Tote ins Leben zurückgeholt und bis zu deinen Ellbogen in Blut und Eingeweiden gesteckt – und hier bist du nervös wie ein kleines Schulmädchen vor dem Büro des Direktors.

Sie drückte die Klinke herab und trat ins Vorzimmer.

Die hab' ich schon mal gesehen.

Gerald Canney starrte weiter zu dem Geländer im siebten Stock hinauf, von dem die attraktive Schwarzhaarige eben zurückgetreten war.

Aber wo?

Er war stolz auf seine Fähigkeit, sich an Gesichter zu erinnern und sie mit den richtigen Namen in Verbindung zu bringen. Das war zum Teil auf eine angeborene Begabung, zum Teil auf seine Ausbildung an der FBI Academy in Quantico zurückzuführen. Special Agents mußten imstande sein, Gesichter mit angeklebten Bärten, hinter Sonnenbrillen, unter jeder Maske wiederzuerkennen.

Aber diese junge Frau war nicht maskiert gewesen. Er hatte ihr Gesicht deutlich vor sich gehabt; es hatte ihn geradezu herausgefordert, sie wiederzuerkennen. Warum konnte er es dann nicht?

War sie vielleicht irgendwie in den Fall verwickelt, den er gerade bearbeitete? Der verstorbene große Senator Richard A. Schulz hatte sein Büro hier im Hart Building gehabt – hatte es gewissermaßen noch immer, bis sein Nachfolger benannt war. Gerry war vorhin wieder oben gewesen, um die nachgelassenen Akten des Senators zu sichten.

Er seufzte. Der Fall Schulz hatte das FBI in gewisse Verlegenheit gebracht. Sie hatten einen Tip bekommen, der gute Senator habe Honorare nicht versteuert; da Gerry im Dezernat Korruptionsbekämpfung arbeitete, war er der Ermittlergruppe zugeteilt worden.

Schulz wurde verdächtigt, in alle möglichen zweifelhaften Geschäfte verwickelt zu sein. Die Ermittler waren dabei, die Schlinge zuzuziehen, als er vom Balkon seines Apartments in den Tod stürzte.

War er gefallen oder gesprungen? Das FBI wußte es nicht. Festzustehen schien jedoch, daß er in seinem Apartment allein gewesen war, als er übers Balkongeländer gestürzt war.

Wie hätte er fallen können? Das Geländer war einen Meter zwanzig hoch. Er hätte es besteigen müssen, um darüberkippen zu können, aber dafür gab es keinen logischen Grund – keine Pflanzen, die gegossen werden mußten, keine Lichterkette, in der eine Glühbirne hätte ausgewechselt werden müssen.

Also blieb nur ein Sprung. Hatte er von den Ermittlungen erfahren und aus Angst Selbstmord begangen? Eher unwahrscheinlich. Gerry hatte die beiden letzten Geliebten des Senators befragt, die nichts voneinander wußten. Die eine stand mit einundvierzigtausend Dollar Jahresgehalt als »Assistentin« auf der Gehaltsliste seines Büros. Aber dort wußte niemand, wie sie aussah, denn sie war nie zur Arbeit gekommen. Die andere war als Lobbyistin für den Verband der Elektronikhersteller tätig.

Vielen Abgeordneten und Senatoren konnte vorgeworfen werden, sie unterhielten intime Beziehungen zu bestimmten Interessengruppen; Schulz hatte diesen Ausdruck offenbar wörtlich genommen. Beide Frauen sagten übereinstimmend aus, der Senator habe bis zu seinem letzten Tag niemals Streß oder Ängste erkennen lassen. Auch sein Physiotherapeut, der Schulz wegen leichter Rückenschmerzen noch eine Stunde vor seinem Tod mit Ultraschall behandelt hatte, hatte bestätigt, er sei wie immer bester Laune gewesen.

Was war Senator Schulz also zugestoßen?

Gerry wußte es nicht. Deshalb war er an diesem Morgen in Schulz' Büro gewesen. Dieses Büro lag genau in dem Korridor, in dem die geheimnisvolle Unbekannte eben verschwunden war. Und Schulz war zeit seines Lebens ein Schürzenjäger, ein *legendärer* Schürzenjäger gewesen.

Eine dritte Geliebte?

Nein, das hielt Gerry für unwahrscheinlich. Schulz' Büro war seit seinem Tod versiegelt. Dorthin brauchte niemand zu gehen. Sie wäre nicht hineingekommen.

Aber die junge Frau arbeitete nicht hier. Das hatte Gerry daran gemerkt, wie unsicher sie durch den Kuppelsaal gegangen war, wie sie die Skulptur angestaunt und sich dann nach den Aufzügen umgesehen hatte. Dies war offensichtlich ihr erster Besuch im Hart Building.

Wer war sie also?

Das ließ sich leicht feststellen. Er brauchte nur zum Eingang an der Constitution Avenue zu gehen und im Besucherverzeichnis nachzusehen. Aber das wäre Betrug gewesen.

Hey, du bist als Special Agent ausgebildet, sagte er sich. Du kannst das Geheimnis dieser rätselhaft vertrauten dunkelhaarigen Schönheit lösen, ohne dich durch einen Blick ins Besucherverzeichnis erniedrigen zu müssen.

Deshalb stand FBI Special Agent Gerald Canney jetzt mitten im Kuppelsaal und ging in Gedanken alle Frauen durch, die er kannte. Nach fünf Minuten ging er zum Besuchereingang hinüber und zeigte seinen Dienstausweis vor.

»Kann ich mal das Besucherverzeichnis von heute morgen sehen?«

Die Frau schob ihm ein Schreibbrett über den Tisch. Gerry überflog die Namen, wobei er sich auf die Besucherinnen konzentrierte. Ihren Namen würde er erkennen, sobald er ihn sah. Bestimmt! Er würde ihm sofort auffallen.

Er übersprang einen Namen, kam wieder darauf zurück.

Regina Panzella.

Regina Panzella ... wieso kam ihm dieser Name bekannt vor? Panzella klang vertraut, nur nicht mit diesem Vornamen. Nicht Regina ... nicht Gina ... Was gehörte zu Panzella?

Pasta.

Großer Gott! Pasta Panzella. Aber das war unmöglich. Völlig ausgeschlossen! Pasta war ... nun ... ziemlich dick gewesen. Deshalb hatte sie diesen Spitznamen bekommen. Richtig fett. Aber diese junge Frau war alles andere als fett.

Und trotzdem ...

Irgendwas an ihrem Gesicht ... dachte er sich die Pausbacken weg, an die er sich erinnerte, und ersetzte Pastas wilde Mähne durch einen modischen Kurzhaarschnitt, konnte sie's gewesen sein. Er hatte sie seit über zehn Jahren nicht gesehen, aber ... ja, verdammt noch mal, sie konnte Pasta sein!

Gerry sah auf seine Uhr. Er wurde in der Dienststelle zurückerwartet, um mit Ketter über den Fall Schulz zu sprechen, aber sie hatten keinen festen Termin vereinbart. Also konnte er noch eine Zeitlang hier herumhängen und darauf warten, daß sie vielleicht wieder auftauchte.

Pasta Panzella ... eigentlich fast unglaublich.

»Okay«, sagte Joe Blair, Senator Marsdens Stabschef. »Schluß mit dem Gequatsche übers Büro. Reden wir jetzt von Ihnen.«

Wirklich? dachte Gina. Du willst endlich aufhören, von dir zu erzählen, und tatsächlich ein Einstellungsgespräch mit mir führen? Stehst du das auch durch?

Blair war ungefähr in ihrem Alter, hatte schütteres braunes Haar, braune Augen, blasse Haut und einen dünnen Schnurrbart. Er trug ein kurzärmliges weißes Hemd, eine unauffällige Krawatte und eine dunkelblaue leichte Hose. Für den Stabschef eines US-Senators wirkte er ziemlich jung, aber aus den Geschichten, die er erzählt hatte – alle mit einem gewissen Joseph Blair als Hauptperson –, ging hervor, daß er seit acht Jahren auf dem Kapitolshügel arbeitete – seit er die Cornell University mit einem Diplom in Politikwissenschaft verlassen hatte. Dies war der dritte Senator, für den er arbeitete, und wenn man Joe glauben wollte, hatte er gesetzgeberisch erheblich mehr geleistet als jeder Senator, dessen Stab er bisher angehört hatte.

Ein eingebildeter Affe. Er erinnerte sie an einen Orthopäden, der in Tulane als Assistenzarzt einer ihrer Kollegen gewesen war.

Gina hatte den Eindruck gehabt, Senator Marsden werde das Einstellungsgespräch mit ihr persönlich führen.

»Der Senator hat eine wichtige Sitzung«, hatte Joe Blair ihr erklärt.

»Oh.« Sie tat ihr Bestes, um ihre Enttäuschung zu verbergen.

»Außerdem kümmert der Senator sich nicht um Einstellungen und Entlassungen. Dafür bin ich zuständig.«

Großartig! Ihre Enttäuschung machte schlimmen Befürchtungen Platz. Sie hatte deutlich den Eindruck, Blair könne sie nicht leiden.

Blair machte mit ihr einen raschen Rundgang durchs Büro. Das kleine Vorzimmer mit dem Empfangspersonal – einmal männlich, einmal weiblich – und seinem an ein Zahnarztwartezimmer erinnernden antiseptischen Ambiente hatte sie schon gesehen. Der Raum dahinter war viel größer und unordentlicher – ein richtiges Arbeitsbüro mit Möbeln im Baukastensystem, übervollen Schreibtischen, vollgepackten Bücherregalen, leuchtenden Computerbildschirmen, leeren Kaffeebechern und Papieren und Ordnern auf sämtlichen verfügbaren waagrechten Flächen. Und mit Telefonen. Überall standen Telefone, jedes mit dem kleinen Siegel des amerikanischen Senats.

Das Büropersonal arbeitete auf zwei Ebenen, die durch eine mittig angeordnete Treppe verbunden waren. Diese beiden Geschosse hatten mehr Bürofläche, als den meisten anderen Senatoren zur Verfügung stand, denn Marsden vertrat einen der größeren Staaten, und auf dem Kapitolshügel erfolgte die Raumverteilung strikt nach der Bevölkerungszahl.

Das Obergeschoß sah nicht viel anders aus als das untere, aber dort oben befand sich neben einem kleinen Aufenthaltsraum das Computerzimmer mit der Zentraleinheit für das Netzwerk des gesamten Büros. Aber der erstaunlichste Raum im Obergeschoß war der Postraum mit seinen Briefkörben, zahllosen Briefkörben. Blair erklärte ihr, die legislativen Korrespondenten im Stab des Senators hätten im Wochendurchschnitt zehn- bis fünfzehntausend Briefe zu sortieren, abzulegen und zu beantworten.

Blair beschloß, das Einstellungsgespräch im Büro des Senators zu führen. Gina staunte über die spartanische Einrichtung. Sie hatte schwere Eichenholztäfelung, hochflorigen Teppichboden, indirekte Beleuchtung, einen großen Ledersessel, einen riesigen Schreibtisch mit dem Siegel des amerikanischen Senats und dahinter einen Ständer mit der US-Flagge und der Flagge seines Heimatstaats erwartet – wie im Film. Aber Marsden machte sich offenbar nicht viel aus Statussymbolen. Sein schnörkelloser Schreibtisch und der Stuhl dahinter bestanden aus irgendeiner undefinierbaren Holzart und wirkten im Licht der durch die hohen Fenster fallenden Vormittagssonne leicht abgenutzt. Auf und neben dem Schreibtisch lagen Aktenstapel. An den Wänden hingen einige Diplome und Plaketten, aber auch gerahmte Familienfotos. Das Bücherregal war bis zum Bersten voll. Über dem Papierkorb war ein winziger Basketballkorb befestigt.

Gina war sich schon jetzt ziemlich sicher, daß sie Senator Marsden mögen würde.

Aber zuerst mußte sie mit seinem Stabschef klarkommen.

Blair und sie saßen sich am Couchtisch in der Besucherecke des Büros gegenüber. Blair gab noch ungefähr zehn Minuten lang damit an, wie entscheidend es auf seine Fähigkeiten ankomme, wenn es darum gehe, Gesetze des Senators an den Untiefen des Gesetzgebungsverfahrens vorbeizulotsen. Dabei wechselte sein Blick ständig zwischen ihren Beinen und ihrem Busen. Gina zog den Rocksaum etwas weiter über ihre Knie.

Sie hatte hübsche Beine und trug BH-Größe 85C. Was wollte er sonst noch wissen?

Vielleicht hätte sie einen Hosenanzug anziehen sollen.

Schließlich begann er, in ihrem Lebenslauf zu blättern.

»Sehr eindrucksvoll«, sagte er, »aber ich sehe hier nichts über eine Parteizugehörigkeit.«

»Ich bin politisch unabhängig«, antwortete Gina.

Er sah kurz zu ihr auf, als habe sie gerülpst, dann räusperte er sich. »Die Parteizugehörigkeit ist sehr wichtig. Wir müssen wissen, wem wir vertrauen können.«

»Gehöre ich zu Ihrem Stab, können Sie mir vertrauen. Wollen Sie eine ehrliche Antwort, gebe ich sie Ihnen. Weiß ich die Antwort nicht, mache ich mich sachkundig.«

Er starrte sie an. »Hmmm, ich weiß nicht ... Den Senator hat beeindruckt, daß eine praktizierende Ärztin – vor allem eine junge – sich um eine Stellung als legislative Assistentin bei der Ausarbeitung des Richtliniengesetzes bewirbt. Sagen Sie mir: Was könnten Sie Ihrer Meinung nach in den Ausschuß einbringen, das wir nicht schon haben?«

Auf genau diese Frage hatte Gina schon lange gewartet.

»Ich kann eine Menge einbringen. Erstens ...«

»Sie kennen die Geschichte des Ausschusses, nicht wahr?«

fragte er. Gina nickte, aber Blair war nicht mehr zu bremsen. »Nun, vor einigen Jahren, als Sie noch in der Ausbildung waren, bevor ein Programm für das staatliche Gesundheitswesen und eine Krankenversicherung für jedermann zum Thema wurden, hat Senator McCready, ein führendes Mitglied des Ausschusses für Arbeit und menschliche Ressourcen, im Senat sein Gesetz über Richtlinien für die ärztliche Berufsausübung eingebracht. Ungefähr zur gleichen Zeit hat Congressman Allard ein sehr ähnliches Gesetz im Kongreß eingebracht. Daraufhin ist in seltener Kooperationsbereitschaft ein gemeinsamer Ausschuß ins Leben gerufen worden. Bei den Anhörungen hat Senator McCready den Vorsitz geführt, aber er ist gestorben, bevor das Gesetz in einem der beiden Häuser eingebracht werden konnte. Nachdem einer der Hauptinitiatoren ausgefallen war, ist das Gesetz im Ausschuß gestorben.«

Gina nickte. »Aber Anfang dieses Jahres hat der Präsident eingegriffen.«

»Ja, stimmt. Er hat Senator Marsden *persönlich* gebeten, den McCready-Ausschuß wiederzubeleben. Aber nach seinem Willen soll das Gesetz nicht nur Richtlinien zur Berufsausübung, sondern auch Grundsätze der ärztlichen Ethik festschreiben.«

»Und dafür brauchen Sie mich«, warf Gina rasch ein, bevor Blair mit seinem heruntergeleierten Bericht fortfahren konnte. »Ich bin eine Internistin, die eine Kassenzulassung beantragen könnte – eine voll ausgebildete Ärztin, die Erfahrung mit Fragen des öffentlichen Gesundheitswesens hat. Sie werden Unmengen von Sachverständigenaussagen sammeln – viele davon widersprüchlich. Deshalb brauchen Sie jemanden wie mich, der sie sichtet und die Spreu vom Weizen trennt. Wenn Senator Marsden . . .«

»Den Enthusiasmus des Senators über die Aussicht, eine Ärztin an Bord zu haben, teile ich ganz offen gesagt nicht«, sagte Blair, indem er sie anstarrte. »Ich denke, das könnte zuviel Verwirrung, vielleicht sogar Streit mich sich bringen. Also, was können Sie tun oder sagen, um mich umzustimmen?«

Bei Gina verursachte der Blick, mit dem er das sagte, eine Gänsehaut. Aber sie beschloß, nicht darauf zu achten.

»Ich glaube, um einen ausgeglichenen Entwurf vorlegen zu können, brauchen Sie alle Gesichtspunkte. Ich kann dem Senator eine wertvolle Perspektive eröffnen, die er im Augenblick nicht sieht, zu der er wenig Zugang hat. Die besten Generale halten sich immer über die Verhältnisse in den Schützengräben auf dem laufenden. Ich kann . . .«

Blair sah auf seine Armbanduhr. »Was, schon so spät? Wir haben das Zeitlimit, das ich mir gesetzt hatte, längst überschritten.« Er klappte ihren Ordner zu und stand auf. »Nun, ich danke Ihnen, Dr. Panzella.« Er ging zur Tür, um sie ihr aufzuhalten. »Ich werde mit dem Senator über Ihre Bewerbung sprechen. Wir melden uns bei Ihnen, falls er sich dafür entscheidet, Sie einzustellen.« Sein Blick war kalt, seine Miene völlig ausdruckslos. »Sie finden wohl selbst hinaus?«

»Natürlich«, sagte Gina. Sie rang sich ein Lächeln ab.

Es versetzte ihr einen Stich, denn die Botschaft lautete unmißverständlich: Rufen Sie uns nicht an, wir rufen Sie an.

Ginas Lächeln erstarb, als sie sich zwischen den Glastrennwänden hindurchschlängelte und das Vorzimmer durchquerte. Was für ein alptraumhaftes Vorstellungsgespräch! Schlimmer hätte es kaum ablaufen können. Woraus bestand Blairs Problem? Fühlte er sich durch sie bedroht? Oder wollte er etwas von ihr? *Was können Sie tun oder sagen, um mich umzustimmen?* Was hatte er *damit* gemeint? Was hätte sie tun sollen – vielleicht ihren Rock heben?

Sie spürte, daß sie vor Wut unwillkürlich die Zähne zusammenbiß. Ein kleiner Mann mit ein bißchen Macht ergab ein großes Problem. Würde das in Zukunft immer so sein?

Bei der Fahrt nach unten hatte sie den Aufzug für sich allein. Sie lehnte sich an die Seitenwand und kämpfte gegen ihre Enttäuschung an. Okay, sie würde wahrscheinlich nicht im Stab des Ausschußvorsitzenden mitarbeiten können. Darauf war sie vorbereitet gewesen – nicht auf solchen Scheiß, sondern auf die reale Möglichkeit, daß der Senator glauben würde, sie nicht zu brauchen. Der Ausschuß hatte sechs weitere Mitglieder . . . nein, Korrektur: Der Abgeordnete Lane war vor einigen Wochen bei einem Verkehrsunfall umgekommen. Im Augenblick gehörten dem Ausschuß also noch fünf Abgeordnete und Senatoren an. Als wichtigster Abgeordneter war Congressman Allard logischerweise der Mann, bei dem sie sich als nächstes bewerben mußte. Für den Fall, daß hier etwas schiefging, hatte Gina für Mittwochmorgen ein Vorstellungsgespräch mit ihm vereinbart. Nun sah es danach aus, als würde sie diesen Termin einhalten müssen.

Sie trat aus der Kabine und ging um die Ecke in den Kuppelsaal weiter. In diesem Augenblick hörte sie links hinter sich eine Männerstimme.

»Entschuldigung, aber hat das Wort ›Pasta‹ irgendeine besondere Bedeutung für Sie?«

Sie erstarrte. Das war ein Name, den sie seit ihrer Schulzeit nicht mehr gehört hatte. Ein Name, den sie nie mehr hatte hören wollen.

Gina drehte sich um. Schon wieder er. Oder noch immer. Der Blonde in dem grauen Anzug. Auf seiner Stirn und der rechten Wange sah sie jetzt einige dünne Narben, die ihr vorhin nicht aufgefallen waren. Er trat etwas näher heran und starrte ihr ins Gesicht, wie die Kinder in der Pädiatrie die Wo-ist-Waldo-Puzzle anstarrten. Was wollte er von ihr?

Aber dann kam er ihr irgendwie bekannt vor. Wenn sie sich sein Haar zehn bis fünfzehn Zentimeter länger vorstellte...

Er streckte ihr seine Hand hin. »Mein Gott, du bist's wirklich! Ich weiß nicht, ob du dich aus der High-School an mich erinnerst, aber ich bin...«

Plötzlich fiel ihr sein Name ein. »Gerry!« Sie schüttelte ihm die Hand. »Gerry Canney!«

»Genau! Ich fühle mich geschmeichelt, daß du dich an mich erinnerst.«

Erinnern? Wie hätte sie Gerry vergessen können? Kokapitän und Quarterback des Footballteams, Kapitän des Schwimmteams und außerdem einer der Klassenbesten. Damals in der Washington-Lee High-School in Arlington war sie schrecklich in Gerry Canney verknallt gewesen. Sie wußte noch gut, wie sie jeden Tag nach der dritten Stunde vor dem Sozialkunderaum gewartet hatte, nur um ihn vorbeischlendern zu sehen. Die

Narben hatten seinen Gesichtsausdruck leicht verändert, aber er sah noch immer sehr gut aus.

»*Du* fühlst dich geschmeichelt, weil ich mich an *dich* erinnere?« fragte sie. »Ich bin platt, daß du dich an *mich* erinnerst.«

»Ich habe ein ausgezeichnetes Personengedächtnis«, sagte er grinsend. »Und wer könnte ein Mädchen namens Pasta vergessen?«

Er hatte schon wieder diesen Namen benutzt. Das mußte sie energisch unterbinden.

»Ich heiße Gina, Gerry. Gina.«

Er blinzelte. »Verstanden. Ich hab' nicht mal gewußt, wie du wirklich mit Vornamen heißt. Okay, dann bleibt's bei Gina. Aber ich hätte dich fast nicht wiedererkannt. Du siehst großartig aus.« Er verzog das Gesicht und machte eine hastige Bewegung mit beiden Händen, als versuche er, seine Worte auszulöschen. »Halt! Das ist nicht richtig rausgekommen. Ich hab' nicht gemeint, daß du . . .«

»Schon gut«, sagte sie lachend und legte ihm eine Hand auf den Arm. »Ich weiß, was du meinst. Im Vergleich zu früher bin ich nur noch eine halbe Portion. Und du . . . als ich dich zuletzt gesehen habe, hast du einen langen Backenbart und Haare bis über die Ohren gehabt.«

Er rieb sich sein bartloses Gesicht. »Yeah, die siebziger Jahre. Kaum zu glauben, wie wir damals rumgelaufen sind, was? Aber mich interessiert etwas anderes: Was hast du inzwischen gemacht?«

»Ich habe gerade meine Assistentenzeit als Internistin abgeschlossen.«

»Du bist Ärztin? Großartig!« Er warf einen Blick auf seine Uhr. »Hör zu, ich hab' die ganze Zeit hier unten auf dich gewartet. Ich meine, ich mußte einfach sehen, ob du's wirklich bist. Jetzt muß ich leider zu einer dringenden Besprechung. Aber wir sollten bald mal miteinander ausgehen.«

»Das wäre nett.«

»Wie wär's mit morgen abend? Bist du frei?«

Sie spürte, daß seine Frage nicht nur ihrem Terminkalender galt.

»Morgen? Nein, am Dienstag habe ich Nachtschicht.« Ginas Zwölfstundenschicht im Lynnbrook Hospital begann um acht Uhr abends.

»Mittwochabend?«

»Sorry, wieder Nachtschicht.« Aber sie wollte nicht ganz abweisend wirken. »Wir könnten irgendwo eine Kleinigkeit essen, bevor ich zum Dienst muß. Oder wir warten bis Freitag.«

»Bis Freitag ist's lange hin. Gehen wir lieber schon vorher essen. Gibt's irgendein Restaurant, in das du gehen möchtest?«

»Nein. Such du eins aus.«

»Okay, wird gemacht.« Er zog ein Lederetui aus der Innentasche seiner Jacke und gab ihr zwei Karten und seinen Füller. »Gib mir deine Nummer, dann rufe ich dich an, sobald mir das richtige Lokal eingefallen ist.«

Sie schrieb ihm ihre Telefonnummer auf und gab ihm beide Karten zurück. Er hielt ihr die untere Karte hin.

»Die ist für dich. Du kannst mich jederzeit anrufen, wenn du Augenzeugin eines schweren Verbrechens geworden bist.« Er hob grüßend die Hand und setzte sich in Bewegung. »Ich rufe dich heute abend oder morgen an.«

Und dann hastete er durch den strahlendweißen Marmorsaal zum Ausgang davon. Gina warf einen Blick auf seine Karte: *Gerald Canney, Special Agent, Federal Bureau of Investigation.*

Sie lächelte. Gerry war FBI-Agent? Erstaunlich. Sie hatte ihn sich immer als zukünftigen Geschäftsmann vorgestellt. Wer hätte das gedacht? Und jetzt wollte der damalige Schwarm aller Mädchen der Washington-Lee High-School mit ihr ausgehen. Wer hätte *das* geglaubt?

Sie konnte nur hoffen, daß sie nicht in einem Pastalokal landen würden. Das wäre ein schlechter Scherz gewesen.

Pasta . . . wann hatte sie diesen Spitznamen bekommen? Irgendwann in der neunten Klasse? Als ihr Körper damals angefangen hatte, Hormone zu produzieren, hatte sie plötzlich übermäßig zugenommen. Das war schrecklich gewesen. Sie hatte sich kaum noch in ihre Sachen zwängen können. Nicht nur ihr Busen war gewachsen, was in Ordnung war, sondern auch Schenkel, Hüften und Taille. Obwohl sie nicht mehr aß als früher, schien ihr Körper plötzlich aufgehört zu haben, die Kalorien zu verbrennen, die ihr bisher nicht geschadet hatten. In weniger als einem Jahr hatte ihr leichtes Übergewicht sich in Fettleibigkeit verwandelt. Sie wäre am liebsten *tot* gewesen.

Ihr Vater sah darin kein Problem, und seine Bemerkung: »So gibt's um so mehr, das wir lieben können!« war ganz entschieden *kein* Ausweg aus ihrer Misere. Mama war verständnisvoller und unterstützte ihre Diätversuche, aber da war es schon zu spät. Die Witzbolde in der Schule konnten dem »Pasta« Panzella einfach nicht widerstehen.

Sie veränderte sich auch innerlich, wurde launisch und zog sich immer mehr zurück. Als ausgebildete Ärztin erkannte Gina jetzt, daß Pasta damals unter Depressionen gelitten hatte. Sie erzählte allen Leuten, ihr Gewicht und ihr Spitzname seien ihr egal, und stopfte sich voll, um ihre Behauptung zu beweisen. Vor allem an einsamen Wochenendabenden. Hauptsächlich mit Schokolade. Pasta *liebte* Schokolade. Schokoladetorte, Donuts mit Schokoguß, Hershey's mit Mandeln und Snickers. Gott, wie sie Snickers liebte! Und ihre Freßorgien machten sie immer dicker, was ihre Depressionen noch verstärkte.

In ihrem selbstgewählten Exil versäumte Pasta die beiden Abschlußbälle im vorletzten und letzten Schuljahr und viele weitere schulische Veranstaltungen. Die einzigen Lichtblicke in dieser trüben Zeit waren ihre Romane und ihr Teilzeitjob in Dr. Lathrams Praxis. Ihre Noten wurden schlechter, aber nicht so schlecht, um ihr den Zugang zu einem Ivy League College zu verbauen.

Im Sommer vor Beginn ihres Collegestudiums erkannte sie, daß sich ihr eine Chance zu einem Neuanfang bot. Die Kids in Princeton hatten ihren Spitznamen Pasta noch nie gehört. Gina schwor sich, daß niemand ihn dort erfahren würde, und begann eine strenge Diät – keine Magersucht, kein erbarmungsloses Hungern, kein Eintauschen eines Problems gegen ein anderes; nur eine fett- und kalorienarme Diät in Kombination mit brutalem Lauftraining. Sie erinnerte sich noch gut an den ständigen

Hunger, die brennende Lunge, die schmerzenden Beine, während sie ihren Körper dazu zwang, eine weitere Meile zu laufen ... nur noch eine.

Als Gina sich in Princeton einschrieb, war sie stolz darauf, nur noch leicht Übergewicht zu haben. Im zweiten Studienjahr erreichte ihr Gewicht ihren Tabellen nach den Durchschnittswert für ihr Alter, ihre Größe und ihr Geschlecht; im dritten Studienjahr übertrieb sie etwas, wurde zu dünn und aß wieder mehr. Als Collegeabsolventin war sie die junge Frau, die sie immer hatte sein wollen: Sie hatte ihren Bachelor of Science in Biologie in der Tasche und stand kurz davor, ihr Medizinstudium an der University of Princeton aufzunehmen.

Dieses Gewicht hatte sie in vier Studienjahren an der Medical School und in drei Jahren als Assistenzärztin gehalten. Pasta Panzella existierte nicht mehr.

Nun, beinahe nicht mehr. Dieses Gespenst namens Pasta saß ihr noch immer im Nacken und brachte Gina manchmal dazu, in einem Süßwarenladen an der Schokoladentheke stehenzubleiben, wo Gina dann nachgab und Pasta ein Snickers spendierte. Aber nur selten und immer nur eins.

Und jetzt wollte Gerry Canney mit ihr ausgehen. Merkwürdig, wie manche Dinge wieder zu ihrem Anfang zurückkehrten.

Sie runzelte die Stirn. Hatte sie nicht irgendwann gehört, Gerry sei verheiratet?

Sie wollte Gerry näher kennenlernen – in der High-School hatte sie ihn nur flüchtig gekannt –, aber sie war nicht auf Abenteuer aus.

Pasta Panzella war ein verwundbares Schulmädchen gewesen.

Dr. med. Gina Panzella war alles andere als das.

»Entschuldige meine Verspätung«, sagte Gerry, als er in Marvin Ketters beengtes Büro auf der zur E Street hinausführenden Seite des FBI-Gebäudes gestürzt kam. Er war leicht außer Atem und hatte Schweißperlen auf der Stirn, so sehr hatte er sich beeilt, aus der Tiefgarage heraufzukommen. »Aber die Sache hat etwas länger gedauert als erwartet.«

Das war nicht gelogen. Pasta – nein... *Gina* – hatte sich lange im Hart Building aufgehalten. Und auf der gesamten Rückfahrt hierher hatte er nicht an Senator Schulz, sondern nur an sie gedacht. Gott, wie schön sie jetzt war! Ihre Metamorphose von Pasta zu Gina faszinierte ihn. Sie erinnerte ihn an ein Kindheitserlebnis, als er eine Raupe in sein Terrarium gesperrt und sie nach einem Ferienwochenende als einen gegen das Glas flatternden zarten Schmetterling vorgefunden hatte. Er hatte ihn stundenlang in seinem Zimmer herumfliegen lassen und ihn fast ehrfürchtig beobachtet, bevor er das Fliegengitter geöffnet und ihn in die Freiheit entlassen hatte.

»Nun, du hast den ganzen Vormittag Zeit gehabt, zu scharren«, sagte Ketter. »Hast du ein paar Würmer gefunden?«

Marvin Ketter war zehn Jahre älter als Gerry. Sein dunkles, leicht gewelltes Haar begann eben, an den Schläfen grau zu werden, und er trug es sehr kurz. Sein auffälligstes Kennzeichen waren seine Augenbrauen: buschige, struppige Raupen à la Groucho Marx, die länger und dichter als sein Kopfhaar waren. Dachte man sich einen schwarzen Schnauzbart und eine Zigarre dazu, hätte er sich jederzeit zu Harpo und Chico gesellen können. Solange er den Mund hielt. Groucho hatte keinen Südstaatenakzent.

Ketter war ein SSA – Supervising Special Agent. Eine Stufe über Gerry. Und Gerry war auf seine Stelle scharf. Er hatte nicht die Absicht, ihn zu verdrängen oder weiter oben anzuschwärzen – er mochte Ketter –, aber sobald Ketter befördert wurde, wollte Gerry seine Stelle. Nicht nur, um beruflich weiterzukommen oder weil er lange genug im Außendienst gewesen war – nein, dafür gab es andere, wichtigere Gründe.

»Ich habe einiges gefunden, weiß aber noch nicht, was davon verwertbar ist. Und je mehr ich über unseren Mann erfahre, desto weniger mag ich ihn. Ich meine, nichts scheint zu klein gewesen zu sein, als daß dieser Kerl es nicht geklaut hätte.«

»Von der Sorte gibt's dort drüben viele.«

»Das merke ich allmählich auch. Verdammt, ich habe immer geglaubt, mir kaum Illusionen darüber zu machen, was auf dem Kapitolshügel in Wirklichkeit vor sich geht, aber jetzt komme ich mir doch ziemlich naiv optimistisch vor.«

Er hatte mehr über das Washingtoner Honorarunwesen erfahren, als er je hatte wissen wollen.

Schon vor Jahren hatte der Senat für die Einführung einer Jahreshöchstgrenze für Honorarzahlungen an seine Mitglieder gestimmt. Aber das hinderte Senatoren nicht daran, sich als »Vortragsredner« verpflichten zu lassen. Sie wurden weiterhin in vornehme Kurorte geflogen, dort in Luxussuiten untergebracht, vor und nach ihrer »Rede« – im allgemeinen ein paar Bemerkungen nach einem Dinner mit den Teilnehmern einer Managerkonferenz irgendeiner Weltfirma – tagelang üppig bewirtet und dann reich beschenkt nach Washington zurückgeflogen. Die tausend Dollar Rednerhonorar? Die wurden – sehr ostentativ – einer Wohltätigkeitsorganisation gespendet.

Die meisten Abgeordneten und Senatoren gaben sich mit dem kostenlosen Urlaub und den Geschenken zufrieden, aber Senator Schulz genügte das nicht. Er nahm jede Einladung, irgendwo eine Rede zu halten, an, und forderte hohe Honorare, die er jedoch großzügigerweise einer Kirche in seiner Heimatstadt spendete, deren Pfarrer zufällig sein Onkel war. Bei seinen Ermittlungen hatte Gerry Beweise dafür gesammelt, daß der Geistliche nur ein Viertel dieser Spenden für die Kirche behielt und den Rest an Schulz zurückleitete.

Als nächstes war Gerry auf eine Querverbindung zwischen Schulz und Congressman Hugo Lane gestoßen. Beide hatten gute Verbindungen zu einer der japanischen Autolobbys. Ein japanischer Autohersteller hatte eine achthunderttausend Dollar teure Eigentumswohnung in Palm Beach gekauft. Sie war Eigentum der Firma, stand aber ausschließlich Schulz und Lane zur Verfügung. Hatten sie Lust auf ein paar schöne Tage unter der Sonne Floridas, brauchten sie nur hinzufliegen. Sie mußten nur ihre Reisepläne aufeinander abstimmen.

Congressman Lane war zwei Wochen vor Schulz' Tod bei einem Verkehrsunfall ums Leben gekommen, als er im Rock Creek Park mit seinem Wagen in eine tiefe Schlucht gestürzt war.

Ein Zusammenhang? Möglicherweise. Gerry ermittelte in diese Richtung. Noch war er nicht fündig geworden.

»Eine interessante Einzelheit«, sagte er zu Ketter. »Ich bin auf einen abgebuchten Scheck über einen hohen Betrag für eine plastische Operation gestoßen.«

»Laß mich raten – von seinem Wahlkampfspendenkonto abgebucht.«

»Natürlich.«

»Worauf willst du hinaus?«

»Nun, ich glaube, daß jemand, der daran denkt, seinem Leben ein Ende zu machen, keine Riesensumme für eine plastische Operation ausgibt. Das klingt eher nach jemandem, der optimistisch in die Zukunft blickt.«

»Möglicherweise. Oder nach jemandem, der mit sich selbst unzufrieden ist, sein Aussehen durch eine plastische Operation verschönern lassen will, sich danach nicht im geringsten besser fühlt und vor Enttäuschung Selbstmord verübt.«

»Spielverderber«, murmelte Gerry.

»Überlaß solche Vermutungen lieber den Psychologen. Hast du irgendwas Handfestes?«

»Ja. Bei der Recherche in der Datenbank bin ich auf einen merkwürdigen kleinen Zufall gestoßen. Was sagst du, wenn ich dir mitteile, daß Lane *und* Schulz sich in diesem Sommer einer plastischen Operation unterzogen haben?«

Ketter zuckte mit den Schultern. »Und?«

»Und wenn ich dir sage, daß sie beim selben Chirurgen gewesen sind?«

»Das beweist auch nichts. Diese Old Boys gehen zum selben Zahnarzt, zum selben Chiropraktiker, essen in denselben Restaurants, haben denselben Fitneßtrainer, manchmal dieselbe Geliebte. Warum sollten sie nicht zum selben Schönheitschirurgen gehen? Bei wem sind sie übrigens gewesen?«

»Duncan Lathram.«

Ketter starrte ihn einen Augenblick an. »Ach, wirklich?« fragte er gedehnt. »Mir kommt's vor, als hätte ich diesen Namen schon mal gehört. Und ich glaube, daß ich ihn von dir gehört habe. Oder täusche ich mich da?«

»Nein, du hast recht.«

»Ich habe den Eindruck, daß du vor einiger Zeit ganz schön hinter diesem Doc Lathram her gewesen bist.«

»Wir haben eine Meinungsverschiedenheit gehabt – das war alles.«

Tatsächlich war das mehr als nur eine Meinungsverschiedenheit gewesen. Duncan Lathram hatte sich nachdrücklich geweigert, Gerrys Gesicht nach seinem Verkehrsunfall zu operieren. Für Gerry war das eine schlimme Zeit gewesen. Eine schrecklich schwierige Zeit. Und Lathrams brüske Ablehnung hätte ihm beinahe den Rest gegeben. Die damalige Zurückweisung schmerzte noch immer.

»Soviel ich mich erinnere, bist du damals ziemlich aufgebracht gewesen.«

»Hör zu, der Computer hat diesen Zusammenhang selbst ausgespuckt. Ich habe nicht eigens danach gesucht. Aber du mußt doch zugeben, daß es ein bißchen merkwürdig ist, wenn ein Abgeordneter und ein Senator innerhalb weniger Wochen nach einer plastischen Operation bei demselben Chirurgen sterben.«

»Einer durch einen Verkehrsunfall, der andere durch einen Sturz vom Balkon. Ich kann darin keinen ausgesprochenen Trend erkennen.«

»Ich auch nicht. Ich habe diese Tatsache nur als Kuriosität erwähnt.«

»Gut. Wir haben im Prinzip also keinen Beweis dafür, daß es bei Schulz' Tod nicht mit rechten Dingen zugegangen ist?«

»Keinen.«

»Okay. Dann lassen wir die Sache auf sich beruhen und machen weiter, ohne einen Nebenkriegsschauplatz mit Schönheitschirurgen zu eröffnen.«

»Wird gemacht.«

Aber Gerrys Interesse war geweckt. Vermutlich war nichts daran – höchstwahrscheinlich war nichts daran –, aber er würde darauf achten, ob weitere Patienten Lathrams im Leichenschauhaus endeten.

Rein aus Trotz.

3

Die Operation

»Doktor Panzella?«

Gina saß an einem Computerterminal, um die zur Operationsvorbereitung gehörende Untersuchung abzuschließen, in der sie ihre Bewertung des Herz-Lungen-Status des Patienten und seiner Operationsfähigkeit zusammenfaßte. Wenigstens hätte sie das tun sollen. Tatsächlich starrte sie auf den Bildschirm, grübelte über die gestrige Katastrophe in Marsdens Büro nach und dachte an diesen widerlichen kleinen...

Nicht mehr daran denken.

Sie sah auf. Eine junge Schwester, die bereits OP-Kleidung mit Haube trug, hatte Kopf und Oberkörper durch die Tür des Archivs gestreckt und sah sie erwartungsvoll an.

»Er ist im Waschraum«, sagte Joanna, die OP-Schwester.

»Komme sofort«, antwortete Gina.

Sie drückte auf F10, um den bisherigen Text zu speichern, notierte sich den Dateinamen, damit sie später weitermachen konnte, und ging nach oben zu den OP-Räumen. Selbst an einem VIP-Morgen wie diesem, der für einen einzigen wichtigen Patienten reserviert war, hatte Duncan Lathram es nicht gern, wenn man ihn warten ließ. Sie beeilte sich.

Allerdings hatte sie nicht weit zu gehen. Lathram Surgical Associates klang nach einer Gemeinschaftspraxis, doch tatsächlich arbeitete in dem Gebäude in Chevy Chase nur ein Chirurg. Das ehemalige Bankgebäude war ein alter ebenerdiger Steinbau mit neugotischen Anklängen. Duncan Lathram und sein Bruder Oliver, ein promovierter Pharmakologe, hatten die alte Fassade erhalten, aber das Gebäude entkernt und zu einer hochmodernen Privatpraxis umgebaut. Im Erdgeschoß lagen zwei Operationsräume, ein großer Aufwachraum mit sechs Kabinen, ein privater VIP-Aufwachraum, ein Untersuchungs-/Sprechzimmer und Duncans Büro. Das Archiv, der Aufenthaltsraum und Olivers Labor nahmen den Keller ein.

Gina stürmte in den Waschraum, schlüpfte aus ihrem weißen Arztkittel, stopfte ihr volles schwarzes Haar unter eine Wegwerfhaube und stellte sich neben Duncan ans Waschbecken. Seine Hände und Unterarme waren bereits mit honigfarbenem Schaum bedeckt.

»Morgen, Duncan.«

Er hatte vom ersten Tag an darauf bestanden, als ausgebildete Ärztin müsse sie ihn mit dem Vornamen anreden – »Nennen Sie mich noch einmal ›Doktor Lathram‹, dann sind Sie entlassen!« Aber es kostete sie eine große Überwindung, Duncan zu sagen. Immerhin war er seit ihrem zehnten Lebensjahr ihr Held gewesen.

Er grunzte und nickte ihr geistesabwesend zu, während er weiter das Betadin mit einer Wegwerfbürste in seine Hand einmassierte.

Hmmm. Heute morgen sind wir in Gedanken woanders.

Gina beobachtete ihn aus dem Augenwinkel heraus, während sie die Wassertemperatur mit den Pedalen einstellte und ihre Hände zu schrubben begann. Duncam Lathram bei Operationen zu assistieren – das erschien ihr noch immer fast unglaublich. Allein die Tatsache, daß sie hier neben ihm stand, jagte ihr jedesmal wohlige Schauer über den Rücken.

Obwohl sie schon seit Monaten mit ihm zusammenarbeitete, staunte sie noch immer darüber, wie gut er für einen Zweiundsechzigjährigen aussah. Er wirkte stets wie aus dem Ei gepellt und hatte dunkles, glänzendes, tadellos gekämmtes Haar, das an den Schläfen grau zu werden begann, und durchdringende blaue Augen über einer ziemlich großen Nase, die in einem hageren, kantigen Gesicht saß, das sich in tiefe Falten legte, wenn er lächelte, was er nicht allzu häufig tat. Einsdreiundachtzig, vielleicht auch einsfünfundachtzig, ein von Wind und Wetter gegerbter Gary Cooper oder Randolph Scott, mehr ein Cowboy als ein Facharzt für plastische Chirurgie. Groß, mager, nicht viel Fleisch auf den Knochen: eine Reihe Jungschweinerippchen.

Diese Vorstellung ließ Gina lächeln und erinnerte sie an ihre Kindheit, in der sie im italienischen Fleisch- und Lebensmittelgeschäft ihrer Eltern mitgearbeitet hatte. Damals war es eine

Angewohnheit ihres Vaters, die er sicher bis heute beibehalten hatte, bestimmten Kunden Spitznamen aus seiner Fleisch- oder Lebensmittelabteilung zu geben. Mrs. Fusco, die immer alles anfassen mußte, hieß *Calamari*; der schmerbäuchige Mr. Prizzi war eine Schweinelende; Mrs. Bellini, die ständig ihren Einkaufszettel daheim vergaß und nie wußte, was sie eigentlich brauchte, bekam den Namen *Capozella*; und einmal, als Dad glaubte, sie sei vorn im Laden, hatte Gina gehört, wie er einen der Fleischer fragte, ob er Mrs. Phillips' pralle *Cannoli* gesehen habe.

Schon als kleines Mädchen hatte Gina nach seinem Vorbild angefangen, ihren Spielgefährten solche Spitznamen zu geben. Duncan Lathram war ganz entschieden eine Reihe Jungschweinerippchen.

Nur Duncans Hände paßten nicht recht zum übrigen Körper – mit langen, schmalen, beweglichen Fingern, die Wunder vollbringen und menschliches Gewebe nahezu beliebig nach seinen Wünschen formen konnten.

Es machte sie verlegen, das auch nur zu denken, aber der alte Knabe war sexy.

Hör dir das an! dachte sie. Er ist älter als dein Dad.

Trotzdem ließ sich nicht leugnen, daß Duncan Lathram ein attraktiver Mann war. Nicht daß Gina sich irgendwie erotisch zu ihm hingezogen gefühlt hätte. Gott bewahre! Aber vom rein ästhetischen Standpunkt aus war er für sein Alter eine ziemlich heiße Nummer.

Muß an unserer gemeinsamen Geschichte liegen, dachte sie. Die geht weit zurück. Und ich trage die Narben, die das beweisen.

Der Große war heute ungewöhnlich schweigsam. Sonst hatte Duncan immer irgendein Gesprächsthema. Er war geradezu nachrichtensüchtig. Las alle Washingtoner Zeitungen, die *Baltimore Sun* und einige weitere aus Nordvirginia. Sie waren jeden Morgen überall in seinem Büro verstreut. Und er versäumte keine Folge von *MacNeil/Lehrer* und *Meet the Press*.

Und er fand unweigerlich etwas, über das er sich aufregen konnte.

Duncan hatte seine Das-ärgert-mich-immer-Liste und seine Das-ärgert-mich-heute-Liste. So konnte er immer über irgend etwas reden.

Aber nicht heute.

Sein Schweigen fing an, Gina auf die Nerven zu gehen.

»Schon von Senator Schulz gehört?« fragte sie.

Sie glaubte zu sehen, daß seine Haltung sich bei der Erwähnung dieses Namens leicht versteifte.

»Schulz?« Duncan sprach mit melodischem Baß. »Was ist mit ihm?«

»Im Fernsehen war die Rede von Gerüchten, daß die Todesursache untersucht wird.«

Duncan fing an, den honigfarbenen Schaum von Armen und Händen abzuspülen.

»Nach allgemeiner Ansicht hat Schulz sich selbst von seinem Balkon gestürzt. Und aus gutem Grund. Er ist – Entschuldigung, daß ich das so deutlich sage – korrupter als die meisten gewesen, und seine Gaunereien sind aufgeflogen.« Duncan schüttelte betrübt den Kopf. »Zwanzig Stockwerke weit in die Tiefe und voll aufs Gesicht.« Er seufzte. »Diese hochwertige Gesichtsplastik, diese vielen Stunden Arbeit . . . alles vergeudet.«

»Duncan!«

»Na ja, ist doch wahr. Hätte ich gewußt, daß ihm ein Fenstersturz bevorsteht, hätte ich mir weniger Mühe mit ihm gegeben.«

Gina bildete sich ein, inzwischen an seinen schwarzen Humor, der oft an der Grenze zwischen morbid und geschmacklos entlangschrammte, gewöhnt zu sein. Aber manchmal schoß er weit darüber hinaus.

Er drückte mit dem Ellbogen auf eine in die Wand eingelassene Chromscheibe, damit sich die OP-Türen automatisch öffneten. »Beeilen Sie sich! Ein prominenter Vertreter der Kakistokratie wartet auf uns.«

Gina sah auf die Wanduhr. Sie mußte noch eine Minute weiterschrubben. Ihr wurde warm ums Herz, als sie an die gestrige Zufallsbegegnung mit Gerry Canney dachte, und sie fragte sich, ob er anrufen würde. Auch wenn er's nicht tat, ging die Welt nicht unter, aber es wäre jedenfalls nett. Sie wiederholte in Gedanken die ausgefallenen Wörter, mit denen sie Duncan heute überraschen wollte, und grübelte dann über dieses Rätsel namens Duncan Latham nach.

Bei ihrer ersten Begegnung vor neunzehn Jahren war er noch kein Schönheitschirurg gewesen.

Als Zehnjährige war sie damals mit starken Schmerzen in einem Krankenhaus zu sich gekommen. Aus dem Durcheinander ihrer verworrenen Gedanken stieg die Erinnerung daran auf, daß sie mit zwei Nachbarsjungen herumgetobt hatte, um ihnen zu beweisen, daß sie ebensogut radfahren konnte wie sie und dabei vor keiner Mutprobe zurückschreckte. Plötzlich fand sie sich mitten auf dem Lee Highway wieder, wo ein Lieferwagen schlingernd und mit quietschenden Reifen auf sie zugerast kam. Sie erinnerte sich an das verschwommene Weiß der gebleckten Zähne des Fahrers und an seine vor Schreck geweiteten Augen hinter der schmutzigen Windschutzscheibe, als er mit aller Kraft bremste und ihr dabei auszuweichen versuchte.

Schmerzen verdrängten diese Erinnerung ... Schmerzen und Angst ... Wo war ihre Mama, und wer waren diese fremden Leute, die um sie herum Wirbel machten? Und wer war dieser große Doktor, der sich über sie beugte und ihren Bauch abtastete? In den Tiefen ihres Unterbewußtseins mußte sie irgendwie gespürt haben, daß ihr Leben verrann. Sie erinnerte sich daran, daß sie ihn gefragt hatte, ob sie sterben müsse, und wie sichtlich erschrocken er darüber gewesen war, daß sie bei Bewußtsein war. Aber am deutlichsten erinnerte sie sich daran, wie der riesige Doktor sich neben der Notarzttrage auf ein Knie niedergelassen hatte, so daß sein Gesicht nur eine Handbreit von ihrem entfernt war, ihre Hand gedrückt und ihr versprochen hatte: »Nicht, wenn ich dabei mitzureden habe. Und hier gilt, was ich sage.«

Irgend etwas an seiner selbstbewußten Zuversicht beruhigte Gina. Sie glaubte ihm. Sie schloß ihre Augen und glitt in die Bewußtlosigkeit zurück.

Dieser hünenhafte Arzt war Duncan Lathram gewesen. Und Dr. Lathram war damals Gefäßchirurg. Kein mittelmäßiger Chirurg, der seine Tage damit verbrachte, Krampfadern zu operieren, sondern ein Ritter des Skalpells, der bereit war, es mit jeder Gefäßkatastrophe aufzunehmen – je blutiger, desto besser. Wie ihr Fall. Bei dem Verkehrsunfall hatte Gina einen Milzriß und eine zerrissene Nierenarterie davongetragen. Duncan hatte ihre Milz entfernt, ihre sprudelnde Arterie zusammengeflickt und ihr die Niere *und* das Leben gerettet.

Gina erinnerte sich daran, wie sie den Mann geradezu angebetet hatte. In ihren Augen war er ein Halbgott. Sie schickte ihm jedes Jahr eine Weihnachtskarte. Als sie sechzehn war, arbeitete sie in den Ferien sogar als Archivkraft in seiner Praxis in Alexandria. Sie sah, wie schwer er arbeitete: vierzehn bis sechzehn Stunden am Tag in Krankenhaus und Praxis, um dann oft mitten in der Nacht zu Notoperationen gerufen zu werden, bei denen durch Messerstechereien oder Verkehrsunfälle verletzte oder durchtrennte Arterien zusammengeflickt werden mußten. Er konnte mürrisch, verschlossen, manchmal sogar arrogant sein, aber Gina machte das nichts aus. Gehörte das nicht sogar zur Rolle eines Halbgotts? Seine Vitalität erstaunte sie; seine Hingabe und sein grenzenloser Enthusiasmus für seine Arbeit beeindruckten sie so sehr, daß sie bei der Einschreibung in Princeton vormedizinische Biologie als Hauptfach wählte. Ihr Lebensweg war vorausbestimmt.

Als sie elf Jahre später als fertige Internistin nach Washington zurückkam, mußte sie entsetzt feststellen, daß Duncan Lathram nicht mehr der tatkräftige, lebensrettende chirurgische Wirbelwind war, den sie gekannt hatte; irgendwie hatte er sich in einen Arzt für plastische Chirurgie verwandelt, der seine kürzeren Arbeitstage nur noch darauf verwandte, die Reichen und Mächtigen der Washingtoner Gesellschaft zu verschönern.

Vom Ritter des Skalpells zum Gesellschaftsarzt. Ein steiler Abstieg. Was war in dieser Zeit passiert? Gina hatte versucht, die Entwicklung nachzuvollziehen, war damit aber nicht weitergekommen. Alle, die Bescheid wußten, hielten dicht.

Gina schien die einzige zu sein, der dieser Wandel Sorgen

machte. Irgend etwas fehlte. Früher hatte Duncan gegen Blutungen angekämpft, jetzt bekämpfte er Falten. Wäre er damals vor neunzehn Jahren schon auf Bauchstraffungen statt auf Gefäßchirurgie spezialisiert gewesen, wäre sie heute vermutlich nicht mehr am Leben. Daher unterschied ihre Perspektive sich von der all jener jugendbesessenen Schwachköpfe, die Duncans Praxis belagerten, damit er ihnen half, die Uhr zurückzustellen. Sie beteten diesen Mann an, der sie davor bewahren konnte, den Tribut zu zahlen, den Natur, Ernährung, Veranlagung und Lebensweise von ihnen forderten.

Duncan war anderer Leute Gott geworden.

»Morgen, Gina«, sagte eine Stimme hinter ihr.

Über die Schulter hinweg sah sie Oliver, Duncans jüngeren Bruder, ein steriles Tablett mit Implantaten in den OP tragen. Er nickte ihr im Vorbeigehen lächelnd zu.

Bei Duncan drängte sich der Vergleich mit einer Reihe Jungschweinerippchen auf, bei Oliver der mit einem Roastbeef. Er war rundlicher, schwerer, mit schütterem Haar, dicker Hornbrille und einer schützenden Fettschicht. Außerdem weicher, sanfter, viel umgänglicher als sein älterer Bruder. Ein lieber Kerl. Er sorgte dafür, daß alle hier beschäftigten Frauen zum Geburtstag einen Blumenstrauß bekamen. Und als Joannas Sohn wegen Fahrens ohne Führerschein verhaftet wurde, war Oliver da, um ihn gegen Kaution freizubekommen. Alle hatten ihn gern.

Gina spülte den Schaum ab, schüttelte das restliche Wasser von ihren Händen und betrat den OP 1 in dem Augenblick, in dem Marie, die Anästhesieschwester, sagte: »Er ist weg.«

Während Marie ihr von hinten die Gesichtsmaske zuband und Joanna ihr half, in Mantel und Handschuhe zu schlüpfen, sah Gina sich im OP 1 um. Der Raum war kleiner als alle in Tulane, aber die professionelle Arbeit, die hier geleistet wurde, konnte ohne weiteres mit anderen Behandlungszentren mithalten. Geruchlos – dafür sorgte der laminare Luftstrom der Klimaanlage – und eiskalt. Duncan arbeitete am liebsten unter fast arktischen Bedingungen.

Sie trat an den Operationstisch, auf dem ein Mann mittleren

Alters in der Narkose lag. Sein Gesicht war von Tüchern verdeckt, die nur Mund, Kinn und Kehle freiließen: das heutige Operationsfeld. Mit seiner von Betadin bräunlichgelb verfärbten Haut und dem Netz aus Strichen, das Duncan als Markierung für seine Schnitte über Kinn und Kehle gezogen hatte, wirkte er kaum noch menschenähnlich.

Gina hatte ihn letzte Woche kennengelernt, als sie seine Krankengeschichte aufgenommen und ihn vor der Operation untersucht hatte: Senator Harold Vincent. Ein weiteres Mitglied der vor kurzem wiederbelebten Kommission.

Wie Congressman Allard.

Dieser Zufall erschien ihr merkwürdig, aber nur einen Augenblick lang. Teufel, seit Duncan Schönheitschirurg geworden war, hatte bestimmt schon die Hälfte aller Washingtoner Prominenten bei ihm um eine Operation nachgesucht, und die andere Hälfte stand vermutlich auf der Warteliste. Eigentlich nicht überraschend. Seine technischen Fertigkeiten waren unübertroffen, und er sorgte dafür, daß Leute, die sich für VIPs hielten, entsprechend behandelt wurden: Sie konnten sich auf absolute Diskretion verlassen, und dank seines Bruders verfügte er exklusiv über ein neuartiges Verfahren, das die Heilungszeit auf die Hälfte reduzierte.

»Können wir anfangen, Gina?« fragte Duncan. »Der Senator wird schon ungeduldig. In seinem Büro warten jede Menge Lobbyisten mit Taschen voller Geld. Die wollen wir nicht warten lassen, nicht wahr?«

Joanna kicherte hinter ihrer Maske.

Duncan machte den ersten Einschnitt unter dem Kinn, folgte sorgfältig den natürlichen Vertiefungen und begann danach mit der schwierigen Arbeit, das freigelegte Platysma zu kürzen – den flachen Hautmuskel, der den Hals des Senators alt und schlaff aussehen ließ. Senator Vincent hatte dort besonders viel überschüssiges Gewebe, das an die Kehllappen eines Truthahns erinnerte, die beim Sprechen bebten und beim Gehen schwabbelten.

»Senator Ungeduld hier hat nicht warten können«, erzählte Duncan, während er arbeitete. »Ein ›Notfall‹, hat er behauptet.

Wollte unbedingt sofort unters Messer. Möchte jemand raten, welcher Notfall vorliegt?«

»Muß ein Fernsehauftritt sein«, sagte Marie vom Kopfende des Tisches her.

»Bingo! Gebt der Frau 'ne Zigarre.«

»Danke, nicht solange der Sauerstoff läuft«, wehrte Marie schlagfertig ab.

»Natürlich geht's um die Kommission für ärztliche Ethik und Richtlinien zur Berufsausübung«, sagte Duncan.

Gina unterdrückte ein Ächzen. Auf Duncans Das-ärgert-mich-immer-Liste stand die Kommission ganz weit oben. Er verabscheute sie und ihre gesamte Zielsetzung. Darüber konnte er sich stundenlang auslassen. Aber heute war Gina dieses Thema besonders unangenehm, weil sie bisher nichts von Senator Marsdens Büro gehört hatte und sich morgen bei Congressman Allard vorstellen sollte.

»Senator Vincent ist schon oft im Fernsehen gewesen«, sagte Gina und machte sich daran, das Blut wegzutupfen, das sich im Einschnitt zu sammeln begann.

»Klar. C-SPAN. Aber wer außer uns beiden sieht C-SPAN? Unser Mann liebäugelt mit einem weit größeren Publikum. Absaugen. Tägliche Hörfunk- und Videominuten für alle landesweiten Nachrichtenprogramme, vielleicht sogar ein paar Auftritte zur besten Sendezeit. Und unser selbsternannter ›Fürsprecher aller Werktätigen‹ will für die Nation hübsch aussehen. Klammer.«

Gina sah zu Joanna hinüber, die ihre schwarzen Augen verdrehte, während sie die Griffe der Klammer in Duncans behandschuhte Handfläche klatschen ließ. *Er ist wieder mal groß in Fahrt.*

Na gut, Duncan hatte also ein paar Themen, auf die er fixiert war. Die hatte jeder. Sein Lieblingsthema war zufällig das Old-Boy-Netzwerk in der Bundesregierung und dessen Einmischungsversuche in die ärztliche Berufsausübung. Aber selbst aus seinen weitschweifigen Ausführungen konnte man noch etwas lernen.

»Ein schöner Fürsprecher«, fuhr er fort. »Hat sich in der

Rezession eine Gehaltserhöhung um einunddreißigtausend Dollar bewilligt – von einer Diners-Club-Karte auf Staatskosten ganz zu schweigen. Ich brauche den gebogenen Hämostaten. Ja, genau den. Da liegt er, der eifrige Befürworter aller Gesetze, die gleichen Lohn für gleiche Arbeit festschreiben, Diskriminierung aus Altersgründen verbieten, vor Arbeitsgefahren und Berufskrankheiten schützen und die Beziehungen zwischen Arbeitgebern und Arbeitnehmern neu regeln sollen, wie er bei jeder Gelegenheit betont. Aber dabei verschweigt er die Tatsache, daß er hinter verschlossenen Türen dafür gestimmt hat, alle diese Gesetze weiterhin nicht für den amerikanischen Senat gelten zu lassen. Absaugen.«

Er schwieg, während er den nächsten Schnitt führte. Gina bewunderte wieder einmal die Eleganz und Präzision seiner Arbeit mit dem Skalpell. Bei ihm sah alles so einfach aus. Gina wußte jedoch, daß das eine Täuschung war.

»Aber ich bin froh, daß ich nur sein Gesichtschirurg bin. Können Sie sich vorstellen, wie's wär, sein Proktologist zu sein?« Er sah zu Gina auf und blinzelte ihr zu. »Ich meine, wo sollte man da anfangen?«

Marie lachte laut.

»Wie immer in solchen Fällen«, behauptete Duncan, »gelten Gesetze, die für Fairplay bei der Wählerschaft sorgen sollen, nicht für die Kakistokratie.«

Gina war es peinlich, ihn danach zu fragen, aber ihre Neugier war stärker. »Also gut, ich gebe auf. Was ist diese Kakistokratie, von der Sie ständig reden? In Webster's Dictionary habe ich sie nicht gefunden.«

»Da müßten Sie in der vollständigen Ausgabe nachschlagen. Die Kakistokratie spiegelt die Anomie unserer Zeit wider.«

»Oh, das erklärt natürlich alles.«

»Sie bedeutet Herrschaft der Schlechtesten.«

Die ideale Gelegenheit, eines meiner Wörter des Tages anzubringen, dachte Gina.

»Dann könnte man die Angehörigen der Kakistokratie wohl als meisterhafte Kasuisten bezeichnen.«

Sie sah Duncan hinter seiner Maske lächeln. »Sehr gut!«

Marie wandte sich an Joanna. »Klasse, was? Jetzt sprechen sie beide kein Englisch mehr.«

»Oh, ich benutze nur die Lingua franca«, sagte Gina.

Zwei! dachte sie. Ich hab' schon *zwei* angebracht!

Duncans Augen funkelten, als er sich an Marie und Joanna wandte. »Kasuistik ist die Lehre von der Anwendung sittlicher Normen auf den Einzelfall. Aber ich frage mich, ob wir annehmen dürfen, daß die Senatoren Vincent dieser Erde überhaupt welche kennen.« Er streckte eine behandschuhte Hand aus. »Das Implantat, Gina. Die Zeit drängt.«

»Oh, klar. Entschuldigung.«

Joanna nahm den Deckel des sterilen Tabletts ab. Nun lagen die Implantate vor ihnen: winzige Zylinder, klein, glänzend und leicht gekrümmt wie Würstchen oder Hot dogs. Würstchen für eine Barbiepuppe. Es gab sie in verschiedenen Größen. Die auf dem Tablett waren mittelgroß: zwanzig Millimeter lang, ungefähr fünf Millimeter dick und jeweils mit Olivers »Geheimsauce« gefüllt – mit einer Enzymlösung, die den Heilungsprozeß förderte, das Auftreten von Schwellungen verringerte und die Narbenbildung verzögerte.

Dies war der eigentliche Schlüssel zu Duncans phänomenaler Beliebtheit. Er hatte die geschicktesten Hände der Branche, aber sie machten nur einen Teil seiner Anziehungskraft aus. Den Rest besorgten die Implantate, die seinen Patienten kürzeste Genesungszeiten garantierten, so daß sie ungewöhnlich schnell in die Gesellschaft zurückkehren und mit ihren neuen Gesichtern angeben konnten.

Die Implantate, eine Erfindung von Duncans jüngerem Bruder Oliver, waren eine Kristall-Protein-Matrix aus Magnesium und Albumin. Kurz nachdem Gina angefangen hatte, als Duncans Assistentin zu arbeiten, hatte Oliver ihr Kernspinresonanztomogramme der Implantate nach einem chirurgischen Eingriff vorgelegt. Die Reihenaufnahmen zeigten, wie die Membran stetig zusammenschrumpfte, während das Implantat seinen Enzymgehalt an die subkutanen Gewebeschichten abgab, um Ödeme und Narbenbildung weitgehend zu verhindern. Auf dem einige Wochen nach der Operation aufgenommenen letzten Tomogramm war nichts mehr zu sehen gewesen. Hatte das Implantat seine Aufgabe erfüllt, lösten die Kristalle sich auf; die körpereigenen Enzyme zerlegen das Albumin in seine Aminosäuren, die mit dem Magnesium vom Gewebe aufgenommen werden, ins Blut übergehen und so spurlos verschwinden.

Mit einer Sonde schob Gina eines der Implantate vorsichtig auf einen schmalen, länglichen Löffel, den Duncan eigens hatte anfertigen lassen, weil zu viele mit gewöhnlichen Pinzetten angefaßte Implantate zerbrochen waren. Sie beugte sich nach vorn und legte es behutsam in den Einschnitt. Duncan benutzte eine Sonde, um das Implantat an die gewünschte Stelle zu schieben, und verlangte dann ein weiteres. Nachdem er die ersten vier tief eingepflanzt hatte, verlegte er sein Arbeitsfeld mehr an die Oberfläche.

»Er sieht schon jünger aus«, sagte Gina.

Richtig, dachte Duncan, während er einen Platysmakeil an den Rändern zurechtschnitt. Genau das will ich: Diesen Dreckskerl jünger aussehen lassen.

In Wirklichkeit hätte er Vincents Gesichtszüge am liebsten so umgemodelt, daß sie den wahren Charakter des Mannes widerspiegelten. Bei Vincent wäre das nicht allzu schwierig gewesen ... die Augen schrägstellen, die Nase aufstülpen, die Nasenlöcher vergrößern, die Lippen verbreitern ... und es irgendwie hinkriegen, daß er *oink-oink* sagte. Senator Harold Hogg, Potentat des Pökelfasses.

Duncan lächelte unter seiner Maske. Er hatte so viele Old Boys aus dem Kongreß vor sich auf dem Operationstisch gehabt, daß er das Gesicht der amerikanischen Politik inzwischen hätte ändern können – buchstäblich.

Ich könnte ein umgekehrter Dr. Moreau sein. Anstatt Tiere durch Vivisektion zu Menschen zu machen, könnte ich Politiker in die Tiere und Reptile verwandeln, denen sie gleichen. Ich könnte mit angelegter Maske durch die Gänge des Kapitols schleichen: Duncan Lathram – der Anti-Moreau, der dämonische Doktor der Devolution, das Phantom des Longworth Buildings, die Geißel des Senats-Shuttles.

Dazu eine irres Lachen, und ich bin reif für Hollywood.

Er seufzte innerlich. Für Senator Vincent würde es nichts so Melodramatisches geben. Aber er hatte etwas ganz Bestimmtes mit ihm vor.

Seien Sie unbesorgt, Senator. Sie bekommen, was Ihnen zusteht. Verlassen Sie sich auf mich.

Während er die letzten Implantate einsetzte, hörte er Ginas Stimme, bekam aber nicht mit, was sie sagte.

»Hmmm?«

»Ich habe gefragt: Was ärgert Sie eigentlich so an der Komission?«

Ginas unergründliche dunkle Augen starrten ihn erwartungsvoll an, als sei seine Antwort ihr sehr wichtig. Unter ihrer Haube und Maske verbarg sich eine temperamentvolle südländische Schönheit mit glänzendem, rabenschwarzem Haar, vollen Lippen, hohen Wangenknochen und makellosem Teint. Mit schmaler Taille und perfekter Oberweite.

Völlig anders als der pickelige, pummelige Teenager, der vor ungefähr einem Dutzend Jahren in seinem Archiv gearbeitet hatte. Tatsächlich hatte er mit dem Gedanken gespielt, sie als Hochstaplerin anzuzeigen, als sie im Juni hier aufgekreuzt war, sich um einen Teilzeitjob als Ärztin beworben und ihm erklärt hatte, wer sie war.

Das häßliche Entlein war als Schwan zurückgekommen – als schwarzer Schwan, als prachtvoller Jungschwan.

Aber wäre er damals vor neunzehn Jahren nur eine Viertelstunde später in die Notfallambulanz gekommen, wäre sie jetzt nicht mehr am Leben. Das war der große Reiz seines früheren Lebens gewesen: Jemanden zu retten, der vielleicht die Welt verändern würde.

Und er genoß die Tatsache, daß sie begonnen hatte, ihn mit neuen Wörtern zu überraschen. Irgendwann würde sie mit einem ankommen, das er nicht kannte, aber das war in Ordnung.

Scheint so, als hätte ich uns allen einen Gefallen getan, als ich dich wieder zusammengeflickt habe, Gina.

Er überlegte nicht zum erstenmal, ob es richtig gewesen war, sein Fachgebiet zu wechseln. Aber nur einen Herzschlag lang. Diese Entscheidung hatten andere für ihn getroffen. Er konnte nicht mehr zurück.

Aber wohin war Gina mit ihrer Intelligenz und ihrer mühsam erworbenen Ausbildung unterwegs?

»Was mich daran ärgert?« fragte er langsam, während er begann, Vincents gekürztes Platysma neu anzuordnen. »Ich halte nicht allzuviel von der Kommission für ärztliche Ethik und Richtlinien zur Berufsausübung.« Er gebrauchte absichtlich den vollen Namen der Kommission, denn die gängige Kurzform »Kommission« wurde der Anmaßung, die in dieser Bezeichnung lag, nicht gerecht. »Ich mag ihren Namen nicht, ich billige ihren Auftrag nicht, und ich glaube, daß sie aus Karrieresüchtigen, Parvenüs, Kleingeistern und aufgeblasenen Hinterwäldlern besteht.«

Er beobachtete, wie sich um Ginas schwarze Augen winzige Fältchen bildeten.

Ich hab' sie zum Lächeln gebracht.

»Hey, nichts zurückhalten«, verlangte Gina. »Erzählen Sie mir, was Sie wirklich darüber denken.«

Er hätte ihr am liebsten wahrheitsgemäß geschildert, was diese Leute seinem Leben, seiner Familie angetan hatten, aber das wäre sinnlos gewesen.

Nichts beklagen, nichts erklären.

»Wissen Sie, was die Kommission vorhat?« fragte er.

»Nun, soviel ich weiß, ist der Präsident auf die Idee gekommen, den alten McCready-Ausschuß wiederzubeleben.«

Duncan richtete sich auf und machte eine Pause. Er traute sich selbst nicht, wenn er mit einem Skalpell in der Hand an McCready dachte.

»Unser geliebter Präsident hat leider seine Gesundheitsreform nicht bekommen, und das soll ihm die Ärzteschaft büßen. Ein Gesetz mit Richtlinien zur Berufsausübung ist nicht gut genug, nicht *umfassend* genug gewesen. Nein, jetzt müssen Grundsätze ärztlicher Ethik her.«

Duncan schloß die Augen, um seinen Zorn besser zu beherrschen.

»Können Sie sich so was vorstellen? Mark Twain hat einmal gesagt, außer dem Kongreß gebe es in Amerika keine klar definierte Verbrecherklasse. Und trotzdem will diese Bande von raffgierigen, bedrohlich dummen Pharisäern einem Berufsstand, der seit babylonischer Zeit einen Ethikkodex besitzt, ethische Grundsätze vorschreiben.«

»So vollkommen sind wir auch wieder nicht«, stellte Gina fest.

»Hat man's im Grunde seines Herzens nur auf Diebstahl abgesehen, opfert man nicht viele Jahre für die Vorausbildung, vier Jahre in der Medical School und drei bis zehn Jahre für die Postgraduiertenausbildung, in der man für etwas mehr als den Mindestlohn hundert Stunden in der Woche arbeitet – nur um das Vorrecht zu genießen, sechsstellige Schulden zu haben, wenn man endlich eine eigene Praxis eröffnen kann.«

»Natürlich nicht«, stimmte Gina zu. »Man tut's, damit man für den Rest seines Lebens siebzig Stunden in der Woche arbeiten kann.«

Duncan lächelte sie an und fühlte, wie seine Verkrampfung von ihm abfiel. Mein lieber Jungschwan. Es ist schön, dich hier zu haben.

Dann war er mit der Resektion und Straffung des Platysmas fertig. Es wurde Zeit, Vincent wieder zuzunähen. Er verlangte Catgut 6-0 in einer gebogenen Nadel und begann, eine versenkte Subkutannaht anzulegen.

»Wie man hört, ist Senator Marsden als McCreadys Nachfolger aufgefordert worden, den Ausschußvorsitz zu übernehmen«, sagte Gina. »Haben Sie gegen den auch etwas in der Hand?«

Warum interessiert sie das so sehr?

»Nein, eigentlich nicht«, antwortete Duncan. »Aber er ist noch nicht sehr lange im Amt. Lassen Sie ihm Zeit. Sie wissen, was die Kommission vorhat, nicht wahr?«

»Öffentliche Anhörungen veranstalten, um Informationen zu sammeln, die ihr hilft, den Gesetzestext zu formulieren?«

»Auf Wunsch des Präsidenten hat die Kommission die erklärte Absicht, strenge Richtlinien für die ärztliche Berufsausübung zu verabschieden. Tatsächlich will sie die Öffentlichkeit mit Horrorgeschichten schockieren, jede Menge einseitiger Zeugenaussagen über die allerschlimmsten Fälle von Fahrlässigkeit und Kunstfehlern präsentieren und den gesamten Ärztestand als ein Kartell von brutalen, verantwortungslosen, messergeilen, raffgierigen Briganten hinzustellen, das dringend zur Räson gebracht werden muß.«

»Äh, finden Sie nicht, daß das leicht paranoid klingt?«

Aus gutem Grund, dachte er.

»Auch Paranoiker haben wirkliche Feinde, Gina. Die Politiker haben's auf uns abgesehen – schlicht und einfach. Ich weiß, wie das klingt, aber ich sehe es leider so. Der Wähler hat längst kein Vertrauen mehr zu ihnen, und sie selbst wollen von ihrer fehlenden Bereitschaft ablenken, in den eigenen Reihen Ordnung zu schaffen.«

»Aber ihre Ethikausschüsse sind dauernd hinter irgendwelchen Leuten her.«

Duncan lachte. »Ethik im Kongreß – das nenne ich ein Oxymoron! Aber nur bei den seltenen Gelegenheiten, wenn die Medien sie unter Druck setzen, wenn sie mit dem Rücken an der Wand stehen und etwas tun *müssen*.«

»Nun, ich denke, daß über die Form der zukünftigen ärztlichen Berufsausübung bei diesen Anhörungen entschieden werden wird – ob uns das gefällt oder nicht. Deshalb möchte ich als Assistentin in dieser Kommission mitarbeiten. Tatsächlich bin ich gestern morgen zu einem Vorstellungsgespräch in Sentor Marsdens Büro gewesen.«

Duncan richtete sich auf, starrte sie an und mußte feststellen, daß Gina seinen Blick unerschrocken erwiderte.

Gina war elend zumute. Sie hatte gewartet, bis Duncan mit seiner Naht fast fertig war, bevor sie ihre Bewerbung erwähnt hatte.

Warum hab' ich's ihm gesagt? fragte sie sich. Vielleicht bekomme ich den Job gar nicht.

Duncan schwieg, während er die Operationswunde weiter so zunähte, daß auf der Haut kein einziger Stich sichtbar war. Unter dem Kinn blieb nur eine haarfeine Linie übrig.

Obwohl Gina das mindestens schon hundertmal von ihm gesehen hatte, war sie wieder einmal sehr beeindruckt.

Als er fertig war, sah er erneut zu ihr auf.

»*Was* haben Sie getan?«

»Ich . . . ich bin zu einem Vorstellungsgespräch . . .«

»Das begreife ich nicht. Sie sind hochintelligent und haben eine ganz hervorragende Ausbildung. Und trotzdem wollen Sie eine Hügelratte werden?«

»Nur als Teilzeitjob. Ich möchte . . .«

»Wie können Sie nur daran *denken*, mit dieser Kommission zusammenzuarbeiten?«

»Muß denn nicht jemand dafür sorgen, daß er die Tatsachen richtig bewertet?«

»Tatsachen? Seit wann ist der Kongreß an Tatsachen interessiert?« Er trat vom Tisch zurück und fing an, seine Gummihandschuhe herunterzureißen. »Ich dachte, meine Assistentin sei eine Ärztin, keine Möchtegern-Hügelratte.«

Das tat weh – wie ein Schlag ins Gesicht.

»Duncan . . .«

»Beides kann man nicht haben, Gina. Lassen Sie mich wissen, wenn Sie sich fürs eine oder andere entschieden haben.«

Er schleuderte seine Handschuhe auf den Boden und stürmte hinaus.

Gina hatte befürchtet, daß Duncan sich ein wenig aufregen würde, aber mit dieser Reaktion hatte sie nicht gerechnet. Sie stand im plötzlich stillen OP und merkte, daß Marie und Joanna jeden Blickkontakt vermieden. Und sie fragte sich, was geschehen wäre, wenn sie erzählt hätte, daß sie morgen vormittag einen Termin bei Congressman Allard hatte. Sie hatte das Gefühl, als hätte man ihr den Boden unter den Füßen weggezogen.

4
Aufwachraum

Nach dem verkürzten Operationspensum war es auf den Korridoren ruhig. Allzu ruhig. Ginas Magennerven blieben verkrampft, während sie ihren Untersuchungsbefund für die am Donnerstag angesetzte Operation fertigschrieb.

Warum hast du deine große Klappe aufreißen müssen?

Weil er's früher oder später doch erfahren mußte ... spätestens dann, wenn sie zusätzlich freie Tage verlangte.

Aber vielleicht bekommst du den Job überhaupt nicht, Dummkopf.

Richtig. Leider richtig.

Gina speicherte den Befund, schaltete ihr Terminal ab und blieb mit in den Schoß gelegten Händen sitzen.

Was nun?

Sie mußte ihm gegenübertreten. Mußte diese Sache bereinigen. Mußte wissen, wo sie stand. War sie hier weiterhin als Ärztin, die Patienten vor der Operation untersuchte, und chirurgische Assistentin willkommen, oder sollte sie in tiefste Finsternis verstoßen werden?

Es gab nur eine Möglichkeit, das festzustellen.

Sie nahm ihren ganzen Mut zusammen und lief rasch nach oben ins Erdgeschoß. Dort brauchte sie nur wenige Meter weit den Korridor entlangzugehen.

Duncans Sekretärin, eine schlanke, hübsche Blondine, bewachte die Tür seines Arbeitszimmers.

»Hallo, Barbara. Ist er da?«

Sie sah lächelnd zu Gina auf. »Gerade ist er gegangen. Er wollte noch mal nach dem Senator sehen und dann ...«

»... auf den Golfplatz fahren«, sagte Gina. Das machte er immer.

»Vielleicht ist er noch da. Wenn Sie sich beeilen ...«

»Danke, Barbara.«

Sie hastete zum VIP-Aufwachraum weiter. Auf dem Weg dorthin sah sie, daß Sharon Collins, die für den Aufwachraum zuständige Krankenschwester, sich auf dem Flur mit Joanna unterhielt. Gina blieb bei den beiden stehen.

»Entschuldigung, Sharon, aber haben Sie nicht...?«

»Dienst im Aufwachraum?« Sie war klein, dunkel und wie eine Ninja-Schildkröte gebaut, aber eine ausgezeichnete Krankenschwester. »Eigentlich schon. Aber Doktor D. hat gesagt, ich soll eine Pause machen, während er seine Näharbeit noch mal kontrolliert. Ich gehe gleich wieder rein.«

»Gut. Vielleicht erwische ich ihn noch.«

»Willst du das auch wirklich?« fragte Joanna.

Gina lächelte sie an. »Nein.«

Sie ging rasch um die Ecke zum VIP-Raum weiter, blieb vor der unbezeichneten Tür stehen und klopfte leise an. Als keine Antwort kam, versuchte sie's noch einmal.

»Duncan?«

Sie öffnete die Tür.

Dezente Beleuchtung über bodenlangen beigen Vorhängen vor dem Panoramafenster. Teppichboden statt Linoleum, Mahagoni statt Spanplatten. Eine luxuriöse Umgebung für Leute, die so was brauchten, aber trotzdem ein sehr funktioneller Raum.

Senator Vincent lag leise schnarchend im Bett und schlief seine Vollnarkose aus. Aber Duncan war nirgends zu sehen.

Mist! Sie hatte ihn verpaßt. Er konnte noch nicht weit weg sein. Gina wandte sich bereits ab, um zu gehen, als sie sah, wie Senator Vincent sein rechtes Bein bewegte. Die zurückrutschende leichte Bettdecke ließ einen roten Fleck auf seinem Oberschenkel sehen. Gina sah genauer hin.

Blut.

Nur ein winziger roter Punkt. Nicht mehr als ein Tropfen. Aber an seinem Bein hätte überhaupt *kein* Blut sichtbar sein dürfen. Vielleicht auf dem Kopfkissen, aber nicht dort.

Sie lüftete die Decke und untersuchte das Bein des Senators. Ein kleiner, halbkreisrunder Einstich, ungefähr fünf Millimeter lang an der unteren Außenseite seines Oberschenkels.

Als sie die Umgebung des Einstichs betastete, bewegte der Senator sich erneut. Die Augen in seinem verbundenen Gesicht öffneten sich mühsam. Ihr glasiger Blick nahm Gina kurz wahr, dann fielen sie wieder zu.

»Schbrizze«, murmelte er.

»Wie bitte?«

»Hat mir 'ne Schbrizze gegehm.«

»Wer hat Ihnen eine Spritze gegeben?«

»Doktor Lafram.« Er öffnete wieder die Augen und lächelte. »Spesjelles Middel. Nur für spesjelle Patienten.«

Der Senator schmatzte mit den Lippen und schloß die Augen. Er begann zu schnarchen.

Gina stand ratlos an seinem Bett. Eine Spritze? Seit wann gab Duncan persönlich Injektionen? Niemals. Das hatte sie noch nie erlebt.

Vincent mußte sich getäuscht haben . . . und trotzdem hatte er einen deutlichen Einstich am Oberschenkel.

Sie zog die Bettdecke über ihm glatt.

Merkwürdig. Äußerst merkwürdig.

Ein Geräusch hinter ihr veranlaßte Gina dazu, sich umzudrehen. Sharon Collins kam leise herein. Sie sah sich um.

»Ist er weg?«

»Ich habe ihn gar nicht mehr angetroffen. Hat Dr. Lathram etwas gesagt, daß der Senator eine Injektion bekommen soll?«

Sharon warf einen Blick auf das Verordnungsblatt. »Nein. Nur das übliche: Tylenol Nummer drei, zwei P-O, vier P-R-N.«

»Nein, ich meine, daß er dem Senator selbst eine Injektion geben wollte.«

Auf Sharons breitem Gesicht erschien ein Grinsen. »Doktor D.? Der soll persönlich Medikamente verabreichen? Ausgeschlossen! Dafür sind wir Krankenschwestern da. Wie kommen Sie auf diese Idee?«

»Er hat einen Einstich am Oberschenkel. Und er hat irgendwas gemurmelt, Dr. Lathram habe ihm eine Spritze gegeben.«

Sharon trat ans Bett und untersuchte seinen Oberschenkel.

»Hmmm. Wo hat er den bloß her? Sieht eher wie ein kleiner Einschnitt aus, find' ich.«

»Er hat gesagt . . .«

Sharon rüttelte Vincent sanft an der Schulter.

»Senator? Sind Sie wach?«

Das Schnarchen hörte auf. Seine Lider zuckten, aber seine Augen blieben geschlossen.

»Okay, Mom«, sagte er.

Sharon lächelte wieder. »Sehen Sie? Eher hat der Mann im Mond ihm 'ne Injektion gemacht als Doktor D. Wo ist außerdem die Spritze? Wo ist die Ampulle?«

Das waren berechtigte Fragen.

»Sie haben recht.« Gina wandte sich ab und ging zur Tür. »Okay, ich verschwinde. Also dann bis Donnerstag.«

Die Sache blieb rätselhaft, aber Gina verdrängte sie. Andere Dinge waren wichtiger. Zum Beispiel ihr morgiger Termin bei Congressman Allard. Übrigens auch einer von Duncans Patienten. Sie hatte vor einiger Zeit bei der an ihm vorgenommenen Fettabsaugung an der Bauchdecke assistiert.

Und wenn auch das nicht klappte, konnte sie sich an Senator Vincent halten.

Das war ihr nicht klar gewesen, als sie hier unterschrieben hatte, aber dies gehörte zu den Vorteilen der Zusammenarbeit mit Duncan: Wer Geld hatte und eine Schönheitsoperation wollte, mußte einfach zu Duncan Lathram kommen.

5

Duncan

Duncan Lathram, Doktor der Medizin, stand im 7-Eleven in der F Street an der Ecke zur Fifth Street zwischen frühmorgendlichen Stammgästen an der hinteren Kaffeetheke mit Selbstbedienung. In blaßblauem Oxfordhemd, blauem Blazer und grauer Flanellhose kam er sich etwas deplaziert vor, aber die anderen Gäste schienen nicht weiter auf ihn zu achten.

Er betrachtete die vor ihm stehenden unterschiedlich vollen Glasgefäße.

Sie lassen den Kaffee auf Heizplatten stehen, dachte er. Barbarisch.

Er verzog das Gesicht, griff nach einem mittelgroßen Becher – Styropor, mit dem rot-grünen Firmenzeichen bedruckt – und schenkte sich einen sogenannten Kaffee ein.

Schon die Farbe zeigte ihm, daß diese dünne Brühe, durch die er bestimmt seine Morgenzeitung hätte lesen können, aus verwässertem Kaffeesatz kam. Und das Aroma – nein, der *Geruch*, denn ein besseres Wort verdiente dieses bittere Gebräu nicht – bewies, daß er schon viel zu lange auf der Heizplatte gestanden hatte.

Er trank seinen Kaffee schon immer schwarz, und obwohl er wußte, daß er das bereuen würde, hatte er nicht die Absicht, jetzt von seiner Gewohnheit abzulassen. Er blies etwas Dampf von der dunklen Oberfläche, nahm einen winzigen Schluck ...

Und fuhr zusammen. Das Zeug schmeckte wie ... wie ...

Ihm fehlten die Worte.

Duncan beobachtete, wie der Mann im blauen Flanellhemd neben ihm seinen Kaffeebecher mit reichlich Sahne auffüllte und dann drei Löffel Zucker hineinkippte.

»Hilft das gegen den Geschmack?«

Der Mann sah zu ihm auf. Er schien verblüfft zu sein, daß jemand ihn angesprochen hatte. »Äh, irgendwie schon. Eigentlich mag ich keinen Kaffee, aber ich brauch' ihn, um morgens in die Gänge zu kommen.«

»Ja. Ich selbst lebe ganz abstinent, nur Kaffee muß sein. Was wir nicht alles tun, um unseren Koffeinspiegel zu halten, stimmt's?«

Er stellte sich an der Kasse an. Das Flanellhemd folgte ihm. Duncan beobachtete, wie eine übergewichtige Frau vor ihm, Lockenwickler in ihrem orangeroten Haar, drei Dosen Arizona Iced Tea und zwanzig Creamsicles auf die Theke fallen ließ, bevor sie zwei Päckchen Parliament verlangte – Schachteln, bitte.

Duncan drehte sich halb nach dem Flanellhemd um und erklärte ihm: »Ich bin schon immer der Ansicht gewesen, die Perspektiven einer Zivilisation ließen sich durch Beobachtung ihrer heimischen Küche vorhersagen, finden Sie nicht auch?«

»Ha?« sagte das Flanellhemd.

»Genau.«

Dann mußte Duncan zahlen.

»Sonst noch was?« fragte der nahöstliche Gentleman hinter der Theke.

»Leider nein«, antwortete Duncan. »Mein Arzt erlaubt mir nur ein mittelgroßes Kerosin pro Tag.«

»Ja, Sir«, sagte der Mann und strich das Geld ein. »Schönen Tag noch.«

Draußen ging er nach Süden, überquerte die Constitution Avenue, schlenderte die Mall hinauf und trank mit vorsichtigen kleinen Schlucken das kaffeeartige Zeug, während er sich dem Kapitol näherte. Heute war Mittwoch, ein operationsfreier Tag. Er hätte locker sein sollen, aber ein leichtes Zittern seiner Hand kräuselte die Oberfläche der Flüssigkeit in seinem Kaffeebecher. Er wußte, daß daran nicht das Koffein schuld war.

Gib's zu, forderte er sich selbst auf. Wärst du noch verkrampfter, würdest du implodieren. Aber hast du nicht ein Recht dazu? Dies ist ein wichtiger Tag. Für einen bestimmten Congressman allerdings noch wichtiger.

Er lenkte sich ab, indem er seine Umgebung bewunderte.

In letzter Zeit kam er selten in die Stadt. Eigentlich schade. Letzte Nacht hatte es geregnet; jetzt hingen leichte Dunstschleier in der Luft, und das Gras glitzerte in der Morgensonne. Einzelne Stare schafften es, sich trotz des anschwellenden Donners der herantrampelnden Herde zur Arbeit eilender Staatsdiener vernehmbar zu machen. Duncan hatte vergessen, wie schön die Mall sein konnte, bevor die Touristen kamen.

Sein letzter Vorstoß in diesem Gebiet war ein großer Fehler gewesen. Er war im Mai hergekommen – während der alljährlichen Invasion durch Busladungen von Schulklassen aus sämtlichen Staaten östlich der Rockies. In der National Gallery hatte es von hyperaktiven, ständig laut lachenden, pickeligen, kraftstrotzenden Hormonbündeln nur so gewimmelt, für die der Gipfel wahrer Kunst in intimer Selbstverwirklichung darin bestand, den Namen ihrer liebsten Heavy-Metal-Gruppe an eine Wand zu sprühen.

Andererseits hatte zu den damals in der National Gallery

ausgestellten Hauptwerken ein riesiges Wandgemälde gehört – drei Meter hoch, sechs Meter breit und reinweiß bis auf einen beigen senkrechten Streifen ungefähr einen halben Meter vom linken Rand entfernt.

Vielleicht hatten die Kids doch recht: *Megadeth Rules*. In der Tat.

Duncan war nicht wieder hingegangen.

Ein Stück weiter sprach ihn ein schmutziger, unrasierter Mann an, der in einem schwarzen Müllsack steckte; die Zuziehschnur diente ihm als Gürtel, während Kopf und Arme aus zweckmäßig angeordneten Schlitzen ragten.

»Haben Sie etwas Kleingeld für 'nen alten Soldaten übrig?« fragte der Zerlumpte.

Duncan blieb stehen und griff in die Hosentasche. »In welchem Krieg sind Sie gewesen?«

»In welchem sind *Sie* gewesen?« fragte der Mann.

»Im Koreakonflikt, wie er heutzutage genannt wird.«

Das stimmte nicht. Er war damals auf dem College gewesen. Aber er wollte hören, was der »alte Soldat« sagen würde.

»Ich auch.«

Duncan mußte unwillkürlich lächeln. »Und wenn ich Vietnam gesagt hätte?«

»In dem bin ich auch gewesen. Ich bin der Unbekannte Soldat.«

Duncan vermutete, daß er den Universalen Soldaten meinte, aber andererseits wußte er wahrscheinlich nicht mal mehr seinen eigenen Namen.

»Klasse Regenschutz haben Sie da, Soldat. Das neueste Modell aus dem House of Hefty, wenn ich mich nicht irre.«

»Hält einen trocken.«

Duncan gab ihm einen Zwanziger. Der Mann warf einen Blick auf den Geldschein, dann schluckte er trocken.

»Jesus, Mann! Danke! Tausend Dank!«

»Warum nicht? Ich rechne fest damit, daß heute ein guter Tag für mich wird. Also soll er auch für Sie gut sein.«

Der Obdachlose wich langsam vor ihm zurück, als wolle er den Abstand zwischen ihnen vergrößern, bevor Duncan sich die Sache anders überlegte. »Ich werd's klug ausgeben, das versich're ich Ihnen, Sir.«

Duncan lachte. »Davon bin ich überzeugt.«

»Ich wünsche Ihnen einen guten Tag.«

»Den werde ich bestimmt haben. Einen sehr guten Tag.«

Wenn diesmal alles wie geplant klappt.

Sorgen knabberten an seiner Magenschleimhaut wie hungrige Fische. Hier kam alles auf den richtigen Zeitpunkt an, aber da so viele Variablen sich seiner Kontrolle entzogen, mußte er auch viel Glück haben. Und Duncan haßte es, auf Glück angewiesen zu sein.

Er schlenderte weiter, bis er das Kamerateam sah, das vor dem Repräsentantenhaus am Fuß der zur westlichen Säulenhalle des Kapitols hinaufführenden Treppe einen Dreh vorbereitete.

»Passiert hier was Wichtiges?« fragte Duncan.

»Bloß ein Interview«, sagte der bärtige Kameramann. »Congressman.«

»Welcher?«

»Allard.«

»Kenneth Allard? *Der* Kenneth Allard? Hier? Gleich hier?« Duncan klatschte vor Begeisterung in die Hände. »Der ist einer meiner Lieblingspolitiker.«

Der Kameramann grinste den Tontechniker an. »Das hab' ich noch von keinem gehört.«

»Oh, er ist ein großer Staatsmann mit wundervollem Intellekt. Eine Insel der Rechtschaffenheit in einem Meer von Bestechlichkeit.«

»Wenn Sie's sagen.«

Das geringe Interesse des Kameramanns, mit Duncan zu reden, war jetzt offenbar völlig geschwunden. Allerdings konnte Duncan ihm das nicht verübeln.

Sorg dafür, daß die Kamera funktioniert, dachte Duncan. Du wirst das Ende einer Karriere miterleben.

Er machte sich daran, die vier zum Kapitol hinaufführenden Granittreppen zu erklimmen. Er mußte Congressman Allard erreichen, bevor dieser vor die Kamera trat.

Gestern abend hatte ein Nachrichtensprecher im Fernsehen erwähnt, sein Sender werde Congressman Allard heute zur Wiederbelebung der Kommission für ärztliche Ethik und Richtlinien zur Berufsausübung interviewen. Duncan hatte sofort beschlossen, rechtzeitig hier zu sein. Diese glänzende Gelegenheit durfte er sich nicht entgehen lassen.

Auf der obersten Stufe drehte er sich um und blickte über das grüne Band der Mall hinweg. In dreieinhalb Kilometer Entfernung, jenseits des Spiegelteichs des Kapitols, jenseits der Türme des Smithsonian Institutes und der Museen und Galerien entlang der Mall, glänzte das Washington Monument in der Morgensonne wie eine Speerspitze und warf einen langen schmalen Schatten in Richtung Lincoln Memorial, das hinter ihm stand. Darüber glitt der Delta-Shuttle zur Landung auf dem Washington National Airport tiefer.

Rechts und links neben der Mall herrschte auf der Pennsylvania, Constitution und Independence Avenue dichter Verkehr in seine Richtung.

Und an ihm vorbei kam ein stetiger Strom von Männern und Frauen – überwiegend Männer – in Anzügen beziehungsweise Kostümen und mit Aktenkoffern oder -taschen die Treppen heraufgehastet. Sie waren offensichtlich keine Touristen – Bermudashorts, Kameras, und »I ❤ Washington«-Mützen fehlten ganz –, und er wußte, daß sie weder Senatoren, Abgeordnete noch deren Mitarbeiter waren. Leute, die hier arbeiteten, die hier dazugehörten, fuhren mit kleinen U-Bahnen zwischen den Verwaltungsgebäuden von Senat und Repräsentantenhaus hin und her. Diese Leute waren Lobbyisten, deren Scheckbücher das Schmiermittel enthielten, das das Räderwerk des Kongresses in Gang hielt.

Die Kakistokratie tagte.

Duncan seufzte, als er ihren hastigen, zielbewußten Aufstieg zu den Sitzungssälen von Senat und Repräsentantenhaus beobachtete. Gott, was waren das viele.

Der Kongreß der Vereinigten Staaten, dachte er grimmig lächelnd. Die beste Regierung, die für Geld zu haben ist.

Weit unter ihm am Fuß der Treppe nickte der Tontechniker,

als die Reporterin ihr Mikrofon ausprobierte. Gut. Sie waren also fertig. Sie standen bereit und warteten auf Congressman Kenneth Allard. Auch Duncan wartete auf ihn.

Und dann sah er ihn. Allard kam, von einem Trio seiner Assistenten flankiert, aus der zum Repräsentantenhaus gehörenden Seite des Gebäudes. Ende Fünfzig, mittelgroß, mit einer Matte aus dunkelbraunem Haar, das früher jemand anderem gehört hatte, auf dem kahlen Auswuchs, der sich Kopf nannte. Allard hatte einen kleinen Schmerbauch. Bevor Duncan ihm auf dem Operationstisch den größten Teil seines Bauchfettes abgesaugt hatte, war sein Bauch sehr viel größer und schwabbelig gewesen. Jetzt präsentierte er sich flach und fest.

Keine schlechte Arbeit, dachte er, als Congressman Allard über die weite, mit Granitplatten belegte Fläche auf ihn zukam, auch wenn ich das selbst sage.

Aber ein Gesicht, das nur ein Bakteriologe lieben könnte.

Viele der heraufkommenden Lobbyisten lächelten ehrerbietig und winkten Allard im Vorbeigehen zu. Er genoß auf dem Kapitol einen geradezu legendären Ruf und wurde von seinen Kollegen in der Kakistokratie wegen seiner innovativen Methode der Wahlkampffinanzierung, die er als Mitglied des Ausschusses für Energie und Handel entwickelt hatte, bewundert, fast verehrt. Als Congressman Allard vor einigen Wahlperioden hatte feststellen müssen, daß sein Wiederwahlfonds auf ein bis zwei Millionen Dollar zusammengeschrumpft war und die Political Action Committees nicht schnell genug neues Geld heranschafften, hatte er ein ganzes Bündel von Gesetzen eingebracht, die vernichtende Auswirkungen auf die Kohle-, Gas- und Holzindustrie gehabt hätten. Daraufhin war er plötzlich von den Energie-PACs und den Verbänden der holzverarbeitenden Industrie – ganz zu schweigen von den dazugehörigen Gewerkschaften, die schwer unter Allards Gesetzen gelitten hätten – mit gezücktem Scheckbuch umschwärmt worden. In drei Monaten hatte er acht Millionen kassiert – und davon vermutlich auch seine Schönheitsoperation bezahlt. Sobald seine Geldgier befriedigt war, hatte er die Gesetzesentwürfe zurückgezogen. Seine Kollegen hatten diese Methode seitdem oft imitiert.

Aber das alles war nicht der Grund, aus dem Duncan heute hier war.

Er beobachtete, wie Allard einigen der vorbeigehenden Lobbyisten zunickte, aber der Congressman war mehr daran interessiert, sich mit seinen Assistenten zu beraten. Er erinnerte an einen Quarterback, der den Kopf mit seinen Trainern zusammensteckte, die jedoch alle Anzüge trugen.

Duncan fragte sich, ob er der einzige auf dem Kapitolshügel war, der keinen Geschäftsanzug trug.

»Guten Morgen, Kent«, sagte Duncan, als er sich der Gruppe näherte. Allard sah auf, als er seinen Vornamen hörte, und starrte Duncan mit zusammengekniffenen Augen an. Er wirkte zunächst verwirrt – Duncan hörte beinahe, wie er *Wer zum Teufel?* dachte –, dann erkannte er den Mann, der ihn angesprochen hatte.

»Doc . . .« Er räusperte sich. »Duncan! Was führt Sie hierher? Willkommen auf dem Hügel.« Aus seiner Miene sprach kein Willkommen, sondern vorsichtiges Mißtrauen.

Will mich nicht Dr. Lathram nennen. Wahrscheinlich hat er Angst, daß jemand meinen Namen erkennt und wissen will, welche Operation ich an ihm vorgenommen habe.

Duncan streckte die Rechte aus und spulte seinen eingeübten Text flüssig ab.

»Ich warte auf Verwandte von auswärts. Ich habe versprochen, ihnen die Sehenswürdigkeiten zu zeigen – Fremdenführer für einen Tag. Das kennen Sie bestimmt auch.«

Jacketkronen blitzten. »Aber sicher!«

Duncan griff unauffällig in seine Jackentasche und umfaßte das längliche Gehäuse seines Piepsers. Er merkte, daß er zu schwitzen begonnen hatte. Er war Allard schon ziemlich nahe, aber er wollte noch näher an ihn herankommen. Damit bestimmt nichts schiefging.

»Sie sehen gut aus, Kent. Die Kameras da unten werden begeistert sein.« *Aber bei weitem nicht so begeistert wie Sie von ihnen.*

Das Lächeln verschwand. Das Mißtrauen kehrte zurück. »Oh! Vielen Dank.«

Sie können ganz unbesorgt sein, Congressman, dachte Duncan. Ich sage kein Wort über Fettabsaugung.

Aber er konnte der Versuchung nicht widerstehen, die Daumenschrauben etwas fester anzuziehen.

»Wie schaffen Sie's nur, immer so jung auszusehen?«

Allards Lächeln kehrte zurück, aber nun wirkte es gezwungen. »Ich lebe anständig.«

Du Schweinehund.

»Damit muß ich's auch mal versuchen.«

Sie lachten beide, Duncan schaltete den Piepser ein, dessen Signal sofort zu hören war. Er zog ihn aus der Jackentasche – ein altes Modell, viel größer als moderne Geräte. Während er das leere Nachrichtenfeld anstarrte, bemühte er sich, das fiebrige Zittern seiner Hand zu unterdrücken.

»Hmmm, meine Sekretärin versucht, mich zu erreichen. Ich suche mir lieber ein Telefon und frage, worum es geht.«

Er drängte sich an dem Congressman und seinen Assistenten vorbei und kam so bis auf Handbreite an Allard heran.

Sein Finger lag auf einem Knopf seines Piepsers. Auf dem Spezialknopf. Aber er zögerte noch. War dieser Knopf einmal gedrückt, gab es kein Zurück mehr.

Vertraute Fragen stiegen wieder in ihm auf: Geht das nicht zu weit? Lohnt sich dieses Risiko wirklich? Und die beunruhigendste von allen: Ist das etwas, das ein geistig Gesunder täte?

Dann fiel ihm wieder ein, woran Allard vor fünf Jahren beteiligt gewesen war . . . und seine heutige Bemerkung über *anständig leben*.

Duncan drückte auf den Knopf.

Diesmal gab der Piepser keinen Ton von sich, aber er fühlte ihn in seiner Hand vibrieren.

Allard verzog das Gesicht und rieb sich den rechten Oberschenkel.

»Alles Gute für Ihr Fernsehinterview, Kent«, sagte Duncan. »Und denken Sie an eine Achtzehnjährige namens Lisa.«

»Wie bitte?« fragte Allard.

»Sie hat Lisa geheißen. Denken Sie daran.« *Das soll dein letzter vernünftiger Gedanke sein.*

Er wandte sich ab und wäre fast mit einer schwarzhaarigen jungen Frau zusammengestoßen.

»Gina!«

Gina versuchte zu sprechen, aber ihre Stimme versagte. Nicht vor Schreck, weil sie Duncan auf der Treppe zum Kapitol begegnet war, sondern wegen des Gesichtsausdrucks, mit dem er sich von Congressman Allard abwandte. Seine Augen – eiskalt, kobalthart, so voller Wut und glühendem Haß, daß Gina fürchtete, sie könnten aus ihren Höhlen treten. Sie hatte ihr Leben lang noch keinen derartigen Gesichtsausdruck gesehen. Im ersten Augenblick glaubte sie, einem barbarisch wilden Fremden gegenüberzustehen.

Und plötzlich war alles verschwunden. Sobald er ihren Namen aussprach, glättete sein Gesichtsausdruck sich, verwandelte er sich in den Duncan Lathram, den sie kannte.

Und dann konnte sie wieder reden.

»Duncan. Sie hätte ich hier am wenigsten zu sehen erwartet.«

Er starrte sie einige Herzschläge lang an. Als er schließlich sprach, klang seine Stimme kühl, abweisend.

»Das hätte ich auch von Ihnen behaupten können ... bis gestern. Wie lange haben Sie schon hier gestanden?«

Gina war etwas zu früh zu ihrem Vorstellungsgespräch ins Rayburn Building gekommen und hatte gehört, Congressman Allard werde sich wegen eines Fernsehinterviews leicht verspäten. Anstatt untätig zu warten, hatte Gina beschlossen, über die Independence Avenue zu schlendern, um das Interview live mitzuerleben.

Während sie diskreten Abstand zu dem Congressman und seinen Begleitern hielt, fiel ihr ein Mann auf, der sie an Duncan erinnerte. Aber von hinten ließ sich das nicht feststellen – und was hätte Duncan außerdem hier zu suchen gehabt? Sie kam unauffällig näher und hatte den Mann schon fast erreicht, als er sich so plötzlich umdrehte, daß sie fast zusammengeprallt wären.

Wie lange haben Sie schon hier gestanden? Die Antwort darauf schien ihm wichtig zu sein. Sehr wichtig.

Lange genug, um dich etwas sehr Merkwürdiges sagen zu hören, dachte sie.

»Nur ein paar Sekunden. Aber was um Himmels willen machen Sie hier?«

»Ich?« Er sah sich um. »Ich liebe dieses Viertel ums Kapitol ... die Mall ... die Baudenkmäler ... sie sind schön.«

»Wenn ich daran denke, was Sie von Politikern halten ...«

»Sagen wir einfach, daß ich das Ganze mit einem prächtigen Gebäude vergleiche, das von Termiten und allem möglichen Ungeziefer bevölkert ist.« Sein forschender Blick durchbohrte sie. »Warum sind Sie also hier?«

Die Frage, die sie gefürchtet hatte. »Ich, äh, habe heute morgen einen Termin bei Congressman Allard.«

Duncan verzog das Gesicht. »Sie wollen zu *seinem* Stab gehören?«

»Ich will zu jedermanns Stab gehören. Ich will in dieser Kommission mitarbeiten.«

Er starrte sie erneut an. »Ja. Ja, das sehe ich Ihnen an. Warum haben Sie das gestern nicht erwähnt?«

»Sie haben mir keine Gelegenheit dazu gegeben.«

Er stieß einen leisen Gutturallaut aus und sah den Piepser in seiner Hand an – einen Dinosaurier von einem Piepser. Mindestens fünfzehn Zentimeter lang.

Merkwürdig, dachte Gina. Sie hatte nicht gewußt, daß Duncan einen Piepser mit sich herumtrug. Er brauchte keinen Bereitschaftsdienst zu leisten, aber sie vermutete, daß er für den Fall erreichbar sein wollte, daß postoperative Komplikationen auftraten.

Duncan schien es plötzlich eilig zu haben. Er sprach hastig. »Ich möchte etwas mit Ihnen besprechen, Gina, aber jetzt muß ich dringend telefonieren, und dies ist nicht der richtige Ort für ein Gespräch. Könnten sie heute gegen Mittag zu mir ins Büro kommen?«

... etwas mit Ihnen besprechen ... Das klang irgendwie unerfreulich.

»Ich denke, schon.«

»Gut. Dann bis später.«

Er wandte sich ab und ging auf eines der Portale des Südflügels zu. Gina beobachtete ihn noch einige Sekunden lang, bevor sie sich wieder auf Congressman Allard konzentrierte, der sich noch immer mit seinen Assistenten beriet. Obwohl das Gesamtalter der drei jungen Männer das Allards bestimmt nur unwesentlich überstieg, redeten allein sie. Gute Haarschnitte, teure Anzüge, sechsstellige Jahresgehälter – jedenfalls bezogen viele der erfahrenen Assistenten kaum weniger – und ein selbstgefälliger Wir-sind-im-Zentrum-der-Macht-Gesichtsausdruck.

Allzu viele der Hügelratten, die sie kennengelernt hatte, schienen nach einigen Arbeitsjahren diese Einstellung anzunehmen. Gina versprach sich – schwor sich –, daß sie das nie tun würde.

Bestimmt diente diese Viererkonferenz der Feinabstimmung von Allards Ausführungen vor laufender Kamera.

Endlich schien er bereit zu sein. Er nickte seinen Assistenten zu, rückte die Krawatte gerade, bewegte seine Schultern unter der Anzugjacke, klopfte mit der flachen Hand auf sein Toupet und machte sich auf den Weg die Treppe hinunter.

Gina trat weiter nach rechts, um alle Stufen ungehindert überblicken zu können. Sie beobachtete, wie Congressman Allard leicht schräg auf die wartende Kamera und die Reporterin zuhielt. Auf den beiden ersten Treppen waren seine Bewegungen glatt und flüssig, aber dann blieb er auf dem Treppenabsatz auf halber Höhe stehen.

Er machte eine Pause, rieb sich die Augen, schüttelte den Kopf, als sei er kurzzeitig benommen, und ging dann weiter. Auf der obersten Stufe der letzten Treppe blieb er noch einmal stehen.

In Ginas Kopf schrillte eine Alarmglocke. Hier war irgend etwas nicht in Ordnung.

Allard lehnte sich an das Bronzegeländer und bedeckte seine Augen mit einer Hand. Sogar von ihrem Platz aus konnte Gina sehen, daß seine Hand zitterte.

Er ließ die Hand sinken und begann zu schwanken. Dann umklammerte er das Geländer, drehte sich um und starrte zum Kapitol hinauf. Sein Gesichtsausdruck war ängstlich. Er wirkte desorientiert, verwirrt, als wisse er nicht, wo er sich befinde. Er versuchte einen Schritt nach links, aber dann taumelte er rückwärts.

Mein Gott, er fällt gleich!

Als er wild mit seinen Armen rudernd das Gleichgewicht zu halten versuchte, schrien seine Assistenten auf und rannten zu ihm hinunter. Aber Allard stürzte bereits. Er schaffte es noch, sich herumzuwerfen, konnte seinen Sturz aber nicht abfangen. Er knallte auf die Granitstufen und rollte über die Treppe nach unten.

Auch das Fernsehteam schrie jetzt durcheinander, während die Reporterin auf den verunglückten Congressman zuhastete. Der Kameramann blieb mit laufender Kamera dicht hinter ihr. Vom anderen Ende der Treppe kamen mehrere Männer der Capitol Police herbeigelaufen.

Gina war schon nach unten unterwegs, als Congressman Allard schwer am Fuß der Treppe aufschlug und mit verdrehten Gliedmaßen unbeweglich liegenblieb. Sein Toupet war so verrutscht, daß es halb über seinem linken Ohr hing. Seine Assistenten, das Fernsehteam und die Cops kamen aus drei Richtungen auf ihn zugerannt.

Gina erreichte die wachsende Menge der Schaulustigen und drängte sich hindurch.

»Ich bin Ärztin«, sagte sie. »Lassen Sie mich durch!«

Die Gaffer machten ihr Platz, und sie kniete neben Allard nieder. Er lag auf dem Rücken; sein Gesicht war schlimm zugerichtet, überall Blut. Gina drückte mit Zeige- und Mittelfinger gegen seine Halsseite und suchte die Hauptschlagader. So ertastete sie seinen Puls, der beschleunigt, aber kräftig und gleichmäßig war. Sie sah, wie sein Brustkorb sich atmend hob und senkte. In einem Winkel seiner blutigen Lippen blubberten kleine Speichelblasen, während die Luft ein- und ausströmte.

Puls und Atmung waren in Ordnung. Gut. Aber Allard schien einen Schock erlitten zu haben.

»Sein Herz schlägt, und er atmet«, erklärte sie den Umstehenden. »Wiederbelebungsmaßnahmen sind nicht nötig. Aber er darf nicht bewegt werden. Unter Umständen hat er eine Rückgratverletzung.« Sie sah sich um. »Ruft jemand einen Krankenwagen?«

Einer der Capitol Cops deutete auf seinen Partner, der in sein Funkgerät brabbelte. »Wir sind dabei«, sagte er.

Gina konzentrierte sich wieder auf Allard. Sie konnte hier keine neurologische Untersuchung durchführen, aber sie tippte auf einen Schlaganfall. Vielleicht war irgendwie ein Embolus in sein Gehirn gelangt.

Als sie kurz den Kopf hob, sah sie jemanden am Geländer vor der westlichen Säulenhalle stehen und auf sie herabblicken. Gina blinzelte überrascht. Dort oben stand Duncan. Seinen Gesichtsausdruck konnte sie aus dieser Entfernung nicht erkennen. Er starrte noch einen Augenblick nach unten, wandte sich dann ab und verschwand.

Duncan? dachte sie. Willst du ihm nicht helfen?

6

Kaffee

Gina kam erst kurz vor Mittag ins Surgicenter zurück, nachdem sie bei Congressman Allard ausgeharrt hatte, bis der Notarztwagen gekommen war. Sie hatte noch zugesehen, wie das Rettungsteam ihm das Gesicht verband, ihn auf einer Krankentrage anschnallte und ihn in das Fahrzeug lud, das dann mit Sirenengeheul zum George Washington Medical Center davonraste. Nachdem sie in Allards Büro gegangen war, um dort zu berichten, was passiert war, hatte sie nicht recht gewußt, was sie anfangen sollte; sie war ohne bestimmtes Ziel auf den Straßen ums Kapitol unterwegs gewesen und hatte nachgedacht, sich über Duncan gewundert . . .

Duncan hatte sich an diesem Morgen so eigenartig benommen und nicht das geringste Interesse für das Schicksal Allards gezeigt, obwohl der Congressman nicht irgendein Fremder, sondern einer von Duncans Patienten war.

Und wer war diese Lisa, die er dem Congressman gegenüber

erwähnt hatte? Auch Allard hatte offenbar nichts mit diesem Namen anfangen können.

Dann fuhr sie mit der Red Line der Metro nach Friendship Heights hinauf, ging das letzte Stuck zu Fuß und dachte weiter über Duncan nach.

Als Gina das Surgicenter erreichte, wußte sie noch immer nicht, wie sie sein Verhalten einordnen sollte.

»Er wollte mich sprechen«, erklärte sie Barbara, als sie vor deren Schreibtisch stehenblieb.

»Ja, das hat er erwähnt, aber im Augenblick berät er sich mit einem anderen Arzt. Er will auf keinen Fall gestört werden.«

»Tatsächlich? Jemand, den wir kennen?«

Barbara zuckte mit den Schultern. »Mir hat er nur gesagt, ich soll eine halbe Stunde für ›Doktor V.‹ reservieren. Jetzt wissen Sie soviel wie ich. Aber er sieht *sehr* gut aus.« Sie spitzte affektiert die Lippen, während sie Mae Wests Tonfall imitierte. »Dies ist sein zweiter Besuch, und ich hoffe, daß es nicht sein letzter ist.«

Wozu diese Geheimnistuerei um seinen Namen? Vielleicht ein Arzt, der selbst eine kosmetische Operation wollte?

Gina zuckte mit den Schultern. Das ging sie nichts an.

»Sagen Sie ihm bitte, daß ich da bin?«

»Wird gemacht.«

Wenige Minuten später saß sie Oliver Lathram an der Werkbank im Kellerlabor gegenüber und beobachtete ohne wirkliches Interesse, wie er etwa ein Dutzend Implantate für die morgige Operation füllte. Sie hatte bereits Kopfschmerzen, und der in der Luft hängende schwache Lösungsmittelgeruch und das grelle Licht der Neonröhren an der Decke verstärkten sie noch. Sie hätte Oliver helfen und die Fülltechnik lernen sollen, aber sie brachte die Konzentration dafür einfach nicht auf.

Gina hatte die Ellbogen auf die zerkratzte schwarze Arbeitsplatte gestützt, ihr Kinn ruhte in den Händen. Sie fühlte sich bleiern, als habe jemand ihr alle Energie aus dem Körper gesaugt... eine Folge der Ereignisse dieses Vormittags. Und wegen der Gewißheit, daß Duncan sie entlassen würde.

»Er entläßt Sie nicht«, sagte Oliver, als habe er ihre Gedanken erraten.

Gina sah zu ihm auf. Er saß ruhig in seinem weißen Laborkittel da und hatte seine molligen Hände auf der Tischplatte vor sich gefaltet. Aber sie erkannte echtes Mitgefühl im Ausdruck seines runden blassen Gesichts und in den blauen Augen hinter der dicken Hornbrille. Schwer zu glauben, daß Duncan und er Brüder waren.

»Woher wissen Sie das so bestimmt?«

»In letzter Zeit reagiert er oft unbeherrscht. Seit diese verflixte Kommission wiederbelebt worden ist.«

»Was hat's zwischen ihm und dieser Kommission gegeben?«

»Nun, vor Jahren gab's mal Schwierigkeiten ...« Er sprach nicht weiter.

»Was für Schwierigkeiten?«

»Nichts. Vergessen Sie, was ich gesagt habe.«

Aber Gina vergaß nichts. Besonders nicht nach den Ereignissen dieses Vormittags. Eine weitere Frage brannte ihr auf der Zunge.

»Also gut. Sagen Sie mir etwas anderes: Wer ist Lisa?«

»Lisa?«

»Ja. Ich habe selbst gehört, wie Duncan heute morgen eine Lisa erwähnt hat.«

Plötzlich zerplatzte das Implantat, an dem Oliver gerade arbeitete.

»Ich weiß auch nicht ... Er hat eine Tochter namens Lisa gehabt.«

»Gehabt?«

»Nun, sie ...«

Das Telefon klingelte. Oliver nahm den Hörer ab und meldete sich.

»Ja, sie ist hier«, sagte er und hielt ihr den Hörer hin.

Duncans Stimme: »Gina, bitte kommen Sie zu mir herauf.«

Ihr Mund war trocken. »Okay. Klar.«

Am anderen Ende wurde aufgelegt. Das allein hatte nichts zu bedeuten – Duncan verzichtete am Telefon auf jedes überflüssige Wort –, aber Gina spürte, wie sich ihr Magen verkrampfte.

Sie gab Oliver den Hörer zurück.

»Er will mich sprechen.«

Oliver lächelte. »Sehen Sie? Er hat sich schon beruhigt.«

»Da wäre ich mir nicht so sicher.«

»Wenn Sie wollen, rede ich mit ihm.«

»Danke, aber das muß ich selbst regeln.«

Während ihr Magen noch heftiger rebellierte, stand sie auf und machte sich auf den Weg in Duncans Büro. Diesmal war die Sache ernst. Sie war schon oft in seinem Büro gewesen, aber im allgemeinen nur für wenige Minuten vor einer Operation, um mit ihm ein mögliches Problem eines Patienten zu besprechen. Dies war das erste Mal, daß er eigens angerufen und sie *aufgefordert* hatte, zu ihm ins Büro zu kommen.

Er hat vor, mich zu entlassen.

Finanziell wäre das keine Katastrophe gewesen. Sie bekam hier kein allzu hohes Gehalt und konnte im Lynnbrook Hospital jederzeit eine zusätzliche Nachtschicht übernehmen. Aber trotzdem ...

Sie schluckte trocken.

Entlassen ... jeder Verlust irgendeines Jobs war schmerzlich. Aber von Duncan Lathram rausgeschmissen zu werden ...

Vernichtend.

Trotzdem würde sie nicht klein beigeben. Schließlich wußte sie, daß ihre Entscheidung richtig war. Aber wie sollte sie ihm das alles erklären? Aus ihrer Sicht waren die Zeiten vorbei, in denen die Ärzteschaft sich nur auf ihre Patienten konzentrieren und einfach ignorieren konnte, was Washington ausheckte. Das war eine überholte Einstellung aus grauer Vorzeit.

Zum Besten ihrer Patienten, aber auch zum eigenen Besten mußte die Ärzteschaft sich am Gesetzgebungsverfahren beteiligen. Und wer als Arzt anders dachte, war ein Dinosaurier – schon ausgestorben, sich aber dieser Tatsache noch nicht bewußt.

Klar, dachte sie. So ist's recht! Erzähl Duncan einfach, daß er der beste aller Chirurgen, aber ein Dinosaurier ist. Dann wird er dich unbedingt behalten wollen.

Vor Barbaras Schreibtisch rang Gina sich ein Lächeln ab.

»Er erwartet mich.«

»Ich weiß«, sagte Barbara. »Ich soll keine Anrufe durchstellen.«

Oh, großartig!

Gina zögerte an der Tür, dann trat sie ein.

Duncans Arbeitszimmer war ein geräumiges Quadrat, dessen der Tür gegenüberliegende Wand fast ganz aus hohen Fenstern bestand. Die Mittagssonne schien nicht mehr herein, aber sie beleuchtete den fernöstlichen Steingarten und den Koi-Teich vor den Fenstern. Von den in gebrochenem Weiß gehaltenen Wänden war nur sehr wenig zu sehen; wo sie nicht mit Mahagonischränken voller Fachbücher und Journale zugestellt waren, verschwanden sie fast unter Plaketten, Urkunden, Diplomen und Zertifikaten, die Duncan im Lauf der Jahre von verschiedenen Gremien erhalten hatte. Vor der Fensterwand stand ein übergroßer antiker Partnerschreibtisch, und ein kostbarer Orientteppich bedeckte den größten Teil des Parkettbodens.

Rechts ging die Wand in einen großen Einbauschrank über, der eine Nische ausfüllte. Duncan hatte den Schrank geöffnet, stand mit dem Rücken zu Gina davor und war in irgendeine Tätigkeit vertieft.

Als er hörte, daß sie die Tür hinter sich schloß, drehte er sich halb nach ihr um.

»Gut. Sie kommen gerade rechtzeitig.« Duncan winkte sie zu sich heran. »Sie können hier zusehen.«

Gina folgte seiner Aufforderung, leicht erstaunt über diese beiläufige Begrüßung – Duncan wirkte ganz anders als heute morgen – und ziemlich verunsichert. Als sie näher kam, hörte sie ein Surren wie von einem Elektrobohrer. Dann sah sie zu ihrer Verblüffung, was er machte.

Er mahlte Kaffee.

»Den hab' ich gerade bekommen«, sagte er. »La Minita Tarrazu aus Costa Rica. Eine erlesene Bohnensorte.«

Er kippte den gemahlenen Kaffee in einen verchromten Filteraufsatz auf einer Thermoskanne.

Gina sah kein Weiß in dem Trichter. »Sie haben das Filterpapier vergessen.«

»Keine Angst, das ist dort drin. Ich verwende einen Goldfilter. Papier saugt zu viele der Öle auf, die dem Kaffee seinen Charakter verleihen. Denken Sie daran: Immer einen Goldfilter verwenden. Und etwas anderes sollten Sie sich auch merken.«

Er griff in den kleinen Mikrowellenherd links neben sich und holte eine Halbliterkanne aus feuerfestem Glas heraus, in der Wasser dampfte. Aus dieser Kanne kippte er zwei Teelöffel Wasser in den Filteraufsatz.

»Die gemahlenen Bohnen immer erst anfeuchten. Sobald sie etwa eine halbe Minute lang gequollen sind, gießen Sie das restliche Wasser nach. Aber kein *kochendes* Wasser. Sie wollen keinen verbrühten Kaffee. Lassen Sie das zum Kochen gebrachte Wasser ungefähr eine Minute lang stehen, bevor Sie's über das feuchte Mahlgut schütten. Aber nicht irgendwelches Wasser. Nehmen Sie Mineralwasser – nicht die mit Chemikalien versetzte Brühe aus dem Wasserhahn.«

Er leerte die Glaskanne in den Filteraufsatz und rieb sich dann in freudiger Erwartung die Hände.

»Sie können auf ein wirkliches Erlebnis gespannt sein, Gina. Die wahrscheinlich beste Tasse Kaffee der Welt.« Er wandte sich ihr zu. »Hat Senator Marsdens Büro sich schon bei Ihnen gemeldet?«

»Nein. Ich bin nicht sehr sanguinisch, was meine Chancen betrifft.« *Sanguinisch?* Dieses Wort gebrauchte sie sonst nie. Das muß an Duncans Einfluß liegen. »Ich bin nicht bei Senator Marsden selbst gewesen, wissen Sie. Ich habe mit seinem Stabschef gesprochen. Wir haben uns nicht sonderlich gut verstanden.«

»Vom Satrapen des Senators abgeschossen, wie? Und Allard haben Sie auch nicht beeindrucken können, vermute ich.«

»Wohl kaum. Ein scheußlicher Sturz die Treppe hinunter. Er kann von Glück sagen, daß er in einem Stück unten angekommen ist.«

»Noch dazu vor laufender Fernsehkamera. CNN hat die Szene den ganzen Vormittag lang wiederholt. Pech gehabt.«

Pech gehabt? Er war dort gewesen und hatte zugesehen, ohne zu helfen. Oder wollte er das nicht zugeben?

»Er hat ein paar häßliche Platzwunden im Gesicht. Er ruft Sie bestimmt an, damit Sie die Unfallspuren beseitigen.«

»Seinen Anruf kann er sich sparen«, wehrte Duncan ab. »Wie Sie inzwischen wissen müßten, operiere ich keine Leute, die eine Operation brauchen, sondern nur solche, die eine wollen. Tut mir übrigens leid, daß ich gestern morgen so aufgebraust bin. Das hatten Sie nicht verdient.«

Einfach so: Oh, tut mir übrigens leid, daß Sie meinetwegen fast einen Herzanfall bekommen haben.

Aber in ihrer Erleichterung sah sie über seine Lässigkeit hinweg. Ihre innere Anspannung löste sich allmählich.

»Heißt das, daß ich nicht entlassen bin?«

Er lachte. »Teufel, nein! Aber ich muß mit Ihnen reden.« Sein Lächeln verschwand. »Ich möchte wissen, warum eine kluge, begabte junge Frau wie Sie sich mit den Harold Vincents und Kenneth Allards dieser Welt einlassen will.«

O Gott! dachte sie und holte tief Luft. Jetzt geht's los!

»*Irgend jemand* muß es tun, Duncan. Diese Leute geben die Richtung vor. Aber sehen Sie sich an, wen sie fragen, wenn sie Informationen über Ärzteschaft und Gesundheitswesen wollen: Krankenversicherungen, AMA-Funktionäre. Ärzte im Staatsdienst, Ärzte der Veterans' Administration . . . jeden, der gerade zur Verfügung steht.«

Duncan verzog angewidert das Gesicht. »Oder noch schlimmer: Samuel Fox.«

Gina nickte, weil sie noch genau wußte, wie sie mit anderen Assistenzärzten über Fox und seine dämlichen Behauptungen gelacht hatte, als er vor einigen Jahren einmal bei Donahue aufgetreten war. Aber er besaß PR-Talent und hatte es geschafft, daß der Kongreß seine schwarzmalerischen Bücher und Pressemitteilungen für glaubwürdig hielt.

»Genau. Der Kongreß bekommt seine Informationen von Ärzten, die nicht praktizieren.«

»Das ist nur logisch«, sagte Duncan. »*Richtige* Ärzte sind draußen in den Schützengräben im Einsatz. Die sind mit ihren Patienten so ausgelastet, daß sie sich nicht auf dem Kapitol rumtreiben können.«

»Leider nur allzu wahr. Aber das muß sich ändern.«

Duncan reckte sein Kinn vor. »Warum?«

»Weil die Regierung entschlossen ist, das Gesundheitswesen zu reformieren. Die große Gesundheitsreform hat sie nicht durchsetzen können, aber das heißt keineswegs, daß die Regierung jetzt aufgibt. Sie wird's mit kleinen Schritten versuchen – die altbewährte Salamitaktik. Aufhalten kann sie niemand mehr.«

Duncan seufzte. »Yeah, ich weiß. Verstehen Sie mich bitte nicht falsch. Ich bin nicht dagegen, daß jeder irgendwie Anspruch auf ärztliche Behandlung hat. Ich find's schrecklich, wenn jemand – vor allem ein Kind – unbehandelt bleibt. Aber mir graut vor der Vorstellung, daß die Kakistokratie dieses Programm entwickelt und verwaltet und Richtlinien für ärztliche Entscheidungen aufstellt, die allein den Arzt und seine Patienten angehen sollten.« Er verfiel in den Tonfall eines Fernsehsprechers: »Und *jetzt* von den Leuten, die Ihnen den Postskandal im Kapitol und das Sparkassendebakel gebracht haben: *Die Gesundheitsreform!*« Er schüttelte den Kopf. »Lieber nicht.«

»Wär's nicht vernünftig, die Heilbehandlung und ihre Kosten in ganz Amerika zu standardisieren?«

Sein Blick war hart wie Stahl. »Finden Sie nicht, daß wir schon genügend Vorschriften haben?«

Gina dachte an die alte Mrs. Thompson im Lynnbrook Hospital. »Nun . . .«

»Durch dieses Gesetz soll zwangsweise eine Kochbuchmedizin eingeführt werden. Die wahre Stoßrichtung der neuen Gesetzgebung ist nicht Qualitätssicherung, sondern Kostenkontrolle. Damit lassen sich ein paar Dollar sparen, aber die menschlichen Kosten werden ungeheuer sein.«

»So muß es nicht kommen. Wir haben . . .«

Duncan warf einen Blick auf die Thermoskanne und hob eine Hand. »Der Kaffee ist fertig.«

Er nahm den Filteraufsatz ab und stellte ihn in das kleine Edelstahlbecken neben dem Mikrowellenherd. Dann schenkte er zwei Becher aus dickem weißen Porzellan im Diner-Stil mit dem frischen, dampfenden Kaffee voll. Einen Becher gab er Gina.

»Das ist *richtiger* Kaffee. Kosten Sie mal.«

Gina roch daran – das Aroma war herrlich – und versuchte einen kleinen Schluck. Normalerweise trank sie ihren Kaffee schwarz mit etwas Zucker. Dieser hier brauchte keinen Zucker. Sein Geschmack war so voll, so rund . . .

»Als ob man . . .« Gina rang nach Worten. »Als ob ich noch nie richtigen Kaffee getrunken hätte. Einfach umwerfend!«

Duncan strahlte. »Der Aufwand lohnt sich, nicht wahr? Ein probates Mittel gegen Weltschmerz. Ich mahle Ihnen eine Handvoll Bohnen, die Sie mit nach Hause nehmen können. Aber Sie müssen sie bald aufbrauchen. Und wenn Sie eine normale Kaffeemaschine verwenden, dürfen Sie die Kanne nie – *niemals* – auf der Heizplatte lassen. Gießen Sie den Kaffee immer sofort in eine Thermoskanne. Sogar der beste Kaffee wird bitter, wenn er überhitzt wird.«

»Danke. Ich werde daran denken.«

Gina hatte nicht geahnt, daß Duncan ein so profunder Kaffeekenner war. Das Ritual, die Gebote . . . fast wie eine Religion. Aber das Ergebnis schmeckte herrlich.

Sie genossen einen Augenblick lang schweigend ihren Kaffee. Gina trat an die Fensterwand und bewunderte den Koi-Teich, den Steingarten und die Bonsaigewächse, von denen er umgeben war. Als sie weiterging, kam sie an Duncans Schreibtisch vorbei. Die obere rechte Schublade stand etwas offen, darin lag eine mit einer bernsteingelben Flüssigkeit gefüllte Glasampulle. Und noch etwas anderes. Etwas Metallisches, das fast wie ein großer Trokar aussah . . . Dann stand plötzlich Duncan neben ihr und schob die Schublade zu.

»Was wollten Sie vorhin noch sagen?«

»Wo bin ich gleich wieder gewesen? Nun, ich wollte darauf hinaus, daß ich als Mitarbeiterin eines Komiteemitglieds dafür sorgen könnte, daß es zuverlässig erfährt, welche Auswirkungen diese Richtlinien auf die Versorgung von Patienten haben würde. Und wäre es nicht schon ein Gewinn, wenn ich es ein bißchen beeinflussen könnte?«

Duncan starrte sie an und schüttelte langsam den Kopf. »Ich habe mir in letzter Zeit Sorgen um Sie gemacht, weil Sie kein bestimmtes Ziel zu haben schienen. Ich hatte Angst, Sie würden sich treiben lassen und ihr Leben lang bei Nachtschichten und Stellvertreterjobs bleiben. Jetzt wünsche ich mir fast, Sie blieben dabei.«

Hatte er wirklich über sie *nachgedacht?* »Vielleicht widme ich mich einfach der Lexiphanie.«

Duncan war sichtlich verblüfft. Hatte sie ihn mit seinen eigenen Waffen geschlagen? Lexiphanie – die Gewohnheit, ausgefallene, obskure Wörter zu gebrauchen. Das wäre eine herrliche Ironie des Schicksals gewesen. Wie wundervoll, ihn mit einem Wort zu erwischen, das ihn selbst beschrieb!

Duncan lachte. »Wo haben Sie das gefunden?«

»Glauben Sie mir, das ist nicht leicht gewesen.«

»Gut, ich bekenne mich zwanghafter Großsprecherei und des Versuchs schuldig, im Alleingang das Abdriften unserer gesamten Sprache ins Banale aufzuhalten.«

Verdammt! Er kannte das Wort also doch.

»Ich glaube nicht, daß das funktioniert«, sagte sie.

»Um so bedauerlicher.« Er betrachtete sie lächelnd. »Lexiphanie . . . das ist wunderbar. Wie könnte ich Ihnen noch böse sein? Aber im Ernst, Gina, Sie sind für hochwertigere Arbeit ausgebildet, als die legislative Assistentin irgendeines eingebildeten Politikerschwachkopfs zu sein. Ich fänd's schrecklich, wenn Sie Ihre Talente so vergeuden würden.«

Ihr fiel einen Augenblick lang auf, daß er schon wie Peter argumentierte. Der hatte sich fast gleichlautend geäußert, als sie ihm erklärt hatte, sie wolle Louisiana verlassen, um in die Gesundheitspolitik zu gehen.

Gina erwiderte Duncans Blick und mußte sich beherrschen, um nicht damit herauszuplatzen, was sie dachte: Das gleiche könnte ich von deinen Schönheitsoperationen sagen.

Er schien zu erraten, was sie dachte, denn er meinte mit schiefem Lächeln: »Mir steht's allerdings nicht zu, über vergeudete Ausbildung zu reden.«

Einige Sekunden lang stand echter Schmerz in seinen Augen.

»Duncan, was immer Sie . . .«

Er hielt die Thermoskanne hoch. »Noch etwas Kaffee?«

»Nein, danke. Darf ich fragen, was . . .?«

»Ich beneide Sie nicht, Gina.« Er wollte anscheinend nicht über Duncan Lathram reden. »Ich möchte heutzutage kein junger Arzt sein, vor dem das Terrain liegt, das Sie zu überwinden haben.«

»Um so mehr Grund, *aktiv* zu werden.« Warum begriff er das nicht?

»Aber was hoffen Sie auf dem Kapitolhügel zu erreichen?«

»Faire Richtlinien – *realistische* Richtlinien, mit denen wir alle leben können.«

»Aussichtslos«, behauptete Duncan. Er seufzte. »Hoffentlich wissen Sie, was Sie tun, Gina.«

»Ich habe lange darüber nachgedacht.«

»Haben Sie das? Dort regiert eine ziemlich korrupte Bande, Gina, und . . .«

»Und ich bin so leicht zu beeindrucken?«

»Nein, das wollte ich nicht sagen. Aber . . . nun, als Ärzte sind wir eben anders. Unsere Wertvorstellungen sind unterschiedlich. Wir sprechen nicht die gleiche Sprache. Wir bewegen uns auf einer anderen Ebene.«

»Das klingt ein bißchen elitär, finde ich.«

Er zuckte mit den Schultern. »Schon möglich. Aber ich denke manchmal, daß die Entscheidungen über Leben und Tod, die Ärzte zu treffen haben, sie doch vom Rest der Menschheit abheben. Hat man einmal gespürt, wie einem das Leben eines Menschen zwischen den Händen zerrinnt, und es geschafft, ihn zurückzuholen und seiner Familie wiederzugeben, verändert einen dieses Erlebnis. Man hat Dinge gesehen, die gewöhnliche Menschen niemals sehen werden, Dinge getan, die sie niemals tun werden, und sie in ihrem verwundbarsten Zustand erlebt, wenn alle Verstellung von ihnen abgefallen ist. Man ist Herr über Leben und Tod gewesen, und das muß einen verändern. Man unterscheidet sich einfach von allen anderen.«

Diese Auffassung von Göttern in Weiß hatte Gina als Assistenzärztin oft genug gehört.

»Es wird Zeit, auf die Gott-Masche zu verzichten, finden Sie nicht auch? Wir sind keine Götter, und es schadet uns und unseren Patienten, diese Art Verehrung zu fördern. Wir vollbringen außergewöhnliche Dinge, scheinbar wunderbare Dinge. Aber wir sind keine Götter, sondern auch nur Menschen.«

Duncan schwieg mürrisch, während er mit kleinen Schlucken seinen Kaffee trank.

Schließlich sagte Gina: »Sieht nicht so aus, als könnten unsere Standpunkte sich jemals annähern, nicht wahr?«

»Nein, allerdings nicht.«

»Können wir uns wenigstens darauf einigen, uns nicht einig zu sein?«

»Mir bleibt wohl nichts anderes übrig.«

»Sie könnten mich entlassen.«

»Das will ich auf keinen Fall. Aber auf meinen Segen dürfen Sie nicht hoffen.«

»Das habe ich nie getan.« *Aber ich wünsche ihn mir, verdammt noch mal. Ich wollte, ich tät's nicht, aber es stimmt leider.* »Ich weiß nicht mal, ob ich den Job bekomme. Sollte ich ihn jedoch bekommen, müßte ich meinen Dienstplan so ändern, daß ich . . .«

»Cassidy kann für Sie einspringen. Wir teilen die Arbeit schon irgendwie auf.«

Gina fühlte, wie ihr warm ums Herz wurde. Das war doch eine Art Segen, nicht wahr? Jedenfalls würde sie damit zufrieden sein müssen.

»Danke, Duncan. Ich hatte nicht erwartet, daß . . .«

»Ich möchte Sie weiter in meiner Nähe haben . . . damit ich Sie im Auge behalten kann.«

Nun schien eine kalte Hand nach ihrem Herzen zu greifen. Was sollte *das* wieder heißen?

»Lassen Sie uns nicht im Stich, Gina«, sagte Duncan, während seine blauen Augen sich in ihre bohrten. »Verraten Sie uns nicht.«

Er starrte sie noch einen Augenblick länger an, dann wandte er sich ab.

»Ich bin froh, daß wir dieses Gespräch geführt haben, Gina.

Das erste von vielen, wie ich hoffe. Aber jetzt haben Sie bestimmt noch einiges aufzuarbeiten.«

»Ja. Klar. Also, bis später.«

»Vergessen Sie nicht, mich zu informieren, sobald Sie von Marsden hören. Was mich betrifft, bin ich zum Golfplatz unterwegs.« Duncan zog einen Schlüsselring aus der Tasche und sperrte ganz selbstverständlich die obere Schreibtischschublade zu. »Morgen um acht wird wieder operiert.«

Gina, die sich ohne wirkliches Interesse fragte, warum er sich die Mühe machte, seine Schublade abzuschließen, winkte ihm grüßend zu und ging hinaus.

Ein merkwürdiger Tag war das heute.

7

Gina

»Jetzt vorsichtig«, sagte Oliver halblaut, indem er ihr über die Schulter sah, um ihr Anweisungen geben zu können. »So ist's richtig. Ganz ohne Druck . . . vorsichtig . . .«

Gina hatte keine Lust gehabt, diesen Nachmittag allein zu verbringen. Weder Marsdens Büro noch Gerry Canney hatten von sich hören lassen, deshalb hatte sie mit Oliver Lathram vereinbart, ein paar Stunden ins Labor zu kommen und zu lernen, wie seine Implantate gefüllt wurden. Diese Zeit bekam sie sogar bezahlt.

Sie merkte, daß sein Atem nach Knoblauch roch, und fragte sich, was er mittags gegessen haben mochte. Sicher nichts Kalorienarmes, das stand fest. Oliver hatte eine Schwäche für italienische Küche und machte sich anscheinend keine Sorgen über ihre Auswirkungen auf seine Figur. Wahrscheinlich Pesce all'agliata, aber bitte mit reichlich Knoblauch . . .

Aber sie durfte jetzt nicht über Olivers Mittagessen spekulieren. Sie mußte sich darauf konzentrieren, was sie hier tat.

Gina hatte die 26er Nadel einer Tuberkulinspritze in eine von Olivers mittelgroßen Implantatmembranen gesteckt und war dabei, sie mit normaler Kochsalzlösung zu füllen. Hätte sie ein richtiges Implantat gefüllt, hätte sie unter sterilen Bedingungen gearbeitet und dabei Olivers »Geheimsauce« verwendet.

Durch die in den abgerundeten Kopf der Untersuchungslampe eingebaute Lupe konnte sie beobachten, wie die gut einen Zentimeter lange Membran anschwoll und sich dabei streckte. Wie der kleinste Wasserballon der Welt.

»Jetzt ist sie voll«, sagte Oliver. »Spüren Sie den Widerstand?«

Bisher hatte Gina ihn nie gespürt – deshalb lagen ein halbes Dutzend Membranen zerrissen auf dem Tablett. Aber diesmal bemerkte sie die Andeutung eines Widerstands in dem Kolben, den ihr Daumen hinunterdrückte.

»Ob Sie's glauben oder nicht – ich spüre ihn, glaube ich.«

»Prima! Jetzt noch den Verschluß.«

Gina unterdrückte ein Lächeln, während sie nach dem Kauterisationsgerät griff. Gab es überhaupt noch jemanden, der *prima* sagte? Oliver mußte so ziemlich der letzte sein.

Dr. Oliver Lathram war ein bißchen rätselhaft. Er schien sein Leben vor allem im Labor zu verbringen. Weder Frau noch Familie. Anscheinend auch keine feste Freundin. Neulich hatte er sämtliche Mitarbeiter des Surgicenters zum Abendessen in sein Haus eingeladen, aber Gina hatte das Gefühl gehabt, danach noch weniger über ihn zu wissen als zuvor.

»Okay«, sagte sie. »Ich bin soweit.«

»Sie wissen, was zu tun ist. Lassen Sie sich ruhig Zeit.«

Gina hatte schon Hunderte von Malen zugesehen, wie Oliver das Implantat versiegelte, war aber selbst nie so weit gekommen. Sie brachte die flache Spitze des Kauterisationsgeräts in die Nähe des Einstichs, zog langsam die Nadel heraus und betätigte dann mit ihrem Fuß den runden Fußschalter. Ein winziger blauer Funke sprang zwischen Spitze und Implantat über, versengte die Proteinmembran um die Einstichöffnung herum und ließ sie koagulieren.

Sie beobachtete diese Stelle durch die Lupe und wartete auf den verräterischen austretenden Tropfen, der signalisierte, daß der Vorgang wiederholt werden mußte. Die Membran blieb jedoch trocken. Sie hatte den Einstich versiegelt.

Geschafft! Endlich! Ein winziger Triumph. Kaum eine Entschädigung für das montägliche Fiasko in Marsdens Büro oder Allards Unfall von heute morgen, aber in ihrer gegenwärtigen Stimmung war sie für alles dankbar.

Gina blickte auf und sah, wie Oliver sie angrinste.

»Ich find's prima, daß in Zukunft noch jemand da ist, der diese Dinger füllen kann. Ich habe sie gründlich satt.«

»Warum stellen Sie nicht einfach eine Assistentin ein, die Ihnen die manuelle Arbeit abnimmt?«

»Beim jetzigen Forschungsstand gibt's nicht allzuviel zu tun. Und ich möchte die Zahl der Leute, die wissen, womit wir hier arbeiten, möglichst klein halten.«

»Und *womit* arbeiten wir genau?«

»Geheimsauce.«

»Unsinn, Oliver! Finden Sie nicht, daß ich ein Recht darauf habe, endlich eingeweiht zu werden.?«

Er überlegte kurz. »Also gut, Sie haben recht. Aber behalten Sie die Sache für sich. Da diese Lösung nicht patentierbar ist, will ich nicht, daß jemand mir zuvorkommt, indem er sie als erster auf den Markt bringt.«

»Keine Angst, ich halte dicht«, versprach Gina ihm.

»Auf Sie kann ich mich bestimmt verlassen«, murmelte Oliver, als sei ihm das erst jetzt klargeworden.

Er setzte sich neben sie und nahm seine dicke Hornbrille ab. Dann begann er wie ein Wasserfall zu reden, als habe jemand eine Schleuse geöffnet. Gina merkte, daß er sich danach gesehnt haben mußte, sich endlich einmal über seine »Geheimsauce« aussprechen zu dürfen.

»Kennen Sie die Arbeiten des Department of Cell and Structural Biology der englischen University of Manchester?«

»Nein. Nicht im geringsten.«

»Das geht den meisten Klinikärzten so. Okay, wie steht's mit Chirurgie an Ungeborenen? Haben Sie die mal in der Praxis erlebt?«

»Ja, in Tulane. Natürlich haben solche speziellen Operationen nicht zu unserer normalen Ausbildung gehört, aber ich habe einige Informationen durch Osmose aufgenommen.«

»Gut. Dann wissen Sie bestimmt, daß ein Fetus in der Gebärmutter operiert und einige Monate später völlig ohne Narben geboren werden kann.«

»Ja, ich erinnere mich, wie einige der angehenden Gynäkologen über ein Neugeborenes gesprochen haben. Es war in der sechzehnten Schwangerschaftswoche wegen Wucherungen im Magen operiert worden und ohne die geringste Spur eines Einschnitts auf die Welt gekommen.«

»Genau. Aber die Operation muß in den ersten fünf Monaten stattfinden. Jeder spätere Eingriff hinterläßt eine Narbe wie bei einem Erwachsenen. Darüber haben Zellbiologen sich jahrelang den Kopf zerbrochen. Was passiert dort? Was läuft anders ab? Was hindert den immer vorhandenen Kollagenüberschuß daran, abgelagert zu werden und die bekannten Narben zu bilden? Darauf haben die Forscher der University of Manchester vor einigen Jahren eine Antwort gefunden.«

Gina schnippte mit den Fingern. Ihr fiel etwas ein . . . wo hatte sie das bloß gelesen? »Irgendeine Art Wachstumsfaktor, nicht wahr?«

Oliver klatschte Beifall. »Ausgezeichnet! Transformationswachstumsfaktor Beta, um es genau zu sagen. Die Engländer haben drei Arten von Wachstumsfaktoren identifiziert, von denen der dritte – Beta Typ 3 – am Ende des zweiten Schwangerschaftsdrittels stark abfällt. Das Molekül des Typs 3, kurz Beta 3, läßt sich seit damals synthetisch herstellen und ist der Hauptwirkstoff meiner Geheimsauce.«

»Das ist also das Geheimnis von Duncans unglaublichen Erfolgen.«

»Mmh-hmm«, sagte Oliver mit warnend erhobenem Zeigefinger. »Duncan hat das Auge und die Hände, um glänzende Ergebnisse zu erzielen. Selbst ohne einen Tropfen Beta 3 hätten seine Patienten nur minimale Narben. Ich habe lediglich eine Möglichkeit gefunden, dem Ganzen die Krone aufzusetzen.«

»Aber wozu die Implantate? Könnte er die Einschnitte nicht einfach mit Beta 3 bestreichen?«

»Nein, es wird in der letzten Heilphase gebraucht. Denken Sie an die drei Stadien der Wundheilung: Entzündung, Wucherung und Neubildung. Beta 3 wirkt im dritten Stadium, in dem sich Narbengewebe bildet, um das Granulationsgewebe zu ersetzen. Gleich zu Anfang könnte das Beta 3 gar nichts bewirken. Man braucht ein Verfahren, um das Mittel verzögert freisetzen zu können.«

»Großer Auftritt für das Implantat!«

Oliver lächelte. »Ein klassischer Fall von Synchronizität. Okay, ich habe damals als Psychopharmakologe bei GEM Pharma geschuftet und Antidepressiva an Ratten in Skinner-Boxen erprobt und nachts daheim an einem Langzeitdosierungsverfahren für Medikamente gearbeitet. Damals waren Norplant-Implantate der heiße Tip, aber diese Implantate müssen nach fünf Jahren entfernt werden. Ich dachte, ich könnte eine Verbesserung erfinden: ein Implantat, das sein Medikament über fünf oder sogar mehr Jahre hinweg in gleichbleibenden Dosen abgibt, bis es sich dann auflöst. Eine großartige Idee, was?«

»So ist's nicht gekommen, nehme ich an.«

»Nicht ganz. Ich habe eine weiche, flexible Kristall-Protein-Matrix entwickelt, die sich tatsächlich rückstandslos aufgelöst hat. Aber leider ist sie völlig undurchlässig gewesen. Sie hat keinen Tropfen durchgelassen, bis sie sich aufgelöst hat – worauf sie ihren gesamten Inhalt ins umliegende Gewebe freigesetzt hat. Ich hatte also nur eine sehr umständliche und teure Methode erfunden, jemandem eine Injektion zu machen. Ich bin schrecklich entmutigt gewesen.«

»Und dann ist Duncan gekommen.«

»Richtig. Nach seiner . . . nun, nachdem er die Gefäßchirurgie aufgegeben hatte, habe ich von den Forschungsergebnissen aus Manchester mit diesem Transformationswachstumsfaktor Beta Typ 3 gehört und erkannt, daß meine zur Langzeitdosierung gedachte unvollkommene Membran für andere Zwecke fast ideal sein könnte. Die FDA hat uns Klinikversuche genehmigt, deren Ergebnisse selbst für uns erstaunlich gewesen sind.«

Gina wußte, daß man bei Duncans Patienten, die sich nach der Operation zu Kontrolluntersuchungen vorstellten, ein Vergrößerungsglas brauchte, um ganz schwache Narben zu entdecken. Nun wurde ihr plötzlich das gewaltige Potential von Olivers Implantaten klar.

»Aber kosmetische Operationen sind nur der Zuckerguß auf der Torte«, meinte sie. »Wenn man sich den Einsatz bei allen chirurgischen Eingriffen vorstellt...«

Oliver nickte aufgeregt.

»Genau! Am wertvollsten wären die Implantate bei Traumafällen, aber in Zukunft dürften sie beispielsweise bei Gebärmutter- und Blinddarmoperationen routinemäßig eingesetzt werden. Ein paar Wochen nach der Operation könnten Sie wieder Ihren Bikini tragen – Teufel, Sie könnten sogar zum Nacktbadestrand gehen, wenn Sie Lust hätten –, und kein Mensch würde ahnen, daß Sie operiert worden sind.«

Ginas rechte Hand tastete unwillkürlich nach ihrer Bluse. Durch den dünnen Stoff konnte sie das obere Ende der dicken, gefühllosen Narbe mit den gezackten Rändern ertasten, die ihren Unterleib zweiteilte. Die Narbe, die Duncans Skalpell zurückgelassen hatte.

Bikini? dachte sie. Ich habe noch nie auch nur einen zweiteiligen Badeanzug gehabt. Ich habe nicht mal daran gedacht, mir einen zu kaufen.

»Aber den größten Vorteil sehe ich für die Kinderheilkunde«, sagte Oliver gerade. »Kids bekommen leichter Narben als Erwachsene, und diese Narben können je nach ihrer Lage behindernd sein, weil sie sich nicht strecken, während der übrige Körper wächst.«

Als ob ich das nicht aus eigener Erfahrung wüßte!

»Das klingt wundervoll.«

»Das ist's auch. Und die Neuigkeit macht bereits die Runde. Andere Chirurgen wollen das Implantat ausprobieren. Jeden Tag rufen Firmen an, um die Herstellungsrechte zu erwerben, und die FDA will das Genehmigungsverfahren beschleunigen. Aber das ist erst der Anfang. Duncan hat eine innovative Idee zur Verbesserung des Implantats gehabt, und ich habe die Entwicklung der neuen, verbesserten Ausführung so gut wie abgeschlossen. Und...« Er hob seine rechte Hand und bewegte den Zeigefinger hin und her. »*Und*... eine sehr wichtige Persönlichkeit interessiert sich aus *sehr* persönlichen Gründen für das Implantationsverfahren.«

»Wer denn?«

»Sorry. Das darf ich Ihnen nicht sagen. Zumindest vorläufig noch nicht.«

An sich hätte Gina das gleichgültig sein können, aber das Leuchten in seinen Augen weckte ihre Neugier.

»Ach, kommen Sie, Oliver! Sie haben mir alles über Beta 3 erzählt, also können Sie mir auch dieses kleine Geheimnis anvertrauen.«

»Nein. Duncan würde mich umbringen. Schließlich ist's sein Geheimnis. Und es ist *groß*.«

»Also gut.« Gina gab mit ihrem besten unglücklichen Seufzer auf. »Dann muß ich wohl warten, bis die Sache in der Zeitung steht.«

»Du lieber Gott, dort steht sie hoffentlich nie! Aber ich habe das Gefühl, daß Duncan Sie zu gegebener Zeit selbst darüber informieren will.«

»Weil wir eben bei Duncan sind ... Sie wollten mir vorhin von seiner Tochter Lisa erzählen, die er ›gehabt‹ hat. Bedeutet das, was ich vermute?«

Oliver nickte trübselig. »Sie ist gerade achtzehn gewesen, als sie vor fünf Jahren gestorben ist.«

Aus der Zeit, in der sie als Teenager in Duncans Praxisarchiv gearbeitet hatte, erinnerte Gina sich vage an die gelegentliche Erwähnung seiner Kinder: ein Junge und ein Mädchen, beide jünger als sie.

»Vor fünf Jahren ... damals bin ich in der Medical School gewesen. Ich habe nie ein Wort darüber gehört. Was ist damals passiert?«

»Ein Sturz. Sie ist nie wieder zu Bewußtsein gekommen. Das war schrecklich. Duncan ist am Boden zerstört gewesen. Diese Sache hat ihm fast den Rest gegeben.«

»Wieso? Was ist sonst noch gewesen?«

»Ich habe schon genug gesagt. Will Duncan, daß Sie davon erfahren, erzählt er's Ihnen bestimmt selbst. Er hat das alles einigermaßen verkraftet.« Sein Blick wurde vage. »Er hat viel verkraften müssen.« Oliver holte tief Luft. »Zurück zur Gegenwart: Was halten Sie davon, Ihre Fertigkeit zu verbessern, indem Sie noch ein paar Membranen füllen? Danach könnten Sie für heute aufhören.«

»Wird gemacht«, sagte Gina und klopfte ihm auf die Schulter. »Eines steht für mich fest, Oliver – die Implantate werden Sie zu einem sehr reichen Mann machen.«

»Oh, das hoffe ich sehr!«

»Was haben Sie dann vor?«

»Ich will so weit wie möglich fort von hier.«

»Tatsächlich? Wohin denn? Nach Hawaii?«

Oliver seufzte. »Irgendwohin, wo ich nicht miterleben muß, wie Duncan sein Talent vergeudet . . . indem er Hohlköpfe verschönert und *Golf* spielt!«

Und dann hastete er mit wehendem Laborkittel hinaus. Gina starrte ihm erschrocken nach.

8

Duncan

Duncan umfaßte das Kinn des kleinen Mädchens mit Daumen und Zeigefinger. Er hob es hoch, drückte es hinunter und drehte es prüfend von links nach rechts und wieder zurück.

Die Kleine hieß Kanesha und war sechs Jahre alt. Sie konnte seinen Blick nicht ertragen, und ihre linke Hand hob sich immer wieder zu ihrem linken Mundwinkel, vor dem sie wie ein Kolibri flatterte, der eine Blüte voller Nektar gefunden hat. Nur war das dicke Narbengewebe, unter dem ihr linker Mundwinkel verschwand, durchaus nicht süß oder blütenähnlich.

Ihr Teint war glänzend braun wie Milchschokolade, die Augen riesengroß und dunkel – wie Espresso. Sie hatte blendend weiße Zähne und ein Lächeln, das umwerfend schön gewesen wäre . . . wenn es diese Narbe nicht gegeben hätte, die ihre Lippen im Mundwinkel miteinander verschmolz und jedes Lächeln zweiteilte.

Ihre Haut war geschrubbt, ihr Haar zu Zöpfen geflochten, ihr T-Shirt und die Bermudashorts waren frisch gebügelt. Kanesha und ihre Mutter hatten sich für den Besuch beim Arzt feingemacht.

Das gefiel Duncan, denn es bewies, daß sie nicht nur ihn, sondern auch sich selbst achteten. Manche der Menschen, die er in dieser Klinik untersuchte, hatten ein gestörtes Verhältnis zu sämtlichen Arten von Seife und scherten sich den Teufel darum. Wozu auch, schließlich war die Behandlung hier kostenlos, oder?

Genau. Die Maxillofaziale Klinik war in einem der älteren Gebäude des D. C. General Hospitals in einer Ecke des vierten Stocks untergebracht. Die Wartezimmereinrichtung war abgenutzt, aber sauber; das Sprechzimmer roch merklich nach dem Haushaltsreiniger, mit dem die Tischflächen behandelt worden waren; seine gräßliche gelbe Wandfarbe blätterte ab, und der Untersuchungstisch hätte neu gepolstert werden müssen, aber die hier Arbeitenden waren tüchtig. Und was noch entscheidender war: Sie machten sich etwas aus ihren Patienten.

Duncan wandte sich an Kaneshas Mutter: »Wann ist das passiert, Mrs. Green?«

Auf dem Anmeldeformular war kein Vater genannt, aber Duncan hatte sich nie an das nichtssagende »Ms.« gewöhnen können. Cindy Green war jung, gerade Anfang Zwanzig; sie war sicher noch ein halbes Kind gewesen, als Kanesha zur Welt kam. Auf dem Anmeldeformular stand, sie arbeite als Serviererin. In ihrer rundgesichtigen, vollippigen Art war sie sehr hübsch. Duncan betrachtete ihre Lippen. Wäre diese entstellende Narbe nicht gewesen, hätte Kaneshas Mund genau wie der ihrer Mutter ausgesehen.

»Vor ungefähr viereinhalb Jahren. Als sie siebzehn Monate alt gewesen ist. Es ist ganz unerwartet passiert.«

Wie oft hatte er das schon gehört!

Aber er achtete auf einen neutralen Tonfall: »In dem Alter sind sie kaum zu bändigen, was?«

»Eben hat sie noch auf dem Fußboden gesessen und mit Töpfen und Pfannen gespielt. Ich dreh' mich um, will den

Ausguß putzen und hör' sie schreien. Ich dreh' mich um und seh ...« Sie schluckte trocken, und ihre Stimme klang plötzlich heiser. »Sie ist bewußtlos gewesen, und aus ihrem Mund hat's geraucht. Ich hab' gewußt, daß sie Zähne kriegt, aber ich hätt' nie gedacht, daß sie in ein Elektrokabel beißen würde.«

»Das passiert öfter, als man glauben sollte.«

Ganz recht – und am häufigsten bei vernachlässigten Kindern. Aber er hielt Kanesha nicht für vernachlässigt, sondern für das Opfer eines tragischen Unfalls.

Eines *beinahe* tragischen Unfalls.

Duncan konnte die Sache wieder in Ordnung bringen.

Er überlegte sich bereits, wie er vorgehen würde ... das Narbengewebe entfernen, den Mund auf die frühere Breite bringen, etwas Rachenschleimhaut auf die Lippen verpflanzen ...

Dies war nicht der erste Fall, in dem Duncan ein Kindergesicht nach elektrischen Verbrennungen wiederherstellte, und es würde auch nicht der letzte bleiben. Kanesha hatte ohnehin Glück gehabt: Sie war ohne Gehirnschaden davongekommen – und besaß eine um ihr Wohl besorgte Mutter. Und jetzt hatte sie ihn.

Schade, daß er sie nicht mit Beta 3 behandeln konnte, aber hier in der Klinik durfte er kein Versuchsprotokoll führen. Das Krankenhaus wollte keine Schwierigkeiten, was Duncan verstand. Sobald kostenlos behandelte Patientin das Wort »Versuch« hörten, dachten sie *Frankenstein!* und hatten Angst, als menschliche Versuchskaninchen mißbraucht zu werden.

»Bekommen Sie sie wieder hin, Dr. Duncan? Als ich gesehen hab', wie Sie die kleine Kennique ...«

»Wen?«

»Kennique LeFave ... Sie wissen schon ... ihre ganze Backe war ...«

»Ah, ganz recht!« Was für Namen die Leute sich heutzutage einfallen ließen! Aber er erinnerte sich natürlich an die Dreijährige, die letztes Jahr aus einem Fenster gefallen war und sich ihre rechte Gesichtshälfte bis zum Knochen aufgeschnitten hatte. Das war eine echte Herausforderung gewesen.

»Ihre Mami tut nichts anderes, als Loblieder auf Dr. Duncan

zu singen. Darum hab' ich gewußt, daß ich Kanesha zu Ihnen bringen muß. Glauben Sie, daß Sie sie ...?«

Duncan nickte. »Das geht nicht ohne ein paar Operationen, aber ich glaube, daß wir sie so gut wie neu wiederherstellen können.«

Die Mutteraugen starrten ihn durchdringend an. »Können Sie das? Können Sie's wirklich?«

»Entdecke ich da gewisse Zweifel in Ihrer Stimme?«

»Nein, ich denke nur ...«

»Lächeln Sie mich an«, verlangte Duncan.

»Was?«

»Los, lächeln Sie!«

Die Mutter lächelte – ein gezwungenes, aber sehr hübsches Lächeln. Duncan streckte eine Hand aus und ergriff ihr Kinn wie zuvor Kaneshas.

»Ich möchte Ihrer Tochter ein Lächeln geben, das genau wie Ihres aussieht.«

»Das können Sie?« flüsterte die Mutter.

Ja. Das konnte er. Dies war das Zeitalter der Hexerei, und er war ein Hexenmeister.

Aber trotzdem ... lieber nicht zuviel versprechen. Es war besser, ihnen mehr zu geben, als sie erwarteten.

»Zum Teil hängt's auch von Kanesha ab. Der Heilerfolg ist nicht immer gleich gut. Also ... ein Lächeln wie das Ihre ... wäre das in Ordnung?«

Die Mutter lächelte sanft – zögernd, aber diesmal aufrichtig. »Ja. Das wäre in Ordnung.«

»Gut!« Er drückte auf den in die Wand eingelassenen Klingelknopf. Eine stämmige schwarze Krankenschwester kam herein. »Marge, sehen Sie bitte zu, ob wir Kanesha für eine Gesichtsrekonstruktion – Ober- und Unterlippe links – am späten Mittwochvormittag eintragen können.«

»Nächste Woche?« fragte die Mutter.

»Zu bald?«

»Nein, nicht direkt, aber ...«

»Sie hat diese Narbe lange genug gehabt, finden Sie nicht auch?«

Die Mutter starrte ihn an, als solle sein Blick ihr Beruhigung verschaffen.

»Ja«, sagte sie schließlich. »Zu lange.«

Während Marge die beiden hinausführte, kam Cassie Trainor ins Sprechzimmer und trat hinter ihn. Sie war groß, blond und gutproportioniert; ihre Schwesterntracht war maßgeschneidert, um ihren vollen Busen wirkungsvoll zu betonen. Cassie war Mitte Vierzig, schlank und sexy. Sie legte ihm beide Hände auf die Schultern und fing an, mit ihren Daumen seine Nackenmuskulatur zu massieren.

»Wie geht's Dr. Duncan heute?«

Duncan ließ sich in der Klinik allgemein »Dr. Duncan« nennen. Das war eine legitime Anrede, die den Namen Lathram kaschierte. Er wollte nicht, daß bekannt wurde, Duncan Lathram arbeite für wohltätige Zwecke. Er hatte so nachdrücklich darauf bestanden, nicht mit Krankenversicherungen zusammenzuarbeiten und keine notwendigen Operationen durchzuführen, daß er keine Lust hatte, irgend jemandem erklären zu müssen, warum er Gettokinder umsonst behandelte.

Er wollte überhaupt keine Erklärungen mehr abgeben.

»Mir geht's gut – und das *tut* gut.«

»Also, was machst du, wenn wir hier fertig sind? Wie wär's mit dem Drink, den du mir versprochen hast?«

Duncan bemühte sich, seine Schultern nicht zu verkrampfen. Er wich Cassie jetzt seit Monaten aus. Kurz nach seiner Scheidung hatten sie eine kleine Affäre gehabt. Kochendheiß. *Too hot not to cool down,* wie es in dem Song hieß. Sie war eine ausgezeichnete Krankenschwester und kannte im Bett keine Hemmungen. Er erinnerte sich an eine Nacht, in der . . . nein, daran durfte er nicht denken, während sie ihm den Nacken massierte.

Nach einiger Zeit waren sie ihrer Wege gegangen, aber Cassie schien es Spaß zu machen, die Glut früherer Großbrände nochmals anzufachen. Duncan wußte jedoch, daß es in Cassies Vergangenheit viele alte Großbrände gab. Allzu viele für heutzutage, wo zwangloser Sex aufgehört hatte, ein Freizeitsport zu sein, und sich in ein ernsthaftes Geschäft, in ein *grimmiges* Geschäft verwandelt hatte, das Ermittlungen und Nachforschungen nötig machte – vor allem bei einer Frau, die ihre Partner so häufig und mit solcher Begeisterung gewechselt hatte wie Cassie Trainor.

Er fand es gräßlich, daß etwas so Grundlegendes und Wundervolles wie Sex zu einer Quelle von Besorgnis und Verfolgungswahn geworden war – zu einer neuen religiösen Sekte mit Läuterungsritualen und Latex-Eucharistien.

Was für eine Welt. Was für eine gottverdammte, aus allen Fugen geratene Welt!

Zwangloser Sex war alles, worauf er sich heutzutage hätte einlassen wollen, und zwangloser Sex glich heutzutage einem russischen Roulette. Duncan wollte weder Zeit noch Gefühle in eine dauerhafte Beziehung investieren und hatte auch gar nicht den Wunsch nach einer solchen – nicht nach dem Scheitern seiner Ehe.

Was war seit seiner Scheidung aus ihm geworden? Wohin war seine Lebensfreude verschwunden? Er hatte sich von allen seinen alten Freunden zurückgezogen. Nicht bewußt. Er hatte gar nichts davon gemerkt, bis es passiert war. Jetzt war er viel allein, aber das schien ihn nicht weiter zu stören. Er ahnte gar nicht, was für ein einsamer, introvertierter Mensch er geworden war.

Vielleicht war Lisa keine Fehlentwicklung gewesen. Vielleicht lag das in der Familie.

Jedenfalls, das erkannte er, war er aus irgendeinem Grund zu einem Menschen geworden, der Intimität mehr fürchtete als Einsamkeit.

Aber heute konnte er Cassie wenigstens die Wahrheit sagen.

»Ich tät's gern, Cassie, aber ich bin mit meinem Sohn zum Abendessen verabredet.«

»Schade. Wie alt ist er jetzt?«

»Letzten Monat einundzwanzig geworden.« Lisa wäre im Frühjahr dreiundzwanzig geworden – schon ein Jahr aus dem College. »Er beginnt gerade das letzte Collegejahr. Wir wollen das neue italienische Restaurant in Georgetown ausprobieren.«

»Il Giardia?«

Duncan lachte. »Nein, nein . . . Il Giardinello. Ich würde dich gern einladen, einfach mitzukommen, aber wir beide wollen über die *Zukunft* reden.«

»Schon verstanden. Okay, vielleicht nächstes Mal.«

»Bestimmt.«

Sie ging mit wiegenden Hüften davon. Als er beobachtete, wie der weiße Stoff ihrer Schwesterntracht bei jeder Bewegung über Cassies Gesäßbacken glitt, wurde sein innerer Drang so stark, daß er sich die Sache fast anders überlegt, sie beinahe zurückgerufen hätte. Statt dessen sah er auf seine Uhr. Er würde Brad bald vor dem Haus abholen müssen.

Vor dem Haus ...

Früher war es auch sein Haus gewesen. Jetzt gehörte es allein Diana. Er fragte sich, wie sie darin leben konnte, wie sie durch die Eingangshalle gehen konnte, in der ...

Duncan rieb sich die Augen und stand auf. Als die Ehe sich nicht mehr hatte kitten lassen, hatte er keine Einwände gegen ihren Scheidungswunsch erhoben. So war es zwar keine freundschaftliche Trennung, aber auch niemals bösartig geworden. Er hatte Diana überlassen, was sie haben wollte, sich zu großzügigen Unterhaltszahlungen verpflichtet und natürlich immer dafür gesorgt, daß Brad alles hatte, was er brauchte. Er liebte seinen Sohn, wollte seine enge Bindung zu ihm aufrechterhalten und ihm vor allem das unwürdige Schauspiel erbittert streitender Eltern ersparen.

Und er selbst ... was hatte *er* bekommen?

Was habe ich außer meiner Freiheit bekommen?

Diana und er sprachen noch miteinander, aber nur über unverfängliche, praktische Dinge, niemals über etwas Persönliches. Und er würde niemals mehr einen Fuß in dieses Haus setzen.

Seine Wunden heilten nur langsam, manchmal gar nicht. Er hatte kein Implantat mit Beta 3 für die Seele.

Deshalb war er gestern morgen vor der westlichen Säulenhalle des Kapitols gewesen. Um zu versuchen, sich zu heilen, indem er die Waagschalen austarierte, und um dem Chaos, das über sein Leben hereingebrochen war, eine gewisse Symmetrie zu geben. Nur dann konnte sein wie eine Krebsgeschwulst wuchernder Zorn aufhören, unaufhörlich neue Metastasen zu bilden, und ihn sein Leben weiterführen lassen.

Sein Lachen erfüllte den leeren Raum. Sein *Leben?* Welches Leben?

Marge streckte den Kopf herein. »Dr. Duncan... alles in Ordnung mit Ihnen?«

»Alles in Ordnung, Marge. Alles bestens.«

Lächerlich, dachte er, während er sie mit einer Handbewegung hinausscheuchte. Überhaupt nichts ist in Ordnung.

Gestern morgen... ein weiterer Fehlschlag. Warum war immer alles so schwierig? Warum funktionierte nichts, wie er es geplant hatte?

Auch die beiden ersten hatten nicht wie von ihm beabsichtigt geendet.

Lane und Schulz, beide tot – einer nach einem Verkehrsunfall, der andere nach einem zwanzigstöckigen Hechtsprung.

Und gestern... Allard hätte vor laufender Kamera durchdrehen, nicht sich den Kopf auf den Granitstufen des Kapitols zerschlagen sollen. Duncan hatte ihn nicht körperlich verletzen wollen. Teufel, dafür hätte er irgendeinen Schläger anheuern können. Er hatte darauf gewartet, daß Allard in tödliche Verlegenheit geraten, zutiefst gedemütigt und politisch ruiniert werden würde; er hatte seine Glaubwürdigkeit beschädigen wollen, nicht seinen Kopf.

Verdammt! All seine Vorarbeit, seine sorgfältige Zeitplanung vergeudet. Jetzt war Allard nur das Opfer eines folgenschweren Sturzes: bedauert, mitleiderregend, ein Objekt des Mitgefühls statt der Verachtung.

Duncan wunderte sich über seine eigene Herzenskälte, aber nicht lange. Er war nach wie vor zu herzlichen Empfindungen fähig, die jedoch alle schon vergeben waren. Für Leute wie Congressman Allard hatte er keine übrig.

Allard lebte zumindest noch.

Nächstes Mal... nächstes Mal würde er die Sache richtig anfangen.

Duncan rieb sich die Augen. Er wollte nicht töten oder verstümmeln, sondern hatte nur die Absicht gehabt, es den anderen mit gleicher Münze heimzuzahlen. Lediglich ihren Ruf, ihre Karriere, ihre Ehe ruinieren und sie in den Trümmern weiterleben lassen. Als lebende Tote.

Wie sie's mit mir gemacht haben.

Obwohl die Todesfälle nicht geplant waren, störten sie ihn nicht sonderlich. Schließlich war Lisa ihretwegen gestorben – und sie war zehn, zwanzig, hundert solche Kerle wert gewesen.

Ginas gestrige Anwesenheit hatte die Angelegenheit verkompliziert; das war einer dieser perversen Zufälle, die ihm eines Tages das Genick brechen würden.

Obwohl die Chancen, gefaßt zu werden, minimal waren, verkrampfte sich schon beim Gedanken daran sein Magen. Die Anklage wegen Mordes, eine zirkusartige Gerichtsverhandlung, dann die Zeit hinter Gittern. Der Skandal ... wie würde er sich auf Brad auswirken? Sein Sohn war einer der wenigen Menschen, die ihm noch etwas bedeuteten.

Er würde alles tun, um das zu vermeiden. Alles.

Aber wo lag eigentlich das Risiko? Er hatte einen so gut wie nicht nachweisbaren Giftstoff und eine fast unsichtbare Methode, ihn seinen Opfern beizubringen. Oliver hätte etwas merken können, aber sein oft geistesabwesender Bruder neigte dazu, sich kaum für Ereignisse außerhalb des Labors zu interessieren. Das einzige weitere Risiko war jemand wie Gina. Jemand, der die Patienten kannte, von den Implantaten wußte und intelligent genug war, um die Teile dieses Puzzlespiels zusammenzusetzen.

Obwohl das nur eine entfernte Möglichkeit war, verzog er allein beim Gedanken daran das Gesicht. Was für eine scheußliche Zwickmühle das wäre! Was sollte er tun, falls Gina ihm auf die Schliche kam? Er würde irgendeinen Weg finden müssen, sie zu neutralisieren. Er durfte nicht zulassen, daß sie ...

Er schüttelte diese finsteren Überlegungen ab. Dazu würde es nicht kommen. Vincent würde als vorletzter behandelt werden. Nach ihm noch einer, dann konnte Duncan dieses Kapitel seines Lebens abschließen.

Aber der letzte würde ein Großer sein. Der Allergrößte.

9

Martha

Gina hatte es nicht eilig, in ihr Apartment zurückzukommen. Sie wollte keine schlechten Nachrichten hören. Und in bezug aufs Kapitol waren keine Nachrichten schlechte Nachrichten. Die Krönung des Ganzen wäre eine Mitteilung von Gerry gewesen, er müsse ihr gemeinsames Abendessen leider verschieben. Oder noch schlimmer: überhaupt kein Anruf von Gerry.

Gebt mir 'ne Chance, dachte sie. Diese Woche muß irgendwas klappen.

Deshalb stieg sie am Zoo aus der Metro aus und schlenderte langsam die Calvert Street entlang, um dann über die Duke Ellington Bridge ihr Wohnviertel zu erreichen.

Adams Morgan wurde manchmal als ausgeflippt, manchmal als buntscheckig, aber meistens einfach als verrückt charakterisiert. Gina liebte dieses Viertel. Es lag auf dem zum Dupont Circle hinunter abfallenden Hügel und bildete ungefähr zwischen Calvert Street, Florida Avenue und Connecticut Avenue ein großes Dreieck, in dem man ethnischen Schmuck, volkstümliche Kunst und heißeste Musik finden konnte, während man die exotischen Düfte zahlloser Küchen roch, die es an Vielfalt mit den gesamten Vereinten Nationen aufnehmen konnten. Wo sonst in Washington fand man ein argentinisches Café zwischen einem erstklassigen französischen Restaurant und einem karibischen Bistro? Sogar äthiopische Restaurants. Wer hatte jemals von einem äthiopischen Restaurant gehört? Aber in ihrem Viertel gab es drei davon.

Gina schmökerte in einer afrikanischen Buchhandlung, ließ farbenprächtige guatemaltekische Stoffe durch ihre Finger gleiten, probierte türkische Schuhe an und fand endlich, sie habe das Unvermeidliche lange genug hinausgeschoben. Sie machte sich auf den Weg zu ihrem Apartmentgebäude, einem alten Klinkerbau in der Kalorama Road zwischen Columbia Avenue und 18th Street; das Gebäude ging bei abfallendem Gelände in einen Wohnturm über und war himmelblau gestrichen. Gina schloß die Tür ihrer Wohnung im zweiten Stock auf.

Das Maklerbüro hatte sie als »möbliert« bezeichnet. Gina fand, »nicht unmöbliert« hätte den meisten gesetzlichen Vorschriften über den Wahrheitsgehalt von Anzeigen besser entsprochen. Das wacklige Mobiliar war schon so oft aufpoliert worden, daß niemand mehr sagen konnte, welches Holz sich unter den vielen Schichten verbarg. Sie hatte manchmal den Verdacht, einige Stücke würden nur durch den Anstrich zusammengehalten. Aber das Apartment war sauber, und sie liebte ihr Erkerfenster hoch über der Straße. Sie hatte sich eine neue Matratze liefern lassen und einige persönliche Akzente gesetzt – zum Beispiel durch eine kanariengelbe Tagesdecke und drei Poster von Monets *Seerosen*. Und sie hatte sich fest vorgenommen, das Apartment ein bißchen wohnlicher zu gestalten, vielleicht durch neue Vorhänge. Sobald sie Zeit dafür fand.

Sie ging sofort ins Schlafzimmer, wo ihr Anrufbeantworter auf dem Nachttisch stand. Ein Blinklicht zeigte an, daß mindestens eine Nachricht auf sie wartete. Ein guter Anfang.

Der erste Anruf kam von ihrer Mutter, die wissen wollte, wann Gina einmal Zeit für ein Familiendinner habe.

»Bald, Mama«, sagte sie laut. »Bald.« Ihr Dienstplan ließ ihr nicht viel Freizeit, aber sie achtete darauf, ihr Elternhaus in Arlington mindestens zweimal im Monat zu besuchen.

Als nächstes hörte sie Gerrys Stimme.

»Hi, Gina. Ich bin's Gerry. Hör zu, äh, die Sache mit unserem Abendessen klappt nicht ganz wie geplant.«

Klasse! Und welche Ausrede hast du dafür?

»Aber ich wär' heute abend trotzdem gern mit dir zusammen. Leider müssen wir etwas schlichter essen, als ich vorgesehen hatte. Können wir uns im, äh, Taco Bell treffen? Das für dich nächste ist in der Connecticut Avenue – in der Nähe der Veazey Street, glaub' ich. Das Ganze ist eine lange Geschichte, die ich dir erkläre, wenn du kommst. *Falls* du kommst, was ich sehr hoffe. Aber solltest du verhindert sein, hab' ich auch Verständnis dafür. Laß mich nur wissen, wenn du nicht kommen kannst, sonst sehen wir uns um sechs. *Hasta la vista.*«

Gina drückte auf die Wiederholungstaste. Doch, sie hatte richtig gehört: Taco Bell. Obwohl sie gern in Lokalen dieser Kette aß, stand das Taco Bell bestimmt nicht auf ihrer kurzen Liste von Restaurants für ein Rendezvous mit einem alten High-School-Schwarm.

Ein positiver Aspekt: Wenigstens hatte er sie nicht versetzt.

Aber ins Taco Bell?

Gina war inmitten des Pendlerstroms, der aus Washington nach Maryland zurückfloß, auf der Suche nach einem Parkplatz. In ihrem Nordteil führte die Connecticut Avenue durch ein Wohn- und Geschäftsviertel mit niedrigen Apartmenthäusern, Ladenzeilen an der Straße und einzelnen Bürogebäuden, zwischen denen prachtvolle Ulmen und Eichen wuchsen. Nur drei bis vier Meilen vom Capitol Hill entfernt, aber wie in einem anderen Land.

Sie fand nicht weit vom Taco Bell entfernt eine Parklücke und stellte den Motor ab.

Was nun?

Sie suchte die Umgebung des Lokals und den Gehsteig davor mit den Augen ab. Nirgends ein Anzeichen von Gerry. Sie wußte nicht einmal, was für ein Auto er fuhr. Andererseits hatte sie keine Lust hineinzugehen und drinnen wartend herumzustehen. Überhaupt gefiel ihr diese ganze Sache nicht. Wo war seine Frau, falls er noch verheiratet war? Wozu ins Taco Bell gehen? Warum war sie überhaupt hergekommen?

Nimm's locker, Panzella.

Fünf Minuten lang beobachtete sie den stetigen Strom von Menschen aller Rassen und Altersstufen, der dort hinein- und hinausströmte, ohne die geringste Spur von Gerry zu entdekken.

Also gut. Machen wir's kurz.

Sie ging hinein und sah sich um. Dieses in eine Ladenzeile integrierte Taco Bell erinnerte nicht so sehr an den Südwesten der Staaten wie die freistehenden Restaurants, die sie aus Louisiana kannte. Die Wände waren teilweise mit Lehmziegeln verkleidet, aber die Ausgabetheke, der Getränkeautomat, die Sitznischen und die Tische hätten in jedes andere Fast-food-Restaurant gepaßt. Nicht jedoch der Kochdunst: eine kräftige Mischung aus Zwiebeln und Gewürzen. Gina bekam Hunger.

Sie hörte ihren Namen, drehte sich um und sah, daß Gerry ihr jenseits einer Trennwand zuwinkte. Er stand auf, als sie näher kam, aber als Gina seine Sitznische erreichte, sah sie, daß er nicht allein war. Ihm gegenüber saß ein weiteres weibliches Wesen. Eine bildhübsche Blondine mit langen Locken und großen blauen Kulleraugen. Sie schien ungefähr fünf Jahre alt zu sein und war mit einem Burrito beschäftigt, der halb so lang wie ihr Arm war.

»Tut mir echt leid, Gina«, entschuldigte Gerry sich. »Mein Babysitter konnte heute abend nicht kommen. Das hier ist meine Tochter Martha, sag hallo zu Gina . . . ich meine, zu Dr. Panzella.«

Martha winkte Gina zu und lächelte nur, weil sie den Mund voll Burrito hatte.

»Martha ist Vegetarierin«, sagte Gerry.

Gina starrte die Kleine an. »Das glaub' ich nicht.«

Er hob die rechte Hand mit nach vorn weisender Handfläche. »Doch das stimmt. Ehrenwort! Ich könnte jetzt behaupten, das sei ein ethischer Standpunkt, aber Tatsache ist, daß Martha einfach kein Fleisch mag. Schon als Baby hat sie jede Kindernahrung mit dem geringsten Fleischanteil ausgespuckt.«

»Aber sie ißt Tacos?«

»Bohnenburritos. Sie *liebt* Bohnenburritos mit grüner Sauce und Extrakäse. Stimmt's, Martha?«

Die kleine Blondine sah auf und nickte nachdrücklich. Sie hatte offenbar gut zugehört. »Und sparsam mit den Zwiebeln«, fügte sie mit piepsiger Stimme hinzu.

Gerry strahlte seine Tochter an. »Richtig! Immer sparsam mit den Zwiebeln. Deswegen sind wir hier. Es gibt nicht viel, was Miss Leckermäulchen schmeckt, darum wär's sinnlos gewesen, sie in ein gutes Restaurant mitzunehmen. Das stört dich hoffentlich nicht. Ich mach's wieder gut, das versprech' ich dir.«

Marthas Anwesenheit hatte Gina völlig überrascht, aber sie

war von der engen Vater-Tochter-Beziehung, die sie hier spürte, bezaubert und gerührt.

»Unsinn, Gerry. Ich freue mich, daß du Martha mitgebracht hast. Es ist mir ein Vergnügen, sie kennenzulernen.«

»Wunderbar. Was soll ich dir holen?«

»Hmmm, wie wär's mit zwei Bohnenburritos mit Extrakäse?« Sie blinzelte Martha an. »Und sparsam mit den Zwiebeln.«

Martha grinste und verzog ihre eine Gesichtshälfte zu einer gräßlichen Grimasse, während sie das Blinzeln zu erwidern versuchte. Gina lachte und setzte sich ihr gegenüber.

»Bist du ein richtiger Doktor?« fragte Martha, legte den Kopf schief und sah zu ihr auf. Ihr rosiger Teint war makellos.

»Ja, das bin ich.«

»Gibst du auch Spritzen?«

»Manchmal.«

»Ich mag keine Spritzen.« Martha hielt zwei Finger hoch. »Ich hab' *zwei* Spritzen gekriegt, bevor sie mich innen Kindergarten gelassen haben.«

Eine niedliche Kleine. Ganz entspannt, ganz unverkrampft im Gespräch mit einer Fremden. Sie ging offensichtlich gern mit Menschen um, und das sagte alles über ihr Familienleben.

»Spritzen verhindern, daß du krank wirst.«

Sie zuckte à la Jackie Mason mit den Schultern. »Aber ich werd' trotzdem krank!«

Gina wurde durch Gerrys Rückkehr gerettet.

»Ich hab' dir ein Mountain Dew mitgebracht. Martha und ich haben in langen Testreihen festgestellt, daß zu praktisch allen Taco-Bell-Speisen am besten ein Dew paßt.«

»Mountain *Deeeeew!*« sagte Martha und hob ihren Plastikbecher. Nachdem Gerry mit ihr angestoßen hatte, sah sie erwartungsvoll zu Gina hinüber. Auch Gina stieß mit ihr an, dann tranken sie alle drei einen Schluck.

»Sorry, hier gibt's leider nichts Höheroktaniges«, sagte Gerry.

»Da ich in weniger als zwei Stunden wieder Doktor spielen muß, hat Mountain Dew genau die richtige Oktanzahl.«

Gina beobachtete über den Tisch hinweg, wie Gerry sich

neben seine Tochter setzte. Die Ähnlichkeit zwischen den beiden war unverkennbar; das blonde Haar, die blauen Augen, die Nase, sogar ihr Lächeln. Und wie dieses Lächeln speziell für Gerry aufblitzte . . . dies war ein kleines Mädchen, das seinen Daddy liebte.

Gina war interessiert, vielleicht sogar fasziniert. Sie hatte sich auf das Abendessen mit Gerry gefreut, um so etwas unerledigt Gebliebenes abschließen zu können. Ein Rendezvous – wenn man's so nennen konnte – mit dem großen Schwarm aller Mitschülerinnen – etwas, von dem sie in der High-School jahrelang geträumt hatte. Aber Gerry war weit mehr, als sie erwartet hatte: Er war herzlich, er war offen, und er war ein liebevoller Vater. Das gefiel ihr. Das gefiel ihr sehr. Sie wollte mehr über ihn erfahren. Der vermeintliche Schlußpunkt war zum Ausgangspunkt für etwas Neues geworden.

Zwischen Bissen und Schlucken erzählten sie sich von den rund zehn Jahren seit der High-School. Gerry berichtete, wie er nach der UVA, wo er Kriminologie studiert hatte, zum FBI gegangen war; aber er erwähnte mit keinem Wort, ob er geheiratet hatte oder wo Martha sonst herkam. Gina mußte ihre gesamte Willenskraft aufbieten, um nicht danach zu fragen. Er nickte aufmunternd, als Gina ihrerseits von ihrer Ausbildung berichtete, aber sobald sie Duncan Lathram erwähnte, hob er ruckartig den Kopf.

»Du arbeitest bei Lathram? Bei dem Prominentenchirurgen?«

»Nicht *er* ist prominent, sondern seine Patienten.«

»Yeah«, sagte Gerry mürrisch. »Und man muß prominent sein, um von ihm behandelt zu werden.«

Gina wunderte sich über diesen plötzlich feindseligen Unterton.

»Oh, er operiert jeden Tag Leute, die keiner kennt.«

Gerry beugte sich nach vorn und deutete auf die hauchdünnen Narben, die er im Gesicht hatte. »Mich hat er nicht angenommen.«

»Wie . . .?«

»Verkehrsunfall.« Er sah rasch zu Martha hinüber. »Ich erzähl dir später mal davon.«

Das war also die Erklärung für seine Narben.

»Dein Chirurg hat jedenfalls gute Arbeit geleistet.«

»Dr. Hernandez ist ein Könner. Aber ich wollte eigentlich von Lathram operiert werden, und er hat sich geweigert, mich auch nur zu untersuchen.«

»Duncan übernimmt nur ganz bestimmte Fälle.«

»Da die Versicherung die Heilkosten übernommen hat, hätte Geld keine Rolle gespielt. Warum hat er sich also geweigert, mir zu helfen?«

Weil er niemanden operiert, der ihn braucht, sondern nur Leute, die ihn wollen, hätte Gina am liebsten gesagt. Immer nur Schönheitsoperationen – je eitler und narzißtischer, desto besser. Keine Behebung von Traumaschäden. Aber wie hätte sie ihm etwas erklären können, das sie selbst nicht begriff? Am besten ging sie nicht darauf ein.

»Das weiß ich nicht, Gerry. Er wählt seine Patienten nach seltsamen Grundsätzen aus.«

»Und einige seiner Patienten haben in letzter Zeit ziemlich Pech gehabt.«

»Wie Congressman Allard, meinst du?«

Gerry setzte sich unwillkürlich auf. »Der Abgeordnete, der heute morgen die Treppe runtergefallen ist? Vor dem Kapitol? Ist der auch ein Patient Lathrams gewesen?«

»Was meinst du mit ›auch‹?«

Gerry antwortete nicht gleich. Er schien in Gedanken ganz woanders zu sein. Was überlegte er? Woher wußte das FBI – und warum interessierte es sich dafür –, wer Duncans Patient war oder nicht?

Gerry, dessen Verstand auf Hochtouren arbeitete, starrte die hinter Gina im Fenster hängende Werbung für *Chicken fajitas* an, ohne sie wirklich wahrzunehmen.

Auch Allard war ein Patient Duncan Lathrams. Damit waren sie zu dritt . . . drei Patienten Lathrams, die in den vergangenen vier Wochen einen tödlichen oder beinahe tödlichen Unfall gehabt hatten. Was konnte . . .?

»Gerry?«

Er schüttelte die Spekulationen ab und konzentrierte sich wieder auf Gina.

Gott, wie er sich zu ihr hingezogen fühlte! Er liebte ihr üppiges schwarzes Haar, ihre dunkelbraunen, nahezu schwarzen Augen und die Art, wie ihre Mundwinkel sich hoben, wenn sie lächelte. Das alles hatte er bei dem dicken Mädchen von früher nie wahrgenommen. Andererseits hatte er sie als Pasta nie sonderlich beachtet.

Das alles gehörte irgendwie dazu. Sie kannten sich schon lange. Er hatte sie damals gekannt, als sie in der schlechten alten Zeit ein unscheinbares Pummelchen gewesen war, und er kannte sie jetzt, wo sie eine schlanke Schönheit war, nach der die Männer sich umdrehten. Aber Gerry hatte sie damals nicht gekannt, nicht wirklich, und er kannte sie jetzt erst recht nicht. Aber er spürte etwas in ihr, gelassene Stärke und Selbstbewußtsein, das ebenso sexy wie ihr Äußeres war.

Gina hatte sich ein Bild gewählt, wie sie sein wollte, *wer* sie sein wollte, und sich nach diesem Bild neu geschaffen.

Und jetzt wartete diese Frau auf eine Antwort.

»In den letzten vier Wochen sind zwei einflußreiche Politiker gestorben«, sagte Gerry. »Congressman Lane und Senator Schulz. Beide sind . . .«

»Patienten Lathrams gewesen. Das weiß ich. Aber beide sind tödlich verunglückt – oder etwa nicht?«

»So sieht's bisher aus.«

»Woher weißt du, daß er beide operiert hat?«

Er kniff die Augen zusammen. »Oh, wir haben unsere Quellen . . .«, sagte er, indem er angestrengt überlegte, wieviel er ihr erzählen sollte oder durfte.

»Das ist mein Ernst, Gerry.«

Sie wirkte beunruhigt. Weshalb? Lathram war doch nur ihr Boß. Oder steckte mehr dahinter?

»Das ist bei unseren Ermittlungen zufällig rausgekommen.«

»Wozu diese Ermittlungen?«

»Zwei so prominente Politiker? Gewaltsamer Tod im Abstand von wenigen Wochen? Da ermittelt das FBI. *Falls* es einen Zusammenhang gibt, wollen wir ihn als erste wissen.«

»Oh«, sagte Gina und lehnte sich zurück. »Ja, das klingt logisch.«

»Allard ist nicht tödlich verunglückt, aber er wird nicht so bald wieder öffentlich auftreten.«

»Wie meinst du das?«

»Wie man hört, brabbelt er nur Unsinn, seit er im Krankenhaus zu sich gekommen ist.«

»Tatsächlich?« fragte sie mit gerunzelter Stirn. »Das muß eine Folge seiner Gehirnerschütterung sein. Armer Kerl!«

»Kann man wohl sagen.«

Drei schwere Unfälle – zwei mit Todesfolge –, die ausgerechnet Patienten von Duncan Der-Doktor-operiert-leider-keine-Traumafälle Lathram getroffen hatten. Gerry fragte sich, welche sonstigen Verbindungen zwischen den drei Männern und dem guten Doktor existieren mochten.

»Entschuldigung, Dad.«

Gerry sah zu Martha hinüber, die ihn angestoßen hatte.

»Na, wohin willst du, Miss?«

»Mir noch ein Mountain Dew holen.«

»Schaffst du's denn allein?«

Sie verdrehte die Augen. »Da-*deee!*«

»Okay, aber nur einen halben Becher.« Er stand auf, um sie vorbeizulassen. »Hast du genug Geld?«

Ihre babyblauen Augen verdrehten sich wieder. »Nachschenken ist umsonst, Dad!«

»Klar. Hätte ich fast vergessen.«

Er setzte sich wieder, ließ sie aber nicht aus den Augen, als sie zum Getränkeautomaten ging. Sie wußte genau, was zu tun war, und hatte Spaß daran, Eiswürfel in einen Plastikbecher plumpsen zu lassen und ihn dann unter den Hahn für Mountain Dew zu halten. Darum ließ er sie's selbst tun. Aber er behielt sie und ihre Umgebung dabei scharf im Auge. Hätte jemand sich die geringste Frechheit gegen Martha erlaubt, wäre Gerry über ihn hergefallen wie ein Pitbull über ein saftiges Steak.

»Sie ist reizend«, sagte Gina.

»Ja, das ist sie«, bestätigte er, Martha beobachtend.

»Ihre Mutter hast du bisher nicht erwähnt.«

Gerry erwiderte kurz ihren forschenden Blick, dann sah er erneut zum Getränkeautomaten hinüber.

»Erinnerst du dich an Karen Shannik? Die große Blondine?«

»Die Cheerleaderin? Klar.«

»Nun, sie hat auch an der UVA studiert. Im College ist's mit uns ernst geworden, und wir haben gleich nach dem Studium geheiratet. Martha ist ungefähr ein Jahr später auf die Welt gekommen.«

»Seid ihr noch zusammen?«

Er deutete auf seine Narben im Gesicht und sprach rasch weiter, um die Story abzuschließen, bevor Martha zurückkam.

»Die stammen von einer Windschutzscheibe. Eine Regennacht auf der Fünfziger. Vor uns hat sich ein Sattelschlepper quergestellt. Ich bin gefahren, Karen war auf dem Beifahrersitz gesessen, Martha in ihrem Kindersitz hinter mir. Wir sind unter den Lastwagen geraten. Martha ist unverletzt geblieben, mein Gesicht hat wie ein Hamburger ausgesehen, und Karen ... Karen hat's nicht geschafft.«

Aus dem Augenwinkel heraus sah er, wie Gina eine Hand vor ihren Mund schlug.

»O Gott! Das tut mir aufrichtig leid!«

Nicht so leid wie damals mir.

»Das wirklich Traurige daran ist, daß Martha sich nicht an ihre Mutter erinnern kann. Wir haben natürlich Bilder, aber für Martha ist Karen nur eine Frau, die sie von Fotos kennt. Ich wollte ...«

Gerrys Stimme versagte. Karen, die immer vorsichtig gewesen war, hatte ihren Sicherheitsgurt angelegt; er hatte sich in dieser Nacht nicht die Mühe gemacht, sich anzuschnallen. Trotzdem war Karen jetzt tot, und Gerry hatte überlebt.

Das war unfair.

Er sah sich wieder über die nasse Fahrbahn schlittern, der Wagen unkontrollierbar schleudernd, seine Hände ums Lenkrad geklammert, mit aller Kraft bremsend, während er die Hinterkante des Sattelschleppers durchs Beifahrerfenster aufragen sah, bevor sie das Glas, die Tür und Karen zerschmetterte ...

Einfach unfair.

Danach war er emotional völlig am Boden gewesen, und sein zerschnittenes Gesicht hatte sein Elend nur noch vergrößert. Martha hatte ihn nicht wiedererkannt und nur gekreischt, wenn er in ihre Nähe gekommen war. Er hatte wie das Frankenstein-Monster ausgesehen. Und Dr. Duncan Lathram hatte sich geweigert, ihn zu operieren ...

Er blinzelte und sah Martha mit einem randvoll mit Mountain Dew gefüllten Plastikbecher zwischen ihren kleinen Händen zurückkommen. Den würde sie niemals schaffen – aber was machte das schon? Sie war hingegangen und hatte ihn selbst gefüllt.

»Und so schlagen Martha und ich uns gemeinsam durch«, sagte er, während er für seine Tochter aufstand. »Und ich versuche, meinen Dienstplan so einzurichten, daß mir möglichst viel Zeit für sie bleibt.«

Die ihm bei weitem nicht genügte. Aber was konnte er als Agent im aktiven Einsatz schon erwarten? Andererseits würde damit hoffentlich bald Schluß ein. Sobald er einen SSA-Posten angeboten bekam, würde er zugreifen – ganz egal, wohin er dafür umziehen mußte –, um nur noch von neun bis siebzehn Uhr arbeiten zu müssen und dann mehr Zeit für Martha zu haben. Im Augenblick besuchte sie den Kindergarten und ging danach zu Mrs. Snedecker. Gott sei Dank, daß es Mrs. Snedekker gab!

Gerry strich Marthas blonde Stirnfransen zurecht und verschob eine ihrer Minnie-Maus-Spangen. Fast unglaublich, wieviel er gelernt hatte. Er war ein richtiger Hausmann geworden, der einkaufen, kochen, waschen und bügeln konnte. Früher hatte seine Mutter ihn nach Kräften unterstützt, bis sie letztes Jahr an Herzversagen gestorben war.

Jetzt lebten Martha und er also allein. Und Gerry war Gott für seine kleine Tochter dankbar. Sie füllte einen Teil der schmerzlichen Lücke aus, die Karens Tod in seinem Leben zurückgelassen hatte. Gerry allein hätte an diesem Verlust zerbrechen können – aber Marthas wegen hatte er sich zusammenreißen müssen.

Er sah Karen noch immer. Sie erschien ihm in seinen Träumen. Er fragte sie oft, wie er mit Martha zurechtkomme, aber er bekam nie eine Antwort.

Wie *kam* er zurecht?

Martha sah lächelnd zu ihm auf, und er küßte sie auf die Stirn.

»Aber jetzt haben wir genug über mich geredet«, sagte er zu Gina. »Was hattest du neulich im Hart Building zu tun? Dort treiben sich nicht allzu häufig Ärzte herum.«

Sie erzählte von ihrem Bestreben, an der Formulierung der neuen Richtlinien zur ärztlichen Berufsausübung mitzuwirken, ihrem enttäuschenden Vorstellungsgespräch bei Senator Marsdens Stabschef und ihrem vergeblichen Versuch, den Gesprächstermin bei Congressman Allard wahrzunehmen.

»Erst büffelst du, um ein Medizinstudium zu schaffen, und dann willst du in die Politik gehen?«

Sie lachte. »Du redest wie Duncan.«

»Na ja, vielleicht hat er mal recht.«

»Das ist nicht *alles*, was ich will – nur ein Teil davon. Und ich *werd's* tun. Alles, was ich mir vorgenommen habe.« Sie ließ die Eiswürfel in ihrem Plastikbecher klappern. »Ich denke, ich könnte auch einmal Nachschenken brauchen.«

Er streckte eine Hand nach dem Becher aus und wollte aufstehen. »Komm, ich ...«

»Danke«, sagte Gina und behielt ihren Becher in der Hand, »diesmal nehme ich vielleicht einen anderen Geschmack.«

Gerry sah ihr nach, als sie zum Getränkeautomaten schlenderte, und beobachtete, wie die Blicke der meisten anwesenden Männer ihr dabei folgten. Ja, Gina war ganz entschieden einen zweiten Blick wert. Vielleicht sogar einen dritten.

Und ich werd's tun. Alles, was ich mir vorgenommen habe.

Die wilde Entschlossenheit in ihren Augen machte sie sogar noch attraktiver. Eine Frau, die's aus eigener Kraft geschafft hatte. Aus einem Mädchen, das ein regelrechter Fettkloß gewesen war, hatte sie sich in eine Frau mit unbegrenzten Möglichkeiten verwandelt.

»Martha«, flüsterte er, »ich glaube, mir wird amourös zumute.«

Sie sah nicht mal auf. »Das kommt von den Bohnen, die hier drin sind.«

Gerry mußte laut lachen.

»Aber mach dir keine Sorgen«, fuhr Martha fort. »Wir können's Gina sagen. Sie kann dir helfen. Sie ist ein Doktor.«

»Nein, nein«, sagte Gerry hastig und legte ihr seinen Zeigefinger auf die Lippen. »Wir erzählen Gina nichts davon. Wenigstens noch nicht gleich.«

10

Duncan

Duncan und Brad traten aus dem Restaurant Il Giardinello in die abgasgeschwängerte Luft der M Street in Georgetown hinaus. Der aus Virginia hereinströmende Verkehr kam nur stockend voran, und die Auspuffgase der vielen im Leerlauf arbeitenden Motoren vermischten sich mit den vom Potomac heraufziehenden leichten Nebeln. Diese Mischung hing als Giftschwaden in der stillen Herbstluft.

Als sie sich nach Osten wandten, um zu ihrem Auto zurückzugehen, kamen sie an einem Gewirr aus Restaurants, Bars, Bistros, teuren Boutiquen und Juwelieren, alternativen Musikshops und sogar einem Kondomladen vorbei.

»Das Essen war nicht schlecht«, meinte Brad.

»Nein, gar nicht schlecht, wenn man seine Pasta weichgekocht, sein Kalbfleisch praktisch roh, das Lokal völlig verraucht und so laut mag, daß man seine eigenen Gedanken nicht mehr hört. Die Bedienung war langsam, bestenfalls gleichgültig, die Einrichtung hätte aus einem Alptraum der Borgias stammen können, die Weinkarte wäre sogar für die Bowery zu schlecht, und der Espresso . . .« Duncan schüttelte sich. »Abscheulich.« Im nächsten Augenblick grinste er. »Ich darf nicht vergessen, dieses Restaurant deiner Mutter zu empfehlen.«

Brad versetzte der Schulter seines Vaters einen leichten Boxhieb. »Nein, das lassen wir lieber. Okay?«

»Schon gut.«

»So schnell kommen wir nicht wieder her, schätze ich.«

»Natürlich sind wir bald wieder da. Sobald Name, Besitzer und Chefkoch gewechselt haben.«

Brad schüttelte nur grinsend den Kopf.

Duncan liebte diesen Jungen, diesen gutmütigen jungen Mann Anfang Zwanzig mit dem offenen Gesichtsausdruck und den unschuldigen blauen Augen, seinen schlaksigen, hageren Körper, sein etwas zu langes braunes Haar und die Art und Weise, wie Brad niemals Socken trug, niemals seine Krawatte ganz hochzog und niemals den obersten Hemdknopf schloß.

Erinnerungen umflatterten ihn wie von Bäumen fallendes Herbstlaub: Schwimmunterricht in der Grundschule, naturwissenschaftliche Projekte in der Mittelstufe, das traumatische Erlebnis, in der High-School nicht gut genug fürs Basketballteam zu sein, alle Höhen und Tiefen, die man mit seinen Kindern durchlebte.

Irgendwie, sagte er sich, haben wir mit Brad Glück gehabt. Wegen meiner starken beruflichen Beanspruchung und weil wir uns vor allem um Lisa und ihre Probleme kümmern mußten, sind wir nicht die besten Eltern gewesen, aber irgendwie ist Brad trotz allem ein sehr brauchbarer Mensch geworden. Ein lebender Beweis dafür, daß natürliche Anlagen wichtiger als Erziehung sind.

Duncan legte seinem Sohn spontan einen Arm um die Schultern und zog ihn an sich. Er neigte eigentlich nicht zur öffentlichen Zurschaustellung von Gefühlen, aber diesen Jungen liebte er weiß Gott.

»Danke, daß du mich tolerierst.«

Brad legte ihm einen Arm um die Taille. »Irgend jemand muß es doch tun.«

Vater und Sohn blieben in dieser halben Umarmung, während sie die Wisconsin Avenue überquerten und der leicht abfallenden M Street in Richtung Rock Creek folgten.

»Du bist also nicht enttäuscht?« fragte Brad.

»Was muß ich noch alles tun?« lautete Duncans Gegenfrage.

»Soll ich mir das Wort auf die Stirn tätowieren lassen? *Nein!* Nein, ich bin nicht enttäuscht.«

»Das ist eine verdammt große Erleichterung für mich, kann ich dir sagen.«

Brad hatte ihm erklärt, er wolle sich mit ihm treffen, um über seine Zukunftspläne zu sprechen. Daraufhin hatte Duncan ihn zum Abendessen eingeladen. Wie sich herausgestellt hatte, war es Brad weniger darum gegangen, was er in Zukunft tun wollte, sondern eher darum, was er *nicht* tun wollte.

Und er hatte nicht vor, die Medical School zu absolvieren. Vor vielen Jahren, bevor die Ärzteschaft in die Fangarme des staatlichen Gesundheitswesens geraten war, wäre Duncan bitter enttäuscht gewesen. Aber heute abend war er fast begeistert.

»Warum sollte ich mich aufregen, wenn du keine Lust hast, weitere acht bis zehn Jahre angestrengt zu büffeln, um dann mit Politikern besetzten Ausschüssen Rede und Antwort stehen zu müssen? Der einzige Vorteil, den der Arztberuf heutzutage noch bietet, ist die Arbeitsplatzsicherheit!«

»Yeah. Ärzte werden immer gebraucht, schätze ich.«

»Das steht außer Zweifel. Aber das Arzt-Patient-Verhältnis verschlechtert sich. Zwischen Arzt und Patient hat früher ein fast geheiligter Bund bestanden, den niemand zerstören konnte. Das Sprechzimmer ist sozusagen eine Art Beichtstuhl gewesen. Die intimen Geheimnisse, die wir in fast unleserlichen Kürzeln hieroglyphisch aufgezeichnet und hinter den unbezwingbaren Wällen unserer Praxen vor Zugriffen sicher aufbewahrt haben, darf jetzt jeder Büttel von Staat oder Versicherung ohne weiteres einsehen.«

»Also muß ich mir gut überlegen, was ich meinem Arzt mitteile.«

»Allerdings mußt du das! Und in deinem Interesse darf er nicht alles zu Papier bringen, was du ihm erzählst.«

»Klingt ziemlich unerfreulich. Aber das alles hat nichts mit meinem Entschluß zu tun. Der Hauptgrund ist, daß Medizin einfach nicht mein Ding ist.«

Seine Hand umschloß Brads Schulter mit zartem Druck. »Was denn sonst?«

»Das weiß ich nicht, Dad. Ich weiß es nicht.«

Duncan seufzte. So viele Angehörige dieser sogenannten Generation X schienen keine Vorstellung davon zu haben, was sie wollten oder wohin sie unterwegs waren. Das konnte er nicht begreifen. Er hatte sein Leben lang Arzt werden wollen und schon als Kind darauf zielsicher hingearbeitet. Er konnte sich an keinen Augenblick erinnern, in dem er an der Richtigkeit dieser Zielsetzung gezweifelt hatte.

Vielleicht fühlte er sich deshalb so zu Gina hingezogen. Sie war ebenso entschlossen, ihr Ziel zu erreichen, wie er's in ihrem Alter gewesen war. Ihr Weg war nicht seiner, aber das konnte er ihr verzeihen – sie würde irgendwann einsehen, daß sie einen Irrweg gegangen war. Für ihn war sie wie eine Tochter. Vielleicht hatte er Gina innerlich unbewußt auf Lisas verwaisten Sockel gestellt. Ja . . sie war wie eine Tochter. Schließlich hatte er ihr das Leben wiedergeschenkt, als er sie damals zusammenflickte.

Aber nicht einmal den nächsten Schritt zu kennen . . . was für Besorgnisse das auslösen mußte. Welche Ungewißheiten befielen Brad, wenn er nachts im Bett lag und das Dunkel befragte, wohin sein Lebensweg führte?

»Wofür du dich auch entscheidest – ich stehe hinter dir. Du kannst jederzeit . . .«

»Schwule!«

Duncan fuhr bei diesem Wort zusammen und sah sich um. In der Nische eines dunklen Hauseingangs hockten drei undeutlich erkennbare Gestalten, jede mit einer Dose oder Flasche in der Hand. Ihre kahlen Schädel warfen den Lichtschein der Straßenbeleuchtung zurück. Er ging weiter.

»Skinheads«, flüsterte Brad und wollte seinen Arm von Duncans Taille nehmen.

Duncan hielt ihn am Handgelenk fest. »Trau dich ja nicht!«

»Dad, sie halten uns für . . .«

»Sollen sie darüber entscheiden, wie Vater und Sohn eine Straße entlanggehen dürfen?«

»Ich weiß, daß es auch deine Masche ist, dich niemals zu beschweren und nie etwas zu erklären, aber diese Kerle sind verrückt.«

Duncan griff mit der freien Hand in seine Jackentasche und umfaßte den darin steckenden Metallzylinder.

»Vielleicht bin ich noch verrückter.«

Das Viertel an M Street und Wisconsin Avenue war schon immer der schäbigste Teil Georgetowns gewesen. Ein Gemenge aus überteuerten Trendboutiquen, Bars, Clubs und rasch wechselnden Lokalen, die von gehobenen ethnischen Restaurants bis zu Little Tavern Hamburgers reichten, und dazwischen gelangweilte Yuppies auf ihrer Suche nach etwas, das sie Spaß nannten. Anfang der sechziger Jahre hatten Folksänger die Cafés bevölkert, am Ende dieses Jahrzehnts kamen und gingen die Discos. Trotz aller Veränderungen hatten die Straßenbewohner Georgetowns an ihrer ehrbaren Tradition festgehalten, entschlossen liederlich, aber im allgemeinen gutmütig zu sein.

Bis vor kurzem. Schlenderte man durch dieses Viertel, kam man sich jetzt wie auf einem Basar der Dritten Welt vor. Die Boutiquen, mit denen das letzte abfallende Teilstück der Wisconsin Avenue herausgeputzt war, waren bunter und billiger, niemand schien mehr Englisch zu können oder regelmäßig ein Stück Seife an sich heranzulassen, und an jeder Straßenecke hielten zerlumpte Gestalten die Hand auf. Die ungepflegten Erscheinungen aus dem Grunge-Kader waren ebenso ungewaschen wie die Hippies von früher, aber ihnen fehlte der Sinn für Stil und Humor, der jene ausgezeichnet hatte. Das Viertel war so verrufen wie eh und je, doch die Atmosphäre hatte jetzt etwas Düsteres.

Trotz einer neuen Einkaufspassage und hellerer Straßenbeleuchtung veränderte sich die Straßenszene in Georgetown wie alles andere zum Schlechteren.

Was für eine Welt! Was für eine verkorkste Welt.

Sie scherten aus dem Fußgängerstrom aus und bogen rechts in die 29th Street ab; Duncan hatte seinen Mercedes auf dem zum C&O Canal abfallenden Hügel geparkt. Er war eben dabei, die Fahrertür aufzuschließen, als etwas an seinem Kopf vorbeischwirrte und einige Meter von ihm entfernt auf dem Gehsteig zerschellte.

»Schwule!«

Obwohl die Straßenbeleuchtung hier weniger hell war als in der M Street, erkannte er sofort die drei Skinheads, die hügelabwärts auf sie zugetrabt kamen. Sie schienen zu irgendeiner Bande zu gehören, denn alle drei trugen Jeans, schwarze Lederjacken und fingerlose schwarze Lederhandschuhe. Einer hielt eine Bierdose in der Hand, einer hatte leere Hände, schlug sich aber wiederholt mit der rechten Faust in die linke Handfläche, und der dritte Kerl, offenbar ihr Anführer, war mit einem Stück Eisenrohr bewaffnet.

»Scheiße, Dad«, sagte Brad. »Komm, wir hauen ab!«

Duncans Mund war plötzlich ausgetrocknet. Sein Kopf drängte ihn zur Flucht, aber seine Füße schienen auf dem Gehsteig verankert zu sein. Die Skinheads waren schon zu nahe, bewegten sich zu schnell. Nicht mehr genug Zeit, in den Wagen zu steigen, den Motor anzulassen und aus der Parklücke zu rangieren. Sein Herz begann zu rasen, als er den kleinen Metallzylinder aus der Jackentasche zog und gegen seinen Oberschenkel gepreßt hielt, wo er nicht gleich sichtbar war.

»Jetzt gibt's Schwulen-Burger«, sagte der Anführer grinsend, während er das Eisenrohr hob und zum Angriff überging. Die beiden anderen blieben dicht hinter ihm.

»Hey, seid vernünftig!« rief Brad. »Wir sind keine . . .«

»Still, Brad.«

Duncan ertastete mit dem Daumen die Drucktaste auf dem Behälter. Beinahe wäre ihm der kleine Zylinder aus der schweißnassen Handfläche gerutscht. Seine Hand zitterte fast unkontrollierbar, als er den Behälter hob und dem Anführer einen Flüssigkeitsstrahl ins Gesicht sprühte.

Aber der Strahl verfehlte sein Ziel, schoß bogenförmig an dem zum Schlag erhobenen Eisenrohr vorbei und traf Hals und Brust des zweiten Angreifers. Als der Skinhead sich würgend abwandte und die Hände vor Augen und Mund schlug, zielte Duncan besser und traf den Anführer diesmal mitten ins Gesicht. Der Kerl ließ das Rohr fallen, sank keuchend und würgend auf die Knie und rieb sich verzweifelt die Augen. Inzwischen war der dritte Skinhead gegen den zweiten geprallt, der nach vorn gekrümmt zum Stehen gekommen war. Die beiden gingen in einem wüsten Durcheinander aus Armen und Beinen zu Boden.

»Fucking Mace!« kreischte der dritte.

Duncan traf ihn mit einem gezielten Strahl in den Mund und brachte ihn so zum Verstummen.

Dann sank er rückwärts gegen den Mercedes und rang keuchend nach Atem, als habe er einen Marathonlauf absolviert. Er fühlte die Unterwäsche an seiner schweißnassen Haut kleben. Wie lange hatte das alles gedauert? Drei Sekunden? Fünf? Ihm war dieser Augenblick wie eine Ewigkeit vorgekommen. Jedenfalls hatten einige Sekunden genügt, um drei Angreifer in sich windende, kreischende, ächzende, würgende, fluchende blinde Fleischklumpen zu verwandeln.

»Gott sei Dank, Dad!« sagte Brad. »Ich hab' nicht geahnt, daß du 'ne Dose Mace bei dir hast.«

Tatsächlich war das nur ein Pfefferspray – mit fünf Prozent Capsicum. Duncan hatte noch nie Gelegenheit gehabt, es wirklich anzuwenden. Er war beeindruckt. Und er fühlte sich fast schwindlig vor Erleichterung. Er hielt den kleinen Behälter hoch, um ihn bei Licht zu betrachten.

»Bestimmt nichts, was John Wayne benutzt hätte«, gestand Duncan ein. »Aber da ich nicht gerade ein Straßenkämpfer bin, habe ich's vorsichtshalber mitgenommen.« Er ließ die Sprühdose wieder in seine Jackentasche gleiten. »Vielleicht sollten wir . . .«

Das Scheppern von Metall auf Beton veranlaßte Duncan, sich rasch umzudrehen. Einer der Skinheads hatte das Eisenrohr ergriffen und kam damit auf sie zugetorkelt. Seine Augen waren zugeschwollene Schlitze, aus denen Tränen strömten. Er war blind und orientierte sich offenbar an den Stimmen, die er eben noch gehört hatte. Duncan brachte sich mit einem Sprung vor dem wild in seine Richtung geschwungenen Rohr in Sicherheit. Es krachte dicht neben der Stelle, an der er eben noch gestanden hatte, auf einen Kotflügel seines Wagens und hinterließ eine tiefe Beule.

Duncan sah plötzlich Rot. Er griff impulsiv nach dem Ende des Eisenrohrs und entriß es dem blind umhertorkelnden Skinhead. Dann schwang er es wie einen Baseballschläger und traf den Kerl damit seitlich am Kopf, so daß er taumelnd über die beiden anderen stürzte, die sich inzwischen auf Händen und Knien aufgerappelt hatten.

Im nächsten Augenblick stand Duncan über ihnen und schlug mit dem Rohrstück auf sie ein. »Du ...«, knurrte er mit zusammengebissenen Zähnen, »... dreckiger ...«, während er einen Schädel traf, ... erbärmlicher ...«, eine Rippe brach, »... verdammter ...«, eine Nase einschlug, ... elender ...«

Dann hielt jemand seinen Arm fest, und er hörte eine vertraute Stimme.

»Dad! Um Himmels willen! *Dad!*«

Er drehte sich um. Brads Gesicht war kaum eine Handbreit von seinem entfernt. Sein Sohn starrte ihn mit vor Entsetzen geweiteten Augen erschrocken an.

»Dad, hör auf! Du bringst sie um!«

Duncan sah auf das sich windende, blutverschmierte Knäuel ihrer Angreifer herab. Er ließ das Eisenrohr fallen und ging mit schleppenden Schritten zu seinem Wagen.

»Komm, wir hauen ab.« Die Autoschlüssel klirrten, als er sie mit zitternder Hand aus seiner Jackentasche angelte. »Du fährst.«

Die Minuten danach verschwammen. Duncan registrierte kaum, daß der Mercedes sich in Bewegung setzte, aus der Parklücke fuhr und sich in den Verkehr auf der M Street einordnete. Er hockte auf dem Beifahrersitz und litt zitternd und fröstelnd unter den Nachwirkungen des extrem hohen Adrenalinausstoßes wenige Augenblicke zuvor. Hohe Piepstöne ließen ihn wieder zu sich kommen.

Brad drückte auf die Wähltaste des Autotelefons.

»Was machst du da?«

»Ich rufe neun-eins-eins an.«

Duncan nahm seinem Sohn behutsam das Telefon aus der Hand und schaltete es aus.

»Keine Polizei. Laß sie in ihre Höhle zurückkriechen und ihre Wunden lecken. Vielleicht denken sie in Zukunft zweimal oder sogar dreimal nach, bevor sie einen ›Schwulen‹ überfallen.«

»Sollten wir den Überfall nicht anzeigen?«

»Weißt du, was passiert, wenn wir Anzeige erstatten? *Wir* kommen vor Gericht, weil wir *sie* angegriffen haben. So funktioniert unser Rechtssystem leider.«

Sie fuhren einige Zeit schweigend weiter, bevor Brad wieder das Wort ergriff.

»Warum hast du's ihnen nicht sagen wollen?«

»Was sagen?«

»Daß wir nicht schwul sind.«

Schwul. Duncan haßte diesen Ausdruck, obwohl selbst Homosexuelle ihn benutzten. Und er war ein bißchen über Brad enttäuscht. Der Junge kapierte einfach nichts.

»Darum geht's nicht, Brad. Will ich meinem Sohn einen Arm um die Schultern legen, ist das meine Sache. Dazu brauche ich niemandes Einwilligung außer deiner. Ich bin so wenig bereit, mich dem Diktat dieser Troglodyten von der Straße zu unterwerfen wie dem der Dezerebraten auf dem Kapitolshügel. Steckt man einmal zurück, muß man immer wieder zurückstekken. Deshalb fängt man gar nicht erst an.«

»Aber was ist vorhin in dich gefahren, Dad? So hab' ich dich noch nie erlebt.«

»Weil ich so noch nie gewesen bin.«

Dieser ungeahnt heftige Ausbruch der in ihm kochenden Wut hatte ihn selbst erstaunt. Daß sie existierte, war ihm seit langem bewußt, denn er fühlte sie seit vielen Jahren in sich brodeln – aber er hatte geglaubt, sie inzwischen unter Kontrolle zu haben, indem er sie allmählich auf ein bestimmtes Ziel lenkte. Er hatte nicht geahnt, daß sie so dicht unter der Oberfläche lauerte, daß sie jederzeit ausbrechen und ihn auf das nächstbeste Ziel hetzen konnte.

»Du kannst einem richtig angst machen, Dad.«

Er nickte. »Manchmal hab' ich vor mir selbst Angst.

11

Gina

Im Lynnbrook Hospital hatte Gina auf Drei Nord gerade einen Patienten mit Brustschmerzen untersucht. Sie mußte immer wieder an Gerry und das nette Abendessen mit Martha und ihm in dem kleinen Taco Bell denken. Ein Dinner im Luxusrestaurant The Palms wäre nicht halb so vergnüglich gewesen. Sie hatte sich nur höchst ungern verabschiedet.

Als sie am Schwesternzimmer vorbeikam, sah sie Dr. Conway an der Theke lehnen und Verordnungen schreiben. Sie war überrascht, ihn zu sehen. Es war fast Mitternacht, und um diese Zeit war im allgemeinen außer ihr kein Arzt mehr im Haus.

Er sah auf und lächelte, als sie auf der anderen Seite der Theke Platz nahm. Er tippte auf das vor ihm liegende Krankenblatt.

»Hey, Panzella. Hätte ich gewußt, daß Sie Nachtdienst haben, hätte ich diesen Kerl Ihnen überlassen.«

»Das wäre vielleicht besser gewesen. Sie sehen ganz erledigt aus.« Das war nicht übertrieben. Er hatte dunkle Schatten unter den Augen. »Sie gehören ins Bett.«

»Sowie dieser Patientenbericht fertig ist, bin ich fort.«

Gina wurde auf Harriet Thompsons Krankenblatt aufmerksam und zog es aus der Halterung. »Wie ich sehe, ist Ihre liebste kleine alte Dame noch immer hier.«

»Harriet?« Er nickte seufzend. »Yeah. Und leider noch immer nicht entlassungsreif. ›Schwach wie ein Kätzchen‹, sagt sie.«

Gina blätterte in den Befunden. »Ihre Werte sehen weiterhin gut aus.«

»Perfekt.«

»Halten Sie's für möglich, daß sie aus persönlichen Gründen hierbleiben möchte? Weil sie hier mehr Aufmerksamkeit bekommt als zu Hause?«

»Nein. Sie ist eine wirklich selbständige alte Dame. Das Krankenhaus ist ihr zuwider. Ich glaube, daß sie an irgendeiner postinfektiösen Asthenie leidet. Die kenne ich von anderen

Patienten – hauptsächlich nach Lungenentzündungen wie in ihrem Fall. Man kann sie weder sehen noch greifen, durch keine Laboruntersuchung nachweisen. Die Diagnose basiert vor allem auf dem Ausschluß anderer Ursachen.«

»Ist die Verwaltung weiter hinter Ihnen her?«

»Das ist nur eine Hälfte der Geschichte.« Conway schüttelte müde den Kopf. »Der Fall zieht allmählich Kreise. Die andere Seite hat jetzt Verstärkung aufgefahren. Ich bin vom Leiter der Belegarztstelle und vom Ärztlichen Direktor angerufen worfen. Namen wurden keine genannt, aber beide haben unüberhörbar angedeutet, es könnte hier im Haus Probleme mit meiner zukünftigen Anerkennung als Belegarzt geben, wenn ich mich nicht als ›Teamspieler‹ beweise.«

Kein Wunder, daß er sorgenvoll wirkte.

»Die Angehörigen lassen sich auch nicht einbeziehen?«

»Ihre Tochter lebt in San Diego. Ich habe sie selbst angerufen. Sie kann dort nicht weg. Sie sagt, jetzt sei ›kein guter Zeitpunkt‹ für sie.«

»Was haben Sie als nächstes vor?«

»Nichts anderes als bisher. Zum Teufel mit der Verwaltung! Sie bleibt, bis sie sich wieder kräftig genug fühlt.«

Er klappte die vor ihm liegende Krankenakte zu, ließ sie ins Fach für die Nachtschwester gleiten und trat vor der Theke zurück.

»Bis demnächst, Panzella.«

»Halten Sie die Ohren steif«, sagte sie, als er sich mit einem Nicken verabschiedete.

Gina machte sich Sorgen um ihn. Wenn er nicht bald nachgab, konnte er hier im Haus ernsthafte Schwierigkeiten bekommen. Sie dachte wieder an Gerry und seine Äußerung über Duncans Patienten, Lane, Schulz und jetzt Allard ... Gerry schien da einen Zusammenhang zu vermuten. Was hätte er gesagt, wenn Gina ihm erzählt hätte, daß Duncan an diesem Morgen auf dem Kapitol gewesen war und unmittelbar vor Allards Sturz mit dem Congressman gesprochen hatte? Daß er ihm zuletzt noch den Namen seiner verstorbenen Tochter Lisa ins Gesicht geschleudert hatte?

Aber wie hätte sie Duncans wahrhaft erschreckenden Blick, mit dem er sich von Allard abgewandt hatte, beschreiben können? Bei der Erinnerung daran lief ihr noch jetzt ein kalter Schauer über den Rücken.

Nein, das war unsinnig. Welche Verbindung konnte es zwischen Congressman Allard und Duncans Tochter geben? Sie war vor fünf Jahren gestorben. Gina, die den Congressman vor der Operation untersucht und seine Krankengeschichte aufgenommen hatte, war sich hundertprozentig sicher, daß er Duncan nicht gekannt hatte, als er zu einem ersten Beratungsgespräch ins Surgicenter gekommen war.

Aber trotzdem ... die Sache ließ ihr keine Ruhe. Sie nahm sich vor, auf eigene Faust ein paar Nachforschungen in bezug auf die verstorbene Lisa Lathram anzustellen, sobald sie ein bißchen Zeit dazu fand.

Gina trat eben im Erdgeschoß aus dem Treppenhaus, als ihr Piepser sich wieder meldete. Sie rief die Telefonzentrale aus dem Ärztezimmer an.

»Privatgespräch«, sagte die Telefonistin. »Ferngespräch.«

Wer, fragte sie sich, versucht mich hier per Ferngespräch zu erreichen?

»Gina?« fragte eine vertraute Stimme gedehnt. »Bist du's, Gina?«

»Peter! Wie hast du mich hier aufgespürt?«

»Ist nicht leicht gewesen.«

Sie ließ sich auf die Couch sinken, lehnte sich zurück und glaubte, Peter Hansons dunkle Augen und sein scharfgeschnittenes, kantiges Gesicht vor sich zu sehen.

»Es tut gut, deine Stimme zu hören.«

»Du fehlst mir sehr, Gina.«

»Oh, du mir auch!«

Sie hatte fast ein schlechtes Gewissen, als sie jetzt daran dachte, wieviel Spaß ihr das heutige Abendessen mit Gerry gemacht hatte. Die beiden waren wirklich ganz verschieden ...

Warum denke ich an Gerry, wenn Peter mich anruft?

Er sprach davon, wie leer ihr Apartment ihm ohne sie vorkomme, wie einsam er sei.

»Wir könnten hier wirklich eine weitere Internistin gebrauchen, Gina. Jemanden mit deiner Begabung, deiner Persönlichkeit – und noch dazu eine Frau – könnte sich in zwei, drei Monaten eine schöne Praxis aufbauen. Wir brauchen dich, Gina. *Ich* brauche dich.«

Gebraucht zu werden . . . wäre das nicht schön? Hier schien niemand sie zu brauchen. In ihren beiden letzten Jahren als Assistenzärztin hatte sie mit Peter zusammengelebt. Er war in eine Gemeinschaftspraxis in Baton Rouge eingetreten. Auch Gina hatte ein Angebot dieser Sozietät bekommen, es jedoch abgelehnt. Sie hatte das Gefühl, nach Washington zu müssen, und wollte, daß Peter mitkam. Nach langen fruchtlosen Diskussionen war sie schließlich allein an die Ostküste zurückgekehrt.

Während sie auf seine Stimme hörte, wurde ihr bewußt, wie sehr er ihr fehlte, wie sehr ihr Louisiana mit seinem geruhsameren Lebensstil und seiner abwechslungsreichen, würzigen Küche fehlte. Aber vor allem Peter.

Und jetzt, nach ihrem kühlen Empfang in Senator Marsdens Büro und ihrer bisher vergeblichen Warterei auf einen Anruf, war die Versuchung groß aufzugeben und nach New Orleans zurückzukehren.

Sie sehnte sich danach, mit ihm zusammenzusein, aber sie durfte nicht zurückgehen. Nicht einmal auf Besuch, denn sie erkannte die Gefahr, daß sie nie mehr weggehen, nie mehr die Kraft für einen weiteren Abschied aufbringen würde.

»Peter, ich muß erst versuchen, irgendwie mit diesem Komitee klarzukommen.«

»Du brauchst kein verdammtes Komitee, Gina. Du brauchst eine Arztpraxis.«

Über dieses Thema hatten sie schon Dutzende von Malen diskutiert – stets mit dem gleichen Ergebnis: Peter war wütend und Gina aufgebracht.

Wie konnte sie's ihm schonend beibringen?

Ich habe dich noch immer sehr, sehr gern, Peter, aber die Macht, die hier zu spüren ist, die schwerwiegenden Entscheidungen, die hier jeden Tag getroffen werden – das alles erzeugt einen Adrenalinschub wie sonst nirgends auf der Welt. Es ist . . . nun, es ist berauschend.

Gina entschied sich statt dessen für ihre alte Standardargumentation.

»Das haben wir schon so oft besprochen, Peter. Ich bin noch nicht bereit, mich für eine Praxis zu engagieren. Es gibt ein paar Dinge, die ich erst versuchen möchte – und das kann ich nur hier.«

»Wie lange soll ich also noch warten?« fragte er mit gewisser Schärfe im Tonfall.

»Ich warte auch, Peter. Die Warterei macht mich halb verrückt.«

Er seufzte. »Okay. Laß mich also weiterzappeln. Aber laß mich bitte wissen, wenn du weißt, was du vorhast. Sobald du's selbst weißt.«

»Versprochen. Und es tut mir leid.«

»Damit sind wir zu zweit. Bye, Gina. Ruf mich bald an.«

Sie saß noch lange mit dem Telefon im Schoß im Arbeitszimmer und fragte sich, ob sie wirklich recht haben konnte, wenn alle Welt fand, sie habe unrecht. Ihr Piepser meldete sich, bevor sie eine Antwort gefunden hatte.

Sie wurde auf Zwei Süd gebraucht.

Die Woche nach dem 24. September

12

Gina

Seit dem Vorstellungsgespräch war über eine Woche vergangen, aber Senator Marsdens Büro hatte sich noch immer nicht gemeldet. Die Chancen, daß Joe Blair anrufen würde, waren vermutlich gering bis nicht vorhanden, aber Gina hoffte weiter, der Senator werde persönlich intervenieren. Schließlich hatte sie bei ihrem Gespräch mit Blair den Eindruck gewonnen, er geruhe nur, mit ihr zu reden, weil sein Boß es wünschte.

Das Warten beeinträchtigte ihre Konzentrationsfähigkeit. Sie mußte dem Drang widerstehen, jede Stunde ihren Anrufbeantworter abzufragen. In einer Woche wollte der Richtlinienausschuß mit seinen Anhörungen beginnen. Die Zeit wurde allmählich knapp.

Sie erinnerte sich jedoch an ihren Vorsatz, weitere Nachforschungen in bezug auf Lisa Lathram anzustellen. Die Frage war nur: Wie? Aus Oliver war vermutlich nicht viel mehr herauszubekommen, und Duncan konnte sie schlecht fragen.

Würde die Presse nicht über den plötzlichen Tod der Tochter eines prominenten Mitbürgers berichtet haben?

Ja, ganz sicher. Gina rief die D. C. Public Library an und wurde mit dem Zeitschriftensaal verbunden. Die Bibliothekarin war sehr hilfsbereit, konnte jedoch nur einen Hinweis auf Lisa Lathram finden: ihren Nachruf in der Ausgabe der *Washington Post* vom 17. August. Gina fuhr in die Zentralbibliothek in der G Street und fand ihn dort auf Mikrofilm.

Nicht gerade informativ. Bis auf die Erwähnung der Hinterbliebenen hätte der Artikel auch in einem High-School-Jahrbuch stehen können.

Gina wäre am liebsten noch länger durch die Mikrofilmbestände gesurft, aber sie mußte zum Nachtdient ins Lynnbrook Hospital, deshalb sparte sie sich das fürs nächste Mal auf.

Jedenfalls würde sie weiterforschen. Als sie ihr Studium an der Medical School aufgenommen hatte, war Duncan ein in Virginia lebender erstklassiger Gefäßchirurg mit einer Frau und zwei Kindern gewesen; bei ihrer Rückkehr nach der Assistenzarztzeit war er ein in Maryland lebender geschiedener Schönheitschirurg mit einem Kind.

In dieser Zeitspanne mußte sich irgend etwas ereignet haben, das sein Leben auf den Kopf gestellt hatt. Lisas Tod? Schon möglich. Oder vielleicht war er nur ein Teil des Ganzen. Es mußte noch mehr passiert sein. Und sie nahm sich vor, dieser Sache auf den Grund zu gehen.

Als Gina im Lynnbrook in Drei Nord zu tun hatte, kam sie an Mrs. Thompsons Zimmer vorbei und beschloß, einen Blick hineinzuwerfen, um nachzusehen, wie es ihr ging. Zu ihrer Überraschung sah sie die alte Frau, die offenbar am Fenster gewesen war, zu ihrem Bett zurückschlurfen. Sie taumelte nach vorn und wäre gestürzt, wenn sie sich nicht im letzten Augenblick am Fußende des Krankenbetts festgehalten hätte.

Gina trat in den Raum, als Harriet sich auf ihr Bett sinken ließ.

»Bevor Sie aufstehen, sollten Sie eine Schwester rufen«, sagte Gina, während sie ihr half, wieder unter die Bettdecke zu schlüpfen.

»Ich muß üben. Ich will bald wieder heim. Ich will nicht, daß Dr. Conway meinetwegen Schwierigkeiten bekommt.«

Das machte Gina neugierig. Sie setzte sich aufs Bettende. »Wie kommen Sie darauf, daß er Schwierigkeiten haben könnte?«

»Ich habe gehört, wie zwei Schwestern sich darüber unterhalten haben. Sie sagten, daß TRO und Krankenhausverwaltung ihm meinetwegen zusetzen.«

»Richtig heißt's PRO – Physician Review Organization. Und machen Sie sich keine Sorgen um Dr. Conway. Der kommt allein klar. Ihre einzige Sorge muß sein, bald wieder zu Kräften zu kommen.«

»Keine Angst, ich bin bald wieder kräftig genug, um nach Hause zu gehen. Darauf können Sie sich verlassen. Schon sehr bald.«

»Freut mich für Sie«, sagte Gina. »Aber denken Sie daran: Rufen Sie eine Schwester, wenn Sie aufstehen wollen. Fallen Sie unglücklich und brechen sich den Oberschenkel, kommen Sie hier nie mehr raus.«

»Das passiert nicht. Ich will keinem Menschen zur Last fallen. Ich komme hier früher raus, als Sie denken.«

»So ist's recht!«

Gina gefiel diese Entschlossenheit der alten Frau. Vielleicht würden sich Dr. Conways Probleme also doch bald erledigen.

Ein Septembergewitter setzte die Stadt unter Wasser, als Gina sich gegen halb neun Uhr in ihr Apartment schleppte. Als sie an der Schlafzimmertür vorbeikam, sah sie ihren Anrufbeantworter blinken. Bestimmt wieder Gerry. Seit dem Abendessen im Taco Bell hatten sie telefonisch Fangen gespielt. Ihre Dienstpläne paßten einfach nicht zusammen. Hatte er einmal frei, hatte sie Nachtdienst. Aber sie hatten es geschafft, letzten Freitag miteinander auszugehen, und Gerry hatte sein Versprechen wahrgemacht, sie »zu einem richtigen Abendessen in einem richtigen Restaurant« einzuladen.

Das war ein wunderbarer Abend gewesen. Ein kleines französisches Restaurant in der Massachusetts Avenue. Gutes Essen, guter Wein und gute Unterhaltung. Sie hatten noch lange beim Kaffee gesessen und geredet und geredet, bis der Oberkellner ihnen bedauernd erklärte, daß das Restaurant jetzt schließe. Seit diesem Abend wußte sie, daß Gerry Canney nicht nur ein liebevoller Vater, sondern auch ein pflichtbewußter FBI-Agent war.

Sie gähnte. Müde. Ein richtiges Hundeleben. Der Rest der Stadt war auf den Beinen und dabei, den Tag zu beginnen, während ihrer gerade zu Ende ging. Nur gut, daß sie heute nicht bei Duncan zu assistieren brauchte.

Sie setzte sich in ihr Erkerfenster, sah zu, wie die Regentropfen an die Scheiben klatschten, und sortierte dann ihre Post.

Hauptsächlich Drucksachen und einige der kostenlosen Ärztezeitschriften, die sie trotz ihres Umzugs nach Washington weiterhin erreichten. Interessanter waren zwei Briefe, beide von Personalberatern, die zugelassene oder vor der Zulassung stehende Internisten oder praktische Ärzte für Positionen in Allgemeinpraxen suchten. Sie bekam durchschnittlich ein halbes Dutzend Stellenangebote pro Woche.

Keine Lust mehr auf Bereitschaftsdienst? Brauchen Sie einen Tapetenwechsel?

Ja, eigentlich schon.

Kommen Sie ins sonnige Nevada.

Sie las weiter. Ein neues Megahotel in Las Vegas eröffnete in eigenen Räumen eine Klinik für seine zehntausend Angestellten.

Nein, danke.

Der zweite Brief nannte keinen bestimmten Ort, garantierte aber hundertzwanzigtausend Dollar Anfangsgehalt und zusätzliche Leistungen als fünftes Mitglied einer Gemeinschaftspraxis »nur neunzig Minuten vom Strand, den Bergen und D. C. entfernt«.

Sie dachte über hundertzwanzigtausend Dollar Anfangsgehalt nach ... wäre das nicht schön? Schon seit Jahren herrschte ausgesprochener Mangel an praktischen Ärzten – vermutlich deshalb, weil sie in bezug auf Ansehen und Einkommen auf der untersten Stufe der ärztlichen Hierarchie standen. Aber das explosionsartige Wachstum staatlicher Gesundheitsfürsorge hatte die Nachfrage nach einfachen Allgemeinmedizinern jäh hochschnellen lassen. Über zweitausenddreihundert Dollar in der Woche – und das ohne Nachtdienst und bei vermutlich kürzerer Arbeitszeit. Verlockend.

Nein, noch nicht.

Sie ließ die Briefe in ihren Schoß fallen, blickte auf die Straße hinunter und beobachtete, wie die abgefallenen gelben Blätter durcheinanderwirbelten, während sie im Rinnstein in Richtung 18th Street davontrieben. Machte sie sich selbst etwas vor? War diese ganze Idee, im Richtlinienausschuß mitzuarbeiten, nur ein Hirngespinst? Hatte Peter recht? Vergeudete sie nicht ihre

Ausbildung, indem sie Duncans Patienten vor der Operation untersuchte, anstatt selbst zu praktizieren und ihre eigenen Patienten zu behandeln?

Schon möglich. Aber dieser Zustand würde nicht endlos andauern.

Sie sprach in Gedanken mit der Stadt vor ihrem Fenster.

Ich weiß, daß es so aussieht, als trete ich bloß Wasser, Leute, aber glaubt mir: Ich habe wirklich ein Ziel. Allerdings scheine ich in letzter Zeit immer gegen den Strom zu schwimmen. Aber macht euch keine Sorgen. Irgendwann wendet sich das Blatt.

Das hoffte sie zumindest.

Ich blase Trübsal, dachte sie. Und warum auch nicht? Dieser Morgen ist kühl, feucht und ungemütlich; ich bin die ganze Nacht auf den Beinen gewesen, mein Energievorrat ist erschöpft, und ich bin übermüdet.

Nicht der beste Zeitpunkt, um Entscheidungen zu treffen.

Sie warf die Drucksachen und Stellenangebote in den Papierkorb und legte die Fachzeitschriften beiseite, um sie später durchzublättern. Dann ging sie ins Schlafzimmer und drückte auf die Abspieltaste des Anrufbeantworters. Es würde ihr guttun, Gerrys Stimme zu hören.

Aber die Stimme gehörte nicht Gerry, sondern einer Unbekannten.

»Ms. Panzella, hier ist Senator Marsdens Büro. Mr. Blair hat mich gebeten, Sie anzurufen und Ihnen auszurichten, daß Senator Marsden Sie morgen nachmittag um sechzehn Uhr persönlich sprechen möchte. Sollten Sie den Termin nicht wahrnehmen können, hat der Senator leider keinen anderen mehr frei. Bitte rufen Sie mich an, um zu bestätigen, daß Sie kommen.« Die Unbekannte gab ihre Durchwahlnummer an.

Gina fuhr zusammen, als ihr klarwurde, daß diese Mitteilung irgendwann gestern auf Band gesprochen worden war. »Morgen« war heute.

Sie spielte die Aufnahme erneut ab. Obwohl sie Joe Blair nur flüchtig kannte, wußte sie sofort, daß die Formulierung dieser Nachricht von ihm stammen mußte. »Ms.« – außerstande, sie mit »Doktor« anzureden. Dieser willkürlich festgesetzte Termin, der nicht verschoben werden konnte. Sie glaubte fast, seine Stimme zu hören: »Friß oder stirb, Panzella!«

Gina spürte eine Art Machtkampf. Weswegen? Weil der Senator neue Mitarbeiter einstellte und sein Stabschef sich gegen diesen Eingriff in seine Zuständigkeiten wehrte? Das mußte eine gespannte Atmosphäre erzeugen. Wollte sie sich wirklich der Gefahr aussetzen, ins Kreuzfeuer zu geraten? Sollte sie sich den Job gegen Joe Blairs Widerstand sichern und sich vom ersten Tag an gegen ihn wehren müssen?

Nichts lieber als das.

Sie nahm mit einem grimmigen kleinen Lächeln den Hörer ab und tippte die Nummer ein. Nachdem sie den Termin bestätigt hatte, stolzierte sie ans Fenster zurück und blickte wieder auf die Kalorama Road hinaus.

Na, seht ihr's, Leute? Was hab' ich euch gesagt? Das Blatt wendet sich.

13

Duncan

»Ich bin erstaunt«, sagte Senator Vincent. Selbst in der Abgeschiedenheit eines Behandlungszimmers sprach er, als halte er eine öffentliche Rede. »Ich habe gehört, wie unglaublich schnell Ihre Operationswunden heilen, aber mir ist nicht bewußt gewesen, *wie* schnell sie heilen, bis ich's mit eigenen Augen gesehen habe. Wirklich erstaunlich.«

Duncan ersparte es sich, auf die herablassende Art des anderen zu reagieren, und untersuchte die haarfeinen Schnitte unter Vincents Kinn weiter mit einer Leuchtlupe. Ja, das Beta 3 leistete wirklich gute Arbeit. Schon eine Woche nach der Operation waren bis auf einige abklingende Hautveränderungen praktisch keine Spuren mehr zu sehen.

Nur schade, daß wir dich nicht in Senator Hogg verwandeln konnten. Dann würdest du wirklich staunen.

Irgendwann nach der Operation hatte Vincent sich eine Dauerwelle machen lassen. Jetzt stand sein Haar in gekräuselten Strähnchen von seinem Kopf ab, so daß er Ähnlichkeit mit den Chia Pets hatte, für die im Fernsehen geworben wurde.

Duncan lehnte sich wieder zurück und betrachtete Vincents Kehle erst von rechts, dann von links. *»Verdammt,* ich arbeite wirklich gut!«

Vincent lachte nervös. »Dann kann ich nächste Woche unbesorgt im Fernsehen auftreten, denke ich.«

»Oh!« sagte Duncan so harmlos wie nur möglich. *»Face the Nation?«*

»Nein. Viel wichtiger. Die Anhörungen. Wegen des Richtliniengesetzes.«

»Nächste Woche? Ich hab' gar nicht gewußt, daß Sie schon so bald anfangen wollen.«

»Doch, doch. Wir machen ohne Lane und Allard weiter. Die erste Anhörung ist für Mittwoch angesetzt.«

Hast du schon ein bestimmtes Opfer im Auge? fragte Duncan sich. Wessen Leben willst du diesmal ruinieren?

»Wissen Sie«, sagte er langsam, »ich bin noch nie bei einer dieser Anhörungen gewesen. Glauben Sie, daß Sie mir einen Platz bei dieser Eröffnungssitzung verschaffen könnten?«

Senator Vincent kratzte sich am Kopf. »Hm, ich weiß nicht recht. Da herrscht ziemlicher Andrang. Und der Hearing Room ist nicht allzu groß . . .«

»Nun, ich habe andere Patienten im Ausschuß, die sich darum kümmern werden. Kein Problem.«

»Wirklich?« fragte der Senator in einem Tonfall, der zwischen Pikiertheit über Duncans Andeutung, andere Mitglieder des Ausschusses könnten einflußreicher sein als er, und quälender Neugier schwankte, wer sich außer ihm noch für die Anhörungen hatte liften lassen. »Wen denn?«

Duncan drohte ihm scherzhaft mit dem Zeigefinger. »Nicht doch. Das fällt unter die ärztliche Schweigepflicht.«

»Ja, natürlich. Aber wenn Sie wirklich einen Platz wollen, Dr. Lathram, haben Sie einen. Ich sorge dafür, daß mein legislativer Direktor Sie morgen anruft. Kein Problem.«

»Danke, Senator. Ich hab' gewußt, daß auf Sie Verlaß ist. Die

Anhörung wird bestimmt ein großes Medienecho finden. Und ich wette, daß Ihr Name vom ersten Tag an in ganz Amerika bekannt sein wird.«

Dafür garantiere ich.

Später schaute Duncan in Olivers Labor vorbei. Er mußte ins D. C. Hospital, um die kleine Kanesha Green zu operieren, aber erst wollte er sich noch erkundigen, wie sein Bruder mit der Entwicklung der neuen, verbesserten Implantate vorankam.

Oliver saß im Labor an seinem Arbeitstisch und hatte ein Tablett mit leeren Implantathülsen vor sich. Er gab eine davon Duncan, der sie in seiner Handfläche hin und her rollen ließ. Leicht wie eine Feder.

»Wie lange bleibt das neue Modell voraussichtlich im subkutanen Fettgewebe, ohne sich aufzulösen?« fragte Duncan.

Oliver zuckte mit den Schultern. »Woher soll ich das wissen? Ein halbes Jahr, zwei Jahre, ewig. Wir haben noch keine Tests durchgeführt. Die Tierversuche kommen erst. Wozu diese Eile, Duncan? Ich meine, die klinische Erprobung der regulären Implantate ist noch nicht mal abgeschlossen – und schon läßt du mich an einem völlig neuen Typ arbeiten.«

»Wir müssen unseren Vorsprung halten, Oliver. Verzichten wir auf Innovationen, bringen gerissene Nachahmer uns um die Früchte unserer Arbeit.«

»Aber wozu dieses neue Modell? Ich dachte, der Trick sei gerade, daß das Implantat sich unmittelbar nach dem Eingriff auflöst.«

»Weil ich Fälle voraussehe, in denen ich ein Implantat haben möchte, das sich auflöst, wann *ich* will. Eine vorzeitige Ausschüttung von Beta 3 könnte sich beispielsweise bei Traumafällen mit schwersten Verletzungen als kontraproduktiv erweisen.«

Er mußte sich jedes Wort genau überlegen. Oliver war intelligent, aber er hatte keinen blassen Schimmer, was hinter Duncans Forderung nach einem Implantat steckte, das sich auf Befehl auflöste. Und er hatte keine Ahnung, was Duncan schon damit gemacht hatte.

Duncan warf die leere Hülse hoch und fing sie wieder auf.

»Aber du hältst es für möglich, daß diese Dinger ein paar Jahre lang im Fettgewebe überdauern?«

»Vermutlich schon. Trotzdem kann ich mir nicht vorstellen, wozu das gut sein soll. Der Zeitpunkt, wo diese Auflösung nützen könnte, wäre dann längst vorüber.«

Nicht unbedingt, dachte Duncan. Nicht, wenn es die richtige Substanz enthält und sich im Gewebe der richtigen Zielperson befindet.

»Das hat mich bloß interessiert«, sagte Duncan.

Olivers Augen blitzten. »Aber du hast von Traumafällen gesprochen. Denkst du vielleicht daran, wieder *richtige* Operationen durchzuführen?«

Duncan lachte. »Du meinst Gefäßoperationen? Großer Gott, nein. Wozu sollte ich's mir wieder antun, Tag und Nacht Bereitschaftsdienst zu haben und ständig zu unchristlichen Zeiten aus dem Bett geholt zu werden? Wofür? Was hätte ich denn davon?«

»Du bist ein großartiger Chirurg, Duncan. Du würdest dein Talent wieder ganz nutzen. Das wäre nicht nur gut für andere, sondern auch gut für dich.«

Duncan, der die Besorgnis seines Bruders rührend fand und zugleich fürchtete, Oliver könnte in seinem Blick mehr erkennen, als er wissen durfte, sah rasch weg. Oliver war ein guter Kerl, ein grundanständiger Mensch. Fleißig und gefällig, das war Oliver; seine heitere Gelassenheit, seine oft überraschenden Einsichten waren Balsam für Duncans Seele.

Und er bewundert mich so sehr.

In Augenblicken wie diesem haßte Duncan sich dafür, daß er Olivers Erfindung für Zwecke mißbrauchte, die ihn entsetzt hätten. Und er selbst litt unter dem Bewußtsein, daß eine Aufdeckung seiner Machenschaften unweigerlich auch einen Schatten auf Olivers lauteren, unkorrumpierbaren Charakter werfen mußte.

Aber du machst trotzdem weiter, nicht wahr?

Er fragte sich wieder, was er tun würde, wenn Oliver ihm auf die Schliche kam. Oder Gina. Wie weit würde er gehen, um sich zu schützen?

Daran wollte er lieber nicht denken.

»Warum wäre das gut für mich, Oliver? Du weißt, was passiert ist, als ich Gefäßchirurg gewesen bin. Das könnte sich wiederholen. Wozu sollte ich mich dieser Gefahr noch einmal aussetzen? Sieh mich jetzt an. Ich arbeite viel weniger, ich werde so gut wie nie zu Patienten gerufen – wer hätte schon mal von einer Notoperation zur Bauchdeckenstraffung mitten in der Nacht gehört? Und ich verdiene mit halber Mühe weit mehr als früher.«

»Aus Geld hast du dir nie viel gemacht.«

»Die Öffentlichkeit hat's getan.«

»Und du hast damals Leben gerettet.«

»Aber während ich alle diese Leben gerettet oder verbessert habe, bin ich öffentlich wegen nackter Geldgier gesteinigt worden. Erinnerst du dich, Oliver? Weißt du's noch?«

Oliver nickte. »Natürlich.«

»Jetzt liegt mein Jahreseinkommen allein dafür im siebenstelligen Bereich, daß ich die Eitelkeit der hiesigen Oberschicht befriedige, und niemand sagt ein Wort dagegen. Kein Mensch zieht auch nur die Augenbrauen hoch. Wir leben in einer bemerkenswerten Gesellschaft, Oliver. In einer *bemerkenswerten* Gesellschaft.«

Was für eine Welt, dachte Duncan, während er sich bemühte, seine Wut zu verbergen, die wie ein glühender Lavastrom durch seinen Körper floß. Was für eine gottverdammte Welt!

Oliver starrte ihn an. »Du hättest dich nicht vertreiben lassen dürfen, Duncan.«

»Nicht doch, Oliver. Darüber haben wir schon unzählige Male diskutiert. Ich habe die Gefäßchirurgie *aus eigenem Entschluß* aufgegeben. Und das ist die beste Entscheidung meines Lebens gewesen.«

»Aber du hättest dich auf ein anderes chirurgisches Fachgebiet spezialisieren können, auf dem deine Arbeit wirklich etwas bedeutet hätte.«

»Du hattest damals gerade deine neue Membrane entwikkelt, und dann haben die Briten ihr Beta 3 entdeckt. Für mich ist das ein Wink des Schicksals gewesen, es mit plastischer Chirurgie zu versuchen.«

Tatsächlich hatte er beschlossen, er wolle nie wieder mit Versicherungen oder dem Staat oder einer Mischung aus beiden zu tun haben. Dafür war die plastische Chirurgie ideal geeignet. Sie gehörte nur in Ausnahmefällen zu den von Versicherungen angebotenen Leistungen, und er konnte sich auf Patienten beschränken, die sie *wollten*, und alle ausschließen, die sie *brauchten*.

»Wenn das stimmt«, murmelte Oliver, »wär's mir lieber, ich hätte diese Membrane nie entwickelt.«

Duncans Hand umklammerte die Schulter seines Bruders. »Das darfst du nicht sagen, Oliver. Diese Implantate werden zahllose Leben verändern. Menschen in aller Welt, Mütter von Kindern, die sonst lebenslänglich entstellt wären, werden dankbar deinen Namen nennen. Und was mich betrifft – ich habe mit der Vergangenheit abgeschlossen. Glaub mir, Oliver, ich hab' meinen inneren Frieden gefunden.«

»Das hoffe ich«, sagte Oliver. Er starrte Duncan forschend an. »Ich kann's kaum glauben, aber ich hoffe es sehr.«

Duncan sah auf seine Uhr. »Oh, ich muß weg! Im Club warten sie schon auf mich.«

Oliver wirkte enttäuscht. »Heute kannst du nicht golfen. Draußen gießt's in Strömen.«

»Poker, Oliver«, sagte Duncan und stieß seinen Bruder mit dem Ellbogen an. »Bei Regen wird gepokert. Willst du mitspielen?«

»Nein, danke.« Oliver wandte sich seufzend seinen Implantaten zu. »Ich habe zu arbeiten.«

Duncan war einen Augenblick lang versucht, seinem Bruder zu erzählen, wohin er wirklich unterwegs war. Damit wäre für Oliver der Tag gerettet gewesen – wäre für ihn das *Jahr* gerettet gewesen. Aber der liebe Oliver konnte kein Geheimnis für sich behalten. Er hätte überall herumposaunt, sein Bruder sei nicht wirklich der eiskalte, auf Vorauszahlung bestehende Hundesohn, als der er sich ausgebe, sondern ein getarnter Heiliger.

Nein, Oliver würde das Verhalten seines älteren Bruders, den er einst bewundert hatte, weiterhin mißbilligen müssen. Und Duncan konnte nur hoffen, daß Oliver nie herausbekommen würde, wofür er seine neuen Implantate brauchte.

»Schön, dann bis morgen.«

Duncan hastete über den regennassen Parkplatz, sprang in seinen Mercedes und ließ den Motor an. Aber anstatt loszufahren, blieb er unbeweglich sitzen und starrte die Lenkradnabe vor sich an.

Ich habe mit der Vergangenheit abgeschlossen. Glaub mir, Oliver, ich habe meinen inneren Frieden gefunden.

Wie mühelos er jetzt lügen konnte. Frieden? Seinen inneren Frieden finden? Den hatte er in dem Augenblick unwiederbringlich verloren, als er Lisa in der Eingangshalle in einer Blutlache liegend aufgefunden hatte.

Wäre er nur . . .

Ein heller Lichtschein brachte Duncan in die Gegenwart zurück. Die Sonne war durch die Wolken gebrochen. Er schüttelte seine Erinnerungen ab und fuhr an.

Mir ist's gutgegangen, dachte er. Und es wäre mir weiter gutgegangen, wenn der Präsident das verdammte Richtliniengesetz nicht wiederbelebt hätte. Er ist daran schuld, daß alles – der Schmerz, die Wut – zurückgekommen ist.

Aber das soll er mir büßen. Er kommt auch noch an die Reihe.

14

Auf dem Kapitol

Senator Hugh Marsden ließ Gina nur wenige Minuten warten, bevor er sie hereinbat.

Sein Büro sah so aus, wie sie es in Erinnerung hatte: Aktenstapel, das überquellende Bücherregal, Familienfotos, Diplome, Plaketten und der über dem Papierkob angebrachte winzige Basketballkorb.

Auch Joe Blair war da – wieder in einem kurzärmligen weißen Hemd, diesmal mit einer anderen, aber ebenso farblosen Krawatte und einer schwarzen Hose. Seltsamerweise begrüßte er sie herzlich und mit einem Lächeln unter seinem schmalen Schnurrbart, während er vortrat, um ihr die Hand zu geben und sie zu dem abgenutzten alten Schreibtisch des Senators zu führen.

Gina wußte nicht recht, was sie von seinem uncharakteristisch freundlichen Benehmen halten sollte. War das eine Pose für seinen Boß? Jedenfalls trug sie zu Blairs Ehren heute einen längeren Rock.

Senator Marsden beugte sich über seinen Schreibtisch und streckte ihr seine Hand entgegen. Obwohl er nur mittelgroß, um die Sechzig und wohlbeleibt war, strahlte er unverkennbare Autorität aus. Sie lag in seinen durchdringend blauen Augen, fand Gina, mit denen er sie fixierte, als er ihr kräftig die Hand schüttelte. Auch aus seiner tiefen Stimme sprach Autorität.

»Dr. Panzella. Willkommen.«

Diesmal war noch jemand anwesend: eine kleine, rundliche Schwarzhaarige von etwa vierzig Jahren, die sich selbst vorstellte.

»Hallo, Dr. Panzella«, sagte sie und streckte dabei ihre Hand aus. Sie lächelte ungezwungen herzlich und hatte glänzende braune Augen. Gina fand sie auf den ersten Blick sympathisch. »Ich bin Alicia Downs, die Pressesekretärin des Senators.«

»Gina. Nennen Sie mich bitte Gina.«

»Also gut, Gina«, sagte der Senator. »Ziehen Sie sich einen Stuhl heran. Sie haben offensichtlich nichts dagegen, wenn wir gleich zur Sache kommen. Senator Moynihan hat eine Sitzung des Haushaltsausschusses auf halb fünf vorverlegt, deshalb bleibt uns nicht viel Zeit.«

Marsden setzte sich an seinen Schreibtisch und schob die Akten beiseite, die er durchgearbeitet hatte. Gina nahm auf einem der beiden Besucherstühle vor ihm Platz; Alicia bekam den anderen. Blair blieb in der Nähe des Schreibtischs stehen. In strategisch günstiger Position, um ihre Beine bewundern zu können?

»Mich wundert natürlich, daß eine junge Ärztin mit Ihrer

Qualifikation sich für diesen Job interessiert«, sagte Marsden. »Aus meiner Sicht sind Sie überqualifiziert. Was hoffen Sie, hier zu erreichen?«

Auf ein Neues! dachte Gina.

Sie erläuterte wieder einmal, die möglichen Auswirkungen des Gesetzes über ärztliche Ethik und Richtlinien zur Berufsausübung seien Ihrer Überzeugung nach so weitreichend, für die Zukunft des Arztberufs so wichtig, daß sie nicht untätig zusehen könne, ohne wenigstens versucht zu haben, sie positiv zu beeinflussen.

»Die neuen Richtlinien dürfen nicht jegliche Individualität unterdrücken«, schloß sie. »Sollen etwa alle Ärzte genau gleich sein? Das will ich nicht hoffen. Natürlich muß es Mindeststandards für Ausbildung und Berufsausübung geben – aber darüber hinaus müssen Arztpraxen ihren eigenen Stil behalten dürfen. Jede Praxis sollte gewissermaßen eine eigene Persönlichkeit haben, sonst geht den Patienten eine wichtige Wahlmöglichkeit verloren.«

Der Senator musterte sie einige Sekunden lang schweigend. Gina begann sich unter dem durchdringenden Blick seiner blauen Augen unbehaglich zu fühlen, bis er endlich sprach.

»Sie wissen hoffentlich, daß dies ein Teilzeitjob ist, für den wir höchstens zwanzigtausend – falls überhaupt – aus dem Haushalt lockermachen können.«

»Das habe ich ihr erklärt, Senator«, warf Blair rasch ein. Er wirkte vage besorgt; obwohl er sich nicht bewegte, schien er auf der Stelle zu traben.

»Auf das Gehalt kommt's mir nicht an«, sagte Gina. »Geld kann ich mein Leben lang noch genug verdienen. Dies ist eine Chance, etwas zu *bewirken*, etwas mitzugestalten, das den Rest meines Berufslebens beeinflussen wird. Hätte ich schon eine eigene Praxis, eine Hypothek am Hals und schulpflichtige Kinder, könnte ich nicht einfach alles hinwerfen und für einige Monate in dieser Kommission mitarbeiten. Aber vorläufig kann ich's noch, weil ich nur für mich selbst sorgen muß. Dies ist etwas, das ich tun möchte, das ich tun *kann* – erfolgreich tun kann. Mache ich's nicht jetzt, mache ich's niemals. Und ...«

Sollte sie das wirklich sagen? ». . . für Ihre Kommission wäre das von Nachteil.«

»Ach, wirklich?« fragte Senator Marsden mit der Andeutung eines Lächelns.

Aus dem Augenwinkel heraus sah sie, wie Blair sich auf die Oberlippe biß und kaum merklich den Kopf schüttelte.

Hatte sie allzu dick aufgetragen? »Zumindest ist das mein Eindruck.«

»Hmmm, nun, vielleicht haben Sie nicht mal unrecht. Darf ich mir meine Entscheidung bis morgen überlegen?«

»Selbstverständlich.« *Bleibt mir was anderes übrig*?

»Schön.« Er sah auf seine Uhr, stand auf und streckte ihr die Hand hin. »Tut mir leid, daß ich abbrechen muß, aber Sie wissen ja – der Haushaltsausschuß wartet.«

Gina schüttelte ihm lächelnd die Hand. »Das verstehe ich natürlich.«

»Ich begleite Sie hinaus«, sagte Alicia.

Gina drehte sich beim Hinausgehen um und beobachtete, daß Joe Blair über den Schreibtisch gebeugt halblaut auf den Senator einredete.

»Ich glaube nicht, daß ich Ihren Stabschef in meiner Ringecke habe«, sagte Gina, während sie sich durch die Glaskästen des großen Büros schlängelten.

Alicia schnaubte. »Joe ist ein Trottel. Er ist bloß sauer, weil der Senator Sie persönlich sprechen wollte, obwohl er ihm schon erklärt hat, Sie seien für diesen Job nicht geeignet.«

»Deshalb ist er jetzt dort drinnen und versucht, Stimmung gegen mich zu machen?«

»Schon möglich. Aber das dürfen Sie nicht persönlich nehmen. Er will nur alles unter Kontrolle haben. Hier soll *sein* Stab arbeiten – von Joe Blair handverlesen.«

»Auch verständlich«, sagte Gina weit gelassener, als ihr zumute war.

»Vielleicht, aber ein Trottel ist er trotzdem.«

»Gina!« Sie war schon fast am Aufzug. Sie drehte sich um und sah Joe Blair, der hinter ihr herhastete.

»Ich bin froh, daß ich Sie noch erwischt habe«, sagte er, als er sie eingeholt hatte.

»Was gibt's denn?« fragte sie und musterte ihn forschend. »Hat er sich denn schon entschieden?« Sie traute diesem Kerl nicht. Und sein Blick war so merkwürdig...

»Trotz meiner nachdrücklichen Empfehlung ist der Senator weiter unschlüssig. Problematisch ist nicht Ihre Qualifikation, sondern mehr die haushaltsrechtliche Seite.« Er faltete ein mitgebrachtes Blatt Papier auseinander und drückte es Gina in die Hand. »Aber wir müssen noch absprechen, wie wir reagieren wollen, wenn er das hier zu Gesicht bekommt.«

Wir? dachte Gina. Seit wann ist von *wir* die Rede?

Sie warf einen Blick auf das Blatt und mußte ein Stöhnen unterdrücken. Es handelte sich um die Fotokopie eines Artikels, den sie in ihrem zweiten Jahr als Assistenzärztin für die *New Orleans Times-Picayune* geschrieben hatte. Sie war wegen einer in dieser Zeitung erschienenen Serie über angebliche Mißstände in der amerikanischen Medizin sauer gewesen. Sie hatte einen langen Leserbrief geschrieben und scharf gegen die veröffentlichte Aufzählung angeblicher Probleme und die vorgeschlagenen Lösungen protestiert. Die Zeitung hatte ihr mitgeteilt, wenn sie den Text noch etwas ausarbeitete, sei sie bereit, ihn als Gegenmeinung zu ihrer Serie zu veröffentlichen. Diese Chance, ein großes Leserpublikum zu erreichen, hatte Gina den Kopf verdreht: Sie hatte volle Breitseiten abgefeuert und niemanden geschont. Herausgekommen war eine gehässige Generalabrechnung, auf die selbst Duncan stolz gewesen wäre.

Aber... ein sehr negativer, sogar schriller Artikel, der nicht einmal versuchte, ausgewogen zu argumentieren. Sie hatte sich damals innerlich gewunden, als sie ihn gedruckt gelesen hatte. Hätte sie ihn bloß eine Woche in eine Schublade gelegt, um ihn erst danach einzuschicken, hätte sie bestimmt manche ihrer Behauptungen abgemildert.

Gina hatte nicht mehr oft an den Zeitungsartikel gedacht, aber jetzt hielt sie ihn in der Hand: wiederauferstanden und schlimmer als je zuvor.

»Das alles denke ich nicht wirklich.«

»Natürlich nicht.« Blair berührte fürsorglich ihre Hand. »Aber wir sollten gemeinsam überlegen, welche Möglichkeiten wir haben, falls das hier auf dem Schreibtisch des Senators landet.«

Sie wich etwas zurück, so daß seine Hand von ihrer glitt. Schon wieder dieses Wort: *wir*

»Was schlagen Sie vor?«

»Oh«, sagte er ganz nonchalant, »wie wär's bei mir? Heute abend. Und ziehen Sie was Hübsches an.«

Gina merkte, wie ihre Hände sich unwillkürlich zu Fäusten ballten. Am liebsten hätte sie Blair die Nase eingeschlagen und ihm dann sein kümmerliches Schnurrbärtchen Haar für Haar ausgerupft.

»Sorry«, sagte sie ruhig, wobei sie bewußt den Unterkiefer bewegte, um nicht mit zusammengebissenen Zähnen zu sprechen. »Heute abend hab' ich schon was anderes vor.«

»Gut, dann morgen abend. Wir haben nicht mehr viel Zeit.«

Wir haben keine *Zeit*.

Sie musterte ihn kühl, gleichmütig. »Nein. Sorry, ich bin beschäftigt. Heute abend, morgen abend, an jedem Abend.«

Er starrte sie sichtlich verwirrt an. Dann verengten sich seine Augen, aber nur für eine Sekunde. Er zuckte achtlos mit den Schultern und wandte sich ab.

»Okay«, sagte er über die Schulter hinweg. »Ihr Pech. Aber behaupten Sie bloß nicht, ich hätte nicht angeboten, Ihnen zu helfen.«

»Bestimmt nicht«, sagte sie leise und streckte einen zitternden Finger nach dem Rufknopf aus.

Sie dämmte ihren Zorn, ihr Gefühl der Demütigung ein, während sie warten mußte. So was durfte eigentlich nicht passieren, so durften die Dinge eigentlich nicht laufen.

Dann kam endlich der Aufzug; die Türen schlossen sich hinter ihr, und die Kabine schwebte langsam in die Tiefe. Sobald Gina allein war, hätte sie am liebsten gekreischt oder laut geschluchzt. Aber sie tat keins von beiden. Sie wischte sich nur eine Träne aus dem rechten Auge und flüsterte ein einziges Wort: »Verdammt.«

Zu ihrer Überraschung wartete Gerry unten in der Säulenhalle auf sie. Sie rang sich ein Lächeln ab und konnte nur hoffen, daß ihre Augen nicht gerötet waren.

»Was tust du hier?«

»Ich warte auf dich. Was sonst?«

Er sah gut aus. Selbst am Ende eines Arbeitstags und mit leichtem Fünfuhrschatten auf den Wangen sah er verdammt gut aus. Aber irgendwie fehlte heute die knisternde Spannung, die Gina bei ihren letzten Begegnungen gespürt hatte. Sie war nicht in der Stimmung, jetzt mit jemandem zusammensein zu wollen.

»Aber woher hast du das gewußt?«

»Du hast es mir erzählt. Hast du's vergessen? Am Telefon? Vor ungefähr fünf Stunden?«

»O ja, natürlich!« Ihr Verstand arbeitete im Augenblick etwas langsam.

»Also, wie wär's mit einem Drink?«

Gina wollte unwillkürlich eine höfliche Ablehnung formulieren, aber dann beherrschte sie sich. Sie war gekränkt worden, und ihr Gefühl drängte sie dazu, sich allein in einen ruhigen Winkel zu verkriechen. Aber das hätte Pasta getan.

»Klar. Liebend gern.«

»Großartig! Ich kenne genau das richtige Lokal. Komm, ich weiß eine Abkürzung.« Gerry nahm ihren Arm und führte sie zum Hinterausgang des Hart Building. »Einen Drink zur Feier des Tages, hoffe ich.«

»Nein«, sagte sie langsam, »leider nicht.«

»Soll das ein Witz sein? Was . . .?«

»Ich erzähl's dir später.«

Gerry ballte seine Hände unter dem Tisch mehrmals zu Fäusten, während Gina ihre Geschichte erzählte.

Sie hatten einen Tisch in Fensternähe für sich. Da Gerry inzwischen wußte, daß Gina lieber Wein als Spirituosen trank und eine Vorliebe für italienische Rotweine hatte, war er mit ihr ins Sommelier, eine kleine Weinbar in der Massachusetts Avenue, gegangen.

Gerry trank bevorzugt irischen Whiskey, am liebsten Black Bush. Gab es jedoch nur Wein, hielt er sich meistens an weißen Zinfandel. Ein snobistischer Weinkenner war er jedenfalls nicht.

Er merkte, daß Gina gekränkt und verletzt war. Sie sprach halblaut, fast geschäftsmäßig, spielte dabei mit ihrem Glas Valpolicella, trank einen kleinen Schluck und drehte es wieder. Ihre Stimme zitterte so wenig wie ihre Hände; sie wirkte völlig gefaßt. Aber Gerry spürte ihren Schmerz.

Als seine Laune sich verfinsterte, wünschte er sich, sie wären nicht ins Sommelier gegangen. Seine auf Hochglanz polierten Messing-, Chrom- und Marmorflächen waren zu hell, zu sauber für die Geschichte, die Gina erzählte. Die hätte besser in eine schäbige kleine Cocktail Lounge gepaßt.

Nein, diese Umgebung war besser. Sauber und glänzend paßte zu ihr. Dies war erst das dritte Mal, daß sie zusammen ausgingen – und schon hatte er das Gefühl, sie beschützen zu müssen. Und er fühlte sich sehr stark zu ihr hingezogen. So war ihm nicht mehr zumute gewesen, seit er sich im College häufiger mit Karen getroffen und sich in sie verliebt hatte. Ein gutes, warmes Gefühl. In letzter Zeit hatte er sogar schon angefangen, tagsüber im Dienst an Gina zu denken – er überlegte, was sie gerade tun mochte, und fragte sich, ob sie ebenfalls an ihn dachte.

Und jetzt teilte er ihren Zorn, ihre Empörung. Gina hatte vom Büro eines amerikanischen Senators etwas Besseres erwartet. Sie *verdiente* etwas Besseres.

Manchmal haßte er diese gottverdammte Stadt.

»So ist's hier leider«, erklärte er Gina, als sie mit ihrer Geschichte fertig war. »Nicht nur in deinem Fall, sondern ganz allgemein. Dahinter steckt eine bestimmte typische Geisteshaltung.«

»Ich soll diese Sache also nicht persönlich nehmen?« Ihre Augen blitzten. »Versuchst du, mir das beizubringen?«

»Ja und nein«, sagte Gerry langsam. Hier kam es darauf an, seine Worte sorgfältig zu wählen. Er wollte nicht als Blitzableiter für ihren Zorn dienen. »Du hast allen Grund, wütend und beleidigt zu sein, dich sogar gedemütigt zu fühlen, aber du mußt auch erkennen, daß Blair nur tut, was auf dem Hügel normal ist. Er hält sich lediglich an die Spielregeln, wie er sie selbst gelernt hat.«

»Eine echte Hügelratte!« Sie schüttelte den Kopf. »Mann, auf ihn paßt dieser Ausdruck wirklich. Aber gibt's denn dagegen keine Gesetze...?«

»Yeah, vermutlich von den Hügelratten selbst ausgearbeitet und von ihren Bossen verabschiedet. Aber für andere Leute, für die Wählerschaft. Dort oben auf dem Hügel gelten sie nur mit Einschränkung. Dort bist du in eine ethische *Twilight Zone* geraten.«

»Du scheinst das ziemlich locker zu sehen.«

Tat er das wirklich? Hatte sie recht? War er durch seine Ermittlungen in Fällen von politischer Korruption bereits so abgestumpft, daß er sie für unvermeidlich hielt?

Schon möglich. Diese Antwort gefiel ihm nicht.

Aber hier ging es nicht um offenkundige Bestechung. Nein, es handelte sich mehr um eine typische Atmosphäre, um ein bestimmtes Ambiente. Einfach um andere Wertvorstellungen.

»Ich kann nichts locker sehen, was dich kränkt.«

Sie schenkte ihm ein kleines Lächeln. Er fand es reizvoll, wie ihre Mundwinkel sich ganz leicht hoben. Ihr Blick sagte danke.

Er griff über den Tisch hinweg nach ihrer Hand. Sie überließ sie ihm.

»Hör zu, Gina«, sagte er. »Willst du auf dem Hügel mitarbeiten, mußt du dich an die dortigen Spielregeln gewöhnen. Die Leute dort oben werden sie deinetwegen nicht ändern.«

»Das habe ich nie erwartet, aber...«

»Stell dir einfach vor, dort befindet sich der größte Basar der Welt, in dem alles käuflich, aber nichts mit seinem Preis ausgezeichnet ist. Die dortige Währung heißt Einfluß, und wer am besten feilschen kann, hat zuletzt den vollsten Einkaufswagen.«

»Das ist eine verdammt pessimistische Betrachtungsweise, Gerry.«

»Gina«, sagte er und beugte sich nach vorn, »ich bin davon

überzeugt, daß es auch in der Krankenhauspolitik auf Einfluß ankommt. Aber das ist ein Spiel mit minimalen Einsätzen – überhaupt nicht mit dem auf dem Hügel zu vergleichen. Dieser Joe Blair hat Einfluß bei seinem Senator und kann dir etwas verschaffen, das du möchtest; du wiederum hast etwas, das er möchte. Er scheint das Spiel gut zu beherrschen, denn er hat die Verhandlungen umsichtigerweise auf den Korridor verlegt. Verhandlungen ist übrigens genau das richtige Wort dafür. Und glaub ja nicht, daß sie zufällig auf einem menschenleeren Korridor stattgefunden haben. Kein schnödes Geschäft auf Gegenseitigkeit, sondern nur ein großzügiges Angebot, dir bei möglicherweise auftretenden Schwierigkeiten in bezug auf deine Anstellung zu helfen. Und das Ganze ohne Zeugen. Sehr geschickt gemacht.«

»Das klingt fast bewundernd«, protestierte Gina.

»Bewundern werde ich meine Faust in seinem Gesicht, falls er mir jemals begegnet.«

Diesmal wurde Gerry mit einem Lächeln belohnt, das Ginas weiße Zähne aufblitzen ließ.

»Ich möchte nicht, daß du meinetwegen Unannehmlichkeiten bekommst.«

»Oh, das sind nur kleine Gefälligkeiten unter Freunden.«

»Heißt das, daß ich dich um einen professionellen Gefallen bitten darf?«

»Professionell?«

»Ja, mit Polizeiarbeit zusammenhängend. Ich versuche gerade, mich über Lisa Lathram, Duncan Lathrams Tochter, zu informieren.«

Gerry spürte, daß seine Magennerven sich wie immer bei der Erwähnung dieses Namens zusammenzogen, aber er ließ sich nichts anmerken. Gina hatte es offenbar satt, über Joe Blair zu reden.

»Was ist mit ihr? Hat sie Schwierigkeiten?«

»Nein. Sie ist vor fünf Jahren tödlich verunglückt.«

»Bei welcher Art von Unfall?«

»Sie ist zu Hause gestürzt.«

»Macht dich das aus irgendeinem Grund mißtrauisch?«

»O nein! Durchaus nicht. Ich kann nur nichts über sie in Erfahrung bringen. Alle, die etwas wissen müßten, halten eisern dicht.«

»Du interessierst dich also aus reiner Neugier für sie?« Er merkte ihr an, daß dahinter mehr stecken mußte. Sie hielt irgend etwas zurück.

»Nein. Das mag komisch klingen, aber ich weiß selbst keinen rechten Grund dafür. Ich frage mich nur, ob du mir eine Kopie der Todesurkunde beschaffen könntest.«

Das war allerdings eine merkwürdige Bitte. Aber leicht zu erfüllen, wenn man wußte, wen man anrufen mußte. Und völlig legal, denn Todesurkunden konnten öffentlich eingesehen werden.

»Kein Problem. Ich muß nur wissen, wo sie zuletzt gelebt hat. Der Rest ist einfach.«

»Vermutlich in Alexandria. Jedenfalls in Nordvirginia.«

»Okay. Ich besorge sie dir in zwei, drei Tagen.« Das würde er tun. Aber zuerst würde er die Urkunde selbst unter die Lupe nehmen. Seine Neugier war geweckt. »Außer die Sache ist eilig.«

Er beobachtete sie genau, während sie antwortete.

»Nein, sie hat keine Eile.«

Nachdem das geklärt war, konnte er beinahe sehen, wie sie in Gedanken abdriftete, als sie in Schweigen versank. Dabei seufzte sie leicht.

»Woran denkst du?« fragte er. An Lisa Lathram, wieder an diesen Schweinehund Blair oder an irgendwas anderes?

»Vielleicht haben Duncan und du recht. Vielleicht bin ich nicht für diese Stadt geeignet.«

Aha . . . sie war also wieder bei Blair. In seinem Innern stieg Empörung auf, als er die Enttäuschung in ihrem Tonfall hörte und die Niedergeschlagenheit in ihrem Stirnrunzeln beobachtete. Er wußte noch nicht recht, was er tun würde, aber er würde jedenfalls etwas unternehmen.

»Gib die Hoffnung nicht auf«, riet er ihr. »Manchmal regeln die Dinge sich von selbst.«

»Vielleicht manchmal«, sagte sie mutlos. »Nicht diesmal.«

Er trank den weißen Zinfandel aus.

»Man kann nie wissen, Gina. Man kann nie wissen.«

Gerry stand auf dem breiten, frisch riechenden, hell beleuchteten Korridor vor einem Apartment im Watergate-at-Landmark, einem Apartmentkomplex mit Eigentumswohnungen in Nordvirginia, und wartete darauf, daß auf sein Klingeln geöffnet wurde.

Er wußte, daß Blair zu Hause war – das hatte ein anonymer Anruf seinerseits bestätigt. Vielleicht saß er beim Abendessen. Gerry konnte nur hoffen, daß Blair allein war. Andernfalls würde er improvisieren müssen. Aber er war finster entschlossen, diesem Dreckskerl eine Lektion zu erteilen.

Nachdem er sich von Gina verabschiedet hatte, war er sofort in die FBI-Zentrale in der Pennsylvania Avenue gefahren. Eine Überprüfung ergab, daß Joe Blair keine Vorstrafen hatte. Wirklich schade. Das hätte die Sache sehr vereinfacht.

Also würde er bluffen müssen.

Gerry bewegte seine Schultern, deren Muskeln sich unwillkürlich verkrampft hatten. Dieser inoffizielle Besuch konnte ihn dienstlich in große Schwierigkeiten bringen, falls Blair sich nicht bluffen ließ.

Aber Gerry wußte, wie solche Hügelratten in leitender Position agierten. Sie hatten keine Stimme im Kongreß oder Senat, aber in vielen Fällen entscheidenden Einfluß auf die genaue Formulierung eines Gesetzentwurfs – und das konnte weitaus wichtiger sein als ein schlichtes Ja oder Nein. Die Lobbyisten umwarben sie genau wie ihre Bosse mit Urlaubsreisen, Geschenken und Rednerhonoraren. Gerry erinnerte sich an einen Fall, von dem die Hügelratten noch immer fast ehrfürchtig sprachen, in dem zwei Kongreßmitarbeiter namens John Michaelis und Bill Patterson innerhalb von nur achtundvierzig Stunden von einer Vielzahl von Lobbyisten achtundzwanzigtausend Dollar kassiert hatten.

Joe Blair träumte bestimmt davon, diesen Rekord zu überbieten. Gerry hatte vor, ihn in diesen Träumen zu stören.

Sollte Blair vorhaben, den ganzen Einfluß zu nutzen, der ihm aufgrund seiner Mitarbeit am Richtliniengesetz zuwachsen würde, war er bestimmt nicht scharf darauf, daß ein aufgebrachter FBI-Agent ihn mit Argusaugen beobachtete.

Aber Gerry hatte nicht viel Zeit. Mrs. Snedecker hatte ihm zum Glück versprochen, sich heute ein paar Stunden länger um Martha zu kümmern. Trotzdem würde er mit Blair sofort zur Sache kommen müssen.

Die Wohnungstür öffnete sich, und ein blasses Gesicht mit einem spärlichen Schnurrbart starrte Gerry durch den Spalt an. Der Eingang dieses Gebäudes wurde bewacht. Unangemeldete Besucher waren nicht die Norm.

»Ja?«

Gerry wies die FBI-Plakette vor, mit der er schon am Portier vorbeigekommen war.

»FBI, Mr. Blair.«

Blair öffnete seine Tür etwas weiter, um besser sehen zu können. Er starrte die Plakette mit zusammengekniffenen Augen an.

»Was gibt's? Was wollen Sie?«

Gerry klappte sein Lederetui zu, trat einen Schritt näher und stellte unauffällig einen Fuß in die Tür. Er steckte das Etui wieder ein.

»Keine Angst, ich bin nicht dienstlich hier.«

»Aber was . . .?«

Gerry stemmte eine Hand gegen Blairs Brust und schob ihn mit sanfter Gewalt in die Wohnung zurück. Manchmal waren subtile Methoden gefragt, manchmal auch nicht.

»Sie und ich, Blair. Wir müssen uns mal unter vier Augen unterhalten.«

15

Gina

Gina gähnte auf dem Weg zum Arztzimmer. Eine unruhige Nacht im Lynnbrook. Manchmal kam sie während des Nachtdienstes dazu, ein Nickerchen zu machen. Aber in dieser Nacht hatte sie kein Auge zugetan.

Wäre sie zu Hause geblieben, hätte sie bestimmt auch kaum geschlafen. Diese Warterei ging ihr auf die Nerven. Schlimmer als das Warten auf die Nachricht, welches Krankenhaus sie als Assistenzärztin anstellen würde. Und fast so schlimm wie die Monate, in denen sie darauf wartete, ob die Medical School sie annehmen würde.

Auch heute begegnete sie wieder Dr. Conway.

»Wie ich sehe, ist Mrs. Thompson endlich entlassen worden. Das ist bestimmt eine Erleichterung für Sie.«

»Na ja, in gewisser Beziehung schon. Alle sind jetzt besonders nett zu mir, weil sie glauben, ich wäre eingeknickt. Dabei hat ihr Zustand sich dramatisch gebessert. Beinahe Wunderheilung. Gestern konnte sie sich kaum auf den Beinen halten; heute ist sie wieder gesund und munter und will unbedingt nach Hause.«

In Ginas Hinterkopf schrillte ein Alarmsignal.

»Wann ist das gewesen?«

»Mittwoch.«

»Ich weiß nicht recht«, meinte Gina unbehaglich. »Als ich in der Nacht zuvor mit ihr gesprochen habe, hat sie mir erzählt, sie habe gehört, Sie hätten ihretwegen Schwierigkeiten. Ich erinnere mich noch, wie sie so etwas sagte wie: ›Ich will niemandem zur Last fallen. Ich komme hier schneller raus, als Sie denken.‹«

Conway starrte sie an. »Jesus! Das sähe ihr ähnlich!«

Er nahm den Hörer ab, rief die Registratur im Haus an und ließ sich Mrs. Thompsons Telefonnummer geben. Dann tippte er ihre Nummer ein, ließ es lange klingeln, legte auf und wählte erneut. Eine halbe Minute später legte er wieder auf.

»Keine Antwort. Ich fahr' gleich mal hin.«

»Vielleicht ist sie ausgegangen«, meinte Gina.

»Um sieben Uhr morgens? Eine alte Dame von achtundsiebzig Jahren?«

»Ich komme mit.«

»Sie haben Dienst. Ich halte Sie auf dem laufenden.«

Gina verbrachte die folgende Stunde damit, sich zu fragen, was Conway vorfinden würde. Dachte sie nicht an Mrs. Thompson, war sie in Gedanken wieder bei ihrer Bewerbung als legislative Assistentin bei Senator Marsden. Sie ertappte sich sogar dabei, daß sie die eigene Telefonnummer wählte, um die Fernabfrage ihres Anrufbeantworters zu aktivieren.

Was machst du da? fragte sie sich und legte rasch wieder auf. Es war noch viel zu früh. Vor zehn Uhr rief bestimmt niemand aus dem Büro des Senators an. Wahrscheinlich nicht vor Mittag.

Sie wollte eben gehen, als eine Lautsprecherdurchsage sie in die Notaufnahme rief. Dr. Conway ließ sie bitten, zu ihm zu kommen.

Gina traf ihren Kollegen vor dem Leuchtkasten an, auf dem er eine Thoraxröntgenaufnahme studierte. Sie warf einen Blick auf die deutlichen Schatten in der rechten Lunge und fragte: »Hoffentlich nicht Harriet?«

Conway nickte. »Ich habe sie auf der Hintertreppe gefunden – kaum bei Bewußtsein, mit einer Handvoll Brotkrusten neben sich. Anscheinend ist sie gestern abend rausgegangen, um Vögel zu füttern, und auf der Treppe zusammengebrochen.«

»Sie hat die ganze *Nacht* draußen gelegen?«

»Danach sieht's leider aus. Schock, Hypothermie, Hypoxydose und ...« Er tippte auf das Röntgenbild. »... drei gebrochene Rippen, zu denen bestimmt ein Hämothorax kommt. Ich habe Fielding holen lassen. Er intubiert sie, damit sie künstlich beatmet werden kann, danach kommt sie auf die Intensivstation.« Er riß das Röntgenbild vom Leuchtkasten. »Verdammt! Ich hätte sie nicht heimschicken dürfen!«

»Sie hat Ihnen erklärt, sie fühle sich wieder gesund. Was hätten Sie sonst tun können?«

»Ich hätte ihr Täuschungsmanöver durchschauen müssen.

Ich hab' ihr geglaubt, weil ich's glauben *wollte*. Ich bin so verdammt froh gewesen, die PRO und alle anderen loszuwerden, daß ich die Gelegenheit, sie zu entlassen, sofort genutzt habe.«

»Sie dürfen nicht so hart mit sich selbst ins Gericht gehen«, sagte Gina. »Wo ist sie?«

Conway wies mit dem Daumen über seine Schulter hinweg auf eine der durch Vorhänge abgetrennten Nischen. Gina wußte zunächst nicht, welche er meinte, bis sie Fielding, den Pneumologen des Krankenhauses, aus einer kommen und in Richtung Schwesternstation weggehen sah. Sie schlüpfte durch die Vorhänge.

Harriet Thompson war fast nicht zu erkennen. Ihre rechte Gesichtshälfte, auf die sie gefallen zu sein schien, war geschwollen und blaurot verfärbt. Aus ihrem Mund ragte ein gerippter Schlauch, der durch einen dickeren Schlauch mit dem fauchenden und zischenden Beatmungsgerät verbunden war. Ihre Augen waren halb geöffnet, aber sie nahm ihre Umgebung nicht wahr. Gina ergriff ihre Hand und drückte sie leicht.

»Durchhalten, Harriet«, sagte sie aufmunternd. »Hier sind Sie in guten Händen.«

Gina konnte praktisch nichts für sie tun. Conway, Fielding und die Krankenschwestern der Intensivstation taten schon alles medizinisch Mögliche. Als sie aus der Nische kam, klopfte sie Dr. Conway auf die Schulter und wünschte Harriet und ihm alles Gute.

Dann saß sie in ihrem Wagen und rieb sich die brennenden Augen. Heute morgen sollte sie Duncan assistieren. Obwohl sie übermüdet war, hatte das auch etwas Gutes: Dabei verging die Zeit schneller. Aber erst wollte sie unter die Dusche.

Gina sah das Blinklicht ihres Anrufbeantworters, das ihr signalisierte, daß eine Nachricht auf sie wartete. Sie hastete darauf zu, aber ihr Finger zögerte, auf die Abspieltaste zu drücken. Angst und böse Vorahnungen stiegen in ihr auf. War dies der Anruf, den sie gefürchtet hatte? Die höfliche Absage aus Marsdens Büro?

Sie gab sich einen Ruck. Unsinn! Unmöglich, daß das Marsdens Büro war.

Sie drückte auf die Taste. Der Anrufer war Gerry. Als sie seine Stimme hörte, wurde ihr warm ums Herz. Er war gestern so mitfühlend gewesen.

Hi, Gina. Es ist jetzt gleich dreiundzwanzig Uhr. Ich hatte vergessen, daß du Nachtdienst hast und meine Mitteilung wahrscheinlich erst morgen hören wirst. Ich wollte dich nur daran erinnern, mich gleich anzurufen, sobald Marsdens Büro sich bei dir meldet. Ich möchte wetten, daß es das ziemlich früh tut. Ruf mich zu Hause an, sobald du etwas hörst. Ich fahre erst gegen neun Uhr weg. Alles Gute – aber sie können von Glück sagen, wenn sie dich bekommen. Bye.

Wie lieb von ihm, dachte sie lächelnd, während sie diese Aufnahme löschte. Und wie naiv! Kein Mensch wird mich schon so früh anrufen.

Eigentlich komisch, wie bestimmt Gerry einen vorzeitigen Anruf erwartete. Und er war alles andere als naiv.

Gina hörte das Telefon klingeln, als sie aus der Dusche kam. Sie wickelte sich tropfnaß in ein Badetuch und stürmte ins Schlafzimmer, um den Hörer von der Gabel zu reißen. Der Anruf kam von Alicia Downs.

»Sie haben den Job, Gina.«

Gina war im ersten Augenblick sprachlos.

»Hallo?« sagte Alicia. »Sind Sie noch da?«

»Ja, ich bin hier. Ich kann's nur nicht glauben. Ich habe den Job?«

»Richtig. Ich habe gehört, wie Blair eine Sekretärin beauftragt hat, Sie zu benachrichtigen. Ich rufe an ihrer Stelle an.«

»Aber wie . . .?«

»Keine Ahnung. Ich habe für Sie votiert. Was Blair gesagt hat, weiß ich nicht. Ich weiß nur, daß der Senator seine Entscheidung zwischen gestern abend und heute morgen getroffen haben muß. Sie sind unsere neue legislative Assistentin für medizinische Fragen.«

Gina hatte weiche Knie. »Das . . . das ist wunderbar. Danke für den Anruf. Und für Ihre Unterstützung.«

»Sie brauchen sich nicht zu bedanken. Ich meine, ich halte Sie für eine nette, intelligente junge Frau, die gute Arbeit leisten wird, aber ich will sie aus einem anderen Grund. Ich sehe Sie als PR-Aktivposten.«

»Als Aktivposten. *Wow*!«

Alicia lachte. »Hey, Sie sind nicht irgendein Arzt, sondern eine attraktive, intelligente *Ärztin*, die eben ihre Ausbildung abgeschlossen hat. Sie sind eine Außenseiterin ohne Verbindungen zur hiesigen Bürokratie. Sie verkörpern die *Gegenwart*. Ihre Anwesenheit beweist, daß der Senator für neue Ideen aus der Ärzteschaft offen ist.«

Gina merkte, daß ihr kalt wurde – aber nicht von dem auf die Füße tropfenden Wasser. »Hören Sie, wenn ich nur als Dekoration dienen soll, können Sie dem Senator sagen, daß ich . . .«

»Nein, nein, Sie verstehen mich falsch. Der Senator will Sie wegen Ihres medizinischen Sachverstands. *Ich* denke an die Wirkung nach außen.«

»Das ist eine Erleichterung. Vielleicht.«

Alicia lachte wieder. »Sie müssen die Sache lockerer sehen, Gina. Sie haben den Job. Und Sie arbeiten für einen der anständigen Kerle. Ich verdiene mir seit fast zwanzig Jahren meinen Lebensunterhalt hier auf dem Hügel, und Senator Marsden ist seit langem der erste Politiker, der mein Vertrauen in demokratische Wahlen wiederhergestellt hat. Ich kann Ihnen kaum sagen, wieviel Spaß es macht, das Erscheinungsbild eines Mannes zu polieren, den man wirklich mag.«

»Freut mich, das zu hören. Freut mich echt.«

»Sie nehmen also an?«

»Natürlich!«

»Großartig. Unser Stab trifft sich morgen früh um Punkt zehn Uhr zu einer Besprechung. Ich hoffe, daß Sie sich fürs Wochenende nichts Wichtiges vorgenommen haben.«

»Nein, nichts Festes.« Sie hatte allerdings gehofft, ein paar Stunden mit Gerry verbringen zu können.

»Gut. Da die Anhörungen schon nächste Woche beginnen, müssen Sie damit rechnen, daß übers Wochenende durchgearbeitet wird. Willkommen an Bord. Wir sehen uns morgen.«

Gina legte auf, blieb dümmlich grinsend mitten im Schlafzimmer stehen und trocknete sich geistesabwesend ab, während ihr langsam bewußt wurde, was der Anruf bedeutete.

»Ich hab' den Job. Ich ... hab' ... den *Job*!« Sie reckte ihre Faust in die Luft.

»Ja!«

Während sie ihr Haar frottierte, begann sie zu tanzen, geriet dabei ins Wohnzimmer hinüber, drehte sich blind um die eigene Achse und schwenkte ihre Hüften im Takt zu den Reggaeklängen, die aus dem Radio kamen.

Da ist sie also, meine Damen und Herren! Die neueste, die großartigste, die heißeste legislative Assistentin der amerikanischen Hauptstadt, die unter ihrem Künstlernamen Pasta Primavera in exklusiver Interpretation den Hill Rat Hustle tanzt!

Gina ließ das Handtuch sinken und fand sich vor ihrem Erkerfenster stehen – splitternackt über der Kalorama Road.

»Hoppla!«

Sie zog sich hastig zurück und ging wieder ins Schlafzimmer. Als sie die Unterwäscheschublade aufzog, fiel ihr Blick auf ihre Gestalt in dem türhohen Spiegel des Kleiderschranks. Sie trat davor, um ihre Figur zu begutachten, und drehte sich abwechselnd nach links und nach rechts, um Busen und Hüften aus verschiedenen Blickwinkeln betrachten zu können.

Ihre Hüften waren etwas breiter, als Gina sich gewünscht hätte. Aber ihr Bauch war schön flach. Sie ließ eine Hand leicht über ihre wulstige Operationsnarbe gleiten und folgte dann mit einem Finger einem dünnen Haarstreifen bis zu ihrem dichten schwarzen Schamhaar. Zeit für eine weitere Wachsbehandlung zur Haarentfernung.

Nicht allzu schlecht, dachte sie. Nicht übel für ein altes Mädchen, das auf die Dreißig zugeht.

Sie hatte jetzt zwei Berufe. Warum nicht auch einen dritten als Pasta Primavera, exotische Tänzerin? Nein ... dafür gab es einen anderen Ausdruck, ein Duncan-Wort. Wie hieß es gleich wieder ...? Dann fiel ihr *Ekdysiastin* ein.

Richtig. Regina Panzella: Ärztin, legislative Assistentin und Ekdysiastin.

Sie versuchte ein paar Tanzschritte vor dem Spiegel.

Ziemlich lahm.

Na ja.

Sie wandte sich ab und fing an, ihre Unterwäsche für heute auszusuchen.

Als sie dann angezogen war, erhielt ihre gute Laune einen Dämpfer, weil sie an Harriet Thompson dachte. Gina rief die Intensivstation im Lynnbrook an und erfuhr, der Zustand der alten Dame sei stabil. Okay.

Dann telefonierte sie mit Gerry. Er schien sich ehrlich mit ihr zu freuen, war aber keineswegs so überrascht, wie sie erwartet hatte.

»Siehst du«, erklärte Gina ihm, »manche Dinge regeln sich von selbst. Es hat gar keinen Zweck, immer zynisch zu sein. Fleiß und Durchhaltevermögen machen sich weiterhin bezahlt.«

»Ich hab' von Anfang an gewußt, daß du die Idealbesetzung für diesen Job bist. Das scheinen dieser Blair und der Senator jetzt auch eingesehen zu haben. Wirklich großartig finde ich, daß du in Zukunft viel öfter in meiner Nähe bist.«

»Hey, das stimmt!« Daran hatte sie noch gar nicht gedacht. »Das freut mich natürlich auch.«

Sie mochte Gerry von Mal zu Mal mehr. Ein FBI-Agent war vielleicht eine weniger glänzende Partie als ein aufstrebender Internist wie Peter, aber sie fühlte sich immer mehr zu Gerry hingezogen. Wenn das so weiterging . . .

»Übrigens«, sagte er, »habe ich Lisa Lathrams Todesurkunde im Fairfax County aufgespürt.«

Gina merkte, daß sie unwillkürlich den Atem anhielt. Ein Teil ihres Ich hätte am liebsten gesagt, er solle die Sache vergessen und die Toten ruhen lassen; ein anderer Teil würde sich jedoch erst zufriedengeben, wenn alle ihre Fragen beantwortet waren. Sie bemühte sich um einen beiläufigen Tonfall.

»Das ist schnell gegangen. Was steht drin?«

»Sie ist hierher unterwegs. Ich sag's dir, sobald ich sie habe.«

»Danke, Gerry. Du wirst langsam unentbehrlich.«

»Das hoffe ich.«

»Ich muß meine Arbeit hier etwas einschränken, fürchte ich.«

Duncan und Gina waren mitten in einer Bauchdeckenstraffung. Sie hatte einen breiten Bauchdeckenhaken angesetzt und hielt ihn so, daß Duncan die überflüssige gelbe Fettschicht herausschneiden konnte. Eigentlich hatte Gina erst nach der Operation mit ihm darüber sprechen wollen, aber als er angefangen hatte, von den für morgen angesetzten Operationen zu reden, hatte sie's ihm sagen müssen.

»Oh?« fragte er. »Und wie kommt das?«

»Ich ... ich habe den Job in Senator Marsdens Stab bekommen.«

Endlich. Ich hab's gesagt.

Sie beobachtete ihn aufmerksam, weil sie sich daran erinnerte, wie er letztes Mal explodiert war. Wie würde er diesmal reagieren?

Die blauen Augen sahen sekundenlang zu ihr auf, dann konzentrierte er sich wieder auf das Operationsgebiet.

»Meinen Glückwunsch. Wann fangen Sie an?«

Gina antwortete nicht gleich. Sie war auf einen Wutanfall gefaßt gewesen. Die ruhige Gelassenheit, mit der er ihre Mitteilung aufnahm, war kaum weniger einschüchternd.

»Äh, dieses Wochenende.«

»Sie lassen uns also einfach sitzen?«

»Cassidy hat versprochen, für mich einzuspringen.«

»Na, hoffentlich bleibt Ihnen noch etwas Zeit für die Medizin.«

»Ich komme vielleicht weniger dazu, aber ich brauche sie nicht gleich aufzugeben.«

»Gut. Ich würde Sie ungern verlieren. Sie haben hier ausgezeichnete Arbeit geleistet.«

»Danke«, sagte sie und sonnte sich in seinem seltenen Lob.

»Dieser Job auf dem Hügel ist bestimmt lehrreich für Sie«, fuhr Duncan fort. »Dort haben Sie Gelegenheit, aus nächster Nähe zu beobachten, wie die Kakistokratie funktioniert. Sie werden Zeugin der zügellosen Sophisterei der Solipsisten im Kongreß sein, die sich ...

Marie, die Anästhesieschwester stöhnte vernehmlich. »Großer Gott, jetzt geht's wieder los!«

Joanna starrte Gina mit gespielter Entrüstung an. »Bisher ist alles so gut gelaufen. Hast du ihn unbedingt provozieren müssen?«

»Sorry«, murmelte Gina.

»Schon gut, schon gut«, sagte Duncan, sah sich um und lächelte unter seiner Maske. Um die Augen herum standen kleine Lachfalten. »Trotz eurer flagranten Insubordination will ich euch diesmal einen Vortrag ersparen. Aber ich möchte nur sagen, daß . . .«

Marie stöhnte nochmals.

»Augenblick!« sagte Duncan. »Ich will nur eines feststellen – und ich möchte, daß ihr alle aufpaßt, damit ihr später wißt, wo ihr's zum erstenmal gehört habt: Ich sage voraus, daß Gina es kein Jahr lang auf dem Kapitol aushält, bevor sie den Krempel hinschmeißt.«

»Das ist natürlich immer möglich«, gab Gina zu, die dabei mit Unbehagen an Joe Blair dachte, »aber ich weiß, daß diese Anhörung interessant sein wird. Ich kann's kaum noch erwarten, bis sie anfängt.«

Duncan sah zu ihr auf. »Ich auch nicht, meine Liebe. Ich auch nicht.«

Gina erwiderte seinen Blick. Irgend etwas war in diesen klaren blauen Augen . . . etwas geradezu raubtierhaft Wildes, das sie an den Blick erinnerte, mit dem er Congressman Allard vor dem Kapitol gemustert hatte. Sie fühlte, wie ihr ein kalter Schauer über den Rücken lief.

Gina verließ das Surgicenter etwas früher als sonst und rief von ihrer Wohnung aus nochmals die Intensivstation an.

»Ihr Blutdruck macht uns Sorgen«, sagte die Oberschwester. »Typisch schockbedingte Hypotonie. Dr. Conway ist hier. Wollen Sie ihn sprechen?«

»Nein, stören Sie ihn bitte nicht. Sagen Sie ihm nur, daß ich nach ihr gefragt habe.«

Gina legte auf. Verdammt, das klang nicht gut.

Als nächstes rief sie ihre Eltern an. Ihre Mutter meldete sich, und Gina teilte ihr die gute Nachricht mit.

»Willst du das wirklich, Gina?« wollte Mama wissen.

Warum stellte ihr jeder diese Frage?

»Ja, Mama«, sagte sie geduldig. »Zumindest vorläufig.«

»Na, dann ist's ja gut. Das freut mich für dich. Wir erwarten dich gegen sechs Uhr.«

»Wo erwartet ihr mich?«

»Hier, versteht sich. Wir wollen feiern. Wir machen eine Flasche Spumante auf, und es gibt deine Leibspeisen: gefüllte Muscheln und Lasagne mit drei Sorten Käse.«

Gina lief das Wasser im Mund zusammen. Aber sie war einfach zu müde. Und genau dieses Zeug hatte die kleine Regina in den Fettwanst Pasta Panzella verwandelt.

»Ich bin wirklich erledigt, Mama. Ich habe bis . . .«

»Gina, Gina«, sagte sie in dem Tonfall, der seine Wirkung nie verfehlte. »Du bist so lange nicht mehr hiergewesen. Du wohnst nur ein paar Minuten weit entfernt – und trotzdem besuchst du deine Eltern nie. Willst du deine Mama und deinen Papa vergessen?«

Gina unterdrückte einen Seufzer. »Wann, hast du gesagt?«

»Papa kommt um sechs Uhr heim. Schlaf dich aus, dann sehen wir uns um diese Zeit.«

Gina ließ sich aufs Bett fallen und schlief sofort ein.

16

Familie

Gina hielt vor ihrem Elternhaus in Arlington und starrte die verwitterte Klinkerfassade an. In den ersten zehn, zwölf Jahren ihres Lebens war das Haus ein einstöckiger Klinkerwürfel gewesen, der zwischen all den übrigen Klinkerwürfeln dieser Siedlung aus den frühen sechziger Jahren stand. Sie erinnerte sich noch, wie sie in der sanft abfallenden Einfahrt radfahren gelernt, aus ihrem Kinderzimmer oben im ersten Stock vorbeifahrende Autos beobachtet und Papa jedes Frühjahr geholfen hatte, auf dem Rasen wachsenden Löwenzahn auszureißen.

Papa und sein Rasen, dachte sie mit einem Blick auf den makellosen Golfrasen vor dem Haus. Noch immer perfekt.

Als Papas Fleischerladen sich in ein italienisches Feinkostgeschäft verwandelte, so daß etwas Geld übrigblieb, bauten ihre Eltern vorn eine verglaste Veranda an, vergrößerten Küche und Elternschlafzimmer nach hinten hinaus und bauten eine Terrasse an. Jetzt war das Haus großzügig, geräumig und behaglich. Ihre Eltern wohnten seit dreißig Jahren darin und hatten vermutlich vor, weitere dreißig Jahre dort zu bleiben. Sie gehörten nicht zu den Menschen, die ständig Veränderungen brauchten.

Gina schüttelte den Kopf. Veränderungen? Obwohl sie hier in Amerika geboren waren – ihr Vater war erst Anfang Fünfzig, und ihre Mutter war letzten April fünfzig geworden –, erinnerte ihre ganze Art noch sehr an Italien, an die Alte Welt. Ihrer Einstellung nach waren sie mit knapper Not im zwanzigsten Jahrhundert angelangt.

Sie stieg die zwei Stufen zur Eingangstür hinauf und trat ein, ohne anzuklopfen. Der köstliche Duft von in Butter schmorendem Knoblauch umfing sie. Gott, wie sie diesen Geruch liebte!

Ihr Vater sprang aus seinem Sessel vor dem Fernseher auf. Er war nur wenige Zentimeter größer als Gina, aber mit breiten Schultern und muskulösen Armen recht stämmig, und hatte volles schwarzes Haar, das bei jedem Besuch etwas grauer geworden zu sein schien. Trotzdem besaß er noch immer die Vitalität eines Zwanzigjährigen.

»Gina!«

Er umarmte sie mit seinen starken Armen und schwang sie im Kreis herum. »Wie geht's meinem kleinen *Scungile*?«

Sie schlang die Arme um seinen Hals und küßte ihn auf beide Wangen. »Gut, Papa.«

Er ließ sie los und hielt sie auf Armeslänge von sich entfernt. »Ärztin sein ist dir nicht mehr gut genug, was? Jetzt auch noch Politikerin?«

»Ich bin keine . . .«

»Gina!« Das war Mama, die sich die Hände an ihrer Schürze abtrocknete, während sie aus der Küche gelaufen kam. Weitere Küsse und Umarmungen.

So war es immer. Gina kam alle zwei bis drei Wochen nach Hause, um mit ihren Eltern zu Abend zu essen und sich über Familienangelegenheiten auf dem laufenden zu halten, aber die beiden taten jedesmal so, als sei sie ein Jahr lang fortgewesen. Als Einzelkind mußte sie sich wohl damit abfinden.

Wenig später standen alle drei in der Küche, tranken Spumante, tauchten Brot in Mamas Sauce, lachten, erzählten von Vergangenem und sprachen über Zukünftiges.

Es war schön, hier zu sein. In solchen Augenblicken wünschte Gina sich, sie käme öfter auf Besuch. Sie liebte die Wärme, die Geborgenheit. Hier wäre sie umsorgt worden. Hier hätte sie niemandem etwas beweisen müssen, wäre nicht immer so müde gewesen und hätte sich nicht bei dem Versuch abstrampeln müssen, allzu viele Dinge gleichzeitig zu tun, ihren Platz im Leben zu finden und etwas Sinnvolles mit ihrem Leben anzufangen.

Hier paßte sie her. Hier war sie wichtig.

Aber sie wußte genau, daß das ein goldener Käfig gewesen wäre. Obwohl sie ihre Eltern liebte, hätte sie hier durchgedreht. Auch wenn ihr Leben jetzt hektisch und streßreich war, wußte sie tief in ihrem Innern, daß sie sich gar kein anderes wünschte.

Entscheidend war vor allem, daß Papa und Mama die Lebensplanung ihrer Tochter noch immer nicht ganz begriffen. Obwohl sie stolz auf Gina waren, fragten sie sich doch, wann sie die Zeit finden würde, ihnen Enkel zu schenken – Bambini, die man auf seinen Knien reiten lassen konnte. Gina war sich darüber im klaren, daß die beiden fanden, ihre Tochter hätte lieber einen Arzt heiraten sollen – natürlich einen netten *italienischen* Doktor –, als selbst Ärztin zu werden.

Ihre Eltern wußten auch von Peter, aber nichts davon, daß sie mit ihm zusammengelebt hatte.

O Gott! Peter. Sie hätte ihn anrufen, ihm von ihrem neuen Job erzählen müssen. Aber das würde sie nachholen, sobald sie in ihr Apartment kam.

Peter ... wie hatte sie ihn nur vergessen können?

Gegen halb elf Uhr abends kam Gina, vollgestopft mit Essen und bettschwer vom Spumante und dem besonders guten Chianti, den Papa zur Feier des Tages spendiert hatte, in ihre Wohnung zurück. Sie ging kurz ins Bad, putzte sich die Zähne und verschwand dann sofort ins Schlafzimmer. Bevor sie jedoch ins Bett schlüpfte, rief sie noch einmal die Intensivstation im Lynnbrook an.

»Hallo, hier ist Dr. Panzella. Ich wollte mich nur erkundigen, wie es Mrs. Thompson geht.«

»Wem?« fragte die Krankenschwester.

Gina hatte plötzlich ein flaues Gefühl im Magen. »Harriet Thompson. Dr. Conways Patientin. Sie ist mit einem Hämothorax künstlich beatmet worden und hat . . .«

»Ah, richtig, hier steht sie. Entschuldigung, Dr. Panzella, ich bin eben erst zum Dienst gekommen. Sie ist vor ziemlich genau einer Stunde gestorben. Exakt um einundzwanzig Uhr vierunddreißig. Dr. Conway ist hiergewesen.«

Gina hatte das Gefühl, etwas schnüre ihr den Hals zu. Sie bedankte sich mit schwacher Stimme und legte auf.

Dann schlug sie mit beiden Fäusten auf die Matratze. Verdammt, verdammt, *verdammt*! Auf dem Leichenschein würde vermutlich stehen, Harriet Thompson sei an einem Atemstillstand als Folge einer Lungenblutung als Folge mehrerer Rippenbrüche als Folge der Komplikationen eines Unfalltraumas gestorben. Aber das alles war nicht die eigentliche Todesursache gewesen.

Wirklich ihren Tod verursacht hatten Bürokraten, die sie nie selbst untersucht, sie nicht einmal gekannt, aber Entscheidungen in bezug auf ihre Behandlung getroffen hatten, bei denen sie weniger das Wohl der Patientin als die Behandlungskosten im Auge gehabt hatten.

Harriet Thompson war an Richtlinien gestorben.

Gina schlug die Tagesdecke zurück und kroch ins Bett. Senator Marsden würde am kommenden Wochenende einiges zu hören bekommen.

Halt, eines mußte sie noch tun, bevor sie schlafen durfte: Peter anrufen.

Er war zu Hause und noch wach – schließlich war es in Louisiana eine Stunde früher –, und er war froh, ihre Stimme zu hören. Wenigstens zu Anfang. Sein Tonfall veränderte sich, als Gina ihm erzählte, sie habe den Job in Senator Marsdens Stab bekommen.

»Willst du das wirklich?«

Diese Frage hatte sie langsam satt. Der einzige, der wirklich ganz auf ihrer Seite zu stehen schien, war Gerry.

»Weißt du, ich wollte, andere Leute würden mich das nicht dauernd fragen.«

»Vielleicht ist doch was dran, wenn du diese Frage so oft hörst.«

»Peter, ich möchte nicht darüber streiten, was ich . . .«

»Passen wir nicht gut zusammen, Gina? Wo gibt's denn Menschen, die besser zusammenpassen? Erinnerst du dich an die langen Abende, an denen wir durchs Quarter gezogen sind, Wein getrunken und den Straßenmusikanten zugehört haben, bevor wir ins Apartment zurückgegangen sind und . . .«

»Bitte, Peter!« Das waren schöne Zeiten, herrliche Zeiten gewesen. »Ich bin hier ohnehin schon einsam genug.«

»Wir sind *beide* einsam. Ist das nicht blöd? Komm zurück, Gina. Du gehörst hierher. Das weißt du selbst.«

Verlockend. Hätte sie heute morgen von Marsdens Büro eine Absage bekommen, hätte sie jetzt vermutlich ihre Koffer gepackt. Aber . . .

»Ich weiß, daß sich mir hier eine Gelegenheit bietet, die ich nicht verpassen darf. Ich könnte mir nie verzeihen, sie nicht genutzt zu haben. Verstehst du das nicht, Peter?«

Am anderen Ende herrschte sekundenlang Schweigen. Als Peter endlich wieder sprach, klang seine Stimme heiser.

»Das war's dann, nehme ich an. Ich hatte gehofft, du würdest bei diesen Senatoren abblitzen, endlich wieder zur Vernunft kommen und dorthin zurückkehren, wo du hingehörst. Zurück zu mir. Aber daraus wird wohl nichts, wenn du jetzt zum Stab irgendeines Senators gehörst.«

»Peter . . .«

Gina spürte, daß der Kloß in ihrem Hals sie am Sprechen

hinderte. Peter hatte recht. Sie hatte bisher nicht erkannt, daß ihr Eintritt in Marsdens Stab nichts anderes bedeutete, als die letzte Verbindung zu Peter abzubrechen.

Es war aus. Ihre Beziehung war seit Monaten moribund gewesen, aber heute abend hatte Gina sie, ohne sich dessen bewußt zu sein, offiziell für tot erklärt.

»Tut mir leid, Peter.«

»Mir auch. Goodbye, Gina.«

Und dann legten beide auf.

Gina knipste die Nachttischlampe aus und zog die Bettdecke bis unters Kinn.

Gott, hoffentlich habe ich mich richtig entschieden. Hoffentlich ist die Sache dieses Opfer wert.

Dann kamen das Schluchzen und die Tränen. Gina weinte wegen Peter, aber vielleicht auch um Harriet Thompson. Sie hatte sich schon lange, sehr lange nicht mehr in den Schlaf geweint. Seit ihrer Zeit als Pasta Panzella nicht mehr.

»Was . . .?«

Gina öffnete die Augen. Dunkel. Und laut. Ein Klingelzeichen. Laut. Dicht neben ihrem Ohr.

Das Telefon.

Sie griff danach und hörte eine vertraute Stimme.

»Gina? Hier ist Gerry. Entschuldige, daß ich um diese Zeit anrufe, aber ich brauche deine Hilfe.«

Wie spät ist's überhaupt?

Sie sah auf den Radiowecker: 2.33 Uhr.

»Ist was passiert?« fragte sie. Gerrys drängender Tonfall vertrieb ihre Schlaftrunkenheit.

»Wir sind in einem Entführungsfall auf eine heiße Spur gestoßen, und ich muß sofort weg.«

»In welchem Entführungsfall?«

»Darf ich nicht sagen. Wir haben die Sache aus den Medien raushalten können. Das Problem ist, daß Mrs. Snedecker nicht kommen kann, und mit den Ersatzleuten habe ich auch Pech gehabt. Da habe ich mich gefragt, ob du vielleicht . . .«

»Ich komme gleich rüber.«

Er beschrieb ihr die Fahrtroute zu seinem Apartmentgebäude in Arlington. Über diese Ironie des Schicksals mußte sie bedauernd lächeln. Erst vor vier Stunden war sie nur wenige Kilometer von ihm entfernt gewesen.

Sie traf Gerry mit dem Wohnungsschlüssel in der Hand vor der Tür seines Duplex-Apartments an. Er war rasiert, hatte frische Sachen angezogen und war hellwach und einsatzbereit. Selbst zu dieser unchristlichen Zeit sah er gut aus.

Besser als ich, dachte Gina. Sie wußte, daß sie verknittert aussah – sie *fühlte* sich in Flanellbluse, Jeans und Regenmantel verknittert –, aber sie war so schnell wie möglich hergekommen.

»Du hast dich wirklich beeilt.« Er küßte sie; ein freundlicher Schmatz auf die Wange. Seine Stimme klang wie ein Maschinengewehr. »Damit tust du mir wirklich einen Riesengefallen. Ich hätte dich nie aus dem Schlaf geklingelt, wenn ich eine andere Möglichkeit gesehen hätte.«

»Unsinn! Ich . . .«

»Martha ist oben. Sie schläft meist ziemlich fest. Du legst dich am besten auch einfach hin. Ich komme so schnell wie möglich wieder, aber ich weiß nicht genau, wie lange es dauert.«

»Laß dir Zeit«, sagte Gina. »Ich bleibe, solange du mich brauchst. Heute ist keine Operation angesetzt.«

Er küßte sie noch einmal – diesmal auf den Mund. »Du bist die Größte! Also, bis bald.«

Und dann spurtete er zum Parkplatz. Bevor er seinen Wagen aufschloß, drehte er sich um und rief ihr zu:

»Hey, das hätte ich beinahe vergessen! Auf dem Küchentisch liegt was für dich!«

Gina beobachtete noch, wie er wegfuhr, dann ging sie hinein und schloß die Tür hinter sich ab. Sie ließ ihren Regenmantel von den Schultern gleiten, schlenderte durchs Wohnzimmer und warf einen Blick ins Eßzimmer nebenan: Teppichboden in ersterem, ein Landhausteppich in letzterem. Moderne dänische Möbel. Sauber, ordentlich, funktionell. Kaum eine persönliche Note. Auch keine in der Luft hängenden Gerüche, die Rückschlüsse auf die Leibspeise des Kochs zugelassen hätten. Schwer zu sagen, ob hier überhaupt jemand lebte – bis sie in die Küche kam. Eine Kunstgalerie en miniature. Wohin sie auch sah – an den Wänden, an der Pinnwand, sogar am Kühlschrank –, hingen Kinderzeichnungen in wilden Farben. Martha schien den Ehrgeiz zu haben, alle Buntstifte ihres ziemlich großen Kastens zu benutzen. Allerdings war ihre Farbgebung nicht eben konventionell. So standen auf einem Bild grüne Menschen unter einem orangeroten Himmel auf einem gelben Rasen mit rosa Bäumen; das nächste Bild war dann wieder ganz in anderen Farben gemalt.

Ein Vincent van Gogh im Kindergartenalter. Mit einem Vater, der offenbar jeden Strich bewunderte, den seine kleine Tochter zu Papier brachte.

Sie warf einen Blick in den Kühlschrank. Das Tiefkühlfach war voller Fertiggerichte. Von einem alleinerziehenden Vater mit unregelmäßigen Dienstzeiten war allerdings nicht viel anderes zu erwarten.

Dann fiel ihr ein, daß Gerry ihr zugerufen hatte, auf dem Küchentisch liege etwas für sie. Sie drehte sich um, aber der Tisch war leer . . . bis auf ein Blatt Papier. Sie erkannte es, bevor sie es in die Hand nahm. Eine Todesurkunde.

In der Namenszeile stand *Lisa Lathram*. Gina sah, daß die Urkunde von Dr. Stanley Metelski, Leichenbeschauer im Fairfax County, unterschrieben war. Das verstand sich von selbst. Jeder plötzliche Tod einer Achtzehnjährigen war automatisch ein Fall für den Leichenbeschauer.

Sie überflog die Urkunde, bis sie zur Todesursache kam.

Unmittelbare Todesursache: Gehirnblutung.

Verursacht durch: Schädeldach-Impressionsfraktur links.

Verursacht durch: Absichtliche Überdosis Drogen.

Gina wäre die Urkunde beinahe aus der Hand gefallen. *Ein Selbstmord*?

Sie hatte plötzlich weiche Knie, sank auf einen Stuhl und stützte die Ellbogen auf.

O Gott, der arme Duncan! Kein Wunder, daß niemand darüber reden wollte. Er mußte sämtliche Beziehungen genutzt und jeden, der ihm einen Gefallen schuldig war, eingespannt haben, damit diese letzte Zeile nicht an die Öffentlichkeit gelangt war.

Hatte er sich deshalb scheiden lassen, seine Praxis aufgegeben und sich aus einem Gefäßchirurgen in Virginia in einen Schönheitschirurgen in Maryland verwandelt?

Oder steckte mehr dahinter?

Die Überdosis Drogen . . . warum? Der Sturz . . . der Leichenbeschauer hatte ihn offenbar für eine Folge der Überdosis gehalten. Stimmte das?

Gina hatte geglaubt, die Todesurkunde werde einige Fragen beantworten, aber in Wirklichkeit warf sie neue auf.

Sie erhob sich, ließ das Blatt Papier auf dem Tisch liegen und verließ die Küche. Sie verdrängte Lisa Lathram aus ihren Gedanken und konzentrierte sich statt dessen auf Martha Canney. Plötzlich hatte sie das Bedürfnis, nach ihr zu sehen.

Gina stieg lautlos die Treppe hinauf. Oben befanden sich das Bad und zwei Schlafzimmer. Sie warf einen Blick in das erste. In dem von unten heraufdringenden schwachen Lichtschein sah sie Marthas kleinen Kopf von Bettdecke und Kopfkissen eingerahmt. Viele Disney-Gestalten an den Wänden und Regalen. Gina trat ins Zimmer und zog die Bettdecke um Marthas Schultern behutsam etwas höher. Als sie sich abwandte, sah sie auf der Kommode ein eingerahmtes Foto stehen. Sie nahm es in die Hand und hielt es schräg in den schwachen Lichtschein. Eine hübsche junge Blondine. Obwohl sie sich in ihrer gemeinsamen Schulzeit in ganz unterschiedlichen Kreisen bewegt hatten, erkannte sie Karen Shannik. Die verstorbene Mrs. Karen Canney. Marthas Mutter.

Gott, war sie schön gewesen. Das klassische, attraktive All-American Girl. Und die beiden hatten eine Tochter gehabt. Ein *Happy-Days*-Leben, bis . . .

Gina dachte an Harriet Thompson, die jetzt ebenfalls tot, aber immerhin achtundsiebzig Jahre geworden war. Die arme Karen hatte nur etwa ein Drittel davon gelebt. Wie schade, daß sie nicht mehr sehen konnte, wie hübsch ihre Tochter geworden war.

Das Leben konnte wirklich grausam sein.

Sie sah einen Augenblick auf Martha herab und wurde sich plötzlich bewußt, daß dies Gerrys Kind war. Einzig und allein seins. Dieser kleine Mensch war völlig von ihm abhängig, und er war völlig für ihn verantwortlich. Sie überlegte, wie ihr dabei zumute wäre.

Das wäre beängstigend, fand sie. Diese Verantwortung!

Gina wollte das Foto auf die Kommode zurückstellen, aber die ausklappbare Stütze gab nach, so daß es mit einem Knall umfiel.

Sie fuhr zusammen. Das an sich nicht laute Geräusch klang in dem kleinen Kinderzimmer wie ein Schuß.

»Daddy?«

O nein!

Gina drehte sich rasch um und kniete neben dem Bett nieder. Martha setzte sich auf, rieb sich die Augen und war noch nicht ganz wach. Sie starrte Gina an.

»Wo ist mein Daddy?«

»Er mußte weg«, flüsterte Gina. »Er hat mich gebeten, bei dir zu bleiben. Erinnerst du dich an mich? Gina? Aus dem Taco Bell?«

»Du bist die Frau Doktor.«

»Richtig. Du hast ein gutes Gedächtnis.«

»Wo ist Mrs. Snedecker?«

»Die hat heute keine Zeit. Darum bin ich hier.«

Mache ich das richtig? fragte sie sich. Wäre Martha krank gewesen, hätte Gina genau gewußt, was zu tun war, aber da sie keine Geschwister gehabt hatte, war sie im Umgang mit Martha unsicher. Bestimmt war es am besten, wenn die Kleine schnell wieder schlief. Sie strich ihr die Bettdecke glatt.

»So, jetzt legst du dich wieder hin und machst die Augen zu, ja? Ich bin dann unten im Wohnzimmer. Wenn du was willst, brauchst du nur zu rufen, und ich komme sofort. Okay?«

Martha ließ sich wortlos zurücksinken und zog die Bettdecke hoch. Gina überzeugte sich davon, daß sie gut eingepackt war; dann beugte sie sich impulsiv über die Kleine und küßte sie auf die Stirn.

»Gute Nacht, Martha.«

Als Gina sich aufrichtete und zur Tür gehen wollte, hörte sie hinter sich ein Schluchzen. Sie kniete erneut neben dem Bett nieder.

»Was hast du, Martha?«

»Ich ... ich hab' Angst, wenn mein Daddy nachts nicht da ist.« Sie begann zu weinen.

»Er kommt bald wieder, Martha«, versicherte Gina ihr. Sie überlegte, was die Kleine trösten könnte. »Soll ich hier bei dir bleiben?«

Martha schnüffelte und setzte sich auf. »Kannst du?«

»Klar. Das wäre lustig.«

»Kommst du mit unter meine Decke?« Sie rutschte zur Seite, um ihr Platz zu machen. Ihre Angst schien sich verflüchtigt zu haben. »Als ob meine Freundin bei mir übernachtet.«

Gina zögerte, dann zuckte sie mit den Schultern. In Marthas Kinderbett war nicht viel Platz, aber warum nicht? Sie streifte ihre Tennisschuhe ab und kroch mit unter die Bettdecke. Martha machte es sich sofort in ihrer Armbeuge bequem, kuschelte sich eng an Gina und war nach wenigen Minuten eingeschlafen.

Gina lag da und horchte auf Marthas gleichmäßige Atemzüge. Sie streichelte ihr weiches Haar und empfand eine seltsame Ruhe, einen inneren Frieden.

Frieden ... ein merkwürdiges Gefühl. Sie saugte es in sich auf wie ein trockener Schwamm. In Kopf und Körper schienen die verschiedenen Motoren, von denen sie angetrieben wurde, allmählich ihre Geschwindigkeit zu verringern, bis sie fast zum Stillstand kamen.

Und in diesem Zustand innerer Ruhe machte sich ein altes, in der Hektik ihres Alltags lange unbeachtet gebliebenes Bedürfnis bemerkbar.

Sie drückte Martha enger an sich. Fehlt mir das? Wäre das nicht auch für mich selbst wichtig? Sie spürte plötzlich einen Kloß im Hals. Ein eigenes Kind? Gott, nächstes Jahr werde ich dreißig ...

Verdammt! Wie sehen meine Prioritäten aus? Was ist besser als das hier?

Gerry fuhr auf seinen Parkplatz vor dem Haus. Im Osten zeichnete sich bereits ein heller Streifen am Nachthimmel ab. Der Tag würde bald anbrechen. Irgendwo in einem der Bäume zwitscherte ein Vogel.

Auf dem Weg zur Haustür sprang er über den Randstein und lief federnd die Stufen hinauf. Er war noch voller Energie. Und erleichtert. Das FBI hatte in letzter Minute alle verfügbaren Agenten zusammengetrommelt – der Entführer hatte einen entscheidenden Fehler gemacht –, die den kleinen Dennis Walker unverletzt befreien konnten. Gerry hätte noch mit den Kollegen feiern sollen, aber nach diesem Entführungsfall hatte er es um so eiliger, zu seinem eigenen Kind nach Hause zu kommen.

Und dieser nächtliche Einsatz bestärkte ihn in seinem Entschluß, in eine Position mit geregelten Dienstzeiten aufzusteigen. Und das so schnell wie möglich.

»Gina?«

Gerry stand in der Diele und ließ seinen Blick über das leere Wohnzimmer gleiten. Ginas Regenmantel lag da – aber wo war sie?

»Gina?« Etwas lauter.

Oben bei Martha? Eigentlich nur logisch. Aber eine unvernünftige Angst veranlaßte ihn dazu, lautlos die Treppe hinaufzuschleichen und dabei jeweils zwei Stufen auf einmal zu nehmen, um möglichst schnell ins Kinderzimmer zu kommen. Er blieb jedoch wie angenagelt an der Tür stehen, als er Martha in Ginas schützenden Arm gekuschelt sah. Beide schliefen; beide Gesichter wirkten im Dämmerlicht des heraufziehenden Tages so glatt, so entspannt, so unschuldig.

Daß er Gina gebeten hatte, heute nacht bei Martha zu bleiben, war ein bißchen riskant gewesen. Er hatte nicht gewußt, wie sie reagieren, ob es klappen würde, aber er hatte schon bei ihrem ersten Treffen gespürt, daß zwischen Gina und Martha eine Beziehung bestand. Außerdem ... nun, er hatte sich danach gesehnt, Gina wiederzusehen. Und konnte es einen besseren Babysitter geben als eine ausgebildete Ärztin?

Aber das hier?

Gerry stand unbeweglich da, starrte die beiden an und war

von der Wahrhaftigkeit dieser Szene gefesselt. Ihr kleines Duplex-Apartment – Marthas und seine kleine Welt – schien sich plötzlich verändert zu haben, als sei ihre gewaltsam dezimierte Familie für kurze Zeit wieder ganz geworden.

Dann merkte er, daß ihm Tränen übers Gesicht liefen.

Du gehörst zu uns, Gina, dachte er.

Er wischte sich die Tränen ab und mußte gegen die Versuchung ankämpfen, zu den beiden ins Bett zu schlüpfen. Außerdem wäre in dem Kinderbett kein Platz mehr gewesen.

Deshalb rückte Gerry den Schaukelstuhl heran, in dem Karen ihr Baby gestillt hatte, ließ sich hineinfallen und beobachtete die beiden Frauen, bis draußen die Sonne aufging.

Die Woche nach dem 1. Oktober

17

Die Anhörung

»Locker bleiben, Gina«, riet Senator Marsden ihr, während er auf seinem Schreibtisch Unterlagen zusammensuchte. »Sie sehen aus, als wollten Sie gleich aus der Haut fahren.«

Auf seinem Schreibtisch türmten sich Ordner, Fotokopien, Diagramme, Graphiken und detaillierte Analysen medizinischer Statistiken. Vorhin war Joe Blair bei dem Senator gewesen, um seine Strategie für die Zusammenarbeit mit den anderen Stabschefs mit ihm zu besprechen. Im Umgang mit Gina wirkte er gelassen professionell, aber durchaus distanziert. Und Alicia, die ständig in Aktion war, glich einem übergewichtigen Kolibri, während sie ins Büro hinein- und wieder hinauswirbelte. Sie hatte mehrere der legislativen Korrespondenten zum Dienst an den unaufhörlich klingelnden Telefonen eingeteilt. Dies war ihr großer Tag, und sie schien unter Druck erst richtig aufzublühen.

In den vergangenen vier Tagen war das Arbeitstempo immer hektischer geworden. Gina hatte das Gefühl gehabt, praktisch hier im Büro zu leben. Sie hatte Charlie und Zach kennengelernt, die der Richtlinien-Kommission als legislative Assistenten zugeteilt waren, und war von der Fülle des Materials, das die beiden zusammengetragen hatten, beeindruckt. Sie hatten Kopien der Richtlinien und Ethik-Kodes sämtlicher staatlichen Gesundheitsbehörden Amerikas. Die Berge von Material, die durchgearbeitet und ausgewertet werden mußten, waren beängstigend. Aber Gina hatte sich gemeinsam mit den anderen hineingestürzt.

»Ich komme schon zurecht«, erklärte sie dem Senator.

Und das stimmte auch. Allerdings war heute nicht nur der erste Tag, an dem sie als Mitwirkende an einer Anhörung im Kongreß teilnahm, sondern der Kommissionsvorsitzende würde sich bei der Interpretation der Sachverständigenaussagen auf ihr medizinisches Wissen verlassen – und das vor laufenden Fernsehkameras, die jedes Wort, jede Bewegung in ganz Amerika verbreiteten.

Kein Problem.

Genau. Deswegen waren ihre Hände feucht und eiskalt, und der Magen krampfte sich ihr zusammen.

Aber trotzdem war sie einsatzbereit: Sie hatte einen Stenoblock, eine Handvoll Filzschreiber und ihren nagelneuen Sicherheitsausweis mit Foto, der an einer dünnen Kette um ihren Hals hing.

»Das weiß ich. Aber denken Sie daran: Sie sollen zuhören und sich Notizen machen. Warnen Sie mich sofort – lassen Sie mir eine Notiz zukommen, stoßen Sie mich an, und flüstern Sie mir ins Ohr –, wenn Sie glauben, jemand versuche, medizinische Nebelkerzen zu werfen. Und ich meine wirklich *sofort*. Ich will nicht erst Tage später rauskriegen, daß jemand mich eingenebelt hat. Sie sind dafür verantwortlich, daß die medizinischen Aussagen ehrlich bleiben.«

Gina hielt Stenoblock und Filzschreiber hoch. Sie konnte nicht stenographieren, aber der Block hatte eine praktische Größe.

»Von mir aus kann's losgehen.«

Sie konnte nur hoffen, daß das zuversichtlich klang. Das Gewicht der Verantwortung, die sie übernommen hatte, machte sich allmählich bemerkbar. Und nun würde sie ihre Verantwortung in aller Öffentlichkeit tragen müssen.

Sie hatte solche Anhörungen schon früher im Fernsehen verfolgt und dabei beobachtet, wie Assistenten den Ausschußmitgliedern Notizen zusteckten oder ihnen etwas ins Ohr flüsterten; kaum zu glauben, daß heute auch sie zu diesen wichtigen Mitarbeitern gehören würde. Ihr Vater wollte heute vormittag nicht ins Geschäft gehen, sondern zu Hause bleiben und sich C-SPAN ansehen.

Senator Marsden blinzelte ihr zu. »Und wenn die Anhörung vorbei ist, können Sie vielleicht einen ausgewogeneren Artikel für die *Times-Picayune* schreiben.«

Sie starrte ihn an. »Den kennen Sie?«

»Klar. Joe hat ihn mir kurz nach dem Vorstellungsgespräch gezeigt. Es gehört zu seinen Aufgaben, sich über jeden zu informieren, der in meinen Stab eintritt.«

»Ich hatte Angst, dieser Artikel würde Sie gegen mich einnehmen.«

Er stand auf und klemmte sich einen Aktenstapel unter den Arm.

»Ich habe dreißig Jahre lang meine eigene Firma geleitet. Daher weiß ich, daß man keinen größeren Fehler machen kann, als sich mit Jasagern zu umgeben. Deshalb habe ich gern eine Advocata Diaboli in meiner Umgebung.«

Gina fühlte sich plötzlich zu diesem Mann hingezogen. Alicia hatte ihn als »einen der anständigen Kerle« bezeichnet, und das glaubte Gina ihr jetzt.

»Die spiele ich gern.«

»Gut, dann kommen Sie mit.«

Der Hearing Room war ein prunkvoller Saal mit glänzender Mahagonitäfelung. Seine geschnitzte Decke hätte nach Versailles gepaßt – gut sechs Meter hoch, mattweiß mit handgemalten lichtblauen Ornamenten. Der Boden war mit hochflorigem roten Teppichboden ausgelegt. Drei große Fenster reichten bis fast zur Decke und waren zu Ehren des verstorbenen Kommissionsmitglieds, Congressman Lane, mit schwarzem Crèpe de Chine dekoriert. Zwischen den Fenstern und überall an den Wänden hingen riesige Messingleuchter in Form reichverzierter Fackeln, die ohne weiteres in den römischen Senat gepaßt hätten. Aus jedem strahlte ein Lichtkegel bis zur Decke hinauf. Die gesamte Einrichtung – das halbkreisförmige Podium für die Kommissionsmitglieder, der Zeugentisch, die Stühle für das Publikum – bestand aus Mahagoni, dessen Farbton genau dem der Wandtäfelung entsprach. Das rote Leder der Sitzflächen und Rückenlehnen stimmte ebenso mit dem Rot des Teppichbodens überein wie die Ledereinlagen der Pressetische an beiden Längsseiten des Saals.

Vorläufig herrschte noch Chaos. Die Fotografen kämpften hinter ihrer Absperrung um die besten Plätze, und Reporter schlängelten sich durch das Gewirr aus Abgeordneten, Senatoren, Sachverständigen und Publikum, um Kommentare zu erhaschen und vielleicht Gerüchte aufzuschnappen, während die C-SPAN-Techniker ihre Fernsehkameras – eine vorn in der Nähe des Podiums, die andere in der Saalmitte – einstellten.

Gina folgte Senator Marsden zum Podium – warum war es ein so erhebendes Gefühl, an dem Schild *Nur für Mitarbeiter* vorbeizuschlendern? – und sicherte sich einen Stuhl hinter seinem Platz in der Mitte des Halbkreises. Zach würde ebenfalls dasein; Charlie war dagegen im Büro geblieben. Während Marsden sich daranmachte, seine Papiere zu ordnen, beobachtete Gina das Durcheinander im Saal und erschrak, als sie ein vertrautes Gesicht erkannte.

Duncan.

»Senator, habe ich Zeit, mit jemandem zu reden?«

»Natürlich«, sagte er mit einem Blick auf das Gewühl vor sich. »Ich kann die Sitzung bestimmt erst in zehn bis fünfzehn Minuten eröffnen.«

Als sie vom Podium trat, tippte ihr jemand auf die Schulter.

Ein weiteres vertrautes Gesicht – diesmal eines, das Gina *sehr* gern sah.

»Gerry! Was machst du hier?«

»Ich wollte bloß mal hallo sagen.«

»Aber wie bist du reingekommen?«

Er zeigte kurz seinen FBI-Dienstausweis vor. »Niemals die Macht des Justizministeriums unterschätzen. Ich hab' gewußt, daß heute dein großer Tag ist, und wollte dir alles Gute wünschen. Ich hätte dir Blumen mitgebracht, aber . . .«

»Oh, ich bin froh, daß du's nicht getan hast. Wo hätte ich sie hintun sollen?«

Gerry beugte sich nach vorn und küßte sie auf die Wange. »Zeig's ihnen, Gina!«

Sie umarmte ihn. »Danke. Das bedeutet mir viel.«

Und das stimmte. Außer Gerry hatte ihr niemand alles Gute gewünscht oder auch nur gefunden, sie gehöre hierher. Sie sah ihm nach, als er davonging, dann entdeckte sie Duncan auf der gegenüberliegenden Seite des Saals. Er sprach mit einem Kommissionsmitglied: Senator Vincent. Die beiden waren ungefähr gleich alt und trugen ähnlich geschnittene Anzüge, aber Duncans schlanke Gestalt und aristokratisches Auftreten ließen den Senator ein wenig wie einen armen Verwandten erscheinen. Und was hatte der Senator mit seinem Haar angestellt? Hatte er sich eine Dauerwelle machen lassen?

Sie tippte Duncan auf die Schulter.

»Entschuldigen Sie, Sir«, sagte sie im amtlichen Tonfall. »Darf ich mal Ihre Eintrittskarte sehen?«

Duncan begrüßte sie mit herzlichem Lächeln und legte ihr einen Arm um die Schultern.

»Ich habe mich schon gefragt, wann Sie aufkreuzen würden. Senator Vincent, ich möchte Sie mit Senator Marsdens neuester Assistentin bekannt machen – Dr. Gina Panzella. Außerdem ist sie meine chirurgische Assistentin. Sie ist übrigens bei Ihrer Operation dabeigewesen.«

Senator Vincent sah sich unbehaglich um, während er Gina die Hand schüttelte. »Ich wollte, Sie würden nicht . . .«

»Keine Angst, Senator«, unterbrach Duncan ihn. »Wie mein gesamtes Personal ist Gina die Diskretion in Person. Das wissen Sie doch.«

»Sie sehen großartig aus, Senator«, sagte Gina. Das stimmte auch – wenn man das Haar ausklammerte. Aber die Operation hatte sein Aussehen sehr vorteilhaft verändert. Erstaunlich, wieviel älter ihn das viele überschüssige Fleisch unter seinem Kinn gemacht hatte. Jetzt sah er mindestens fünfzehn Jahre jünger aus.

Aber sein Haar. Puh!

»Ich sehe also normal aus? Kein Hinweis auf eine . . . darauf, daß etwas verändert worden ist?«

»Nicht der geringste«, sagte Duncan. »Ich wette, daß Sie der nächste helle Stern am C-SPAN-Firmament sind.«

Senator Vincent lachte nervös.

»Doch, das ist mein Ernst«, versicherte Duncan ihm. »Nach Ihrem heutigen Auftritt werden alle großen Fernsehgesellschaften über Sie berichten. Verlassen Sie sich darauf!«

In diesem Augenblick ertönte ein Piepser. Duncan hatte eine Hand in der Jackentasche. Gina sah zu, wie er seinen übergroßen Piepser herauszog, den er vor der Säulenhalle des Kapitols in der Hand gehalten hatte ...

...an dem Tag, an dem Congressman Allard über die Treppe hinuntergestürzt war.

»Wer kann das bloß sein?« fragte Duncan kopfschüttelnd.

Er sah auf die Anzeige und drückte einen Knopf. In diesem Augenblick begann die Lautsprecheranlage im Saal durch Rückkoppelung schrill zu pfeifen, und Gina sah, daß Senator Vincent kurz zusammenzuckte und sich die Außenseite des rechten Oberschenkels zu reiben begann.

»Irgendwas nicht in Ordnung?« fragte sie ihn.

»Ich weiß nicht«, sagte er. »Einen Augenblick lang ist's fast wie ein Bienenstich gewesen. Aber jetzt ist's schon vorbei.« Er sah auf die Uhr hoch oben an der Rückwand des Saals. »Wir fangen bestimmt bald an. Entschuldigen Sie mich bitte.«

Als Senator Vincent davonging, wandte Gina sich an Duncan. »Irgendwas Wichtiges?«

Duncan hatte den Piepser bereits wieder eingesteckt. »Jemand aus meinem Golfquartett. Wahrscheinlich hat er sich nach der Abschlagszeit erkundigen wollen. Und darf ich fragen, wer der Mann gewesen ist, mit dem Sie öffentlich Zärtlichkeitsbekundungen ausgetauscht haben?«

»Gerry Canney. Ein alter Freund aus der High-School. Jetzt ist er FBI-Agent.«

»Und Sie umarmen alle alten Schulfreunde, die Sie wiedersehen?«

Gina errötete. »Er ist etwas mehr als ein Freund.«

»Ah, ich verstehe«, sagte Duncan. Er zog die Augenbrauen hoch. »Nun, das freut mich für Sie.«

Gina musterte ihn. An diesem Morgen wirkte Duncan anders als sonst. Irgendwie nervös. Wie der Besitzer eines Vollblüters vor einem großen Rennen.

»Dreimal dürfen Sie raten, Duncan, wen ich hier am wenigstens zu sehen erwartet hätte.«

Er zog die Augenbrauen noch etwas höher. »Mich? Ich würde mir diese Show um keinen Preis der Welt entgehen lassen.«

»Die wenigen Eintrittskarten sind reißend weggegangen. Wie sind Sie hier reingekommen?«

»Überlegen Sie mal, welche Namen in meiner Patientenkartei stehen, Gina, und sagen Sie mir, wer in diesem Circus maximus bessere Verbindungen hat als meine Wenigkeit.« Er nickte zu Senator Vincent hinüber. »Tatsächlich hat der gute Senator sich der Sache persönlich angenommen.«

»Wahrscheinlich hätten Sie mehr davon, wenn Sie die Anhörung in C-SPAN verfolgen würden.«

»Nein, da muß man selbst dabeigewesen sein.« Er schnüffelte. »Riechen Sie was, Gina? Der Duft nackter Macht, die darauf wartet, ausgespielt zu werden. Betäubend, nicht wahr?«

Gina lachte. »Ich merke nichts.« Sie sah zum Podium hinüber und stellte fest, daß die Kommissionsmitglieder bereits Platz nahmen. »Tut mir leid, ich muß jetzt gehen. Amüsieren Sie sich gut, Duncan.«

Er lächelte knapp. »Das habe ich vor.«

Ihre Handflächen waren feucht, als sie aufs Podium zurückkam. Sie konnte nur hoffen, daß sie nicht entfernt so nervös wirkte, wie sie tatsächlich war.

Macht Schluß mit der Quatscherei, damit wir endlich anfangen können, Leute.

Sie wußte, daß ihre Nervosität sich geben würde, sowie die Anhörung in Gang gekommen war; nur diese Warterei setzte ihr so zu.

Gina sah sich auf dem Podium um. Außer Senator Vincent hatten schon alle Kommissionsmitglieder ihre Plätze eingenommen. Wo war er?

Sie suchte den Hearing Room ab und entdeckte Vincent wieder im Gespräch mit Duncan. Sie sah, wie Duncan etwas zu ihm sagte und sich danach abwandte. Duncans Gesicht war nicht zu sehen, aber Senator Vincent wirkte verblüfft.

Gina hatte plötzlich das Gefühl, diese Szene schon einmal

erlebt zu haben: Duncan... sein Piepser... seine abschließende Bemerkung...

Sie biß sich auf die Unterlippe, als der Senator aufs Podium kam und seinen Platz einnahm. Natürlich war alles nur Zufall gewesen, aber sie hätte zu gern gewußt, was Duncan zu Vincent gesagt hatte.

Jetzt war nicht der richtige Zeitpunkt dafür. Aber gleich nach der Anhörung würde sie irgendwie Gelegenheit finden, den Senator danach zu fragen.

Duncan hockte buchstäblich auf der Vorderkante seines Stuhls und hielt die Hände krampfhaft zwischen den Knien gefaltet. Er bemühte sich, nach außen ruhig zu wirken und sich seinen steigenden Adrenalinspiegel nicht anmerken zu lassen.

Heute durfte es keine Pannen geben. Diese Sache *mußte* genau nach Plan klappen. Die äußeren Voraussetzungen waren absolut ideal.

Er hatte abgewartet, wo Senator Vincent sitzen würde, bevor er sich selbst einen Platz suchte. Als er sah, daß Vincent drei Stühle rechts neben Marsden saß, hatte Duncan sich einen Platz etwa in der Saalmitte gesichert, von dem aus er den Senator genau im Blickfeld hatte.

Er sah auf seine Uhr.

Allzu lange kann's nicht mehr dauern.

Er beobachtete, wie Gina steif und nervös auf ihrem Stuhl an der Wand saß, als Marsden die Sitzung eröffnete. In seinen Eingangsbemerkungen erwähnte der Senator die fehlenden Kommissionsmitglieder, sprach der Familie Lane sein Beileid aus und äußerte die Hoffnung, Congressman Allard werde sich rasch erholen. Aus Respekt, sagte er, sollten ihre Namensschilder vor ihren Plätzen bleiben, bis ihre Nachfolger ernannt seien.

Duncan wußte, daß er das Schicksal herausforderte, indem er sein Vorhaben in Ginas Anwesenheit verwirklichte, aber ihm blieb praktisch keine andere Wahl. Das war wieder eine dieser kleinen Unwägbarkeiten, mit denen er es in letzter Zeit immer wieder zu tun hatte. Trotzdem war es ausgeschlossen, daß Gina ihn mit dem in Verbindung brachte, was Senator Vincent zustoßen würde.

Ah, Gina, dachte er. Mein naiver Jungschwan, der sich einbildet, den Gang dieses Verfahrens irgendwie beeinflussen zu können. Dabei steht das Ergebnis längst fest. Die wirkliche Entscheidung, ob amerikanische Ärzte in Zukunft nach staatlich verordneten Regeln praktizieren müssen, ob deine Kollegen unter einem Berg von Vorschriften begraben werden, so daß sie mehr Zeit damit verbringen müssen, sich vor Rückzahlungen und Bußgeldern in acht zu nehmen, als sich um die Gesundheit ihrer Patienten zu kümmern, wird nicht hier getroffen. Nein, sie fällt in Hinterzimmern und auf Korridoren, wo Stimmen für das Richtliniengesetz gegen eine Brücke oder den Ausbau einer Fernstraße eingetauscht werden.

Der erste Sachverständige wurde aufgerufen: Dr. med. Samuel Fox.

Typisch! dachte Duncan. Der Lieblingsarzt des Kongresses, der ärztehassende Mediziner.

Fox gerierte sich als Verbraucherschützer, aber in Wirklichkeit war er bloß ein aufgeblasener, selbstgerechter Angeber. Diese Anhörung verlief genau so, wie Duncan sie sich vorgestellt hatte.

Während der berüchtigt weitschweifende Dr. Fox seine vorbereitete Aussage verlas, behielt Duncan Vincent im Auge und wartete auf die ersten Anzeichen.

In Gedanken kehrte er zu dem Tag zurück, an dem Congressman Hugo Lane in seiner Praxis aufgekreuzt war. Das war Anfang dieses Jahres gewesen – kurz nachdem der Präsident die Wiederbelebung der Kommission veranlaßt hatte. Der Gewohnheitstrinker Lane war zu ihm gekommen, um sich die spinnenförmigen Gefäßgeschwulste entfernen zu lassen, die er überall im Gesicht und am Oberkörper hatte. Angeblich von zuviel Sonne. Duncan hatte sie sofort als arterielle Angiome erkannt, die man in Fachkreisen Säuferblüten nannte. Sie deuteten auf ein Alkohol-Lebersyndrom hin. Zuviel Sonne? Zuviel Johnny Walker.

Er hatte sich fast übermenschlich beherrschen müssen, um

den Mann nicht auf den Untersuchungstisch zurückzuschleudern. Dieser abscheuliche Säufer! Lane war Mitglied der ursprünglichen McCready-Kommission gewesen; er hatte daran mitgewirkt, Duncans Karriere, sein *Leben* zu zerstören – und er erinnerte sich nicht einmal an ihn.

Wie in dem alten Song: *Am I That Easy to Forget?*

Lane war an dem Verfahren beteiligt gewesen, das Lisa den Tod gebracht hatte, aber er kannte nicht einmal ihren Namen.

Duncan erinnerte sich gut, wie er ihn sprachlos verblüfft angestarrt und dabei gedacht hatte: Wir haben diese gemeinsame Geschichte, die traumatischste Zeit meines ganzen Lebens, und du hast keine Ahnung davon!

Hätte Duncan nicht wegen der Wiederbelebung der Kommission vor Wut gekocht, hätte Congressman Lane ihr nicht wieder angehört, hätte Duncan ihm vermutlich einfach erklärt, wer er war, was Lane und seine Kumpane ihm angetan hatten, und den Schweinehund rausgeworfen.

Unter den gegebenen Umständen hatte Duncan jedoch gesagt: Ja, Congressman. Kein Problem. Diese durch zuviel Sonne entstandenen häßlichen Stellen sind leicht zu entfernen. Kauterisation des jeweiligen Blutgefäßes mit einem ultradünnen Laser. Ein Kinderspiel. Barbara gibt Ihnen einen Termin für die Operation.

Und ich bereite eine kleine Zusatzleistung für Sie vor.

So war Congressman Lane der erste gewesen.

Nach Duncans Plan hätte er sich in der französischen Botschaft zum Narren machen sollen. Duncan war selbst dort gewesen, hatte ihn beobachtet und gewartet, aber Hugo Lane hatte sich wie üblich benommen: Er hatte zuviel getrunken, zuviel gegessen und zu laut geredet. Vielleicht war der hohe Blutalkoholgehalt daran schuld; vielleicht arbeitete seine Fettleber nicht richtig. Jedenfalls hatte Lane einigermaßen normal gewirkt, bis er dann heimgefahren war. Augenzeugen hatten ausgesagt, er sei in wilden Schlangenlinien gefahren, bevor er im Rock Creek Park die Leitplanke durchbrochen und in eine Schlucht gestürzt war.

Duncan war schockiert und entsetzt gewesen. Er hatte nie

vorgehabt, Lane zu ermorden – er sollte nur in aller Öffentlichkeit durchdrehen. Und vielleicht ein paar Jahre lang geistig verwirrt bleiben.

Daß er als Täter entdeckt werden würde, brauchte er nicht zu befürchten. Lanes Blutalkoholspiegel genügte als Erklärung für seinen Unfall. Und selbst wenn ein Gerichtsmediziner eine andere Ursache gesucht hätte, wäre er nicht fündig geworden. Eine toxikologische Untersuchung konnte nur finden, wonach gesucht wurde, und kein Mensch würde suchen, was er dem Congressman beigebracht hatte. Nur eine Handvoll Leute wußte überhaupt, daß es diese Substanz gab.

Richard A. Schulz war der nächste gewesen. Auch dieser angebliche Volksvertreter konnte sich nicht an den Arzt erinnern, den seine Kommission vor Jahren ruiniert hatte; er kannte dieses Mädchen nicht, an dessen Tod er mitschuldig gewesen war. Inzwischen wußte Duncan auch, warum keiner dieser Männer sich an ihn erinnerte: Er war nie wichtig für sie gewesen. Duncan Lathram war für sie lediglich ein Name auf einem Zettel gewesen, den einer ihrer Assistenten ihnen damals vor fünf Jahren zugesteckt hatte. Sie waren über ihn hergezogen, solange die Mikrofone eingeschaltet waren, hatten jedoch zwischen den Sitzungen keine Gedanken an ihn verschwendet und ihn nach ein paar Wochen ganz vergessen.

Senator Schulz ... ein eitler, aufgeblasener Weiberheld, dessen unablässige Bemühungen, das ganze Jahr lang sonnengebräunt herumzulaufen, dazu geführt hatten, daß sein Gesicht nur noch aus Runzeln bestand. Auf Empfehlung von Congressman Lane, der sein guter Freund war, hatte er Duncan aufgesucht, um ihm sein Problem zu schildern. Er hatte es schon mit Retin-A versucht – jedoch ohne Erfolg. Die unzähligen Runzeln schienen in seine Haut eingebrannt zu sein. Konnte Duncan ihm vielleicht helfen?

Aber natürlich, Senator. Duncan hatte seine runzlige Haut geglättet und ihm zusätzlich eine Kleinigkeit mitgegeben.

Duncan hatte sich noch nicht überlegt, wo und wann Schulz an die Reihe kommen sollte, als ihn die schockierende Nachricht vom Tod des Senators erreichte. Er war verblüfft gewesen, bis dann bekannt wurde, daß der gute Senator von seinem Physiotherapeuten mit Ultraschall behandelt worden war, bevor er sich vom Balkon seines Washingtoner Apartments gestürzt hatte. Das erklärte vermutlich alles.

Oder vielleicht hatte Schulz einfach ein schlechtes Gewissen gehabt. Eher unwahrscheinlich.

Wieder kein großer Verlust für die Menschheit. Aber Duncan war erneut um die emotionale Katharsis gebracht worden, die er sich so sehnlich wünschte.

Allard war dem von Duncan für ihn geplanten Schicksal am nächsten gekommen – aber auch er hatte die in ihn gesetzten Erwartungen nicht ganz erfüllt.

Heute würde es anders kommen. Das spürte Duncan einfach. Und als er sah, wie Senator Vincents Mundwinkel zu zucken begannen, war er sich seiner Sache ganz sicher.

Gina beugte sich auf ihrem Stuhl nach vorn und legte Senator Marsden eine weitere Notiz hin. Die von Dr. Fox angeführten zweifelhaften Statistiken warfen eine Frage nach der anderen auf, aber sie gab nur die auffälligsten Fehlinterpretationen nach vorn. Dem Senator blieb nicht genug Zeit, um auf sämtliche strittigen Punkte einzugehen.

Als sie sich dann wieder zurücklehnte, fiel ihr ein Knötchen am oberen Rand von Marsdens linker Ohrmuschel auf. Glatt mit perlmuttartiger Oberfläche. Auf einem der Sonne ausgesetzten Körperteil war das bis zum Nachweis des Gegenteils ein Basalzellkarzinom. Sie war nicht seine Ärztin, und es war manchmal riskant, jemanden ungefragt auf ein potentielles Gesundheitsproblem aufmerksam zu machen, aber sie beschloß, ihn später trotzdem darauf anzusprechen.

Gina hörte einen Bleistift zu Boden fallen. Sie sah auf. Nein, es war ein Filzschreiber gewesen. Er lag neben Senator Vincent, der nicht zu merken schien, daß ihm etwas heruntergefallen war. Als sie versuchte, sich wieder auf Dr. Fox zu konzentrieren, sah sie Senator Vincent auf seinem Stuhl zusammenzukken. Eine krampfartige Bewegung – wie nach einem Nadelstich oder als Folge eines starken Schüttelfrosts. Obwohl der Hearing

Room angenehm temperiert war, schien Senator Vincent zu schwitzen. Er fuhr sich mit zitternder Hand durchs dauergewellte Haar.

Fühlt er sich nicht wohl? fragte Gina sich.

Sie beobachtete ihn noch etwas länger, doch er wirkte ruhiger und zuckte nicht mehr. Aber er schwitzte immer noch und klammerte sich an der Tischkante fest.

Konzentrier dich auf die Ausführungen des Sachverständigen, Gina! ermahnte sie sich. Darum hast du dich hier zu kümmern. Nicht um Senator Vincents Kater oder was er sonst hat.

Sie konzentrierte sich wieder darauf, was Fox sagte, und war dabei, eine weitere Notiz zu schreiben, als . . .

»Augenblick, bitte. B-bitte entschuldigen Sie.«

Gina fuhr zusammen, als die Stimme aus den Lautsprechern dröhnte. Senator Vincent, dessen Lippen sein Mikrofon fast berührten, hatte Fox mit höchster Lautstärke unterbrochen.

»Ja, Senator?« fragte Senator Marsden ruhig. »Wollen wir den Sachverständigen seine Ausführungen abschließen lassen, bevor wir ihn befragen?«

»Nein!« brüllte Vincent und schlug mit der Faust krachend auf den Tisch. Sein Blick funkelte wild, als er Senator Marsden aufgebracht anstarrte. »Wir tun nichts dergleichen, verdammt noch mal! Ich lasse mir nicht bieten, daß dieser Hundesohn meine Frau beleidigt!«

Gina fuhr erschrocken zusammen. Fox hatte gerade über die übermäßige Inanspruchnahme von Medicare gesprochen. Sie sah überall im Saal Köpfe hochfahren. Beide C-SPAN-Kameras waren jetzt auf Vincent gerichtet, und die Fotografen stellten ihre Objektive auf ihn ein; die bisher eher schläfrigen Reporter waren aufgewacht und machten sich eifrig Notizen oder hackten auf ihren Laptops herum.

Und auf dem Podium wechselten die übrigen Kommissionsmitglieder verwunderte Blicke. Marsden wirkte besorgter als alle anderen.

Jetzt räusperte Marsden sich. »Senator Vincent, ich glaube nicht, daß Dr. Fox irgend jemandes Ehefrau erwähnt hat. Er hat darüber gesprochen, daß . . .«

»Erzählen Sie mir nicht, was er gesagt oder nicht gesagt hat, Sie Greenhorn!« brüllte Vincent. »Ich hab' schon Sachverständige gehört, als Sie noch in die Windeln gekackt haben. Und unterstehen Sie sich ja nicht, gemeinsame Sache mit ihm gegen mich zu machen!«

»Senator«, sagte Dr. Fox vom Zeugentisch aus. Seine Miene war gekränkt und verwirrt. »Ich gebe Ihnen mein Wort, daß ich nichts gesagt oder auch nur angedeutet habe, was . . .«

Vincent sprang auf. Nun hatte er kein Mikrofon mehr, aber seine schneidend scharfe Stimme füllte den Saal, als er mit zitterndem Zeigefinger auf Fox deutete.

»Lügen Sie nicht, Sie kleiner Scheißkerl! Natürlich haben Sie's getan!« Er stand schwankend da, während seine Handbewegung den ganzen Saal umfaßte. »Alle haben's gehört. Jedes einzelne Wort.« Er starrte die mit großen Augen gaffenden Zuhörer an. »Das stimmt doch! *Oder stimmt's etwa nicht?*«

Stille . . . bis auf das Klicken von Kameraverschlüssen und das Surren, mit dem Filme weitertransportiert wurden.

Vincent begann heftig zu nicken. »Aha, so ist's also. Ihr steckt *alle* unter einer Decke. Aber damit kommt ihr bei mir nicht weiter! Ich werde einfach . . .« Er drehte sich ruckartig nach Senator Marsden um. »Was haben Sie gesagt?«

Gina sah, daß Senator Marsden unwillkürlich etwas zurückwich. Das war nur verständlich. Der nackte Zorn in Vincents Blick war erschreckend.

»Ich . . . ich habe nichts gesagt, Harold. Vielleicht sollten wir die Anhörung vertagen, bis . . .«

»Nein! Keine Vertagung!« Speichel benetzte Vincents Lippen und begann zu sprühen, als er weiterkreischte. »Diese Sache wird sofort ausdiskutiert! Hier und jetzt! Wir . . .«

Dann erstarrte er plötzlich. Sein ausgestreckter Arm wurde steif, sein Kopf flog ruckartig nach hinten, als das Rückgrat sich verkrümmte. Gina sah, wie er die Augen verdrehte, und wußte, daß er sich gleich in Krämpfen winden würde. Sie sprang auf und hatte ihn schon fast erreicht, als er zusammensackte und in klonische Krämpfe mit Tonusverlust verfiel.

Gina kniete neben Vincent nieder und hielt seinen zuckenden

Kopf mit beiden Händen fest. Seine Augen standen blicklos offen. Sie hörte, wie die Luft bei jedem Atemzug zwischen seinen zusammengebissenen Zähnen hindurchzischte. Gut. Solange dieses Geräusch zu hören war, wußte sie, daß er seine Zunge nicht verschluckt hatte.

»Schnell, er braucht einen Krankenwagen!« rief sie.

Sie löste seine Krawatte, faltete sie zusammen und schob sie zwischen die mahlenden Zähne. Der Senator würde bald eine Dosis Diazepam brauchen.

Sie sah auf und erkannte Samuel Fox in dem sie umgebenden Kreis aus besorgten Gesichtern und Kameraobjektiven – diesen verdammten klickenden, surrenden Kameras.

»Dr. Fox! Wollen Sie nicht mit anfassen?«

Fox blieb unbeweglich stehen. Er schüttelte den Kopf. »Ich kann nicht! Ich . . . ich habe nie praktiziert.«

»Klasse«, murmelte Gina.

Plötzlich war Senator Marsden neben ihr.

»Der Krankenwagen ist unterwegs. Was kann ich tun?«

Gina schenkte ihm ein rasches dankbares Lächeln. »Am besten halten Sie seine Arme fest. Versuchen Sie nicht, jegliche Bewegung zu verhindern, sondern nur die wilden Ausschläge zu dämpfen, damit er nicht zu heftig um sich schlägt und sich die Knochen bricht.«

»Wird gemacht.«

Nach etwa einer weiteren Minute – die Gina wie eine Ewigkeit vorkam – ließ der Krampf nach, und Senator Vincents Erstarrung löste sich. Sein Körper sackte zusammen, seine Augen schlossen sich. Er begann leise zu schnarchen.

»Hat er schon früher solche Anfälle gehabt?« fragte Gina Senator Marsden, als sie Kopf und Arme des Liegenden losließen.

»Meines Wissens nicht. Aber das wäre natürlich nichts, was man öffentlich bekanntmacht.«

Richtig. Viele Wähler wären vermutlich nicht bereit gewesen, ihre Stimme einem Epileptiker zu geben. Aber welche Erklärung gab es für sein paranoides Verhalten unmittelbar vor dem Anfall?

Wenig später kamen die Sanitäter hereingestürmt. Während sie Senator Vincent an einen Tropf hängten und auf ihre fahrbare Krankentrage luden, erklärte Gina ihnen, er habe einen epileptischen Anfall erlitten, und schlug vor, das Krankenhaus zu verständigen, damit ein Neurologe bereitstand, wenn er eingeliefert wurde.

»Halten Sie zehn Milligramm Diazepam bereit, um sie ihm intravenös zu verabreichen, falls er unterwegs einen weiteren Anfall bekommt«, sagte sie noch, bevor die Sanitäter ihn abtransportierten.

Gina wandte sich an Senator Marsden. »Danke für Ihre Hilfe.«

Er nickte geistesabwesend. Sein Blick glitt über die sich vor dem Podium drängenden Menschen hinweg.

»Es geht doch nichts über einen Paukenschlag gleich zu Anfang«, meinte er seufzend.

»Haben Sie vor, die Anhörung zu vertagen?«

Er nickte. »Auf unbegrenzte Zeit.«

»Wie meinen Sie das?«

Er war sichtlich niedergeschlagen. »Heute morgen bei Sitzungsbeginn haben zwei Kommissionsmitglieder gefehlt. Jetzt fehlen mir schon *drei*. Die halbe Kommission ist ausgefallen. Selbst wenn Senator Vincent sich erholt, kann ich mir nicht vorstellen, daß er in absehbarer Zeit wieder vor die Kameras tritt. Oder sind Sie anderer Meinung?«

»Nein. Das ist schwer vorstellbar.«

»Also werden wir warten müssen, bis mindestens ein neues Kommissionsmitglied ernannt ist.«

»Wie lange wird das voraussichtlich dauern?« fragte Gina bedrückt. Ihr neuer Job, den sie erst letzte Woche angetreten hatte, schien sich vor ihren Augen in Luft aufzulösen.

»Das kann eine Zeitlang dauern.«

Ihr Gesichtsausdruck verriet anscheinend, wie enttäuscht sie war. Marsden legte ihr lächelnd eine Hand auf die Schulter.

»Machen Sie sich deswegen keine Sorgen, Gina. Ich möchte, daß Sie während der Zwangspause weitere Hintergrundinformationen zusammentragen. Mir gefällt die resolute Art, wie Sie diese Krise bewältigt haben. Und wer weiß? Vielleicht brauchen wir nicht allzu lange zu warten, wenn ich den Präsidenten einschalte. Er will dieses Gesetz bis Jahresende. Vielleicht kann er die Wahl der neuen Kommissionsmitglieder beschleunigen.«

Senator Marsden kehrte an seinen Platz auf dem Podium zurück, schlug zweimal mit seinem Holzhammer auf den Tisch und gab bekannt, die Anhörung sei auf unbestimmte Zeit vertagt.

Gina mußte plötzlich an Duncan denken. Sie suchte ihn in der Menge, aber er war verschwunden.

Jetzt war Duncan schon zweimal anwesend gewesen, als einer seiner Patienten aus dem Kongreß von einer persönlichen Katastrophe heimgesucht worden war.

Was hatte er im Saal zu Senator Vincent gesagt . . . kurz bevor der Senator durchgedreht hatte?

Gina hatte das seltsame Gefühl, er sei aufgefordert worden, sich an ein Mädchen namens Lisa zu erinnern.

Als Gina später mit dem unterirdischen Pendelzug ins Hart Building zurückkehrte, wurde sie zu ihrer Überraschung in der Säulenhalle von Gerry erwartet.

»Wie schön, dich zu sehen!«

Sie brauchte jemanden, mit dem sie reden konnte; sie mußte die Spannungen dieses Morgens irgendwie abbauen. Als sie ihn umarmte, spürte sie, wie verkrampft er war. Gerry schien heute kein guter Zuhörer zu sein.

»Wir müssen miteinander reden«, sagte er. Sein Gesichtsausdruck war ernst, fast grimmig.

»Irgendwas nicht in Ordnung?«

»Schon möglich. Können wir beim Mittagessen darüber sprechen?«

»Aber nichts mit Martha, stimmt's?«

Gerry starrte sie an, dann legte er ihr einen Arm um die Schultern. »Nein. Mit Martha hat's absolut nichts zu tun.«

Sie gingen zur Massachusetts Avenue hinunter. Gerry versuchte Konversation zu machen, aber das gelang ihm nicht besonders.

Der Sommer schien noch einmal zurückgekehrt zu sein. Die Sonne stand hoch, und die Herbstluft war warm. Gerry deutete auf eine Reihe rot-weißer Tecate-Schirme auf der Terrasse vor einem umgebauten Haus mit Sandsteinfassade ungefähr anderthalb Blocks von der Union Station entfernt.

»Wie wär's mit dem T-Coast?« fragte Gerry.

Gina las den Namen des Restaurants: *Tortilla Coast*. Mexikanische Spezialitäten. »Kein Taco Bell, aber für uns gut genug, glaub' ich.«

Sie war noch zu nervös, um etwas essen zu können, aber sie freute sich darauf, einfach in der Sonne zu sitzen.

Sie bekamen einen Ecktisch am Gehsteig.

»Also, worum geht's?« fragte Gina, nachdem die Bedienung ihnen zwei Speisekarten hingelegt hatte.

»Ich hab' von Senator Vincent gehört.«

»Eine schreckliche Sache!«

»Du weißt natürlich, daß damit dem dritten Mitglied eurer Kommission etwas zugestoßen ist.«

»Ja. Senator Marsden und ich haben vorhin darüber gesprochen. Aber was ...?«

»Ich habe rasch einige Informationen über Vincent eingeholt. Mich hat vor allem interessiert, ob er sich in letzter Zeit einer Operation unterzogen hat.« Er machte eine Pause und starrte sie an. »Du weißt, was jetzt kommt, nicht wahr?«

Das war keine richtige Frage. Worauf wollte Gerry hinaus? Warum interessierte das FBI sich für diese Sache?

»Duncan.«

»Richtig. Damit sind's vier.«

»Vier was?«

»Vier tote oder außer Gefecht gesetzte Kongreßangehörige – zwei Abgeordnete, zwei Senatoren –, die alle vier Patienten Lathrams gewesen sind. Drei davon Mitglieder der Richtlinien-Kommission. Hat dein Dr. Lathram es etwa auf diese Kommission abgesehen?«

Gina war es plötzlich etwas mulmig zumute. Er wiederholte ihre eigenen verrückten Gedanken.

Die Bedienung kam zurück. Gina stimmte zu, sich mit Gerry

einen Nacho-Teller zu teilen, und bestellte ein Pepsi. Nach diesem Vormittag hätte sie ein Bier vertragen können – seit Tulane hatte sie eine Vorliebe für Dixie –, aber sie wollte zu der für nachmittags angesetzten Stabsbesprechung im Büro des Senators nicht mit einer Bierfahne erscheinen.

»Er ist heute morgen im Saal gewesen«, sagte sie, als sie wieder allein waren.

»Wer?«

»Duncan. Und er ist auf der Treppe vor dem Kapitol gewesen, als Allard gestürzt ist.«

»Er ist dortgewesen? Das hast du mir nie erzählt. Wie nahe ist er an Allard rangekommen?«

»Du meinst, ob Duncan ihn die Treppe runtergestoßen hat? Unsinn! Aber er . . .« Gina zögerte, weil sie nicht wußte, ob sie das erwähnen sollte, und sprach dann weiter. »Duncan hat mit Allard geredet und dabei zuletzt Lisa erwähnt.«

»Seine Tochter? Das Mädchen, das . . .?«

»Selbstmord verübt hat. Ich glaube, schon. Er hat von einer Achtzehnjährigen namens Lisa gesprochen. Das muß sie gewesen sein.«

Gerry schwieg einen Augenblick. »Was Lisa betrifft«, sagte er dann, »habe ich mich etwas gründlicher mit ihr befaßt, nachdem ich die Todesurkunde gelesen hatte. Ich habe mir den Bericht des Leichenbeschauers kommen lassen.«

Ginas Herz schlug rascher. »Hast du ihn bei dir?«

»Nein, er liegt im Büro. Aber ich habe ihn mehrmals gelesen. Der Bericht enthält auch ihre gesamte Krankengeschichte. Lisa Lathram ist ein verdammt armes Mädchen gewesen, das kann ich dir sagen.«

»Sie hat's schon früher versucht, meinst du?«

Er nickte. »Zweimal. Einmal mit Tabletten. Einmal mit einer Rasierklinge an den Pulsadern.«

Gina sank auf ihrem Stuhl zusammen. »Wie schrecklich!«

»Offenbar ist keiner dieser beiden Versuche ernsthaft unternommen worden.«

»Aber beim drittenmal hat's geklappt.«

»Das ist die eigentliche Tragödie gewesen. Diesem Bericht

nach ist Lisa sehr erfolgreich mit Prozac behandelt worden, das damals noch neu gewesen sein muß. Dann ist plötzlich irgendwas passiert, das sie restlos aus dem Gleis geworfen hat. Sie hat alle Antidepressiva, die sie über Jahre hinweg gebunkert hatte, auf einmal geschluckt. Trotzdem ist das keine tödliche Dosis gewesen, sondern hat sie nur benommen und unbeholfen gemacht. Sie ist über ein Geländer gekippt und auf den Fliesenboden der Eingangshalle geknallt. Dort hat Dr. Lathram sie beim Nachhausekommen gefunden.«

»O Gott! Der arme Duncan.«

Das erklärte die plötzliche radikale Veränderung in Duncans Leben. Um ihn herum mußte alles zusammengestürzt sein.

Aber wieso hatte er Lisa vor zwei Wochen Allard gegenüber erwähnt?

»Enthält der Bericht irgendeinen Hinweis auf eine Verbindung zwischen Lisa und Congressman Allard?«

Gerry schüttelte den Kopf. »Ich habe keinen gefunden. Aber ich habe natürlich nicht darauf geachtet. Ich mache dir eine Fotokopie. Aber noch etwas anderes . . .« Er beugte sich nach vorn. »Soviel ich gehört habe, pflanzt Lathram seinen Patienten irgendwelche Implantate ein.«

»Wie . . . woher weißt du das?«

Er zuckte mit den Schultern. »Das ist kein Geheimnis. Auf Antrag hat die FDA ihm die klinische Erprobung gestattet. Was enthalten diese Implantate überhaupt?«

»Nur einige Enzyme und dergleichen, um die Narbenbildung zu verringern.«

»Hmmm, wär's nicht denkbar, daß damit irgendwas nicht in Ordnung ist?«

Gina gab dem plötzlichen Drang nach, Duncan in Schutz zu nehmen. »Gerry, er operiert pro Woche mindestens ein Dutzend Patienten. Wirklich prominente Leute. Wären seine Implantate nicht in Ordnung, wäre niemand mehr übrig, der auf die vielen Botschaftspartys gehen könnte.«

»Und wenn er bestimmte Implantate anders füllt, um an bestimmte Leute ranzukommen . . .?«

»Ist das etwa dein Ernst, Gerry? Dr. Duncan Lathram versetzt seine Implantate mit irgendeiner geheimen Substanz, die Leute dazu bringt, betrunken zu fahren, Selbstmord zu begehen, Treppen hinunterzufallen oder Krämpfe zu erleiden. Das wäre ein verdammt vielseitiger Giftstoff.«

»Wer sagt denn, daß es ein einziger sein muß?«

»Also gut, ich gestehe dir zu, daß das möglich wäre. Aber nehmen wir zum Beispiel den heutigen Fall – Senator Vincent. Du behauptest, Duncan habe den angeblich von ihm verwendeten Giftstoff so unter Kontrolle, daß er ihn auf Befehl mitten in einer Sitzung wirken lassen könne. Glaubst du das tatsächlich?«

Gerry lehnte sich auf seinem Stuhl zurück. Seine Frustration war beinahe mit Händen zu greifen.

Er seufzte. »Klingt alles ziemlich unwahrscheinlich, was?« Nach kurzem Schweigen beugte er sich wieder nach vorn. »Aber irgendwas ist daran faul, Gina. Ich kann dir nicht erklären, warum ich das glaube, aber meine Erfahrung sagt mir, daß hier etwas nicht stimmt.«

»Ich weiß, was du meinst, aber das Ganze ist nur eine Verkettung von Zufällen. Duncan ist manchmal exzentrisch, aber er ist kein ... er ist bestimmt kein ...«

»Hör zu, könntest du mir eine Probe des Inhalts seiner Implantate beschaffen, nur damit ich endlich den Mund halte?«

»Nein, Gerry, das kann ich nicht. Diese Mixtur, die Oliver Lathram entwickelt hat, ist nicht patentfähig. Was würdest du damit tun – sie analysieren lassen?«

»Nur um zu sehen, ob sie giftige Stoffe enthält.«

»Ich kann dir versichern, daß diese Lösung nichts Giftiges enthält.«

»Schon mal von binären Giften gehört?« fragte Gerry.

»Nein. Von Giften verstehe ich nicht viel.«

»Sie bestehen aus zwei Grundstoffen. Beide sind für sich allein ungiftig, aber sobald sie im Blut zusammentreffen und eine Verbindung eingehen ... *peng*!«

»Sehr interessant. Trotzdem beschaffe ich dir keine Probe. Das kann ich nicht. Das wäre ein Vertrauensbruch.«

Er nickte langsam. »Okay, das muß ich respektieren. Aber

halt im Surgicenter die Augen offen, ja? Und sei vorsichtig. Ich will nicht, daß dir was zustößt.«

Ihr sollte etwas zustoßen? Lächerlich.

Gina bemühte sich, die Stimmung etwas aufzulockern, indem sie lächelnd salutierte. »Aye, Captain Queeg. Und wie möchten Sie Ihre Erdbeeren, Sir?«

Daraufhin mußte auch er grinsen. »Du hältst mich für verrückt, was?«

»Nicht verrückter als ich.«

»Siehst du? Wir sind füreinander geschaffen. Gehst du heute abend mit mir essen?«

»Klar. Kommst du zu mir? Ich koche für uns.«

Seine Augen leuchteten. »Wirklich?«

»Bring Martha mit.«

Das Leuchten in seinen Augen wurde etwas schwächer. »Oh, ich dachte, wir . . .«

»Du hast doch bestimmt schon gemerkt, daß ich mich nur mit dir abgebe, um Martha sehen zu können.«

»Damit kann ich leben«, sagte er. »Wenn wir nur zusammen sind.«

Gina war gerührt. Sie legte ihre Hand auf seine. Gerry umfaßte sie mit festem Druck.

Und dann wurden die Nachos serviert.

Aber während Gina zusah, wie Gerry sich den Teller vollud, hörte sie ihn fragen: *Hat dein Dr. Lathram es etwa auf diese Kommission abgesehen?*

Warum fiel ihr diese Frage wieder ein? Duncan *hatte* etwas gegen die Richtlinien-Kommission. Er schimpfte bei jeder Gelegenheit über sie.

Aber irgendwann schimpfte Duncan über praktisch alles und jeden in der Regierung. Das bedeutete noch längst nicht, daß er gegen sie Krieg führte.

Oder etwa doch?

Sie zuckte kurz zusammen. Ein absurder Gedanke.

Nicht Duncan. Nicht einmal, wenn das möglich gewesen wäre. Und es war nicht möglich. Wozu sich also den Kopf darüber zerbrechen?

Andererseits war Duncan sofort verschwunden, als Senator Vincent seinen Anfall bekommen hatte. Ohne seine Hilfe anzubieten. Genau wie nach Allards Sturz. Das war keine Einbildung; das waren Tatsachen.

Und sie machten Gina nachdenklich.

18

Gina

Am Freitag war Gina wieder in Duncans Büro. Den größten Teil des Vormittags hatte sie damit verbracht, Duncan bei einer besonders schwierigen Komposit-Rhytidektomie zu assistieren, bei der alle unter der Gesichtshaut liegenden Gewebeschichten auf einmal geliftet wurden. Nach einem so schweren Eingriff wäre die Gesichtsschwellung normalerweise erst nach fünf bis sechs Wochen abgeklungen. Aber mit Hilfe von Olivers Implantaten würde die Patientin, eine zweiundsechzigjährige Dame der Washingtoner Gesellschaft, sich weit früher wieder in ihre gesellschaftlichen Verpflichtungen stürzen können.

Duncan war während der Operation besonders gutgelaunt gewesen, hatte vor sich hingesummt und Scherze gemacht. »Heute gibt's keine Jeremiaden über den bedauernswerten Zustand der Nation, Ladys«, hatte er entschuldigend gesagt. Niemand hatte sich darüber beschwert.

Später war Gina mit einem Becher Kaffee in Olivers Labor hinübergeschlendert, um sich ein bißchen die Zeit zu vertreiben, bevor sie anfing, Patienten zu untersuchen, die kommende Woche operiert werden sollten. Auf dem Arbeitstisch stand ein großes Tablett mit Implantaten. Eine leere Injektionsspritze und eine neben dem Tablett stehende Flasche mit physiologischer Kochsalzlösung lieferten die Erklärung dafür, warum die Implantate voll aussahen.

Gina beugte sich übers Tablett, um sie näher zu begutachten. War das die neue Ausführung, von der Oliver gesprochen hatte? Sie sahen genau wie die alten Implantate aus.

»Oh, hallo, Gina.«

Sie sah auf. Oliver, der ein Wägelchen vor sich herschob, kam zur Tür herein.

»Was haben Sie da?«

»Ein Ultraschallgerät.«

Sie betrachtete es genauer. Kein Gerät zur Ultraschalldiagnose, wie es in der Geburtshilfe verwendet wurde. Dieses Modell diente zur Tiefenerwärmung subkutaner Gewebeschichten. Ein großer Unterschied in bezug auf die Leistung: Bei ersterem wurde sie in Megahertz gemessen, bei letzterem in Watt.

»Haben Sie vor, nebenher als Physiotherapeut zu arbeiten?«

Er schmunzelte. »Nein. Ich will nur eine Charge der neuen, verbesserten Implantate testen.«

Gina zog die Augenbrauen hoch. »Mit Ultraschall?«

»Klar. Augenblick, ich zeig's Ihnen gleich.«

Er hob das Gerät auf den Arbeitstisch, steckte es ein und drehte an einigen Knöpfen. Schließlich nahm er den Griff mit dem Schallkopf in die Hand.

»Gut aufpassen!«

Oliver nahm ein Implantat vom Tablett und legte es ungefähr einen Meter von den anderen entfernt auf seinen Arbeitstisch. Er führte den Schallkopf darüber und drückte auf die in den Griff eingelassene Taste. Das Implantat begann sofort zu zittern; im nächsten Augenblick löste es sich auf und hinterließ eine kleine Lache aus Kochsalzlösung auf dem Tisch.

Er legte ein zweites Implantat in die Lache und hielt den Schallkopf diesmal weiter entfernt. Das Implantat löste sich auf; die Lache wurde größer.

Diesen Vorgang wiederholte er mit ständig wachsenden Entfernungen, bis die Lache so groß war, daß die Kochsalzlösung über den Tischrand lief und zu Boden tropfte.

Gina beobachtete seine Vorführung staunend.

»Unglaublich!« sagte sie.

Sie trat an den Tisch, um sich die Implantate näher anzusehen. In der Wasserlache schwammen nur winzige Teile ihrer Membranen.

»Wie funktioniert das?«

»Ich habe die Kristall-Protein-Matrix verändert«, antwortete Oliver, während er das Gerät aussteckte. »Sie ist jetzt stabiler, gegen körpereigene Enzyme resistenter, aber ich habe sie so abgeändert, daß die Kristalle bei einer bestimmten Ultraschallfrequenz vibrieren und die Matrix auflösen. Daraufhin zerfällt die Implantatmembran und schüttet ihren Inhalt aus.«

»Brillant!«

»Eigentlich ist Duncan auf diese Idee gekommen.«

Irgendwo in Ginas Hinterkopf weckte das ungute Erinnerungen.

»Duncan?«

»Ja. Er will den Zeitpunkt der Auflösung von Implantaten besser kontrollieren können. Wie er ganz richtig sagt: Wozu sollen wir das Timing den Unabwägbarkeiten des Kreislaufs und der körpereigenen Enzyme überlassen? Entwickeln wir doch lieber Implantate, die sich auf Befehl entleeren.«

Sie dachte daran, was sie beim Mittagessen nach der abgebrochenen Anhörung zu Gerry gesagt hatte: *Du behauptest, Duncan habe den angeblich von ihm verwendeten Giftstoff so unter Kontrolle, daß er ihn auf Befehl mitten in einer Sitzung wirken lassen könne.*

Vor ein paar Tagen hatte das noch absurd geklungen – aber jetzt hatte sie das Mittel dazu vor sich.

»Verwendet Duncan diese Implantate schon?«

»O nein! Die Genehmigung der FDA für unsere klinische Erprobung gilt nur für die ursprünglichen Implantate.« Oliver lächelte kurz. »Sozusagen für das Originalrezept. Bevor wir die neue Membran erproben dürfen, muß sie das gesamte Anerkennungsverfahren durchlaufen.«

»Oh. Dann sind die hier also brandneu.«

Das war eine Erleichterung. Duncan konnte diese Implantate nicht verwendet haben, wenn sie zum Zeitpunkt der jeweiligen Operationen noch nicht existiert hatten.

Aber ihre Erleichterung hielt nicht lange an.

»Nicht wirklich«, sagte Oliver. »Ich arbeite seit Anfang des Jahres daran. Und sie sind noch immer nicht perfekt.«

Gina schluckte trocken. »Sie funktionieren ziemlich gut, finde ich.«

»Aber nicht gut genug für Duncan. Er will eine noch stabilere Membran, die praktisch unbegrenzt haltbar ist, bis sie von der richtigen Ultraschallfrequenz getroffen wird.«

»Sehen Sie dafür eine klinische Verwendung?«

Oliver schüttelte den Kopf. »Nein, eigentlich nicht. Aber Duncan ist der Arzt, nicht ich. Er weiß, was er will.«

Während Gina Oliver half, die Kochsalzlösung mit Papierhandtüchern aufzuwischen, befanden ihre Gedanken sich in wildem Aufruhr. Sie bemühte sich, sie zu verlangsamen, sie zu ordnen. An diese Sache mußte sie logisch herangehen – wie an eine schwierige Diagnose. Erst alle Tatsachen sichten, dann Schlüsse daraus ziehen.

Also gut: Duncan hatte die Möglichkeit, seinen Patienten irgendeinen Giftstoff zu implantieren und ihn nach Belieben freizusetzen.

Nein, nicht nach Belieben. Er mußte die Membran durch Ultraschall zerstören. Wäre Duncan dafür verantwortlich gewesen, was Senator Vincent zugestoßen war, hätte er ein Ultraschallgerät in den Saal rollen und es auf den Senator richten müssen. Lächerlich.

Trotzdem hinterließ die Ultraschalldemonstration bei ihr gewisse Zweifel, einen sauren Nachgeschmack.

Sie machte sich auf die Suche nach Duncan. Sie hatte vergessen, mit ihm zu besprechen, ob sie zwischendurch mehr arbeiten konnte, bis die Anhörung wieder in Gang kam. Und sie mußte mit ihm reden, um sich zu vergewissern, daß ihre Vermutungen unsinnig waren.

»Oh, er ist fort«, sagte Barbara, als Gina an die Tür von Duncans Büro klopfen wollte.

»Etwa mit dem geheimnisvollen Dr. V. unterwegs?«

»Nein. Dr. V. kommt nicht so bald wieder. Dr. D. hat gesagt, er wolle zum Golfplatz.«

»Verdammt! Ich wollte unbedingt noch mit ihm reden.«

»Er ist noch nicht sehr lange weg. Ich versuch's mit seinem Autotelefon.«

Barbara drückte eine Kurzwahltaste, wartete und legte dann auf. »Tut mir leid, er meldet sich nicht. Aber ich kann seinen Piepser anwählen.«

»Nein. Ich will nicht, daß er den Golfplatz verläßt, nur um mit mir zu reden. So wichtig ist die Sache nicht. Haben Sie die Telefonnummer seines Clubs? Vielleicht ist er noch im Clubhaus.«

»Soll ich ihn für Sie anrufen?«

»Nein, danke. Ich rufe ihn gleich selbst an.«

Barbara schlug die Nummer nach und schrieb sie auf.

Gina telefonierte von ihrem Arbeitsplatz aus. Zuerst versuchte sie's mit dem Clubrestaurant, aber dort war er nicht. Dann rief sie den Pro Shop an. Vielleicht konnte sie Duncan erreichen, bevor er seine Runde begann.

»Doc Lathram?« fragte der Chefcaddy. »Der ist heute nicht eingetragen.«

»Vielleicht spielt er mit jemand anderem.«

»Schon möglich, aber ich hab' den Doc schon seit Monaten nicht mehr hier gesehen.«

»Wissen Sie das bestimmt?«

»Missy, ich bin praktisch jeden Tag hier. Doch Lathram ist seit ewigen Zeiten Mitglied bei uns, aber ich wette, daß er seit mindestens einem halben Jahr keinen Schläger mehr in der Hand gehabt hat. Aber falls er doch kommt, kann ich ihm gern was ausrichten.«

»Danke«, sagte Gina. »Nicht so wichtig.«

Was hat das wieder zu bedeuten? fragte sie sich, als sie auflegte. Ist er nicht über die Kakistokratie hergezogen, hat er vom Golfen, von seinem Slice und seinen Bogies erzählt und über den schlechten Zustand der Greens gejammert?

Was hat er in Wirklichkeit gemacht?

Jedenfalls nicht Golf gespielt. Und in welcher Beziehung hatte er noch gelogen?

Gina fühlte sich unbehaglich. Die Vorstellung, daß Duncan sie oder andere belog, war ihr zuwider.

Einem Impuls folgend ging sie wieder nach oben in Duncans Büro.

»Ich habe ein paar Unterlagen auf seinem Schreibtisch liegenlassen«, erklärte sie Barbara, als sie rasch an ihr vorbeiging.

Großartig, dachte sie, als sie die Tür aufstieß. Jetzt lüge ich auch schon.

Nervös und verkrampft, weil sie sich wie eine Diebin fühlte, trat sie an den großen Partnerschreibtisch und versuchte die oberste Schublade zu öffnen. Aber sie war abgeschlossen. Verdammt.

Gina ließ sich in seinen Ledersessel fallen, lehnte sich an, wippte vor und zurück und überlegte, was sie tun sollte.

Was, falls überhaupt etwas, ging hier vor? Und was sollte sie – konnte sie – dagegen tun?

Wahrscheinlich war nichts an dieser Sache dran, aber sie mußte sich trotzdem fragen: Hatte Duncan irgend etwas damit zu tun, daß je zwei Abgeordnete und Senatoren tot waren oder im Krankenhaus lagen?

Vermutlich nicht. Ihre Tode, Unfälle und Erkrankungen hingen nicht wirklich zusammen... sie waren nur unheimliche Zufälle, wie sie manchmal vorkamen... Zufälle einer Art, die Verschwörungstheorien auslösen konnten.

Aber weshalb log Duncan, wenn es darum ging, wohin er jeden Nachmittag so früh verschwand? War das wirklich wichtig?

Andererseits hatte Gina in der obersten Schublade seines Schreibtischs eine Ampulle mit irgendeiner Flüssigkeit gesehen; außerdem eine Art Trokar. Was hatte beides dort zu suchen? Was enthielt diese Ampulle? Warum sperrte Duncan seine Schublade ab?

Verdammt! Sie fand es schrecklich, so an Duncan zu zweifeln. Aber warum war er nicht dort, wo er angeblich hingefahren war? Wo zum Teufel steckte er?

Duncan entfernte Kaneshas Gesichtsverband und begutachtete seine Arbeit. Er hielt ihr Kinn zwischen Daumen und Zeigefinger und drehte ihren Kopf behutsam von einer Seite zur anderen. Eine Hand der Kleinen versuchte reflexartig, die operierte Stelle zu verdecken.

Duncan zog sie sanft weg und drückte sie an ihre Hüfte. »Das ist jetzt nicht mehr nötig, Kanesha.«

Das dicke, steife Narbengewebe, das ihre linke Mundhälfte unbeweglich gemacht hatte, war verschwunden. An seiner Stelle waren jetzt zwei haarfeine Einschnitte, die gut abheilten, und ein normal erscheinender Mundwinkel zu sehen. Duncan war zufrieden. Aber der entscheidende Test stand noch aus.

»Lächle für mich, Kanesha.«

Sie hob nochmals die Hand und bedeckte diesen Mundwinkel. Gleichzeitig sah sie zu ihrer Mutter hinüber. Ich will heim! sagte ihr Gesichtsausdruck.

»Los, mach schon, Neesh«, sagte Cindy Green. »Lächle für Dr. Duncan.«

Duncan zog die Hand erneut weg und stellte die Kleine auf einen Hocker. Er drehte sie damit zum Wandspiegel.

»Sieh dir das Mädchen im Spiegel an«, forderte er sie auf. »Was hältst du von ihm?«

Kanesha starrte sich einen Augenblick lang schweigend an, dann beugte sie sich nach vorn, um sich genauer zu betrachten. Sie hob wieder die linke Hand – diesmal jedoch nicht, um ihren Mund zu verdecken, sondern um ihn zu berühren, um sich davon zu überzeugen, daß er wirklich so anders war.

Duncan beobachtete sie und wartete auf ein Lächeln. Dieses Lächeln war wichtig, denn Kaneshas Operation war schwieriger als erwartet gewesen. Ihre Narben hatten ungewöhnlich tief unter die Haut gereicht, was außer der Freilegung aller subkutanen Gewebeschichten auch eine teilweise Rekonstruktion der Gesichtsmuskulatur notwendig machte. Nur ein Lächeln konnte ihm zeigen, wie erfolgreich er gewesen war.

»Nun?« fragte er. »Laß mich nicht länger warten, Kleines. Hat Kanesha Green einen Grund zum Lächeln oder nicht?«

Er bohrte ihr einen Zeigefinger in die Rippen und kitzelte sie. Die Sechsjährige kicherte, und dieses Kichern wurde von einem Lächeln begleitet. Von einem wundervollen Lächeln – strahlend, gleichmäßig, symmetrisch.

Sie hörte zu kichern auf und starrte ihr Spiegelbild an. Das Lächeln wurde für einige Herzschläge schwächer, als sie sich mit großen Augen nach vorn beugte, und kehrte dann verstärkt zurück.

In ihren schwarzen Augen leuchtete jubelndes Staunen, als sie sich lächelnd zu Duncan umdrehte. Ihre Mutter brach in Tränen aus und wollte sie umarmen, aber Kanesha tat etwas Unerwartetes. Sie beugte sich nach vorn, schlang Duncan ihre Arme um den Hals und umarmte ihn. Im nächsten Augenblick hing auch die schluchzende Mutter an seinem Hals.

»Oh, ich danke Ihnen, Dr. Duncan! Ich danke Ihnen von ganzem Herzen!«

Die Szene wurde langsam ein bißchen peinlich.

»Halt, halt, Ladys«, sagte er und machte sich vorsichtig von den zwei Armpaaren frei. »Wir haben einen großen Schritt vorwärts gemacht, aber wir sind noch nicht fertig.«

»Nicht fertig?« fragte die Mutter und wischte sich Tränen aus den Augen. »Sie ist wunderschön!«

»Klar ist sie das. Aber sie ist noch längst nicht erwachsen. Und in tieferen Gewebeschichten können sich wieder Narben bilden. Vielleicht muß ich sie in einigen Jahren noch mal operieren – um sie vollkommen zu machen.«

»Aber sie sieht jetzt schon vollkommen aus! Oh, Dr. Duncan, wenn ich mich mit *irgendwas* revanchieren kann, brauchen Sie's bloß . . .«

Duncan legte Cindy Green eine Hand auf die Schulter. »Sorgen Sie nur dafür, daß sie auch in Zukunft lächelt.«

»Nein, das ist mein Ernst.«

»Meiner auch. Sorgen Sie dafür, daß sie gesund und sicher lebt, daß sie weiterhin lächeln kann. Töchter sind . . .« Seine Stimme versagte. Er räusperte sich. »Töchter sind kostbar. Ich möchte nicht feststellen müssen, daß diese Operation vergebens gewesen ist.«

»Dafür sorge ich«, sagte sie und bedeckte seine Hand mit ihrer. »Ich versprech's Ihnen.«

»Gut!« Duncan richtete sich auf und hob Kanesha vom Hokker. »Bevor Sie gehen, wenden Sie sich draußen an die Schwester. Sie hat eine Salbe für Sie und sagt Ihnen, wie sie anzuwenden ist. Ich möchte Kanesha nächste Woche noch mal sehen.«

Cindy Green schluchzte schon wieder. »Dr. Duncan ...«

»Kommen Sie, kommen Sie«, sagte er und schob sie zur Tür. »Sie vergeuden nur Ihre Zeit. Fahren Sie mit ihr nach Hause, damit sie ihr Lächeln herzeigen kann.«

Das wird euch lehren, an mir zu zweifeln, dachte er, während er den beiden nachsah.

»Okay, Marge!« rief er nach draußen. »Der nächste, bitte! Wir müssen zusehen, daß wir weiterkommen.«

Er hatte nicht den ganzen Tag lang Zeit.

Es begann als eine Laune, die rasch zwanghaft wurde, und am Nachmittag fand Gina sich in der Zeitschriftenabteilung der Alexandria Public Library wieder.

Lisa Lathram ... irgendwo mußte es mehr über Lisa Lathram geben. Und wo konnte man eher fündig werden als in der Stadt, in der sie gelebt hatte und gestorben war?

Enttäuschenderweise war der Nachruf im *Alexandria Banner* mit dem der *Washington Post* identisch. Aber in einer Kurzmeldung über Lisas Tod wurde erwähnt, das Virginia State Board of Medical Examiners ermittle derzeit gegen ihren Vater.

Gina setzte sich ruckartig auf. Duncan? Ermittlungen gegen ihn? Weswegen?

Sie suchte die auf Mikrofilm erfaßten früheren Ausgaben durch. Zum Glück war das *Alexandria Banner* eine kleine, nur wenige Seiten starke Zeitung. Sobald irgendwo Duncan erwähnt wurde, machte sie eine Fotokopie der betreffenden Seite und legte sie weg. Als die Erwähnungen des Namens Lathram aufhörten, schob sie die Fotokopien zusammen und las sie in chronologischer Reihenfolge.

Die erste Meldung war ungefähr ein Vierteljahr vor Lisas Tod erschienen. Die halbe Titelseite war Duncan gewidmet, der Medicare im Vorjahr als Gefäßchirurg eine Million Dollar Honorar in Rechnung gestellt haben sollte. Der Leitartikel dieser Ausgabe bezeichnete ihn als Musterbeispiel für »schrankenlose Geldgier in einem unzulänglich kontrollierten Beruf«.

Gina schüttelte verwundert den Kopf. Eine Million ... das war selbst für einen Gefäßchirurgen viel Geld. Aber Honorarforderungen von einer Million bedeuteten nicht, daß man eine Million bekam. Medicare zahlte immer nur einen Bruchteil des Honorars. Und was wäre dabeigewesen, wenn sie jeden Dollar gezahlt hätte? Sie kannte Duncans Arbeitsweise als Gefäßchirurg. Forderungen über eine Million bedeuteten, daß er eine Million *verdient* hatte.

Der nächste Artikel berichtete, eine Gruppe zum Schutz von Patientenrechten sammle Unterschriften, um eine Untersuchung gegen Dr. Lathram zu beantragen, die feststellen solle, wie viele – nicht *ob*, sondern *wie viele* – überflüssige Operationen er durchgeführt habe. Diese Unterschriftenlisten wurden dem Virgina State Board of Medical Examiners übergeben. Wenig später meldete die Zeitung auf ihrer Titelseite, die staatliche Aufsichtsbehörde ermittle gegen Dr. Duncan Lathram wegen überhöhter Honorarforderungen und Betrugsverdacht. Dann folgte ein Artikel, in dem berichtet wurde, das Betrugsdezernat von Medicare überprüfe Lathrams Praxis- und Krankenhausunterlagen.

Gott, wie schrecklich! dachte sie. Wie peinlich, wenn Ermittler die Praxis auf den Kopf stellen – vermutlich vor den Augen der im Wartezimmer sitzenden Patienten.

Dann Lisas Tod.

Und danach ... nichts.

Wie lautete das Ergebnis? Wie war die Sache ausgegangen? Gina konnte nirgends den geringsten Hinweis finden. War Duncan in Virginia die Zulassung entzogen worden? Praktizierte er deshalb jetzt in Chevy Chase?

Danach konnte man sich erkundigen. Sie sah auf ihre Armbanduhr. Um diese Zeit war die Aufsichtsbehörde in Virginia noch telefonisch zu erreichen.

Gina mußte vier Gespräche führen, aber dann gelang es ihr endlich, zu der Geschäftsführerin, einer Mrs. Helen Arnovitz, vorzudringen. Sie fragte, ob Dr. Duncan Lathram weiterhin in Virginia zugelassen und ob jemals ein Disziplinarverfahren gegen ihn eingeleitet worden sei.

Mrs. Arnovitz bat sie um einen Augenblick Geduld und meldete sich eine Minute später wieder.

»Ja, er besitzt nach wie vor seine Zulassung, und es hat kein Disziplinarverfahren gegen ihn gegeben. An diesen Fall erinnere ich mich noch gut. Das State Board hat damals eine Untersuchung wegen möglicherweise überhöhter Honorarforderungen und unnötiger Operationen gegen ihn eingeleitet.«

»Und?«

»Die Vorwürfe haben sich als unbegründet herausgestellt. Wir mußten diese Ermittlungen anstellen, weil Dr. Lathram in der Presse beschuldigt worden war, aber wir haben keine Hinweise auf irgendein Fehlverhalten gefunden. Nachdem auch die Buchprüfung durch Medicare nichts Nachteiliges ergeben hatte, haben wir ihn völlig rehabilitiert.«

»Viel Lärm um nichts, könnte man also sagen.«

»Für uns schon, aber nicht für den armen Dr. Lathram.«

Gina schluckte. »Wirklich? Warum nicht?«

»Seine Praxis ist so zurückgegangen, daß er sie schließen mußte. Soviel ich gehört habe, ist er jetzt in Maryland ziemlich erfolgreich, aber ich finde es schade, daß Virginia einen so hervorragenden Gefäßchirurgen verlieren mußte.«

»Ja, das finde ich auch. Besten Dank.«

Gina legte auf, lehnte sich zurück und schloß die Augen. Sie ließ sich durch den Kopf gehen, was der arme Duncan mitgemacht hatte.

Öffentliche Verdächtigungen, der Tod seiner Tochter, die Schließung seiner Praxis, das Zerbrechen seiner Ehe ... alles binnen eines Jahres. Wie war es dazu gekommen? Was hatte den Anstoß dazu gegeben? Solche Schicksalsschläge konnten jeden ...

... in den Wahnsinn treiben.

Nein. Das war nicht fair. Duncan war alles andere als verrückt. Und es gab keinen Zusammenhang zwischen diesen Ereignissen und Schulz, Lane, Allard und Vincent. Zumindest keinen sichtbaren.

Warum fühlte sie sich dann nicht erleichtert?

Hinter dieser Sache steckte mehr. Mußte mehr stecken. Aber wo sollte sie weitersuchen?

Im Augenblick blieb ohnehin keine Zeit dafür. Gina hatte

wieder Nachtdienst im Lynnbrook Hospital. Sie hatte gehofft, diese kurzen Nachforschungen würden sie beruhigen, aber nun war eher das Gegenteil der Fall.

Jetzt blieb nur noch eines zu tun. Und sie haßte sich dafür, daß sie es tun würde.

Gerry hockte in seinem winzigen Büro und starrte ein an der Wand hängendes orangerotes Pferd an, das Martha gemalt hatte – eine wirklich originelle Farbgebung. Er hätte sich überlegen sollen, wie sie Senator Schulz' Onkel nachweisen konnten, daß er die Honorare seines Neffen gewaschen hatte. Statt dessen dachte er über die Tatsache nach, daß in Senator Marsdens Kommission nun schon drei Mitglieder fehlten. Wie hoch war die Wahrscheinlichkeit, daß dies nur ein Zufall war? Noch dazu, wenn sie alle von demselben Arzt operiert worden waren.

Sein Telefon klingelte. Es war die Empfangsdame in der Eingangshalle des FBI-Gebäudes.

»Besuch für Sie, Mr. Canney – Dr. Panzella.«

Beinahe wäre ihm der Hörer aus der Hand gefallen.

»Was? Dr. Panzella. Sie ist *hier*?«

»Ja. Sie steht vor mir.«

»Ich komme sofort runter!«

Gerry riß sein Jackett von der Stuhllehne und hastete zu den Aufzügen. Er drückte auf den Rufknopf, aber da sich nicht gleich eine Tür öffnete, nahm er die Treppe. Nur drei Stockwerke. Kein Problem.

Er stürmte durch die Tür im Erdgeschoß und sah Gina mitten in der Eingangshalle stehen. Sie war sichtlich angespannt und nervös.

»Gina! Ist was passiert?«

Sie hielt ihm eine braune Papiertüte hin.

»Hier. Das wolltest du haben.«

»Ich wollte etwas haben?«

Er griff verwundert in die Tüte und holte ein zugekorktes Reagenzglas mit einer klaren Flüssigkeit sowie einen Computerausdruck heraus.

»Das versteh' ich nicht.«

»Damit füllt Oliver Lathram die Implantate für seinen Bruder.«

»Hör zu, das ist nicht . . .«

»Laß die Flüssigkeit analysieren, Gerry. Befriedige deine Neugier, überzeuge dich davon, daß dein Mißtrauen unbegründet ist, und laß mich das Ergebnis der Analyse wissen. Der Computerausdruck ist eine Liste der *angeblichen* Inhaltsstoffe. Laß prüfen, ob die Lösung sie wirklich enthält.«

Sie war so angespannt, ihr Gesichtsausdruck so grimmig.

»Gina, was hast du?«

»Mir gefällt nicht, was ich tue, Gerry. Ich bin nicht gerade stolz darauf, daß ich das hier aus Olivers Labor mitgenommen habe.«

»Aber das wäre nicht nötig gewesen. Ich habe nur . . .«

»Du hast mich nachdenklich gemacht, du hast Befürchtungen in mir geweckt. Deshalb will ich's jetzt auch wissen.«

»Das tut mir leid.«

Sie schien etwas sagen zu wollen, schwieg dann aber doch. Gerry hatte das Gefühl, sie habe *Das will ich hoffen!* sagen wollen, aber statt dessen sagte sie: »Schon gut. Du tust nur deine Pflicht.«

Er hielt ihr das Reagenzglas hin. »Das kannst du wieder haben.«

Sie schüttelte den Kopf. »Schon zu spät.«

Die Luft zwischen ihnen war zum Schneiden dick.

»Das Abendessen neulich war große Klasse«, sagte er. »Du kochst ausgezeichnet.«

»Freut mich, daß es dir geschmeckt hat.«

Noch immer kein Tauwetter. Also würde er die großen Kaliber auffahren müssen.

»Martha hat es genossen. Und sie liebt dich.«

Ihr strenger Gesichtsausdruck milderte sich. Endlich!

»Und ich liebe sie«, sagte sie. Aber dann zeigte sie auf das Reagenzglas. »Laß mich bitte sofort wissen, was die Analyse ergeben hat, Gerry. Das ist mir wichtig.«

»Keine Sorge, ich rufe dich gleich an, sobald ich das Ergebnis habe.« Gerry machte eine kurze Pause. »Gehst du heute abend mit mir essen?«

Gina schüttelte den Kopf. »Nachtschicht im Lynnbrook.« Sie wandte sich ab und wollte gehen. »Du rufst mich wirklich *sofort* an, ja?«

Gerry hob nach Pfadfinderart drei Finger. »Ehrenwort.«

Worauf du dich verlassen kannst! dachte er. »Ich sehe doch, daß mit dir nichts anzufangen ist, bis ich's tue.«

Als er nach oben zurückfuhr, um den Vordruck für eine Laboruntersuchung auszufüllen, wußte er nicht, ob er gutgelaunt oder deprimiert sein sollte. Er hatte eine Probe der Lösung, mit der Duncan Lathrams Implantate gefüllt wurden – aber er hatte Gina damit schrecklich aufgebracht. War dieser Erfolg seinen Preis wert? Wie wollte er's ihr beibringen, falls die Lösung einen Giftstoff enthielt?

Aber er würde es tun. Und sie so schnell aus Lathrams Surgicenter rausholen, daß ihr schwindlig werden würde.

Als Gina im Lynnbrook Hospital ins Ärztezimmer unterwegs war, begegnete sie Dr. Conway. Er schien eben gehen zu wollen. Sie nickte ihm geistesabwesend zu. Duncan Lathram und Olivers Geheimsauce beschäftigten sie so sehr, daß Conway schon an ihr vorbei war, bevor ihr bewußt wurde, daß sie ihn seit Harriet Thompsons Todestag nicht mehr gesehen hatte.

»Ich habe von Mrs. Thompson gehört«, sagte Gina. »Sorry.«

»Yeah«, seufzte Conway. Er wirkte deprimiert. »Mir tut's auch leid. Aber irgendein Washingtoner Anwalt ist echt glücklich darüber.«

»O nein! Sie werden verklagt?«

Er nickte. »Wegen grober Fahrlässigkeit. Ihre Tochter in San Diego, die keine Zeit hatte, um sich ein paar Tage lang um ihre Mutter zu kümmern, hat hier sofort einen Rechtsanwalt gefunden. Vermutlich hat sie 1-800-SUE-DOCS angerufen – oder welche Nummer die Rechtsverdreher heutzutage benutzen. Bloß keine Gelegenheit auslassen, Kasse zu machen, nicht wahr?«

Gina konnte seine Verbitterung verstehen. »Warum verklagt sie nicht die PRO?«

»Wissen Sie das nicht? Die Physician Review Organization kann nicht wegen Fahrlässigkeit verklagt werden. Also bleibt die Sache an mir hängen.«

Gina war aufgebracht, wußte aber nicht recht, was sie sagen sollte. Da ihr nichts Besseres einfiel, legte sie Conway tröstend eine Hand auf die Schulter.

»Machen Sie sich keine Sorgen. Sie gewinnen bestimmt.«

»Klar«, sagte er. Sein Lächeln war bitter. »Ich wette, Sie können's kaum noch erwarten, Ihre eigene Praxis aufzumachen.« Er ging davon.

Die Woche nach dem 8. Oktober

19

Auf dem Kapitol

»Sie werden lernen müssen, das Spiel mitzuspielen, Hugh.«

Gina ging langsamer, als sie an der geschlossenen Tür von Senator Marsdens Büro vorbeikam. In Gedanken war sie woanders gewesen; sie hatte sich wieder einmal gefragt, was die Analyse von Olivers Geheimsauce ergeben würde. Sie würde sterben, wenn darin irgendein Toxin gefunden wurde.

Die Warterei zerrte an ihren Nerven. Sie konnte sich kaum auf irgend etwas konzentrieren. Aber der gönnerhafte Tonfall dieser Stimme, die durch das gekippte Oberlicht über der Tür des Senators drang, brachte sie dazu, wie angewurzelt stehenzubleiben. Sie wußte, daß Senator Kramer zu einer Besprechung gekommen war. Obwohl die beiden Männer nicht einmal mit erhobenen Stimmen sprachen, war die in der Luft liegende Spannung noch hier draußen zu spüren.

Senator Marsdens Stimme klang gepreßt. »Wenn ich anfange, die Arbeit im Senat als Spiel zu sehen, weiß ich, daß es Zeit zum Aufhören wird.«

Kramer lachte halblaut. »Damals als Neuling bin ich auch recht selbstgefällig gewesen. Aber ich hab' dazugelernt. Und wenn Sie in dieser Stadt etwas erreichen wollen, müssen Sie auch dazulernen. Wer's nicht tut, steht bald allein da.«

»Ich bin aber nicht dafür, das Genehmigungsverfahren für Offshore-Bohrungen zu erleichtern. Ich glaube nicht, daß wir solche Bohrungen im Augenblick brauchen.«

»Das höre ich sehr ungern, Hugh. Für meine Leute sind die Bohrungen nämlich wichtig.«

»Soll ich das so verstehen, daß meine Einstellung zur Erleichterung von Offshore-Bohrungen Ihr Verhalten bei der Abstimmung über das Richtliniengesetz beeinflussen wird?«

»Oh, so würde ich's nicht ausdrücken. Sagen wir einfach, daß ich mir mein Urteil vorbehalte, bis Ihre Kommission den Gesetzentwurf vorlegt.«

»Ja, ich verstehe.«

»Das sind die üblichen Tauschgeschäfte, Sohn«, sagte Kramer in jovialem Tonfall. »Nur so bleibt alles in Gang. Ich habe dafür zu sorgen, daß die Leute zu Hause glücklich und wohlhabend bleiben. Denken Sie daran: Was dem einen als teures Wahlgeschenk erscheint, ist für den anderen eine kluge Investition in die örtliche Infrastruktur.«

»Was halten Sie davon, einfach für etwas zu stimmen, weil es das Richtige ist?«

Gina hörte einen Stuhl übers Parkett schrammen.

»Weil etwas, das für Sie richtig ist, nicht auch für mich richtig sein muß. Aber darüber unterhalten wir uns gelegentlich noch mal, Hugh.«

Gina, die nicht an der Tür horchend ertappt werden wollte, hastete weiter.

Sie erzählte Alicia von diesem Gespräch, als sie mit ihr zur Cafeteria des Senats im Keller des Dirksen Building unterwegs war. Die beiden Gebäude waren benachbart, aber hier unten bestanden die Wände aus Klinkersteinen und die Türen aus dunklem Eichenholz – in scharfem Gegensatz zu dem antiseptischen Dekor des neueren Hart Building. Die beiden gingen am Postamt des Senats vorbei und betraten die Cafeteria.

»Das überrascht mich nicht«, sagte Alicia. Sie wählte einen Thunfischsalat und ein Diät-Pepsi. »Viele Leute auf dem Hügel halten seine Art für eine Masche. Und die, die sie für echt halten, beobachten ihn mißtrauisch.«

Gina nahm Truthahn auf Roggenbrot und ein Mountain Dew. »Willst du mir das nicht näher erläutern?«

Alicias Blick glitt über die Tische. »Komm, wir suchen uns einen Tisch für uns allein, dann kläre ich dich über die wahren Tatsachen auf.«

»Die *wahren* Tatsachen? Du meinst im Gegensatz zu den anderen?«

»Genau.«

Sie fanden einen Ecktisch. Alicia setzte sich mit dem Rücken zur Wand und beobachtete den Raum, während sie sprach.

»Als erstes solltest du wissen, daß Senator Marsden gleich von Anfang an viele Leute gegen sich aufgebracht hat, indem er mit einem selbstverordneten Zeitlimit nach Washington gekommen ist. Er hat gesagt, je nachdem, wie erfolgreich seine Arbeit sei, werde er vielleicht nach einer Amtszeit abtreten. Und auf keinen Fall sei er bereit, sich mehr als einmal wiederwählen zu lassen. Das ist ein grober Fauxpas gewesen.«

»Wieso? Was ist daran auszusetzen?«

»Die Möglichkeit einer Amtszeitbegrenzung ist hier ein *sehr* heikles Thema. Die Senatoren bilden sich gern ein, sie seien auf Lebenszeit gewählt.«

»Wie können sie das? Jeder Abgeordnete muß alle zwei Jahre zur Wahl antreten.«

»Nun, wie ich in den achtziger Jahren mal von einem Senator im Gespräch mit einem Kollegen gehört habe: ›Man muß ein echter Trottel sein, um diesen Job zu verlieren.‹ Die Chancen, als Senator wiedergewählt zu werden, liegen bei fünfundneunzig Prozent.«

»Wow.«

»Ich sag' dir, Gina, wer's mal bis hierher geschafft hat, will nie wieder fort. Und kann man ihnen das verübeln? Man gehört der mächtigsten Regierung der Welt an. Und der teuersten. Mit Diäten, Zusatzleistungen und Privilegien kassiert jeder Senator über zwei Millionen Bucks im Jahr. Daran kommt keine andere Regierung auch nur entfernt heran. Und die paar Trottel, die aus irgendwelchen Gründen nicht wiedergewählt werden, gehen nicht etwa nach Hause – sie verdingen sich als Lobbyisten. Das nennt man Potomac-Fieber. Soviel ich weiß, ist es unheilbar.«

»Glaubst du, daß Senator Marsden es noch bekommen wird?«

»Vielleicht«, sagte Alicia. »Das weiß man nie. Ich glaube ihm, wenn er sagt, daß er sich nur einmal wiederwählen lassen will. Aber damit bin ich in der Minderheit. Praktisch alle anderen auf dem Hügel halten das für einen Trick. Für eine pharisäerhafte Masche, mit der er die PACs später um Riesensummen erpressen wird. Sie beobachten ihn alle, um zu sehen, ob er damit durchkommt.«

»Scheußlich«, sagte Gina angewidert. »Warum hältst du das aus? Warum bist du schon so lange dabei?«

Alicia zuckte mit den Schultern. Sie lächelte leicht verlegen. »Potomac-Fieber. Wir Mitarbeiter sind auch nicht immun dagegen. Wer weiß, vielleicht bekommst du's auch. Vielleicht hast du dich schon angesteckt.«

Ich nicht, dachte Gina. Ich bin gegen so etwas immun. Sie empfand leichtes Unbehagen. Hoffentlich!

Gina räumte ihren Bildschirmarbeitsplatz auf und machte sich bereit, ihren Arbeitstag als legislative Assistentin zu beenden und in ihre Rolle als Ärztin zu schlüpfen. Eine weitere frustrierende Runde von Statistikauswertungen, die vermutlich kein Mensch jemals lesen würde. Aber sie schrieb in ihrer Arbeitszeit nebenbei auch einen Bericht, in dem sie den Fall Harriet Thompson als Musterbeispiel dafür benutzte, wie Richtlinien geradezu schädlich sein konnten. Sie hoffte, diese tragische Geschichte werde ein gewisses Bewußtsein dafür wecken, welches Leid selbst gutgemeinte Richtlinien über Menschen bringen konnten, wenn sie mechanisch umgesetzt wurden.

Vielleicht konnte sie damit nebenbei auch Dr. Conway helfen.

Alicia rauschte an ihr vorbei. »Senator Hirsch macht vielleicht mit«, sagte sie.

»Nur vielleicht?« Das überraschte Gina. Zu Fragen des Gesundheitswesens hatte Hirsch eigentlich immer etwas zu sagen. »Ich hätte gedacht, er würde sich auf diese Gelegenheit stürzen.«

Alicia blieb kurz stehen. »Die Kommission ist nur für eine bestimmte Aufgabe zusammengestellt worden. Irgendwie provisorisch. Sie könnte seine Spitzenposition in anderen Ausschüssen gefährden, die alle PACs wirklich und dauerhaft auf ihn aufmerksam macht.«

Gina konnte ihre Gereiztheit nicht verbergen. »Geht's hier denn nur um Geld, verdammt noch mal?«

»Senator Mark Hanna hat mal etwas gesagt, das du dir merken solltest, wenn du auf dem Hügel arbeitest: ›In der Politik sind zwei Dinge wichtig. Das erste ist Geld . . . und das zweite hab' ich vergessen.‹ Das hat einer gesagt, der es wissen mußte. Aber in Wirklichkeit geht's hier vor allem um Einfluß. Und Einfluß bringt Wahlkampfspenden. Und Wahlkampfspenden helfen einem, wiedergewählt zu werden.«

»Damit man noch mehr Einfluß gewinnen kann«, stellte Gina ohne Begeisterung fest.

Alicia reckte lachend einen Daumen hoch. »Jetzt hast du's kapiert!«

»Ja, das fürchte ich auch«, murmelte Gina, als Alicia den Flur entlang verschwand.

Wenig später klingelte ihr Telefon mit dem kleinen Wappen des Senats. Der Anrufer war Gerry.

»Das Ergebnis der Analyse ist da.«

Gina ließ sich langsam auf ihren Stuhl sinken. »Ich dachte, sie sollte erst morgen fertig sein.«

»Deine Liste ist nützlich gewesen. Es ist viel einfacher, Verbindungen zu analysieren, wenn man weiß, wonach man sucht. Und außerdem hab' ich gesagt, der Auftraggeber sei sehr wichtig. Deshalb hat das Labor sich besonders beeilt.«

Gina mußte unwillkürlich lachen, als eine warme Woge sie durchflutete. Sie mochte diesen Mann von Tag zu Tag mehr.

»Und?«

»Und die Analyse entspricht genau der Liste der Inhaltsstoffe. Die Lösung enthält nichts, was nicht hineingehört.«

Gina sackte auf ihrem Stuhl zusammen. Ihr wurde plötzlich ganz schwach. Sie war so verdammt *froh*, daß sie fast in Tränen ausgebrochen wäre.

»Gina? Bist du noch da?«

»Ja«, sagte sie leise. »Danke, Gerry. Du weißt nicht, wie sehr mich das erleichtert.«

»Gehen wir heute abend essen? Hast du Lust?«

»Tut mir leid, ich habe Nachtdienst.« Dann fiel ihr etwas ein. »Paß auf, ich hab' eine Idee! Wir fahren am Donnerstagabend zu meinen Eltern. Donnerstag ist Columbus Day, den mein Vater immer groß feiert. Eine richtige Familienfeier, die dir gefallen wird. Und bring Martha mit. Für sie gibt's massenhaft Pasta ohne Fleisch.«

»Gut, wir kommen.«

Einige Minuten später verließ Gina Senator Marsdens Büro mit dem Gefühl, das Gewicht der Welt sei von ihren Schultern genommen. Duncan und Oliver waren von jeglichem Verdacht befreit.

Eine Sorge weniger.

20

Columbus Day

Gerry und Martha wurden vom Familienclan der Panzellas, der den Columbus Day feierte, herzlich aufgenommen. Gina wußte, daß dieses Willkommen etwas zurückhaltender ausgefallen wäre, wenn ihren Eltern klargewesen wäre, daß Gerry mehr war als nur ein alter Schulfreund, den sie ganz zufällig wiedergetroffen hatte.

Gina hatte ihren Eltern bereits erzählt, daß Gerry Witwer war. Das wäre vielleicht nicht nötig gewesen, aber man konnte nie wissen. Papa hatte die Angewohnheit, alles auszusprechen, was er gerade dachte – vor allem im Laufe eines feuchtfröhlichen Abends. Sie konnte sich nur allzugut vorstellen, wie er Gerry fragte, wo Marthas Mutter sei. Papa freute sich darauf, ihn kennenzulernen. Er erinnerte sich vage daran, daß Gerry im Footballteam der Washington-Lee High-School gespielt hatte, und fand es höchst interessant, daß er FBI-Agent war. Mama wollte in allen Einzelheiten wissen, wie der arme Gerry Witwer geworden war, und rief mitfühlend alle möglichen Heiligen an, als Gina es ihr erzählte.

Was sie ihren Eltern verschwiegen hatte, waren ihre Gefühle für ihn, die wachsende Zuneigung, die zwischen ihnen entstehende Leidenschaft.

Es klappte wunderbar. Papa und Gerry verstanden sich auf Anhieb, und Onkel Fiore, der früher Cop gewesen war, wollte mit dem Fibby fachsimpeln. Und Martha ... nun, Martha bezauberte alle anwesenden Frauen sofort, und bevor Gina es sich versah, stand die kleine Fünfjährige in eine übergroße Schürze gewickelt auf einem Hocker an der Küchentheke und half Mama und Tante Maria, Fleischklößchen zu formen und Muscheln zu füllen.

Gina hörte im Vorbeigehen, wie ihre Tante Anna und Terry sich flüsternd unterhielten.

»... bei einem Verkehrsunfall umgekommen. Eine schreckliche Tragödie.«

»Und soviel ich gehört habe, zieht er das kleine Mädchen ganz allein auf.«

»Er macht seine Sache gut, finde ich. Ist sie nicht niedlich?«

Gina ging lächelnd weiter.

Sie hatte gehofft, daß allen Verwandten, die Gerry und sie zusammen sahen, im Lauf des Abends klarwerden würde, daß sie mehr als nur alte Schulfreunde waren. Sie wußte, daß sie ihr Ziel erreicht hatte, als sie hörte, wie Mama sich ernsthaft mit Gerry unterhielt.

»Und jetzt zu Ihrem Namen. Ich weiß nicht genau, wie man den schreibt. Mit einem ›i‹ am Ende?«

»Nein, mit ›e-y‹«, antwortete er. »›C-a-n-n-e-y‹. Das ist ein irischer Name.«

»Wirklich? Klingt aba särr nett.«

Gina mußte sich beherrschen, um nicht laut zu lachen, als Mama plötzlich mit starkem italienischem Akzent sprach. Mama war in Baltimore geboren.

Aber Gerry sicherte sich einen Platz in Mamas Herzen, indem er alles aß, was sie ihm vorsetzte – von Brodo di manzo über Polpette con sugo di pomodoro bis hin zu gefüllten Muscheln –, und sich jeden Teller noch einmal füllen ließ. Wie hätte sie jemanden nicht mögen können, der einen gesunden Appetit besaß und ihre Kochkünste zu würdigen wußte? Und Martha ... Martha aß tatsächlich ein ganz kleines Fleischklößchen, das sie selbst geformt hatte.

Gina achtete sehr darauf, was sie aß. Pasta war in ihr erwacht und drängte sie, sich den Teller vollzuladen, aber Gina hörte nicht auf sie. Sie kostete von allem, aß aber hauptsächlich Gemüse und verzichtete ganz auf Mamas berühmte Zuppa inglese.

Nach dem Dessert sah sie Gerry mit Papa, Onkel Fiore und Onkel Dom in einer Wohnzimmerecke sitzen und Schnaps trinken. Gerry fing ihren Blick auf, hob sein mit einer hellen Flüssigkeit gefülltes Glas und blinzelte ihr zu. Gott, er sah großartig aus. Und sie freute sich, daß Gerry sich so gut einfügte und alles mitmachte, daß er nicht als Zuschauer abseits stand, sondern sich mitten in die Party stürzte. In diesem Augenblick wurde ihr klar, wie sehr sie ihn begehrte.

Sie überlegte, ob sie ihn vor dem Zeug warnen sollte, das er trank. Wenn es war, was sie vermutete, würde er's später vielleicht bereuen. Aber wozu als Stimmungskiller auftreten? Nein, sie würde ihm seinen Spaß lassen.

Das Geschirr stand wieder abgewaschen im Schrank, und die Festivitäten neigten sich dem Ende zu, als Gina, Gerry und Martha zu seinem Wagen gingen. Mama, Papa und ein paar Onkel und Tanten standen auf der Treppe vor der Haustür und winkten ihnen zum Abschied nach.

»Ihr beiden habt eingeschlagen, glaube ich«, sagte Gina. »Hat's Spaß gemacht?«

»Ein bißchen zuviel Spaß«, sagte Gerry. Er hielt ihr seine Autoschlüssel hin. »Bist du so nett?«

Er wirkte ganz nüchtern, schwankte nicht und sprach deutlich, aber Gina nahm die Schlüssel trotzdem und war froh, daß er zugeben konnte, zuviel getrunken zu haben.

»Klar, ich kann gern fahren.«

»Mama hat gesagt, ich darf jederzeit wiederkommen und ihr kochen helfen«, warf Martha ein.

Gina mußte lächeln. Ihre Mutter mußte die Kleine wirklich ins

Herz geschlossen haben, wenn sie Martha aufgefordert hatte, sie Mama zu nennen.

»Und ich weiß, daß sie's wirklich so gemeint hat«, erklärte Gina ihr. »Es ist lange her, daß ein kleines Mädchen im Haus gewesen ist, das ihr kochen geholfen hat.«

Sie dachte wehmütig an die vielen Feiertage zurück, an denen sie auf genau diesem Hocker an der Küchentheke gestanden und ihrer Mutter geholfen hatte. Sie fragte sich, ob Mama sich von ihrer Tochter verlassen fühlte, die von zu Hause fortgegangen war, um Ärztin zu werden. Ohne Söhne gab es natürlich keine Schwiegertöchter, die Mama unter ihre Fittiche hätte nehmen können.

Ob sie weiß, wie sehr ich sie liebe? dachte Gina.

Aber wann hab' ich's ihr zuletzt gesagt?

Sie konnte sich nicht mehr daran erinnern. Das gab ihr einen Stich ins Herz. Sie hielt es für selbstverständlich, daß Mama das wußte – aber jeder wollte es hin und wieder hören. Gina nahm sich vor, es ihr in Zukunft öfter zu sagen.

Warum nicht gleich?

Sie lief zur Haustür zurück und umarmte ihre Mutter.

»Ich liebe dich, Mama. Du bist die Beste!« Sie küßte ihre Mutter auf die Wangen, dann hastete sie zum Auto zurück. Ein Blick über die Schulter zeigte ihr, daß Papa strahlte, während Mama lächelte und sich Tränen aus den Augen wischte.

Sobald Martha auf dem Kindersitz gesichert war, sank Gerry auf dem Beifahrersitz zusammen.

»Was hat dein Vater zuletzt eingeschenkt?«

»Grappa«, antwortete Gina.

»Bis dahin ist's mir gutgegangen. Ich meine, ich bin Ire. Wir können praktisch alles trinken, was uns nicht umbringt. Aber dieses Zeug ...«

»Grappa bringt dich nicht um«, sagte Gina lächelnd. »Aber wer nicht daran gewöhnt ist, wünscht sich unter Umständen, er wäre tot.«

Martha hätte längst ins Bett gehört, aber sie war völlig überdreht und erzählte rasend schnell, wie sie Käse gerieben und Cannelloni gefüllt hatte und wie häßlich die Calamari gewesen waren, bevor Mama sie geputzt hatte. Gina war froh, daß heute nicht Ostern gewesen war. Wie hätte Martha auf Capozella reagiert. Falls Gerry und sie im kommenden Frühjahr noch befreundet waren – was Gina sehr hoffte –, würde sie Martha behutsam auf den Anblick eines Schafskopfs in der Küche vorbereiten müssen.

Martha redete ohne Punkt und Komma, bis Gina den Motor abstellte, und schlief dann auf den Armen ihres Vaters ein, bevor sie die Haustür erreicht hatten. Gina ging mit hinauf und half, sie ins Bett zu bringen.

Unten zog Gerry sie in seine Arme. Gina kuschelte sich an ihn.

»Danke, Gina«, flüsterte er. »Danke für den schönsten Columbus Day meines Lebens.«

»Er ist noch nicht vorbei«, sagte sie und küßte ihn.

Gerry beugte sich etwas zurück und sah sie einen Augenblick an, dann küßten sie sich wieder – lange und leidenschaftlich. Gina wünschte sich, diese Nacht ginge nie zu Ende.

Sie fielen aufs Sofa und waren bald dabei, sich gegenseitig unbeholfen die Kleidung aufzuknöpfen und sie wie alte Häute abzustreifen, bis nichts mehr zwischen ihnen war als neue Haut. Und sie brauchten kein langes Vorspiel, denn er war bereit, und sie war weiß Gott schon den ganzen Abend bereit gewesen.

Gina wollte ihn nicht danach fragen, aber sie zwang sich trotzdem dazu. »Ich brauche mir deinetwegen keine Sorgen zu machen, nicht wahr?«

»Was? Oh, du meinst ... nein. Nun ja, zwei Frauen, beide sehr nett und anständig. Wir dachten, daraus könnte mehr werden, aber in beiden Fällen hat's nicht geklappt. Und wie ... wie steht's mit dir?«

»Ich habe als Assistenzärztin drei Jahre lang mit meinem Feund zusammengelebt.«

»Was ist passiert?«

»Ich bin hergekommen, er ist dortgeblieben. Die Sache ist vorbei.«

»Gut.«

Und dann war er über ihr und in ihr und liebte sie heftig und brachte sie zum Höhepunkt . . . und ließ sie dort allein.

»Tut mir leid«, murmelte Gerry, als er wieder zu Atem gekommen war. »Es ist schon so lange her, und ich habe mich so nach dir gesehnt. Ich bin nur . . .«

Sie schlang die Arme um seinen Nacken und zog ihn an sich. »Schon gut«, sagte sie. »Das verstehe ich. Es gibt ein anderes Mal.«

Physisch war sie frustriert: Sie war mit Gerry Canney zusammen – ihrem alten High-School-Schwarm, ihrem neuen Liebhaber – und trotzdem unbefriedigt geblieben. So hatte sie sich das erste Mal mit ihm nicht vorgestellt. Er hätte der perfekte Liebhaber sein sollen, und sie hätte auf rosaroten Wolken schweben müssen. Aber ein anderer Teil ihres Ichs war bezaubert. Sie hatte gespürt, daß Gerry ein anständiger Kerl war, und dies war gewissermaßen die Bestätigung dafür. Hätte er heute nacht einem Zuchthengst Konkurrenz gemacht, wäre sie eher mißtrauisch geworden.

Gleichzeitig fragte sie sich nach ihren eigenen Motiven. Liebte sie Gerry wirklich – oder war er nur ein Lückenbüßer, um die Leere auszufüllen, die Peter hinterlassen hatte?

Nein, sagte sie sich. Diese Liebe ist echt. Ich habe lange genug auf sie gewartet.

Als sie sich aneinanderkuschelten, ließ er eine Hand über ihren Körper gleiten und verfolgte die lange wulstige Narbe, die von unterhalb des Brustbeins bis zur linken Seite ihres Nabels reichte.

»Was ist das?«

»Der Grund dafür, daß du mich nie im Bikini sehen wirst.«

»Nein, im Ernst.«

Sie erzählte ihm von ihrem Zusammenstoß mit einem Lastwagen, von ihren schweren inneren Verletzungen und wie Duncan Lathram sie wieder zusammengeflickt hatte.

»Aha, deshalb hängst du so sehr an ihm. Ich bin ihm etwas schuldig, glaube ich.«

»Wofür?«

»Daß er dich für mich gerettet hat. Soll ich dir ein paar meiner

Narben zeigen? Die hier ist von meiner Blinddarmoperation . . .«

»Meine ist größer als deine«, trällerte Gina.

Und während sie dabei waren, ihre Narben zu vergleichen, bemerkte sie auf einmal, daß er wieder bereit war.

»Es ist *wirklich* schon sehr lange her, was?« fragte sie.

»Ewigkeiten.«

Aber diesmal ergriff sie die Initiative, setzte sich auf ihn, ritt ihn und kontrollierte das Tempo. Als sie ihren Höhepunkt erreichte, hatte sie das Gefühl, der Beinaheorgasmus von vorhin habe im Hintergrund darauf gewartet, sich im letzten Augenblick mit dem neuen zu vereinigen. Sie schrie auf, und er legte ihr sanft die Hand auf den Mund. Sie biß hinein und wäre fast ohnmächtig geworden.

Als sie danach erschöpft auf der Couch lagen, sah sie, daß seine Hand blutete.

»O Gott, das tut mir leid! Das hab' ich nicht absichtlich getan.«

»Ich weiß. Ich wollte nur nicht, daß Martha aufwacht.«

Gott, sie hatte Martha ganz vergessen.

»Aber du hast gesagt, daß sie einen festen Schlaf hat.«

»Den hat sie auch. Und sie schläft nach dem langen Abend vermutlich wie ein Stein, aber . . .«

»Selbst auf dem Höhepunkt der Leidenschaft bleibst du der fürsorgliche Vater.«

»Das ist keine Gefühlsregung, die ich beliebig abschalten kann. Hoffentlich stört sie dich nicht.«

»Nicht im geringsten«, sagte sie und küßte ihn rasch, damit er sie nicht mißverstand. »Das sagt mir einiges über dich – aber nur Gutes.«

Sie liebte diesen Mann. Sie fühlte sich bei ihm so geborgen. Sie hatten eine gemeinsame Vergangenheit, und sie spürte, daß auch ihre Wertvorstellungen sehr ähnlich waren. Endlich eine Beziehung, die Zukunft haben konnte.

Mit diesem warmen, beglückenden Gedanken döste Gina ein.

Gina war schon fast angezogen, als Gerry aufwachte. Draußen brach die Morgendämmerung an. Er verzog das Gesicht, während er ins Licht blinzelte. Gina konnte sich vorstellen, daß er Kopfschmerzen hatte.

»Was machst du?«

»Ich muß nach Hause und unter die Dusche. Heute morgen assistiere ich wieder Duncan.«

»Bleib wenigstens noch auf eine Tasse Kaffee da. Ich kann sofort ...«

»Ich glaube, es ist besser, wenn Martha mich beim Aufwachen hier nicht vorfindet.«

»Wahrscheinlich hast du recht«, sagte er, »aber ich wecke sie noch lange nicht.«

»Ich muß trotzdem weg.«

Sie umarmten sich. Gina wollte ihn nicht loslassen, wollte nicht gehen. Sie wollte diesen Morgen mit Gerry verbringen, mit ihm Kaffee trinken und Bagels essen, ihn noch einmal lieben und gemeinsam mit ihm duschen und erst dann daran denken, im Surgicenter bei einer kosmetischen Operation zu assistieren.

Die Sonne schob sich gerade über den Horizont und ließ die Säule des Washington Monument als Silhouette hervortreten, als Ginas alter Pontiac über die Arlington Memorial Bridge rollte.

Sie machte sich erneut Sorgen, ob sie die Sache mit Gerry nicht allzusehr forciert hatte. Aber nein ... alles kam ihr *richtig* vor.

Kann's überhaupt noch besser werden als jetzt? fragte sie sich. Sie assistierte Duncan Lathram, sie war Senator Marsdens legislative Assistentin für Gesundheitspolitik, sie hatte Gerry Canney als Liebhaber. Endlich schienen alle Puzzleteile ihres Lebens zusammenzupassen.

Nein, besser als jetzt konnte es nicht werden.

21

Sprechstunde

Mrs. Jablonsky wünschte eine Brustverkleinerung. Sie saß bis zur Taille nackt auf dem Untersuchungstisch, hob ihre großen, schweren Brüste und ließ sie wieder fallen ... hob sie, ließ sie wieder fallen ...

»Ich bin jetzt achtundsechzig«, erklärte sie Duncan. »Die hier habe ich seit meinem vierzehnten Lebensjahr. Früher bin ich stolz auf sie gewesen, aber jetzt sind sie nur noch lästig. Sie hängen an mir, ziehen meine Schultern nach vorn und bescheren mir Rückenschmerzen. Ich will sie loshaben.«

»Aber doch nicht ganz«, sagte Duncan.

»Nein, natürlich nicht. Sie sollen nur kleiner sein. Hängen sie noch tiefer, kann ich die verdammten Dinger bald unter meinen Rockbund stecken.«

Duncan lachte. »Das klingt nicht allzu bequem. Wir werden sie auf eine handlichere Größe zurechtstutzen. Aber was ...?«

Ihm war eine Vielzahl weißer und rosafarbener Läsionen an ihrem Oberkörper aufgefallen. Er berührte erst eine, dann eine andere. Sie schienen Spuren kryochirurgischer Eingriffe zu sein – und fühlten sich auch so an.

»Oh, die! Da hat Dr. Sauer mich operiert. Den kennen Sie doch – den Dermatologen? Er hat meine Läsionen entfernt.«

»Ihre Läsionen?«

»So nennt er diese Dinger.« Sie deutete auf eine daumennagelgroße seborrhoische Keratose an ihrem rechten Oberarm. »Er sagt, daß sie keine Karzinome sind, aber jederzeit bösartig werden können.«

»Diese Stellen? Er hat gesagt, sie könnten sich zu Karzinomen entwickeln?«

»Ja. Und ich hab' sie *massenhaft* gehabt.«

Duncan fühlte die Spannung in seinen Kiefermuskeln. »Wie viele dieser ›Läsionen‹ hat er entfernt?«

«Oh, mindestens fünfzig. Er hat mich jede Woche bestellt,

um wieder ein paar entfernen zu können. Jetzt ist die Behandlung fast abgeschlossen. Ich habe einiges durchgemacht, aber ich empfinde es als große Erleichterung, mir keine Sorgen wegen Hautkrebs mehr machen zu müssen.«

»Das muß Sie ein Vermögen gekostet haben.«

»O nein! Er hat die Operationen einfach Medicare in Rechnung gestellt. Er rechnet mit Versicherungen ab – im Gegensatz zu Ihnen.«

»Da haben Sie recht, Mrs. Jablonsky. Ich habe nichts mit Dr. Sauer gemeinsam.« Halblaut murmelnd fügte er hinzu: »Bestimmt ein Ingraham-Absolvent.«

»Wie bitte?«

»Nichts.«

Duncan knirschte mit den Zähnen. Dieser Quacksalber! Entfernt völlig gutartige Keratosen durch kryochirurgische Eingriffe und rechnet mit Medicare die Entfernung präkanzeröser Läsionen ab.

Was für eine Welt! Ein Arzt brauchte nur gewissenhaft und verantwortungsbewußt zu praktizieren, dann war einem ein anständiges Auskommen sicher. Aber das reichte den geldgierigen Raffern nicht, die ihre Schleimspur über den gesamten Berufsstand zogen. Vor Wut über solche Kollegen hätte er die Wände hochgehen können.

Der Kongreß besaß kein Monopol auf Geldgier. Es gab auch Ärzte, die ein Implantat verdient hätten.

Seine Gedanken schlugen eine neue Richtung ein, indem er sich fragte, ob es vielleicht eine Möglichkeit gab ...

Dann pfiff er sich selbst zurück. Es hatte keinen Zweck, diese Sache ausufern zu lassen.

Nachdem er mit Mrs. Jablonsky einen Operationstermin vereinbart hatte, ging er zum nächsten Patienten hinüber. Sein Anmeldeformular steckte in dem Wandfach neben der Sprechzimmertür. Bevor Duncan nach dem Türknopf griff, warf er einen Blick auf den Patientennamen – und blieb wie angewurzelt stehen. *Hugh K. Marsden.* War das etwa ...?

Sein Blick glitt einige Zeilen tiefer, bis er zur Berufsangabe kam: *U.S. Senator.*

Duncan lehnte sich an den Türrahmen. Das war zuviel! Der Vorsitzende persönlich?

Konnte es sein ... war jemand ihm auf der Spur? Sollte das eine Falle sein?

Aber es war undenkbar, daß ein Senator als Lockvogel benutzt wurde. Trotzdem ... schwer zu glauben, daß Marsdens Besuch ein Zufall sein sollte.

Nun, er würde vorgeben, Marsden nicht zu erkennen, und abwarten, wie die Dinge sich weiterentwickelten.

»Mr. Marsden«, sagte er, als er das Sprechzimmer betrat, und streckte die Hand aus. »Dr. Lathram.«

Marsdens Händedruck war kräftig. Und er wies Lathram nicht darauf hin, daß er ihn mit Senator hätte ansprechen sollen.

»Freut mich, Sie kennenzulernen, Doktor. Sie sind mir sehr empfohlen worden.«

»Das hört man immer gern.« Duncan gab vor, die Krankengeschichte auf dem Anmeldeformular, das er bereits draußen gelesen hatte, zu überfliegen. »Hmmm, Sie scheinen ziemlich gesund zu sein. Was können wir für Sie tun?«

Marsden drehte den Kopf zur Seite und berührte den Oberrand der linken Ohrmuschel. »Ich weiß aus zuverlässiger Quelle, daß das hier behandelt werden sollte.«

Duncan trat näher und sah das rosa Knötchen, das Marsden meinte. Er berührte es: glatt, fest. Er nahm eine Leuchtlupe aus einer Schublade und beugte sich nach vorn, um das Knötchen genauer zu betrachten. Die irisierende Oberfläche war von winzigen Kapillaren durchzogen. Das Licht erzeugte einen positiven Tyndall-Effekt. Er betastete es erneut und folgte dabei dem Außenrand. Es war größer, als er vermutet hatte.

»Ihre Quelle hat Sie richtig beraten. Sie haben hier ein Basalzellkarzinom. Metastasen sind nicht zu befürchten, aber wenn es nicht behandelt wird, wächst es weiter, bricht dann auf und blutet. Ich rate Ihnen, es jetzt entfernen zu lassen, solange es klein ist.«

»Deswegen bin ich hier.«

Duncan legte seine Leuchtlupe beiseite.

»Sorry. Ich nehme keine therapeutischen Operationen, sondern nur kosmetische Eingriffe vor. Aber ich kann Ihnen einen ausgezeichneten Chirurgen empfehlen, der . . .«

»*Sie* sind mir empfohlen worden.«

»Das mag sein, aber ich mache nicht, was Sie brauchen.«

»Aber ich *brauche* einen kosmetischen Eingriff, Doktor. Ich habe keine Lust, mit einem Loch im Ohr herumzulaufen.«

»Das sehe ich ein, aber . . .«

»Dr. Panzella hat mir gesagt, daß Sie der Beste sind.«

»Gina? Sie hat Sie zu mir geschickt?«

Warum? fragte er sich gereizt. Sie hätte es besser wissen müssen.

»Nicht wirklich. Offenbar haben wir etwas gemeinsam: Sie ist Ihre und meine Assistentin. Sie hat dieses Ding an meinem Ohr gesehen – sie bezeichnet es als ›Läsion‹ – und mir geraten, es untersuchen zu lassen. Da viele meiner Kollegen auf dem Kapitol große Stücke von Ihnen halten und auch Gina ein Loblied auf Sie singt, sind Sie meiner Überzeugung nach der richtige Mann.«

Duncans Verstand arbeitete auf Hochtouren. Er fühlte sich überrumpelt. Aber das war die Erklärung für Marsdens Besuch: die Gina-Connection.

Also gut. Vielleicht wurde es Zeit, sich nicht mehr ganz dumm, sondern nur noch etwas dumm zu stellen.

»Marsden . . .«, sagte er langsam. »Großer Gott, Sie müssen Senator Marsden sein. Entschuldigen Sie, daß ich Ihren Namen nicht gleich erkannt habe. Ja, natürlich! Sie sind Vorsitzender des . . .« Er schnalzte mit den Fingern. ». . . der . . .«

»Der Richtlinien-Kommission.«

»Genau! Die Gemeinsame Kommission für ärztliche Ethik und Richtlinien zur Berufsausübung.«

Marsden lächelte. »Sie kennen ihren vollen Namen. Das ist selten.«

»Ich lese viel. Ihre Kommission ist in letzter Zeit etwas in Turbulenzen geraten, glaube ich.«

»Ja. Der arme Harald. Er ist leider ziemlich krank.«

»Weiß man schon, ob und wann er wieder einsteigen kann?«

»Nein. Die Ärzte halten sich mit Prognosen zurück.«

Marsden benahm sich ebenso zurückhaltend. Er gab so wenig wie möglich preis. Aber das war ganz normal. Duncan versuchte, sich über seine Einstellung diesem Mann gegenüber klarzuwerden. Er hatte nichts gegen ihn persönlich. Wäre er nicht Vorsitzender einer Kommission gewesen, die nicht hätte existieren dürfen, hätte Duncan ihn wahrscheinlich sogar sympathisch gefunden.

»Ein bißchen Pech, finden Sie nicht auch?«

»Viel mehr als nur ein bißchen. Man könnte fast glauben, über der Kommission hinge ein Fluch.«

»Sie wissen nicht zufällig, ob eines Ihrer Mitglieder in Pharaonengräbern herumgestochert hat?«

Marsden lächelte schwach. »Das könnte man fast vermuten, nicht wahr?«

»Bedeutet das, daß Ihre Richtlinien auf Eis gelegt sind?«

»Nicht mehr lange. Ich gebe mir alle Mühe, die freigewordenen Plätze neu zu besetzen. Wir können bestimmt bald weiterarbeiten.«

»Ach, tatsächlich?« fragte Duncan. Seine Kaumuskeln verkrampften sich nervös. »Sehr interessant.«

»Aber kommen wir wieder zur Sache«, schlug Senator Marsden vor. »Ich möchte, daß Sie mich operieren. Und der Grund dafür ist offen gesagt kosmetischer Natur. Wie ich höre, wenden Sie eine Methode an, die Narben sehr viel schneller als sonst abheilen läßt. Die brauche ich.«

»Wirklich?«

»Ja. Macht der Präsident richtig Druck, kann die Anhörung schon in ein paar Wochen fortgesetzt werden. Ich habe keine Lust, amerikaweit mit einem Blumenkohlohr oder einem Ohr, dem ein Stück fehlt, auf den Fernsehschirmen zu erscheinen. Sie kennen die Medien. Die würden darüber spekulieren, und sobald die Wahrheit herauskäme, gäbe es eine Story nach der anderen über meinen Hautkrebs; dann Sondersendungen im Fernsehen über das Auftreten von Hautkrebs und wie man sich vor ihm schützen kann.«

»Die könnten sogar nützlich sein.«

»Schon möglich. Aber ich will nicht, daß die Medien sich auf mich und mein kleines Hautproblem einschießen. Sie sollten sich auf die Richtlinien-Kommission und deren Ziele konzentrieren.«

Was für Ziele *haben* Sie überhaupt? hätte Duncan am liebsten gefragt.

Marsden sprach weiter: »Als bekannt guter Chirurg und mit Ihrem beschleunigten Heilverfahren sind Sie meiner Überzeugung nach genau der richtige Mann für diese Operation.«

Oh, das bin ich, Senator, dachte Duncan. Das bin ich tatsächlich.

»Also gut, Senator. Wegen Ihrer Verbindung zu Dr. Panzella, die übrigens sehr lobend von Ihnen spricht, will ich eine Ausnahme machen. Aber ich bin nicht bereit, von meinem Prinzip abzugehen, daß ich nichts mit irgendwelchen Krankenversicherungen zu tun haben will. Sie bezahlen mein horrendes Honorar im voraus. Dafür bekommen Sie die beste kosmetische Operation der Welt unter Wahrung absoluter Diskretion. Zwischen uns besteht ein Arzt-Patient-Verhältnis, das nicht das geringste mit Medicare, Medicaid, Blue Cross, HMOs, PPOs, IPAs oder dem ganzen sonstigen Buchstabensalat zu tun hat. Ich fülle keine Vordrucke aus und rede nicht mit Bewilligungsausschüssen, Koordinatoren für Qualitätskontrolle oder Pflegebürokraten, die erst eine zweite oder dritte Meinung einholen wollen. Ich rede mit Ihnen, Sie reden mit mir. Für Dritte ist in unserem Verhältnis kein Platz.«

Marsden wirkte eher fasziniert als verblüfft.

»Das heißt also, daß Sie mit überhaupt keiner Krankenversicherung abrechnen?«

»Sie sehen eine vom Aussterben bedrohte Art vor sich, Senator.«

»Wenn Sie wollen, kann ich Sie auf die Rote Liste des Innenministeriums setzen lassen.«

»Dafür ist's schon zu spät, glaube ich.«

»Nun, der Verkauf meines Unternehmens hat mir ein bißchen Geld eingebracht. Ich kann es mir leisten, einen Teil davon für mein Ohr auszugeben.«

»Gut. Ich übergebe Sie jetzt meiner Sekretärin, die Ihnen die nötigen Einverständniserklärungen vorlegt. Was halten Sie von nächster Woche?«

»Donnerstag wäre für mich am günstigsten.«

»Ich sehe zu, was sich machen läßt. Aber wenn ich das beschleunigte Heilverfahren anwenden soll, müssen sie sich einen Videofilm ansehen und einen Stapel Haftungsausschlüsse unterschreiben. Die von mir verwendeten Implantate befinden sich noch in klinischer Erprobung.«

»Ich unterschreibe alles, was nötig ist.«

»Ausgezeichnet.«

Als Duncan ihn in den Flur hinausbegleitete, kam zufällig Gina vorbei.

Sie war sichtlich überrascht, ihn zu sehen.

»Senator Marsden!«

Irgend etwas huschte über ihr Gesicht. In dem Augenblick zwischen ihrer Überraschung, als sie ihn erkannte, und ihrem Lächeln, mit dem sie ihn begrüßte, zeigte ihr Gesicht einen seltsamen Ausdruck. Sprach daraus Angst, Besorgnis oder Verwirrung? Jedenfalls war klar, daß Gina sich keineswegs darüber freute, dem Senator hier zu begegnen.

Warum? fragte Duncan sich.

Seit Gina hier arbeitete, hatte sie nur gute Ergebnisse, nur *ausgezeichnete* Ergebnisse gesehen. Warum um Himmels willen sollte sie also im geringsten besorgt sein, wenn der Senator sich hier operieren lassen wollte?

Es sei denn ...

Nein. Wie konnte sie einen Verdacht haben? Wie konnte sie auch nur etwas ahnen?

Dahinter mußte etwas anderes stecken. Vielleicht hatte er ihren Gesichtsausdruck falsch gedeutet.

Aber das war unwahrscheinlich. Sie hatte besorgt, geradezu ängstlich gewirkt.

Duncan versuchte, dieses Gefühl mit einem Schulterzucken abzutun, aber so leicht ließ es sich nicht vertreiben. Warum zum Teufel sollte der Anblick von Senator Marsden in seiner Begleitung bei Gina Angst und Schrecken auslösen?

Gina gingen allerlei beunruhigende Gedanken durch den Kopf, als sie zusah, wie Senator Marsden die Einverständniserklärungen unterschrieb. Gedanken über drei Mitglieder aus Marsdens Kommission, alle drei von Duncan Lathram operiert, alle drei entweder tot, verletzt oder geistesgestört ...

Sie gab sich Mühe, sich nichts anmerken zu lassen.

»Ich bin ganz überrascht, Sie hier zu sehen«, sagte sie, nachdem Duncan gegangen war.

Er tippte sich mit einem Finger an sein linkes Ohr. »Nun, alle scheinen sich darüber einig zu sein, daß dieser Knoten operiert werden muß. Und haben Sie nicht gesagt, er sei der beste Chirurg der Welt?«

»Ja, aber ich wollte nie, daß Sie hierherkommen ... Ich meine, er behandelt keine Fälle wie Ihren.«

»Er hat gesagt, er sei bereit, in meinem Fall eine Ausnahme zu machen.« Gina hatte das Gefühl, in ihrem Magen bilde sich ein Eisklumpen. Duncan machte *niemals* Ausnahmen.

»Wirklich? Das überrascht mich.«

»Vielleicht sollten Sie sich geschmeichelt fühlen. Er hat gesagt, er mache sie nur Ihretwegen.« Marsden tätschelte ihren Oberarm. »Sehen Sie? Ich hab' gewußt, daß ich eines Tages froh sein würde, Sie angestellt zu haben.«

Hoffentlich behalten Sie recht, Senator, dachte Gina. Sie entschuldigte sich und hastete davon. Sie hatte es eilig, in die Bibliothek zu kommen.

Sie saß wieder in der Zeitschriftenabteilung der D. C. Public Library in der G Street. Ihr war etwas eingefallen, das Oliver über die Richtlinien-Kommission gesagt hatte ... nachdem Duncan explodiert war, als sie ihm erzählt hatte, sie bewerbe sich als Assistentin eines Kommissionsmitglieds.

... vor Jahren hat er mal Schwierigkeiten bekommen ...

Duncan und Schwierigkeiten mit der Richtlinien-Kommission? Wie lange war das schon her? Oliver wollte nichts dazu sagen. Vielleicht war der Mikrofilm auskunftsfreudiger.

Deshalb ließ sie Dr. Duncan Lathram in der *Washington Post* aus Lisas Todesjahr suchen.

Der früheste Bericht stammte vom 7. Mai – etwa eine Woche vor dem ersten Anti-Duncan-Artikel im *Alexandria Banner*. Titelseite, unten rechts.

Gina hatte ein flaues Gefühl im Magen, als sie die Überschrift las: »Kommission beklagt ›kraß überhöhte Abrechnungen‹ eines Chirurgen.«

Sie überflog den Artikel, bis sie seinen Namen entdeckte, und las dann den ganzen Absatz.

> Von seinem Platz neben dem Vorsitzenden aus sagte Senator Harold Vincent, ein führendes Kommissionsmitglied, sein Stab habe einen Fall von »flagrantem Mißbrauch des jetzigen Systems gleich hier in unserem eigenen Hinterhof« aufgedeckt. Sein scharfer Angriff galt Dr. Duncan Lathram, einem Gefäßchirurgen in Alexandria, der im vergangenen Jahr über eine Million Dollar von Medicare kassiert haben soll. »Diese üble Geldschneiderei ist ein Musterbeispiel für einen wildgewordenen Berufsstand, der sich die Taschen mit vom Steuerzahler schwerverdienten Millionen füllt. Sollte es jemals zweifelhaft gewesen sein, ob der Ärzteschaft Richtlinien auferlegt werden müssen, dürften diese Zweifel durch Leute wie Dr. Lathram ausgeräumt sein.«

Gina saß steif vor dem Mikrofilmlesegerät und fand nicht nur die Wortwahl, sondern auch die Identität des Anklägers schokkierend. Senator Vincent . . . Duncan hatte ihn erst vor ein paar Wochen operiert; im Hearing Room hatten die beiden noch wenige Minuten vor Vincents Anfall freundlich scherzend miteinander gesprochen. Und obwohl Duncan vor fünf Jahren von Vincent öffentlich angegriffen worden war, hatte keiner der beiden jemals ein Wort darüber verloren. Hatten sie's beide vergessen?

Nein, nicht Duncan. Vincent schon eher. In einem Vierteljahrhundert auf dem Kapitol waren seine damaligen Äußerungen nur eine von unzähligen Reden, die ein Assistent ihm schrieb und die weggeworfen wurden, sobald sie im Protokoll standen.

Aber Duncan ... diese Worte hatten sich bestimmt in sein Gehirn eingebrannt. So etwas würde er nie vergessen. Und er würde es nie verzeihen.

Gina holte tief Luft und las den Zeitungsbericht von Anfang an. Vincent hatte Duncan als Mitglied der Kommission für Richtlinien zur ärztlichen Berufsausübung angegriffen – der *ursprünglichen* Richtlinien-Kommission unter Vorsitz von Senator McCready. In dem Bericht wurden auch die übrigen Mitglieder dieser ersten Kommission genannt. Außer Vincent und McCready waren das Lane, Allard und Schulz.

Schulz! Schulz hatte der ursprünglichen Kommission angehört. Das hatte Gina nicht gewußt.

»Großer Gott!« flüsterte sie. Das war also, was die vier toten oder verletzten Abgeordneten und Senatoren miteinander verband: Sie waren alle Mitglieder von McCreadys Kommission gewesen.

Eine Woche später wurde Duncan nochmals in der *Washington Post* erwähnt – im Innenteil, nicht mehr auf der Titelseite. Diesmal geißelte Congressman Allard den geldgierigen Chirurgen und bezeichnete ihn als »die Spitze des Eisbergs«. Dagegen müsse auf Bundesebene eingeschritten werden. Allard forderte, Medicare solle Lathrams Krankenhaus- und Praxisabrechnungen prüfen.

Gina lehnte sich zurück. Damit hatten Duncans Leiden also begonnen – durch einen Funken aus der ursprünglichen Richtlinien-Kommission ausgelöst. Er mußte diese Männer hassen ... trotzdem hatte er vier von ihnen operiert.

Und jetzt waren diese vier entweder tot oder im Krankenhaus.

Es gab nur Indizienbeweise, jeder der vier Fälle lag anders, und sie konnte sich nicht vorstellen, daß ein Schwurgericht ihn aufgrund der vorhandenen Beweise schuldig gesprochen hätte ... aber nur ein Dummkopf konnte die unübersehbaren und erschreckenden Parallelen leugnen.

Aber woraus bestand die Querverbindung zu Lisa?

Und war sie wichtig?

Im Augenblick nicht. Viel wichtiger war, daß Senator Marsden sich kommende Woche unter Duncans Messer begeben würde.

Sie erinnerte sich daran, wie Marsden vor wenigen Stunden die Einverständniserklärungen unterschrieben hatte. Hieß es nicht oft, mit diesen Unterschriften lege man sein Leben in die Hand des Chirurgen?

22

Gina

Am Samstagmorgen wachte Gina nicht auf. Das mußte sie auch nicht. Sie hatte die ganze Nacht kein Auge zugetan.

Eine Nacht, in der sie sich schlaflos im Bett herumgewälzt hatte. Bis auf Schlaftabletten hatte sie alles versucht. Es waren keine im Haus, und sie hätten vermutlich ohnehin nicht gewirkt, denn sie war völlig überdreht.

Senator Marsden wird irgend etwas zustoßen.

Dieser Gedanke prallte wie eine Billardkugel von den Innenwänden ihres Gehirns ab. Gina versuchte, ihn mit sämtlichen Einwänden zu widerlegen, die ihr nur einfielen. Letztlich blieb nur die Tatsache übrig, daß es trotz scheinbarer Gemeinsamkeiten in allen vier Fällen nur Indizienbeweise gab. Ja, die Kommission hatte eine Folge von Ereignissen in Gang gesetzt, die Duncans Praxis ruiniert hatten, aber das allein konnte nicht ausgereicht haben, um ihn zu einem mörderischen Rachefeldzug anzustacheln.

Immer wenn sie glaubte, ihre Befürchtungen endlich widerlegt zu haben, regte sich in ihrem Kleinhirn, dem Sitz urmenschlicher Instinkte, irgendeine dunkle, unbestimmte Angst, die sie wieder in wilden Aufruhr versetzte.

Deshalb saß Gina jetzt in ihrem Erkerfenster und blickte auf die am Samstagmorgen stille Kalorama Road hinunter. Gott, was sollte sie bloß tun?

Irgend etwas mußte sie tun.

Die Operation verhindern? Wie? Und mit welcher Begründung? Nein, sie würde eine Möglichkeit finden müssen, sich abzulenken, damit sie nicht durchdrehte, während sie darauf wartete, daß irgend etwas passierte.

Aber falls Marsden nach der Operation irgendwas zustößt – sogar wenn er von einem Meteoriten erschlagen wird, während er in seinem Vorgarten Laub zusammenrecht –, werde ich Duncan die Schuld dafür geben.

Gina wurde mit ziemlich jeder Frage fertig, außer mit der nach Duncans Schreibtischschublade.

Sie hatte die Phiole und einen übergroßen Trokar gesehen. Und sie konnte sich beides nicht erklären.

Was enthielt die Phiole? Was hatte ein Trokar dort zu suchen?

Es gab nur eine Möglichkeit, das festzustellen. Hatte sie den Mut dazu?

Sie ging ins Schlafzimmer, um sich anzuziehen.

Gina betrat das Surgicenter durch den hinteren Privateingang und gab auf dem Tastenfeld den Code ein, der die Alarmanlage ausschaltete. Das tat sie mit ziemlich schlechtem Gewissen. Duncan hatte ihr einen Satz Schlüssel anvertraut, und sie benutzte ihn jetzt, um sich hier einzuschleichen und in seinem Schreibtisch herumzuschnüffeln.

Aber ich will schließlich nichts stehlen, sagte sie sich. Ich versuche nur, meine Befürchtungen zu zerstreuen.

Nachdem sie die Tür hinter sich abgesperrt hatte, machte sie sich daran, einen Grund für ihre Anwesenheit zu fabrizieren. An sich war es unwahrscheinlich, daß jemand am Samstag herkam, und ihr Auto war auf dem rückwärtigen Parkplatz von der Straße aus nicht zu sehen, aber man konnte eben nie wissen. Deshalb ging sie als erstes zu ihrem Arbeitsplatz hinunter und ließ ihren Sicherheitsausweis aus dem Senat unter den Tisch fallen, an dem sie immer diktierte. Sollte jemand danach fragen, war sie aus diesem Grund hier: um ihren verlorenen Ausweis zu suchen.

Oben im Erdgeschoß schloß sie Duncans Büro auf. Sie bemerkte, daß ihre Hände feucht waren. Was passierte, wenn Duncan aufkreuzte und sie hier ertappte? Unwahrscheinlich.

Wozu sollte er an einem Samstag herkommen, wenn er's schon an Werktagen kaum erwarten konnte, das Surgicenter nachmittags zu verlassen? Bei Oliver sah die Sache anders aus. Aber er hatte von einem Wochenendausflug nach Virgina Beach gesprochen, deshalb war es wenig wahrscheinlich, daß er hier auftauchte.

Durchs Panoramafenster sah sie, daß der Steingarten halb im Schatten lag. Die Sträucher schützten sie davor, von draußen gesehen zu werden; sie nahmen ihr jedoch auch die Sicht auf den rückwärtigen Parkplatz. Deshalb ließ sie die Bürotür offen, damit sie hören konnte, wenn jemand den Privateingang aufschloß.

Gina trat an Duncans Schreibtisch und hoffte, die rechte obere Schublade werde offenstehen.

Leider Pech gehabt.

Okay, dann hoffte sie, er habe vergessen, sie abzuschließen. Sie zog an dem Messinggriff. Die Schublade wackelte etwas, aber sie glitt nicht heraus.

Verdammt! Sie schlug mit der flachen Hand gegen das Holz. Sie wollte endlich Gewißheit haben. Sie konnte diese Zweifel nicht länger ertragen.

Gina ließ sich in Duncans Ledersessel fallen und starrte die Schublade an. Die Widerlegung – oder, Gott bewahre, die Bestätigung – all ihrer Ängste befand sich hinter diesem nicht einmal starken Brett. Sie betrachtete die Schloßplatte aus Messing. Sie hatte Duncans Schlüsselring an diesem Schloß hängen gesehen, was bedeutete, daß er den Schlüssel ständig bei sich trug. Aber vielleicht bewahrte er irgendwo einen Ersatzschlüssel auf.

Sie durchsuchte die anderen Schubladen und fand tatsächlich zwei Schlüssel, von denen jedoch keiner paßte. Dann versuchte sie erfolglos, die Schublade mit dem Brieföffner aufzuhebeln; sie wagte es nicht, allzuviel Kraft anzuwenden, um das Holz nicht zu zerkratzen.

Wenn sie nur gewußt hätte, wie man ein Schloß knackte ... oder jemanden gekannt hätte, der sich darauf verstand ...

Zuerst liebten sie sich.

Gerry kam ein paar Minuten zu früh, und obwohl Gina dringend erfahren wollte, wie man ein Schloß knackte, waren alle versperrten Schubladen vergessen, als er vor ihrer Tür stand. Nach ungefähr drei Worten lagen sie sich in den Armen und hinterließen dann eine Spur aus Kleidungsstücken zwischen Wohnungstür und Schlafzimmer. Es war schöner, sich in einem richtigen Bett statt auf einer Couch zu lieben, und diesmal übernahm Gerry die Führung: Seine Lippen küßten ihre Brustspitzen, folgten der Narbe bis zu ihrem Nabel, den sie umkreisten, und glitten dann tiefer. Gina stöhnte genußvoll und drängte sich gegen seine bohrende Zungenspitze.

Danach lagen sie sich atemlos und schweißnaß in den Armen. Gina mußte sich beherrschen, nicht zufrieden einzudösen. Sie stand auf, schlüpfte in ihren Bademantel und entkorkte eine Flasche Merlot. Sie wechselten vom Bett auf die Couch und nippten dort aneinandergekuschelt an ihrem Wein.

»Das war wundervoll.«

»Für uns beide«, sagte sie und knabberte mit weichen Lippen an seinem Hals.

»Hab' ich vorhin übrigens hallo gesagt?«

Gina lachte. »Das war 'ne echt hektische Szene, was?«

»Wo ist dieses Schloß, das du nicht aufbekommst?« wollte er schließlich wissen.

Gina war ihr Märchen von dem angeblich verlorenen Schlüssel so peinlich, daß sie froh war, ihn nicht daran erinnern zu müssen. Sie deutete quer durchs Wohnzimmer.

»Mein kleiner Eichensekretär dort drüben. Ich weiß nicht mal, warum ich ihn abgesperrt habe. Und jetzt ist der Schlüssel weg.«

Sie hatte sich für ihren Sekretär entschieden, weil sein Schloß etwa so groß war wie das an Duncans Schublade.

»Kein Ersatzschlüssel?«

Sie machte ein verlegenes Gesicht. »Ich glaube, der liegt drinnen.«

Wenigstens das war nicht gelogen.

Gerry lachte, als er in seine Jacke griff und ein längliches Etui herausholte.

»Ein Werkzeugsatz, um Schlösser zu öffnen?«

»Noch besser.« Er klappte das Etui auf und zeigte ihr ein Gerät, das wie ein winziger Akkuschrauber aussah. »Ein batteriebetriebener Dietrich.«

»Echt? Ich hab' gar nicht gewußt, daß es so was gibt.«

»Die gibt's schon länger. Das hier ist der EPG-1 Electropick. Er öffnet praktisch jedes Zylinderschloß in weniger als einer Minute.«

»Und wie steht's mit der bewährten alten Methode, Schlösser zu knacken?«

»Hoffentlich geht's auch anders«, sagte Gerry. »Dafür bin ich nämlich nicht ausgebildet. Als FBI-Agent braucht man kein Tresorknacker zu sein.«

»Wozu dann dieses Elektroding?«

»Wenn wir's eilig haben und nicht auf den Aufsperrdienst warten können.«

Gerry probierte mehrere kleine schwarze Metallinstrumente aus, bis er eines fand, das ins Schloß paßte, steckte es in den Elektropick und begann, an der Einstellschraube auf der Geräteoberseite herumzudrehen.

»Haben wir die passende Sonde gefunden, justieren wir die Auf- und Abbewegung – bei einem so kleinen Schloß ziemlich gering –, stecken das Gerät ins Schloß und schalten es ein.«

Gina beobachtete, wie das Metallinstrument sich im Schloß rasch auf und ab bewegte. Gerry schob den Electropick mehrmals hinein, zog ihn wieder heraus und legte ihn schließlich beiseite.

»Okay. Alle Stifte sind in Position. Jetzt stecke ich einfach diesen Torsionsstab hinein . . .« Er schob einen dünnen L-förmigen Stahlstab ins Schloß. ». . . und drehe kräftig.«

Sie hörte ein Klicken. Er zog den Torsionsstab heraus und deutete auf das Schloß.

»Okay, zieh mal dran.«

Die Schreibplatte ließ sich mühelos aufklappen. Sie küßte Gerry.

»Mein Held! Ein vielseitig begabter Mann.«

Er hielt den Electropick hoch. »Bloß ich und mein handlicher EPG-1.«

»Augenblick!« Gina wühlte in einer der Schubladen. »Hier ist der Ersatzschlüssel.«

»Der beste Platz«, sagte Gerry mit schiefem Grinsen. »Wie wär's, wenn du ihn *hinter* den Schrank kleben würdest, damit du leichter dran kommst?«

»Klasse Idee. Aber zuerst . . .« Sie steckte den Schlüssel ins Schloß und sperrte wieder ab. Dann streckte sie eine Hand nach dem Electropick aus. »Laß mich auch mal versuchen.«

Gerry zögerte zunächst, aber dann zeigte er ihr, wie das Gerät benutzt wurde. Unter seiner Anleitung öffnete und versperrte sie das Schloß dreimal.

Gina wußte nun, daß sie unbedingt einen Electropick haben mußte.

»Wo bekommt man so ein Ding?«

»Jedenfalls nicht im Supermarkt, das steht fest. Es kostet ein paar hundert Dollar, aber wenn du wirklich eines willst, kann ich dir die Adresse eines Versandgeschäfts geben.«

»Schon gut«, sagte sie enttäuscht. Eine Bestellung hätte viel zu lange gedauert. »Ich meine, wie oft würde ich ein Gerät dieser Art brauchen?«

Und dann wurde es Zeit fürs Abendessen. Sie gingen in ein Thai-Restaurant in der Nähe, wo sie Gerry nicht dazu überreden konnte, Fischmagen in Erdnußsauce zu versuchen. Anschließend sahen sie sich den neuen Kevin-Costner-Film an. Sie merkte, daß Gerry nicht sonderlich begeistert davon war, und hätte den Film vielleicht auch nicht gemocht, wäre Kevin Costner nicht der Hauptdarsteller gewesen. Allein sein Auftreten und seine Stimme machten viele der unübersehbaren Mängel des Films wett.

Und schließlich waren sie wieder zurück in Ginas Apartment, wo sie sich erneut liebten. Diesmal langsam und bewußt hinausgezögert.

»Merkwürdig, nicht wahr?« fragte Gina, als sie danach nebeneinanderlagen. Sie hatte eben daran gedacht, wie schön es wäre, für immer mit Gerry zusammenzusein. »Wenn man bedenkt, was wir seit unserer Schulzeit alles erlebt haben . . . Damals kannten wir uns kaum, obwohl wir uns den größten Teil des Tages im selben Gebäude aufgehalten haben. Und dann, nach all diesen Jahren und Entfernungen, begegnen wir uns in einer Millionenstadt wieder und sind jetzt hier. Ich glaube nicht an die Macht des Schicksals, aber du mußt doch zugeben, daß ...«

»Schicksal«, wiederholte er leise. »Das klingt gut, finde ich.«

Gerry ging gegen eins. Ohne den Electropick. In ihrer Verzweiflung hatte Gina ihn entwendet, bevor er seine Jacke anzog. Sie kam sich schäbig vor, tröstete sich aber mit dem Gedanken, daß sie sich das Gerät ja nur auslieh.

Gina fühlte sich geborgen und zufrieden, als sie einschlief, nachdem sie sich vorgenommen hatte, den Sonntagvormittag damit zu verbringen, eine Electropick-Expertin zu werden, um sich dann nachmittags über Duncans Schreibtischschublade herzumachen.

Nur die nagende Sorge, was sie dort wohl finden würde, störte sie in ihrer Ruhe.

Die Woche nach dem 15. Oktober

23

Gina

Es wurde Dienstagnachmittag, ehe sie Gelegenheit fand, den Electropick an Duncans Schreibtisch auszuprobieren.

Das hätte ich schon vor Tagen tun sollen, dachte Gina, als sie hinter der Tür zur Kellertreppe stand. Sie wartete darauf, daß Barbara wieder einmal ihren Schreibtisch verließ, um zum Drucker oder Kopierer unten im Keller oder in den Informationsraum für Patienten auf der gegenüberliegenden Seite des Korridors zu gehen.

Der Sonntag wäre ideal gewesen. Gina hatte den ganzen Vormittag mit dem Electropick geübt, an allen Zylinderschlössern in ihrer Wohnung und sogar an ihrem Auto, bis sie das Gerät ziemlich gut beherrschte.

Gerry hatte am Sonntagvormittag angerufen, und sie sprachen darüber, wie wundervoll die vergangene Nacht gewesen war. Zuletzt fragte er nach dem Electropick. Er konnte ihn nirgends finden. Hatte er ihn bei ihr liegengelassen? Gina sagte, sie habe das Ding bereits gefunden, und erklärte ihm lachend, er brauche wirklich nicht mit dem alten Trick zu arbeiten, irgend etwas liegenzulassen, damit er zurückkommen könne. Als er davon sprach, er wolle später vorbeischauen, um sich das Gerät zu holen, entschuldigte sie sich mit unzähligen Dingen, die sie noch erledigen müsse, bevor ihre Nachtschicht im Krankenhaus beginne. Das war nicht mal gelogen. Zum Glück schien Gerry den Electropick nicht dringend zu brauchen. Seine Dienststelle habe mehrere davon, versicherte er ihr.

Nach einer weiteren Übungsstunde fühlte Gina sich am frühen Nachmittag zum Einsatz bereit. Aber als sie das Surgicenter erreichte, parkte davor ein dunkelblauer Buick Park Avenue. Olivers Wagen. Was hatte er hier zu suchen? Noch dazu an einem Sonntag, an dem er sich zu Hause die Footballübertragungen hätte ansehen sollen. Aber Oliver hätte die Redskins bestimmt nicht von den Mighty Ducks unterscheiden können. Für ihn gab es nur sein Labor und seine Implantate.

Gina fuhr also vorbei und kam zwei Stunden später zurück. Der Buick stand noch immer dort. Nach wiederum zwei Stunden war der Wagen verschwunden, aber jetzt wurde es dunkel, und ein Reinigungsdienst fing an, die Räume des Surgicenters zu putzen. Gina blieb nichts anderes übrig, als für heute aufzugeben. Sie mußte zum Nachtdienst ins Krankenhaus.

Am Montag bot sich keine Gelegenheit. Duncan blieb länger als sonst, und Gina konnte nicht abwarten, bis er ging, weil sie zu einer Besprechung mit den anderen legislativen Assistenten in Senator Marsdens Büro mußte.

Aber heute lief alles wie am Schnürchen. Sobald Duncan seine Operation beendet hatte, war er geradewegs in den Golfclub gefahren – oder hatte es zumindest behauptet.

Auch das war etwas, das Gina beunruhigte. Wohin fuhr er wirklich? Und wer war der geheimnisvolle Dr. V., der ihn hier aufgesucht hatte? Geheimnisse über Geheimnisse. Kein Wunder, daß sie allmählich mißtrauisch wurde.

Sie hörte Schritte näher kommen. Pumps mit hohen Absätzen. Die trug hier nur eine Kollegin. Gina trat auf den Flur hinaus.

»Hi, Barbara«, sagte sie.

Die Blondine fuhr zusammen, dann lächelte sie. »Gott, haben Sie mich erschreckt! Ich dachte, Sie seien längst weg.«

»Ich gehe in ein paar Minuten.«

Gina hastete den Flur entlang weiter und durchs Vorzimmer in Duncans Büro. Nachmittags fiel reichlich Licht in den großen Raum mit Blick auf den Steingarten. Beste Bedingungen für einen Schloßknacker.

»Echt verrückt, was du hier machst«, murmelte sie vor sich hin. Nervosität griff mit eisiger Hand nach ihrem Nacken. Gina bemühte sich, sie abzuschütteln.

Los, mach schon! Beeil dich!

Sie wußte, daß sie jetzt nicht zögern, sich keine Zeit zum Nachdenken gönnen durfte, weil sonst die Gefahr bestand, daß sie sich die Sache in einem Anfall von Vernunft noch anders überlegte. Sie zog den Electropick aus einer Tasche ihres Labormantels und kniete sich vor den Schreibtisch. War die Schublade diesmal vielleicht unversperrt? Ein kurzer Zug am Handgriff zeigte ihr, daß sie abgeschlossen war.

Okay. Zeig, was du kannst, Electropick.

Sie versuchte es mit einer der Sonden, die aber nicht ins Schloß passen wollte. Sie brauchte eine kleinere. Kein Problem. Wie man die Sonden wechselte, hatte sie am Sonntag oft genug geübt. Als wolle man bei einer Schlagbohrmaschine den Bohrer auswechseln – nur noch einfacher. Sie steckte die nächstkleinere Größe ein, drehte an der Einstellschraube und versuchte es erneut.

Diesmal ließ die Sonde sich mühelos hineinschieben. Eine halbe Minute später steckte sie den Torsionsstab ins Schloß und drehte ihn vorsichtig nach links. Das Schloß sprang mit leisem Klicken auf.

»Ja!« flüsterte Gina.

Sie zog den Torsionsstab heraus und öffnete die Schublade. Nun hatte sie beides vor sich: den großen Trokar und die geheimnisvolle Phiole.

Sie zögerte, dann griff sie nach dem Trokar und sah durch seine Bohrung – eigentlich nur ein dünnes Edelstahlrohr mit einer scharfen Schrägspitze am oberen und einem Handgriff am unteren Ende. Gewissermaßen eine übergroße Injektionsspritze. Genau die richtige Größe für eines der neuen Riesenimplantate, die Oliver vor ihren Augen mit Ultraschall zerstört hatte. Sie steckte den Obdurator in den Trokar, so daß die Bohrung mit einem weiteren Edelstahlteil ausgefüllt war.

Sie erinnerte sich an den Einstich, den sie bei Senator Vincent im Aufwachraum am Oberschenkel gesehen hatte. Er hätte von einem Instrument dieser Art stammen können. Sie stellte sich vor, wie Duncan die scharfe Spitze des Trokars auf die Außenseite von Vincents Oberschenkel setzte und sie schräg durch die

Haut drückte. Er würde den Trokar sechs bis sieben Zentimeter weit in die subkutane Fettschicht vortreiben, dann den Obdurator zurückziehen und das Stahlrohr im Oberschenkel lassen. Als nächstes würde er das Implantat in die Bohrung des Trokars stecken. Mit dem stumpfen Ende des Obdurators würde er das Implantat bis vorn zur Spitze schieben, dann den Trokar über den Schaft des Obdurators zurückziehen und zuletzt beide Instrumente gemeinsam herausziehen.

So daß das Implantat im subkutanen Fettgewebe des Oberschenkels zurückblieb.

Gina fuhr zusammen. Bei dieser Vorstellung lief ihr ein kalter Schauer über den Rücken.

Sie zog den Obdurator aus dem Trokar heraus und legte beide Teile in die Schublade zurück, bevor sie nach der geheimnisvollen Phiole griff. Eine kleine Flasche für Injektionslösungen. Sie betrachtete den roten Gummistopfen genauer und stellte fest, daß er mehrfach durchstochen war.

Sie ist benutzt worden, sagte Gina sich. Aber was enthält sie?

Die Phiole war knapp zur Hälfte mit einer dünnen, klaren, bernsteingelben Flüssigkeit gefüllt. Gina hielt sie schräg, um das Etikett lesen zu können. Links oben sah sie das Markenzeichen der Firma GEM Pharma. Im Schriftfeld standen zwei maschinengeschriebene Wörter:

TRIPTOLINISCHES DIÄTHYLAMID

»Na gut«, murmelte sie, »damit ist alles klar.«

Was zum Teufel war triptolinisches Diäthylamid? Sie hatte noch nie davon gehört. Sie studierte die beiden Wörter, prägte sich die Schreibweise ein, stellte das Fläschchen auf den Schreibtisch und machte sich daran, die Schublade zu durchsuchen.

Die Schublade enthielt nicht viel. Der auffälligste Gegenstand war das kleine Diktiergerät, das Duncan bei Patientenberatungen und Operationen benutzte. Ginas Herz schlug etwas schneller, als sie sah, daß eine Kassette eingelegt war. Sie spulte sie zurück und drückte auf den Wiedergabeknopf. Eine etwas blecherne Version von Duncans Stimme schilderte Schnitt für

Schnitt, Naht für Nahr die Nasenkorrektur, die sie letzten Montag an einer Achtzehnjährigen vorgenommen hatten. Bei weiteren Stichproben waren ebenfalls nur Operationsberichte zu hören.

Ganz hinten in der Schublade fand sie ein leicht verblaßtes Farbfoto eines jungen Mädchens. Blondes Haar, etwas gezwungenes Lächeln und knallblaue Augen. Duncans Augen.

Ginas Finger zitterten. Lisa Lathram. Das mußte sie sein. Sie starrte das unschuldig glatte, scheinbar heitere Gesicht an, das nicht verriet, welche gequälte Seele in diesem Körper wohnte. Wer hätte gedacht, daß sie drei Selbstmordversuche unternommen hatte?

Gina legte das Foto seufzend zur Seite.

Was enthielt die Schublade noch? Keine weiteren Tonkassetten. Eine Schachtel Geschäftskarten, einen zwei Jahre alten Spielplan der Orioles, die Werbebroschüre eines Kaffeeimporteurs, einige leere Karteikarten und einen Nagelknipser.

Das war alles.

Gina lehnte sich an den Schreibtisch – erleichtert, aber noch nicht wirklich beruhigt. Lisas Foto war da, aber keine Todesliste, auf der die Namen von Abgeordneten und Senatoren durchgestrichen waren, keine morbide Sammlung von Zeitungsausschnitten. Andererseits hatte Duncan in seiner Schublade auch einen Trokar und triptolinisches Diäthylamid, was immer das sein mochte. Vermutlich harmlos ... aber wozu die Aufbewahrung in einer abgeschlossenen Schublade? Vielleicht aus demselben Grund, aus dem der alte Spielplan der Orioles und der Nagelknipser hier lagen: Dies war einfach ein Aufbewahrungsort für alle möglichen Dinge.

Nein, das genügte nicht als Erklärung. Duncan hatte seine Schublade etwas zu hastig geschlossen, als er sah, daß Gina sich für ihren Inhalt interessierte. Und er schien sie konsequent abzusperren. Er wollte offenbar nicht, daß jemand diese Sachen zu sehen bekam.

Gina legte das Foto, die nebensächlichen Dinge, den Trokar und den Obdurator zurück; nach einem letzten Blick aufs Etikett folgte auch die Phiole mit triptolinischem Diäthylamid. Sobald alles so angeordnet war, wie sie es vorgefunden hatte, schob sie die Schublade zu und griff nach dem Electropick, um sie wieder abzuschließen. In diesem Augenblick hörte sie draußen eine Stimme.

Duncan!

Sie packte den Electropick, verschwand hinter dem Schreibtisch und kauerte sich auf der anderen Seite im Knieraum zusammen.

Ogottogott! Ginas Herz jagte, ihr Verstand arbeitete auf Hochtouren.

Zum Glück hatte dieser Partnerschreibtisch eine Trennwand zwischen den beiden gegenüberliegenden Knieräumen, aber sie wußte, daß ihre Füße in der Lücke zwischen Trennwand und Boden sichtbar waren. Sie hielt den Atem an, als Duncan hereinkam und dabei offenbar Barbara etwas zurief.

»... nur was holen! Ich geh' gleich wieder.«

Gina kauerte in dem engen Raum unter dem Schreibtisch und überlegte angestrengt: Was konnte schlimmstenfalls passieren? Entdeckte er sie, würde sie schrecklich verlegen sein, etwas Unverständliches stottern, an Duncan vorbei hinausstürmen und sich hier nie wieder blicken lassen. Und das war's dann. Gefahr drohte ihr jedenfalls keine. Aber wenn sie daran dachte, wie beschämt und gedemütigt sie sich fühlen würde, fragte sie sich, ob sie nicht lieber tot wäre, als hier entdeckt zu werden.

Sie beobachtete den schmalen Teppichstreifen jenseits der Trennwand und sah Duncans Füße vor dem Schreibtisch stehenbleiben. Sie hielt den Atem an. Vielleicht hatte sie doch eine Chance. Hatte er nicht gesagt, er gehe gleich wieder? Solange er sich nicht hinsetzte ...

Dann eine schreckliche Vorstellung: Mein Gott, wenn er die Schublade kontrolliert und sie unversperrt vorfindet?

Sie kauerte atemlos und stocksteif unter dem Schreibtisch, während Duncan auf seiner Seite mit Papieren raschelte. Dann hörte sie, wie er grunzte und ein Blatt Papier zusammenfaltete; als nächstes war zu hören, daß er sich abwandte und sein Büro verließ.

Sie sank kraftlos zurück und hätte vor Erleichterung beinahe geschluchzt, während sie nach Atem rang. Geschafft! Aber sie bewegte sich noch nicht. Sie starrte auf ihre Armbanduhr und zwang sich dazu, noch volle zwei Minuten zu warten.

Dann kroch sie steif unter dem Schreibtisch hervor und machte sich daran, den Electropick ins Schlüsselloch der Schublade zu schieben. Ihre Hände zitterten von dem Adrenalinüberschuß in ihrem Blut. Sie fummelte das Gerät ins Schloß und schaltete es ein. Der Electropick tat seine Arbeit. Sobald die Schließstifte ausgerichtet waren, zog sie das Gerät heraus, steckte den Torsionsstab hinein und drehte ihn nach rechts. Sie hörte das Schloß wieder zuschnappen.

Aber als sie den dünnen Stab herausziehen wollte, ließ er sich nicht bewegen.

Sie stöhnte leise. »O nein!«

Was konnte noch alles schiefgehen?

Ihre feuchten Fingerspitzen rutschten ab, als sie den Stab durch Wackeln zu lockern versuchte. Dann glaubte sie, draußen vor der Bürotür jemand zu hören. Mit einer letzten verzweifelten Anstrengung riß sie den Torsionsstab so heftig aus dem Schloß, daß sie beinahe das Gleichgewicht verlor.

Gina steckte den Electropick mit allem Zubehör schwitzend und zitternd ein und hastete zur Bürotür. Sie legte ihr Ohr daran und horchte. Nichts. Sie öffnete die Tür einen winzigen Spalt weit, bis sie Barbaras Schreibtisch sehen konnte. Leer. Gina holte tief Luft, trat über die Schwelle und durchquerte das Vorzimmer.

Im Korridor begegnete ihr Barbara mit einem Stapel Computerausdrucken in der Hand.

»Sie sind immer noch hier?« fragte Barbara.

»Ich bin praktisch schon fort. Sagen Sie, habe ich vorhin nicht Dr. Lathrams Stimme gehört?«

»Ja, aber Sie haben ihn verpaßt. Er war nur einen Augenblick da. Er hatte was vergessen, glaube ich. Wahrscheinlich ist er fast schon wieder auf dem Golfplatz.«

Yeah. Genau.

»Barbara, ich muß nur noch was nachsehen, danach bin ich weg. Okay, dann bis Donnerstag!«

Sie hastete in die Registratur hinunter. Carol, die dort arbeitete, war heute bereits gegangen, so daß Gina den Raum für sich allein hatte. Die Wände verschwanden hinter Aktenregalen; der einzige freie Platz war der Diktiertisch in einer Ecke. Dort standen ein Computerterminal unter einem Regal mit einigen medizinischen Handbüchern. Gina zog das PDR heraus und schlug in den Registern für Handelsnamen und chemische Bezeichnungen nach. Aber triptolinisches Diäthylamid war nicht aufgeführt.

Kein Wunder. Das war kein handelsüblicher Behälter gewesen.

Als nächstes kam der *Merck Index* an die Reihe: ein gewichtiger Band in Kleindruck, der Namen und Formel praktisch jeder erhältlichen chemischen Verbindung angab. Aber auch dort wurde sie nicht fündig.

Sie saß am Diktiertisch, starrte den leeren Computerbildschirm an und fragte sich, wo sie weitersuchen sollte.

Okay. Stand die Verbindung nicht im *Index*, war sie entweder brandneu oder bisher nicht zur Registrierung angemeldet worden.

Gina schnippte mit den Fingern. Eine neue Verbindung, die sich noch in der Erprobung befand. Ja, so mußte es sein.

Aber wo gab es Informationen darüber? Im Entwicklungslabor wurden die Eigenschaften einer neuen Verbindung weitgehend geheimgehalten. Aber ihre Formel wurde sofort zum Patent angemeldet.

Gina griff nach dem Telefon.

»Hi, Barbara. Haben wir Zugang zur FDA-Datenbank?«

»Klar. Und zum NIH und dem American College of . . .«

»Wie komme ich an FDA-Informationen heran?«

»Das ist ein bißchen kompliziert. Ich habe hier irgendwo ein Handbuch herumliegen, in dem alles . . .

»Bin gleich oben!«

Gina trabte hinauf, wo Barbara ihr das Handbuch wie einen Staffelstab reichte, als sie an ihrem Schreibtisch vorbeikam. Eine Minute später saß sie wieder in der Registratur am Bildschirm, loggte sich bei dem FDA-Computer ein, erkundete verschiedene Menüs und gelangte schließlich zu unerprobten Verbindungen im Entwicklungsstadium.

Aber triptolinisches Diäthylamid war auch hier nicht aufgeführt.

Verdammt! Sie hatte das Gefühl, ein Phantom zu jagen. Aber so schnell gab sie nicht auf. Es mußte eine weitere Möglichkeit geben. Das Etikett, das sie auf der kleinen Flasche gesehen hatte ... das Markenzeichen von GEM Pharma. Vielleicht war es aussichtsreicher, mit ihren Nachforschungen unter dem Firmennamen zu beginnen.

Gina brauchte gute vierzig Minuten, in denen sie mehrmals in Sackgassen geriet und wieder von vorn anfangen mußte, aber schließlich entdeckte sie triptolinisches Diäthylamid in der riesigen kybernetischen Mülltonne mit angemeldeten Verbindungen, deren Weiterentwicklung eingestellt worden war.

Sie lud die Datei herunter, benannte sie mit ihren Initialen *RFP* – Regina Francesca Panzella – und loggte sich danach aus der FDA-Datenbank aus. Als sie wieder in Lathrams System war, gab sie TYPE/RFP/MORE ein und begann von der Festplatte zu lesen.

Eine kleine Datei. Triptolinisches Diäthylamid – hier als TPD bezeichnet – war bei GEM Pharma als neue Verbindung mit antidepressiven Eigenschaften erprobt worden. Erste Versuche mit Mäusen und Ratten waren ermutigend gewesen, aber als die Erprobung dann zu Primaten fortschritt, hatte sich herausgestellt, daß TPD toxisch war und Psychosen auslöste. Die Weiterentwicklung war abgebrochen worden, und GEM Pharma hatte sich auf aussichtsreichere Verbindungen konzentriert.

Gina hatte plötzlich ein verdammt flaues Gefühl im Magen. Toxisch ... Psychosen ... Senator Vincents Verhalten vor seinem Anfall war sehr merkwürdig gewesen, hatte vielleicht sogar die Kriterien für eine Psychose erfüllt. Und soviel sie wußte, war der Senator geistig noch keineswegs wieder normal, auch wenn er keinen weiteren Anfall gehabt hatte.

Und Duncan ... Duncan war im Hearing Room ganz in der Nähe gewesen, als es passierte.

Sie hörte, wie einen Meter links neben ihr der Laserdrucker zu summen begann.

Und Congressman Allard ... er hatte bei seinem schlimmen Sturz eine Gehirnerschütterung erlitten, die ihn so desorientiert zurückließ, daß er nicht richtig wußte, wer und wo er war. Aber was war, wenn diese Geistesverwirrung nicht auf eine Gehirnerschütterung zurückzuführen war? Was war, wenn er schon vor dem Sturz geistig verwirrt gewesen war ... auf dem Weg die Treppe hinunter? Was war, wenn seine Geistesverwirrung den Sturz *ausgelöst* hatte?

Gina war nun selbst verwirrt. Sie blinzelte und rieb sich mit zitternden Fingern die Augen, während das flaue Gefühl in ihrem Magen sich zu regelrechter Übelkeit auswuchs.

Schritte hinter ihr. Gina ließ hastig den Text vom Bildschirm verschwinden, sah dann auf und stellte fest, daß sich Barbara ihren Ausdruck holte.

»Alles in Ordnung mit Ihnen?« fragte Barbara und starrte sie an.

»Hmmm? Warum fragen Sie?«

»Weil Sie nicht so toll aussehen. Ich meine, als Sie sich vorhin das Handbuch geholt haben, haben Sie ganz normal ausgesehen, aber jetzt sehen Sie aus, als müßten Sie sich gleich übergeben.«

Vielleicht muß ich's wirklich.

Gina rieb sich ihren Oberbauch. »Mein Magen macht Schwierigkeiten.« Das war nicht gelogen.

»Sie arbeiten einfach zuviel. So kriegen Sie bald ein Magengeschwür.«

»Vielleicht hab' ich schon eins.«

»Ich könnte Ihnen etwas Mylanta geben ...«

»Danke, es geht schon wieder.«

Barbara zeigte aufs Handbuch für die FDA-Datenbank. »Sind Sie damit fertig?«

»Ja, danke.«

»Für mich ist heute Schluß«, sagte Barbara, indem sie nach dem Handbuch griff. »Soll ich Sie einschließen?«

»Nein. Ich bin mit allem fertig. Ich gehe jetzt auch.«

Während Barbara nach oben verschwand, schaltete Gina den Computer aus und stand auf. Als sie sich die Treppe hinaufschleppte, fühlte sie sich schwach und verwirrt – mindestens neunzig Jahre alt.

Gina nahm ihre Umgebung gar nicht richtig wahr. Unterwegs verabschiedete sie sich irgendwann von Barbara, aber als sie ihr Auto erreichte, ließ sie den Motor nicht gleich an. Sie blieb am Steuer sitzen und starrte die Rückseite von Duncans Surgicenter an.

Vincent . . . Allard . . . aber was war mit Schulz? Er war von seinem Balkon gesprungen. War das psychotisch? Vielleicht, vielleicht auch nicht. Und Congressman Lane hatte volltrunken einen tödlichen Verkehrsunfall gehabt. Dafür konnte sie Duncan nicht verantwortlich machen. Aber das war kein Beweis dafür, daß er nichts mit Lanes Tod zu tun gehabt hatte. Was war, wenn das TPD mit Alkohol reagierte? Oder wenn es während der Autofahrt zu wirken begonnen hatte? Konnte die Desorientierung zu einem Sturz führen, konnte sie auch bewirken, daß man als Autofahrer von der Straße abkam.

Ich hasse diese Gedanken! sagte Gina sich. Sie schlug mit einer Faust aufs Lenkrad. *Wie ich sie hasse!*

Duncan konnte nichts damit zu tun gehabt haben. Er konnte nichts . . .

Unsinn! *Womit* sollte er etwas zu tun gehabt haben? Es gab keinerlei Beweise für irgendwas, mit dem Duncan etwas zu tun gehabt haben könnte.

Aber wozu dann das TPD? Welchen legitimen Grund konnte er dafür haben, eine Verbindung, die Psychosen auslöste, in seiner abgesperrten Schreibtischschublade aufzubewahren?

Okay . . . Oliver hatte früher bei der Firma GEM Pharma gearbeitet, deren Markenzeichen auf dem Etikett stand. Das war vermutlich die Erklärung dafür, wie das Fläschchen in Duncans Besitz gelangt war. Aber wozu hatte er es überhaupt? Wozu bewahrte er etwas auf, das therapeutisch wertlos und nachweislich toxisch war?

Und was war mit dem Trokar, der sich ideal dafür eignete, eines von Olivers Riesenimplantaten – womöglich mit TPD gefüllt? – in die subkutane Fettschicht einzuführen, in der es verbleiben konnte, bis Duncan es mit einem Ultraschall auflöste?

Augenblick! Ultraschall. Das war der Punkt, an dem diese ganze verrückte Theorie scheiterte. Klar, Duncan war bei der Anhörung der Richtlinien-Kommission gewesen, als Senator Vincent ausgerastet war, aber Gina hatte nicht bemerkt, daß er ein Ultraschallgerät durch den Saal gerollt hatte.

Und trotzdem ... mit Mikrochips und gedruckten Schaltungen ließ sich bestimmt ein Ultraschalltransducer bauen, der klein genug war, um in eine Jackentasche zu passen, und ...

Gina rieb sich die pochenden Schläfen. Wie sie ihre eigenen Überlegungen haßte! Sie begann, sich an Louisiana zu erinnern, und wünschte sich, sie wäre dortgeblieben.

Wenn sie sich nur *Gewißheit* verschaffen könnte!

Dann gab sie sich einen Ruck und ließ den Motor an. Eines wußte sie ganz bestimmt. Kommenden Donnerstag würde sie Duncan morgens assistieren und Senator Marsden keine Sekunde aus den Augen lassen.

24

Vor der Operation

Duncan goß sich eine zweite Tasse Kaffee aus der Thermoskanne ein und lehnte sich in seinen Schreibtischsessel zurück. Er genoß die Mittwochmorgen in der stillen Kühle seines Büros – vor allem an Tagen wie diesem, an dem er so frühzeitig gekommen war, daß er das ganze Gebäude für sich allein hatte. Da für heute keine Operation angesetzt war, konnte er sich beim Kaffee Zeit lassen, das Aroma und die Stille genießen, während sein Blick über den Steingartenteich schweifte, und einiges über die am Montag und Dienstag vorgenommenen Eingriffe diktieren, bevor er den Rest des Tages für sich hatte. Vielleicht würde er Brad anrufen und ihn überreden, die Nachmittagsvorlesung ausfallen zu lassen – was bei Brad schätzungsweise zehn Sekunden dauern würde. Vielleicht konnten sie eine Runde Golf spielen. Er hatte schon endlos lange nicht mehr gespielt.

Er griff nach der Fernbedienung, richtete sie auf seinen Fernseher im Bücherregal und schaltete von CNN zu *Today*, zu *Good Morning America*, zu *This Morning* und wieder zu CNN zurück. Gestern hatte sich offenbar nichts Meldenswertes ereignet, und die Morgenshows schienen sich nur für Filmstars zu interessieren. C-SPAN brachte als Wiederholung die Aufzeichnung einer Debatte, in der Senatoren mit Altersweitsichtigkeit vor fast leerem Saal viel zu lange Reden für oder gegen irgendein obskures Gesetz vom Blatt herunterleierten.

Jetzt wurde es Zeit, seine Operationsberichte zu diktieren. Er wählte einen Schlüssel aus und steckte ihn ins Schloß der Schreibtischschublade. Er ließ sich nicht drehen. Duncan versuchte es nochmals, rüttelte am Schlüssel, zog ihn heraus und steckte ihn wieder hinein. Nachdem er sich vergewissert hatte, daß das wirklich der richtige Schlüssel war, fiel ihm beim nächsten Versuch auf, daß er sich nicht ganz ins Schloß stecken ließ. Mit dem Schloß war irgendwas nicht in Ordnung. Es klemmte irgendwie.

Wie zum Teufel war das passiert? Es hatte nie gehakt oder sonst irgendeinen Defekt erkennen lassen. Verdammt, das war lästig! Stellte denn kein Mensch mehr etwas her, das zuverlässig funktionierte?

Er schlenderte zu Barbaras Schreibtisch hinaus und wünschte sich jetzt, sie wäre hier. Er würde einen Aufsperrdienst brauchen, um das verdammte Ding öffnen zu lassen. Natürlich konnte er selbst einen anrufen, aber dafür war's wahrscheinlich noch zu früh. Er griff nach einem Bleistift und schrieb eine Notiz für Barbara, sie solle einen verständigen, sobald sie im Büro sei.

Als er sich wieder aufrichtete und sich abwenden wollte, fiel sein Blick auf das Handbuch für die FDA-Datenbank, das auf Barbaras Schreibtisch lag. Bestimmt hatte Oliver es gebraucht. Wenigstens einer, der gelegentlich etwas damit anfangen konnte.

Er machte sich auf die Suche nach einem anderen Diktiergerät.

Gina setzte sich ruckartig im Bett auf.

»Oh, mein *Gott!*«

Sie hatte dagelegen und sich gewünscht, noch etwas ruhen und ihre Ruhe genießen zu können. Heute keine Operation, gestern keinen Nachtdienst, die nächste Besprechung im Büro des Senators erst nachmittags. Eigentlich ideale Voraussetzungen für einen geruhsamen Morgen.

Aber die gestrigen Entdeckungen kreisten hungrigen Geiern gleich über ihrem Bett.

Der Trokar ... das TPD ... die Informationen aus der FDA-Datenbank ... Gina bemühte sich, für das alles eine andere Erklärung zu finden, die Duncan nicht belastete. Während sie sich den Kopf darüber zerbrach, fiel ihr die FDA-Datei ein, die sie heruntergeladen hatte ... die Datei *RFP,* die sie auf der Festplatte erzeugt hatte.

Sie hatte sie nicht gelöscht.

Gina sprang aus dem Bett und zog sich hastig an. Ihr Haar konnte sie unterwegs im Auto bürsten, aber fürs Duschen blieb keine Zeit. Sie mußte schnellstens ins Surgicenter und die Datei löschen. Entdeckte Duncan sie zufällig – oder stieß Oliver darauf und fragte Duncan danach –, würde er wissen, daß sie seine Schublade durchsucht hatte.

Sie griff nach ihren Autoschlüsseln und rannte hinaus.

»Fertig, Doc«, sagte der Mann vom Aufsperrdienst. Er war hager, schien etwa vierzig zu sein, roch nach Tabak und hatte auf seinem Arbeitshemd *Bill* stehen. »Alles wieder in Ordnung.«

»Ausgezeichnet«, sagte Duncan, obwohl er das nicht wirklich meinte. Für eine Arbeit, die in einer Viertelstunde hätte erledigt sein müssen, hatte der Mann fast eine Stunde gebraucht.

Es war schwierig gewesen, aber nach zwanzig Minuten voller Grunztöne und gemurmelter Flüche hatte Bill die Schublade endlich aufbekommen. Duncan, der die ganze Zeit dicht hinter ihm gestanden hatte, griff in die Schublade, sobald sie geöffnet war, nahm das TPD und den Trokar heraus und legte beides in einen der Wandschränke. Der Mann vom Schlüsseldienst hätte zwar nicht gewußt, was er vor sich hatte, aber ihm kam es darauf an, diese beiden Gegenstände sicher zu verstauen. Den restlichen Inhalt der Schublade kippte er ohne weiteres auf die Schreibtischplatte.

Bill nahm die leere Schublade in seinen Wagen mit – weil er dort angeblich besser arbeiten konnte. Duncan vermutete, daß er auch eine Zigarette rauchen würde.

Nach unerklärlich langer Zeit war Bill jetzt also wieder zurück.

»Ich hab' ein neues Schloß einsetzen müssen.«

»Was war mit dem alten?«

»Das hat mich auch interessiert. Ich hab's zerlegen müssen, um das rauszukriegen. Eine merkwürdige Sache.«

Warum schien er zu zögern?

»Wie das?«

Er griff in seine Hemdtasche und zog ein Stück durchsichtiges Klebeband heraus, das er Duncan auf die Schreibtischplatte legte.

»Das hat darin gesteckt.«

Duncan griff nach dem zusammengefalteten Stück Klebeband. Zwischen den beiden Klebflächen war ein kleines Metallstück zu erkennen.

»Wie ist das hineingekommen?«

»Jemand hat's dort zurückgelassen.«

»Aber warum sollte . . .«

»Nicht mit Absicht. Dieses Ding sieht wie die abgebrochene Spitze eines Torsionsstabs aus.«

»Eines Torsionsstabs?«

»Sie wissen schon – ein Gerät, mit dem man Schlösser aufkriegt.«

Nein, davon wußte Duncan nichts. Sein Magen verkrampfte sich, während er Bill anstarrte. Er ließ das Klebeband auf den Schreibtisch fallen und griff sofort wieder danach. Hatte der Mann tatsächlich gesagt . . .?«

»Was?«

Duncans Gesichtsausdruck wirkte offenbar einschüchternd, denn Bill fing an, einen verbalen Rückzieher zu machen.

»Beschwören könnte ich's natürlich nicht, aber daran hab' ich als erstes gedacht, als dieses Ding aus dem Zylinder gefallen ist.«

»Aber das ist doch lächerlich!«

Duncan merkte, daß er mit erhobener Stimme gesprochen hatte. Das war nicht beabsichtigt.

»Hey, okay«, sagte Bill und machte beschwichtigende Handbewegungen. »Bloß keine Aufregung, ja? Mir kann's egal sein. Wenn Ihnen nichts fehlt, hab' ich mich vielleicht getäuscht. Aber das Ding hier sieht echt wie die Spitze eines Torsionsstabs aus.«

Duncan überlegte hastig, was alles in der Schublade gewesen war. Das TPD, der Trokar, Lisas Foto, das Diktiergerät und verschiedene unwichtige Kleinigkeiten. Alles vollständig vorhanden, als sie die Schublade geöffnet hatten.

Er mäßigte seinen Tonfall. »Nun, ich vermisse nichts. Außerdem bewahre ich hier ohnehin nichts auf, was einen Diebstahl lohnen würde. Also hat sich vermutlich niemand an dem Schloß zu schaffen gemacht.«

Bill zuckte mit den Schultern und wich seinem Blick aus. »Das könnte man sagen. Aber man könnte auch sagen, daß dieses abgebrochene Stück vielleicht das Schloß blockiert hat, bevor irgend jemand die Schublade aufgekriegt hat.«

Duncan zuckte zusammen, als sein Magen schmerzhaft rebellierte. Der Mann hat recht, sagte er sich. Aber wer um Himmels willen . . .?

»Ja, nun, da nichts zu fehlen scheint, werde ich die Sache einfach vergessen, glaube ich. Aber ich bin Ihnen dankbar, daß Sie mich darauf aufmerksam gemacht haben.«

»Hey, kein Problem.«

Nachdem Bill gegangen war und zwei Schlüssel für das neue Schloß auf dem Schreibtisch zurückgelassen hatte, trat Duncan an den Wandschrank, um das TPD-Fläschen zu kontrollieren. Er hatte sich nicht gemerkt, wie voll es war, aber der Flüssigkeitspegel schien unverändert zu sein. Und dem Trokar war natürlich nicht anzusehen, ob ihn jemand in der Hand gehabt hatte. Er legte beides wieder in seine Schublade und verschloß sie. Dann lehnte er sich in den Schreibtischsessel zurück und spürte, wie seine Magennerven sich allmählich entkrampften, während er sich bewußt zur Ruhe zwang.

Also gut ... denk vernünftig darüber nach. Sehr merkwürdig. Und sehr beunruhigend. Aber welchen logischen Grund kann irgend jemand dafür gehabt haben, sich für den Inhalt dieser Schublade zu interessieren – sogar so sehr, daß er das Schloß mit irgendeinem Werkzeug geöffnet hat?

Aber mußte er sich wirklich Sorgen machen? Was hätte jemand mit dem TPD anfangen können, selbst wenn er's gefunden hätte? Er hätte nicht einmal gewußt, was er vor sich hatte. Das TPD war eine aufgegebene, längst nicht mehr hergestellte Verbindung. Die einzigen Nachweise für seine Existenz befanden sich im Archiv der Firma GEM Pharma und in den gigantischen Datenbanken der ...

FDA.

Großer Gott!

Duncan sprang auf und lief ins Vorzimmer hinaus.

»Barbara! Haben Sie gestern eine Auskunft aus der FDA-Datenbank gebraucht?«

»Nein, ich ...«

»Aber heute morgen hat das Handbuch auf Ihrem Schreibtisch gelegen!«

Sie rückte sichtlich verwirrt und erschrocken von ihm ab. Er hatte sie nicht so scharf anfahren sollen.

»Ich ... ich hab's gestern Dr. Panzella gegeben. Sie hat mich darum gebeten, deshalb hab' ich's ihr rausgesucht.«

Duncan war wie vor den Kopf gestoßen. Gina?

»Das war doch in Ordnung, nicht wahr?«

Gina?

»Was? Oh, natürlich. Ganz in Ordnung.« Es wurde Zeit, etwas Schadensbegrenzung zu betreiben. »Ich hab's nur gesucht, weil ich selbst ein paar Informationen aus der FDA-Datenbank brauche.«

Barbara gab ihm das Handbuch. Duncan kehrte in sein Büro zurück und schüttelte den Kopf über die Idee, Gina habe versucht, das Schloß seiner Schublade zu knacken.

Absurd. Lächerlich.

Und trotzdem ...

Zugang und Gelegenheit hätte sie jedenfalls gehabt. Aber weshalb hätte sie das tun sollen? Nein. Ausgeschlossen!

Und trotzdem ...

Das defekte Schloß seiner Schublade, Ginas Benutzung des FDA-Handbuchs ... dieses Zusammentreffen konnte kein bloßer Zufall sein.

Duncan setzte sich an den Schreibtisch und schaltete sein Computerterminal ein. Vielleicht ließ sich irgendwie herausbekommen, welche Informationen sie aus der FDA-Datenbank angefordert hatte.

Gina erstarrte hinter dem Lenkrad, als sie Duncans Mercedes auf dem Parkplatz stehen sah. Es war nicht ungewöhnlich, daß er an einem Mittwochmorgen ins Büro kam, aber sie hatte gehofft und gebetet, er möge mit seiner Arbeit fertig und schon wieder weggefahren sein.

Aber sie war entschlossen, sich davon nicht aufhalten zu lassen. Sie sprang aus dem Wagen und lief zum Eingang.

Falls jemand fragte, warum sie an diesem Morgen ins Surgicenter gekommen war, wollte Gina ihre alte, noch unerprobte Ausrede benutzen, sie habe ihren Sicherheitsausweis aus dem Senat in der Registratur liegenlassen. Das Ganze würde keine halbe Minute dauern: den Computer einschalten, die Datei mit den Angaben über das TPD löschen, den Computer ausschalten und schnellstens verschwinden.

Ganz einfach.

Gott, hoffentlich war's das wirklich.

Duncan hatte sich in die FDA-Datenbank eingeloggt, aber dort kam er nicht weiter. Er konnte nicht feststellen, welche Informationen Gina eingeholt hatte. Er hatte sogar die FDA angerufen, aber drei verschiedene Mitarbeiter hatten nicht die geringste Vorstellung davon, wie sie ihm in dieser Sache behilflich sein könnten.

Er bebte vor ohnmächtiger Wut, als er das Programm verließ,

sich zurücklehnte und den leeren Farbbildschirm anstarrte. Es mußte irgendeine Möglichkeit geben ... aber was war, wenn es nichts zu finden gab? Und selbst wenn sie nach dem TPD gesucht hatte, war sie vielleicht nicht fündig geworden. Vor ein paar Jahren hatte Duncan größte Mühe gehabt, an Informationen darüber zu gelangen – obwohl er gewußt hatte, wo er danach suchen mußte. Hatte Gina sie jedoch gefunden und den Text lediglich auf dem Bildschirm gelesen, existierte keine Fährte, die sie nachträglich verraten konnte. Nur wenn sie die Datei heruntergeladen hatte ...

Duncan setzte sich ruckartig auf.

Herunterladen. Gina hätte eine neue Datei erzeugen müssen, bevor die hereinkommenden Daten auf der Festplatte gespeichert werden konnten. Duncan gab DIR/O:D ein. Der gesamte Inhalt der Festplatte, jeder Ordner und jede freie Datei, rollte mit unlesbarer Geschwindigkeit vor ihm über den Bildschirm. Aber das machte nichts. Hatte Gina die Datei direkt auf die Festplatte heruntergeladen, würde er sie hier finden – irgendwo am Ende der Liste. Hatte sie die Datei in einem der Ordner gespeichert, würde er einen Ordner nach dem anderen durchsuchen müssen. Und hatte sie die Datei gelöscht ... nun, dann vergeudete er allerdings seine Zeit.

Und wie sollte er sie überhaupt erkennen? Hatte Gina sie vielleicht *TPD* benannt? Wohl kaum.

Plötzlich sah er sie am unteren Bildschirmrand. Die letzte Datei. *RFP*, dahinter das gestrige Datum.

Regina F. Panzella. Er hatte vergessen, was das F. bedeutete, aber das war auch unwichtig. Was enthiel diese Datei?

Er gab TYPE RFP ein und beobachtete, wie die Zeilen über den Bildschirm flitzten. Als das Abrollen aufhörte, las er die letzte Zeile der Datei.

AKTUELLER STAND: Weitere Erprobung von triptolinischem Diäthylamid eingestellt.

Nein! Er kniff unwillkürlich die Augen zusammen. Das wollte er nicht sehen.

Er sprang aus seinem Sessel auf, lief im Büro hin und her und wandte sich mit abrupten, hektischen Bewegungen mal hierhin, mal dorthin. Er konnte nicht stillhalten, sondern hatte das Gefühl, irgendein unsichtbares Wesen sitze ihm im Nacken und treibe ihn erbarmungslos durch den Raum. Seine Entdeckung schmerzte wie ein gemeiner Tiefschlag. Gina war an seiner abgesperrten Schublade gewesen – sie hatte das verdammte Schloß *geknackt!* Wie konnte sie nur? *Warum* hatte sie das getan?

Das war die entnervendste Frage. *Warum?* Sie konnte keinen Verdacht hegen. Er war viel zu vorsichtig gewesen. Er hatte ein bisher kaum bekanntes Verfahren angewendet, um einigen seiner Patienten eine Droge beizubringen, die ebenfalls praktisch unbekannt war. Ginas Interesse mußte andere Gründe haben.

Wieviel weiß sie?

Über das TPD hat sie sich offensichtlich informiert. Aber was weiß sie noch?

Und wie sollte er das herausbekommen? Er konnte sie nicht einfach in sein Büro zitieren und ins Verhör nehmen.

Dann führte ihn sein ruheloses Hin- und Hergelaufe in die Nähe der Tür, und er hörte, wie Barbara jemandem »Goodbye!« zurief. Plötzlich mußte er wissen, wer das gewesen war. Seine Privatsphäre war verletzt, der Wall seiner kleinen Festung durchbrochen worden. In Zukunft wollte er Namen, Dienstgrad und Personenkennziffer von jedem wissen, der das Surgicenter betrat.

Duncan streckte den Kopf durch die Tür. »Wer ist das gewesen?«

Barbara drehte sich nach ihm um. »Dr. Panzella.«

»Wirklich?« Er blieb äußerlich ganz ruhig, obwohl in seinem Kopf wieder sämtliche Alarmglocken schrillten. »Ich hab' gar nicht gewußt, daß sie da ist.«

»Oh, sie ist nur vorbeigekommen, um sich etwas zu holen, das sie gestern hier vergessen hat.«

Ihr Werkzeug, mit dem sie Schlösser knackt? fragte Duncan sich, während er nickte und seine Tür schloß.

Was hatte Gina diesmal vor? Was hatte sie an ihrem freien Tag hier zu suchen? Wollte sie weiter in seinen Privatangelegenheiten herumschnüffeln?

Er ballte eine Hand zur Faust.

Verraten. Von Gina.

Am liebsten hätte er jemandem einen Boxhieb versetzt.

Ich habe dir das Leben gerettet, Kind!

Wie konnte sie bloß? Und warum war sie vorhin hier aufgekreuzt?

Dann kam ihm ein Verdacht. Er setzte sich an sein Computerterminal und gab erneut DIR/O:D ein. Das Inhaltsverzeichnis lief wie zuvor über den Bildschirm – aber diesmal endete es an einer anderen Stelle.

Die Datei *RFP* war gelöscht.

Gina mußte gemerkt haben, daß sie die Datei auf der Festplatte gelassen hatte, und zurückgekommen sein, um ihre Spuren zu verwischen. Diese perfide kleine Undankbare! Was hatte sie vor? Und wieviel *wußte* sie, verdammt noch mal?

Das mußte er rausbekommen – und zwar bald. Noch vor Freitag.

25

Gina

Gina schüttelte gähnend den Kopf, um wieder wach zu werden, während sie sich durch den Verkehr auf der Connecticut Avenue schlängelte.

Müde.

Nicht nur müde. Erschöpft.

Sie hatte wieder Nachtdienst gehabt. Sie hatte den Termin abgeben wollen, hatte zu tauschen versucht, aber keiner hatte angebissen.

Wenigstens hatte sie Jim Grady dazu überreden können, die beiden letzten Stunden ihrer Schicht für sie zu übernehmen. Aber so gern sie's getan hätte, konnte sie diese Zeit nicht nutzen, um ein bißchen zu schlafen. Sie wollte Duncan zuvorkommen, als erste vor der heutigen Operation dasein und ihn im Auge behalten, bis Senator Marsden kam. Danach würde sie wie Krazy Glue an dem Senator kleben, bei der Operation assistieren und ihm nicht mehr von der Seite weichen, bis er zu seiner wartenden Limousine hinausging.

Sie bog auf den Parkplatz des Surgicenters ab und bremste scharf. Duncans schwarzer Mercedes stand schon dort.

Sie hämmerte mit der Faust aufs Lenkrad. Verdammt!

Also gut. Sie würde ihren Plan den veränderten Umständen anpassen müssen. Falls Duncan danach fragte, würde sie einfach sagen, sie habe im Krankenhaus vorzeitig gehen können – aber nicht so früh, daß es sich gelohnt hätte, vorher nach Hause zu fahren.

Sie stellte ihren Wagen auf einem der für Mitarbeiter reservierten Parkplätze ab und hastete ins Surgicenter. Gleich hinter der Tür blieb sie stehen. Aus Deckenlautsprechern drang Musik, ein volltönendes, unpassendes Streicherarrangement eines Songs der Beatles, und das üppige Aroma von Duncans Kaffee hing in der Luft. Aber für Gina war es nicht verlockend. Sie hatte bereits die ganze Nacht Kaffee getrunken.

Ihre Schuhe mit weichen Ledersohlen machten kein Geräusch, als sie langsam dem Korridor zu seinem Büro folgte. Sie ging an Barbaras Schreibtisch vorbei und horchte einen Augenblick, bevor sie die Tür öffnete. Aus seinem Büro drang kein Laut. Nicht einmal der Fernseher lief. Duncan hatte fast immer CNN oder C-SPAN eingeschaltet. Gina klopfte leicht an der Tür, bevor sie einen Blick ins Büro warf.

»Duncan?«

Das Büro war leer. Abgesehen von dem starken Kaffeeduft sah der Raum nicht viel anders aus, als sie ihn am Dienstag verlassen hatte. Aber wo steckte Duncan?

Als sie sich abwandte, fiel ihr auf dem Schreibtisch ein glitzernder Gegenstand auf. Sie trat näher heran. Eine kleine Flasche.

Ginas Mund war plötzlich trocken, als sie das TPD erkannte. Es stand auf einem Metalltablett. Daneben lagen der Trokar und der Obdurator, beide jetzt in versiegelten Autoklavhüllen. Die Geräte waren also sterilisiert worden. Wozu? Um benutzt werden zu können? Daneben lag eine gebrauchsfertige Injektionsspritze. Und ein großes Implantat. Ein *volles* Implantat.

Sie fühlte einen Brechreiz. Um sie herum schien alles zu schwanken, und sie mußte sich beherrschen, um sich nicht zu übergeben.

Oh, Duncan! Es ist also wahr!

In ihren Augen standen Tränen, in ihrer Kehle stieg ein unterdrücktes Schluchzen auf. Wie konnte er nur?

Dann hörte Gina irgendwo draußen im Korridor eine Tür ins Schloß fallen. Panische Angst durchzuckte sie. Er durfte sie hier nicht ertappen.

Sie wandte sich um und lief durchs Vorzimmer hinaus. Auf dem Flur war niemand zu sehen, aber sie hörte Schritte, die hinter der Ecke näher kamen. Ihr Herz jagte, als sie zwei Türen weiterrannte und auf der Mitarbeitertoilette verschwand. Dort blieb sie keuchend stehen und war plötzlich in Schweiß gebadet, als der Brechreiz wieder einsetzte. Sie beugte sich würgend über die Kloschüssel, konnte sich aber nicht übergeben. Als sie sich aufrichtete und mit dem sauren Geschmack im Mund kraftlos am Waschbecken lehnte, sah sie sich selbst im Spiegel: blaß, angegriffen, zitternd.

Duncan . . . Duncan . . . Duncan . . . das kann nicht sein. So etwas tust du nicht!

Aber Duncan tat es doch. Alle Indizien paßten nahtlos zusammen. Ihre wildesten Vermutungen hatten sich bewahrheitet. Duncan vergiftete diese Männer, implantierte ihnen ein Nervengift, löste schwere Psychosen bei ihnen aus . . .

Weil er selbst unter einer Psychose litt.

Gina umklammerte den Rand des Waschbeckens, bis sie sich so weit erholt hatte, daß sie wieder stehen konnte. Sie wusch sich das Gesicht mit kaltem Wasser und versuchte, ihre Gedanken zu ordnen.

Duncan hatte einen Nervenzusammenbruch erlitten.

Nein, das ist zu schwammig, sagte Gina sich. Stell eine Diagnose. Wozu hast du schließlich Medizin studiert?

Bei einem Menschen, der einem so nahe stand, war die richtige Diagnose nicht leicht, aber sie mußte ein paar Schritte zurücktreten und ihn leidenschaftslos begutachten.

Duncan Lathram . . . irgendeine Form paranoider Schizophrenie ... will sich an der Richtlinien-Kommission rächen, weil sie vor Jahren seine Praxis ruiniert hat ... und seiner Überzeugung nach jetzt die gesamte ärztliche Berufsausübung gefährdet. Viele paranoide Wahnvorstellungen waren – wenn auch nur schwach – in der Realität verankert, aber seine Psychose steigerte die angebliche Bedrohung. *Jeder* war ein potentieller Feind. Da er sich auf niemanden verlassen konnte, blieb ihm nichts anderes übrig, als selbst drastische Maßnahmen zu ergreifen.

Solange er unbehelligt blieb, stellte Duncan wahrscheinlich nur für die Richtlinien-Kommission eine Gefahr dar. Wurde er jedoch gestellt, beschuldigt, in die Enge getrieben, konnte er unberechenbar reagieren und so zu einer Gefahr für jeden innerhalb seiner Reichweite werden.

Was tun? fragte sie ihr Spiegelbild, während sie sich das Gesicht abtrocknete.

Ihr Teint war wieder etwas rosiger. Sie sah nicht mehr so aus, als sei ihr übel. Sie hatte ihre Beherrschung halbwegs zurückgewonnen – aber nur halbwegs. Der Brechreiz war abgeklungen, und sie suchte nicht mehr verzweifelt einen schnellen Fluchtweg.

Eines durfte sie jedenfalls *nicht* tun: Duncan damit konfrontieren, was sie über ihn wußte. Er konnte völlig durchdrehen, etwas Verrücktes tun. Aber das hatte er schon getan. Viermal. Vielleicht sogar öfter.

Und Senator Marsden sollte sein nächstes Opfer sein.

Ein heftiges Zittern, das vom Rückgrat ausging, durchlief ihren ganzen Körper. Ein nachträglicher Schock.

Reiß dich zusammen, Panzella. Auch mit dieser Sache wirst du fertig.

Sie richtete sich auf, strich ihre Bluse glatt, warf ihr Haar zurück und versuchte, sich einen Plan zurechtzulegen.

Heute vormittag würde sie nichts sagen oder tun. Sie würde ganz natürlich auftreten. Duncan sollte nicht ahnen, daß sie ihn verdächtigte. Sie würde tun, was er von ihr erwartete – und vielleicht sogar etwas mehr: bei dem Eingriff assistieren, neben dem Senator sitzen, bis er sich wieder erholt hatte, ihn zu seinem Wagen hinausbegleiten, dann selbst nach Hause fahren. Aber von dort aus würde sie sofort Gerry anrufen, ihm von dem TPD, den durch Ultraschall zerstörbaren Implantaten und dem Trokar erzählen, ihm ihre Fotokopien der Zeitungsmeldungen zufaxen und alles weitere dem FBI, dem Secret Service oder sonst jemandem überlassen.

Ganz natürlich auftreten. Klar.

Sie verließ die Toilette, ging zu Duncans Büro zurück und bemühte sich dabei, unverkrampft zu wirken. Barbaras Schreibtisch war unbesetzt. Für sie war es noch immer zu früh. Gina machte wie zuvor einen Bogen um den Schreibtisch und näherte sich der Tür. Diesmal hörte sie dahinter Stimmen. Der Fernseher war eingeschaltet.

Sie klopfte an und rief seinen Namen, aber von Duncan kam keine Antwort. Sie trat über die Schwelle. Nach einem raschen Blick in die Runde – wieder niemand da –, wandte sie sich dem Schreibtisch zu.

Der Schreibtisch war bis auf das Computerterminal, einige Schriftstücke und mehrere Fachzeitschriften leer.

Das Metalltablett mit dem TPD, der Injektionsspritze, dem Trokar und dem Implantat waren verschwunden.

Wieder ein Zittern, wieder ein Schwindelgefühl, das aber rasch vorüberging. Dann hatte sie sich wieder in der Hand.

Was hast du erwartet? Denkst du, daß er das Zeug den ganzen Vormittag zur Schau stellt?

Jetzt war es gebrauchsfertig in seiner Schublade weggesperrt.

Sie biß die Zähne zusammen. Nicht heute, Duncan. Nicht an *meinem* Senator.

»Hallo! Heute sind Sie aber früh dran.«

Gina hätte vor Schreck fast aufgeschrien, als Duncan mit federndem Schritt an ihr vorbeieilte und das Büro durchquerte, um zu seiner winzigen Einbauküche zu gelangen.

»Ich hab' früher gehen können«, brachte sie heraus.

»Gut. Heute gibt's viel zu tun.« Er goß eine Tasse Kaffee ein und hielt sie hoch. »Kaffee?«

»Nein, danke.«

»Unsinn! Das ist echter, unverfälschter Kona, den ich direkt von einer Plantage südlich von Kailua beziehe. Sie müssen ihn kosten. Darauf bestehe ich.«

Vielleicht war es besser, ihn dadurch bei guter Laune zu halten.

»Okay. Aber nur einen kleinen Schluck.«

»Sie werden ihn genießen«, sagte er, während er eine Tasse eingoß und sie ihr dampfend hinhielt.

Er beobachtete Gina erwartungsvoll und strahlte, als sie nickte.

»Mmmmh – schmeckt wunderbar.«

Sie sah zu, wie Duncan sich an seinem Trichter und Filter zu schaffen machte. Heute trug er zu seiner grauen Hose ein blaues Oxfordhemd mit angeknöpftem Kragen und einen hellbraunen Pullover mit V-Ausschnitt. Er wirkte so entspannt, so verdammt *normal*. Aber sie wußte, daß das bei paranoid Schizophrenen oft der Fall war. In bezug auf alle Aspekte ihres Lebens völlig normal und vernünftig – nur in bezug auf ihre Wahnvorstellung nicht. Sie erinnerte sich an eine Fallstudie über einen erfolgreichen Geschäftsmann – Chef dreier Firmen, Mustergatte und -vater, allseits beliebt –, der eines Tages Amok gelaufen war, weil einer seiner Vizepräsidenten seine Zigarettenasche in die Bodenvase abgestreift hatte, in der der kleine blaue Mann lebte, der sein heimlicher Berater war.

Duncan machte einen Augenblick Pause, um auf den Fernsehschirm zu starren. C-SPAN brachte als Wiederholung ein Interview mit dem Sprecher des Repräsentantenhauses. Duncan verzog das Gesicht.

»Eigentlich sollte es verboten werden, dieses Zeug tagsüber zu senden.«

»Warum denn?«

»Kinder könnten es sehen«, sagte er schelmisch blinzelnd. »C-SPAN sollte auf Sendungen am späten Abend beschränkt werden. Kinder in den Entwicklungsjahren sollten nicht Politikern ausgesetzt werden. Alle jammern über Gewalt im Fernsehen, aber das hier korrumpiert weit mehr.«

Gina rang sich ein Lächeln ab. Sie konnte ihn nicht mehr amüsant finden.

Er starrte weiter den Bildschirm an. »Wo *finden* sie diese Leute bloß?«

»Sie sind gewählt worden«, stellte Gina eisig fest. »Das ist die amerikanische Art. Sie haben für ein Amt kandidiert und die meisten Stimmen bekommen.«

»Ja. Niemand, den man wirklich gern in einem öffentlichen Amt sehen würde, besitzt den schlechten Geschmack, für eines zu kandidieren. Und tut er's doch, gewinnt er nicht.«

»Mir fällt zumindest eine Ausnahme ein«, sagte Gina, die dabei an Senator Marsden dachte.

»Ein weißer Rabe, das können Sie mir glauben. Denken Sie mal darüber nach, Gina. Auf der einen Seite haben Sie einen Mann mit Integrität und Verstand. Er entschließt sich wider besseres Wissen zur Kandidatur, weil er glaubt, etwas bewirken zu können. Aber schmeichelt sich nicht bei den Wahlkreisbossen ein, küßt keine Babys, weigert sich, als Preisrichter für Schweine zu fungieren, und läßt sich bei der Besichtigung einer Bäckerei nicht mit Schürze und weißer Mütze fotografieren. Er besteht darauf, nach seiner Einstellung zu wichtigen politischen Themen beurteilt zu werden. Auf der anderen Seite haben Sie jedoch einen politischen Trittbrettfahrer, der jedem alles verspricht, links und rechts Deals abschließt, für jeden posiert, der eine Kamera zückt, und alles, wirklich *alles* tut, was Stimmen einbringt.« Duncan drehte sich nach ihr um. Seine Stimme klang unerwartet eindringlich. »Sagen Sie mir, Gina: Wer von den beiden gewinnt diese Wahl?«

Gina konnte nicht antworten. Duncan hatte recht, verdammt noch mal.

»Ich wiederhole«, sagte er, ohne auf eine Antwort zu warten. »Leute, die gewählt zu werden verdienen, kandidieren nur selten. Und entschließen sie sich dazu, unterliegen sie. *Das* ist die amerikanische Art.«

»Ich kenne kein besseres System. Sie etwa?«

»Nein«, antwortete Duncan seufzend. »Aber das heißt nicht, daß es nicht verbesserungsfähig wäre. Der Präsident darf nur einmal wiedergewählt werden. Warum sollte diese Beschränkung nicht auch für Abgeordnete und Senatoren gelten?«

»Senator Marsden hat seine Amtszeit schon freiwillig beschränkt«, warf Gina rasch ein. »Nach der zweiten Amtsperiode scheidet er aus.«

»Warten wir's ab, was daraus wird.«

Gina hörte aus dieser Bemerkung einen drohenden Unterton heraus.

»Weil wir übrigens gerade von dem guten Senator sprechen«, sagte Duncan. »Er steht heute vormittag als letzter auf der Liste. Und sie assistieren, nicht wahr?«

»Ganz recht.«

»Auf Ihren ausdrücklichen Wunsch, stimmt's?«

»Wieder richtig.«

»Wie kommt das? Sie haben früher noch nie den Wunsch geäußert, bei einem bestimmten Patienten zu assistieren.«

»Ich arbeite bei dem Mann.«

Er musterte sie prüfend. »Halten Sie das für klug? Fürchten Sie keine emotionalen Verwicklungen? Ich könnte Cassidy anrufen . . .«

»Hier geht's nicht gerade um eine lebensgefährliche Operation. Und ich assistiere nur.«

»Also gut. Wir treffen uns um neun Uhr fünfundvierzig im Waschraum. Bis zehn Uhr braucht Marie für die Narkose. Aber bis zum Mittagessen sind wir leicht fertig.«

»Narkose? Sie lassen eine Vollnarkose durchführen?«

»Selbstverständlich.«

»Tut's nicht auch eine Lokalanästhesie?«

Duncan zog die Augenbrauen hoch. »Wie lange arbeiten Sie schon hier? Soviel ich mich erinnere, ist dies das erste Mal, daß Sie den Grad einer Anästhesie in Frage stellen. Wissen Sie *bestimmt*, daß Ihre Bindung zu diesem Patienten nicht zu eng ist?«

Eine Vollnarkose bedeutete, daß Marsden nach dem Eingriff benommen sein würde. In diesem Zustand konnte Duncan ihm das Implantat einpflanzen, ohne daß der Senator etwas davon mitbekam.

»Ganz bestimmt«, antwortete Gina. »Aber die Läsion sieht so klein aus, daß ich mich frage . . .«

»Ich muß einen langen Einschnitt machen, damit ich den gesamten Tumor entfernen kann, um ein Wiederauftreten zuverlässig zu verhindern. Dann muß ich den oberen Ohrrand neu aufbauen, damit's nicht so aussieht, als habe jemand auf ihn geschossen und seinen Kopf nur knapp verfehlt. Ich will nicht, daß er zusammenzuckt oder einen Nackenkrampf bekommt und den Kopf bewegt, während ich gerade dabei bin, ihn zu operieren. Finden Sie nicht, daß das Grund genug für eine Vollnarkose ist?«

»Natürlich«, fauchte sie, weil die nervöse Anspannung ihr zusetzte. »Ich habe nur danach gefragt.«

Duncan lächelte schwach. »Heute morgen sind wir ein bißchen nervös, was?«

Gina stellte ihre noch halbvolle Tasse auf seinen Schreibtisch und ging zur Tür.

»Zuviel Kaffee, nehme ich an.«

Draußen im Korridor fühlte sie ihre unerschütterliche Fassade abbröckeln. Bisher bestimmte allein Duncan den Gang der Dinge. Sie konnte nur hoffen, daß es ihr gelingen würde, ihr Vorhaben zu verwirklichen.

Der Eingriff verlief problemlos. Duncan leistete ausgezeichnete Arbeit, als er in den oberen Rand von Senator Marsdens linkem Ohr einschnitt, den Tumor entfernte und die natürliche Ohrform wiederherstellte. Und Gina bemühte sich, den restlichen Körper des Senators vor Schaden zu bewahren ... hoffentlich ebenso erfolgreich.

Als erstes half sie Oliver persönlich, eine Charge seiner winzigsten Implantate zu füllen, von denen eines in Marsdens Ohr eingepflanzt werden würde. Als der Senator eintraf, sorgte sie dafür, daß er keinen Augenblick mit Duncan allein war. Das schaffte sie, indem sie bis zur Operation wie eine Klette an Duncan oder seinem Patienten hing.

Seltsamerweise hatte Duncan keine Anzeichen von Frustration oder Verärgerung erkennen lassen. Gina hatte befürchtet, er könnte einen Wutanfall bekommen, vielleicht sogar gewalttätig werden, wenn er merkte, daß es ihm unmöglich war, mit dem Senator allein zu bleiben. Aber obwohl sie seine Absichten immer wieder durchkreuzte, schien er bester Laune zu sein.

Das machte Gina noch besorgter.

Deshalb hielt sie jetzt Wache neben dem schnarchenden Senator Marsden, der im VIP-Aufwachraum seine Vollnarkose ausschlief. Gerade hatte er sich zum zweitenmal innerhalb von fünf Minuten bewegt. Also würde er bald aufwachen. Die qualvolle Warterei war fast zu Ende.

Gott sei Dank! Gina war todmüde. In der in den Raum flutenden Nachmittagssonne wäre sie vermutlich eingenickt, wäre ihre übervolle Blase nicht gewesen. Der Druck in ihrem Becken wurde langsam unerträglich. Sie konnte sich nicht daran erinnern, jemals so dringend auf die Toilette gemußt zu haben, aber sie dachte nicht daran, den Raum auch nur für eine Sekunde zu verlassen.

»Wie geht's ihm?«

Sie fuhr zusammen und drehte sich auf ihrem Stuhl um, als sie Duncans Stimme hörte. Er stand hinter ihr auf der Schwelle und stützte sich mit einer Hand am Türrahmen ab.

»Ich habe Sie noch nie so nervös erlebt, Gina. Vielleicht sollten Sie wirklich etwas weniger Kaffee trinken.«

»Mir geht's gut«, sagte sie und versuchte, sich ihre Nervosität nicht anmerken zu lassen. War dies der entscheidende Augenblick? Würde er jetzt irgend etwas versuchen?

Duncan lächelte. »Schön. Aber wie geht's dem Senator? *Er* ist der Patient, nicht wahr?«

»Er wacht allmählich auf. In ein paar Minuten ist er wieder ganz da.«

Das stimmte nicht, aber Duncan sollte glauben, ihm bleibe keine Zeit mehr, sein Vorhaben auszuführen.

»Wunderbar.« Er sah auf seine Uhr. »Hören Sie, ich hab's ein bißchen eilig. Der Golfplatz ruft. Und da Sie beschlossen haben, nicht nur seine legislative Assistentin zu sein, sondern ihn auch im Aufwachraum zu betreuen, möchte ich, daß Sie sich bis zu seiner Entlassung um ihn kümmern. Achten Sie nur darauf, daß Barbara ihm unsere Anweisung für die Wundpflege mitgibt und nächste Woche einen Termin für eine Nachuntersuchung vereinbart.«

Gina starrte ihn an. Verblüfft. Sprachlos.

»Gina?«

»Sie gehen schon?« fragte sie.

»Sollte ich aus irgendeinem Grund bleiben?«

»Äh, nein. Ich dachte nur ... viel Spaß beim Golfen!«

»Danke. Den habe ich bestimmt.«

Er winkte ihr zu und verschwand, während Gina weiter die Tür anstarrte, in der er eben noch gestanden hatte.

Drehe ich allmählich durch? fragte sie sich.

Hatte sie nicht das Metalltablett mit TPD, Trokar und Implantat auf seinem Schreibtisch stehen gesehen? Wozu, wenn er nicht die Absicht gehabt hatte, diese Sachen heute zu benutzen? Außer ...

Außer sie hatte alles gründlich mißverstanden.

Was war, wenn sie alles falsch interpretiert, falsch verstanden hatte? Was war, wenn sie ...

Nein. Die Teile dieses Puzzles paßten zu genau zusammen. Duncan führte irgend etwas im Schilde.

Aber was? Er hatte keine Gelegenheit gehabt, dem Senator das Implantat einzupflanzen – das wußte Gina ganz sicher. Sie hatte sein Vorhaben vereitelt. Was tat er daraufhin? Er verschwand, um zu golfen. Allerdings fuhr er nie in seinen Golfclub, wenn er behauptete, dorthin unterwegs zu sein.

Gina war ganz wirr im Kopf. Diese Sache erschien ihr allmählich surreal. Was ging hier vor?

Aber nachdem Duncan jetzt fort war, konnte sie wenigstens rasch auf die Toilette gehen, bevor ihre Blase platzte. Gina trat in den Korridor hinaus und eilte zum Hinterausgang. Duncans Parkplatz war leer. Sie verschwand in der Toilette.

Wenige Minuten später kam sie fast schwindlig vor Erleichterung in den Aufwachraum zurück.

Senator Marsden hatte sich nicht bewegt. Aber seine Augen waren offen. Er lag auf der linken Seite und sah ihr blinzelnd entgegen.

»Hallo, Senator«, sagte Gina lächelnd.

Er lächelte schwach und schloß wieder die Augen.

Sie starrte ihn an und machte sich plötzlich Sorgen, weil sie ihn für ein paar Minuten allein gelassen hatte.

Ich werde schon so paranoid wie Duncan, dachte sie. Aber sie mußte die Bettdecke hochheben und den rechten Oberschenkel des Senators kontrollieren.

Ihre Beine wären fast eingeknickt, als sie einen winzigen roten Fleck auf seinem Oberschenkel sah. *Blut?* Sie sank zitternd auf die Knie und beugte sich darüber.

Ja . . . Blut. Ein kleiner, halbkreisförmiger Einstich, wie ihn ein Trokar hinterlassen hätte. Genau wie der kleine Einstich, den sie letzten Monat in ebendiesem Raum an Senator Vincents Oberschenkel entdeckt hatte.

»Um Himmels willen«, flüsterte sie, als Wut und Entsetzen sie erfaßten. »*O Gott!*«

Sie tastete die Umgebung des Einstichs vorsichtig ab. Das Bein des Senators streckte sich etwas. Als sie aufsah, begegnete sie seinem Blick.

»Noch mal hallo«, sagte sie, richtete sich auf und bemühte sich, ganz ruhig zu sprechen und professionell neutral zu wirken. »Ist Dr. Lathram gerade bei Ihnen gewesen?«

»Wer ist Dr. Lathream?« Er schmatzte mit seinen trockenen Lippen. »Kann ich ein Glas Wasser haben?«

Noch zu benommen, um brauchbare Auskünfte geben zu können.

»Ja. Klar.« Auf dem Tischchen neben seinem Bett stand eine Wasserkaraffe, aber Gina gab vor, sie nicht zu sehen. »Ich hole Ihnen ein Glas.«

Sie zwang ihre kraftlosen Beine dazu, sie in den Korridor hinauszutragen, wo sie sich an die Wand lehnte und ihr Zittern nicht länger unterdrückte. In welchen Alptraum war sie hier geraten? Wo war der Zauberspiegel, durch den sie getreten war, um an diesen verrückten Ort zu gelangen?

Duncan. Wo steckte er jetzt? Er war offenbar nicht weggefahren. Das hatte er nur vorgegeben. Bestimmt hatte er sich in einem der Räume versteckt und darauf gewartet, daß sie den Senator allein ließ.

Und als ich auf der Toilette gewesen bin, hat er sich zu Marsden reingeschlichen und ihm mit dem Trokar das Implantat eingepflanzt.

Dieser Dreckskerl!

Gina lief zum Haupteingang und sah einen schwarzen Mercedes wie den Duncans auf die Straße hinausfahren. Sie konnte das Kennzeichen nicht lesen, und hinter den grünlich getönten Scheiben war nicht auszumachen, ob Duncan am Steuer saß. Sie beobachtete, wie der Wagen sich in den Verkehr einordnete und davonfuhr.

Sie hastete durch den Korridor zurück und sah sich plötzlich Barbara gegenüber, die sie anstarrte.

»Alles in Ordnung mit Ihnen?« fragte Barbara.

»Mir fehlt nichts«, sagte Gina. Sie mußte jemandem diese ganze Geschichte erzählen, aber Barbara war nicht dieser Jemand. »Absolut nichts.«

Sie ging in den Aufwachraum zurück und fand Senator Marsden auf einen Ellbogen gestützt vor.

»Wie dumm von mir!« rief sie aus. »Das Wasser hat die ganze Zeit hier gestanden.«

Sie goß ihm ein Glas Wasser ein, beobachtete, wie Marsden es trank, und überlegte dabei, was als nächstes zu tun war. Sollte sie's ihm sagen? Sollte sie ihm sagen, daß sein Chirurg ihm soeben ein mit einem Giftstoff gefülltes Implantat in den Oberschenkel eingepflanzt hatte?

Gina studierte Senator Marsden, der noch immer benommen wirkte. In diesem Zustand konnte er kaum zuhören – und würde erst recht nichts begreifen. Was sollte sie also tun? An wen konnte sie sich wenden?

26

Gerry

Gerry war eben vom Mittagessen zurückgekommen. Er bewunderte Marthas letztes Crayola-Meisterwerk, das an der Glaswand vor seinem Schreibtisch hing, als Ginas Anruf kam. Er war froh, daß diesmal sie anrief. Sie war die ganze Woche über seltsam abweisend gewesen.

»Gerry, du mußt mir helfen.«

Kein guter Anfang. Sie schien mit den Nerven völlig herunter zu sein.

»Klar. Wo fehlt's denn?«

»Es geht um Duncan.«

Gerry unterdrückte ein Ächzen. Nicht schon wieder Duncan! Er wünschte sich, er hätte ihr nie von seiner Verschwörungstheorie erzählt.

»Was ist mit ihm?«

»Er hat Senator Marsden ein mit Gift gefülltes Implantat eingepflanzt.«

Gerry antwortete nicht gleich. Er konnte nicht... war zu schockiert, um sprechen zu können.

»Das hat er wirklich getan, Gerry. Ich weiß, daß er's getan hat.«

»Gina«, sagte er, als er endlich seine Stimme wiederfand, »dieses Thema haben wir längst ausdiskutiert. Wir haben die Lösung analysiert – diese ›Geheimsauce‹, wie du sie nennst – und nichts anderes gefunden, als . . .«

»Ich rede nicht von der Geheimsauce. Hier geht's um etwas anderes – um eine Verbindung, die kein Mensch kennt.«

»Und wie bist du auf sie gestoßen?«

Jetzt machte Gina eine Pause. »Ich habe sie in einer seiner Schreibtischschubladen entdeckt.«

»Er bewahrt sie irgendwo auf, wo jeder sie finden kann?«

Wieder eine Pause. »Nein. Seine Schublade ist immer abgesperrt.«

»Aber wie bist du dann ...?« Er begriff plötzlich. *»Nein!* Das hast du nicht getan!«

»Tut mir leid, Gerry, aber ich mußte.«

»Gina, du hast einen Electropick, der dem FBI gehört, dazu benutzt, in sein Büro einzubrechen?«

»Gerry, du hast allen Grund, böse zu sein, aber sei's bitte nicht. Diese Sache ist zu wichtig. Außerdem habe ich keine Bürotür geöffnet, sondern nur das Schloß der Schreibtischschublade geknackt.«

»Macht keinen Unterschied. Du hättest ertappt und verhaftet werden können. Schlimmstenfalls hättest du sogar ...«

»Hör zu, ich hab' genau gewußt, daß du so reagieren würdest. Deshalb hab' ich's dir lieber nicht erzählt. Aber ich *mußte* den Inhalt dieser Schublade kontrollieren.«

»Ich kann's einfach nicht glauben! Du ...«

»Gerry, zwei Menschen sind vermutlich durch seine Schuld tot. Zwei weitere sind geistesgestört. Diese Droge ruft psychotische Veränderungen hervor. Du hast die Fernsehaufnahmen von Senator Vincent am ersten Tag der Anhörung gesehen, nicht wahr?«

»Natürlich. Wer denn nicht?«

»Hat er unmittelbar vor seinem Anfall normal gewirkt?«

»Nein«, gab er widerstrebend zu, »nicht direkt.« Er griff nach einem Bleistift. »Okay, wie heißt das Zeug?«

»Triptolinisches Diäthylamid.« Sie buchstabierte es. »Abgekürzt TPD.«

»Und das Zeug macht einen verrückt?«

»Nach Auffassung der FDA schon. Die weitere Erprobung ist wegen psychotischer Reaktionen bei Primaten eingestellt worden.«

»Aber warum ist bisher kein Leichenbeschauer darauf gekommen, wenn Lathram damit andere Leute vergiftet?«

»Weil niemand nach TPD sucht. Niemand weiß überhaupt, daß er existiert. Gerry, jedes Jahr werden Tausende und aber Tausende von Verbindungen erprobt. Bestenfalls eine von Zehntausend kommt jemals auf den Markt. Auch TPD ist erprobt, aber wegen der Nebenwirkungen ausgemustert worden.

Das war's dann. Good-bye. Sayonara. Mit der nächsten Verbindung geht's weiter, und kein Mensch verschwendet noch einen Gedanken auf die Verlierer.«

»Und woher hat Lathram dieses . . .« Er sah auf seinen Zettel. . . . dieses TPD?«

»Von seinem Bruder. Oliver hat bei dem Pharmakonzern gearbeitet, der es erprobt hat.«

Gerry setzte sich auf, dann beugte er sich leicht nach vorn. Sein früherer Verdacht, den er zu widerlegen versucht hatte, war plötzlich wieder geweckt.

»Und du glaubst, daß er Marsden dieses Mittel beigebracht hat?

»Ich weiß es!«

»Hast du ihn dabei beobachtet?«

»Nein, aber ich habe den Einstich an Marsdens Oberschenkel gesehen.«

Sie berichtete, was sie morgens auf Lathrams Schreibtisch entdeckt hatte: das TPD-Fläschchen, ein Implantat und etwas, das sie als Trokar bezeichnete.

»Aber kann Lathram ihm nicht nur irgendeine Spritze gegeben haben?«

»Nicht dort. Und Duncan macht niemals Injektionen. Dafür holt er eine Krankenschwester. Ich sage dir, Gerry, Senator Marsden liegt hier bei uns im Aufwachraum und hat ein Implantat voller TPD im rechten Oberschenkel. Ich muß dafür sorgen, daß es wieder rauskommt!«

»Okay. Mach einen Augenblick Pause und laß mich nachdenken.« Er lehnte sich wieder zurück und bemühte sich, Ruhe zu bewahren, seine überbordende Aufregung zu beherrschen. Das war echt heavy. Ein prominenter hiesiger Chirurg mit besten Verbindungen und ein im Scheinwerferlicht stehender U. S. Senator. Material für Schlagzeilen. Daraus konnte ein großer Fall werden. Oder eine große Peinlichkeit.

Wenn Gina nur *gesehen* hätte, wie Lathram dieses Implantat einsetzte . . .

»Glaubst du, daß Marsden sich in unmittelbarer Gefahr befindet?«

Gina zögerte, bevor sie antwortete: »Nein. Duncan ist für heute fort. Ich vermute, daß er einen bestimmten Ort, einen bestimmten Zeitpunkt auswählen will. Denk daran, wie Allard und Vincent ihre Anfälle vor laufenden Kameras gehabt haben. Meiner Ansicht nach wird Duncan eine Gelegenheit dieser Art abwarten.«

»Aber weshalb, Gina? Das Motiv fehlt noch. Wozu sollte er das tun wollen?«

»Er haßt die Richtlinien-Kommission und ihre gesamte Aufgabenstellung.«

»Das tun viele Ärzte. Aber sie führen trotzdem keinen Rachefeldzug gegen . . .«

»Nein. Hör zu, bei Duncan hat das ganz persönliche Gründe.« Sie erzählte ihm von den Artikeln, die sie in der *Post* und im *Banner* gefunden hatte, und erwähnte, auch Schulz sei Mitglied der ursprünglichen Richtlinien-Kommission gewesen. *Bingo!* Das war die Verbindung zwischen den vier Abgeordneten und Senatoren, die er bisher vergeblich gesucht hatte. Gina berichtete auch von ihrem Anruf beim Virginia Board of Medical Examiners. Als sie ausgeredet hatte, war er überzeugt – aber das genügte nicht. Er würde Ketter überzeugen müssen.

»Okay, paß mal auf. Da der Senator nicht in unmittelbarer Gefahr schwebt, können wir uns etwas Zeit lassen, um gründlicher zu ermitteln.«

»Gerry . . .«

»Laß mich ausreden. Wir überwachen sein Haus unauffällig, damit sich niemand einschleichen kann. Aber du darfst inzwischen nichts tun, was Lathram warnen könnte.«

»Mach dir deswegen keine Sorgen.«

»Gib ihm ja keine Gelegenheit, seine Fährte zu verwischen. Ich möchte, daß Lathram glaubt, weiterhin alles im Griff zu haben. Und du hältst dich aus dieser Sache raus. Keine riskanten Einsätze à la Nancy Drew mehr. Alles weitere überläßt du mir, verstanden?«

Damit wollte er verhindern, daß Gina zu Schaden kam. Niemand konnte vorhersagen, was Lathram tun würde, wenn er sich in die Enge getrieben fühlte.

»Okay. Aber weißt du bestimmt, daß dem Senator inzwischen nichts passiert?«

»Gina«, antwortete er, »vorerst weiß ich überhaupt nichts bestimmt. Ich möchte die Ermittlungen in dieser Sache vorantreiben, aber die Entscheidungen treffen andere. Sobald ich genügend Belastungsmaterial habe, muß ich damit zum SSA gehen, und der muß es wahrscheinlich weiter oben vorlegen. Und je schneller ich anfange, desto besser.«

Sie nannte ihm das Jahr und die Monate, in denen die Zeitungsartikel über Lathram erschienen waren, und fügte hinzu: »Du hältst mich auf dem laufenden, okay?«

»Mach dir keine Sorgen. Aber was *niemals* erwähnt werden darf, ist die Tatsache, wie du in Lathrams verschlossene Schublade reingekommen bist. Kapiert?«

»Natürlich. Und es tut mir leid. Echt.«

»Schon gut. Ich ruf' dich wieder an.«

Nachdem er aufgelegt hatte, blieb er lange sitzen, machte sich Notizen, ordnete die bisher bekannten Fakten und schaltete auch seinen Computer ein, um seine persönliche Datenbank über Dr. Duncan Lathram zur Verfügung zu haben.

Gerry war wie elektrisiert. Er wußte, daß dieser Fall ihm große Aufstiegschancen eröffnen konnte. Und er war entschlossen, ihn nicht mehr aus der Hand zu geben. Dieser Fall gehörte ihm allein. Kurzfristig bedeutete er einen Haufen Mehrarbeit, aber langfristig ... wer einen Fall dieser Größenordnung löste, konnte damit Karriere machen.

Und die Beweislage schien ziemlich eindeutig zu sein. Der gute Doktor hatte Mittel und Gelegenheit gehabt. Gerry mußte nur noch sein Tatmotiv dokumentieren.

Er telefonierte mit dem Archiv und forderte sämtliche Informationen über Dr. med. Duncan Lathram an – mit besonderer Berücksichtigung möglicher Verbindungen zwischen Lathram und vier namentlich benannten Abgeordneten und Senatoren. Gerry wollte die Zeitungsausschnitte zur Hand haben, wenn er mit diesem Fall zu Ketter ging.

Gerry war überrascht, als ein Hausumschlag aus dem Archiv in weniger als einer halben Stunde auf seinem Schreibtisch landete. Was, so schnell?

Er blätterte den Inhalt des Umschlags rasch durch: hauptsächlich Fotokopien alter Zeitungsartikel, in denen der Name Lathram ebenso farbig markiert war wie die Namen Lane, Allard, Vincent . . . und Schulz.

Hier waren sie also, Täter und Opfer, alle durch Querverweise auf den Seiten der *Post* miteinander verknüpft. Gewiß, damit war der Fall noch längst nicht gelöst, aber diese Unterlagen in Verbindung mit Ginas Aussage über das mit Nervengift gefüllte Implantat mußten ausreichen, um die Ermittlungen ins Rollen zu bringen.

Er machte sich auf den Weg zu Marvin Ketters Büro.

Ketter stand am Fenster und starrte auf den dichten Berufsverkehr auf der E Street hinunter. Er runzelte konzentriert die Stirn. Gerry wußte, daß er versuchte, zu einem Entschluß zu gelangen.

Ein vorsichtiger Mann, dieser Ketter. Zu vorsichtig. Aber Gerry war fest entschlossen, ihn in dieser Sache zum Handeln zu zwingen.

»Hör zu, Marvin«, sagte Gerry und ging im Büro auf und ab, während er eine Möglichkeit suchte, den SSA auf seine Seite zu ziehen. »Lathram hat Motiv, Mittel und Gelegenheit gehabt. Was brauchen wir mehr?«

»Bisher haben wir nur Indizienbeweise.«

»Vier Mitglieder der alten Kommission sind tot oder außer Gefecht. Dr. Panzella hat praktisch gesehen, wie Lathram Senator Marsden eines dieser Implantate eingepflanzt hat. Wie lange wollen wir noch untätig zusehen?«

»›Praktisch gesehen‹ ist nicht das gleiche wie mit eigenen Augen sehen. Das weißt du selbst, Gerry. Und Marsden hat der ursprünglichen Kommission nicht angehört. Damit ist dein Motiv erledigt.«

»Aber er ist Vorsitzender der neuen Kommission. Gina hat recht. Das weiß ich!«

Ketter zog seine buschigen Augenbrauen hoch. »Gina?«

»Dr. Panzella. Wir kennen uns seit der High-School.« Ketter brauchte nicht zu wissen, daß sie mehr als Schulfreunde waren. »Deshalb ist sie zu mir gekommen. Hör zu, Marvin, du kannst mir nicht weismachen, daß du nicht auch spürst, daß an dieser Sache etwas faul ist.«

Ketter schlug mit der flachen Hand leicht auf die Fotokopien auf seinem Schreibtisch. »Glaub mir«, Gerry, ich täte nichts lieber, als so was aufzudecken. Das wäre für uns beide gut.«

Jetzt stand Gerry am Fenster und beobachtete den Verkehr. Ketter brachte seinen verdammten Hintern nicht hoch, obwohl ein Coup dieser Art ihm eine Beförderung gesichert und Gerry ebendieses Büro verschafft hätte. Gina würde stolz auf ihn sein und Senator Marsden dankbar, und er würde in Zukunft mehr Zeit für Martha haben. Und für Gina.

Gott, wie er sich das wünschte!

»Was machen wir also? Einfach abwarten, bis Senator Marsden umkippt?«

»Tut er das, wissen wir wenigstens, wo und wonach wir suchen müssen.«

Gerry warf ihm einen skeptischen Blick zu.

»Ich weiß, ich weiß«, sagte Ketter. »Das nutzt Marsden natürlich nicht viel. Aber ich denke nicht daran vorzupreschen und das Bureau in Verlegenheit zu bringen.«

Also gut, dachte Gerry. Wie wär's mit einer Drohung, wenn Vernunftgründe nicht ziehen?

»Eines weiß ich bestimmt, Marvin. Sollte Senator Marsden irgendwas zustoßen, schlägt Dr. Panzella gewaltig Krach. Sie gehört zu Marsdens Stab. Ich garantiere dir, daß sie den Medien, dem Kongreß und überhaupt jedem, der ihr zuhören will, haarklein erzählt, wie sie das FBI gewarnt hat – und von uns ignoriert worden ist. Auch das solltest du bedenken, wenn wir gerade von Verlegenheit reden.«

Ketters Augenbrauen bildeten wieder einen Strich, während er sich das Kinn rieb.

Fast geschafft! dachte Gerry. Noch ein kleiner Anstoß . . .

»Hör zu, Gerry«, sagte Ketter. »Ließe die Existenz dieses

Implantats sich irgendwie nachweisen, ohne daß Marsden oder Lathram mitbekommen, was wir machen, wäre ich sofort dabei. Aber das verdammte Ding steckt angeblich in seinem Bein. Was sollen wir also tun? Marsden niederschlagen, in ein Krankenhaus schleppen und dort röntgen?«

Gerry drehte sich um, starrte ihn an. »Genau!«

»Was?« fragte Ketter verständnislos.

»Ich glaube, ich weiß, wie wir's schaffen.«

27

Tricks

Gerry setzte sein Fernglas an, als ein silbergrauer Lincoln Town Car aus der Einfahrt rollte und nach rechts abbog. Senator Marsden saß am Steuer. Gerry spürte, wie sein Magen wieder zu rebellieren begann. Das hatte er schon nachts getan. Von diesem kleinen Unternehmen hing viel ab. Für FBI-Begriffe war der Aufwand nicht allzu groß: ein paar Fahrzeuge, ein paar Agenten, ein paar ahnungslose Mitwirkende von außerhalb. Aber für Gerry war dies eine *sehr* große Sache.

Kein Wunder, daß er fast Magenkrämpfe hatte.

Hier draußen im McLean County gab es kaum Verstecke. Eine Pferdezüchtergegend mit weiten Koppeln, zwischen denen große, stattliche Landhäuser weit von der Straße entfernt unter Bäumen lagen. Aber Gerry hatte ein paar Eichen gefunden, unter denen er mit dem Wagen stehen und Senator Marsdens Einfahrt beobachten konnte. Gina hatte im Büro des Senators angerufen und erfahren, er werde gegen neun Uhr erwartet.

Auch wenn Gerry ihn nicht gekannt hätte, der weiße Verband an seinem linken Ohr hätte die Identifizierung bestätigt. Und er hatte den Sicherheitsgurt angelegt. Klasse. Ein vernünftiger Mann. Gerry sah auf seine Armbanduhr: 8.05 Uhr. Also auch pünktlich.

Und er fuhr wie üblich selbst. Das hatte ihnen Sorgen gemacht. Obwohl der Eingriff nur klein gewesen war, bestand die Möglichkeit, daß der Senator eine Limousine bestellte, um sich ins Büro fahren zu lassen. Zum Glück war das nicht der Fall. Eine weitere Person oder ein anderer Wagen hätte das Unternehmen unnötig kompliziert.

Gerry drückte auf den Kurzwahlknopf seines Mobiltelefons.

»Okay. Er ist unterwegs. Mit dem Town Car. Ich melde mich wieder.«

Er folgte Marsden mit seinem Dienstwagen, einem neutralen Ford, auf der Straße, die sich zwischen Pferdefarmen und Koppeln hindurchschlängelte, bis er nach Norden auf den Dolley Madison Boulevard abbog. Sie kamen am Haupttor der CIA-Zentrale vorbei und ordneten sich schließlich in den Verkehr auf dem George Washington Memorial Parkway ein. Gerry verstand, warum Marsden diese Strecke fuhr. Sie war landschaftlich sehr reizvoll. Rechts wechselten sich bewaldete Hügel und Täler in beginnenden Herbstfarben ab, während links tief unter ihnen der stille Potomac River dahinströmte. Jenseits des Flusses ragten die Türme der Georgetown University in den nur leicht bewölkten Morgenhimmel auf.

Gerrys Spannung wuchs, als sie unter der Key Bridge hindurchfuhren. Auf der Fahrt nach Washington hatte Marsden die Wahl zwischen zwei Brücken: Teddy Roosevelt Bridge oder Arlington Memorial Bridge. Hätte Gerry mehr Zeit gehabt, hätte er erfahren können, welche Strecke der Senator normalerweise fuhr, aber seit Marsdens Operation waren noch keine vierundzwanzig Stunden vergangen. Gerry war auf beide Strecken vorbereitet, aber er hoffte trotzdem auf die Arlington Memorial Bridge.

Eines mußte man Ketter lassen: Legte sein SSA erst einmal los, war er wirklich *aktiv*. Sie hatten bis tief in die Nacht hinein Überstunden gemacht, um die Genehmigungen einzuholen und Personal und Ausrüstung anzufordern, aber seit sieben Uhr morgens waren alle Beteiligten einsatzbereit.

Als er Marsden an der Ausfahrt zur Teddy Roosevelt Bridge vorbeifahren sah, löste Gerrys Verkrampfung sich etwas. Aber nur ganz wenig.

Er telefonierte nochmals.

»Okay, Leute. Er bleibt genau auf Kurs. Gleich ist er auf der Memorial Bridge. Auf der Constitution Avenue geht's dann los!«

Diesmal unterbrach er die Verbindung nicht mehr, sondern ließ sie bestehen, während er am Seabees Memorial vorbeifuhr und zwischen den Weißkopfseeadlern aus Granit an der Brükkenrampe hindurchfuhr. Jenseits der Brücke erhob sich genau voraus das Lincoln Memorial als massiver weißer Marmorklotz, und rechts von ihm ragte das Washington Monument auf. Gerry folgte Marsden um das Lincoln Memorial herum und über die Henry Bacon Diagonal zur Constitution Avenue.

Als der dunkle Keil der Vietnam Walls in seiner Bodensenke rechts an ihm vorbeiglitt, sagte er: »Gleich sind wir da. Los!«

Nun begannen Gerrys Magenschmerzen erst richtig. Jetzt kam alles auf den richtigen Zeitpunkt an. Die Sache mußte innerhalb der nächsten Blocks ablaufen, aber der FBI-Stuntfahrer mußte auf eine Gelegenheit warten. Er mußte Marsdens Lincoln nicht nur rammen, sondern auch selbst schnell verschwinden.

Ein Nova ... er fährt einen alten blauen Chevy Nova.

Inmitten unzähliger Pendler, die wie jeden Morgen auf der Constitution Avenue dem Potomac River folgten, sah Gerry immer wieder in seinen Rückspiegel. Endlich erkannte er den Nova, der sich hinter ihm durch den Verkehr schlängelte. Gerry wechselte die Spur, um ihn vorbeizulassen. Ein rascher Blick nach links zeigte ihm, daß der andere Fahrer eine tief in die Stirn gezogene Wollmütze und ein altes Flanellhemd mit hochgeklapptem Kragen trug. Trotz seiner Nervosität mußte Gerry flüchtig lächeln. In dieser Aufmachung sah Trevor Hendricks wirklich nicht wie ein Special Agent aus.

»Mach's gut, Trevor«, flüsterte er. »Bitte, mach's gut!«

Gerry biß sich auf die Unterlippe, während er beobachtete, wie Hendricks sich näher an den Wagen des Senators heranschob und auf seine Chance wartete. Sie kam an der 19th Street gegenüber dem Innenministerium. Als Marsden dort vor einer Ampel bremste, die Orange zeigte, schoß der Nova nach vorn und schleuderte gegen das Town Car des Senators. Nur ein kurzer Schlag, der aber ausreichte, um den linken vorderen Kotflügel einzudrücken. Während der Lincoln wippend zum Stehen kam, beschleunigte der Chevy mit quietschenden Reifen und schoß die Constitution Avenue entlang davon.

Gerry hielt dicht vor dem Senator an und lief nach hinten zu seinem Fenster.

»Alles okay?«

»Ja«, sagte Marsden, der blaß und leicht mitgenommen aussah, aber anscheinend unverletzt war. »Haben Sie den verrückten Hundesohn gesehen?«

Gerry starrte die Constitution Avenue entlang und sah den Nova nach rechts auf die 17th Street abbiegen. Hendricks würde den Wagen dort irgendwo abstellen, sich unter die Touristen am Washington Monument mischen und die paar Blocks zur FBI-Zentrale zurückgehen. Der Chevy war ein Geschenk der DEA: das nicht registrierte, beschlagnahmte Eigentum eines Drogenkuriers.

»Ich hab' alles genau gesehen.« Er zog seine Karte aus der Tasche. »Falls Sie einen Zeugen brauchen ... Sagen Sie, sind Sie nicht Senator Marsden?«

»Ja. Ja, der bin ich.«

Gerry streckte seine Karte durchs offene Fenster. »Canney. Special Agent, FBI. Augenblick, das melde ich gleich.«

Ohne Marsden Gelegenheit zu geben, etwas zu antworten, zog Gerry sein Handy heraus, klappte es auf und kehrte dem Senator den Rücken zu, während er zu telefonieren vorgab.

»Die Polizei müßte gleich kommen«, meldete er, als er sich wieder umdrehte. »Fehlt Ihnen wirklich nichts?«

»Garantiert nicht. Hören Sie, wir blockieren hier den Verkehr. Soll ich nicht versuchen, wenigstens die Fahrspur freizumachen?«

Gerry sah sich um und stellte fest, daß der Verkehr sich hinter ihnen staute, weil von drei Fahrspuren eine blockiert war. Aber er wollte nicht, daß Marsden irgendwohin fuhr.

»Ich weiß nicht, ob das eine so gute Idee ist. Augenblick, ich sehe mir den Schaden mal an.«

Er ging nach vorn, um den Kotflügel zu begutachten. Hendricks hatte Maßarbeit geleistet: Das Blech schrammte gegen den Vorderreifen.

»Ich glaube nicht, daß Sie damit fahren können, Sir.«

Als er sich aufrichtete, sah er, daß Marsden gerade aussteigen wollte. Gerry kam rasch nach hinten und drückte ihn mit sanfter Gewalt auf seinen Sitz zurück.

»Vielleicht sollten Sie sich lieber nicht bewegen, Senator.«

»Aber mir fehlt überhaupt nichts. Das ist schließlich nur ein Blechschaden.«

Gerry blieb unbeweglich stehen und blockierte die Fahrertür mit seinem Körper. »Trotzdem wär's bestimmt ratsam, Sir, daß Sie sich möglichst wenig bewegen, bis Hilfe kommt.«

»Das ist doch lächerlich! Ich fühle mich völlig wohl und bin durchaus imstande . . .«

In diesem Augenblick kam ein Streifenwagen mit heulender Sirene und eingeschaltetem Blaulicht herangerast; dicht dahinter folgten ein Notarztwagen und ein Abschleppfahrzeug – alle drei mit FBI-Agenten besetzt.

Der Senator wollte auf keinen Fall in ein Krankenhaus gebracht werden. Er protestierte lautstark, aber da sein Wagen nicht mehr fahrtüchtig war, die Cops und der Notarzt darauf bestanden, ihn ins Krankenhaus zu bringen, und das George Washington University Hospital nur sechs Blocks weit entfernt war, gab er schließlich nach.

Als der Notarztwagen mit Marsden davonheulte, lehnte Gerry sich an den eingedrückten Kotflügel des Lincoln und holte erleichtert tief Luft. Der schwierigste Teil des Unternehmens war geglückt, ohne daß der Senator dabei zu Schaden gekommen wäre.

Geschafft!

Jesus, was für ein Gefühl! Fast wie ein Orgasmus. Wäre er Raucher gewesen, hätte er nach einer Zigarette gegriffen.

Aber jetzt folgte der wichtigste Teil: Das Implantat mußte gefunden werden.

Gerry konnte nur hoffen, daß es auffindbar war. Blieb die Suche erfolglos, würde er den Kopf dafür hinhalten müssen.

Gina hockte in der Registratur am Diktiertisch und hielt den Telefonhörer ans Ohr gepreßt, damit niemand außer ihr Gerrys Stimme hören konnte.

Sie hatte heute nicht ins Surgicenter kommen wollen, aber Gerry hatte ihr geraten, nicht von der eingefahrenen Routine abzuweichen.

»Also gut«, sagte Gerry eben, »wir haben den Senator hier in der Notfallambulanz. Ich möchte den nächsten Schritt noch mal mit dir besprechen, damit nichts schiefgeht. Wir sind dabei, eine Kernspinresonanztomographie des rechten Oberschenkels anzufertigen. Das wollen wir doch, nicht wahr?«

»Richtig. Eine NMR-Tomographie mit besonderer Berücksichtigung der Außenseite der rechten Oberschenkelmitte. Sag ihnen, daß sie auf eine abheilende Einstichwunde in diesem Bereich achten sollen. Das Implantat müßte in einem Radius von sechs bis acht Zentimetern zu finden sein.«

»Okay. Ich wollte mich nur dreifach vergewissern.«

»Noch was, Gerry!« Sie sprach flüsternd weiter. »Paß auf, daß bei der Suche auf keinen Fall ein Ultraschallgerät eingesetzt wird, okay? Fremdkörper in weichen Geweben werden oft mit Ultraschall gesucht, aber *das darfst du nicht zulassen*. Keiner darf ihm mit einem Ultraschallgerät auch nur nahe kommen.«

Geräte zur Ultraschalldiagnose arbeiteten mit einem winzigen Bruchteil der Energie therapeutischer Geräte – aber wozu etwas riskieren?

»Okay. Kein Ultraschall. Paß auf, ich muß los. Das Ergebnis müßte bald da sein.«

»Ruf mich gleich an.«

»Sobald ich kann. Haben wir das Ding identifiziert, müssen wir Marsden darüber aufklären und ihn davon überzeugen, daß es sofort herausoperiert werden sollte. Das kann schwierig werden.«

»Rettet ihn einfach, okay?«

»Ich tue mein Bestes.«

»Ja, ich weiß. Ich liebe dich.«

Er schwieg einen Augenblick – war vermutlich ebenso überrascht wie Gina, daß sie das einfach gesagt hatte. Wo war das nur hergekommen?

Bestimmt aus dem Herzen, sagte sie sich.

»Ich dich auch«, sagte Gerry, und sie mußte über seine Antwort lächeln. Vermutlich telefonierte er von einem Dutzend Kollegen umringt. »Ich schlage vor, daß wir uns treffen, wenn die Sache hier vorbei ist. Wir müssen miteinander reden.«

»Kannst du heute abend zum Essen kommen?

»Das müßte sich machen lassen. Soll ich irgendwas mitbringen?

»Nur Martha.«

»Martha?«

»Ja. Ich hab' sie schon lange nicht mehr gesehen.«

»Großartig.«

»Wir bleiben bei mir. Ich koche wieder. Was hältst du von Tagliatelle mit Anchovissauce?«

»Martha wird begeistert sein.«

»Wunderbar. Bye.«

Nachdem Gina aufgelegt hatte, blieb sie noch einen Augenblick sitzen und starrte ins Leere. Sie wollte heute abend nicht allein zu Hause sein. Vielleicht fühlte sie sich weniger elend, wenn Gerry und Martha ihr Gesellschaft leisteten.

Gerry war hörbar aufgeregt und nervös gewesen. Gina fühlte sich nur elend. War das Implantat gefunden, war die Sache für Gerry erledigt. Das FBI würde Senator Marsden den Ärzten überlassen, damit sie es entfernten, und den Fall der Staatsanwaltschaft übergeben.

Aber Ginas Verwicklung in diese Sache war damit nicht beendet. Irgendwann würde sie Duncan gegenübertreten müssen.

Ihr lief ein kalter Schauer über den Rücken. Sie kam sich verachtenswert vor. Duncan hatte ihr das Leben gerettet, ihr als Schülerin einen Job gegeben und sie jetzt wieder beschäftigt. Solange sie ihn kannte, war er stets großzügig gewesen – und dies war nun ihr Dank dafür.

Aber wie konnte sie zulassen, daß er weitermachte wie bisher?

Sie hatte das Richtige getan, verdammt noch mal! Ethisch, moralisch, juristisch das Richtige.

Weshalb fühlte sie sich dann so elend?

Nach der letzten Operation dieses Morgens saß Duncan mit dem Rücken zum Schreibtisch in seinem Büro und ließ einen Becher Kenya AA zwischen seinen Händen abkühlen. Er starrte durchs Glas in den Steingarten hinaus und stellte ohne sonderliches Interesse fest, daß die roten Blätter seines Zwergahorns sich braun zu verfärben begannen. Der Herbst setzte ein. Der Winter nahte. Auch ein Winter des Herzens.

Gina, Gina, Gina ... wieviel weißt du?

Sie wußte etwas – und vermutete weit mehr. Das stand außer Zweifel, seit sie wie eine Klette an ihrem Senator gehangen hatte.

Duncan wunderte sich über seine wachsende Animosität gegenüber Senator Marsden. Allem Anschein nach ein anständiger Mann, auch wenn er bestrebt war, den Herrschaftsbereich der Kakistokratie zu erweitern. Hatte seine Animosität persönliche Gründe? Konnte es sein, daß er über Ginas Besorgnis um einen anderen, den sie praktisch kaum kannte, verärgert war?

Wichtiger als das Problem, was Gina wußte, war die Frage, was sie deswegen zu unternehmen gedachte. Heute morgen hatte er ihre Reaktionen nicht deuten können ... sie war ungewöhnlich abweisend und schweigsam gewesen, hatte ihm kaum in die Augen gesehen.

Irgend etwas war im Gange ...

Sein Telefon auf dem Schreibtisch summte. Er drehte sich danach um und nahm den Hörer ab.

»Ein Dr. Melendez auf null-zwo – wegen Senator Marsden.«

Ein elektrisierendes Kribbeln durchlief Duncans Glieder. Melendez? Wer zum Teufel war Dr. Melendez?

Er drückte auf 02.

Wie sich herausstellte, war Dr. Melendez einer der Ärzte der Notfallambulanz im George Washington University Hospital. Er teilte Duncan in fast akzentfreiem Englisch mit, Senator Marsden habe an diesem Morgen einen Verkehrsunfall gehabt und bei der Untersuchung erwähnt, er sei am Vortag operiert worden. Melendez wollte sich nur erkundigen, ob der Senator irgendwelche Schmerzmittel oder andere Medikamente erhalte.

»Nichts Stärkeres als Ibuprofen oder Tylenol«, antwortete Duncan. »Ist er verletzt?«

»Er hat nicht mal einen Kratzer. Auch sein Ohrverband ist nicht verrutscht.«

»Gut.«

»Wenn Sie wollen, kann ich einen Blick unter den Verband werfen, sobald er aus der Radiologie zurückkommt.«

»Ich dachte, Sie hätten eben gesagt, er habe nicht mal einen Kratzer?«

»Er hat auch keinen. Aber trotzdem wird eine Kernspinresonanztomographie angefertigt. Die Feds machen ein Riesentheater um ihn – vermutlich weil er ein Senator ist.«

»Feds?« wiederholte Duncan, der einen unbestimmten Verdacht in sich aufsteigen fühlte.

»Yeah. Ein paar FBI-Typen, die hier rumhängen. Das Ganze ist mir ein Rätsel. Ich meine, da er unverletzt ist, scheint eine Kernspinresonanztomographie medizinisch keineswegs indiziert zu sein, aber ich bin natürlich nur ein kleiner Doktor.«

»Ein kleines Rädchen im öffentlichen Gesundheitswesen.«

»Genau.«

»Nun, Dr. Melendez, ich danke Ihnen für den freundlichen Anruf.«

»Nichts zu danken.«

Duncans Finger trommelten auf die Schreibtischplatte. Eine Kernspinresonanztomographie? Wovon? Des Kopfs? Oder eines Beins? Die Erwähnung des FBI hatte ihn so durcheinandergebracht, daß er vergessen hatte, danach zu fragen.

Und dieser junge Mann, mit dem Gina seit einiger Zeit befreundet war ... war er nicht beim FBI?

Seine Finger hörten zu trommeln auf und ballten sich zur Faust. Ein bißchen viel für bloßen Zufall.

Er riß den Telefonhörer von der Gabel. Bob Rubinstein arbeitete seit Jahren im GWU Hospital in der Abteilung Radiologie.

Duncan gab Barbara den Auftrag, ihn dort aufzuspüren, und hatte ihn ein paar Minuten später am Apparat.

Nachdem sie anstandshalber bedauert hatten, sich so lange schon nicht mehr gesehen zu haben, kam Duncan zur Sache.

»Hör zu, Bob, ich rufe dich an, weil ich gehört habe, daß einer meiner Patienten, ein Senator Marsden, heute morgen einen Unfall gehabt hat und eine NMR-Tomographie bekommt. Mich würde interessieren, wie's ihm geht.«

»Tut mir leid, davon weiß ich nichts. Das ist eine andere Abteilung. Aber wenn du willst, erkundige ich mich, kannst du dranbleiben?«

Duncan blieb dran und hörte blecherne Tonbandmusik, während er die in seinem Innern langsam wachsende Spannung zu unterdrücken versuchte.

Einige Minuten später meldete Rubinstein sich wieder.

»Ich komme gerade von Sal Vecchiarelli, dem Chef der Abteilung NMR. Kennst du ihn?«

»Nein.«

»Ein guter Mann. Und er ist stinksauer. Dem Senator fehlt nichts, aber die Tomographie wird trotzdem durchgeführt. Anscheinend ... was ich jetzt sage, ist streng vertraulich und nicht zur Weitergabe bestimmt, okay?«

»Ich sage kein Wort. Verlaß dich drauf.«

»Okay. Wie man hört, hat das FBI schon nachts eine Tomographie für den Senator bestellt. Gut zwölf Stunden vor seinem Unfall. Als ob jemand gewußt hätte, daß er ihn haben würde. Ziemlich merkwürdig, findest du nicht auch?«

Duncan fühlte, daß ihm kalt wurde. »Allerdings.«

»Was sie wohl vorhaben?«

»Keine Ahnung. Ich habe ihn gestern am Ohr operiert. Wird er am Kopf ...?

»Nein. Sie interessieren sich für sein Bein. Für das rechte, glaub' ich.«

Duncan schloß die Augen und schluckte trocken. Seine Kehle war wie ausgedörrt. Er schreckte davor zurück, die nächste Frage zu stellen. »Hast du eine Ahnung, was sie dort suchen?«

»Irgendeinen Fremdkörper.«

Duncan schlug mit der Faust auf seinen Oberschenkel. *Nein! Verdammt noch mal, nein!* Er zwang sich dazu, ruhig weiterzusprechen.

»Liegt das Ergebnis schon vor?«

»Noch nicht. Der Senator steckt noch im Tunnel. Sal kocht vor Wut. Er will diese Untersuchung abschließen, das Ergebnis bekanntgeben und die FBI-Leute weiterschicken, um Platz für unsere Patienten zu bekommen, die wirklich eine Tomographie brauchen.«

»Dafür habe ich volles Verständnis.«

»Nachdem der Senator dein Patient ist, kann ich dich später zurückrufen und dir das Ergebnis durchgeben, wenn's dich interessiert.«

»Nein, vielen Dank, Bob«, sagte Duncan langsam. Auf seinen Schultern schien eine tonnenschwere Last zu ruhen. »Nicht nötig.«

Ich kenne das Ergebnis bereits.

Seine Hand zitterte, als er den Hörer auflegte. Er starrte seine Finger an. Was löste dieses Zittern aus? Wut? Oder Herzschmerz?

Gina weiß alles.

Er hatte vermutet, daß sie etwas wußte, aber bis zu diesem Augenblick hatte er nicht geahnt, wieviel sie wußte. Nun gab es keine Zweifel mehr. Irgendwie hatte Gina das Wer und das Was herausbekommen, vielleicht sogar auch das Warum.

Aber statt damit zu ihm zu kommen, war sie zum FBI gegangen.

Am liebsten hätte er irgend etwas zertrümmert – mit seiner Faust ein Loch in die Wand geschlagen, seinen Stuhl gepackt und durchs Panoramafenster geworfen.

Aber er bekam keinen Tobsuchtsanfall. Er konnte sich beherrschen. Obwohl er zugeben mußte, daß er aus Ginas Sicht psychotisch wirken mußte. Ein klassischer Fall von paranoider Schizophrenie. Wäre er an ihrer Stelle gewesen, wäre er zweifellos zum gleichen Urteil gelangt.

Aber er wäre zuerst zu ihr gegangen. Er hätte sich nicht davongeschlichen, um sie an die Kakistokratie zu verraten.

Gina, mein lieber Jungschwan . . . wie konntest du nur?

Gina hatte ihn heute tief verletzt. Er wußte nicht, ob er ihr das jemals würde verzeihen können. Aber darüber konnte er ein andermal nachdenken. Viel dringender war die Frage: Was sollte er jetzt tun?

28

Nachwirkungen

Gina wartete und pendelte in dieser Zeit ständig zwischen der Registratur und den Aufwachräumen, um nach den an diesem Vormittag operierten Patienten zu sehen. Heute hatte sie nicht viel Arbeit: zwei Nasenkorrekturen und eine Fettabsaugung an den Oberschenkeln. Sie wünschte sich, sie hätte mehr zu tun. Diese Warterei war nervtötend.

Bei einem Blick aus dem Fenster des Hauptaufwachraums fiel ihr auf, daß Duncans Wagen nicht mehr da war. Auf dem Rückweg blieb sie an Barbaras Schreibtisch stehen.

»Ich weiß nicht, ob er zurückkommt oder nicht«, sagte Barbara. »Ich habe nur aus Zufall mitbekommen, daß er gegangen ist. Er hat sich nicht mal verabschiedet.«

»Dabei ist's noch nicht mal Mittag.«

Barbara zuckte mit den Schultern. »Vielleicht hat er fürs Wochenende etwas vor und will rechtzeitig wegkommen.«

Gina fragte sich, was dahinterstecken mochte. Im allgemeinen blieb er freitags länger da, um die Liste aller Dinge abzuhaken, die er getan oder vorbereitet haben wollte, bevor er am Montagmorgen wieder operierte. Warum hatte er heute mit dieser Gewohnheit gebrochen? Hatte er etwa einen Verdacht?

Daran darfst du gar nicht denken, sagte sie sich und rieb sich die Oberarme, während ein Angstschauer über ihre Schultern lief. Heute ist nichts anders als sonst. Kein Grund für irgendeinen Verdacht.

Sie wäre am liebsten selbst nach Hause gefahren, aber sie mußte bleiben, bis der letzte Patient entlassen war. Deshalb machte sie alles wie gewöhnlich und benahm sich, als sei nichts geschehen. Vielleicht war das sogar das beste. Die Vorstellung, allein in ihrem Apartment zu sitzen und darauf zu warten, daß das Telefon klingelte, war keine sehr verlockende Alternative.

Die Mittagszeit kam und ging, ohne daß sie auch nur einen Bissen zu sich nahm – sie mochte nicht einmal daran denken –, und Gerry hatte nicht angerufen. Der Nachmittag zog sich endlos hin. Noch immer kein Anruf. Gina, die ihre Diktate und allen Papierkram erledigt hatte, ging allmählich die Arbeit aus. Sie hörte Oliver in seinem Labor herumwerkeln. Sie hätte hinübergehen und ihm helfen können, aber seit sie wußte, wozu seine Implantate sich verwenden ließen, widerstrebte ihr die Vorstellung, auch nur in ihre Nähe zu kommen. Bis Gerry endlich anrief, wollte sie lieber den Anschein erwecken, beschäftigt zu sein.

Um Viertel nach drei hatte Gina noch immer nichts gehört und fing an, sich Sorgen zu machen. Das Untersuchungsergebnis hätte am Spätvormittag vorliegen müssen. Warum hatte er nicht angerufen?«

Es sei denn . . . ein wahrhaft beklemmender Gedanke . . . die Kernspinresonanztomographie hätte gezeigt, daß das Implantat bei dem Unfall geplatzt war. In diesem Fall hätte Senator Marsden schnellstens operiert werden müssen, bevor zuviel TPD in seinen Blutkreislauf gelangte.

Eine alptraumhafte Vorstellung! Aber auch dann hätte Gerry sie anrufen können, um sie zu informieren.

Sie stand auf, machte einen Rundgang durchs Erdgeschoß und kam wieder in die Registratur zurück. Sie konnte nicht stillsitzen. Was *passierte* im GWU Hospital?

Schließlich griff sie nach dem Telefonhörer. Diese Warterei hatte lange genug gedauert. Es wurde Zeit, selbst aktiv zu werden. Sie rief das FBI an und verlangte Gerry. Die Telefonistin ließ sie kurz warten und erklärte ihr dann: »Tut mir leid, aber Special Agent Canney ist im Augenblick nicht erreichbar. Möchten Sie eine Nachricht hinterlassen?«

Nein, das wollte sie nicht.

Gerry war noch nicht zurück? Konnte das sein? Gina fühlte ihre Besorgnis wachsen. Die mit Regalen vollgestellten Wände um sie herum schienen sich nach innen zu neigen, schienen sie unter sich begraben zu wollen.

Keine Aufregung! befahl Gina sich selbst. Alles ist unter Kontrolle.

Sie wählte rasch die Nummer von Senator Marsdens Büro. Als sie fragte, wie es ihm nach dem Unfall gehe, antwortete seine Sekretärin Doris: »Oh, dem Senator geht's gut. Dr. Panzella. Möchten Sie ihn sprechen?«

Gina murmelte verwirrt etwas, das wie ein Ja klang.

»Gina«, sagte der Senator ohne weitere Vorrede, »ich wollte, Sie hätten mich heute begleiten können. Hätte es noch eines Beweises für die Notwendigkeit eines Richtliniengesetzes bedurft, ist er durch das Fiasko erbracht, das ich heute vormittag erlebt habe.«

»Ist mit Ihnen alles in Ordnung?«

»Natürlich ist mit mir alles in Ordnung! Mir hat nie das geringste gefehlt. Trotzdem haben sie darauf bestanden, mich in ein NMR-Gerät zu schieben, um meine Beine zu untersuchen. Alles ist so blitzschnell gegangen, daß ich schon in der Röhre steckte, bevor ich wußte, was passieren würde, und dagegen protestieren konnte.«

»Es hat bestimmt gute Gründe gegeben . . .«

»Nein, es hat *keinen* gegeben! Das war reine Geldschinderei! Ich bin wütend.«

»Vielleicht haben sie's nur gemacht, weil Sie ein Senator sind«, sagte sie, um ihn irgendwie zu beschwichtigen. Darüber hatte sie eigentlich nicht reden wollen. »Das machen sie bestimmt nicht bei jedem.«

»Warten Sie nur ab, bis ich die Rechnung bekomme«, knurrte Marsden. »*Dann* kriegen die was von mir zu hören!«

Gina konnte sich denken, daß er darauf lange, sehr lange würde warten müssen.

»Äh, ist denn irgendwas gefunden worden?« fragte sie und hielt den Atem an.

»Irgendwas gefunden? Natürlich nicht! Es hat doch nichts zu

finden gegeben! Aber mich hat dieser verdammte Blechschaden mit Fahrerflucht den halben Vormittag gekostet.«

Nichts gefunden... hatten sie's ihm nicht gesagt? Warum nicht? Was ging hier vor?

Gina schaffte es irgendwie, noch einige Minuten Konversation zu machen, aber sie hörte nicht richtig zu, gab nur unbestimmte Antworten und beendete das Gespräch dann ziemlich unbeholfen.

Restlos verwirrt rief sie sofort noch einmal das FBI an, aber Gerry war wieder »im Augenblick nicht erreichbar«. Sie hinterließ ihren Namen mit der dringenden Bitte, er solle so bald wie möglich zurückrufen.

Und dann hielt sie nichts mehr in diesem Kellerraum. Sie mußte ins Freie, brauchte frische Luft. Sie hastete zu ihrem Wagen, setzte sich ans Steuer und stellte die Heizung an. Ihr war kalt – aber das war nicht der Grund, weshalb sie zitterte. Schlimme Befürchtungen plagten sie.

Irgendwo, irgendwie war irgend etwas schrecklich schiefgelaufen.

Der Spätnachmittag hatte sich endlos lange hingezogen. Gina hatte geduscht, sich ein Sandwich gemacht, ohne einen Bissen davon zu essen, und versucht, sich Talkshows anzusehen. Sie drehte allmählich durch.

Als Gerry sich bis halb sieben nicht gemeldet hatte, rief sie erneut das FBI an und erfuhr, er sei für heute nach Hause gefahren.

Warum hatte er sie nicht längst angerufen? Hatte er ihre Nachricht nicht erhalten? Gina rief ihn zu Hause an. Er meldete sich nach dem zweiten Klingeln.

»Gerry. Gott sei Dank!«

»Gina. Hallo.« Seine Stimme klang müde, ausdruckslos.

»Ich habe den ganzen Tag versucht, dich zu erreichen. Ich bin hier langsam verrückt geworden. Hast du meine Nachricht nicht bekommen?«

»›Verrückt geworden‹«, wiederholte er. »Das ist ein guter Witz.«

Eisige Kälte breitete sich von ihrer Körpermitte wellenförmig weiter aus. Sie hielt ihr schnurloses Telefon ans Ohr gepreßt, trat aus dem Schlafzimmer und begann, im Wohnzimmer auf und ab zu gehen.

»Gerry, was ist passiert?«

»Was passiert ist? Gina . . .« Er seufzte und sprach nicht weiter. Die wenigen Sekunden seines Schweigens schienen sich in die Nacht zu erstrecken, die vor Ginas Erkerfenster herabsank. »Gina, wir haben nichts gefunden.«

Das war kein völliger Schock für sie. Irgendein Teil ihres Unterbewußtseins mußte es erwartet haben, aber sie hatte sich bisher geweigert, diese Möglichkeit in Betracht zu ziehen. Jetzt blieb ihr nichts anderes übrig.

Trotzdem konnte sie diese Tatsache nicht akzeptieren.

Die Worte sprudelten nur so aus ihr heraus. »Es muß etwas gegeben haben. Gerry, ich hab's doch selbst gesehen. Weniger als eine Stunde vor der Operation hat er den Trokar und ein Implantat mit TPD einsatzbereit auf seinem Schreibtisch liegen gehabt. Ich habe den Aufwachraum nur für ein paar Minuten verlassen – und als ich zurückgekommen bin, hat Marsden eine Einstichwunde am Oberschenkel gehabt. Sie hat noch geblutet.«

»Wir haben die ›Einstichwunde‹ im Krankenhaus untersuchen lassen. Sie ist kaum mehr als ein Kratzer gewesen.«

»Gerry, das . . .«

»Aber ob Marsden einen Stich oder Kratzer *in* der Haut gehabt hat, spielt keine Rolle, Gina. Tatsache bleibt leider, daß er nichts *unter* der Haut hatte. Die NMR-Tomographie hat nicht den geringsten Hinweis auf irgendeinen Fremdkörper geliefert. Nicht im rechten Bein, aber auch nicht im linken, weil wir *beide* untersucht haben. Unter Marsdens Haut befindet sich nichts außer Fett, Muskeln und Knochen. Kein Implantat, kein Garnichts!«

»Ausgeschlossen, Gerry! Ist das Ding nicht in seinem Bein, steckt's irgendwo anders. Ich weiß, daß . . .«

»Das ist eben der springende Punkt, Gina. Du hast's nicht gewußt. Und du weißt's auch jetzt nicht. Ich dachte, du wüßtest wirklich etwas. Ich hätte nie . . .« Er sprach nicht weiter.

»Tut mir leid, daß diese Sache so ausgegangen ist, Gerry. Ich bin mir meiner Sache wirklich sicher gewesen. Wozu sonst hätte er das Implantat unmittelbar vor der Operation des Senators auf seinem Schreibtisch bereitlegen sollen?«

»Keine Ahnung, Gina.« Seine Stimme klang gereizt. »Das müßtest *du* wissen. Nur du hast es gesehen ... oder dieses TPD-Zeug.«

»Denkst du etwa, daß ich mir das eingebildet habe?«

»Ich weiß überhaupt nicht mehr, was ich denken soll. Hör zu, mir ist klar, daß ich dich selbst auf diese Idee gebracht habe, aber ich muß übergeschnappt gewesen sein und habe dich wohl auch ein bißchen verrückt gemacht. Eines weiß ich allerdings recht gut – daß das halbe FBI sich über Ketter und mich schieflacht.«

»O Gott, das tut mir leid! Hör zu, deine Stimme klingt müde. Wenn du mit Martha kommst, trinken wir ein Glas Wein, und du kannst dich ausruhen, während ich ...«

»Ich glaube nicht, daß ich kommen kann, Gina. Nicht heute abend.«

Irgendwas in seinem Tonfall brachte sie dazu, sich in den nächsten Sessel sinken zu lassen. Sie biß sich auf die Unterlippe.

»Gerry, was ist los?«

»Was los ist? Als ob du das nicht wüßtest, Gina.« Sie hörte die Kränkung, die Enttäuschung in seiner Stimme. »Ich hab' eigentlich nicht viel Hunger. Und ehrlich gesagt bin ich heute abend bestimmt kein guter Gesellschafter.«

Gina spürte Tränen in ihren Augen aufsteigen. »Das tut mir schrecklich leid, Gerry.«

»Damit sind wir schon zu zweit. Vielleicht hast du zuviel gearbeitet, dich überanstrengt. Ich hätte dir nie von meiner kleinen Verschwörungstheorie erzählen dürfen.«

Sie fühlte sich wie vor den Kopf gestoßen. »Du glaubst also doch, daß ich mir alles nur eingebildet habe! Die vielen Zeitungsartikel vermutlich auch?«

»Ich sag' dir, Gina, ich weiß nicht mehr, was ich denken soll. Vielleicht ist dies kein guter Zeitpunkt für diese Diskussion.

Für mich ist's jedenfalls keiner. Ich muß zusehen, daß Martha ein Abendessen bekommt. Wir reden bei anderer Gelegenheit darüber, okay?«

»Wenn wir uns heute abend aussprechen, könnten wir ...«

»Was ich garantiert nicht brauchen kann, ist eine Aussprache über Duncan Lathram. Ich muß mich erst ein bißchen beruhigen und über diesen Tag hinwegkommen.«

»Ganz bestimmt?«

»Tut mir leid, daß ich erst in letzter Minute absage, aber glaub mir, es ist besser so.«

Sie wollte noch nicht auflegen, aber sie spürte, daß Gerry keine Lust hatte weiterzureden.

»Rufst du mich morgen an?«

»Wird gemacht.«

»Okay. Gute Nacht.«

»Gute Nacht, Gina.«

Und dann legte sie auf.

Gina blieb verwirrt in ihrem Sessel sitzen und starrte auf die Kalorama Road hinunter.

»Er hält mich für verrückt«, flüsterte sie tonlos vor sich hin.

Aber sie war sich so sicher, so verdammt *sicher* gewesen, Duncan habe Senator Marsden ein Implantat eingepflanzt. Immerhin hatte Gina es unmittelbar vor der Operation auf Duncans Schreibtisch liegen gesehen. Wozu hätte es sonst dort liegen sollen?«

Es sei denn ...

Es sei denn, Duncan hätte sie bewußt getäuscht.

Aber weshalb? Er konnte unmöglich ahnen, wieviel sie wußte. Sie hatte seine Schublade wieder abgesperrt, die FDA-Datei auf der Festplatte gelöscht. Sie hatte keine Spuren hinterlassen. Duncan hatte überhaupt keinen Grund zu der Annahme, sie könnte irgendwie Verdacht geschöpft haben. Warum hätte er sie also täuschen sollen?

Vielleicht hatte er's auch nicht getan. Vielleicht war er bei dem Versuch, dem Senator das Implantat einzupflanzen, gestört worden – und hatte trotz der Einstichwunde unverrichteter Dinge abziehen müssen.

Und vielleicht hatte er gar nicht das vor, was sie vermutete. Vielleicht hatte sie alles falsch gedeutet.

War das denkbar? Konnte sie sich wirklich so getäuscht haben?

Der arme Gerry! Er hatte aufgrund ihrer Informationen das Unternehmen mit Marsden aufgezogen – und war damit schrecklich auf die Nase gefallen. Er hatte das Recht, gekränkt und wütend zu sein.

Aber das habe ich auch, verdammt noch mal!

Sie stand auf, ging in die Küche und sah auf der Theke die Anchovis liegen. Und genug Tagliatelle für drei bis vier Personen. Aber sie war nicht im geringsten hungrig.

Ich hab' wirklich alles durcheinandergebracht, nicht wahr? fragte sie sich, als sie in ihren Erker zurückkehrte und die Beine auf dem Fenstersitz hochzog.

Draußen brannte die Straßenbeleuchtung. Gina saß da und starrte auf die Fußgänger hinab, die einzeln oder paarweise unter ihrem Fenster vorbeigingen. Sie fühlte sich schrecklich einsam, aber sie würde nicht weinen.

Gerry saß mit Martha auf dem Schoß in seinem Lehnsessel. Er hatte den linken Arm um sie geschlungen und hielt sie in ihren Cordsamtjeans an sich gedrückt, während sie ihm eine Geschichte vorlas. Dabei handelte es sich um Martha Canneys Version von *Madeline.* Sie konnte noch nicht richtig lesen, aber sie hatte die Geschichte schon so oft gehört, daß sie praktisch jedes Wort auswendig wußte.

Gerry übrigens auch. Deshalb war er in Gedanken woanders. Aber er hätte sich heute auf nichts konzentrieren können, was Martha vorlas.

Was für ein beschissener Tag! Hätte er nur ...

Yeah. Hätte er nur, wäre er nur ... Seit die Kernspinresonanztomographie heute vormittag ergebnislos verlaufen war, hatte er sich alle diese Möglichkeiten schon tausendmal durch den Kopf gehen lassen.

Verdammt! Hätte er nur nicht so überstürzt gehandelt, sondern sich etwas mehr Zeit gelassen, um die angeblichen Fakten zu überprüfen. Aber sie hatten nicht länger zuwarten dürfen, verdammt noch mal! Marsden hatte angeblich in Lebensgefahr geschwebt. Angeblich …

Er hatte Ginas Theorien unbesehen übernommen. Wäre er nur etwas skeptischer gewesen!

Gerry fuhr unwillkürlich zusammen, als er an den schrecklichen Augenblick dachte, in dem er Ketter hatte anrufen müssen, um ihm zu melden, ihre Suche sei ergebnislos geblieben. Das kleine Unternehmen, durch das sie beide Karriere hatten machen wollen, hatte dazu geführt, daß das ganze Bureau über sie lachte. Und dann hatte Cavanaugh, einer der stellvertretenden Direktoren, sie zu sich kommen lassen, um sie richtig zusammenzustauchen. Gerry konnte sich nicht daran erinnern, sich jemals so klein und gedemütigt gefühlt zu haben. Er hätte sich am liebsten unter irgendeinem Stein verkrochen.

Das Schlimmste jedoch war, daß unter all den Vorwürfen die Tatsache untergegangen war, daß das von Gerry ausgearbeitete und geleitete Unternehmen wie ein Uhrwerk funktioniert hatte. Alles genau nach Plan, zum richtigen Zeitpunkt und innerhalb des vorgegebenen Kostenrahmens. Der Lincoln war gerammt worden, ohne den Senator zu verletzen, und Marsden war ins Krankenhaus transportiert, untersucht und danach in sein Büro gebracht worden, ohne daß er mitbekommen hätte, daß alles eine abgekartete Sache gewesen war.

Wenigstens war dem FBI eine öffentliche Blamage erspart geblieben. Dafür mußte man Gott dankbar sein.

Aber keiner würde sich an das reibungslos abgelaufene Unternehmen erinnern. Jeder würde nur noch wissen, daß im Bein des Senators kein mit Gift gefülltes Implantat gefunden worden war – und daß Gerry Canney der vermutlich leichtgläubigste aller FBI-Agenten war.

Und damit war natürlich auch Gerrys Traum erledigt, schon bald zum SSA aufsteigen zu können.

Er drückte Martha enger an sich.

Sieht so aus, als ginge es wie bisher weiter, Kleine, sagte er sich trübselig. Du wirst deinen Vater auch in Zukunft nur als unregelmäßigen Gast erleben.

»Daddy, du drückst mich zu fest!«

»Entschuldige, Schatz. Was passiert als nächstes mit Madeline?«

»Sie hat ihre Operation.«

»Erzähl mir davon.«

In Gedanken war er wieder woanders. Was war mit Gina? Was ging in ihr vor? Woher hatte sie diese wüsten Phantasien? *Von dir, verdammt noch mal!* Zumindest ursprünglich. Aber sie hatte sie ohne sein Zutun weitergesponnen... Marsden... dieses Triäthyl-Irgendwas... und er hatte ihr alles abgenommen, weil Gina so überzeugend gewirkt hatte und weil er persönlich an sie glaubte... Blickte er jetzt in dem Bewußtsein zurück, ein sprichwörtlich sinnloses Unterfangen versucht zu haben, konnte er seine Leichtgläubigkeit kaum fassen. Aber wenn er's recht überlegte, war er wahrscheinlich bereit gewesen, alles zu glauben, was einen Schatten auf den hochnäsigen Dr. Lathram werfen konnte. Er wünschte sich, den heutigen Tag hätte es nie gegeben.

Gerry unterdrückte ein Knurren, während er kurz die Augen schloß. Er wußte, daß er sich selbst bemitleidete. Dabei haßte er Selbstmitleid. Morgen war ein neuer Tag. Er würde diese Schlappe irgendwie ausbügeln, sie durch gute Arbeit wettmachen. Aber heute abend... heute abend fühlte er sich verdammt schlecht.

Er dachte wieder an Gina. Er war ziemlich unfreundlich zu ihr gewesen. Das hatte er nicht gewollt, aber er mußte seine Enttäuschung irgendwie loswerden. Ketter, der ihn hundertprozentig unterstützt hatte, durfte er damit nicht kommen – und Martha erst recht nicht. Folglich blieb nur Gina übrig.

Möglicherweise brauchte sie professionelle Hilfe. Sie hatte jedenfalls den Kontakt zur Realität verloren, als sie sich einbildete, Marsden trage ein Implantat im Körper.

Gina... er hatte Sehnsucht nach ihr, hätte aber nicht mit ihr im selben Raum sein wollen. Zumindest nicht heute abend. Vielleicht würde er über diese Sache hinwegkommen, vielleicht auch nicht. Wie würde es mit ihnen weitergehen? Die Nachwirkungen von heute würden ihre Beziehung vergiften.

Gerry setzte sich etwas auf. Schluß mit diesem Selbstmitleid! Er hatte eine sehr reale, sehr wichtige Person auf seinen Knien sitzen. Es wurde Zeit, daß er sich auf Martha konzentrierte – und auf das Problem von Madelines Bauchschmerzen.

Aber dann glaubte er, Gina allein in ihrem Apartment sitzen zu sehen. Er fragte sich, ob sie jemanden hatte, bei dem sie heute abend Trost finden konnte. Und er fragte sich auch, ob sie wußte, daß jemand an sie dachte.

Duncan saß vor dem Fernseher, nippte an einem Scotch mit Soda und hörte kaum zu. Er stellte sich Gina vor. Sein anfänglicher Zorn hatte sich gelegt, und er fragte sich jetzt, was sie denken mochte.

Die Ärmste! Wahrscheinlich wußte sie im Augenblick nicht, wo oben und unten war. Wahrscheinlich zweifelte sie an ihrem Geisteszustand.

Duncan seufzte. Er wünschte sich, er könnte Befriedigung darüber empfinden, die arme Kleine reingelegt zu haben, aber ehrlich gesagt war das nicht sonderlich schwierig gewesen. Er hatte das TPD, den Trokar und ein mit Kochsalzlösung gefülltes Implantat auf seinem Schreibtisch gelassen, wo Gina sie sehen mußte. Und er hatte ihren Kaffee mit zwanzig Milligramm Lasix versetzt. Das Diuretikum hatte die beabsichtigte Wirkung erzielt: Gina hatte ihren Platz an Marsdens Bett verlassen, um auf die Toilette zu gehen. Und während sie unterwegs war, hatte er sich in den Aufwachraum geschlichen und Marsden rasch mit der Spitze des Trokars traktiert. Danach hatte er nur noch abwarten müssen.

Alles nur, um zu sehen, was Gina wußte. Sie vermutete offenbar irgend etwas – aber wieviel wußte sie tatsächlich?

Jetzt wußte er's.

Gina wußte alles. Oder zumindest genug, um zu ihrem Freund beim FBI zu gehen und ihn davon zu überzeugen, er müsse ihren lieben Senator vor dem bösen Dr. Lathram retten.

Der Anruf aus dem Krankenhaus, daß Marsdens Untersuchung von FBI-Agenten veranlaßt worden sei, war ein Schreck gewesen.

Er trank einen kleinen Schluck Scotch. Inzwischen hatte er sich wieder erholt. Alles war wieder unter Kontrolle.

Aber die arme Gina! Sie mußte sich ihrer Sache *so* sicher gewesen sein.

Und im Augenblick zweifelte sie vermutlich an allem – außer der Tatsache, daß das FBI sie jetzt für eine unzuverlässige Informantin hielt.

Er hatte sie neutralisiert, ohne ihr ein Haar zu krümmen. Ziemlich gerissen. Deshalb mußte sie jetzt mit dieser Sache abschließen. Sie als schlechten Traum abschreiben und wieder zur Tagesordnung übergehen. War er clever, würde er irgendeinen Grund erfinden, um ihr zu kündigen. Es war sicherer, Gina nicht mehr um sich zu haben.

Aber das konnte er nicht. Er erinnerte sich noch immer lebhaft an das zierliche, schwarzhaarige kleine Mädchen mit den riesigen, vor Angst geweiteten, braunen Augen, das ihn fragte, ob es sterben müsse, und später an seine Hände in ihrem Unterleib, während er die Blutungen zu finden und ihre gerissenen Arterien zu flicken versuchte. Auch wenn er sich das nur ungern eingestehen wollte, trauerte er dieser Zeit nach. Ihm fehlten die Adrenalinschübe, wenn man bei Notoperationen den Patienten aufschnitt, nach der Blutung suchte und sich dabei einen Wettlauf mit dem sinkenden Blutdruck, dem fallenden Hämatokritwert und dem drohenden Kreislaufkollaps lieferte. Oder wenn man eilig ein Aneurysma der Bauchschlagader abband, bevor es platzte und das Blut bis an die Decke spritzte. Ihm fehlten Gelegenheiten, Menschenleben zu retten.

Aber McCready, Allard, Lane, Schulz, Vincent und alle anderen hatten ihm das unmöglich gemacht.

Er rieb sich seine Augen, als bittere Erinnerungen in ihm aufstiegen ... Erinnerungen an die arme Lisa ...

Lisa Lathram – ein euphonischer Name, der so optimistisch klang. Aber die arme Lisa ...

Er hatte sie als glückliches Kind in Erinnerung, glaubte, ihr melodisches Lachen zu hören, ihre glänzenden Augen, ihr strahlendes Lächeln zu sehen – Gott, dieses Lächeln ... Lisa lächelte *immer* – sie akzeptierte alles und jeden, hatte Küsse und Umarmungen für alle.

Als dann Brad auf die Welt kam, liebte Duncan ihn ebenso, aber als seinen Sohn. Das war etwas anderes.

Lisa blieb das Licht seines Lebens. Manchmal glaubte Duncan zu spüren, daß Diana auf ihre Beziehung eifersüchtig war. Kam er von Krankenhaus oder Praxis nach Hause, sah er sich zuerst nach Lisa um, die sofort angerannt kam, wenn sie seine Stimme hörte. Wie er sie verwöhnte! Was sie sich wünschte, was sie brauchte – ein Klavier, ein Pferd, ein Fahrrad, ein Schwebebalken –, gehörte ihr, sobald sie den Wunsch danach äußerte.

Aber die schönsten Tage ihre Kindheit verflüchtigten sich, als Lisa in die Pubertät kam. Mit Lisas Körper veränderte sich auch ihre Persönlichkeit. Anfangs führten Diana und er ihre starken Stimmungsschwankungen auf die Hormone zurück, die nun in ihrem Körper kreisten. Weshalb hätte sie Trübsal blasen sollen? Mit ihrem langen blonden Haar und ihrer schlanken Figur wurde sie von Tag zu Tag hübscher.

Diana und er hofften lange, das Problem würde sich mit dem Ende der Pubertät von selbst lösen, aber nach einiger Zeit wurde ihnen klar, daß hier nicht nur Hormone eine Rolle spielten. Sie verlor alles Interesse an ihren Freunden, ihrem Klavierspiel, ihrem Pferd. Die Stimmungstiefs wurden immer länger und tiefer, und es schien niemals echte Hochs, lediglich nicht ganz so tiefe Tiefs zu geben.

Und dann schluckte sie eine halbe Flasche Dalmane aus dem Nachttisch ihrer Mutter und mußte den Magen ausgepumpt bekommen. Diagnostiziert wurde eine schwere endogene Depression, und für Lisa begann die endlose Tretmühle der Antidepressiva und ambulanten Therapie.

Die Wirkung war immer nur begrenzt. Und dann kam die schreckliche Nacht, in der sie sich in ihrem Zimmer einschloß und vor Schmerzen schrie. Duncan brach die Tür auf und fand sie mit aufgeschnittenen Pulsadern in ihrem Bett sitzen.

Danach kam Lisa für einen Monat ins Krankenhaus und wurde mit dem neuen Medikament Prozac behandelt. Sie sprach sehr gut darauf an. In ihrem Fall war es wirklich ein Wundermittel.

Duncan erinnerte sich noch an einen Tag, an dem er aus der Praxis nach Hause gekommen und Diana schluchzend in der Eingangshalle ihres Hauses angetroffen hatte. Ihm hatte der Atem gestockt, da er das Schlimmste befürchtete. Und dann hörte er Musik aus dem Wohnzimmer: Mozarts Sonate in D-Dur, KV 311. Lisa spielte wieder Klavier.

Diana und er waren sich vor Glück weinend in die Arme gesunken.

Noch jetzt bekam er bei der Erinnerung daran feuchte Augen.

Als Lisa danach heiterer wurde, hellte sich ihr aller Leben wieder auf. Duncan hatte gar nicht bemerkt, wie sehr die Probleme seiner Tochter das gesamte Familienleben beeinträchtigt hatten. Aber seit sie nun langsam normal wurde, schienen die Tage freundlicher. Lisa begann wieder zu reiten und ließ alte Freundschaften aufleben. Ihre Noten wurden merklich besser, und sie fing an, mit Kenny O'Boyle auszugehen.

Die beiden waren monatelang unzertrennlich, und Kenny war Lisas einziges Thema. Diana und sie führten endlos lange Mutter-Tochter-Gespräche über ihn, und Diana erzählte Duncan, sie mache sich Sorgen, daß Lisa sich zu sehr in diese Beziehung hineinsteigere. Gewiß, sie war eben achtzehn geworden, aber die dunklen Jahre ihrer Krankheit hatten sie in ihrer emotionalen Entwicklung eingeschränkt.

Duncan machte sich nicht viel aus Kenny. Er hielt ihn für einen linkischen, verschlagenen Tolpatsch, aber andererseits war es nur natürlich, daß Duncan jeden jungen Mann, der sich um seine Tochter bemühte, mißtrauisch beäugte. Lisa betete ihn an. Und Lisa war glücklich. Erstmals seit Jahren glücklich. Daher beschloß Duncan, die Augen offen- und den Mund geschlossen zu halten.

Und dann erhob die McCready-Kommision ihr Gorgonenhaupt.

Er erinnerte sich noch gut an den Morgen, an dem alles begonnen hatte, als ihm im Ärztezimmer des Fairfax Hospital ein Kollege den Artikel auf der Titelseite der *Post* zeigte. Er hatte gerade zwei planmäßig verlaufene Operationen hinter sich – eine Gefäßprothese für die Bauchschlagader und eine Thrombenendarteriektomie –, nachdem er um drei Uhr zu einer Notoperation ins Krankenhaus gerufen worden war, um die zerfetzte Oberschenkelschlagader eines Motorradfahrers zu flicken – eines »Nierenspenders«, wie das Personal der Notaufnahme sagte. Er war müde. Aber nicht zu müde, um nicht wütend zu werden, als er las, wie Senator Vincent öffentlich verdammte, daß er Medicare letztes Jahr eine Million Dollar in Rechnung gestellt hatte.

Man konnte kaum eine Zeitung aufschlagen, ohne wieder zu lesen, daß irgendein Baseballspieler oder Basketballdribbler dabei war, einen Vertrag mit fünf bis sechs Millionen Dollar Jahresgehalt zu unterschreiben. Wie viele Leben retteten solche Leute im Jahr? Barbra Streisand darf für zwei Abende als Sängerin zwanzig Millionen Dollar kassieren, aber du, Duncan Lathram, du geldgieriger Blutsauger, forderst weit überhöhte Honorare.

Er hatte sich gewünscht, juristisch gegen die Verleumder vorgehen zu können, aber wie zum Teufel sollte man eine Kongreßkommission verklagen? Und was hätte er damit erreicht – außer noch mehr unerwünschte Aufmerksamkeit auf sich zu ziehen?

Was macht das schon? hatte er damals gedacht. In ein paar Tagen ist dieser Sturm im Wasserglas vorüber.

Aber er hatte sich getäuscht.

Seine öffentliche Hinrichtung durch die Richtlinien-Kommission wurde mit unbeirrbarem Eifer weiterbetrieben. Ihre Mitglieder schienen Duncan Lathram für einen besonders fetten Braten zu halten, an dem sie sich weiter gütlich tun wollten. Dann brachte das *Alexandria Banner* die Story, worauf eine Bürgerinitiative für Patientenrecht Ermittlungen gegen ihn forderte; so wurde das State Board of Medical Examiners aktiv, und wenig später entsandte Medicare ein Team kleinlicher Buchprüfer, die seine Praxis unter die Lupe nahmen, in Krankenakten schnüffelten, die Krankenhausregistratur heimsuchten und dort alle Unterlagen seiner Patienten auf finanzielle Unregelmäßigkeiten überprüften. Zum Teufel mit dem Arztgeheimnis. Diese wieselgesichtigen Bürokraten würden alles über jeden erfahren, den er in den letzten Jahren operiert hatte. Aber was machte das schon? Auf Drängen der Richtlinien-Kommission hatte der Staat Duncan Lathram den heiligen Krieg erklärt.

Duncan war wütend und verwirrt, aber nicht allzu besorgt. Seine Krankenblätter waren tadellos in Ordnung, und die Sterblichkeitsrate seiner Patienten entsprach dem Durchschnitt. Sollten sie nur ermitteln! Er würde zuletzt völlig rehabilitiert dastehen. Er wünschte sich nur, sie würden sich beeilen, damit dieser ganze Mist schneller überstanden war.

Aber die Ermittlungen zogen sich hin, und in den folgenden Monaten fiel Duncan bei einigen seiner Kollegen im Krankenhaus eine gewisse Zurückhaltung auf. Er wurde weniger häufig als Chirurg konsultiert. Der Grund für ihre Zurückhaltung war klar: Sie wollten nicht durch den Umgang mit ihm zu Mitschuldigen abgestempelt werden. Sie warteten ab, bis die Aufregung sich etwas legte.

Trotzdem stand ihm eine böse Überraschung bevor, als er eines Tages zu einer chirurgischen Konsultation kam, zu der er gebeten worden war. Als er das Krankenzimmer betrat und sich dem Patienten vorstellte, setzte der Mann sich ruckartig im Bett auf. Duncan wußte noch wie heute, was er gesagt hatte.

»O nein! Kommt gar nicht in Frage! Ich laß mich auf keinen Fall von irgendeinem schneidwütigen, geldgierigen Quacksalber operieren!«

Duncan fühlte sich so gedemütigt, daß er sich beherrschen mußte, um nicht ausfallend zu werden. Und er war zutiefst gekränkt, verdammt noch mal. Aber er tröstete sich mit dem Gedanken, soeben den Tiefpunkt dieser Geschichte erlebt zu haben. Schlimmer konnte es nicht mehr kommen. Von nun an würde es nur noch aufwärts gehen.

Er hatte sich erneut getäuscht.

Seine schlechte Presse machte sich auch zu Hause nachteilig bemerkbar. Dr. med. Duncan Lathram war das Tagesgespräch der Stadt . . . und natürlich auch der High-School.

Und so war es nachträglich gesehen fast unvermeidlich gewesen, daß er eines Abends heimkommen und Lisa schluchzend in den Armen ihrer Mutter vorfinden würde. Kenny und sie waren im Streit auseinandergegangen. Der Grund dafür? Was die Kids über Lisas Vater sagten – hinter Lisas Rücken zu Kenny sagten. Und Kennys Bemerkung zum Abschied? »Vergiß den Abschlußball! Vergiß alles! Mit der Tochter eines Betrügers geh' ich nirgends hin!«

Das wäre für jeden Teenager vernichtend gewesen, aber für Lisa war es der Weltuntergang.

Sie konnte vor Schluchzen kaum sprechen, als sie fragte, warum ihr Vater geschwiegen habe, warum er nicht aus seiner Deckung gekommen sei und sich verteidigt habe.

Duncan stand die Szene so deutlich vor Augen, als sei sie eben erst passiert.

Er kniete vor seiner Tochter nieder und ergriff ihre Hände. »Schatz, das sind Lügen, die von publicitysüchtigen Dummköpfen verbreitet werden. Aber wie die Dinge nun einmal liegen, sehe ich um so schuldiger aus, je lauter ich meine Unschuld beteure.«

»Aber du hast überhaupt *nichts* gesagt!«

»Ich lasse meine Unterlagen für mich sprechen. Ich habe nichts zu verbergen, Lisa. Wenn die Bürokraten ihre Untersuchungen abschließen, werde ich rehabilitiert. Und dann sehen *sie* wie Trottel aus.«

»Aber bis dahin stellen sie dich als Betrüger hin. Sie erreichen damit, daß alle mich hassen! Und das ist dir egal!«

»Das ist mir natürlich nicht egal.«

Ihm wurde bewußt, daß er die ganze Situation falsch eingeschätzt hatte. Für ihn war die Sache ein unangenehmes, aber kurzes Zwischenspiel – wieder eine in der langen Reihe vom Kapitolshügel ausgehenden Kakophonien, die von selbst abklingen würden, sobald der Kongreß, dessen kurze Aufmerksamkeitsspanne berühmt-berüchtigt war, sich dem nächsten heißen Thema zuwandte. Deshalb hatte er nichts unternommen, um sich gegen die bisher erhobenen Vorwürfe zur Wehr zu setzen. Das war offenbar ein Fehler gewesen.

Ein weiterer Fehler war seine Annahme gewesen, die Sache

betreffe nur seine Praxis. Er hätte erkennen müssen, daß dieses berufliche Scherbengericht auch sein Privatleben beeinträchtigen würde. Obwohl er selbst Praxis und Familie stets auseinandergehalten hatte, war es doch nicht möglich, letztere so zu isolieren, daß sie unbeschädigt blieb – nicht bei einem Angriff dieser Größenordnung.

Er litt mit Lisa.

»Aber was hätte ich tun sollen, Lisa? Was könnte ich tun, um alles erträglicher zu machen?«

»Ich weiß nicht ... *irgendwas*. Du könntest versuchen, für ein Geständnis eine mildere Strafe auszuhandeln. *Irgendwas*, damit sie den Mund halten und uns in Ruhe lassen.«

»Geständnis?« Er war beinahe sprachlos. »Als Unschuldiger legt man kein Geständnis ab.«

Lisa entriß ihm ihre Hände, lief zur Treppe und kreischte dabei: »Danke! Danke für *überhaupt nichts!* Mein ganzes Leben ist *verpfuscht!* Und nur deinetwegen! Ich könnte ebensogut *Aids* haben!«

Diana folgte ihr, nachdem sie ihn wütend angefahren hatte. »Sie hat ganz recht, finde ich. Du hättest *irgendwas* tun können!«

Das war wieder einmal echt Lisa, die alles viel zu schwer nahm, alles im schwärzesten Licht sah. Aber wegen ihrer bisherigen Krankengeschichte ließ sich dieser Ausbruch nicht einfach als Hysterie oder Übertreibung abtun.

Sie schickten sie noch öfter zu ihrem Therapeuten und behielten sie Tag und Nacht im Auge. Aber als eine Woche später feststand – zumindest für Lisa –, daß der Bruch mit Kenny endgültig war, grub sie ihren alten Pillenvorrat aus, den sie im Lauf der Jahre gebunkert hatte – eine potentiell tödliche Kombination aus Antidepressiva wie Elavil, Parnate, Desyrel, Sinequan, Norpramin, Tofranil, Nardil und Lithium –, und schluckte sie alle auf einmal.

Und dann stürzte sie. Übers Geländer im ersten Stock. Auf den kalten, harten Marmorboden im Erdgeschoß. Wo Duncan sie fand.

Und dann starb sie.

Und Diana machte ihn für ihren Tod verantwortlich.

Und Duncan machte sich selbst die größten Vorwürfe.

Er hatte nie geahnt, was Trauer bedeuten konnte, sich nie vorgestellt, um einen anderen Menschen so trauern zu können, wie er es um Lisa tat. Und er wußte, daß das alles seine Schuld war ... allein seine Schuld ...

Bis die Überprüfungen und Ermittlungen abgeschlossen waren. Dann wußte er, wer die wirklichen Schuldigen waren.

Die scharfen Buchprüfer von Medicare beendeten ihre Fahndung nach Unregelmäßigkeiten, aus denen man ihm einen Strick hätte drehen können – immer vor den Augen seiner stetig schwindenden Patientenschar –, ohne ihm mehr als ein paar Irrtümer bei der Kodierung bestimmter Eingriffe nachweisen zu können. Die Qualitätskontrolleure entdeckten keine unnötige Operation – keine einzige! Die vorgenommenen Eingriffe entsprachen alle den festgelegten Indikationen oder übertrafen sie sogar.

Trotzdem gab es keine Entschuldigung der Richtlinien-Kommission oder ihres Wortführers McCready. Die Kommission hatte sich längst anderen Ermittlungen zugewandt.

Außer einigen loyalen Patienten, die sich in Briefen für Duncan eingesetzt hatten, war ihm in seiner ganzen Leidenszeit niemand zu Hilfe gekommen. Alle seine Kollegen hatten vorsichtshalber die Köpfe eingezogen. Irgendein AMA-Funktionär war sogar mit der Aussage zitiert worden, Duncans Honorarforderungen seien »exzessiv« gewesen.

Duncan erfuhr, was Einsamkeit bedeutete.

Endlich erhielt das State Board of Medical Examiners die lange verzögerten Berichte. Obwohl die »Kodierungsunregelmäßigkeiten« Duncan keinen Gewinn eingebracht hatten – tatsächlich hatte er dadurch Geld verloren –, wurde er verwarnt, in Zukunft sorgfältiger zu sein. Da es keinen Beweis für Betrug, Fahrlässigkeit oder auch nur eine einzige unnötige Operation gab, wurde Duncan völlig rehabilitiert.

Aber wo wurde *dieser* Beschluß veröffentlicht?

In einem kleinen Absatz irgendwo im *Banner*. Aber die *Washington Post*, mit deren Bericht der ganze Alptraum für ihn begonnen hatte, brachte diese Meldung überhaupt nicht.

Die öffentliche Auspeitschung war vorüber, aber sie hatte zu lange gedauert. Die Überweisungspraktiken hatten sich geändert. Allgemeinärzte, die ihre Patienten bisher zu ihm geschickt hatten, waren auf andere Chirurgen ausgewichen.

Duncans Praxis war ruiniert. Er war nationaler Verachtung preisgegeben, dann verspätet rehabilitiert worden. Aber sein Ruf blieb beschädigt.

Trotzdem hätte er alles überwinden können, wenn Lisa noch gelebt und Diana weiter zu ihm gehalten hätte.

Aber Lisa war nicht mehr da. Seine geliebte Lisa, die ihn ohne Abschied verlassen hatte, weil sie ihn für ihren ganzen Schmerz verantwortlich machte.

Auch Diana machte ihn dafür verantwortlich. So ging ihre Ehe bald den Bach hinunter, genau wie seine Praxis.

Dabei war das nicht seine Schuld. Er hatte nichts Unrechtes getan. Konnte sie das nicht begreifen? Schuld war allein die Kommission ... die verdammte Richtlinien-Kommission. McCready und seine Bande pharisäerhafter Tölpel hatten sein Leben zerstört und sich dann nonchalant dem nächsten Tagesordnungspunkt zugewandt.

Duncan hatte tatsächlich daran gedacht, sich ein Sturmgewehr zu kaufen und sie alle niederzumähen. Aber dann war McCready gestorben, und nach der Auflösung der Richtlinien-Kommission hatte Duncan kein festes Ziel mehr für den in seinem Innern aufgestauten gewaltigen Zorn gehabt.

Aber Duncan kam darüber hinweg. Schließlich hatte er noch seinen Sohn – Brad hatte vom Anfang bis zum bitteren Ende zu ihm gehalten. Und natürlich Oliver. Sein standhafter, fleißiger Bruder Oliver. Ohne diese beiden ... Nun, womöglich hätte er sich einfach einen Gewehrlauf in den Mund gesteckt. So hatte er ganz neu angefangen – in einem neuen Staat, auf einem neuen Spezialgebiet, mit einer neuen Persönlichkeit.

Und alles schien in Ordnung zu sein, bis der Präsident eine neue Richtlinien-Kommission berief. Das machte Duncan bewußt, daß sein Zorn in Wirklichkeit nie abgeklungen war. Er hatte einem Krebsgeschwür gleich Metastasen gebildet, von denen nun sein gesamter Körper befallen war.

Trotzdem hätte er ihn vielleicht weiter beherrschen können, wenn nicht so viele Kommissionsmitglieder sich nach jemandem umgesehen hätten, der ihr Aussehen für die zu erwartende ausführliche Fernsehberichterstattung verbessern könnte ... wenn sie nicht wegen Olivers Implantaten ausgerechnet zu ihm gekommen wären ...

Die darin liegende Ironie hätte köstlich sein können.

Helfen Sie mir, vor den Kameras gut auszusehen ...

Er mußte sich beherrschen, um sein Glas nicht quer durchs Zimmer zu werfen. Es hatte keinen Zweck, guten Scotch zu vergeuden.

Unterdessen waren also fünf der ursprünglich sieben Kommissionsmitglieder erledigt. McCready durch natürliche Ursache, vier durch Duncans Eingriffe, zwei noch übrig ... die beiden jüngsten Mitglieder, die vermutlich nicht das Bedürfnis haben würden, sich einer kosmetischen Operation zu unterziehen.

Fast schon Zeit, seinen Rachefeldzug zu beenden. Die neue Kommission war handlungsunfähig, das Richtliniengesetz moribund. Nur noch ein Schlag – der schwerste von allen –, dann war es tot.

Genau wie Lisa.

Und er würde nicht befürchten müssen, Gina könnte ihm bei der letzten Zielperson in die Quere kommen. Der heutige Tag würde sie zu sehr aus dem Gleichgewicht gebracht haben. Von diesem Patienten würde sie nicht einmal erfahren. Sie würde zu Hause sein, einen freien Tag genießen.

Danach würde er aufhören. Er würde das restliche TPD wegschütten und auf einen Augenblick warten, um das letzte Implantat durch Ultraschall zu zerstören.

Dabei fiel ihm ein, daß er das TPD anderswo unterbringen mußte. Er hatte es für den Fall, das Gina sich erneut an dem Schloß versuchen wollte, in seiner Schreibtischschublade gelassen. Aber die Zeit für solche Spielchen war jetzt vorbei: Er würde ein neues Versteck finden müssen.

Duncan hob sein Glas.

Pax, Regina.

Kümmere dich um deinen eigenen Kram – dann leben wir alle glücklich bis an unser seliges Ende.

Falls nicht ...

Gina lag in der Dunkelheit in ihrem Bett und horchte auf das Ticken der alten Kaminuhr im Wohnzimmer. Eine schlimme Nacht, in der sie allein gegen ihre Zweifel, ihre Verwirrung gekämpft hatte. Aber sie war durch dieses Fegefeuer gegangen und hatte so eine neue Perspektive gewonnen.

Diese Katastrophe hatte sie sich überhaupt nicht vorstellen können. Eine Zeitlang war sie verwirrt und unsicher gewesen, hatte nicht fassen können, wie gründlich heute alles schiefgegangen war. Aber jetzt war sie wieder auf den Beinen.

Das Spiel ist noch längst nicht aus, Duncan, erklärte sie der Nacht. Du bist clever ... nein, du bist brillant. Irgendwie hast du's geschafft, mich reinzulegen. Du denkst vermutlich, du hättest gewonnen. Aber ich weiß, was ich gesehen habe, und ich weiß, was ich weiß.

Das Spiel ist noch längst nicht aus.

Die Woche nach dem 22. Oktober

29

Sonntag

Gina war entschlossen, alles über Duncan Lathram herauszufinden. Sie ließ den Motor ihres Wagens an, als Duncans schwarzer Mercedes vor dem Stoppschild am Ende seiner Straße hielt. Sie hatte nicht vor seinem Haus oder auch nur in der Nähe parken können. Duncan wohnte im besten Viertel von Chevy Chase, in dem Luxusvillen im Kolonialstil auf zweitausend Quadratmeter großen Grundstücken standen; dort wäre ihr kleiner roter Sunbird aufgefallen wie eine Müllschute in einem Yachthafen. In unmittelbarer Nähe gab es jedoch ein kleines, exklusives Einkaufszentrum, auf dessen Parkplatz sie gestern fast den ganzen Tag und dann wieder an diesem Morgen gestanden hatte, ohne irgendwie belästigt zu werden.

Der gestrige Tag war wenig ergiebig gewesen. Duncan hatte sein Haus nur einmal verlassen, um zu einem Spirituosenladen, einem Spezialgeschäft für Kaffee, einer Tankstelle und einem Elektronikshop zu fahren. *Caliguire Electronics* stand auf dem Firmenschild. *Audio, Video, SurroundSound, Satellitenschüsseln, Elektronikzubehör und -sonderanfertigungen*. Gina erinnerte sich daran, daß Duncan neulich von seiner neuen Satellitenantenne erzählt hatte. Vermutlich hatte er sie hier gekauft.

»Männerspielzeug«, hatte sie gemurmelt.

Und dann fiel ihr etwas auf: Elektroniksonderanfertigungen. Duncan brauchte einen miniaturisierten Ultraschallsender, um seine Implantate aufzulösen. Ein Gerät, das so klein war, daß er es überallhin mitnehmen und auf sein Opfer richten konnte, sobald es in Reichweite kam. Ein nur taschengroßes Gerät, das . . .

Großer Gott! Sein Piepser. Sein altmodischer, übergroßer Piepser. Sie erinnerte sich daran, wie er ihn in der Hand hielt, als sie ihn mit Allard sah, und wie das Gerät sich meldete, als sie im Hearing Room bei Senator Vincent standen, bevor Senator Marsden die Anhörung eröffnete. Kurze Zeit später hatte Vincent sich auf dem Podium in Krämpfen gewunden.

War sein Piepser vielleicht nicht deswegen übergroß, weil Duncan sich hartnäckig weigerte, sich von einem unmodern gewordenen Gerät zu trennen? War sein Piepser in Wirklichkeit vielleicht ein miniaturisierter Ultraschallsender?

Konnte Duncan ihn als Sonderanfertigung in diesem Elektronikshop bestellt haben?

Diese Frage beschäftigte Gina, solange Duncan sich in dem Laden aufhielt – immerhin fast eine Stunde. Schließlich kam er wieder heraus und fuhr nach Hause.

Sie überlegte ernsthaft, ob sie zu dem Elektronikshop zurückfahren sollte, um den Besitzer über als Piepser getarnte Ultraschallsender auszufragen. Aber dann fiel ihr Gerrys Warnung ein.

Keine riskanten Einsätze à la Nancy Drew mehr.

Gerry ... er fehlte ihr sehr. Sie wünschte sich, er würde anrufen.

Aber seine Warnung war berechtigt. Gina war nicht nur zu alt, um Nancy Drew zu imitieren, sondern sie wollte auch keine Detektivin sein; ihr Beruf als Internistin genügte ihr. Außerdem konnten neugierige Fragen bei Caliguire Electronics bewirken, daß irgend jemand Duncan anrief.

Am besten begnügte sie sich damit, ihn weiter zu beschatten.

Eine schöne Wochenendbeschäftigung.

Jetzt war es also Sonntagabend, die Dämmerung sank herab, und Duncan verließ heute zum erstenmal sein Haus. Gina hatte schon befürchtet, er sei vielleicht unbemerkt weggefahren – aber als sie vor einer Stunde an seinem Haus vorbeigekommen war, hatte der Mercedes noch immer auf der halbkreisförmigen Zufahrt vor seiner Villa im Kolonialstil gestanden.

Das Autoradio lieferte ihr den wahrscheinlichen Grund für

seinen Entschluß, jetzt aus dem Haus zu gehen. Das Spiel der Redskin war zu Ende. Sie hatten verloren. Schon wieder.

Gina legte den ersten Gang ein und wartete ab, in welche Richtung Duncan fahren würde. Jedenfalls würde sie dicht hinter ihm bleiben. Sie war nicht verrückt – nicht psychotisch, nicht einmal neurotisch – und dachte gar nicht daran, sich etwas in dieser Art einreden zu lassen. Duncan hatte Geheimnisse. Er hatte gelogen, als es darum ging, wo er seine Nachmittage verbrachte. Sie würde feststellen, wohn er wirklich fuhr. Er würde nicht einmal mehr niesen können, ohne daß sie »Gesundheit!« sagte.

Sie hatte *nicht* vor, diese Sache auf sich beruhen zu lassen.

Gina beobachtete, wie er nach Süden abbog; sie ließ einen anderen Wagen zwischen den Mercedes und sich, bevor sie die Verfolgung aufnahm. Als Duncan auf den East-West-Highway abbog, war ihr klar, wohin er wollte.

Tatsächlich fuhr er auf den Parkplatz des Surgicenters.

Was nun? Sie konnte schlecht neben ihm parken und ihm in sein Büro folgen.

Duncans Büro ... davor lag der Steingarten mit dem Teich und mehreren dichten Buschgruppen. Vielleicht konnte sie von dort aus einen Blick durchs Panoramafenster werfen.

Gina fand einen halben Block entfernt einen Parkplatz und rannte zurück. Sie orientierte sich an dem aus seinem Fenster fallenden Lichtschein, überquerte den Rasen zwischen dem Surgicenter und dem benachbarten Bürogebäude und schlich geduckt bis zur Umfassungsmauer des Steingartens weiter. Duncans Fenster lag gleich dahinter. Wenn sie einen Blick in sein Büro werfen konnte ...

Sieh dich bloß an! dachte sie dabei. Schleichst über Rasenflächen, spionierst Leuten nach ...

Das war nicht ihre Art. Und hatte sie Gerry nicht versprochen, nicht mehr Nancy Drew zu spielen? War dies das Verhalten einer ausgeglichenen Persönlichkeit?

Vielleicht brauche ich doch einen Psychiater.

Die Vorstellung war erschreckend, aber sie schüttelte alle Zweifel ab. Sie mußte diese Sache durchziehen.

Sie bog die Zweige eines kleinen immergrünen Strauchs auseinander – anscheinend irgendein Wacholder, weil er nach Gin duftete – und konnte nun in Duncans Büro sehen.

Er saß an seinem Schreibtisch. Sie ging in die Knie, um ihn zu beobachten, und hoffte, daß er mehr tun würde, als nur irgendwelche Papiere zu ordnen. Hier draußen im Wind wurde es allmählich unangenehm kalt.

Gina hielt den Atem an, als er sich nach rechts beugte und die oberste Schreibtischschublade aufschloß. Sie beugte sich weit nach vorn, bis ihr Gesicht fast den stachligen Wacholder berührte, und beobachtete, wie er das TPD-Fläschchen herausnahm und es prüfend hochhielt, bevor er aufstand und langsam einen Rundgang durch den Raum machte. Er öffnete Schränke, stöberte darin herum, verschob Flaschen, zog Bücher und Zeitschriftenbände heraus, sah dahinter und stellte sie wieder zurück.

Was machte er bloß?

Er schien irgend etwas zu suchen.

Schließlich zog er einen großen Band, der so dick wie der *Merck Index* war, aus dem Bücherregal, stellte das TPD-Fläschchen ganz hinten in die Lücke und schob den Band wieder hinein.

Er versteckte das TPD.

Gina war wie vor den Kopf gestoßen.

Wozu sollte er dieses Fläschchen verstecken, wenn es dafür eine abschließbare Schublade gab?

Vielleicht hatte er keine weitere Verwendung für das TPD, oder er hatte es nie benutzt. Aber warum versteckte er es dann jetzt?

Verdammt! Warum blieb alles so *rätselhaft?*

Im Büro wurde es plötzlich dunkel. Duncan hatte das Licht ausgeknipst. Gina sprang auf und hastete zu ihrem Wagen zurück. Es war wunderbar, wieder die Heizung anstellen zu können. Sie beobachtete, wie Duncans Mercedes in Richtung East-West-Highway zurückfuhr, und ließ ihm reichlich Vorsprung, bevor sie wendete und hinter ihm herfuhr.

Als sie Duncan in sein Villenviertel abbiegen sah, nahm sie

den Weg nach Osten und fuhr in Richtung Connecticut Avenue weiter. In Richtung Adams Morgans. Nach Hause.

Für heute abend hatte sie genug von Nancy Drew. In zweitägiger Spürarbeit hatte sie zwei Erkenntnisse gewonnen: Erstens, er schien sich gern bei Caliguire Electronics aufzuhalten; zweitens, er hatte sein TPD-Fläschchen an einem anderen Ort versteckt.

Keine Antworten. Nur zwei Tatsachen, die wieder eine Unmenge neuer Fragen aufwarfen. Aber sie konnte keine weiteren Fragen gebrauchen. Fragen hatte sie schon mehr als genug. Sie brauchte *Antworten*, verdammt noch mal!

Vielleicht morgen. Wenn Duncan wieder frühzeitig ging, um in seinen Golfclub zu fahren, würde Gina ihm auf den Fersen bleiben. Sie würde herausbekommen, wohin er tatsächlich fuhr. Vielleicht zu einer Geliebten. Oder vielleicht zu jemandem, der etwas mit diesem TPD-Fläschchen zu tun hatte. Hoffentlich würde sie dann eine Frage von ihrer ständig länger werdenden Liste streichen können.

30

Montag

»Okay, Doc. Alles paletti.«

Duncan ging in die Ecke seines Büros hinüber, in der Harry auf einer kleinen Aluminiumtrittleiter stand. Der Techniker, der ein T-Shirt der Gruppe Guns 'n' Roses trug, war stämmig, ungefähr vierzig, hatte eine Stirnglatze und trug einen Pferdeschwanz. Er war dabei, einige der Gegenstände im obersten Regalfach um den Sensor herum anzuordnen. Als er fertig war, stieg er von seiner Leiter und deutete nach oben.

»Würden Sie merken, daß das Ding dort oben ist?«

Duncan musterte die Anordnung prüfend. Der Sensor war ein braunes Rechteck von der Größe einer Zigarettenschachtel. Er paßte genau zum Holz, schien beinahe ein Teil des Regals zu sein. Das Objektiv des Videorecorders sah fast wie ein dekorativer Glasgegenstand aus.

Er nickte anerkennend. »Nur wenn ich genau wüßte, wo ich hinsehen muß.«

»Cool. Halten Sie 'nen Augenblick still, bis ich das Gerät angeschlossen habe.« Er steckte den Transformator in die Steckdose links neben dem Ausguß. »Okay. Bewegen Sie mal die Arme.«

Duncan schwenkte die Arme und sah an dem Sensor einen roten Lichtpunkt aufleuchten.

»Bitte lächeln«, forderte Harry ihn auf. »Sie sind in *Candid Camera*.«

»Was ist mit dem kleinen roten Licht?« fragte Duncan.

»Das bedeutet nur, daß das Gerät eine Bewegung registriert hat. Sie haben die Anlage eingeschaltet.«

»Klar, aber das Licht verrät sie. Mir geht's um *heimliche* Überwachung, Harry. Schalten Sie das Licht aus.«

»Kein Problem.«

Duncan schlürfte seinen Morgenkaffee, während Harry wieder auf die Trittleiter stieg und leise pfeifend die Rückseite des Bewegungsmelders aufschraubte.

Harry schien Spaß an seiner Arbeit zu haben. Weshalb auch nicht? Duncan entlohnte ihn sehr großzügig dafür, daß er seinem Hobby frönte. Duncan wußte noch gut, wie begeistert Harry gewesen war, als er ihm die Aufgabe gestellt hatte, einen Ultraschallsender zu miniaturisieren. Harry hatte wochenlang daran gearbeitet, aber seine hohe Rechnung hatte sich längst bezahlt gemacht. Im Gegensatz dazu war dieser kleine Auftrag hier ein Kinderspiel.

Duncan hatte ihm erklärt, er habe die Befürchtung, von einer seiner Angestellten bestohlen zu werden. Er hatte gesagt, er habe schon einen bestimmten Verdacht, wolle die Schuldige jedoch in flagranti ertappen. Das stimmte auch. Er wollte sehen, ob Gina es noch einmal versuchen würde.

Harry hatte das cool gefunden. Yeah, bei den heutigen Kündigungsschutzbestimmungen müsse man jemand praktisch auf frischer Tat ertappen, bevor man ihn rausschmeißen könne.

Harrys Lösung: eine durch einen Bewegungsmelder aktivierte Videokamera.

»Okay«, sagte Harry, als er von der Leiter herunterstieg. »Das Licht brennt nicht mehr. Aber denken Sie daran, die Anlage nur einzuschalten, wenn Sie selbst den Raum verlassen. Sonst müssen Sie sich mit Schnellvorlauf stundenlang ansehen, wie Sie an Ihrem Schreibtisch sitzen oder Kaffee kochen oder sonstwas tun.«

»Hauptsächlich sonstwas, nehme ich an«, antwortete Duncan. »Ich tue meistens sonstwas, wenn ich hier sitze.«

»Cool«, meinte Harry grinsend. Er tippte auf die Oberseite des Transformators. »Okay, sehen Sie diese beiden Knöpfe hier? Der hier schaltet die Anlage an, der hier schaltet sie aus. Sie brauchen nur draufzudrücken, wenn Sie rausgehen. Damit ist der Sensor aktiviert. Jede Bewegung bewirkt, daß die Kamera sich einschaltet und so lange läuft, wie jemand im Raum ist – und sogar noch eine Minute länger. In der rechten oberen Bildecke werden automatisch Datum und Uhrzeit eingeblendet. Die Videokamera hat ein Weitwinkelobjektiv, das den gesamten Raum erfaßt.

»Cool«, sagte Duncan.

»Falls Sie die Anlage permanent installieren wollen, kann ich noch einen Videorecorder anschließen, damit Sie . . .«

»Nur vorübergehend, Harry, das können Sie mir glauben. Und hier ist Ihr Scheck.«

Harry warf einen Blick auf den Betrag, sagte zum letztenmal »Cool!«, packte sein Werkzeug zusammen und verschwand.

Schön, mein Jungschwan, dachte Duncan, während er in das blinde Auge der Videokamera starrte. Wie's weitergeht, hängt von dir ab.

Er sah auf seine Armbanduhr. Perfektes Timing. Harry war früh gekommen und hatte die Anlage so rasch installiert, daß Duncan noch einige Minuten blieben, bevor er vor der ersten Operation in den Waschraum mußte.

Auf dem verkürzten Programm von heute standen nur einige kleinere Eingriffe. Dr. VanDuyne hatte sich gegen Mittag angesagt, und Duncan wollte ungestört sein, wenn er ihn und die anderen durchs Surgicenter führte.

Er drückte auf den Einschaltknopf, stellte eine Thermoskanne vor den Transformator und verließ das Büro, um sich umzuziehen. Bei dem Gedanken, daß seine Bewegungen den Sensor aktiviert hatten und sein Abgang aufgezeichnet wurde, bekam er eine leichte Gänsehaut.

Gina beeilte sich mit ihren Diktaten und dem übrigen Verwaltungskram, um fertig zu sein, wenn Duncan ging. Er hatte die heutigen Eingriffe so schnell vorgenommen, als wolle er eiligst irgendwohin. Aber als die Operationen beendet waren, schien er plötzlich eine Menge Zeit zu haben.

Gina war häufig im Erdgeschoß unterwegs, behielt Duncans Büro im Auge und war ständig auf dem Sprung, ihm zu folgen, sobald er wegfuhr. Bei einem ihrer Kontrollgänge sah sie auf dem Besucherparkplatz den geheimnisvollen Dr. V. und zwei weitere Männer aus einer grauen Limousine steigen.

Deshalb hängt er also noch hier herum.

Etwa zwanzig Minuten später führte Duncan das Trio auf eine Besichtigungstour in den Keller.

»Und dies ist die Unterwelt. Das Labor meines Bruders und unsere Registratur.«

Der gutaussehende Dr. V. schien unverkrampft, aber seine Begleiter, die fast identische graue Anzüge trugen, wirkten steif und nervös. Sie waren adrett und gepflegt und neugierig, sahen in jeden Winkel, inspizierten alle Schränke und stellten halblaut Fragen, die Gina nicht verstand.

»Lassen Sie sich nicht stören«, sagte Duncan zu Gina, als sie an ihrem Arbeitsplatz vorbeikamen. »Ich führe diese Gentlemen nur herum.« Er machte sich nicht die Mühe, sie ihr vorzustellen.

Sie folgte der Gruppe ins Erdgeschoß hinauf und beobachtete, wie die Männer in den Anzügen auf Türen und Fenster deuteten, während sie sich besprachen. Beide lächelten kein einziges Mal. Was waren sie? Anwälte? Buchprüfer? Sicherheitsberater?

Dann verschwand die Gruppe, zu der nun auch Oliver gestoßen war, in Duncans Büro, dessen Tür geschlossen wurde.

Was ging hier vor? Gina war sich ziemlich sicher, daß es sich nicht um die Gründung einer Gemeinschaftspraxis handelte. Wollte Duncan das Gebäude verkaufen? Er hatte bisher nie von einem Umzug gesprochen. Und warum kam dieser Dr. V. ihr bekannt vor?

Gina litt schrecklich unter ihrer Neugier. Sie hätte viel dafür gegeben, jetzt eine Fliege an der Wand von Duncans Büro zu sein.

Nach einer Dreiviertelstunde kamen alle fünf wieder heraus. Sie standen in der Eingangshalle und schüttelten sich die Hände. Die Männer in den Anzügen wirkten ebenso grimmig wie zuvor. Duncan und Dr. V. waren liebenswürdig, und Oliver strahlte übers ganze Gesicht. Danach gingen die Besucher zum Parkplatz hinaus, Duncan verschwand in seinem Büro, und Oliver hastete den Korridor entlang auf Gina zu.

»Das ist wundervoll«, sagte er, als er näher kam. Im Licht der Neonröhren an der Decke glänzten seine Brillengläser und sein kahler Schädel. Er grinste, als habe er eben in der Lotterie gewonnen. »Das ist *so* wundervoll!«

»Was denn, Oliver? Was geht hier vor?«

»Das darf ich Ihnen nicht sagen«, antwortete er, ohne stehenzubleiben. »Ich tät's gern, aber ich darf nicht. Nicht im Augenblick. Vielleicht irgendwann später.«

Gina sah ihm nach, als er wieder in sein Labor hinunterging. So hatte sie ihn noch nie erlebt. Hatte er einen lukrativen Verwertungsvertrag für seine Implantate abgeschlossen? Sie stand auf und wollte ihm folgen. Irgendwie würde sie ihn schon zum Reden bringen.

Aber dann sah sie Duncan vor Barbaras Schreibtisch stehen und in seinen Trenchcoat schlüpfen. Er sprach, und sie machte sich Notizen und nickte dabei. Im nächsten Augenblick war er nach draußen unterwegs.

Gina lief in die Registratur, holte Mantel und Handtasche und hastete hinter ihm her. Das Verhör von Oliver würde noch warten müssen.

»Hey, großartige Neuigkeiten«, sagte Barbara, als Gina an ihrem Schreibtisch vorbeikam. »Wir können uns auf ein langes Wochenende freuen.«

Gina ging langsamer. »Wann?«

»Am kommenden Wochenende. Wir haben am Freitag geschlossen. Dr. Lathram hat mir eben gesagt, daß alle einen zusätzlichen Tag Urlaub bekommen. Ist das nicht großartig?«

»Yeah«, sagte Gina im Weitergehen. »Großartig.«

Ein Freitag ohne Operationen. Normalerweise hätte sie angenommen, Duncan wolle übers Wochenende verreisen und brauche dazu einen weiteren Tag. Aber die Entscheidung schien unmittelbar nach der Besprechung mit Dr. V. und seinen Begleitern gefallen zu sein. Warum?

Gina war keineswegs überrascht, als Duncans schwarzer Mercedes nicht zum Golfclub fuhr, aber auf seine Route durch Washington war sie nicht gefaßt gewesen. Nach Osten, dann die Connecticut Avenue entlang, an Adams Morgans vorbei zum Dupont Circle. Von dort aus fuhr er auf der Massachusetts Avenue in Richtung Innenstadt.

Er will zum Kapitol, dachte Gina, aber er fuhr in raschem Tempo an der Union Station vorbei nach Southeast Washington weiter. Hier war die Massachusetts Avenue von ein- und zweistöckigen Häusern gesäumt, die hellrot, gelb, blau, grün oder sogar orangerot gestrichen waren. Die Umgebung verwahrloste rasch; an einigen Straßenecken sah Gina zerlumpte Männer stehen, die aus Flaschen in Papiertüten tranken. Sie fürchtete sich beinahe, an roten Ampeln zu halten. Und dabei fuhr sie einen drei Jahre alten amerikanischen Kompaktwagen. Duncans schwarzer Mercedes fiel hier auf wie eine Luxusyacht inmitten einer Flotte von Hafenschleppern. Aber trotzdem wurde keiner von ihnen belästigt.

Was hatte er hier zu suchen? Wenn Gina an seine hochnäsige Art dachte, konnte sie ihn sich hier bei den armen Leuten kaum vorstellen.

Erst am Ende der Massachusetts Avenue begriff Gina, wohin die Fahrt ging. Auf dem abfallenden Gelände vor ihnen breitete sich das D. C. General Hospital aus. Sie folgte Duncan auf der Zufahrt, die sich durch einen gepflegten Komplex aus ungefähr einem Dutzend Klinker- und Stahlbetonbauten schlängelte, an der Washingtoner Besserungsanstalt vorbei zu einem Parkplatz, auf dem laut Hinweisschild *Nur mit Plakette!* geparkt werden durfte. Als er auf diesen Parkplatz abbog, stellte sie ihren Wagen rasch auf dem benachbarten Patientenparkplatz ab. Auffällig waren die vielen uniformierten Wachmänner. Sicherheit wurde hier offenbar großgeschrieben.

Sie sah Duncan auf den Ärzteeingang eines der Klinkergebäude zugehen. Wie sollte sie dort hineinkommen? Sie gehörte nicht zum Personal.

Aber sie konnte aussehen, als gehöre sie dazu.

Sie griff nach dem Stethoskop, das ständig in ihrem Handschuhfach lag, hängte sich ihren Sicherheitsausweis aus dem Senat um den Hals und lief hinter Duncan her.

Leider kannte sie sich hier im D. C. General Hospital nicht aus. Das Klinkergebäude vor ihr war ziemlich groß und wirkte wie ein Provisorium. Es hatte vorn acht und hinten sechs Geschosse, war ursprünglich viel kleiner gewesen und schien partieweise gewachsen zu sein – ein Flügel hier, ein paar Stockwerke dort. Das konnte schwierig werden.

Sie behielt ihr rasches Gehtempo bei, als sie an dem Wachmann auf seinem Hocker hinter der Tür vorbeiging, lächelte, hob grüßend die Hand mit dem Stethoskop und hoffte, daß der Uniformierte nichts merken würde, daß ihr Sicherheitsausweis mit Foto nicht fürs D. C. General Hospital galt.

Etwa fünfzehn Meter vor ihr war Duncan den Korridor entlang unterwegs. Gina legte einen kurzen Zwischenspurt ein, um den Abstand zwischen ihnen zu verringern. Sie wußte, daß sie ihn nie wiederfinden würde, wenn sie ihn in diesem Labyrinth aus den Augen verlor.

Er führte sie auf einem Schlängelkurs zu den Aufzügen.

Sie blieb unsicher im Hintergrund. Benutzte sie nicht dieselbe Kabine, war Duncan ihr entwischt. Sie würde nicht einmal wissen, in welchem Stock sie ihn suchen sollte.

Da gab es nur eine Möglichkeit. Gina steckte Ausweis und Stethoskop weg und trat vor.

»Duncan!« sagte sie und tippte ihm auf die Schulter. »Was tun Sie denn hier?«

Er drehte sich um und schien leicht zusammenzuzucken, als

er sie sah. In seinen Augen blitzte etwas auf. Schreck? Wut? Mißtrauen? Sie wußte es nicht. Vielleicht eine Mischung aus allem. Im nächsten Moment war es bereits wieder verschwunden.

Duncan lächelte. »Gina! Ich hätte nie erwartet, Sie hier zu treffen.«

Womit meine Frage nicht beantwortet ist, dachte Gina. Sie fühlte ihr Herz rascher schlagen. Wie geht's jetzt weiter?

»Ich habe einen Hämatologen besucht, den ich kenne. Einen Studienfreund aus Princeton. Aber was führt Sie hierher?«

Er seufzte bedauernd und rieb sich das Kinn. »Na ja, ich wollte nicht, daß jemand davon erfährt. Wenn das bekannt würde . . .«

O Gott! dachte sie. Er ist krank. Lethale Diagnosen wie Krebs oder Aids gingen ihr durch den Kopf.

Duncan seufzte nochmals. »Ich kann's Ihnen besser zeigen als erklären.« Links neben ihnen öffnete sich ratternd eine Aufzugstür. Er legte ihr eine Hand auf den Rücken und schob sie sanft auf die freie Kabine zu. »Kommen Sie, Gina.«

Er fuhr mit ihr in die Klinik für Gesichts- und Kieferchirurgie hinauf, wo alle Schwestern ihm strahlend zulächelten und die im Wartezimmer sitzenden Patienten ihn mit großen Augen anstarrten und untereinander tuschelten, während sie auf ihn zeigten. Dann saß sie neben ihm im Behandlungszimmer und erlebte sprachlos verblüfft, wie er mit Patienten über mögliche Operationen sprach und bei postoperativen Untersuchungen das Werk seiner Hände begutachtete.

Vor allem die bereits Operierten beeindruckten Gina. Manche waren des Lobes voll, andere fanden kaum Worte für ihre Dankbarkeit, aber alle beteten ihn an und wären fast auf die Knie gefallen, um ihm dafür zu danken, was er für sie getan hatte.

Dann war endlich der letzte Patient gegangen, und sie war in dem winzigen Raum mit Duncan allein und beobachtete, wie er noch einen Bericht kritzelte.

Hier war er also hergefahren, wenn er behauptet hatte, auf dem Golfplatz zu sein! Sie stand vor einem Rätsel.

»Wieso, Duncan?«

»Hmmm?« Er sah von dem letzten Krankenblatt auf und klappte die Mappe zu.

»Warum sind Sie hier?«

Er zuckte mit den Schultern. »Ich bin unausgelastet gewesen. Kosmetische Operationen sind auf die Dauer langweilig, und ich möchte ab und zu etwas anderes tun.«

»Aber hier werden die Patienten kostenlos behandelt, und Sie sind Duncan-cash-im-voraus-und-Ihre-Versicherung-ist-mir-egal-Lathram.«

Sein Lächeln war traurig, als er langsam den Kopf schüttelte. »Um Geld geht's mir nicht. Um Geld ist's mir nie gegangen.«

»Worum geht's dann wirklich?«

»Das erzähle ich Ihnen irgendwann einmal, nicht jetzt.«

Gina hatte Mühe, ihre Frustration zu verbergen. »Also gut. Warum halten Sie diese Tätigkeit geheim?«

Wieder ein Schulterzucken. »Bei der Eröffnung meiner Praxis für kosmetische Chirurgie habe ich bekanntgegeben, daß ich nur ausgewählte Patienten behandeln und mit keiner Versicherung abrechnen würde. Das ist anfangs in Ordnung gewesen, hat sich aber bald als Sackgasse erwiesen.« Er wich ihrem Blick aus. »Trotz heroischer Anstrengungen habe ich dem Drang, meine Fähigkeiten etwas sinnvoller einzusetzen, nicht widerstehen können.«

»Etwas?« wiederholte sie. »Was Sie hier tun, ist wundervoll. Ich bin stolz auf Sie!«

Als er ihren Blick erwiderte, blitzte in seinen Augen erneut etwas auf. Diesmal schien es eher Schmerz zu sein.

»Nicht gleich übertreiben, Gina. Dies hier ist keine Einbahnstraße. Ich habe nämlich auch etwas davon.«

In diesem Augenblick fühlte Gina sich ihm sehr nahe. Sie hatte einen Kloß im Hals und kämpfte gegen ihre Tränen an. Innerlich wand sie sich vor Scham. Wie hatte sie ihn nur verdächtigen können, Attentate auf Politiker zu verüben?

Am liebsten hätte sie ihn umarmt.

»Ich muß jetzt gehen«, sagte sie, sobald sie ihrer Stimme wieder trauen konnte.

»Ich begleite Sie hinunter.«

Er brachte sie zu den Aufzügen zurück. Auf der Fahrt nach unten konnte sie der Versuchung nicht widerstehen, eine weitere Frage zu stellen, die ihr auf den Nägeln brannte.

»Wer sind übrigens die Männer gewesen, die Sie heute herumgeführt haben?«

»Bei uns, meinen Sie? Bloß ein paar Leute, die sich umsehen wollten.«

»Verkaufen Sie das Gebäude?«

»Bestimmt nicht.«

»Wollen Sie's umbauen?«

»Die Leute wollten sich bloß mal umsehen.«

»Oh. Schön, das wäre also geklärt.«

Er legte ihr einen Arm um die Schultern und lachte. »Gina, Gina, Gina. Sie glauben immer, Sie müßten alles wissen. Das Leben ist voller kleiner Geheimnisse.«

»Und dies ist eins davon, nicht wahr?«

Er lachte wieder. »Genau!«

Duncan begleitete sie zum Auto, hielt ihr die Tür auf und winkte, als sie davonfuhr.

Ginas Gefühle befanden sich in hellem Aufruhr. Sie fühlte sich wie eine Schwimmerin in einem Meer mit starken, heimtückischen Strömungen. Wo war sicheres Land?

Nachdem sie Duncan noch vor wenigen Tagen das Schlimmste zugetraut hatte, war er jetzt dabei, seinen Heldenstatus zurückzugewinnen. Er war fast wie ... sie suchte nach einem passenden Vergleich ... fast wie Zorro. Auf die meisten seiner Mitmenschen wirkte er so wenig ernsthaft wie der leicht vertrottelte Don Diego in dem Roman; aber für die armen, durch Narben entstellten Menschen, die er im D. C. General Hospital kostenlos behandelte, war er der kühne Dr. Duncan – Dr. Zorro –, der ihnen mit blitzender Klinge zur Hilfe kam.

Duncan hatte vermutlich seinen Spaß an diesem Paradoxon: ein abgebrühter, geldgieriger Schönheitschirurg der Reichen und Mächtigen, der in einer Klinik kostenlos heimlich Arme und Obdachlose behandelt. Aber was Gina am meisten imponierte, war diese Geheimhaltung. Die meisten Leute geben mit ihrer Wohltätigkeit an. Duncan hielt seine geheim, als sei sie ihm peinlich. Beeindruckend.

Duncan stand fast wieder auf seinem Halbgottsockel. Aber nur fast. In ihrem persönlichen Pantheon hätte er ganz oben gestanden, wäre das in seinem Büro versteckte TPD-Fläschchen nicht gewesen.

Dieses verdammte Fläschchen.

Insgesamt, sagte Duncan sich auf dem Weg zu seinem Mercedes, war die Sache recht gut ausgegangen.

Trotzdem hatte er Grund zur Sorge.

Nicht wegdiskutieren ließ sich die Tatsache, daß Gina ihm hierher gefolgt war – und daß er nichts davon gemerkt hatte. Die Frage war nur: Wie *lange* hatte sie ihn schon beschattet.

Andererseits spielte das keine wirkliche Rolle. Was konnte jemand erfahren, der ihn beschattete? Er führte ein sehr seßhaftes, trübselig gewöhnliches Leben. Eigentlich war jeder zu bedauern, der glaubte, sich tagelang an seine Fersen heften zu müssen.

Aber Gina war beunruhigenderweise noch immer mißtrauisch genug, um einen Nachmittag zu opfern und ihm zum D. C. General zu folgen. Und sie *hatte* ihn beschattet. Das Märchen von ihrem alten Studienfreund, dem Hämatologen, hatte er ihr keine Sekunde lang geglaubt. Das D. C. General lag in keinem Viertel, das Besucher ohne bestimmten Zweck anlockte.

Er lächelte, als er den Parkplatz verließ, um nach Chevy Chase zurückzufahren. Manche Dinge entwickelten sich überraschend gut. Eigentlich fast ohne sein Zutun.

Als Gina ihn am Lift auf die Schulter getippt hatte, hätte er sie fast angebrüllt und ihr vorgeworfen, sie beschatte ihn und verletze seine Privatsphäre. Ein klügerer Teil seines Ichs hatte erkannt, daß das kontraproduktiv gewesen wäre. War es nicht besser, ihr statt dessen sein kleines Geheimnis zu verraten? Wenn man jemanden nicht mehr raushalten konnte, bezog man ihn lieber gleich ein.

Und es funktionierte! Sie war völlig entwaffnet gewesen. Das hatte er in ihrem Blick gesehen, als sie vor der Operation aufgenommene Fotos mit den Gesichtern von zur Nachuntersuchung bestellten Patienten verglich.

Und warum sollte sie nicht entwaffnet sein? dachte er. Ich leiste verdammt gute Arbeit.

Gute Arbeit ... gute Werke. Bargen gute Werke nicht angeblich ihren eigenen Lohn in sich? Bisher war es so gewesen. Er hatte seine Befriedigung darin gefunden, Narben zu entfernen und angeborene Defekte bei mittellosen Menschen zu korrigieren, die sonst keine Chance gehabt hätten, jemals operiert zu werden.

Aber heute hatten die guten Werke einen unerwarteten Gewinn abgeworfen. Seine altruistische Tätigkeit in der Klinik hatte das Mißtrauen einer hochintelligenten und sehr neugierigen jungen Frau gedämpft, vielleicht sogar gänzlich beseitigt.

Vielleicht wurden die guten Werke eines Mannes doch nicht mit seinen Knochen begraben.

Aber er durfte seine Vorsicht nicht aufgeben. Noch nicht. Jedenfalls nicht bis Freitag.

Und das erinnerte ihn an die Videokamera in seinem Büro.

Duncan stand allein in seinem Büro. Um diese Zeit war das Gebäude menschenleer, was ihm nur recht sein konnte. Er schob die Kassette in den Videorecorder und drückte auf die Rückspultaste. Das Gerät summte, blieb dann aber fast augenblicklich stehen. Ein gutes Zeichen.

Er drückte auf die Abspieltaste und die Taste für schnellen Vorlauf. Die Kamera erfaßte das Büro von schräg oben, und Duncan erkannte seinen eigenen Rücken, als er den Raum verließ. Danach kam Barbara hereingehastet und lief wieder hinaus, nachdem sie von ihm diktierte Briefe auf seinen Schreibtisch gelegt hatte; dieser Vorgang wiederholte sich noch zweimal mit der Post und weiteren Briefen. Und dann sah er sich selbst hereinkommen und am Schreibtisch sitzend seine Post durchgehen und in Papieren blättern. Es war seltsam, sich selbst im Zeitraffertempo zu beobachten. So wirkte er wie ein Keystone Kop. Dann trat er an die Arbeitsfläche unterhalb des Aufnahmebereichs der Kamera, streckte seine Hand aus und ...«

Der Bildschirm wurde dunkel. Das war der Augenblick gewesen, in dem er den Strom abgestellt hatte.

Ausgezeichnet, dachte er, während er das Band zurückspulte. Keine Spur von Gina. Keine Herumschnüffelei, kein weiterer Versuch, in die abgesperrte Schreibtischschublade zu gelangen.

Er konnte nur hoffen, daß die neue Überwachungskamera ihm nie etwas anderes zeigen würde.

Unter gar keinen Umständen wollte er gegen Gina etwas unternehmen müssen.

31

Dienstag

»Also gut, Oliver«, sagte Gina. »Schluß mit der Geheimnistuerei. Sie müssen mir erzählen, warum diese Männer gestern hier rumgelaufen sind.«

Es war früh am Morgen. Die beiden waren unten in Olivers Labor mit Handschuhen und Gesichtsmasken unter sterilen Bedingungen dabei, Implantate für die heutigen Operationen vorzubereiten. Gina hatte die halbe Nacht damit verbracht, sich den Kopf zu zermartern, um irgendeine Möglichkeit zu finden, Dr. V. und seine geheimnisvollen Begleiter zu identifizieren.

»Das kann ich nicht, Gina«, wehrte Oliver ab. »Duncan würde mich umbringen.«

Schlecht gewählter Ausdruck, dachte Gina und ärgerte sich über den kalten Schauer, der ihr über den Rücken lief. Duncan würde niemanden umbringen. Davon war sie jetzt überzeugt. Sie mußte es sein.

»Unsinn!« sagte Gina. »Sie sind schließlich sein Bruder.« Sie blinzelte ihm zu. »Und außerdem braucht er diese Implantate.«

Oliver verdrehte die Augen hinter seiner Hornbrille. »Oh, vielen Dank! Das möbelt mein Selbstbewußtsein richtig auf.«

»Jetzt mal ganz im Ernst. Die Sache macht mich noch verrückt. Dieser D. V. ist schon mindestens dreimal hier aufgekreuzt, und ich weiß, daß ich ihn von irgendwoher kenne. Sagen Sie mir nur, wer er ist. Nicht, was er hier tut, bloß seinen Namen. Nur diese eine Kleinigkeit, dann stelle ich keine weiteren Fragen mehr. Ehrenwort!«

»Tut mir leid, Gina, aber ...«

»Dann niese ich auf alle Ihre Implantate.«

»Nein! Das würden Sie nicht tun.«

Sie richtete sich leicht auf. »Oh, oh, ich fühle ein Niesen kommen. Es wird immer stärker. Und die Maske kann's bestimmt nicht zurückhalten.«

»Gina, bitte keine Scherze mit solchen ...«

»Gleich kommt's! Ha ... ha ...«

»Schon gut, schon gut.«

Gina schüttelte den Kopf, als wolle sie den inneren Druck loswerden. »Hey, wer hätte das gedacht? Alles wieder gut. Zumindest vorläufig. Also, wer ist Dr. V.?«

»Ich dürfte es Ihnen wirklich nicht sagen. Ich habe Duncan versprochen, kein Wort zu verraten.«

Sie schnüffelte wieder. »Oliver ...«

»Schon gut. Aber nur seinen Namen. Sagt er Ihnen nichts, haben Sie Pech gehabt. Abgemacht?«

»Abgemacht.«

Als Oliver sich nach vorn beugte, merkte Gina ihm an, daß er sich danach verzehrt hatte, sich jemandem anvertrauen zu können. Jetzt hatte sie ihm eine Entschuldigung dafür geliefert.

»Er heißt VanDuyne – Dr. John VanDuyne.«

VanDuyne ... diesen Namen kannte sie. Er trieb sich knapp außer Reichweite in den hintersten Winkeln ihres Gedächtnisses herum. VanDuyne ... John VanDuyne ...

Und dann hatte sie ihn. Einer der Gastdozenten in gesundheitspolitischen Seminaren in Tulane. Ein Washingtoner Arzt, der den Eindruck gemacht hatte, er fühle sich als Dozent und in seiner Rolle im staatlichen Gesundheitswesen nicht sonderlich wohl. John VanDuyne, einer der höheren HHS-Verantwortlichen ... aber er war auch noch etwas anderes. Sie hatte einen Artikel über ihn gelesen oder seinen Namen irgendwo gehört. Dr. John VanDuyne ...

»Großer Gott!« rief sie aus. »Duncan soll den Präsidenten operieren!«

Oliver riß seine Maske herunter und ließ sich auf seinen Stuhl zurücksinken. Er fuhr sich mit einer Hand nervös durch sein schütteres Haar. »O nein! Jetzt hab' ich's geschafft!«

»Ich habe recht, stimmt's?«

Er nickte resigniert und sichtlich verblüfft. »Ich kann's kaum glauben, wie schnell Sie darauf gekommen sind. Nur aufgrund eines Namens. Wie haben Sie das geschafft?«

Sobald ihr eingefallen war, daß VanDuyne der persönliche Arzt des Präsidenten war, lag auf der Hand, daß seine gestrigen Begleiter Secret-Service-Agenten gewesen waren. Und wie sie sich umgesehen, Ein- und Ausgänge studiert und aus jedem Fenster geblickt hatten ... Wozu das alles, außer um das Gebäude vor einem Besuch des Präsidenten zu erkunden?

Aber sie konnte sich nicht so recht über ihre blitzschnelle Auffassungsgabe freuen, sie hatte eher das Gefühl, als liege ihr ein Stein im Magen.

Der Präsident der Vereinigten Staaten unter Duncans Messer. Nach dem gestrigen Tag hätte sie stolz darauf sein sollen, daß Duncan für einen offenbar vom Präsidenten gewünschten Eingriff ausgewählt worden war. Statt dessen war sie zu Tode erschrocken. »Er kommt am Freitag?«

Oliver nickte erneut. Sein Blick wirkte verwundet.

Das war also die Erklärung für den zusätzlichen Urlaubstag.

»Welcher Eingriff?«

»Seine Augen«, sagte Oliver. Er schob die Spitzen beider Zeigefinger unter seine Brille und berührte die Unterlider. »Will seine Tränensäcke loswerden. Auch die Oberlider sollen gestrafft werden, wenn Duncan schon mal dabei ist.«

»Aber diese schweren Tränensäcke sind geradezu sein Markenzeichen geworden. Was sollen die Karikaturisten ohne sie anfangen?«

Oliver zuckte mit den Schultern. »Seine Medienberater und PR-Leute sind sich anscheinend darüber einig, daß seine Tränensäcke sich so vergrößert haben, daß die Leute finden, der Präsident sehe müde und älter aus.«

»Präsident der Vereinigten Staaten zu sein, wirkt sich bei den meisten Amtsinhabern so aus.«

»Aber sie wollen die Stimmen der jungen Wähler. Mit denen ist er ursprünglich ins Amt gekommen. Sie wollen verhindern, daß irgendein jünger aussehender Konkurrent ihm diese Wähler abjagt. Und da seine Lider ihn müde und älter erscheinen lassen, müssen sie operiert werden.«

»Lächerlich! Gewählt wird erst in über einem Jahr.«

»Aber die Vorwahlen beginnen früher. Er rechnet mit starker Konkurrenz – deshalb will er in New Hampshire so gut wie möglich aussehen.«

»Warum soll Duncan ihn operieren?«

»Warum nicht? Er ist der Beste.« Oliver zeigte auf das Tablett mit Implantaten. »Vor allem mit denen hier.«

Gina mußte zugeben, daß er damit recht hatte. »Aber warum soll alles geheimgehalten werden?«

»Liegt das nicht auf der Hand? Der Präsident will nicht, daß jemand – vor allem die Medien nicht – davon erfährt. Er trifft am Freitagmorgen bei Tagesanbruch hier ein. Sobald er aus dem Aufwachraum kommt, wird er nach Camp David gebracht, um dort ein verlängertes Wochenende und ein paar zusätzliche Urlaubstage zu verbringen. Übers Wochenende trägt er ständig eine Sonnenbrille, und wenn er zurückkommt, sind so gut wie keine Spuren des Eingriffs mehr zu erkennen. Die restlichen leichten Verfärbungen lassen sich mit Make-up abdecken. Narrensicher, was?«

»Yeah«, sagte Gina langsam. »Narrensicher.«

Aber auch »duncansicher«?

Halt! So durfte sie nicht denken.

»Wie kann Duncan operieren, wenn wir alle freihaben?«

»Zur Operation kommt ein Anästhesist aus dem Bethesda Naval Hospital, und Dr. VanDuyne soll assistieren.«

»Und die Secret-Service-Leute halten draußen im Korridor Wache, nehme ich an.«

»Richtig. Ist das nicht aufregend?«

»Ja. Verdammt aufregend.«

Aber Gina war eher besorgt als aufgeregt. Sie wußte recht gut, was Duncan vom Präsidenten hielt. Wie viele Tiraden über ihn hatte sie sich anhören müssen?

Trotzdem war Duncan jetzt bereit, seine Augenlider kosmetisch zu korrigieren … Er war bereit, einen Eingriff vorzunehmen, der die Chancen des Präsidenten, wiedergewählt zu werden, ein wenig verbessern sollte.

Das paßte nicht zusammen. Warum sollte Duncan irgend etwas tun, um diesem Mann zu helfen?

Einfach nur, weil er der Präsident war und ihn darum gebeten hatte? Schon möglich. Sein hohes Amt wirkte auf manche Menschen hypnotisierend.

Sie brauchte sich nur Oliver anzusehen, der wie ein idealistischer Pfadfinder strahlte. Obwohl er keiner Menschenseele davon erzählen durfte, war er völlig überwältigt von der Vorstellung, seine Implantate würden dem Präsidenten der Vereinigten Staaten eingepflanzt werden.

War sie zu pessimistisch? Wie sollte Duncan irgend etwas versuchen können, wenn der Secret Service jeden seiner Handgriffe verfolgte?

Aber im Aufwachraum … würden die Geheimdienstleute ihm auch dort auf die Finger schauen?

Vermutlich nicht.

Wie kam sie auf solche Gedanken? Das mußte aufhören. Gestern hatte sie Duncan von einer Seite erlebt, die sie längst verschüttet geglaubt hatte. Sie wollte ihre Meinung von ihm revidieren. Und das wäre ihr auch gelungen, wäre das verdammte TPD-Fläschchen nicht gewesen.

Stand es noch immer dort, wo Duncan es versteckt hatte?

Um das festzustellen, gab es nur einen Weg.

Jetzt oder nie!

Gina wünschte sich, sie könnte Gerry anrufen und die Sache mit ihm besprechen – aber was war beim letztenmal passiert, als sie sich mit einem Verdacht an ihn gewandt hatte? Ihre Beziehung war äußerst gespannt. Oder vielleicht hatte er bereits mit ihr gebrochen, ohne daß sie es wußte. Seit Freitag hatte er nicht mehr angerufen.

Duncan war zum Mittagessen weggefahren, Barbara saß nicht an ihrem Schreibtisch. Gina schlüpfte lautlos in Duncans Büro und ging sofort an die Bücherregale. Sie erinnerte sich, daß das Buch im oberen Fach des linken Regals gestanden hatte. Aber für sie war dieses Fach zu hoch.

Auf der Suche nach einem Stuhl, auf den sie steigen konnte, sah sie unter dem Ausguß einen kleinen Holzhocker stehen. Wie günstig! Er war ihr nie aufgefallen. Aber das mochte daran liegen, daß sie so etwas bisher nie gebraucht hatte. Sie stellte den Hocker vor das Regal, stieg hinauf und hatte jetzt in Augenhöhe die obere Buchreihe vor sich.

Sie erinnerte sich an Sonntagabend, als sie draußen in der Kälte gestanden und Duncan nachspioniert hatte. Das grün gebundene Buch war nicht sehr groß, aber ziemlich dick gewesen. Und da stand es schon – genau vor ihr. Sie zog es heraus und spähte in die dunkle Lücke. Das Tageslicht, das über ihre Schulter fiel, ließ das Glas einer Injektionsphiole glitzern, die sie nur allzugut kannte.

Da stand das Fläschchen also. Mit einem Griff erreichbar. Aber was nun?

Warum nimmst du's nicht einfach mit? flüsterte eine Stimme in ihrem Kopf. Nimm das verdammte Fläschchen mit und reiß den Verschluß auf und kipp das Zeug ins nächste Waschbekken. Duncan rätselt bestimmt tage- und wochenlang herum, wo das TPD hingekommen ist – aber was kümmert's dich? Es ist weg, und du brauchst keinen einzigen Gedanken mehr daran zu verschwenden.

Außer er hat irgendwo noch weitere Phiolen mit dem Zeug.

Aber spielte das eine Rolle? Dies war die einzige, von der sie wußte. Diese hier mußte verschwinden.

Gina wollte eben in den Spalt zwischen den Büchern greifen, als sie einen Aufschrei hinter sich hörte.

»Jesus!«

Sie fuhr herum und verlor fast das Gleichgewicht, als sie sich umdrehte. Barbara stand mitten im Raum und hielt eine Handfläche gegen ihre Halsgrube gepreßt.

»Ihretwegen hätte mich fast der Schlag getroffen!« sagte sie.

»Dr. Panzella, Sie müssen mich warnen, wenn Sie hier drinnen zu tun haben.«

»Entschuldigung«, sagte Gina. Sie konnte nur hoffen, daß ihre Stimme nicht so zittrig und beschämt klang, wie ihr zumute war. »Sie sind nicht an Ihrem Schreibtisch gewesen, und ich habe etwas nachschlagen müssen.«

»Sorgen Sie bloß dafür, daß er weiß, daß Sie hier drin gewesen sind.«

»Wie meinen Sie das?«

»Er hat's gern, wenn alles an seinem Platz steht. Wollen Sie sich Bücher ausleihen, fragen Sie ihn lieber erst selbst – sonst kriege ich was zu hören.«

Diesmal klappt's nicht, dachte Gina. Sie hielt den grünen Band hoch.

»Okay, Barbara. Passen Sie auf.« Sie stellte das Buch mit elegantem Schwung in die Lücke zurück. *»Voilà*! Jetzt steht's wieder an seinem Platz.«

»Großartig. Bei ihm müssen selbst Kleinigkeiten stimmen, wissen Sie.«

Gina stieg von dem Hocker und stellte ihn auf seinen Platz zurück.

»Das macht ihn zu einem großen Chirurgen. Er nimmt Kleinigkeiten wichtig.«

Barbara legte einige Akten auf Duncans Schreibtisch, und sie verließen gemeinsam den Raum. Gina sah sich nochmals besorgt nach dem grünen Band im obersten Fach des Bücherregals um. Vielleicht ergab sich morgen eine weitere Chance.

Falls Duncan das TPD nicht wieder anderswo versteckte.

Nein! *Nein!*

Duncan glaubte zu spüren, wie seine Körperwärme sich verflüchtigte, während er auf den Bildschirm starrte. Er bekam eine Gänsehaut. Der Videofilm zeigte, wie Gina um 12.17 Uhr sein Büro betrat, den Hocker zum linken Bücherregal hinübertrug und das Buch herauszog, hinter dem das TPD versteckt war. Er bemerkte nicht das geringste Zögern. Sie wußte genau, welchen Band sie herausziehen mußte.

Aber wie konnte sie das *wissen*?

Er fühlte den Drang, selbst ans Bücherregal zu gehen – es war nur wenige Schritte entfernt – und zu kontrollieren, ob sie die Phiole mitgenommen hatte, aber er war zu keiner Bewegung fähig. Er stand wie gelähmt da und starrte weiter auf den Bildschirm.

Er beobachtete, wie sie in die Lücke zwischen den Büchern spähte, und sah sie eine Hand heben, um hineinzugreifen. Und dann kam Barbara herein.

Ein Glück, daß es sie gab!

Ihre Stimmen klangen gedämpft, aber er bekam Ginas Ausrede und Barbaras Bemerkungen über seine pedantische Ordnungsliebe trotzdem mit. Und dann stand das Buch wieder am alten Platz, und die beiden Frauen verließen den Raum. Aber er sah Ginas bedauernden Abschiedsblick zum Bücherregal hinüber. Sie würde zurückkommen. Verdammt, sie würde zurückkommen.

Er ließ den Rest des Videofilms schnell ablaufen, aber Gina kam nicht zurück. Das war eine Erleichterung. Er drückte auf die Rückspultaste und sah hinter dem Buch nach. Ja, die Phiole war noch da. Aber woher hatte Gina gewußt, daß er sie dort versteckt hielt?

Sie hat mich beobachtet.

Natürlich. Sie war ihm gestern zum D. C. General Hospital nachgefahren. Wahrscheinlich hatte sie ihn seit dem Fiasko am Freitag beschattet.

Er drehte sich um und starrte durchs Panoramafenster nach draußen. Hatte sie ihn am Sonntagabend beobachtet, konnte sie in der Dunkelheit hinter den Büschen gekauert und jede seiner Bewegungen verfolgt haben.

Er fuhr zusammen, als ihm klarwurde, daß Gina auch jetzt dort draußen sein und ihm nachspionieren konnte.

Nein, heute nicht. Seit ihrer gestrigen Begegnung im D. C. General Hospital hatte er unterwegs immer wieder in den Rückspiegel gesehen – so häufig, daß er beinahe mehrere Unfälle verursacht hatte. Heute war er bei keiner seiner Fahrten beschattet worden.

Aber warum hatte sie erst heute hinter dem Buch nachgesehen? Warum nicht schon gestern? War irgend etwas passiert, das erneut ihren Verdacht erregt hatte?

Er schaltete auf schnellen Vorlauf, suchte die Stelle, an der die Frauen den Raum verließen, und konzentrierte sich auf Ginas letzten Blick zurück. Sie wirkte besorgt.

Ein Gedanke erschreckte ihn: Konnte sie von dem Präsidenten wissen?

Großer Gott, wenn Gina das herausbekam, war sie imstande, etwas Unüberlegtes, etwas Katastrophales zu tun.

Er nahm den Telefonhörer ab und tippte die Kurzwahlnummer seines Bruders ein.

»Oliver«, sagte er ohne weitere Vorrede, »hat Gina mit dir über unseren Spezialfall am Freitag gesprochen?« Er achtete darauf, den Präsidenten nicht am Telefon zu erwähnen.

»W-wie meinst du das?«

Olivers Zögern schien Duncans schlimmste Befürchtungen zu bestätigen.

»Hat sie eine Ahnung, wer er ist?«

»Äh, sie weiß es. Sie hat's erraten.«

»Wie zum Teufel . . .?«

»Sie hat Dr. VanDuyne erkannt und richtig vermutet, seine Begleiter seien Secret-Service-Leute gewesen. Danach hat sie nur noch zwei und zwei zusammenzählen müssen, glaub' ich.«

»Hast du ihren Verdacht bestätigt?«

»Nun, was hätte ich sonst tun sollen?«

»Verdammt noch mal, Oliver! Warum hast du nicht die Klappe gehalten?«

»Duncan, ich habe sie zu strikter Geheimhaltung verpflichtet. Du weißt, daß Gina zuverlässig ist. Findest du's nicht besser, ihren Verdacht zu bestätigen, als sie weiter neugierige Fragen stellen zu lassen?«

»Na ja, vielleicht hast du recht.« Er zügelte seinen Zorn. Oliver hatte nicht ahnen können, warum es wichtig gewesen wäre, Gina aus dieser Sache herauszuhalten. »Wann hat euer Gespräch stattgefunden?«

»Heute morgen gegen acht Uhr. Warum?«

»Ach, nur so. Wir sehen uns am Donnerstag.«

Er knallte den Hörer auf die Gabel, lief zwischen Tür und Fenster hin und her und blieb nur einmal kurz stehen, um den Videofilm zurückzuspulen.

Verdammt! Ginas Verdacht war erst heute morgen von Oliver bestätigt worden – und mittags war sie bereits hiergewesen, hatte sich für das TPD interessiert.

Die Chance seines Lebens. Der Präsident persönlich – der Oberbefehlshaber der Kakistokratie – würde sich nach seiner Anästhesie hier im VIP-Aufwachraum ausschlafen. Dieser Mann, der das Richtliniengesetz im Alleingang wiederbelebt und darauf bestanden hatte, es um Ethikvorschriften zu erweitern, und der die Kommission unermüdlich antreiben würde, bis ihr Teufelswerk getan war.

Und wenn schon! dachte Duncan. Schließlich hatte er nichts mit Lisas Tod zu tun. Warum soll ich ihn nicht unbehelligt lassen und mich damit begnügen, was ich bisher getan habe?

Weil ich's nicht kann. Noch nicht.

Er war außer Kontrolle, darüber war er sich im klaren. Er kam sich wie ein führerloser Zug vor, der eine Gefällestrecke hinunterraste. McCready hatte es begonnen, und Duncan würde es beenden. Diese Gelegenheit durfte er sich nicht entgehen lassen, eine weitere dieser Art würde er nie bekommen. Er würde diesen Wahnsinn in eine symmetrische Form zwingen … er würde den Kreis mit dem Präsidenten schließen.

Aber Gina Panzella war in der Lage, alles zu ruinieren. Das sah er auf ihrem Gesicht, das spürte er in seinen Knochen. Sie würde ihm wieder hineinpfuschen. Und das durfte er nicht zulassen. Erst recht nicht diesmal.

Der Videorecorder surrte und stieß die Kassette aus. Duncan zog sie heraus und starrte sie an.

Warum, Gina? Warum mußt du deine Nase andauernd in Dinge stecken, die dich nichts angehen?

Sein Zorn schwoll an, bis sein Kopf und seine Brust zu bersten drohten. Gina ließ ihm nur die Wahl zwischen zwei Möglichkeiten: Er mußte aufgeben oder sie irgendwie unschädlich machen.

Duncan stöhnte. Sie hatte ihn so in die Enge getrieben, daß er sich gegen sie zur Wehr setzen mußte. Vielleicht mußte er ihr sogar weh tun. Und er verabscheute sich selbst dafür.

Er schleuderte die Videokassette mit einem Schrei zu Boden und zermalmte sie unter seinem Absatz.

»Zum Teufel mit dir, Gina!«

32

Mittwoch

»Ich habe Ihnen etwas Wichtiges verschwiegen, Gina«, begann Duncan. »Aber heute morgen habe ich beschlossen, es Ihnen anzuvertrauen.«

Gina saß an diesem Spätvormittag vor seinem Schreibtisch und trank mit kleinen Schlucken eine Tasse seiner exotischen Kaffees – Jamaican Blue Mountain oder so ähnlich –, aber sie war zu nervös und argwöhnisch gewesen, um darauf zu achten. Sie hatte nachts kaum geschlafen, sondern über die Operation des Präsidenten nachgegrübelt. Gab es wirklich Gründe, sich deswegen Sorgen zu machen? Sollte sie irgend etwas unternehmen? Sollte sie wegen dieser Sache Gerry anrufen?

Sie hatte wieder beschlossen, es nicht zu tun. Diesmal gab es noch weniger Verdachtsmomente als im Fall Marsden. Gerry hielt sie bereits für leicht übergeschnappt. Wozu sollte sie ihn darin bestätigen?

Gina überlegte noch, was sie als nächstes tun sollte, als Duncan sie zu sich bat, Barbara erklärte, er wolle nicht gestört werden, und die Tür schloß. Er bot ihr eine Tasse Kaffee an und forderte sie auf, Platz zu nehmen.

Jetzt saß sie also nervös und steif in ihrem Stuhl, wärmte sich an der Tasse die kalten Hände und wartete ängstlich darauf, was kommen würde.

»Da Sie zum ärztlichen Personal dieser Einrichtung gehören, fällt alles, was ich jetzt sagen werde, unter die ärztliche Schweigepflicht. Ist das klar?«

»Selbstverständlich.«

»Gut.« Er lehnte sich zurück und legte seine Fingerspitzen aneinander. »Sie haben sich vielleicht gefragt, warum ich dem Personal übermorgen freigegeben habe. Das hat einen außergewöhnlichen Grund: Ich operiere den Präsidenten der Vereinigten Staaten.«

Gina merkte, daß sie ihn mit offenem Mund anstarrte. Duncan erzählte es ihr tatsächlich!

Duncan lächelte. »Ihr Gesichtsausdruck zeigt, daß Sie damit nicht im entferntesten gerechnet haben. Gut. Das beweist, daß unsere Sicherheitsvorkehrungen wirkungsvoll sind.«

Er sprach weiter und erzählte ihr das meiste, was sie gestern schon von Oliver gehört hatte: die Art des Eingriffs, die Motive dafür, die Gründe für die angeordnete strikte Geheimhaltung. Um Oliver nicht in Schwierigkeiten zu bringen, gab sie vor, das alles sei ihr völlig neu.

Während er weitersprach, arbeitete ihr Verstand auf Hochtouren, um die entscheidende Frage zu beantworten: Warum erzählte Duncan ihr alles, wenn er vorhatte, dem Präsidenten etwas anzutun?

»Sie müssen sehr stolz sein«, sagte sie, als er eine Pause machte.

»Nun, obgleich mir die Politik dieses Mannes widerstrebt, muß ich zugeben, daß es eine Ehre ist, als sein Chirurg ausgewählt worden zu sein.«

»Abgesehen von der Ehre«, meinte sie vorsichtig, »wundert es mich ein bißchen, daß Sie etwas tun, das ihm helfen könnte, wiedergewählt zu werden. Ich meine, schließlich ist doch bekannt, was Sie von ihm halten.«

Duncan machte eine wegwerfende Handbewegung, als wolle er ihre Worte beiseite schieben. »Das ist alles bloß eine verrückte Idee seiner Medienberater.« Er lächelte sarkastisch. »Als ob seine Augenlider dazu beitragen könnten, daß er die Wahl gewinnt oder verliert.«

»Aber Sie wissen bestimmt, was die Leute schon 1970 über Nixons abendlichen Stoppelbart in einer Fernsehdebatte gesagt haben?«

»Ich habe diese Debatte gesehen. Sein Stoppelbart ist das geringste seiner Probleme gewesen.«

»Sie wollen ihm also dazu verhelfen, jünger auszusehen.«

»Nein. In Wirklichkeit will ich die Lider ganz entfernen, damit er mit scheußlichen Glotzaugen herumlaufen muß.«

Ihr Puls beschleunigte sich. Das war nicht sein Ernst . . . oder? »Duncan, davon dürfen Sie nicht mal . . .«

»Nur ein Scherz. Hören Sie, der Präsident möchte von mir operiert werden, deshalb nehme ich den Eingriff vor. Im allgemeinen korrigiere ich keine einzeln auftretenden Defekte, aber da sein Gesicht sonst ziemlich jung aussieht, mache ich in seinem Fall eine Ausnahme.« Er grinste. »Und diese Operation ist *nicht* kostenlos, das können Sie mir glauben.«

»Wer assistiert Ihnen?« Oliver hatte ihr bereits gesagt, Dr. VanDuyne sei als Assistent vorgesehen, aber Gina wollte ihn entlasten, indem sie sich danach erkundigte.

Duncan beugte sich etwas nach vorn. »Deshalb habe ich Sie zu mir gebeten. Ich möchte, daß Sie mir assistieren.«

Gina starrte ihn an. Sie war sprachlos. Was um Himmels willen ging hier vor?

»Ich?«

»Ja, Sie. Dr. VanDuyne, der Arzt des Präsidenten, hat angeboten, mir zu assistieren. Das könnte er vermutlich, aber je länger ich darüber nachdenke, desto mehr möchte ich jemanden dabeihaben, der bereits mit mir gearbeitet hat. Sie haben schon Dutzende solcher Lidkorrekturen mit mir ausgeführt. Sollten Sie also am Freitag nichts anderes vorhaben . . .«

»Nein, bisher nicht.«

»Gut. Ich möchte auch, daß Sie den Präsidenten in der Aufwachphase betreuen. VanDuyne hat sich auch schon dafür angeboten, aber Sie haben mehr Erfahrung. Mir wär's lieber, wenn Sie das überwachen würden.«

»Klar«, sagte Gina, die allmählich ihre Fassung wieder zurückgewann. Sie kämpfte darum, die Orientierung nicht zu verlieren, und versuchte, sich nicht beeindrucken zu lassen. »Das übernehme ich gern.«

»Ausgezeichnet. In meiner Liquidation werde ich das großzügig bemessene Honorar der chirurgischen Assistentin gesondert ausweisen. Dieser Betrag geht dann direkt an Sie.«

Gina würde also bei dieser Operation des Präsidenten der Vereinigten Staaten assistieren *und* dafür gut bezahlt werden. Das nannte man zwei Fliegen mit einer Klappe schlagen ...

Noch verwirrender war jedoch, daß Duncan sie *gebeten* hatte, ihm zu assistieren. Wie konnte er irgendwelche finsteren Absichten verfolgen, wenn er auf ihrer Anwesenheit in OP und Aufwachraum bestand?

Hatte sie ihn also völlig zu Unrecht verdächtigt?

Nein, nicht völlig. Da war noch die TPD-Phiole, aber Gina spürte, wie ihre Nervosität abklang, wie ihre Nacken- und Schultermuskeln sich entspannten, als sei eine tonnenschwere Last von ihnen abgefallen.

Sie hörte nur mit halbem Ohr zu, als Duncan jetzt von dem Anästhesisten aus dem Bethesda Naval Hospital, den Sicherheitsmaßnahmen und der erforderlichen strikten Geheimhaltung berichtete.

»Sie dürfen mit niemandem darüber sprechen: nicht mit Ihrer besten Freundin, nicht mit Ihren Eltern, nicht einmal mit Ihrem Liebhaber beim FBI.«

»Wir sind nur Freunde«, sagte Gina hastig. Obwohl selbst diese Behauptung im Augenblick übertrieben sein mochte.

»Was auch immer. Nur der Secret Service, die am Freitagmorgen im OP 1 anwesenden vier Ärzte und mein Bruder wissen von diesem Eingriff. Wir fangen um halb acht an. Der Präsident und VanDuyne kommen um halb sieben. Sie, Oliver und der Anästhesist sind um sechs Uhr hier. Ich selbst schließe um fünf Uhr hier auf, damit die Geheimdienstleute das Gebäude sichern können – so haben sie's ausgedrückt, wenn ich mich recht erinnere. Gibt's damit irgendwelche Probleme?«

»Nein, keine.«

»Wunderbar. Oliver ist von dieser Sache übrigens restlos begeistert und will sie im voraus feiern. Ich finde das eher kindisch, aber wenn wir nicht eine Art Siegesfeier veranstalten, explodiert er noch. Da wir am Freitag alle früh aufstehen müssen und Oliver am liebsten italienisch ißt, habe ich uns für heute abend einen Tisch im Galileo reservieren lassen. Oliver und ich würden uns sehr freuen, wenn Sie auch kämen.«

Einen Tisch im Galileo. Jesus, das war das Viersternerestaurant, in das der Präsident mit seinen Freunden aus Hollywood ging, wenn sie nach Washington kamen. Gina merkte, daß sie selbst ganz aufgeregt wurde.

»Wie könnte ich zum Galileo nein sagen?«

»Ich fahre bei Oliver vorbei, und wir holen Sie um neunzehn Uhr dreißig ab.« Duncan stand auf. »Falls Sie keine weiteren Fragen mehr haben, schlage ich vor, daß wir uns wieder an die Arbeit machen.«

Gina nickte leicht benommen, stand ebenfalls auf und verließ sein Büro.

Das Leben war wirklich voller Überraschungen.

Duncan sah ihr nach, als sie hinausging, dann goß er sich eine weitere Tasse Kaffee ein.

Das hat ziemlich gut geklappt, dachte er grimmig. Fast zu gut.

Unter anderen Umständen hätte er diese Art Katz-und-Maus-Spiel vielleicht anregend gefunden. Aber nicht mit dieser speziellen Maus. Außerdem befand er sich geradezu unfair im Vorteil: Er wußte, was sie wußte, aber sie ahnte nicht einmal, daß er es wußte.

Gina faßte allmählich wieder Vertrauen zu ihm. Und er würde diese Tatsache nutzen, um sie auszuschalten.

Heute hatte er keine allzu hohe Meinung von sich selbst.

Sein Blick fiel auf einen Splitter aus schwarzem Plastikmaterial auf dem Teppich. Er bückte sich, um ihn aufzuheben. Ein Überbleibsel der Videokassette, die er gestern abend zertrampelt hatte. Nach diesem kleinen Wutanfall hatte er die Bruchstücke aufgesammelt und weggeworfen, bevor er eine neue Kassette in die Kamera einlegte. Danach hatte er seine Gefühle gezügelt und überlegt, wie er seine Karten am besten ausspielen konnte.

Als erstes würde er das TPD wieder in seinen Schreibtisch sperren und dafür sorgen, daß Gina keine weitere Gelegenheit fand, das Schloß zu knacken.

Dann würde er in die Offensive gehen. Gina hatte von der Operation des Präsidenten erfahren – trotz seiner Bemühungen, sie unbedingt geheimzuhalten. Jetzt den Rückzug anzutreten, wäre der schlimmste Fehler gewesen. Das hätte bewiesen, daß er etwas zu verbergen hatte. Also würde er das Gegenteil, das Unerwartete tun. Sie nicht aussperren, sondern bewußt einbeziehen. Ihr sein Blatt zeigen – aber nur die Karten, die sie schon kannte.

Genau das hatte er jetzt getan. Es war ihm gelungen, offen und freimütig zu wirken, daß es ihn beinahe selbst erschreckte.

Das Ergebnis: Gina war nicht nur völlig aus dem Gleichgewicht gebracht, sondern von der Idee, bei der Operation des Präsidenten assistieren zu dürfen, geradezu hingerissen. Sie fühlte sich *geehrt*, verdammt noch mal.

Vielleicht hatte er Gina überschätzt.

Er schüttelte seine Irritation ab und konzentrierte sich auf den letzten Aspekt seines Plans: Oliver aus dieser Sache herauszuhalten. Oliver nahm sich im allgemeinen mittwochs frei – so auch heute. Aber um ganz sicherzugehen, hatte er seinen Bruder angerufen und ihm erklärt, er dürfe ihr Telefongespräch von gestern auf keinen Fall Gina gegenüber erwähnen. Jedenfalls nicht, bis er Gelegenheit gehabt habe, selbst mit ihr zu reden.

Das war von entscheidender Bedeutung, denn falls Gina erfuhr, daß Duncan gewußt hatte, daß sie über den Präsidenten informiert gewesen war, zerbröckelte seine Glaubwürdigkeit – und damit sein ganzer Plan.

Jetzt mußte er die beiden nur noch bis zum Abendessen voneinander fernhalten.

Danach würde es keine Rolle mehr spielen.

Duncan rieb sich die müden, brennenden Augen. Wenn es nur eine andere Lösung gäbe! Er war die halbe Nacht auf und ab gelaufen und hatte sich den Kopf zermartert, um eine zu finden. Aber ihm war nichts eingefallen.

Sein Magen rebellierte, daß ihm fast übel wurde.

Wollte Gott, dieser Abend wäre schon vorüber!

Ihr Telefon klingelte. Der Anrufer war Duncan.

»Sind Sie fertig?«

»Klar bin ich fertig«, antwortete Gina. »Sie haben neunzehn Uhr dreißig gesagt, stimmt's? Sagen Sie bloß nicht, daß Sie noch zu Hause sind.«

»Ich fahre gerade über die Ellington. Ich bin gleich bei Ihnen.«

Die Segnungen der Technik, dachte Gina, während sie auflegte.

Der Anruf bedeutete vermutlich, daß sie Duncan nicht warten lassen sollte. Die Duke Ellington Bridge war keine Minute entfernt, und er rechnete sicher damit, daß sie unten in der Eingangshalle stehen würde, wenn er ankam. Oliver würde gern bereit sein hinaufzulaufen und sie abzuholen, aber warum sollte sie ihm diese Mühe nicht ersparen?

Gina warf einen letzten prüfenden Blick in den Wandspiegel. Das kleine Schwarze, das nach Ansicht ihrer Mutter in die Garderobe jeder Frau gehörte, war für heute abend ideal. Nach ihrer Rückkehr aus Louisiana hatte sie sich ein schickes Cocktailkleid von Donna Karan geleistet – figurbetont, mit straßbesetztem Ausschnitt. Dazu trug sie eine kurze Perlenkette und Perlenohrringe. Dezent und elegant. Genau der richtige Look für all die Empfänge auf dem Kapitolshügel, von denen Gina immer träumte. Bisher hatte das Kleid nur im Schrank gehangen. Aber heute abend erlebte es seine Premiere. Im Galileo. Kein allzu schäbiger Ort dafür.

Der Wettervorhersage nach sollte es regnen, daher hängte sie sich ihren Regenmantel um und lief die Treppe hinunter. Im selben Moment fuhr der schwarze Mercedes vor. Duncan stieg aus, um ihr die Beifahrertür zu öffnen. Beim Einsteigen warf sie einen Blick in den Fond. Dort saß niemand.

»Wo ist Oliver?«

»Der fühlt sich nicht besonders. Diese Magensache, die im Augenblick grassiert. Er hat mich gebeten, ihn zu entschuldigen und Ihnen auszurichten, daß er heute abend nicht mal im Galileo einen Bissen runterbrächte.«

»Oh, wie schrecklich! Am besten rufen wir ihn gleich nach dem Essen an und fragen, wie's ihm geht.«

»Ich glaube, er wollte ins Bett gehen und sich bis morgen früh die Decke über den Kopf ziehen.«

»Hat er jemanden, der sich um ihn kümmert?« Gina konnte der Versuchung nicht widerstehen, ihre Neugier in bezug auf Oliver zu befriedigen. »Jemanden, der nach ihm sieht?«

»Oliver gehört zu den selbständigsten Menschen, die ich kenne. Einmal in der Woche kommt seine Putzfrau, aber ansonsten lebt er allein und ist durchaus glücklich dabei. Keine Frau, keine Kinder, keine Geliebte... und homosexuell ist er auch nicht.«

»Ich habe nie geglaubt...«

»Hätten Sie's getan, wären Sie nicht die erste gewesen.«

»Der Ärmste! Er tut mir wirklich leid. Ist dieses Dinner nicht seine Idee gewesen?«

»Ich wollte es absagen, aber er hat darauf bestanden, daß wir Sie nicht versetzen. Also muß ich heute abend nicht nur ich selbst, sondern auch Oliver sein.«

»Heißt das, daß Sie für zwei essen werden?«

»Ja. Mit viel Knoblauch.«

Gina fiel auf, daß Duncans Lächeln leicht gezwungen wirkte. Er sah nervös aus, hielt sich ziemlich steif. Insgesamt schien er sich nicht recht wohl zu fühlen. Ihretwegen? War ihm etwa unbehaglich zumute, weil er mit einer jungen Angestellten ausging?

Dabei scherte er sich meist den Teufel darum, was andere über ihn dachten.

Der Mercedes glitt die Connecticut Avenue entlang wie ein Schlachtschiff über einen See. Gina saß zum erstenmal in Duncans Wagen. Sie kam sich unverwundbar vor, während sie beobachtete, wie die Hotels und Geschäfte jenseits der getönten Scheiben vorbeizogen. Der Mercedes fuhr um den Dupont Circle, bog rechts in die M Street ab und noch einmal links in die 21st Street, dann waren sie da.

»Galileo«, sagte Duncan, als sie ins Parkhaus daneben fuhren. An der Fassade eines Gebäudes, das wie ein Bürohaus aussah, befand sich eine schlichte kastanienbraune Markise. »Der Freßtempel der dekadenten Elite!«

»Wo als Gourmets getarnte Gourmands sich ganz gelöst geistreich gesprächig geben können«, ergänzte sie spöttisch.

Duncan starrte sie sekundenlang an, bevor er sagte: »Ausgezeichnet, meine Liebe, das gefällt mir!«

Aber er lächelte nicht. Sein Gesichtsausdruck war eigenartig. Fast ... schmerzlich.

Was hat er heute abend bloß? fragte Gina sich.

Ihr Manhattan vor dem Dinner war perfekt, die Mezze Lune di Granachio superb, der Service mustergültig und der Wein, den Duncan bestellt hatte – ein 1984er Amarone –, samtweich. Lediglich die eher karge Innenausstattung des Lokals war eine Überraschung für Gina. Keine schweren mediterranen Möbel und Vorhänge. Die Einrichtung war leicht und elegant, auf Understatement ausgerichtet. Die Stimmung an ihrem Tisch jedoch war alles andere als leicht. Einige Male drohte die Unterhaltung sogar ins Stocken zu geraten – etwas, das sie in Duncans Gegenwart für unmöglich gehalten hätte. Er ereiferte sich nicht, verfiel in keine einzige Tirade. Auch als Larry King und Senator Rockefeller eintrafen und am übernächsten Tisch Platz nahmen, konnte Duncan sich lediglich zu ein paar abfälligen Bemerkungen aufraffen. Manchmal ertappte Gina ihn dabei, daß er sie durchdringend anstarrte; dann schien er wieder meilenweit entfernt zu sein. Er rührte sein Essen kaum an und nippte nur von seinem Wein, schenkte ihr aber häufig nach. Ob er sich vielleicht bei Oliver angesteckt hatte?

Gina wünschte sich, dieses Puzzle von Mann in den Griff zu bekommen. Sobald sie glaubte, es geschafft zu haben, tauchte unvermutet ein weiteres Teilchen auf, das sie zwang, das gesamte Puzzle neu zusammenzusetzen. Sie beobachtete, wie er ziemlich lange in sein halbleeres Weinglas starrte.

»Alles in Ordnung mit Ihnen?«

Er sah auf. »Hmmm? Ja. Danke.«

»Sie wirken bedrückt.«

Er zuckte mit den Schultern. »Ich denke nur über das Leben nach – über die Irrungen und Wirrungen, mit denen es uns narrt. Über die grausamen Streiche, die es uns spielt.«

»Manche der Streiche sind komisch«, wandte sie ein.

»Manchmal manövrieren wir uns selbst in eine Ecke«, fuhr er fort, als habe sie nichts gesagt, »und verabscheuen dann die Mittel, die wir gebrauchen müssen, um uns daraus zu befreien.«

Was war bloß heute abend mit ihm los?

»Möchten Sie ein Dessert?« fragte er, als der Ober ihre Teller abtrug.

»Oh, ich kann bestimmt nichts mehr essen. Aber ein Kaffee wäre gut.«

»Den überlassen Sie lieber mir«, sagte er. »Auch wenn das Galileo eines der besten hiesigen Restaurants ist, hält sein Kaffee keinen Vergleich mit meinem aus. Wir trinken noch einen *echten* Kaffee bei mir im Büro.«

Sie überlegte, ob sie dankend ablehnen sollte, aber dann erkannte sie, daß sie ihn nicht um sein Kaffeeritual bringen durfte. Vielleicht war das ein Mittel gegen seine trübselige Stimmung. Außerdem bedeutete das nur ein paar Minuten Umweg.

Als Duncan gezahlt hatte, erhob sich Gina und merkte, daß sie nicht ganz sicher auf den Beinen stand. Kein Wunder, nachdem sie den Amarone fast allein getrunken hatte.

Während Gina versonnen den Steingartenteich vor dem Panoramafenster betrachtete, fragte sie sich, ob es einen Ort auf der Welt gab, an dem sie sich weniger wohl gefühlt hätte als in Duncans Büro. Hier hatte sie das Schloß seiner Schreibtischschublade geknackt und erst gestern nach dem im Bücherregal versteckten TPD gesucht. Und hier war er nur wenige Schritte entfernt damit beschäftigt, ihr den angeblich besten Kaffee der Welt zu brauen.

Sie kam sich abscheulich vor.

Immerhin schien die Aussicht auf guten Kaffee Duncan wieder etwas aufgemuntert zu haben. Vielleicht war das den ganzen Abend lang sein Problem gewesen – Koffeinentzug.

»Endlich!« sagte Duncan und kam mit zwei dampfenden Tassen auf sie zu. »Der perfekte Kaffee nach dem Essen.«

Gina nahm ihre Tasse entgegen und roch daran. »Lakritze?«

»Ich weiß, ich weiß. Sie müssen mir versprechen, niemandem zu erzählen, daß ich meinen eigenen Kaffee durch Zusätze verdorben habe. Aber nach einem Abend mit italienischer Küche hab' ich's für angebracht gehalten, einen Schuß Sambuca zuzugeben.«

Sie kostete einen Schluck und mußte sich beherrschen, um nicht das Gesicht zu verziehen. Bitter. Sie schmeckte Kaffee und den Lakritzengeschmack von Sambuca, aber auch noch etwas anderes, das sie nicht identifizieren konnte.

»Hmmm«, meinte sie. »Ungewöhnlich.«

»Ein spezieller schwarzer Sambuca«, erklärte er ihr, während er seinen Kaffee schlürfte. »Trinken Sie nur!«

Gina versuchte noch einen Schluck. Ganz entschieden nicht ihr Geschmack, aber sie konnte das Zeug nicht gut wegkippen, nachdem er sich die Mühe gemacht hatte, es für sie zuzubereiten. Um nicht unnötig lange leiden zu müssen, trank sie den Kaffee rasch aus.

»Noch eine Tasse?« fragte Duncan.

»Nein, danke«, wehrte sie ab. »Mit Manhattan, Amarone und Sambuca habe ich mein Limit bestimmt schon überschritten.«

Das war eine Untertreibung. Gina fühlte sich jetzt ziemlich schwindlig.

»Vielleicht bringe ich Sie lieber nach Hause«, schlug er vor.

»Das wäre wohl das beste«, meinte sie. »Es tut mir leid, Duncan.«

»Sie brauchen sich nicht zu entschuldigen. Sie müssen ja nicht fahren, also was soll's?«

Draußen hatte Nieselregen eingesetzt. Im Mercedes bewirkten unzählige Lichtreflexe von Autoscheinwerfern und Leuchtreklamen in den Wassertropfen auf den Scheiben, daß ihr Magen langsam zu rebellieren begann. Gina kniff die Augen zusammen und atmete tief durch. Sie wollte lieber sterben, als sich in Duncans Wagen zu übergeben.

In der Kalorama Road parkte er in der zweiten Reihe, ließ sich ihre Wohnungsschlüssel geben und begleitete sie hinauf. Nachdem er sie in ihr Apartment eingelassen hatte, trat er wieder über die Schwelle zurück.

»Kommen Sie allein zurecht?«

»Ja, natürlich. Danke für die Einladung. Und entschuldigen Sie, daß ich . . .«

»Denken Sie nicht mehr daran. Ich hätte Ihnen diesen gepanschten Kaffee nicht geben sollen.«

Seine Stimme klang merkwürdig, als er das sagte, aber sein Gesichtsausdruck war unergründlich. Oder lag das daran, daß sie alles verschwommen sah?

»Gute Nacht, Duncan.«

»Gute Nacht. Am besten gehen Sie gleich ins Bett.«

»Oh, das tue ich bestimmt!«

Sobald die Tür hinter ihr ins Schloß gefallen war, machte Gina sich auf den Weg ins Bad. Aber sie mußte sich nicht übergeben. Die Übelkeit war noch da, aber seit ihre Umgebung sich nicht mehr bewegte, schien sie abgeklungen zu sein.

Sie überlegte, ob sie duschen sollte, war aber eigentlich schon zu müde dafür. Sie wollte nur noch ins Bett.

Gina ließ ihren Regenmantel von den Schultern gleiten und warf ihn auf einen Stuhl. Sie setzte sich aufs Bett, streifte ihre Strumpfhose ab und fing dann an, ihr Kleid aufzuknöpfen. Aber lange vor dem letzten Knopf ließ sie sich zurücksinken und schloß die Augen. Nur für eine Sekunde . . . nicht länger als eine Minute . . . dann würde sie sich weiter ausziehen . . .

33

Donnerstagmorgen

Gina wachte mit Leim im Mund, Sand in den Augen und Heavy-Metal-Rhythmen in den Ohren auf. Sie wälzte sich aus dem Bett und stolperte mit ausgestreckter Hand auf die Schlummertaste ihres Radioweckers zu. Er blieb ständig auf einen Sender eingestellt, der solche Musik brachte. Davon wachte sie todsicher auf. Und sie hielt es nicht im Bett aus, solange dieses Zeug aus dem Lautsprecher dröhnte.

Aber nun wünschte sie sich, sie hätte etwas anderes eingestellt – *irgendwas* anderes –, bevor sie gestern abend weggekippt war. Lärm bedeutete heute morgen Schmerz, aber Speed Metal grenzte an Folter. Der hämmernde Baß- und Schlagzeugrhythmus schien direkt in ihr Großhirn zu dringen. Eine dieser Gruppen hätte sich Torquemada nennen können.

Sie schlug mit einer Faust auf die Schlummertaste, drehte sich um und wankte zu ihrem Bett zurück. Als sie an sich herabblickte, sah sie, daß sie noch immer ihr Kleid trug. Verdammt! Es sah schlimm aus. Aber wahrscheinlich nicht schlimmer als sie.

Sie fiel wie ein gefällter Baum nach vorn aufs Bett.

Warum fühlte sie sich so verdammt schlecht? *So* viel hatte sie gestern abend eigentlich nicht getrunken. Aber vielleicht war die Kombination daran schuld.

Jedenfalls gefiel ihr dieser Zustand nicht. Ihr Magen rebellierte, und ihr Kopf ... Jesus, ihr *Kopf*.

Sie war gerade eingedöst, als wieder Gitarrenriffs durchs Schlafzimmer heulten. Diesmal stand sie auf und stellte das Radio ab. Dann stolperte sie ins Bad und streifte unterwegs ihr Kleid ab. Sie betrachtete sich im Spiegel.

Würg. Gräßlich. Einfach gräßlich.

Gina drehte die Dusche an und wartete, bis das Wasser warm war, dann stellte sie sich darunter und ließ es auf Kopf und Körper prasseln.

Himmel, das tat gut.

Sie begann sich einzuseifen, fing mit ihrem Gesicht an und arbeitete sich weiter nach unten vor. Heißes Wasser und viel Schaum belebten sie allmählich wieder. Sie kam aus dem Reich der Toten zurück, kehrte in die Welt der ...

»Aua!«

Sie verdrehte den Kopf und betrachtete die Außenseite ihres rechten Oberschenkels. Dort hatte sie beim Waschen einen stechenden Schmerz gefühlt. Eine bestimmte Stelle war druckempfindlich.

Sie fuhr mit einer Hand darüber und entdeckte eine leichte Prellung. Anscheinend war sie gestern abend auf ihrem Weg ins Bett gegen eine Tisch- oder Nachttischecke gestoßen.

Augenblick ... diese Schwellung befand sich mehr auf der Rückseite ihres Oberschenkels. Um sich dort anzustoßen, hätte sie rückwärtsgehen müssen.

Sie stemmte den rechten Fuß gegen den Rand der Duschwanne und sah sich die Stelle genauer an. Mehr als bloß eine Prellung. Die Haut war verletzt. In der Mitte der Schwellung befand sich ein kleiner halbkreisförmiger Einschnitt. Fast wie der bei ... Senator ... Marsden ...

Als ihre Knie nachgaben, hielt Gina sich am Handtuchhalter fest.

Nein, halt, Augenblick! sagte sie sich, während das ganze Bad um sie herum schwankte und sie darum kämpfte, ihr Gleichgewicht zu halten. Das ist verrückt! Das ist unmöglich!

Aber als sie nachsah, war der winzige Einschnitt noch immer vorhanden. Sie fuhr mit einem Finger darüber. Die Ränder waren leicht erhöht. Der Einschnitt mußte also frisch sein. Als sie die Haut zusammendrückte, erschien in seiner Mitte ein winziger Tropfen Blut. Gina erforschte die Umgebung der Schwellung, tastete das subkutane Fettgewebe ab, suchte ...

Ihre Finger erstarrten. Bildete sie sich das nur ein, oder war dort wirklich etwas? Ein Gegenstand, der weich wie Fett, aber für Fett zu glatt war. Etwas Längliches, Zylinderförmiges – wie ein Implantat.

Das Bad schwankte erneut. Und obwohl weiter heißes Wasser über ihren Körper lief, war ihr plötzlich kalt. Und übel. Sie trat aus der Duschkabine, beugte sich tropfnaß über das WC und würgte. Aber sie konnte sich nicht übergeben.

In ihrem Kopf hämmerte es noch schmerzhafter, als sie auf die Knie sank. Sobald der Raum zu schwanken aufgehört hatte, untersuchte sie ihren Oberschenkel genauer. Diesmal berührte sie die Schwellung ganz vorsichtig. Falls sich darunter wirklich etwas befand, falls dieses Etwas ein Implantat war, wollte sie es nicht aus seiner Ruhelage oder gar zum Zerplatzen bringen.

Aber konnte dort tatsächlich ein Implantat stecken? Duncan hatte sie nach Hause gebracht, und sie hatte die Tür hinter sich geschlossen ...

Augenblick. Duncan hatte ihre Schlüssel gehabt. Er hatte ihr die Tür geöffnet und sie eingelassen. Und dann war er gegangen. Hatte er ihr die Schlüssel zurückgegeben? Nein. Hatte sie gesehen, daß er sie irgendwo hingelegt hatte? Wieder nein. Sie hatte überhaupt nicht viel wahrgenommen. Das Schloß ihrer Tür schnappte von selbst ein, und sie hatte sich nicht die Mühe gemacht, die Sicherheitskette einzuhängen, da sie nur noch ins Bett wollte.

Gina kam mühsam auf die Beine, wickelte sich in ein Badetuch und stellte die Dusche ab. Sie hatte eine Gänsehaut.

Der Kaffee gestern abend in Duncans Büro. Sie hatte angenommen, der bittere Beigeschmack komme von einem speziellen schwarzen Sambuca, den Duncan angeblich hineingekippt hatte. Aber es konnte auch etwas anderes gewesen sein. Zum Beispiel Chloralhydrat.

Ganz altmodische K.-o.-Tropfen.

Duncan hatte ihre Schlüssel gehabt. Er konnte sie behalten haben und ein paarmal um den Block gefahren sein, um danach zurückzukommen, die Wohnungstür aufzuschließen und ihr ein Implantat in den Oberschenkel einzupflanzen, während sie bewußtlos war.

Sie tropfte noch immer, als sie aus dem Bad zur Wohnungstür stolperte. Die Kette war nicht vorgelegt, aber sie konnte sich nicht daran erinnern, sie eingehakt zu haben. Und ihre Schlüssel ...

Gina sah sich um und entdeckte sie auf dem Couchtisch.

Aber natürlich hatte er sie dort zurückgelassen, sobald er mit ihr fertig war. Was hätte er mit ihren Schlüsseln anfangen sollen?

Aber weshalb? Warum hatte er ihr das angetan, nachdem er sie erst wenige Stunden zuvor gebeten hatte, bei der Operation des Präsidenten zu assistieren? Das ergab keinen Sinn. Es sei denn ...

Es sei denn, er glaubte, sie wisse zuviel. Was war, wenn er von der Sache mit dem FBI, dem fingierten Unfall und der an Senator Marsdens Bein vorgenommenen Kernspinresonanztomographie erfahen hatte? Was war, wenn Oliver ihm erzählt hatte, Gina habe erraten, daß er den Präsidenten operieren werde? Er würde dafür sorgen wollen, daß sie außer Gefecht war. Noch *vor* Freitag. Er würde ...

Das Telefon klingelte. Ihre Hand zitterte, als sie den Hörer abnahm. Als sie Duncans Stimmer erkannte, hätte sie beinahe aufgeschrien.

»Na, wie geht's Ihnen heute morgen?«

Sie zwang sich dazu, ihre Angst, ihren Abscheu zurückzuhalten und gelassen zu antworten. »Ganz gut – bis auf leichte Kopfschmerzen.«

»Das freut mich. Gestern abend sind Sie wirklich in Fahrt gewesen. Ich hatte schon Angst, Sie würden ...«

»Duncan!« Gina konnte sich plötzlich nicht länger beherrschen. »Duncan, wie konnten Sie mir das antun?«

»Was antun?«

»Das wissen Sie verdammt genau! Sie haben mir heute nacht ein Implantat eingepflanzt.«

»*Was*? Augenblick mal, bitte.«

Er läßt mich warten! dachte sie. Nicht zu fassen!

Als sie eben den Hörer auf die Gabel knallen wollte, hörte sie ein Klicken und drückte ihn wieder ans Ohr.

»Also, Gina«, sagte Duncan. »Ich verstehe Ihre Aufregung nicht. Was soll ich Ihrer Meinung nach getan haben?«

»Spielen Sie nicht den Ahnungslosen, Duncan. Ich weiß genau, was Sie getan haben. Sie haben mich gestern mit K.-o.-Tropfen außer Gefecht gesetzt und mir ein mit TPD gefülltes Implantat in den Oberschenkel eingepflanzt.«

»Sie glauben, ich hätte bei Ihnen eingebrochen und einen Eingriff an Ihnen vorgenommen? Und was ist TPD?«

»Sie wissen verdammt genau, was das ist! Es ruft psychotische Symptome hervor.«

»Gina, hören Sie mir zu. Denken Sie mal nach. Wozu hätte ich mich mit einem Implantat aufhalten sollen, um Ihnen dieses Zeug beizubringen? Wär's nicht einfacher gewesen, Ihnen eine Spritze zu geben?«

Das verblüffte sie einen Augenblick. Richtig, warum hatte er ihr das TPD nicht einfach injiziert? Aber dann wurde ihr der Grund dafür klar.

»Weil Sie gestern mit mir ausgegangen sind. Man hat uns zusammen gesehen. Sie wollen eine ausreichende Pufferzone zwischen dieser Zeit und dem Zeitpunkt, an dem ich einen Nervenzusammenbruch bekomme.«

»Ich fürchte, daß Sie bereits einen haben, Gina.«

»Das sollen die Leute wohl glauben, was? Aber eines garantiere ich Ihnen, Duncan . . .«

»Haben Sie genug gehört, Barbara?«

Und dann hörte Gina Barbaras vor Mitleid heisere Stimme. »Gina, Sie müssen sich beruhigen. Wir sind alle Ihre Freunde. Wir wollen Ihnen nur helfen. Bitte! Das müssen Sie glauben.«

Gina wäre fast der Telefonhörer aus der Hand gefallen. »O Gott! Barbara! Merken Sie nicht, daß er Sie reinlegt!«

Dieses Schwein! Während er sie hatte warten lassen, hatte er Barbara dazugeschaltet. Jetzt hatte er eine Zeugin dafür, daß sie vor ihrem völligen Zusammenbruch wilde Anschuldigungen ausgestoßen hatte.

»Bleiben Sie einfach, wo Sie sind, Gina«, sagte Duncan beschwichtigend. »Ich verständige einen Krankenwagen, der Sie abholt. Wir bringen Sie in eine Klinik, in der Sie die Hilfe bekommen, die Sie brauchen.«

»NEIN!«

Gina knallte den Hörer auf die Gabel und lief ins Schlafzimmer.

»Verdammte Idiotin! Wie konnte ich nur so *dumm* sein?«

Sie zog sich hastig an. Sie mußte von hier weg. Ihr war jetzt alles klar . . . Er hatte die ganze Sache äußerst clever eingefädelt. Erst das Täuschungsmanöver mit Marsden. Anscheinend hatte sie sich ihren Verdacht zu deutlich anmerken lassen. Deshalb hatte er sie auf eine falsche Fährte gelockt. Indem er den Oberschenkel des Senators mit einem leeren Trokar punktierte, hatte er erreicht, daß sie sich völlig lächerlich machte. Aber das war zu verschmerzen. Jetzt wurden ihr Geisteszustand und ihr Urteilsvermögen angezweifelt.

Aber wie um Himmels willen konnte *er* wissen, wieviel *sie* wußte? Es sei denn, er hätte in seinem Büro eine Überwachungskamera installiert . . .

Großer Gott! War das möglich? Dann hätte er mitbekommen, wie sie das Schloß seiner Schublade geknackt und vorgestern hinter dem dicken grünen Buch nachgesehen hatte. Sie stöhnte laut auf. Kein Wunder, daß er sie beseitigen wollte.

Gina zog ein Sweatshirt, Jeans und Tennisschuhe an, nahm ihre Handtasche und lief zur Wohnungstür. Aber dann blieb sie auf der Schwelle abrupt stehen.

Wohin will ich eigentlich?

Zu ihren Eltern? Dort würde er sie zuerst suchen. Und sie wollte ihre Familie nicht in diese Sache hineinziehen.

Gerry? Er hegte große Zweifel an ihrer Glaubwürdigkeit. Aber diesmal hatte sie einen Beweis. Hier in der Fettschicht ihres rechten Beins steckte ein Implantat.

Sie lief zum Telefon und tippte Gerrys Privatnummer ein. Er würde noch zu Hause sein. Das hoffte sie zumindest. Als das Telefon zu klingeln begann, bemühte Gina sich, ihre Stimme unter Kontrolle zu bringen. Das, was sie sagte, mußte vernünftig klingen, auch wenn es *verrückt* war. Wie konnte sie ihm alles mit möglichst wenigen Worten erklären? Und dabei glaubwürdig erscheinen? Sie mußte erreichen, daß Gerry ihr *glaubte*.

»Gerry, ich bin's – Gina.«

Gerry wurde es warm ums Herz, als er die vertraute Stimme hörte; zugleich empfand er leichtes Schuldbewußtsein und eine gewisse Erleichterung. Er hatte schon lange mit Gina reden wollen, sich aber nicht dazu durchringen können, sie anzurufen. Letzte Woche war er ziemlich hart mit ihr ins Gericht gegangen. Er war froh, daß sie jetzt die Initiative ergriff. Andererseits beunruhigte ihn der Anruf, weil ihre Stimme so angestrengt nervös klang.

»Hallo, Gina. Ich wollte dich schon längst anrufen.«

»Ich habe nicht viel Zeit, deshalb mußt du mir bitte gut zuhören. Heute nacht hat Duncan mir eines dieser Implantate in mein rechtes Bein eingepflanzt, während ich geschlafen habe. Es steckt noch immer darin.«

Er ächzte vernehmlich. Nicht schon wieder!

»Ach, Gina! Du mußt dir wirklich . . .«

Gina sprach hastig weiter. »Hör mir *bitte* zu, Gerry. Ich bilde mir das nicht nur ein. Es gibt zwei Fakten, die du überprüfen kannst. Das erste ist natürlich das Implantat in meinem Oberschenkel. Ich weiß, daß es darin steckt. Ich kann es ertasten. Es ließe sich durch eine Tomographie nachweisen, aber ich möchte es möglichst bald herausoperieren lassen. Das zweite ist der Grund, aus dem Duncan mich außer Gefecht setzen will: Er nimmt morgen einen kosmetischen Eingriff am Präsidenten vor.«

Gerry schloß die Augen. Arme Gina. Duncan Lathram schlägt wieder zu: zuerst Senator Marsden, jetzt der Präsident.

»Ich weiß, was du denkst, Gerry«, fuhr sie fort, »und ich kann's dir nicht mal verübeln. Aber du mußt diese Sache überprüfen. Du kennst bestimmt jemanden beim Secret Service.«

»Yeah, ich kenne ein paar der Jungs.«

Gerry fiel dabei sofort Bob Decker ein. Er tat im Weißen Haus Dienst. Wenn irgend jemand den genauen Terminplan des Präsidenten kannte, dann war es Decker.

»Gut. Ruf einen von ihnen an. Ruf sie alle an. Laß dir bestätigen, was ich dir über die Operation des Präsidenten erzählt habe. Sobald diese Tatsache feststeht, glaubt ihr alle vielleicht eher, daß ich nicht völlig verrückt bin.«

»Ich halte dich nicht für verrückt«, sagte er und hoffte, daß das überzeugend klang.

»Du bist ein sehr schlechter Lügner. Aber laß mich bitte nicht im Stich. Ruf deine Kollegen beim Secret Service an. Danach können wir uns darum kümmern, daß dieses Ding aus meinem Bein entfernt wird, und Duncan das Handwerk legen, bevor er etwas Katastrophales tut. *Bitte*! Ich bitte dich darum.«

Der unüberhörbar verzweifelte Klang ihrer Stimme war stärker als Gerrys rationale Einwände dagegen, sich schon wieder aufs Glatteis führen zu lassen.

Sie hat Angst, dachte er. Schreckliche Angst.

»Okay. Ich rufe im Weißen Haus an.« Das war das mindeste, was er tun konnte. Und was konnte das schaden? »Aber es kann einige Zeit dauern, bis ich eine Antwort bekomme. Diese Leute sitzen nicht untätig herum und warten auf einen Anruf. Ist der Präsident irgendwo unterwegs, begleiten sie ihn.«

»Es ist noch früh. Vielleicht kannst du jemanden erwischen.«

»Ich werd's versuchen.«

»Danke. Das ist fast mehr, als ich erhoffen konnte.«

Sie wirkte nicht nur ängstlich, sondern auch einsam. Ohne einen Freund auf dieser Welt.

»Wo bist du zu erreichen? Zu Hause?«

»Gott, nein! Er will kommen und mich holen. Ich rufe dich später zurück. Wenn ich an einem sicheren Ort bin.«

Ach, Gina.

»Willst du zu mir kommen«, fragte er. »Martha ist dann in der Schule. Du könntest bleiben, bis ich Nachricht vom Secret Service habe.«

Gerry wollte, daß sie in Sicherheit war. Was sollte er mit ihr machen? Er mußte dafür sorgen, daß ihr geholfen wurde. Vielleicht konnte er sich mit ihren Eltern in Verbindung setzen und sie wissen lassen, daß Gina einen Nervenzusammenbruch erlitten hatte.

»Vielleicht später. Wenn dieses Ding aus meinem Bein entfernt ist, muß ich mich irgendwo erholen. Aber im Augenblick bleibe ich lieber in Bewegung.«

Gerry biß sich auf die Unterlippe. Er wollte sie auf keinen Fall drängen, nicht in dieser geistigen Verfassung.

»Okay. Du mußt selbst wissen, was du tust. Aber bleib in Verbindung. Melde dich zwischendurch.«

»Worauf du dich verlassen kannst!« Sie machte eine Pause. »Und du rufst *wirklich* an, ja? Das behauptest du nicht nur, um mich zu beruhigen?«

»Ich rufe an, Ehrenwort.«

»Danke, Gerry.« Ihre Stimme klang sanfter. »Danke, daß du mir zugestehst, ich könnte in dieser Sache vielleicht recht haben. Nach dem Freitag letzter Woche ist das für dich sicher nicht leicht.«

»Schon gut, Gina.«

Nachdem Gerry aufgelegt hatte, blieb er sitzen und starrte sein Telefon an. Er hatte keine Lust, als Trottel dazustehen, wenn er Bob Decker anrief, um ihn zu fragen, ob der Präsident sich morgen einer kosmetischen Operation unterziehe. Erst mußte er über das Marsden-Debakel hinwegkommen. Besonders witzige Kollegen kamen noch immer zu ihm herauf und boten ihm die Brooklyn Bridge zum Verkauf an.

Er schlug Bob Deckers Durchwahlnummer im Weißen Haus nach und rief ihn an. Vor einigen Jahren hatte er sich mit Decker angefreundet, als ein Erpresser, gegen den das FBI ermittelte, sich auch als Geldfälscher erwies, so daß der Secret Service hinzugezogen wurde. Die beiden trafen sich gelegentlich auf einen Drink.

Gerry war überrascht, wie erleichtert er war, als er hörte, Decker sei nicht erreichbar. Für den Rückruf hinterließ er seine Büronummer.

Deckers Anruf kam, als Gerry gerade seinen Arbeitsplatz erreicht hatte. Nach der üblichen Wie-geht's-immer-Einleitung holte Gerry tief Luft und stürzte sich ins kalte Wasser.

»Hör zu, Bob. Ich rufe an, weil ich gerüchteweise gehört habe, daß der Präsident sich morgen das Gesicht liften läßt. Ist da irgendwas dran?«

Decker räusperte sich. »Das Gesicht liften? Morgen? Sehr witzig! Wo hast du *das* gehört?«

»Auf die übliche umständliche Weise. Jemand hat's von jemandem erfahren, dessen Großtante es zufällig im Waschsalon mitbekommen hat – oder so ähnlich. Ich wollte dich bloß fragen, damit ich die Sache abhaken kann. Oder falls es stimmt, würdet ihr bestimmt wissen wollen, daß die Neuigkeit bereits die Runde macht.«

»Danke, Gerry. Das ist nett von dir.«

»Also?«

»Also was?«

»Ist's wahr?«

»Der Präsident fliegt schon morgen früh übers Wochenende nach Camp David, und ich begleite ihn.« Bob lachte halblaut. »Mann, wird der sauer sein, wenn er das hört! Ich *weiß*, daß ihm nicht einmal im Traum einfallen würde, sich das Gesicht liften zu lassen. Wer läßt sich bloß solche verrückten Storys einfallen?«

»Verrückte, denk' ich«, sagte Gerry trübselig.

»Trotzdem vielen Dank, daß du an mich gedacht hast. Diese Sache kannst du abhaken, aber ruf mich an, wenn du mal wieder so was hörst.«

»Wird gemacht.«

Klasse, dachte Gerry, als er auflegte. Der Präsident ist morgen nicht mal hier.

Wenigstens sagte Bob Decker das. Aber das brauchte nicht zu stimmen. Hatte er Anweisung, niemandem davon zu erzählen, würde er dichthalten – auch dem FBI gegenüber.

Wem sollte er glauben? Vor einer Woche wäre die Entscheidung klar gewesen. Aber seit dem Fiasko mit Marsden . . .

Kaffee schwappte über den Becherrand, als Gerry mit einer Faust auf den Schreibtisch schlug.

Verdammt, was sollte er bloß Gina erzählen?

Und wo steckte sie jetzt? Raste sie mit ihrem Wagen kreuz und quer durch die Stadt? Oder hockte sie im hintersten Winkel eines Coffee Shops bei einer Tasse Kaffee?

Er mußte dafür sorgen, daß ihr geholfen wurde. Und das so schnell wie möglich.

Gina trank mit kleinen Schlucken einen Cappuccino und beobachtete die Straße. In der Columbia Road hatte sie ein marokkanisches Café gefunden, von dem aus sie die Ostecke der Kalorama Road ganz in der Nähe ihrer Wohnung überblicken konnte. Falls Duncan oder ein Krankenwagen zu ihr unterwegs war, würde er um diese Ecke biegen.

Bisher war weder ein Krankenwagen noch ein schwarzer Mercedes vorbeigefahren. Aber Duncan war gerissen. Das hatte er letzte Woche zur Genüge bewiesen. Wer sagte, daß er mit seinem Mercedes kommen mußte?

Anstatt ziellos durch Washington zu irren, hatte sie ihren Wagen vor ihrem Wohnhaus geparkt gelassen und war zu Fuß hierhergekommen, um die Straßenecke zu beobachten. Schickte Duncan wirklich einen Krankenwagen, der sie abholen sollte, oder kam er selbst? Gott, wenn sie das nur wüßte! Sicher wußte sie im Augenblick nur, daß sie Duncan Lathram unter keinen Umständen begegnen durfte.

Sie sah auf die Uhr. Es wurde Zeit, Gerry anzurufen. Ein weiterer Vorteil dieses kleinen Cafés war die Anbringung eines Münztelefons gleich neben der Eingangstür. So konnte sie telefonieren und trotzdem die Straßenecke im Auge behalten.

Gerry meldete sich mit müder Stimme.

»Hast du den Secret Service angerufen?«

»Ja.«

»Und?«

Sein Seufzer klang sorgenvoll. »Mein Informant sagt, daß der Präsident weder morgen noch sonstwann operiert wird. Tatsächlich fliegt er bereits morgen früh übers Wochenende nach Camp David.«

»Um sich von der Operation zu erholen!«

»Der Secret Service sagt, daß keine Operation geplant ist, Gina.«

»Aber wieso...?« O Gott, warum hatte sie daran nicht gedacht? »Gerry, natürlich streiten sie alles ab. Diese Sache ist streng geheim. Er will nicht, daß jemand erfährt, daß er sich operieren läßt.«

»Daran habe ich auch schon gedacht. Hör zu, Gina, so kannst du nicht weitermachen. Du bist selbst Ärztin. Erkennst du keine Parallelen? Die Operation des Präsidenten ist ein Phantasieprodukt wie das Implantat in Senator Marsdens Bein.«

»Aber in meinem steckt eins! Ich kann's dir zeigen!«

»Gina, du brauchst Hilfe.« Gerrys Stimme klang jetzt aufrichtig besorgt. »Ich möchte dir jemanden nennen, mit dem das FBI zusammenarbeitet. Vielleicht kann er...«

In Ginas Augen standen jetzt die Tränen. »Ich bin nicht paranoid, Gerry. Duncan hat es sehr geschickt verstanden, alles so zu manipulieren, daß ich paranoid wirke – aber das bin ich *nicht*. Und der Beweis dafür ist das Implantat in meinem Bein.«

»Gina«, sagte er nur.

»Also gut. Mir reicht's!« Sie war jetzt wütend. »Wenn du mir nicht glaubst, muß ich's dir zeigen. Ich fahre sofort zu dir und beweise dir, daß in meinem Oberschenkel ein Implantat steckt. Und du sorgst dafür, daß sie am Empfang wissen, daß ich komme.«

»Ich glaube nicht, daß das eine gute Idee ist, Gina.«

»Vielleicht nicht, aber ich sehe keine andere Möglichkeit mehr. Mach dich also auf Besuch gefaßt, Gerry. Ich komme!«

»Gina . . .«

Sie hängte ein, ohne ihn ausreden zu lassen, und blieb vor Angst und Wut zitternd hinter der Tür stehen. Was war, wenn ihr niemand glauben wollte? Sie erkannte jetzt, welchen Eindruck sie auf Gerry gemacht hatte. Aber sie mußte ruhig und vernünftig wirken. Mit ständigen Wutausbrüchen würde sie keinen Menschen überzeugen können.

Aber ich hab' *Angst*, verdammt noch mal.

Schlimmer als ihre Angst war die Überlegung, die sich ihr immer nachdrücklicher aufdrängte.

Wenn alle dich für übergeschnappt halten, solltest du die Möglichkeit, daß sie vielleicht recht haben, nicht ganz von der Hand weisen.

Sie fühlte sich hundeelend, als sie an der Tür stand und ihre rechte Schläfe ans kühle Glas drückte. Das Koffein und zwei Tylenol hatten etwas geholfen, aber ihr Schädel brummte noch immer. Und ihre Selbstzweifel machten die Kopfschmerzen nur schlimmer.

Bin ich bei Verstand?

Konnte das alles lediglich die Erfindung eines Verstands sein, der vom Kurs abgekommen war, weil ihr Gehirn begonnen hatte, fehlerhafte Neurochemikalien zu synthetisieren – oder richtige in falschen Mischungsverhältnissen zu erzeugen? Wie oft hatte sie in ihrem Psychiatriepraktikum Paranoide erlebt, die felsenfest vom Wahrheitsgehalt ihrer absurden Behauptungen überzeugt gewesen waren? Sie alle hatten mit ihren eigenen Ohren gehört, mit ihren eigenen Augen gesehen. Wem oder was konnte man noch trauen, wenn man sich nicht mehr auf seine Sinne und die eigene Fähigkeit, ihre Wahrnehmungen zu deuten, verlassen konnte?

Gina rieb sich vorsichtig den Oberschenkel. Vielleicht war

diese schmerzhafte Stelle wirklich nur eine Prellung. Und vielleicht war sie heute morgen nur verkatert, weil sie gestern zuviel Amarone und Sambuca getrunken hatte. Und vielleicht hatte Duncan sie gar nicht gebeten, ihm bei der morgigen Operation des Präsidenten zu assistieren.

Gott, was war davon wahr?

Sie schlug mit der flachen Hand einmal gegen das Münztelefon.

Nein! Sie war nicht verrückt!

Das sagen sie alle ...

Dann sah sie etwas Schwarzglänzendes. Duncans Mercedes – oder einer, der genau wie seiner aussah – fuhr auf der Straße vorbei. Er bog in die Kalorama Road ab.

Plötzlich waren ihre Zweifel wie weggeblasen, ihre Müdigkeit und die Kopfschmerzen vergessen. Gina hastete an ihren Tisch zurück, legte ein paar Dollar neben die Tasse und lief wieder zur Tür. Der Mercedes war verschwunden. Sie trat ins Freie. Die kühle, feuchte Luft wirkte erfrischend. Ein Regentropfen traf auf ihre Stirn. Sie sah zum Himmel auf. Die niedrigen, bleigrauen, mit Feuchtigkeit gesättigten Wolken schienen unter ihrem eigenen Gewicht tiefer zu sinken.

Sie konnte nur hoffen, daß der Regen erst in ein paar Minuten einsetzen würde.

Gina lief über die Columbia Road und trabte zur Kalorama Road hinunter. Sie blieb unter dem Vordach eines Apartmentgebäudes an der Ecke stehen und verrenkte sich den Hals, um die Straße überblicken zu können. Von hier aus war das Gebäude zu sehen, in dem sie wohnte.

Duncan, der in seinem blauen Blazer und einer anthrazitfarbenen Hose sehr elegant aussah, stieg gerade die Treppe zum Hauseingang hinauf.

Sie beobachtete, wie er im Windfang verschwand. Falls ihn nicht jemand einließ, was unwahrscheinlich war, weil alle arbeiteten, würde er ein paar Minuten lang versuchen, sie herauszuklingeln. Sobald er gegangen war, würde sie sich in ihren Wagen setzen und auf dem kürzesten Weg in die Stadt zum FBI Building fahren.

Sie wartete ungeduldig. Was machte er dort drinnen? Warum kam er nicht wieder heraus?

Dann blickte sie zum zweiten Stock hinauf und erschrak, als sie in ihrem Erker einen Mann stehen sah.

Duncan! Er mußte einen Schlüssel haben. Offenbar hatte er sich gestern abend einen Nachschlüssel anfertigen lassen. Natürlich. Er führt Barbara überzeugend vor, daß Gina irrational handelt, und kommt so schnell wie möglich her – angeblich um zu sehen, ob er ihr helfen kann. Er trifft sie an, zerstört das Implantat in ihrem Oberschenkel und behauptet dann, das arme Ding habe bei seinem Eintreffen sabbernd und wirres Zeug redend in einer Ecke gehockt.

Irrtum, Duncan! dachte Gina, indem sie unwillkürlich die Zähne zusammenbiß. Gina ist nicht zu Hause. Und sie läßt dich bestimmt nicht gefährlich nahe an sich heran.

Es begann zu regnen. Vorerst ein nur leichtes, aber ziemlich kaltes Nieseln.

Großartig. Was konnte sonst noch alles schiefgehen? Sie trug nur Jeans, ein altes Tulane-Sweatshirt und keine Kopfbedekkung. Wie überzeugend würde sie wirken, wenn sie mit nassem Haar und völlig durchnäßter Kleidung in Gerrys Dienststelle aufkreuzte?

Duncan Lathram, dessen rechte Hand den Ultraschallsender in seiner Tasche umklammert hielt, blickte aus dem leeren Apartment auf die Kalorama Road hinunter.

Was tue ich hier?

Er verabscheute sich dafür, daß er überhaupt hergekommen war. Er hatte es praktisch schon in der nächsten Sekunde bereut, daß er Gina daß TPD-Implantat eingepflanzt hatte. Aber mit seiner Tat hatte er gewissermaßen eine Brücke hinter sich abgerissen: Nun gab es kein Zurück mehr. Er mußte weitermachen und diese Sache zu Ende bringen. Bedauerlicherweise geriet sie allmählich außer Kontrolle. So wie jetzt hatte sie nie ausufern sollen. Aber nun konnte er nicht mehr aufhören. Er mußte weitermachen, bis er an den Präsidenten herangekommen war. Was danach passierte, war ihm gleichgültig.

Aber sein ursprünglicher Plan war durchkreuzt worden. Gina hätte heute morgen im Surgicenter arbeiten sollen; gegen Mittag hätte er den Ultraschallsender kurz auf ihr Bein gerichtet und sich dann wie üblich für den Rest des Tages verabschiedet. Er wäre längst meilenweit fort gewesen, bevor sich die ersten Symptome gezeigt hätten – vielleicht visuelle Halluzinationen oder akustische oder eine Mischung aus beiden. Sie wäre desorientiert gewesen, hätte wirres Zeug geredet, sich vielleicht sogar kreischend die Haare gerauft. Oder sie wäre einfach in eine Katatonie verfallen und hätte sich in einer Ecke der Registratur in fetaler Körperhaltung zusammengerollt.

Duncan war von diesen Bildern beinahe übel. Er schluckte die aus seinem Magen aufsteigende saure Flüssigkeit wieder hinunter.

Warum hast du dich in diese Sache einmischen müssen, Gina?

Schlimm genug, daß er gezwungen sein würde, seinen Ultraschallsender gegen sie zu richten. Aber sie hatte irgendwie entdeckt, was er ihr letzte Nacht angetan hatte. Deshalb mußte er sie jetzt aufspüren. Das Implantat war ein zweischneidiges Schwert. Da Gina wußte, daß es in ihrem Bein steckte, konnte sie es gegen ihn verwenden – *falls* ihr jemand Glauben schenkte. Er mußte sie irgendwie finden, bevor sie es herausoperieren ließ.

Wo steckte Gina jetzt? Sie konnte nicht zu weit entfernt sein. Ihr Auto war unten auf der Straße geparkt. Vielleicht stand sie irgendwo dort draußen, beobachtete ihn und wartete ab, was er als nächstes tun würde.

Er nickte langsam. Ja ... das sähe ihr ähnlich. Sie würde abwarten, bis er festgestellt hatte, daß das Nest leer war, und dann zurückkommen, um hier in aller Ruhe über die nächsten Schritte nachzudenken, während er draußen im Kreis herumlief.

Also gut. Er würde einen Kreis beschreiben. Er würde einmal um den Block fahren und aufpassen, ob er sie vielleicht irgendwo sah.

Gott, wie er das alles haßte! Die ganze Idee widerte ihn an. Er wollte diese Sache so schnell wie möglich hinter sich bringen.

Und danach würde er für sich persönlich irgendeinen Modus vivendi finden müssen.

Gina beobachtete, wie Duncan aus dem Haus kam und hastig in seinen Mercedes stieg.

Wohin jetzt, Duncan? Ein bißchen besorgt, weil der Vogel ausgeflogen ist?

Sie sah zu, wie Duncan wegfuhr. Sobald er von der Kalorama Road in die 18th Street abgebogen war, rannte sie zu ihrem Sunbird, sprang hinein und ließ den Motor an.

Das Nieseln wurde zu kräftigem Regen, während er vermutlich nach Chevy Chase zurückfuhr, war sie in Richtung Innenstadt unterwegs.

Gina suchte die 18th Street, vermutlich die farbigste Straße in ganz Washington, in beiden Richtungen ab, aber der schwarze Mercedes war nirgends zu sehen. Sie bog nach rechts ab, fuhr in raschem Tempo zur Florida Avenue und bog dort zum zweitenmal rechts ab. Nun stand sie an der Connecticut Avenue vor einer roten Ampel.

Auch auf der Connecticut Avenue war der schwarze Mercedes nirgendwo zu sehen. Sie atmete erleichtert auf. Sie mußte Duncan vorläufig vergessen und darüber nachdenken, wie sie Gerry davon überzeugen konnte, daß sie . . .

Im nächsten Augenblick durchfuhr Gina ein Schreck, als sie in ihrem Rückspiegel durch die leicht angelaufene Heckscheibe einen schwarzen Mercedes erkannte, der als übernächster Wagen hinter ihr hielt. Sie starrte auf die Windschutzscheibe, aber der Regen und die eingeschalteten Scheibenwischer verhinderten, daß sie den Fahrer erkannte.

Sie schluckte. Ihr Mund war trocken. Das Kennzeichen war nicht zu sehen. Aber der Fahrer dort hinten konnte Duncan sein . . . konnte leicht Duncan sein.

Aber wozu sollte er sie verfolgen? Bestimmt interessierte ihn nicht nur, wohin sie unterwegs war. Was hatte Duncan vor? Wollte er sie von der Straße abdrängen? Wohl kaum. Was also hatte er vor? Was konnte er . . .?

Ultraschall.

Eine eisige Hand schien Gina im Nacken zu packen, als sie an den Elektronikshop dachte, in dem Duncan gewesen war. Besaß er ein Gerät, das einen Ultraschallimpuls in ihren Wagen schicken und das Implantat zerstören konnte? Eigentlich war das unvorstellbar. Ihre Kenntnisse über Physik sagten ihr, daß das technisch nicht möglich war, aber viele mit Duncan zusammenhängende Ereignisse waren ihr zunächst unmöglich erschienen. Vielleicht gab es doch eine Methode ...

Ein weiterer Blick in den Rückspiegel.

Wie praktisch, bei ihr Halluzinationen auszulösen, während sie am Steuer saß ...

Der Honda hinter ihr hupte höflich. Gina hob den Kopf und stellte fest, daß die Ampel jetzt auf Grün stand. Außerdem sah sie das Schild NO LEFT TURN. So ließ sich gleich feststellen, ob dieser Mercedes sie verfolgte ...

Gina trat das Gaspedal ganz durch und bog nach links auf die Connecticut Avenue ab. Sie sah das verblüffte Gesicht des Fahrers in einem gelben VW, dem sie dabei in die Quere kam. Der Mann bremste aufgebracht hupend, während Gina vor ihm abbog. Sie spürte, wie das Wagenheck auf dem nassen Asphalt ausbrechen wollte, aber der Vorderradantrieb zog den Sunbird weiter, und Sekunden später war sie in flottem Tempo in Richtung Innenstadt unterwegs.

Bei ihrem nächsten Blick in den Rückspiegel sah Gina keinen schwarzen Mercedes mehr; überhaupt konnte sie bei diesem Regen und der angelaufenen Heckscheibe recht wenig erkennen. Die nachfolgenden Autos verschwammen in einer grauen Masse. Der Mercedes konnte irgendwo dort hinten sein.

Vor ihr lag der Dupont Circle. Gina bemerkte, daß der Verkehr langsamer wurde und sich zu stauen begann. Eine ideale Gelegenheit für Duncan, sich neben sie zu schieben und ...

Ihre Hände am Lenkrad wurden feucht, als sie begann, sich durch den dichten Verkehr zu schlängeln. Sie mußte den Dupont Circle hinter sich lassen. Sie schnitt mehrere Fahrer, die wütend hupten, aber im nächsten Augenblick hatte sie den Dupont Circle erreicht. Sie fuhr bei Gelb in den Kreisverkehr ein und nahm das Gas weg, um sich zu orientieren.

Dann warf sie einen Blick in den Rückspiegel und verdrehte sich den Hals, um rechts und links aus den Seitenfenstern zu sehen. Kein Mercedes.

Sie lehnte sich in den Fahrersitz zurück und atmete tief durch. Vielleicht war das doch nicht Duncan gewesen. In Washington gab es massenhaft schwarze Mercedes-Limousinen. Die Diplomaten hatten eine Vorliebe für sie.

Sie bog vom Dupont Circle wieder auf die Connecticut Avenue ab. Mit einem kleinen Stich ins Herz erkannte sie plötzlich, wo sie war. Nur ein paar Blocks vom Galileo entfernt. Der gestrige Abend schien endlos lange zurückzuliegen, aber in Wirklichkeit war erst ein Dutzend Stunden vergangen, seit sie dort mit Duncan diniert und sorglos glücklich gewesen war.

Jetzt fuhr sie um ihr Leben. Oder vielleicht nicht um ihr Leben, sondern um ihren Verstand.

Gina verdrängte diese schmerzlichen Erinnerungen und konzentrierte sich auf die Gegenwart. Von hier aus war es nicht mehr weit bis zum FBI Building. Sie mußte sich beruhigen, um wieder klar denken zu können. Sie durfte nicht so hysterisch wirken, wie ihr zumute war. Sie mußte überzeugend auftreten. Sie mußte ...

In ihrem linken Außenspiegel ... wie ein finsterer Dämon aus der Unterführung unter dem Dupont Circle auftauchend ... schnell näher kommend, immer größer werdend ... ein schwarzer Mercedes. Und diesmal sah Gina das Kennzeichen mit den Buchstaben MD ganz deutlich. Duncan!

Er war einfach unter dem Dupont Circle hindurchgefahren. Jetzt war er schon dicht hinter ihr.

Ihr Herz begann zu rasen, als der Mercedes nun dichter an sie herankam. Sie gab wieder Gas, schlängelte sich durch den Verkehr und zwang ihren kleineren Wagen durch Lücken, die der Mercedes unmöglich nutzen konnte – vor allem nicht bei nasser Fahrbahn. Sie bemühte sich, jede Ampel bei Grün zu erreichen, und trat das Gaspedal durch, wenn eine Ampel vor ihr auf Gelb schaltete.

Ihre Taktik funktionierte. Langsam, aber sicher vergrößerte sich der Abstand zwischen ihnen.

Aber dann gelangte sie ans Ende der Connecticut Avenue. Vor ihr leuchteten die Ampeln der K Street grün. Der Verkehr rollte flüssig weiter. Gut. Wohin jetzt? Normalerweise wäre sie auf die 17th Street abgebogen, aber Duncans Mercedes war nur zwei Wagen hinter ihr. Und vor ihr sprang die Ampel auf Gelb um. Über dieser Kreuzung hing wieder ein Schild NO LEFT TURN.

Vorhin hatte der Trick nicht funktioniert, aber vielleicht hatte sie diesmal Glück . . .

Aber der BMW vor ihr begann zu bremsen, um an der Ampel zu halten.

»O nein!« rief Gina laut aus. »Du *Flasche*!«

Anstatt ebenfalls zu bremsen, biß sie die Zähne zusammen, gab Gas, riß das Steuer nach rechts, fuhr an dem BMW vorbei und in die Kreuzung hinein. Dann riß sie das Steuer scharf nach links, um auf der K Street nach Osten weiterzufahren.

Sie schrie auf, als sie mit den Vorderrädern in eine Wasserlache geriet und merkte, daß ihr Auto ins Schleudern kam. Sie trat mit aller Kraft aufs Bremspedal, aber die erhoffte Wirkung blieb aus. Ihr schleudernder Wagen war völlig außer Kontrolle. Sie sah Randstein und Gehsteig rasend schnell auf sich zukommen.

»O Gott, nein!«

Gina machte sich auf den Aufprall gefaßt, als der Sunbird gegen den Randstein schleuderte. Das rechte Hinterrad geriet über die Bordsteinkante, und der Wagen drohte auf den Gehsteig zu kippen. Als das Auto wieder auf alle vier Räder zurückfiel, schlug ihr Kopf gegen die Seitenscheibe. Gina schüttelte ihn benommen. Das Fenster war ganz geblieben, und der Wagen war Gott sei Dank endlich zum Stehen gekommen, ohne einen Unfall zu verursachen.

Gina wäre am liebsten in Tränen ausgebrochen, hätte sich am liebsten übergeben, aber dafür hatte sie jetzt keine Zeit. Bis auf eine Prellung an der linken Kopfseite war sie unverletzt. Ihr Sicherheitsgurt hatte wenigstens verhindert, daß sie durchs Wageninnere geschleudert wurde. Um sie herum hupten aufgeregte Autofahrer, und erschrockene Fußgänger starrten sie an und zeigten mit Fingern auf sie oder drohten ihr mit Fäusten.

Und der Motor war abgestorben. Sie ließ ihn wieder an und wollte weiterfahren, aber die Räder waren blockiert. Auch das Lenkrad ließ sich nicht drehen. Gina stieg aus, lief um das Auto herum und holte erschrocken Luft, als sie das rechte Vorderrad sah. Der Reifen war von der Felge gerissen, das Rad verbogen und unter den Wagen gedrückt. Sie wußte nicht, ob das bedeutete, daß die Vorderachse gebrochen war, aber ihr war klar, daß ihr kleiner Sunbird zur Reparatur abgeschleppt werden mußte.

Vor ihr lag der Farragut Square: ein Areal mit Grünflächen, Sträuchern und Parkbänken, in dessen Mitte die Statue des Admirals aufragte. Eine freie Fläche, die praktisch keinen Schutz bot. Als Gina sich umsah, konnte sie beobachten, wie Duncans Mercedes auf der anderen Seit der 17th Street am Randstein hielt.

Sie wandte sich mit einem leisen Aufschrei ab und rannte über den Farragut Square davon. Ihre Tennisschuhe rutschten auf dem nassen Gras aus. Sie erreichte den ersten Weg, lief etwas langsamer und konnte sich dabei umsehen. Duncans Mercedes stand nicht mehr am Randstein. Gut. Das bedeutete, daß er sie nicht zu Fuß verfolgte. Aber wo war er? Ihr wäre wohler gewesen, wenn sie das gewußt hätte. Leider hatte sie keine Ahnung, welche effektive Reichweite der Ultraschallsender hatte, den er vermutlich bei sich trug.

Rechts vor sich erkannte sie auf der anderen Seite der Eye Street ein Metro-Zeichen. Das gab ihr neuen Auftrieb. Mit der Orange Line konnte sie fast bis zum FBI Building fahren. Gina lief weiter und trabte quer über den Rasen, um den Zugang schneller zu erreichen. Sie war kaum dreißig Meter davon entfernt, als ein schwarzer Mercedes am Randstein hielt. Duncan stieg aus.

»O nein!«

Er blieb an der Treppe zur Metro stehen und sah sich um. Als er Gina entdeckte, setzte er sich in Bewegung und kam ihr mit langen Schritten entgegen. Sie bog scharf nach rechts ab und hastete schräg zur Kreuzung zwischen K Street und 17th Street zurück. Ein Blick über ihre Schulter zeigte ihr, daß Duncan es offenbar aufgegeben hatte, sie zu Fuß zu verfolgen. Er war wieder zu seinem Wagen unterwegs.

Gina rannte weiter und bog in die K Street ein. Sie mußte von der Straße weg. Hier im Freien gab sie ein allzu leichtes Ziel ab. Dann kam sie an einem CVS vorbei und verschwand darin. Vielleicht kein schlechtes Versteck: groß und voller Kunden, die hier Schutz vor dem Regen suchten.

Sie verschwand seitlich zwischen Verkaufsständern mit Nagelpflegeartikeln. Obwohl sie vorgab, sich für das Warenangebot zu interessieren, hatte sie in Wirklichkeit nur Augen für den Eingang. Allmählich gelangte sie in den rückwärtigen Teil mit der Pharmazietheke, an der Erste-Hilfe-Artikel angeboten wurden. Als sie Duncan an den Schaufenstern vorbeischlendern sah – ganz vornehm unter einem Schirm –, ging sie hinter einen Verkaufsständer mit Kondomen in Deckung.

Als sie glaubte, lange genug gewartet zu haben, trat sie in den Gang hinaus und beeilte sich, wieder Richtung Eingang zu gelangen. Etwa auf halber Strecke sah sie Duncan erneut draußen auf dem Gehsteig. Aber diesmal ging er nicht vorbei, sondern stieß eine der Türen auf und kam herein.

Gina duckte sich. Für den Fall, daß jemand sie beobachtete, nestelte sie rasch einen Schnürsenkel auf und band ihn wieder zu. Dabei sah sie sich um. Kein Mensch beachtete sie. Sie richtete sich halb auf. Ihr Herz setzte für einen Moment aus, als sie Duncan auf sich zukommen sah. Sein Kopf bewegte sich wie eine Radarantenne von einer Seite zur anderen, während er die Gänge absuchte. Sie ging in die Hocke, gab vor, sich für Halloween-Süßwaren zu interessieren, und überlegte verzweifelt, was sie tun sollte. Sie konnte flüchten – aufspringen, zum Ausgang spurten und auf die Straße rennen. Aber damit hätte sie sich verraten. Duncan wußte nicht genau, wo sie sich im Augenblick befand ... er konnte nicht einmal wissen, ob sie hier im Laden war. Und noch schlimmer: Ihre plötzliche Flucht konnte die Ladendetektive alarmieren. Wurde sie von ihnen geschnappt und festgehalten, brauchte Duncan nur vorbeizugehen und den Ultraschallimpuls auszulösen, damit sie wie Senator Vincent in eine geschlossene Anstalt kam.

Sie hob den Kopf und sah einen der konvexen Überwachungsspiegel über sich. Er zeigte ihr einen eleganten Mann in einem blauen Blazer und mit eingerolltem Stockschirm, der auf der anderen Seite des Regals den Gang entlangschritt. Duncan. Keine anderthalb Meter von ihr entfernt.

Gina zog den Kopf ein, lief geduckt in die Gegenrichtung und blieb am ersten Quergang stehen. Sie sah nochmals in den Spiegel. Duncan war am Ende seines Gangs angelangt und bog soeben in den ihren ein. Sie hastete in den anderen Gang hinüber, den er eben verlassen hatte, kauerte sich nach wenigen Schritten vor einem Regal nieder und wagte kaum zu atmen, während sie vorgab, die Preise verschiedener Größen und Breiten von Mullbinden und Heftpflastern zu vergleichen.

Sie riskierte keinen weiteren Blick in den Spiegel. Noch nicht. Hatte sie Duncan darin sehen können, konnte auch er sie darin beobachtet haben. Schließlich richtete sie sich auf und sah vorsichtig um einen Verkaufsständer mit Bandagen herum. Sie brauchte einen Augenblick, um Duncan wieder zu entdecken. Er war jetzt im vorderen Teil des Ladens. Stieß eine der Türen auf. Trat auf die Straße hinaus.

Aber er würde noch nicht aufgeben. Er würde weiter herumlaufen, den Metro-Eingang beobachten und auf den Straßen Ausschau halten. Er wußte, daß sie sich irgendwo hier verbarg, und würde nicht so einfach das Feld räumen. Der Versuch, irgendwie an ihm vorbeizuschlüpfen, war vor allem tagsüber zu gefährlich. Sie brauchte irgendein Versteck bis zum Einbruch der Dunkelheit.

Sie ballte frustriert die Fäuste. Sie war so verdammt verwundbar, solange dieses ... dieses *Ding* in ihrem Bein steckte. Sie wünschte, sie hätte es irgendwie loswerden, sich vor Duncan aufbauen und ihm eine lange Nase drehen können. Hätte sie nur ...

Sie starrte die Mullbinden und das Heftpflaster an.

Und traf eine Entscheidung.

Wo zum Teufel steckt sie?

Duncan spannte seinen Schirm auf und sah nach beiden

Seiten die K Street entlang, während der Regen zu einem Wolkenbruch wurde. Das Wetter entsprach seiner Stimmung.

Diese Sache lief alles andere als gut.

Er versuchte, die Dinge von der positiven Seite zu sehen: Der wolkenbruchartige Regen trieb alle Leute unter die Dächer. Das machte jeden, der noch zu Fuß auf der Straße unterwegs war, um so auffälliger. Gina würde leichter zu finden sein, wenn sie zu entkommen versuchte. Offenbar hatte sie sich in eins der Geschäfte auf dieser Straßenseite geflüchtet. Bis zu seinem Eintreffen hatte sie keine Zeit mehr gehabt, die Straße zu überqueren oder das Ende dieses Blocks zu erreichen.

Sie war hier. Auf dieser Straßenseite. Und sie mußte irgendwann herauskommen.

Aber was war, wenn ihr FBI-Freund schon unterwegs war, um sie abzuholen?

Das konnte schwierig werden. Trotzdem war es zu schaffen. Er brauchte sich nur in ihre Reichweite zu schieben und auf den Knopf seines Ultraschallsenders zu drücken, damit das TPD in ihren Kreislauf gelangte.

Aber das wäre zu riskant gewesen. Viel besser war es, Gina aufzuspüren, bevor die Kavallerie kam . . . *falls* sie überhaupt kam.

Duncan seufzte. Er würde diese Geschäfte nacheinander abklappern müssen. Zum Glück waren die meisten klein. Das würde nicht lange dauern.

Dann sah er, daß es in diesem Block einen Burger King gab. Ein ideales Versteck. Sie konnte irgendwo ganz hinten sitzen und eine Cola trinken, ohne daß irgend jemand sich darum kümmerte, wie lange sie blieb. Er würde dort beginnen.

Gina hielt die weiße Tragetasche mit ihren Einkäufen umklammert und suchte die Straße und den Gehsteig so gut es ging durch eines der Schaufenster ab. Duncan war nirgends zu sehen. Aber das bedeutete noch lange nicht, daß er nicht irgendwo dort draußen war und die Straße im Auge behielt.

Sie hatte weiche Knie. Ihre Hände spielten nervös mit den Henkeln der Tragetasche. Sie wollte nicht auf die Straße hinaus.

Sie wollte hier im Laden bleiben, in dem es sicher und trocken war, den Duncan bereits durchsucht hatte und dies vermutlich nicht noch einmal tun würde. Zumindest nicht so bald.

Aber das konnte sie nicht. Konnte sich in kein Loch verkriechen und den Erdboden über sich zuziehen. Sie hatte sich entschlossen, etwas zu *tun*, und jetzt war's soweit, verdammt noch mal!

Auf der gegenüberliegenden Straßenseite waren eine Bank, ein Copyshop und eine verwitterte Markise mit der Aufschrift *The Tremont* zu erkennen. Dieses kleine alte Hotel stellte einen der Schlüssel zur Lösung ihres Problems dar. Der Inhalt der Tragetasche war der zweite Schlüssel. Alles weitere hing von ihr selbst ab.

Sie beobachtete den vorbeibrandenden Verkehr, wartete auf eine Lücke ...

Endlich tat sich eine auf. Sie holte tief Luft, stieß die Ladentür auf und stürmte aus dem CVS – in den Regen hinaus, über die Straße und in die Halle des Hotels Tremont.

In der Drehtür blieb Gina stehen und sah sich nach der K Street um. Nirgends ein Mann in einem blauen Blazer, der unter seinem Regenschirm über die Straße hastete, um sie abzufangen. Aber das bedeutete nicht, daß er nicht bald aufkreuzen würde.

Auf dem Weg zur Rezeption ließ sie den Blick über den verblichenen Glanz der Hotelhalle schweifen. Das Messing mußte geputzt werden, die Spiegel waren an den Rändern blind, und dem Teppichboden sah man sein Alter an. Aber die Holzschnitzereien und die dunkelgrünen Tapeten wirkten noch immer würdevoll. Eine verarmte alte Dame, die sich weigerte, sich dem Zeitalter internationaler Hotelketten anzupassen.

»Ich hätte gern ein Einzelzimmer«, erklärte Gina der jungen Schwarzen, die in einem beigen Kostüm hinter dem Empfang stand. »Nur für eine Nacht.«

»Gern«, sagte die Frau und legte ihr ein Anmeldeformular hin. »Füllen Sie das bitte aus.«

Aber Gina zögerte. Sie wollte nicht ihren richtigen Namen angeben, aber wieviel Bargeld hatte sie bei sich. Dreißig Dollar?

Vielleicht vierzig? Jedenfalls bei weitem nicht genug für ein Hotelzimmer im Zentrum von Washington. Und wenn sie nicht mit einer Kreditkarte, sondern in bar bezahlte, würde das Hotel mindestens den Zimmerpreis für eine Nacht im voraus verlangen.

Sie trug widerstrebend *Regina Panzella* ein und legte ihre Visa-Karte neben das Anmeldeformular.

»Haben Sie Gepäck?«

»Das lasse ich später herbringen.«

Sie war versucht, eine Geschichte zu erfinden, um die Herkunft ihrer verspätet eintreffenden Koffer zu erklären, aber dann hielt sie doch lieber den Mund. Die junge Frau interessierte sich nicht dafür, und unverlangte Erklärungen konnten nur den Verdacht erwecken, sie habe etwas zu verbergen. Gina war auf diesem Gebiet unerfahren, vermutete aber, daß Lügen so wie Untersuchungs- und Forschungsberichte am effektivsten waren, wenn man die KISS-Regel beachtete: *Keep It Simple, Stupid*.

Wenige Minuten später befand sie sich in einem schmalen Zimmer im obersten Stock mit einem Doppelbett und Blick auf den Hinterhof.

Ideal.

Sie legte die Sicherheitskette vor, ließ sich auf den Stuhl am Schreibtisch sinken und schloß die Augen. Ein schönes Gefühl, endlich sicher zu sein. Vorläufig sicher. Wenigstens brauchte sie nicht zu befürchten, hier Duncan zu begegnen.

Gina betrachtete das Telefon und überlegte, ob sie Gerry anrufen sollte, um ihm zu sagen, daß sie sich verspäten werde. Sie hätte ihm den Grund dafür nennen können: sein Beharren auf einem objektiven Beweis.

Also gut, sie würde ihm seinen verfluchten objektiven Beweis liefern.

Nein, Gerry durfte sie nicht anrufen. Er würde nur versuchen, sie von ihrem Vorhaben abzubringen.

Sie schloß wieder die Augen. Warum konnte sie nicht einfach in diesem Zimmer bleiben? Hier eine Woche oder einen Monat lang überwintern. Die Mahlzeiten vom Zimmerservice bringen lassen und sich den ganzen Tag lang Filme im Kabelfernsehen ansehen. Bloß nicht wieder hinausgehen und vor Duncan flüchten müssen, um Gerry zu beweisen, daß sie nicht übergeschnappt war.

Im Augenblick schien sie völlig auf der Verliererseite zu stehen. Warum nicht einfach ...?

Gina sprang auf. Nein! Sie mußte tun, was sie sich vorgenommen hatte. Und das *sofort*. Sie mußte automatisch handeln. Mußte gegen die Übelkeit, das Widerstreben und die Angst ankämpfen. Mußte ihr anfängliches Tempo beibehalten. Sobald sie eine Pause machte, sobald sie auch nur langsamer wurde, würde sie diese Sache nicht durchstehen.

Und je länger sie zuwartete, desto größer wurde die Wahrscheinlichkeit, daß Duncan sie hier aufspürte.

Sie nahm den Eiskübel mit und hastete den Flur entlang zu der Servicenische, wo sie ihn mit Eiswürfeln füllte. Als sie wieder in ihrem Zimmer war, legte sie die Sicherheitskette vor, zog die Vorhänge zu und stellte den Fernseher an. Sie benutzte die Fernbedienung, bis sie eine lärmende Gameshow gefunden hatte, und stellte sie etwas lauter. Nicht allzu laut, aber doch laut genug, um unbeabsichtigte Geräusche zu übertönen. Zuletzt kontrollierte sie den Heizungsthermostaten und stellte ihn ganz hoch – auf 24 Grad.

Danach machte sie im Bad Licht. Hell, sauber, weiße Fliesen, weiße Wanne, Toilettentisch mit Marmorplatte. Sie überzeugte sich davon, daß der Ablauf offen war, und drehte das warme Wasser auf. Während sie darauf wartete, daß die Wassertemperatur angenehm wurde, leerte sie den Inhalt der CVS-Tragetasche auf dem Toilettentisch aus. Sie legte eine Plastiktüte beiseite, öffnete den Behälter mit Tylenol Extra Strength und spülte mit einem Glas Wasser vier Schmerztabletten hinunter. Als nächstes öffnete sie das Röhrchen mit Coricidintabletten. Ein Reagenzglas wäre ihr lieber gewesen, aber dieser Glaszylinder mit Grippetabletten mußte genügen. Die Tabletten kippte sie in die Toilette. Dann machte sie sich daran, ihre übrigen Einkäufe bereitzulegen.

Bacitracinsalbe, Mullpolster, Ace-Sportbandage, Heftpflaster und Wasserstoffperoxid kamen auf dem Toilettentisch in die hintere Reihe; davor legte Gina das leere Coricidinröhrchen und ein kleines Nähnecessaire; an den beiden Tischrändern reihte sie den Beutel mit Wattebäuschen, die Pinzette, das Fläschchen Isoproylalkohol, das Wegwerffeuerzeug und die kleine Schachtel Schneidklingen auf.

Der letzte Gegenstand war ein Eisbeutel. Gina füllte ihn mit Eiswürfeln und legte ihn auf den Wannenrand. Sie knöpfte ihre Jeans auf, zog sie aus und hängte sie über den Handtuchhalter. Sie hatte an beiden Oberschenkeln bis zum Rand ihres Slips hinauf Gänsehaut.

Sie tränkte einen Wattebausch mit Alkohol und machte sich daran, ihren Oberschenkel um die Schwellung herum nachdrücklich, aber nicht allzu fest abzureiben. Vorsichtig, damit unter der Haut nichts platzte. Dann rieb sie die Auflagefläche des Eisbeutels mit Alkohol ab und drückte ihn auf die Schwellung. Davon bekam sie sofort wieder eine Gänsehaut.

Gina sah zur Decke auf. Leider kein Heizstrahler. Schade. Wäre nett gewesen.

Sie klemmte den Eisbeutel zwischen ihren Oberschenkel und den Toilettentisch und griff nach der schwarz-gelben Schachtel Schneidklingen. Auf der Oberseite stand: *SMITH single edge – Made in U.S.A.* Und auf der Seite: *Fits all single edge scrapers. For industrial use.*

Darüber mußte sie unwillkürlich lächeln. Für gewerbliche Anwendung? Nicht heute.

Sie zog eine der Schneidklingen aus der kleinen Schachtel, faßte sie mit der Pinzette und hielt das Feuerzeug darunter, bis die Schneidkante dunkelrot glühte. Während sie die Klinge auf den Rand des Toilettentischs gelegt abkühlen ließ, zog sie ihr Sweatshirt aus und warf es über die Jeans.

Jetzt hätte sie wirklich einen Heizstrahler brauchen können.

Ohne den Eisbeutel von ihrem Oberschenkel zu nehmen, setzte sie sich auf den Wannenrand und hielt die Füße in das aus dem Hahn sprudelnde lauwarme Wasser. Nach weiteren zehn Minuten war die gekühlte Fläche ihres Oberschenkels praktisch gefühllos. Gina rieb sie erneut mit Alkohol ab und kippte etwas

Alkohol über ihre Hände. Dann griff sie nach der Schneidklinge.

Und begann am ganzen Leib zu zittern.

Ich schaff's nicht.

Aber ein anderer Teil ihres Ichs sagte, daß sie es könne. Sagte, sie müsse es tun. Müsse es *sofort* tun, bevor die betäubende Kältewirkung nachließ.

Die erste Stimme jedoch kreischte: *Warte!*

Was, wenn diese ganze Sache wieder einer von Duncans raffinierten Tricks war? Er hatte es bereits geschafft, ihre Glaubwürdigkeit in Frage zu stellen und Gerry als Trottel erscheinen zu lassen. Was, wenn er sein Täuschungsmanöver wiederholt hatte? Wenn er ihr K.-o.-Tropfen verabreicht, ihren Wohnungsschlüssel mitgenommen, sich in ihr Apartment geschlichen und ihr einen leeren Trokar in den Oberschenkel gestoßen hatte, während sie bewußtlos dalag? Wer würde erwarten, daß er den bei Senator Marsden benutzten Trick noch einmal anwendete?

Aber vielleicht zählte er darauf, daß sie zu Gerry laufen und ihm vorjammern würde, der böse alte Duncan habe ihr ein mit Nervengift gefülltes Implantat ins Bein eingepflanzt. Und wenn sie Gerry endlich dazu brachte, ihr Bein untersuchen zu lassen, würde auch diese Kernspinresonanztomographie negativ ausfallen.

Und alles, was sie danach vorbrachte, würde als Hirngespinst einer geistig Verwirrten abgetan werden.

Also konnte sie nicht mit leeren Händen – oder in diesem Fall mit einem leeren Bein – bei Gerry aufkreuzen. Sie mußte *wissen*, woran sie war.

Hätte sie nur eine Spritze und ein Anästhetikum gehabt.

Lidocain! Lidocain! Ein Königreich für etwas Lidocain!

Aber es würde kein Lidocain geben. Nur Eiswürfel.

Gina nahm den Waschlappen vom Haken, rollte ihn zusammen und nahm ihn zwischen die Zähne. Dann benutzte sie ihre linke Hand, um die Haut über der Schwellung zu spannen, während sie mit den Fingern der rechten Hand krampfhaft die Schneidklinge festhielt.

Nicht zu tief! ermahnte sie sich. Auf keinen Fall das Implantat aufschlitzen.

Sie atmete tief ein und hielt die Luft an. Dann trieb sie die Spitze der Schneidklinge etwa einen Zentimeter jenseits der Schwellung in ihre Haut und zog sie mit einer raschen Bewegung zu sich heran.

Sie krümmte sich zusammen. Der Waschlappen dämpfte ihre Schmerzensschreie. Zitternd umklammerte sie mit ihrer freien Hand den Haltegriff über der Wanne und drückte ihr Gesicht gegen die Knie, während ihre Augen sich mit Tränen füllten und ihr Körper plötzlich in kalten Schweiß ausbrach.

Und dann, nach einer kleinen Ewigkeit, hatte der Schmerz seinen Höhepunkt überschritten. Ihre verkrampften Muskeln lockerten sich – ein wenig. Gina richtete sich auf, spuckte den Lappen aus und holte keuchend Luft. Sobald sie wieder zu Atem gekommen war, beugte sie sich nach vorn, um die Schnittwunde zu begutachten.

Aus dem fünf Zentimeter langen Einschnitt in ihrem Oberschenkel quollen große Mengen Blut. Dicke dunkelrote Tropfen, die vor den weißen Kacheln erschreckend rot wirkten, klatschten in die Badewanne und liefen in das lauwarme Wasser hinunter, das um den Abfluß kreiste. Sie fühlte sich kraftlos und schwankte rückwärts. Einige Augenblicke lang fürchtete sie, nach hinten vom Wannenrand zu kippen, aber sie klammerte sich eisern fest, bis das Bad aufhörte, sich um sie zu drehen.

Trotz ihrer Schmerzen gestattete Gina sich ein knappes, etwas schiefes Lächeln. Sie hatte geglaubt, den Anblick von Blut gewöhnt zu sein. Anderer Leute Blut. Nicht ganz mit dem Anblick des eigenen zu vergleichen.

Als sie den Wundrand berührte, zuckte ihre Hand sofort zurück. Die durchtrennten Nervenfasern waren sehr schmerzempfindlich. Jetzt hätte sie wirklich eine Betäubung brauchen können.

Sie nahm den Waschlappen wieder zwischen ihre Zähne, biß fest darauf und stöhnte, als sie die Wundränder auseinanderzog. Das normalerweise gelbe subkutane Fett war blutrot verfärbt. Sie sondierte es vorsichtig mit ihrem kleinen Finger. Ein eigenartiges, merkwürdiges, leichte Übelkeit erregendes Gefühl, dieses Herumbohren im eigenen Fettgewebe. Schmerzhaft, aber daß ihr fast übel wurde, lag nicht an den Schmerzen. Sie hatte noch nie Menschenfett mit bloßen Händen berührt. Als ob man mit fettiger Tapioka spielte.

Die Schmerzen wurden stärker, als sie tiefer eindrang und nach einer Öffnung, einem Hohlraum, einem Kanal oder irgendeinem anderen Hinweis darauf forschte, welchen Weg der Trokar genommen hatte.

Dann glitt ihre Fingerspitze an einer Stelle etwas tiefer in die Fettschichten hinein. Sie erstarrte einen Augenblick. War sie auf der richtigen Spur? Sie tastete sich vorsichtig weiter und spürte, wie ihr Finger das Fett mühelos teilen konnte. Ja, hier war schon etwas eingedrungen. Und das erst vor kurzem.

Und dann berührte ihre Fingerspitze etwas Weiches, das jedoch fester und glatter war als Fett.

Gina wußte nicht recht, ob sie erleichtert oder entsetzt sein sollte. Wenigstens hatte sie sich alles nicht nur eingebildet. Sie *hatte* ein Implantat im Oberschenkel, und nur ein Mann konnte es dort eingepflanzt haben.

Und es mußte heraus. Sofort. Aber es durfte beim Entfernen nicht beschädigt werden. Platzte es oder trat auch nur das Geringste aus, hatte sie Duncan praktisch die Arbeit abgenommen.

Gina biß noch fester auf den Waschlappen und bohrte ihren Finger tiefer in das Fettgewebe. Ihr Atem kam stoßweise, während sie versuchte, ihre Fingerspitze an dem Implantat vorbeizuschieben. Sie mußte dahinterkommen. Vorsichtig . . .

. . .ganz vorsichtig.

Gerry knallte den Hörer auf die Gabel und unterbrach so Ginas Aufforderung, nach dem Pfeifton eine Nachricht zu hinterlassen. Er hatte bereits zweimal auf das Band ihres Anrufbeantworters gesprochen.

Wo steckt sie bloß?

Er sah nochmals auf seine Armbanduhr, obwohl er das erst vor einer halben Minute getan hatte.

Gerry streckte seinen Hals, um die Verspannung zwischen seinen Schulterblättern zu lösen. Sie hätte längst hier sein müssen. Vor seinem inneren Auge erschienen wieder Bilder von Gina, die geistig verwirrt und benommen durch Washington irrte. Oder noch schlimmer: Gina, die sich auf irgendeinem Hof hinter Mülltonnen vor imaginären Feinden versteckte.

Verdammt! Gerry konnte sich auf nichts konzentrieren. Er mußte ständig an Gina denken. Wie ihre Stimme geklungen hatte . . . als stehe das Ende der Welt bevor.

Da gab es nur eins: losziehen und sie suchen.

Er griff nach seinem Autoschlüssel und rief die Vermittlung an. Falls eine Gina Panzella oder eine Dr. Panzella sich meldete, jemand ihretwegen anrief oder sie selbst ins FBI Building kam, sollte sie sofort mit seinem Autotelefon verbunden werden.

Da Gina sich möglicherweise in ihrem Apartment versteckt hielt, sich davor fürchtete, den Telefonhörer abzuheben, und sich weigern würde, ihre Wohnungstür zu öffnen, nahm er beim Hinausgehen den Electropick mit. Für alle Fälle.

Er holte sein Auto aus der Tiefgarage, fuhr auf der Pennsylvania Avenue in Richtung Weißes Haus und versuchte, die Route zurückzuverfolgen, die Gina von Adams Morgan aus gewählt haben konnte. Sie mußte die Connecticut Avenue entlanggefahren sein, aber wie sie dorthingelangt war, konnte er nur vermuten.

Als er die K Street erreichte sah er am Farragut Square zwei Cops, die neben ihrem Streifenwagen standen und beobachteten, wie ein Arbeiter der Straßenreinigung Glassplitter zusammenkehrte. Gerry zeigte seinen Dienstausweis vor und erkundigte sich, was passiert sei. Der ältere der beiden Cops, dicklich und schnauzbärtig, beugte sich ins offene Autofenster. Sein Atem roch nach abgestandenem Kaffee.

»Verkehrsunfall ohne Fremdbeteiligung. Niemand verletzt. Die Fahrerin ist rausgesprungen und weggelaufen. Was das bedeutet, können Sie sich denken.«

Gerry nickte. »Der Wagen war geklaut.«

»Exakt.«

Nur um nichts unversucht zu lassen, fragte Gerry: »Wissen Sie die Automarke noch?«

Der Cop zuckte mit den Schultern. »Nö. Der Wagen ist schon

abgeschleppt gewesen, als wir angekommen sind. Aber das Kennzeichen wird überprüft. Jemand, nach dem Sie fahnden?«

»Eher nicht. Wollte bloß mal fragen.«

Als er weiterfuhr, merkte er sich, wo der Unfall passiert war. Falls er Gina nicht finden konnte, würde er sich später bei der hiesigen Polizei nach dem Kennzeichen des Wagens erkundigen.

Er wendete und fuhr die Connecticut Avenue hinauf. Wahrscheinlich begann er seine Suche nach Gina am besten in ihrem Apartment.

Gina lehnte keuchend und zitternd an der Seitenwand der Badewannennische. Als der Schmerz etwas abklang und statt unerträglich nur noch brutal war, öffnete sie ihre Hand und betrachtete den blutigen kleinen Klumpen, der in ihrer Handfläche lag.

Jetzt hab' ich dich!

Sie war in Sicherheit. Selbst wenn Duncan das ganze Hotel mit Ultraschall bombardierte, konnte er ihr nicht mehr schaden. Aber die Notoperation war damit noch nicht beendet. Sie hatte eine tiefe Wunde im Oberschenkel, die geschlossen werden mußte.

Aber zuerst war das Beweismaterial sicherzustellen.

Sie beugte sich zum Toilettentisch hinüber und griff nach dem Coricidinröhrchen. Dann kratzte sie das klebrige Implantat vorsichtig mit dem Rand des Glasröhrchens von ihrer Handfläche. Aus Erfahrung wußte sie, wieviel empfindlicher diese Dinger waren, sobald sie einmal implantiert gewesen waren. Das Implantat glitt wie ein scharlachroter Blutegel langsam die Innenwand des Röhrchens hinunter und blieb unten liegen. Gina drückte den Deckel fest, legte das Glasröhrchen zur Seite und konzentrierte sich wieder auf den Einschnitt in ihrem Oberschenkel.

Die Blutung war fast zum Stehen gekommen. Das noch hervorquellende Blut war dick, fast sirupartig. Sie griff nach dem Nähnecessaire und machte sich daran, eine Nadel einzufädeln. Der durch Schmerz und Streß hervorgerufene Adrenalintremor bewirkte, daß ihre ersten Versuche fehlschlugen. Als sie bereits fürchtete, nie damit zurechtzukommen, glitt der Nähfaden endlich durchs Nadelöhr.

Gina überlegte, ob sie die Nadel mit dem Feuerzeug sterilisieren sollte, kam dann aber von dieser Idee ab. Den Faden konnte sie ohnehin nicht auf diese Weise keimfrei machen, und die Wunde war längst infiziert. Gegen Tetanus war sie geimpft, aber sie brauchte irgendein Antibiotikum – bevorzugt ein Breitband – Cephalosporin –, um die unvermeidliche Infektion zu bekämpfen, die sich nach diesem unsterilen chirurgischen Eingriff entwickeln würde.

Als Kompromiß übergoß sie die Nadel mit Wasserstoffperoxid und tränkte auch den Nähfaden damit. Dann legte sie Nadel und Faden beiseite und nahm wieder den Waschlappen zwischen ihre Zähne. Sie drückte das geronnene Blut aus der Wunde und kippte etwas Wasserstoffperoxid hinein. Sie stöhnte in das Tuch, als rosa Schaum aus dem Einschnitt quoll, und wand sich unter dem scharfen, stechenden Schmerz, der wie ein wütender Hornissenschwarm in ihrem Oberschenkel tobte.

Als der Schmerz endlich nachließ, wischte sie sich Schweiß und Tränen aus den Augen, drückte die Wundränder fest zusammen und fing an zu nähen. Sie begann am unteren Ende, weil es vermutlich einfacher war, sich nach oben vorzuarbeiten.

Gina zuckte zusammen, als sie die Nähnadel durch ihre Haut trieb. Schmerzhaft, aber nichts im Vergleich zu dem, was sie bereits hinter sich hatte. Die Nadel war sehr spitz, aber für Stoffe, nicht für zähe Menschenhaut bestimmt. Und sie war gerade, was die Arbeit noch schwieriger machte.

Lassen wir das Lidocain ruhig weg, dachte sie. Jetzt wäre ich schon mit einem blutstillenden Mittel und einer gebogenen Nadel zufrieden.

Einige subkutane Stiche und eine Muskelnaht mit resorbierbarem Nähmaterial wäre ideal gewesen, aber ohne Catgut und eine gebogene Nadel nicht möglich. Gina mußte sich mit einer Einzelknopfnaht begnügen.

Sie verknotete den ersten Stich vorsichtig, aus Angst, der

Faden könnte reißen, wenn sie zu fest daran zog. Sie hatte den kräftigsten gekauft, den sie finden konnte, aber es war trotzdem kein Seiden- oder Nylonfaden, sondern nur ein schlichter Zwirnsfaden. Damit diese Naht hielt, mußten die Stiche dicht aufeinanderfolgen – nicht weiter als drei bis vier Millimeter voneinander entfernt.

Dann war sie mit dem ersten Knoten fertig und schnitt die freien Enden mit der kleinen Schere aus dem Nähnecessaire ab. Geschafft! Der erste Knoten hielt. Jetzt waren nur noch vierzehn bis fünfzehn weitere notwendig.

Eine halbe Stunde später war die Naht fertig. Gina schäumte das Blut mit Wasserstoffperoxid von ihrer Haut und begutachtete ihr Werk. Sechzehn aufgeworfene Stiche bildeten eine ordentliche Reihe. Sie tupfte die Wunde trocken, strich dick Bacitracinsalbe darüber und bedeckte sie mit einem Mullpolster. Sie fixierte es durch mehrere Heftpflasterstreifen, bevor sie mit der fünfzehn Zentimeter breiten Ace-Sportbandage einen Druckverband anlegte. Danach schwang sie ihre Beine aus der Badewanne und stand auf.

Und wäre fast zu Boden gegangen, als ihr schwarz vor Augen wurde und es in ihrem Kopf zu dröhnen begann. Gina sank auf ein Knie und klammerte sich an den Toilettentisch, bis der Raum aufhörte, sich um sie zu drehen.

Sie drückte die Stirn an die kühle Marmorplatte und sammelte ihre Kräfte.

Schwach. Sie hatte damit gerechnet, nach dem Eingriff geschwächt zu sein – aber nicht so sehr. Sie griff nach der anderen kleinen CVS-Plastiktüte und zog eine Packung Snickers heraus. Die gute alte Pasta hatte in Streßzeiten immer nach Schokolade gegiert und heute all den für Halloween aufgebauten Süßigkeiten nicht widerstehen können. Gina war froh, diesem alten Laster nachgegeben zu haben. Sie brauchte zusätzliche Kalorien für die Heilung und etwas Traubenzucker, um wieder zu Kräften zu kommen. Und vor allem mußte sie viel trinken. Nachdem sie drei Snickers verschlungen hatte, ließ sie ein Zahnputzglas mit kaltem Wasser vollaufen und leerte es auf einen Zug. Mit dem zweiten Glas Wasser spülte sie weitere vier Tylenoltabletten hinunter.

Danach fühlte sie sich besser, aber bei weitem nicht stark genug, um sich auf die Straße wagen zu können. Sie setzte sich mühsam in Bewegung, stützte sich mit einer Hand von der Wand ab und erreichte so das Bett. Unterwegs stellte sie den Fernseher ab. Sie schlug die Tagesdecke zurück und kroch vorsichtig zwischen die kühlen Laken. Sie zitterte am ganzen Körper und mußte sich etwas ausruhen. Jetzt konnte ihr nichts mehr passieren. Sie würde vielleicht eine Stunde schlafen und dann Gerry anrufen. Sie hatte das Implantat. Nun konnte sie's ihm beweisen. Er würde ihr glauben müssen. Alle würden ihr glauben.

Sobald sie ein bißchen geschlafen hatte . . .

34

Donnerstagnachmittag

Gerry fing allmählich an, leicht hysterisch zu werden.

Dagegen war er machtlos. Er war zuvor in Ginas Apartment gewesen, nachdem er ihren Sunbird nirgends auf der Kalorama Road hatte entdecken können. Als auf mehrfaches Klopfen niemand öffnete, hatte er das Türschloß mit dem Electropick geöffnet und die Wohnung verlassen vorgefunden. Keine Spuren eines Kampfes, keine hinterlassene Mitteilung, keinerlei Anzeichen dafür, daß Gina ihr Apartment morgens nicht mit der Absicht verlassen hatte, abends zur gewohnten Zeit zurückzukehren.

Er hatte sogar in Lathrams Surgicenter angerufen. Die Empfangsdame hatte ihm erklärt, Gina sei nicht da und werde heute auch nicht kommen. Gerry meinte, noch etwas anderes aus ihrer Stimme herausgehört zu haben, aber vermutlich war das nur Wunschdenken gewesen.

Dann hatte er bei allen elf Washingtoner Notfallambulanzen und sogar bei einigen in Nordvirginia und Südmaryland nachgefragt. Nirgends war eine Gina Panzella oder eine Jane Doe, auf die ihre Personenbeschreibung paßte, eingeliefert worden. Auch die hiesigen Polizeireviere wußten nichts von ihr. Niemand hatte eine Gina Panzella – oder jemand wie sie – verhaftet.

Und dann war ihm wieder der Verkehrsunfall drüben am Farragut Square eingefallen. Er hatte die D.C. Police angerufen und wartete nun an seinem Schreibtisch sitzend auf den Rückruf. Wahrscheinlich würde die Auskunft der Polizei ihm nicht weiterhelfen, aber er wollte keine Möglichkeit unberücksichtigt lassen.

Das Telefon klingelte.

»Agent Canney?« fragte eine näselnde Frauenstimme. »Okay, wir haben festgestellt, auf wen der verunglückte Wagen zugelassen ist, nach dem Sie sich erkundigt haben. Er gehört einer Regina Panzella aus der Kalorama Road hier im District.«

»Verdammt!« sagte Gerry. Diese Auskunft hätte er schon vor Stunden einholen sollen. »Und in der Meldung steht, daß sie vom Unfallort geflüchtet ist?«

»Fahrerin hat Unfallort zu Fuß verlassen – das steht in der Meldung.«

»Sonst nichts?«

»Nach Zeugenaussagen ist sie eine dunkelhaarige Weiße gewesen, die allein im Auto saß.«

Diese Beschreibung paßte auf Gina.

»Okay. Vielen Dank.«

»Nichts zu danken.«

Wo steckte sie also? Sie hatte einen Unfall gebaut und war weggelaufen. Wohin? Es hatte fast den ganzen Vormittag stark geregnet. Wie weit konnte sie im Regen zu Fuß gekommen sein?

Gerry nahm seinen Mantel vom Haken. Er wollte sich den Unfallort noch einmal ansehen. Aber als er eben gehen wollte, fiel ihm etwas anderes ein. Er rief unten im Computerzentrum an und gab eine Kreditkartenauskunft über Dr. Regina Panzella in Auftrag. Feststellen, welche Kreditkarten sie besaß und ob sie heute eine davon benutzt hatte – und wo.

Möglichkeiten gab es viele. Vielleicht hatte sie ein Auto gemietet. Oder sich ein Motorrad gekauft. Wer konnte voraussagen, was sie als nächstes tun würde?

Dann fuhr er zum Farragut Square. Da weder Ginas Kreditkartennummer noch ihre Kartengesellschaft bekannt waren, konnte die Suche einige Zeit dauern. Aber die Auskunft würde auf seinem Schreibtisch liegen, wenn er zurückkam.

Er hoffte, daß er sie nicht brauchen würde.

Duncan war erschöpft, frustriert, wütend und von wachsender Angst erfüllt.

Aber wenigstens regnete es nicht mehr.

Das war so ziemlich das einzig Gute, was Duncan über diesen Nachmittag sagen konnte. Er stand in der 17th Street am Farragut Square und beobachtete die um diese Zeit viel zahlreicheren Passanten. Angestellte, die jetzt Büroschluß hatten, bevölkerten die Gehsteige. Duncan betrachtete die Statue auf dem Platz. Auf dem Hut des Admirals saß passenderweise eine Möwe.

Langsam wurde es Zeit, die Suche aufzugeben. Er war stundenlang unterwegs gewesen und hatte das gesamte Viertel zwischen dem Scott Circle im Norden und dem Weißen Haus im Süden zu Fuß und mit dem Auto abgesucht, ohne die geringste Spur von Gina zu finden.

Nur seine Angst hinderte ihn daran aufzugeben und heimzufahren. Oder aus Washington zu verschwinden.

Was war, wenn Gina es geschafft hatte, ihren FBI-Freund davon zu überzeugen, daß in ihrem Bein ein Implantat steckte? Und was war, wenn er dafür gesorgt hatte, daß es herausoperiert wurde? Während er heute nachmittag unterwegs gewesen war, konnte das Blatt sich gewendet haben. Unter Umständen war er bereits vom Jäger zum Gejagten geworden.

Das mußte er schnellstens feststellen.

Duncan sah auf seine Uhr. Barbara würde noch im Büro sein. Er zog sein Mobiltelefon aus der Tasche und rief sie an.

»Haben Sie sie gefunden?« fragte Barbara als erstes.

»Bisher nicht«, sagte er. »Ich wollte nur nachfragen, ob Sie etwas gehört haben. Gina hat sich nicht gemeldet, nehme ich an.«

»Nein«, antwortete Barbara. »Jemand hat für sie angerufen, aber . . .«

»Wer?«

»Dieser junge Mann, mit dem sie befreundet ist. Gerry Canney.«

Duncan schluckte trocken. Der FBI-Agent? Das war kein gutes Zeichen.

»Wann hat er angerufen?«

»Am späten Vormittag. Er hat sie gesucht.«

»Sie haben daran gedacht, was ich Ihnen aufgetragen habe, nicht wahr?«

»Ja. Ich habe nur gesagt, sie sei nicht da und werde heute auch nicht kommen.«

»Ausgezeichnet. Wir müssen Gina abschirmen, bis wir rauskriegen, was ihr fehlt, und dafür sorgen können, daß ihr geholfen wird.«

»Ja, ich weiß. Aber er hat so besorgt gewirkt . . .«

»Wir sind alle besorgt, Barbara.« Vor allem *ich*. »Irgendwelche Anrufe für mich?«

»Ein paar Leute, die einen Termin haben wollten. Mr. Covington hat angerufen, um sich darüber zu beschweren, daß Sie alle heutigen Operationen abgesagt haben. Seine Frau sei hysterisch, hat er gesagt.«

»Sie hat diese Nase seit fast fünfzig Jahren – also wird sie noch eine Woche damit leben können. Sonst keine Anrufe? Keine Besucher?«

»Nein. Hier ist's ziemlich ruhig gewesen.«

Das war eine Erleichterung. Keine Anrufe oder Besuche von Kriminalbeamten oder FBI-Agenten, die unbedingt Dr. Lathram sprechen wollten. Ein ziemlich sicheres Anzeichen dafür, daß Gina erst jemanden überzeugen mußte.

Vielleicht hatte er doch noch Zeit.

Zeit wofür? Weiter durch dieses Viertel zu streifen, erschien ihm ziemlich sinnlos. Damit mußte er sich abfinden: Gina war nicht mehr hier. Sie war mit einem Taxi weitergefahren, hatte sich an ihm vorbei in die Metro geschlichen oder war einfach zu Fuß geflüchtet. Sie konnte längst in Virginia oder Maryland sein. Oder drunten im FBI Building. Wäre sie noch in der Nähe gewesen, hätte er sie irgendwann sehen müssen.

Als er in seine Jackentasche griff, um die Autoschlüssel herauszuholen, berührte er den als Piepser getarnten Ultraschallsender. Das löste widersprüchliche Emotionen aus. Wäre Gina jetzt vorbeigegangen, hätte er das Gerät ohne Zögern gegen sie eingesetzt – nicht aus Bösartigkeit, sondern aus dem stärksten aller Urtriebe: Selbsterhaltung. Und trotzdem ... irgendein kleiner Teil seines Ichs war beinahe froh, daß sie ihm entwischt war.

Duncan fand seine Schlüssel. Es wurde Zeit wegzufahren. Aber wohin? Nach Hause, um dort herumzusitzen und darauf zu warten, daß das Henkersbeil fiel? Auch wenn niemand kam, um ihm Handschellen anzulegen, würde er seinen Plan für die morgige Operation des Präsidenten umstoßen müssen. Er würde ihn einfach nur operieren und das Implantat weglassen. Vernichtete er dann noch das TPD, stand Ginas Aussage gegen seine.

Wenn das Implantat in ihrem Bein nicht gewesen wäre.

Verdammt, verdammt, *verdammt!* Seine Chancen verschlechterten sich von Stunde zu Stunde.

Als Duncan sich abwandte, um zu seinem Wagen zurückzugehen, fuhr eine unauffällig graue Limousine vorbei und hielt keine fünf Meter von ihm entfernt genau unter einem Parkverbotsschild. Das ließ in seinem Kopf eine Alarmglocke schrillen. Er machte kehrt, überquerte hastig die 17th Street und hielt sein Gesicht abgewandt, bis er die andere Straßenseite erreicht hatte. Als er sich dort unter den Strom von Berufstätigen mischte, sah er sich um und beobachtete einen jungen Mann mit blonden Haaren, der vom Gehsteig aus den Farragut Square in Augenschein nahm. Er schien jemanden zu suchen.

Blankes Entsetzen erfaßte Duncan, aber er widerstand der Versuchung, in panischer Angst davonzulaufen. Diesen jungen Mann hatte er schon einmal gesehen – mit Gina bei der Anhörung der Richtlinienkommission. Canney, der FBI-Agent.

Sucht er etwa mich?

Ruhe bewahren! ermahnte Duncan sich. Wie kann er mich suchen? Er ist eben an mir vorbeigefahren. Und warum sollte er mich in ganz Washington ausgerechnet hier suchen?

Also sucht er jemand anderen.

Gina.

Duncan fühlte sein Herz aufgeregt schlagen, als er in einen Hauseingang trat und Agent Canney weiter beobachtete.

Ich bin noch immer in Sicherheit, dachte er. Weiß das FBI nicht, wo Gina steckt, weiß es niemand – zumindest niemand, der wichtig ist.

Er beobachtete, wie Canney über den Rasen ging, sich zwischen Büschen und Bänken hindurchschlängelte, einen Rundgang um den Farragut Square machte und an der Stelle stehenblieb, wo Ginas Wagen an den Randstein geknallt war. Seine Bewegungen waren rasch, effizient, aber Duncan entdeckte darin unverkennbare Besorgnis und Unsicherheit.

Duncan hätte es ihm sagen können: Sie vergeuden hier Ihre Zeit.

Er beobachtete, wie Canney nach einem letzten Rundblick in seinen Wagen stieg und wegfuhr. Als der Agent verschwunden war, fühlte Duncan sich plötzlich erfrischt, wie neu belebt. Er wollte jetzt nicht nach Hause fahren. Noch nicht.

Er würde sich noch eine Zeitlang hier herumtreiben. Mindestens bis Einbruch der Dunkelheit.

Gina wachte mit Schmerzen und völlig desorientiert auf. Als sie sich auf die rechte Seite drehte, hatte sie das Gefühl, ein Raubtier schlage seine Fänge in ihren Oberschenkel.

Ihr war heiß, sie war klatschnaß, in Schweiß gebadet. BH und Slip klebten an ihrer Haut. Sie schlug die Bettdecke zurück. Um sie herum war es dunkel. Wo . . .?

Nur wenige Augenblicke später erkannte sie das Hotelzimmer. Plötzlich fiel ihr alles wieder ein. Sie erinnerte sich daran, wie sie sich auf dem Wannenrand sitzend in ihren Oberschenkel geschnitten hatte . . .

Als sie sich aufsetzte, war ihr nur sekundenlang schwindlig. Die Erholungspause hatte ihr gutgetan, das stand außer Zweifel, aber wie lange hatte sie geschlafen? Sie drehte den Radiowecker zu sich herum. 17.05 Uhr.

Mein Gott, ich habe den ganzen Nachmittag verschlafen!

Sie kam mühsam auf die Beine und torkelte ein wenig auf

dem Weg ins Bad. Sie mußte es sehen, sich selbst davon überzeugen, daß es noch da war.

Es war noch da. Das Coricidinröhrchen lag auf dem Toilettentisch, auf dem sie es zurückgelassen hatte. Sie ließ das Wasser laufen, bis es kalt war, und trank drei Gläser nacheinander, ohne das Implantat aus den Augen zu lassen. Es verfärbte sich jetzt braun, weil das Blut auf seiner Oberfläche antrocknete.

Sie nahm es mit, als sie zum Bett zurückhumpelte. Sie war noch immer schwach, aber sie fühlte sich wesentlich besser, als sie sich vorsichtig auf der Bettkante niederließ. Es wurde allmählich Zeit, Gerry anzurufen. Es wurde Zeit, sich mit ihm zu treffen und ihm zu zeigen, was Duncan ihr eingepflanzt hatte.

Sie ließ sich ein Amt geben und tippte Gerrys Nummer ein. Die FBI-Telefonistin sagte, er sei im Augenblick nicht zu erreichen. Ob sie eine Nachricht hinterlassen wolle?

»Wann kommt er zurück?«

»Das hat Agent Canney nicht gesagt. Darf ich Sie um Ihren Namen bitten?«

»Schon gut«, wehrte Gina ab. »Ich rufe später wieder an.«

Vielleicht hatte Gerry nicht länger auf sie warten wollen und war heimgefahren. Sie rief bei ihm zu Hause an, aber dort meldete sich nur sein Anrufbeantworter.

Vielleicht war er noch unterwegs. Sie würde warten müssen, bis er Martha abgeholt hatte und zu Hause angekommen war . . . falls er gleich nach Hause fuhr. Sie fragte sich, ob er sich Sorgen um sie machte, ob er überhaupt an sie dachte. Es wäre ein Trost gewesen, wenn außer Duncan sich noch jemand Gedanken darüber gemacht hätte, wo sie sein mochte.

Gina wickelte die Ace-Bandage von ihrem Oberschenkel, um das Mullpolster freizulegen, das an einigen Stellen blutdurchtränkt war. Sie zog es vorsichtig ab. Die antibiotische Salbe hatte verhindert, daß das Mullpolster festklebte. Der Einschnitt sah gut aus; die Naht schien zu halten. Aber als sie erst die Wunde und dann das Röhrchen mit dem blutigen Implantat betrachtete, war sie plötzlich von Verzweiflung erfüllt.

Gerry wird mir nicht glauben.

Diese Erkenntnis traf sie wie ein Faustschlag. Was würde er

denken, wenn sie ihm das blutige Ding in dem Glasröhrchen zeigte? Niemand hatte den Eingriff gesehen. Wie sollte sie beweisen, daß sie sich diesen Schnitt nicht beigebracht und das Implantat mit ihrem Blut beschmiert hatte, um andere von ihren Wahnvorstellungen zu überzeugen? Selbstverstümmelung kam bei bestimmten Psychosen häufig vor. Oder vielleicht würden Psychiater ihr eine Art Münchhausen-Syndrom attestieren.

Sie hatte etwas Extremes, etwas Radikales getan, das auf jeden, der nicht ganz begriff, welche Gefahr von dem Implantat für sie ausgegangen war, bizarr und ... nun, geistesgestört wirken mußte.

Mit anderen Worten: Zeigte sie Gerry das blutige Implantat und erzählte ihm, sie habe es aus ihrem eigenen Bein herausgeschnitten, bestätigte sie damit unter Umständen lediglich seine schlimmsten Befürchtungen in bezug auf ihren Geisteszustand. Ihre paranoiden Wahnvorstellungen hatten jetzt sogar zu Selbstverstümmelung geführt.

Gina schlug die Hände vors Gesicht. Sie hockte zusammengekauert auf der Bettkante und hörte ihre Stimme schluchzend fragen: »Was soll ich bloß tun?«

Sie mußte jemanden finden, der ihr glaubte, der nicht lediglich vermutete, sie habe zu viele Folgen von *Twilight Zone* gesehen ...

Oliver.

Natürlich! Oliver würde ihr glauben. Auf der ganzen Welt war er der einzige weitere Mensch, der von dem TPD und den Implantaten wußte. Er würde verstehen, warum sie ihren Oberschenkel hatte aufschneiden müssen, um das TPD herauszuholen.

Aber wie würde er reagieren, wenn sie ihm mitteilte, daß Duncan hinter allem steckte? Oliver verehrte seinen älteren Bruder. Er vergötterte ihn geradezu. Würde Oliver die Tatsache akzeptieren können, daß Duncan andere Menschen verletzte?

Ein weiterer, niederschmetternder Gedanke: Was war, wenn Oliver in diese Sache verwickelt war?

Nein, das konnte sie nicht glauben. Oliver war ein grundanständiger Kerl. Für ihn wäre die Vorstellung, seine Implantate könnten dazu mißbraucht werden, Menschen zu schaden, anstatt sie zu heilen, zutiefst deprimierend gewesen. Und wäre er irgendwie beteiligt gewesen, hätte er ihr *nie* Dr. VanDuynes Namen verraten.

Das war die Lösung. Sie würde ihren Fall Oliver vortragen, und sobald sie ihn überzeugt hatte, konnten sie gemeinsam zu Gerry oder dem Secret Service oder sonst jemandem gehen, der Duncan das Handwerk legen würde.

Sie stand rasch auf und sank wieder auf die Bettkante zurück, weil sie sich plötzlich schwach fühlte. Vielleicht war es besser, erst einmal etwas zu essen. Kein Frühstück, kein Mittagessen... lediglich ein paar Snickers. Nahm sie nicht bald ein paar Kalorien zu sich, konnte sie darauf warten, daß sie irgendwo zusammenklappte.

Sie schlug die Speisekarte des Zimmerservices auf und bestellte einen Hamburger mit Pommes frites und dazu eine Cola: Proteine, komplexe Kohlenhydrate und Koffein. Damit würde sie eine Zeitlang durchhalten können.

Dann stand sie erneut auf – diesmal etwas vorsichtiger – und ging ins Bad zurück. Nachdem sie die Wunde mit einem sauberen Mullpolster bedeckt hatte, verwendete sie die Ace-Bandage wie zuvor als Druckverband. Dann zog sie ihr Sweatshirt an und schlüpfte vorsichtig in ihre Jeans. Als der Zimmerservice an ihre Tür klopfte, sah sie wieder ziemlich normal aus.

Gina schaute aus dem Fenster, während der Zimmerkellner seinen Servierwagen hereinschob und die Warmhaltehaube vom Teller nahm. Das Wasser lief ihr im Mund zusammen; sie hatte nicht gemerkt, wie hungrig sie war. Draußen sank die Abenddämmerung herab. Sie würde ihr Essen verschlingen und abwarten, bis es ganz dunkel war; dann würde sie aus dem Tremont laufen, ins erste wartende Taxi springen und sich geradewegs zu Olivers Haus fahren lassen. Oliver wohnte im äußersten Nordwesten Washingtons. Gina kannte sein Haus von einer Einladung zum Abendessen. Ein nettes kleines Ranchhaus in einer guten Wohngegend, aber nicht entfernt so luxuriös wie Duncans Villa in Chevy Chase.

Wahrscheinlich brauchte sie nicht einmal zu warten, bis es

dunkel war. Duncan lag bestimmt längst nicht mehr dort draußen auf der Lauer.

Die Kreditkartenauskunft über Gina kam später, als Gerry erwartet hatte. Er hatte Mrs. Snedecker anrufen und sie fragen müssen, ob sie Martha ein paar Stunden länger bei sich behalten und mit ihr zu Abend essen könne. Er hatte auch mit Martha gesprochen, um ihr zu sagen, daß er erst später heimkommen werde, und erleichtert aufgeatmet, als er ihr unbekümmertes »Okay!« hörte. Wie gut, daß sie Mrs. S. mochte.

Als die Kreditkartenauskunft kurze Zeit später auf seinem Schreibtisch landete, zeigte sich, daß Gina mit ihrer Visa-Karte im Hotel Tremont in der K Street gezahlt hatte.

K Street! Jesus, dort war er eben gewesen! Was machte sie im Tremont? Hatte sie sich dort versteckt?

Gerry war verwirrter als zuvor, als er sich die Telefonnummer von der Auskunft geben ließ und die Rezeption bat, ihn mit Ms. Panzella zu verbinden. Er ließ das Telefon ein dutzendmal klingeln, hätte fast aufgelegt und wartete dann noch mindestens ein halbes Dutzend Klingelzeichen ab.

Wo zum Teufel steckte sie? Hätte sie das Hotel bereits wieder verlassen, hätte die Rezeption ihn nicht weiterverbunden. Hatte sie Angst davor, ans Telefon zu gehen?

Gerry nahm seinen Mantel und lief hinaus.

Als der Abend über Washington herabsank und die aufflackernden Straßenlichter den leichten Herbstnebel erglühen ließen, beschloß Duncan, seine Suche aufzugeben. Gina war offensichtlich nirgends in der Nähe, war vermutlich seit Stunden fort. Es war zwecklos, sich noch länger hier herumzutreiben.

Aber was sollte er als nächstes tun? Wohin sollte er fahren? Er konnte jetzt nicht einfach aufgeben. Dafür stand zuviel auf dem Spiel. Auf dem Rückweg zu seinem Wagen ging er verzweifelt alle Alternativen durch.

Wenn ich Gina wäre und mich noch irgendwo in der Nähe aufhielte – wo könnte ich dann sein? Wo könnte ich mich so lange versteckt halten?

Diese Frage beschäftigte Duncan, während er den Nordrand

des Platzes entlangging. Als er dann in die K Street abbiegen wollte, fiel sein Blick auf die Markise des Tremont-Hotels.

Er blieb stehen, schüttelte den Kopf, ging einige Schritte weiter, blieb erneut stehen und starrte über die Straße. Die Markise war ihm schon früher aufgefallen, aber . . .

Konnte sie sich ein Hotelzimmer genommen haben? Vermutlich nicht. Gewiß, sie konnte dort drüben hineingelaufen sein und sich ein Zimmer genommen haben, um an einem sicheren Ort auf ihren FBI-Mann zu warten. Aber das hatte sie offenbar nicht getan, denn sonst wäre Agent Canney vorhin nicht wie eine verlorene Seele über den Farragut Square geirrt. Außerdem konnte Duncan sich nicht vorstellen, daß Gina sich einen ganzen Nachmittag lang in einem Hotelzimmer verkroch und nur vor dem Fernseher hockte.

Trotzdem . . . dort drüben war er noch nicht gewesen. Eine kurze Nachfrage würde nicht lange dauern. Was waren ein paar Minuten im Vergleich zu all der Zeit, die er heute schon vergeudet hatte?

Er betrat die Hotelhalle und schlenderte an die Rezeption. Der junge Mann hinter der Theke sah ihm erwartungsvoll entgegen. Duncan überlegte, wie er nach Gina fragen sollte, aber dann wurde ihm klar, daß kein anständiges Hotel die Zimmernummern seiner Gäste herausgab.

Duncan lächelte den Jüngling an, auf dessen Namensschild *Roy* stand. »Haustelefone?«

Roy zeigte in die entfernteste Ecke der kleinen Hotelhalle. »Gleich dort drüben, Sir. Hinter dem großen Farn bei den Aufzügen.«

Duncan nickte dankend. Er fand eine ganze Reihe von Telefonen, nahm den Hörer ab und wählte eine Null.

Als die Telefonistin sich meldete, verlangte er: »Ms. Panzellas Zimmer, bitte.« Zu seiner Verblüffung wurde er sofort verbunden.

Er stand wie vor den Kopf gestoßen da, hörte das Telefon klingeln und fragte sich, was er sagen würde. Dann wurde ihm klar, daß er nichts sagen konnte. Sie durfte nicht merken, daß er sie aufgespürt hatte.

Duncan ließ den Hörer sinken und lehnte sich an die Wand.

Sie ist hier!

Wahrscheinlich war sie den ganzen Tag hiergewesen. Aber was hatte sie in dieser ganzen Zeit gemacht? Und warum hatte sie sich unter ihrem richtigen Namen eingetragen? Eine ausgesprochene Dummheit – und Gina war alles andere als dumm.

Unwichtig. Entscheidend war die Tatsache, daß er sie endlich gefunden hatte. Jetzt brauchte er nur noch ihre Zimmernummer. Er sah zur Rezeption hinüber. Roy war allein hinter der Theke. Ob ein Hundertdollarschein ...?

Und dann setzte die Drehtür sich in Bewegung, und Special Agent Canney kam in die Hotelhalle gestürmt. Duncan erstarrte vor Schreck und fühlte sein Herz jagen.

Nein! Nicht so kurz vor dem Ziel!

Er zog sich hinter den riesigen Farn zurück und sah durch die Wedel. Canney hielt dem jungen Mann seinen Dienstausweis hin und redete wie ein Wasserfall. Er wirkte aufgeregt. Anscheinend hatte Gina ihn endlich erreicht. Aber wozu brauchte er dann seinen Dienstausweis?

Nicht weiter wichtig? Duncan erkannte, welche Lösung sich jetzt anbot. Die Aufzüge waen nur wenige Schritte entfernt. Canney würde zu Gina hinauffahren und sie nach unten begleiten – oder sie anrufen, damit sie sich in der Halle mit ihm traf. In beiden Fällen würde sie dicht an Duncans Platz hinter dem großen Farn vorbeikommen.

Er zog den Ultraschallsender aus seiner Tasche. Sie würde in Reichweite sein. Außer einem kurzen Stich im Oberschenkel würde sie nichts spüren. Wahrscheinlich würde sie sogar noch ins FBI Building kommen, bevor das TPD zu wirken begann.

Er brauchte nur auf sie zu warten. Er hatte den ganzen Tag lang gewartet. Er konnte noch etwas länger warten.

»Ich will ihre Zimmernummer, und ich will den Schlüssel, und ich will beides *sofort!*« sagte Gerry.

Der junge Mann an der Rezeption hatte den Manager geholt, auf dessen Namensschild *Joel Heinrich* stand. Ein umständlicher kleiner Mann mit einem Menjoubärtchen.

»Dafür brauchen Sie bestimmt einen richterlichen Durchsuchungsbefehl. Ich bin jedenfalls nicht berechtigt, in eines unserer Gästezimmer einzudringen und . . .«

»Dr. Panzella ist gesundheitlich angeschlagen«, improvisierte Gerry. »Sie geht nicht ans Telefon. Womöglich ist sie bewußtlos.«

Das wirkte.

»Krank?« Die Umständlichkeit des Managers war verflogen. »Eine ansteckende Krankheit, meinen Sie?«

Gerry senkte die Stimme, als er zum entscheidenden Schlag ausholte. »Das wissen wir nicht. Wir hoffen es nicht. Im Labor ist was schiefgegangen. Wir wollen sie finden und so unauffällig wie möglich in Quarantäne stecken, wenn Sie wissen, was ich meine.«

Heinrich wußte genau, was Gerry meinte. Er nickte knapp, während er nach seinem Telefon griff. »Augenblick, ich will's nur noch einmal versuchen.«

Er tippte eine vierstellige Nummer ein, hörte kurz dem Klingeln zu und legte auf.

»Vielleicht ist sie nur zum Essen ausgegangen.«

»Hoffentlich«, sagte Gerry, obwohl das nicht wirklich sein Ernst war. Er wollte Gina finden und Ordnung in dieses Durcheinander bringen. »Falls sie ausgegangen ist, warte ich hier unten, bis sie zurückkommt.«

Heinrich drehte sich nach dem Schlüsselregal um, nahm einen Zimmerschlüssel vom Haken und deutete dann quer durch die Hotelhalle.

»Wir treffen uns drüben bei den Aufzügen.«

Einige Minuten später waren sie im fünften Stock, wo Heinrich an die Tür von Zimmer 532 klopfte. Hinter ihm trat Gerry ungeduldig von einem Bein aufs andere. Er hatte es eilig, dort hineinzukommen, fürchtete sich aber davor, was er vielleicht entdecken würde.

»Dr. Panzella? Dr. Panzella, hier ist der Manager.«

Keine Antwort.

Bitte, lieber Gott, nichts Gräßliches, dachte Gerry, als Heinrich den Schlüssel ins Schloß steckte. Bitte!

Sobald Gerry das Schloß klicken hörte, drängte er sich an Heinrich vorbei.

»Sie warten hier.«

Im Zimmer brannte Licht. Auf einem Servicrwagen neben dem benutzten, aber jetzt leeren Bett schwammen ein halb aufgegessener Hamburger und matschige Pommes frites in verschütteter Cola.

»Gina?«

Er ging ins Bad weiter. Eine Eisenfaust traf seine Magengrube, als er die blutige Schneidklinge im Waschbecken sah. Als er näher trat, fiel ihm etwas Rotes in der Badewanne auf. Er stöhnte laut. Das Wannenemail war über und über mit Blut bespritzt.

Jesus, was ist hier passiert?

Gerry streckte einen Arm aus und stützte sich von der Wand ab, während sein Blck zwischen Badewanne und Waschbecken hin- und herging. Die blutige Schneidklinge, dazu Fläschchen mit Alkohol und Wasserstoffperoxid, eine Nadel mit Faden ... eine blutige Nadel.

Erst wirre Phantasien über eine angebliche Operation des Präsidenten, jetzt ... das hier. Was immer das war.

»Ach, Gina«, flüsterte er traurig. »Gina, Gina, was hast du *getan*?«

Als Gerry nach nebenan zurückkam, stand Heinrich mitten im Zimmer und sah sich verwirrt um.

»Ist was nicht in Ordnung? Ist sie hier?«

Gerry ließ ihn stehen und warf einen Blick in den Einbaukleiderschrank. Leer. Ein Blick unters Bett zeigte ihm, daß unter der Federkernmatratze nicht genug Platz war, um sich zu verstekken.

»Sie ist fort.« Er schob Heinrich in den Flur hinaus. »Hören Sie, ich möchte, daß dieses Zimmer versiegelt wird. Niemand – absolut *niemand* – darf dort hinein. Die Zimmermädchen nicht, der Zimmerservice nicht, Sie nicht, überhaupt niemand. Ist das klar?«

»Aber warum?«

»Im Augenblick behandle ich diesen Raum als Tatort. Wird

dort auch nur das geringste verändert, erwartet Sie eine Anzeige wegen Behinderung meiner Ermittlungen und Begünstigung einer Straftat. Verstehen wir uns?«

»Ja. Ja, natürlich.«

Heinrich nahm das Schild BITTE NICHT STÖREN von der Innenseite der Tür und hängte es draußen über den Türknopf. Dann schloß er die Tür von außen ab und rüttelte daran, um sich davon zu überzeugen, daß das Schloß eingeschnappt war.

»Ich informiere das Personal, daß Zimmer 532 bis auf weiteres nicht betreten werden darf.«

»Gut.«

Yeah, gut. Wunderbar. Heinrich wußte, was er zu tun hatte. Aber wie ging es bei *ihm* weiter? Er machte sich schreckliche Sorgen. Was hatte sie sich in diesem Bad angetan? Und wo war sie jetzt?

Er mußte sie finden. So schnell wie möglich. Wenn's nicht schon zu spät war.

Irgendwas stimmt hier nicht.

Duncan war verblüfft und enttäuscht, als Canney ohne Gina in die Hotelhalle herunterkam. Aber dann sah er seinen ernsten Gesichtsausdruck und seine offenkundige Erregung und wußte, daß er in Ginas Zimmer nicht das Erwartete gefunden hatte. Oder hatte er *mehr* als erwartet gefunden?

Duncan wünschte sich, er hätte einen Schlüssel zu diesem Zimmer. Was hatte Canney dort oben gesehen? Nur ein Blick – mehr verlangte er gar nicht.

»Noch Fragen?« hörte er Canney zu dem Manager sagen. »Sie haben ihre Personenbeschreibung, und Sie haben meine Karte. Sobald irgend jemand Sie sieht, rufen Sie mich sofort an. Alles klar?«

Der Manager nickte und murmelte irgend etwas, das Duncan nicht verstand. Aber das spielte keine Rolle. Wichtig war nur, daß Gina nicht hier war. Sie hatte das Hotel verlassen, ohne ihr Zimmer zu räumen. Und Canney erwartete sie nicht so bald zurück, sonst hätte er hier auf sie gewartet.

Er beobachtete, wie Canney das Hotel verließ, blieb aber noch eine Zeitlang hinter dem Farn, damit der Agent genug Zeit hatte, sein Auto zu erreichen. Und damit er selbst Zeit gewann, seinen nächsten Schritt zu planen.

Gina erwies sich als verdammt unberechenbar. Duncan fühlte, daß seine Nerven mit jeder Stunde, die sie außerhalb seiner Reichweite verbrachte, immer mehr blank lagen. Er fragte sich, wie lange er diese ständige Ungewißheit noch würde ertragen können.

Wann hatte sie sich das Zimmer genommen? Wie lange hatte sie sich darin aufgehalten? Und wo zum Teufel war sie *jetzt*? Wieder in ihrem Apartment?

Duncan seufzte. Wo sollte er Gina sonst suchen? Er würde nach Adams Morgan zurückkehren und in ihrer Wohnung nachsehen. War sie nicht dort, blieb ihm praktisch nichts anderes übrig, als nach Hause zu fahren und zu warten.

Fand er sie nicht bald, würde er seine Planung für morgen ändern müssen. Und gerade das wollte er *nicht* tun.

35

Donnerstagabend

Gina streckte ihren Kopf aus dem Seitenfenster des Taxis und sah nervös die Connecticut Avenue hinauf und hinunter.

»Müßte es nicht längst hier sein?«

Der Taxifahrer lehnte neben der offenen Motorhaube seines Wagens am Kotflügel und paffte einen Zigarillo.

»Ich rufen über Funk. Er jeden Augenblick kommen. Sofort kommen. Sie warten.«

Sie zog sich ins Wageninnere zurück. Weil sie nicht deutlich sichtbar auf der Straße herumstehen wollte, hatte sie den Fahrer gebeten, ihr ein anderes Taxi zu rufen. Aber vielleicht hätte sie doch riskieren sollen, eins anzuhalten. Inzwischen waren Dutzende von Taxis vorbeigefahren. Hätte sie gleich eins gestoppt, wäre sie schon auf halber Strecke zu Olivers Haus gewesen.

Aber dieser Anruf im Hotel . . . ihr Herz jagte noch jetzt, wenn sie sich an ihre panische Angst erinnerte. Als das Telefon zu klingeln begann, hatte sie ihr Cola umgestoßen und wäre fast an einem Bissen Hamburger erstickt.

Vielleicht war das ein Zufall gewesen – jemand hatte sich verwählt, hatte eigentlich Zimmer 533 oder 432 anrufen wollen –, aber vielleicht auch nicht. Vielleicht war der Anrufer Duncan gewesen … Gott, daran mochte sie nicht mal denken! Oder vielleicht hatte Gerry angerufen. Vielleicht würde sie's nie erfahren.

Jedenfalls hatte das plötzliche Klingeln des Telefons ihr völlig den Nerv geraubt. Sie hatte es einige dröhnende Herzschläge lang erschrocken angestarrt, weil sie glaubte, jemand habe sie hier aufgespürt, und war dann geflüchtet. Ohne Sicherheitsvorkehrungen, ohne zu versuchen, das Tremont unauffällig zu verlassen. Sie hatte nicht einmal auf den Lift gewartet, sondern war die Treppe hinuntergerannt und eilig durch die Hotelhalle zur Straße hinausgehumpelt.

Nachträglich war Gina klar, wie unvorsichtig das gewesen war. Aber sie mußte auf der Stelle weg – sofort, keine Sekunde später. Das Hotel, das einen ganzen Nachmittag lang ihr Zufluchtsort gewesen war, hatte sich plötzlich in eine Falle verwandelt.

Die Hotelhalle war leer gewesen. In dieser Beziehung hatte sie Glück gehabt. Pech war es dann gewesen, ein Taxi zu erwischen, das schon wenig später den Geist aufgegeben hatte.

»Er jetzt kommen«, sagte der Fahrer.

Gina verrenkte sich den Hals und sah ein weiteres Diamond Cab hinter ihrem halten. Sie stieg aus, winkte ihrem Fahrer dankend zu und stieg in das neue Taxi um. Sie nannte dem Fahrer Olivers Adresse und wurde in den Sitz gepreßt, als das Taxi ruckartig anfuhr. Sie stöhnte leise, weil sie dabei starke Schmerzen im rechten Bein hatte.

Okay. Sie war wieder unterwegs. Bitte keine weiteren Pannen mehr. Aber wie hoch war die Wahrscheinlichkeit, daß zwei Taxis nacheinander liegenblieben? Ausgesprochen gering. Gina entspannte sich etwas und überlegte, wie sie Oliver die Hiobsbotschaft beibringen könnte.

Als das Taxi am Dupont Circle halten mußte, sah Gina zufällig aus dem rechten Fenster. Ihr lief ein kalter Schauer über den Rücken, als sich dort eine schwarze Motorhaube mit einem vertrauten dreizackigen Stern heranschob. Sie erstarrte, hielt den Atem an, drückte sich in ihre Ecke und brachte die hintere Fenstersäule des Taxis zwischen sich und den anderen Wagen.

Nur ein schwarzer Mercedes, beruhigte sie sich. Die gibt's in Washington zu Tausenden.

Der Mercedes schob sich etwas weiter nach vorn, als warte sein Fahrer ungeduldig auf Grün. Die Windschutzscheibe wurde sichtbar, dann das Lenkrad und die beiden Hände, die es umfaßten. Männerhände. Und dann kam der Fahrer in Sicht.

Gina unterdrückte einen Aufschrei und wich noch weiter in ihre Ecke zurück.

Duncan!

Ruhig, ganz ruhig, er kann dich nicht sehen.

Aber er war *hier*, keine zwei Meter von ihr entfernt. War er die ganze Zeit in der Innenstadt gewesen? Gott, dann hätte sie ihm vor dem Hotel über den Weg laufen können. Er mußte der Anrufer gewesen sein. Aber er war nicht unten in der Hotelhalle gewesen. Vielleicht hatte er sämtliche Hotels in der Innenstadt angerufen, um sich mit Gina Panzellas Zimmer verbinden zu lassen. Aber warum fuhr er dann vom Hotel Tremont weg, statt dorthin unterwegs zu sein? Das war unbegreiflich, völlig unbegreiflich . . .

Sie drückte sich weiter in ihre Ecke und betete darum, die Ampel möge bald auf Grün schalten. Als sie endlich umsprang, fuhren das Taxi und der Mercedes zusammen in den Kreisverkehr ein. Aber nach einer halben Umrundung bog Duncans Wagen zur Connecticut Avenue ab, während ihr Taxi bis zur P Street weiterfuhr.

Sie sackte kraftlos zusammen. Gerettet. Aber wohin war er unterwegs? Die Connecticut Avenue lag nicht auf seinem Heimweg. Sie führte zu . . .

. . . zu meinem Apartment.

Während das Taxi von der P Street abbog und der Wisconsin Avenue hügelaufwärts in Richtung Bethesda folgte, überlegte

Gina, welche Möglichkeiten ihr offenstanden. Eigentlich hatte sie Oliver von ihrem Zimmer aus anrufen wollen, bevor sie sich auf den Weg zu ihm machte. Aber sie war aus dem Tremont geflüchtet, bevor sie hatte anrufen können. Vielleicht würde sich das jetzt zu ihrem Vorteil auswirken. Vielleicht war es besser, ihn ahnungslos zu überfallen. Was wäre gewesen, wenn er in der Zeit zwischen ihrem Anruf und ihrem Eintreffen mit Duncan telefoniert hätte?

Sie fuhr zusammen. Nein, es war besser – sicherer –, einfach bei Oliver aufzukreuzen und auf ihr Improvisationsgeschick zu vertrauen.

Als sie das Marineobservatorium rechts neben sich erkannte, wußte sie, daß sie schon fast am Ziel war.

Das Taxi bog von der Wisconsin Avenue nach links ab. Gina lehnte sich bald nach vorn und suchte die Straßen nach einem schwarzen Mercedes ab. Theoretisch konnte Duncan, der zuvor in die Connecticut Avenue abgebogen war, unmöglich vor ihnen hier sein, aber sie wußte aus bitterer Erfahrung, daß man bei diesem Mann nichts als selbstverständlich voraussetzen durfte.

Kein Mercedes in Sicht. Gina bezahlte den Fahrer und hastete den Weg zur Eingangstür hinauf. Als sie klingelte, fürchtete sie sich davor, wer die Tür aufmachen würde. Ihr Leben schien sich in einen Hitchock-Film verwandelt zu haben. Hätte Duncan ihr aufgemacht, wäre sie nur wenig überrascht gewesen.

»Gina?« fragte Oliver, als er seine Haustür öffnete. »Um Himmels willen, was führt Sie zu mir?« Er stieß die Fliegengittertür auf, um sie einzulassen. »Kommen Sie rein, kommen Sie rein.«

»Ich störe hoffentlich nicht«, sagte Gina. Ihr Blick suchte rasch das unaufgeräumte Wohnzimmer und den sichtbaren Teil des Eßzimmers ab. »Sie haben keinen Besuch, nicht wahr?«

Oliver lächelte und schloß die Tür hinter ihr. Über seinem gewohnten weißen Hemd trug er einen Pullover mit V-Ausschnitt, und seine Füße steckten in altmodischen Filzpantoffeln.

»Nein. Andererseits täte mir etwas Ablenkung gut. Ich bin wegen morgen so aufgeregt, daß ich nicht schlafen kann. Ich freue mich, daß Sie gekommen sind.«

»Vielleicht nicht mehr, wenn Sie den Grund meines Besuchs erfahren.«

Sein Lächeln verschwand. »Irgendwas nicht in Ordnung?«

»Ja«, antwortete Gina, zog das Glasröhrchen aus ihrer Tasche und drückte es ihm in die Hand. »Das hier.«

Er runzelte die Stirn. »Ein Implantat?«

»Richtig. Ich habe es heute vormittag aus meinem Bein geschnitten.«

Oliver starrte sie verständnislos an. »Was? Wie ...?«

Gina beschloß, ihn gleich mit der ganzen Wahrheit zu konfrontieren. Sie beobachtete seinen Gesichtsausdruck aufmerksam. Erweckte Oliver auch nur eine Sekunde lang den Eindruck, nicht ehrlich überrascht oder schockiert zu sein, würde sie das Haus fluchtartig verlassen.

»Duncan hat es mir letzte Nacht, als ich bewußtlos gewesen bin, ins rechte Bein eingepflanzt. Heute ist er den ganzen Tag hinter mir her gewesen, um es mit Ultraschall zu zerstören.«

Oliver lächelte verkrampft. »Das ist nur ein Scherz, nicht wahr? Sie und Duncan ...«

»Das ist kein Scherz, Oliver. Dieses Ding ist mit TPD gefüllt.«

»TPD?« fragte er noch immer lächelnd. »Was ist ...?« Sein Lächeln verblaßte. »TPD? Was wissen *Sie* über TPD?«

»Triptolinisches Diäthylamid. Duncan hat eine kleine Flasche davon in seinem Büro.«

»Unmöglich! Diese Verbindung wird nicht mehr hergestellt.«

»Ja, ich weiß. GEM Pharma, Ihr ehemaliger Arbeitgeber, hat sie getestet und danach die Produktion eingestellt.«

»Richtig. Ich habe die letzte Charge.«

»Wirklich? Wo denn?«

»In meinem Keller. Ich kann sie Ihnen zeigen.«

Er führte sie durchs Eßzimmer in die Küche und die Kellertreppe hinunter.

»Das ist mein kleines Privatlabor«, sagte er, während er die Leuchtstoffröhren an der Decke aufflammen ließ. »Hier unten habe ich jahrelang jeden Abend und jede freie Stunde meiner Wochenenden verbracht.«

Gina sah sich in dem nur provisorisch ausgebauten Kellerraum um, in dem Arbeitstische, Retorten, Brennöfen, Zentrifugen und viele andere Laborgeräte standen, deren Zweck sie nicht kannte. Die Staubschicht auf allen Geräten zeigte, daß sie lange nicht mehr benutzt worden waren.

»Haben Sie hier . . .?«

»Genau! Ich habe die Implantatmembran hier unten entwikkelt. Und dort drüben . . .« Er betätigte einen weiteren Lichtschalter. »Dieses Regal nenne ich mein Verbrecheralbum. Alle wertlosen oder später aufgegebenen Verbindungen, an denen ich in meinen Jahren bei GEM Pharma gearbeitet habe. Ich habe von jeder eine Probe behalten.«

Gina staunte über seine Sammlung von Probenfläschchen, die eine ganze Kellerwand einnahm. Dort mußten Hunderte von Phiolen, vielleicht sogar tausend stehen.

»So viele? Wie schaffen Sie's nur, eine bestimmte Probe zu finden?«

»Ganz einfach. Sie sind alphabetisch geordnet.« Er grinste verlegen. »Dafür kann ich nichts. Ich bin nun mal so.«

Er bückte sich und fuhr mit dem Zeigefingr eine der Reihen entlang. »R . . . S . . . T . . .« Er starrte die kleinen Flaschen mit zusammengekniffenen Augen an und grunzte mehrmals, bevor er sich aufrichtete und nach Gina umdrehte. »Das, äh, TPD . . . es ist nicht mehr da.«

»Ja, ich weiß.« Gina zeigte auf das Glasröhrchen, das er noch immer in seiner linken Hand hielt. »Ein Teil davon ist in diesem Implantat. Den Rest hat Duncan.«

Oliver starrte erst das Röhrchen, dann sie an. »Nein, das muß ein Irrtum sein. So was würde Duncan nie tun. Wozu denn auch?«

»Weil ich von den anderen weiß.«

»Von welchen anderen?«

»Kommen Sie, wir gehen nach oben, dann erkläre ich Ihnen alles.«

Sie saßen in der Küche, Gina hielt eine Dose Pepsi in der Hand, und das Glasröhrchen mit dem Implantat lag zwischen ihnen auf dem Tisch. Oliver beugte sich nach vorn, hörte aufmerksam zu und wirkte zunehmend entsetzt, als sie ihm erläuterte, was sie in bezug auf den Tod oder die Erkrankung der Senatoren Vincent und Schulz und der Abgeordneten Allard und Lane vermutete.

Plötzlich durchlief sie ein Schauer. Lag das an dem eiskalten Getränk, oder bekam sie etwa Fieber? Sie fühlte sich sehr schwach.

»Fehlt Ihnen was?« fragte Oliver besorgt.

»Meine Operationswunde kann sich entzündet haben.«

»Welche Operationswunde?«

Da eine Demonstration wirkungsvoller war als tausend Worte, stand Gina auf, knöpfte ihre Jeans auf, ließ sie zu ihren Knien herunterrutschen und drehte sich dabei zur Seite.

»Gina!« sagte Oliver. Er wandte seinen Blick zunächst ab, starrte dann aber ihren Oberschenkel an, als die Ace-Bandage sichtbar wurde.

Gina wickelte die Bandage ab und zog dann das Mullpolster halb weg, damit der Einschnitt sichtbar wurde. Die Wundränder waren hellrot entzündet.

Oliver holte erschrocken Luft. »Großer Gott! Das haben Sie sich *selbst* angetan?«

Sie gab ihm Gelegenheit, sich ihre Wunde genau anzusehen, bevor sie das Mullpolster wieder andrückte und den Druckverband erneuerte.

»Wie hätte ich's sonst rauskriegen sollen, Oliver?«

Er gab keine Antwort, sondern starrte sie nur entgeistert an.

»Haben Sie irgendein Antibiotikum im Haus?« fragte Gina, während sie ihre Jeans hochzog.

»Eine Packung Amoxicillin.«

Nicht das Mittel, nach dem sie als erstes gegriffen hätte, aber vorläufig mußte es genügen. »Kann ich ein paar davon haben?«

»Natürlich.«

Er lief hinaus und kam eine Minute später mit einer kleinen bernsteingelben Plastikflasche zurück. Sie spülte vier der 500-Milligramm-Kapseln mit Wasser hinunter und steckte weitere vier ein, um sie später zu schlucken.

Oliver starrte das Röhrchen mit dem Implantat an, schüttelte den Kopf und sprach nicht nur mit Gina, sondern führte eine Art Selbstgespräch.

»Ich . . . ich kann nicht glauben, daß Duncan so etwas getan haben soll. Nun, als Racheakt an den Kommissionsmitgliedern . . . Das wäre vorstellbar . . . Ich meine, nach Lisas Tod ist er ein bißchen verrückt gewesen, hat alle möglichen Drohungen ausgestoßen . . . Aber Sie, Gina . . . Er hält sehr viel von Ihnen . . . er würde Ihnen nie . . .«

Armer Oliver, dachte Gina. Der Sockel, auf den er seinen älteren Bruder gestellt hat, beginnt zu bröckeln.

»Duncan weiß, daß ich ihm auf die Schliche gekommen bin«, sagte sie halblaut. »Und er weiß, daß ich ihm morgen im Weg wäre.«

Oliver hob ruckartig den Kopf. »Morgen? O nein! Sie glauben doch nicht etwa . . . nein, das würde er *nie* tun!«

»Doch, das würde er tun. Deshalb hat er versucht, mich auszuschalten. Damit er dem Präsidenten ungestört ein Implantat einpflanzen kann.«

Oliver sprang auf. »Ich muß unbedingt zu ihm! Ich muß ihn davon abbringen. Ich kann mit ihm reden. Auf mich hört er bestimmt.«

»Glauben Sie? Darauf würde ich mich lieber nicht verlassen.«

»Er *muß* einfach! Jetzt wissen zwei Leute davon – und bald sind's mehr.« Oliver griff nach seiner Jacke, die über einer Stuhllehne hing. »Er ist erledigt. Aber ich muß trotzdem mit ihm reden.« Seine Augen blitzten vor Zorn. »Meine Implantate so zu mißbrauchen! Ich hätte gute Lust, ihn . . .«

Er brachte den Satz nicht zu Ende. Statt dessen zeigte er auf das Glasröhrchen auf dem Tisch. »Kann ich das mitnehmen?«

Gina griff hastig danach und hielt es fest.

»Nein. Sorry, aber das hier ist mein einziger Beweis dafür, daß ich das alles nicht erfunden habe. Ich denke nicht daran, ihn aus der Hand zu geben. Und Ihnen ist hoffentlich klar, daß er weiß, von wem Sie das alles haben, sobald Sie ihn damit konfrontieren – und auch weiß, wo ich bin. Und da ich den einzigen handfesten Belastungsbeweis besitze, werde ich jetzt für einige Zeit untertauchen.«

»Gute Idee. Sagen Sie nicht einmal mir, wohin Sie wollen, damit ich auf keinen Fall...« Oliver schüttelte benommen den Kopf. »Wer hätte je gedacht, daß ich mal so über meinen Bruder reden würde?«

»Ich weiß, wie Ihnen zumute ist. Können Sie mir ein Taxi bestellen?«

Als Oliver das Taxiunternehmen anrief, begann sie mit den Zähnen zu klappern. Sie bekam eindeutig Fieber. Hoffentlich waren die Infektionskeime nicht penizillinresistent.

»Das Taxi kommt in ungefähr zehn Minuten«, sagte Oliver. »Ich rufe jetzt Duncan an.«

»Nein!«

»Bloß um zu sehen, ob er zu Hause ist. Sonst kann ich mir die Fahrerei sparen.«

Er wählte, wartete einen Augenblick und sagte dann: »Duncan, ich bin's – Oliver. Hör zu, wir müssen miteinander reden. Nein, persönlich. Ich bin in ein paar Minuten bei dir.«

Oliver legte auf und ging eilig zur Tür. »Drücken Sie mir die Daumen«, sagte er noch. »Und ziehen Sie die Haustür ins Schloß, wenn Sie gehen.«

Gina schüttelte es wieder, als die Tür hinter ihm zufiel. Im Augenblick konnte ihr nichts passieren. Duncan war zu Hause; Oliver fuhr zu ihm; ein Taxi war hierher unterwegs. Aber wohin sollte sie fahren?

Nicht wieder in ein Hotel. Sie konnte den Gedanken an einen weiteren kleinen, fremden Raum mit Bett und Fernseher, der sich als Zimmer ausgab, nicht ertragen.

Nach Hause zu ihren Eltern? Eine tröstliche Vorstellung. Sie würde rasch ein paar frische Sachen aus ihrem Apartment holen und dann nach Arlington weiterfahren. Dort war sie außer Gefahr. Ein weiterer Schauer erfaßte sie. Und warm war es dort auch.

Wo blieb das Taxi? Sie sah aus dem Fenster, aber die Einfahrt war leer.

Sie ging den Flur entlang in Olivers Bad. Im oberen Fach der Hausapotheke fand sie ein Fieberthermometer. Sie spülte es ab, schüttelte das Quecksilber nach unten und steckte es in ihren

Mund. Nach einigen Minuten las sie ihre Temperatur ab: 39,1 Grad.

Kein Wunder, daß ich fröstle, dachte Gina. Ich bin krank.

Nun, in ihrem Blutkreislauf befanden sich inzwischen zwei Gramm Amoxicillin. Die Wirkung mußte bald einsetzen. Da sie ihr Tylenol im Hotel gelassen hatte, schluckte sie jetzt ein paar von Olivers Schmerztabletten.

Draußen wurde gehupt. Sie lief ins Wohnzimmer zurück und warf seitlich ans Fenster gepreßt einen Blick nach draußen. Ihr Herz jagte – nicht nur vor Angst, sondern auch wegen des Fiebers.

Bin ich in ein übles Movie geraten, dachte Gina, wartet draußen ein schwarzer Mercedes mit laufendem Motor.

Aber nein, dort stand ein Diamond Cab. Sie hastete zu ihrem Taxi hinaus und überlegte sich dabei, daß in einem wirklich drittklassigen Film Duncan als Taxifahrer verkleidet am Steuer sitzen würde. Aber als sie näher kam, sah sie dort einen Schwarzen, der ihr die hintere Tür von innen öffnete.

»Wohin fahren wir?«

Sie nannte ihm ihre Adresse, und der Wagen fuhr an. Gina hockte fröstelnd zusammengekrümmt auf dem Rücksitz.

»Stellen Sie die Heizung bitte höher?« sagte sie.

Ihr war so kalt, daß sie mit den Zähnen klapperte.

Duncan saß stumm und wie betäubt da. Olivers Auftritt hatte ihn völlig überrascht. So hatte er seinen Bruder noch nie erlebt. Oliver war hereingestürmt und hatte ihn sofort mit heftigen Vorwürfen überschüttet. Duncan wußte nicht, was ihn mehr schockierte: Olivers blanker, selbstgerechter Zorn oder die Tatsache, daß Gina seinen Bruder aufgesucht und ihm alles erzählt hatte.

Oliver redete noch immer wie ein Maschinengewehr. Er machte nicht nur seinem Zorn Luft, sondern berichtete auch, wie Gina sich in einem Hotelzimmer ihr eigenes Bein aufgeschnitten und mit Operationsbesteck aus dem Drugstore ein Implantat herausgeholt hatte.

Auch in seinem Schockzustand mußte Duncan den großen

Mut und die Entschlossenheit bewundern, die Gina bewiesen hatte. Er bezweifelte, daß er imstande gewesen wäre, an ihrer Stelle so zu handeln. Aber er war froh, daß er sie nicht unterschätzt hatte. Eigentlich hatte er fast etwas Ähnliches erwartet. Diese junge Frau gab einfach nie auf. Und sie war nach wie vor fest entschlossen, ihm das Handwerk zu legen.

Vielleicht gelang ihr das sogar. Seine ganze Welt schien einzustürzen. Schreckensbilder von Schlagzeilen und Gerichtsverhandlungen und – großer Gott! – Gefängniszellen tauchten auf. Alles drohte sich aufzulösen . . .

Duncan verdrängte diese Bilder. Er mußte sich zusammenreißen und um Oliver kümmern. Noch ließ die Situation sich retten – mit knapper Not. Er würde rasch handeln müssen. Aber zuvor mußte er Oliver ruhigstellen.

»Was hat Gina dir erzählt – was *genau* will sie aus ihrem Bein rausgeholt haben?« fragte Duncan.

»Ein Implantat – eines *meiner* Implantate –, das ausgerechnet TPD enthält.«

Duncan sprang auf und spielte den zutiefst Empörten. »Und du *glaubst* ihr dieses Lügenmärchen?«

Aber Oliver ließ sich nicht einschüchtern. Er starrte seinen Bruder unerschrocken an.

»Sie hat das blutige Implantat in einem Glasröhrchen. Sie hat's mir gezeigt. Sie hat einen frischen Einschnitt am Oberschenkel. Auch den hat sie mir gezeigt. Und sie ist über das TPD informiert, Duncan. Wie kann sie davon wissen, wenn sie's nicht in deinem Büro gesehen hat, wie sie behauptet? Und auf der Fahrt hierher ist mir eingefallen, daß wir Anfang dieses Jahres einmal über mein Verbrecheralbum gesprochen haben und ich dabei das TPD erwähnt habe. Du bist sehr interessiert gewesen, hast dich eingehend danach erkundigt. Und heute abend habe ich meine Musterflasche nicht mehr finden können. Wo ist mein TPD, Duncan?«

Verdammt! Er saß in der Patsche. Leugnen war unter diesen Umständen zwecklos. Aber noch schlimmer war der Ausdruck in Olivers Augen. Keine fast schwärmerische Verehrung mehr, sondern nur noch Wut und . . . Angst.

Mein Bruder fürchtet mich.

Das schmerzte. Aber nicht mehr, als er verdiente.

Hab' keine Angst vor mir, Oliver. Auch wenn ich die Sache mit dem TPD nicht erklären kann.

TPD. Das war die felsenfeste Grundlage für Ginas Behauptungen. Was sie sonst gesagt oder getan hatte, ließ sich mühelos mit irgendwelchen Wahnvorstellungen begründen. Aber das verdammte TPD ... das existierte wirklich. Oliver kannte es besser als jeder andere. Und er hatte bereits erraten, daß Duncan bei einem seiner Besuche in seinem Haus in den Keller geschlichen war und die einzige noch existierende Charge TPD entwendet hatte.

»Ich verlange eine Antwort, Duncan«, sagte Oliver scharf. »Wo ist das TPD – und was hast du damit gemacht?«

Sinnlos, den Diebstahl leugnen zu wollen. Duncan ließ die Schultern hängen und seufzte. »Ich hab's unten im Keller.« Er wandte sich ab und ging voraus. »Komm, ich zeig's dir.«

Duncans Eingeständnis bewirkte eine dramatische Veränderung in Olivers Verhalten. Plötzlich war er um seinen Bruder besorgt.

»Du hast dich überarbeitet, Duncan«, sagte er, als er ihm zur Kellertreppe folgte. »Davor hab' ich dich immer gewarnt. Du brauchst einen längeren Urlaub und ... und vielleicht eine ... vielleicht solltest du mit jemandem reden.«

»Du meinst eine Psychotherapie?«

»Nun, ja.« Oliver war es sichtlich unangenehm, seinem Bruder, dem Arzt, zu sagen, er brauche selbst einen Arzt.

»Das wäre eine gute Idee, glaube ich. Ich habe in letzter Zeit sehr unter Streß gestanden. Und ich bin nie über Lisas Tod hinweggekommen ... daß ich sie so aufgefunden habe.«

»Ich weiß, Duncan. Du hast viel durchgemacht.«

Duncan schaltete das Licht ein. Der Keller war ausgebaut, aber staubig und modrig. Die früheren Eigentümer hatten ihn als Spielraum eingerichtet, aber Duncan betrat ihn nur sehr selten. Er führte Oliver in die Mitte des Raums, blieb dort stehen und sah sich mit gespielter Verwirrung um.

»Hmmm, wo hab' ich's hingetan?« Er drehte sich langsam im

Kreis und schnalzte dann mit den Fingern. »Ich hab's! Bin gleich wieder da.«

Er lief zur Treppe und erreichte mit großen Sprüngen das Erdgeschoß, wo er die Kellertür zuknallte und abschloß. Er hörte, wie Oliver die Treppe heraufkam, am Türknauf rüttelte und gegen die andere Seite der Tür zu hämmern begann.

»Duncan! Das darfst du nicht machen, Duncan! Das ist verrückt!«

»Ich hab' nur noch was zu erledigen, Oliver«, sagte Duncan, während er als Vorsichtsmaßnahme einen der massiven Küchenstühle unter den Türknopf klemmte. Dann sicherte er den Stuhl zusätzlich durch den schweren Küchentisch. »Mach's dir dort unten bequem. Ich lasse dich später raus, wenn ich mit allem fertig bin.«

Dort unten gab es keine Fenster, kein Telefon. Oliver war mattgesetzt, bis Duncan vollendet hatte, was er tun mußte.

»Sie ist nicht in meinem Haus, falls du das glaubst. Ich hab' ihr geraten, sich ein sicheres Versteck zu suchen, und weiß selbst nicht, wo sie im Augenblick ist. Bild dir also nicht ein, sie aufspüren und das Belastungsmaterial vernichten zu können. Du findest sie nie!«

»Wir werden ja sehen«, sagte Duncan.

Bestimmt würde Gina nicht untertauchen, ohne zuvor einen Abstecher in ihre Wohnung zu machen. Vor allem jetzt, wo sie sich einigermaßen sicher fühlen konnte.

Er griff in seine Jackentasche, um sich davon zu überzeugen, daß er den Ultraschallsender bei sich hatte, und lief dann in die Garage hinaus.

Ja, wie Oliver richtig vermutete, war ihm sehr daran gelegen, dieses Implantat sicherzustellen, das Gina aus ihrem Bein entfernt hatte. Es wäre ein handfester Beweis gewesen. Aber es war nicht das einzige Implantat, das hier eine Rolle spielte.

Zum Glück hatte Duncan letzte Nacht in weiser Voraussicht zwei davon in ihren Oberschenkel eingepflanzt.

Gina hatte das Gefühl, ihr Apartment befinde sich unter Wasser. Jede Bewegung erforderte eine neue Anstrengung. Selbst die Luft schien schwer auf ihr zu lasten. Sie mußte ihre ganze Willenskraft aufwenden, um der Versuchung zu widerstehen, in ihr noch vom Morgen her ungemachtes Bett zu kriechen und sich die Decke über die Ohren zu ziehen.

Wenigstens war es ihr gelungen, ihre verschwitzten Sachen und die Unterwäsche zu wechseln. Duschen wäre herrlich gewesen, aber sie durfte nicht riskieren, allzu lange in der Wohnung zu bleiben. Sie würde in Arlington duschen und ihren Eltern erzählen, sie habe eine Grippe, oder sonst eine Ausrede für ihr schlechtes Aussehen erfinden.

Als Gina eine kleine Sporttasche mit Kleidungsstücken gepackt hatte, fühlte sie sich schwächer als je zuvor. Aber immerhin war der Schüttelfrost abgeklungen, und es war ihr wieder warm. Fast heiß. Vielleicht begann das Amoxicillin zu wirken. Oder das Tylenol senkte das Fieber. Ihre Haut war jetzt von einem dünnen Schweißfilm bedeckt.

Und dann fühlte sie einen kühlen Luftzug um ihre Füße, und sie glaubte, ein Klicken aus dem Wohnzimmer gehört zu haben.

Die Wohnungstür?

O nein! Nicht schon wieder.

Sie trat zitternd und mit wild pochendem Herzen an ihre Schlafzimmertür und warf einen vorsichtigen Blick ins Wohnzimmer. Es schien leer zu sein. Aber es war dunkel, voller langer Schatten, die das Licht im Schlafzimmer warf. Sie hatte es dunkel gelassen, weil niemand von der Straße erkennen sollte, daß sie zu Hause war.

Ihr suchender Blick fiel auf den Kaminsims, wo das Röhrchen mit dem Implantat lag. Es war noch da. Gina schlich hinüber und griff danach. Ja, das Glasröhrchen war unbeschädigt. Und als sie es hochhielt, sah sie das Implantat sicher darin liegen.

Plötzlich kribbelte das Glas in ihrer Hand. Gina beobachtete entsetzt, wie das Implantat zusammenschrumpfte und sich in einen halben Teelöffel Flüssigkeit auflöste. Die Membran war verschwunden und hatte nur das TPD und einige schwimmende Fäden geronnenen Bluts zurückgelassen.

Gina hörte ein Rascheln hinter sich, dann trat Duncan mit dem Piepser in der Hand aus dem Schatten. Tränen liefen ihm über die Wangen; sein Gesicht war qualvoll verzerrt, und in seiner heiseren Stimme klang ein Schluchzen an. Gina wollte flüchten, wollte um Hilfe rufen, aber sie war nicht dazu imstande. Ihr Mund war ausgetrocknet, und sie fühlte sich entsetzlich schwach. Ohne ihn aus den Augen zu lassen, streckte sie eine zitternde Hand aus und ertastete die Armlehne der Couch. Sie schaffte gerade noch zwei Schritte, bevor sie in die Polster sank.

»Tut mir leid, Gina. Sie haben mir keine andere Wahl gelassen. Was ich jetzt tue, *muß* ich tun. Nicht bloß für mich. Für uns alle.«

Gina öffnete den Mund, aber sie brachte kein Wort heraus. Ihr Körper war in Schweiß gebadet. Sie fühlte ganze Wasserbäche an ihrer Haut herunterrinnen. In ihrem Kopf verstärkte sich ein wütendes Summen.

Duncan trat vor und nahm das Röhrchen aus ihren glitschigen, kraftlosen Fingern.

»Ich weiß, daß Sie mir nie verzeihen werden, Gina. Aber ich hoffe trotzdem, daß Sie eines Tages einsehen werden, warum ich das tun mußte.«

Das Summen wurde lauter, als Gina sich hochzustemmen versuchte, um Duncan zu erreichen, um nach ihm zu krallen, aber dann wurde der bereits finstere Raum völlig schwarz, und das Summen explodierte zu einem ohrenbetäubenden Röhren, und sie fühlte, wie sie zurücksank...

Aber sie stürzte ins Bodenlose.

36

Freitag

Duncan konnte keinerlei Begeisterung mehr für sein Vorhaben aufbringen.

Er fühlte sich unsagbar elend, als er noch bei Dunkelheit durch Chevy Chase fuhr und dabei an Gina dachte. Seit gestern abend hatte er praktisch nur noch an sie gedacht. Er fragte sich, wie es ihr gehen mochte. Nach dem Verlassen ihres Apartments hatte er von der nächsten Telefonzelle aus den Notruf 911 gewählt, der Telefonistin Ginas Adresse gegeben und ihr mitgeteilt, in dieser Wohnung liege eine Bewußtlose. Ein Krankenwagen würde kommen und sie abholen. Er selbst war nicht in der Nähe geblieben. Die Polizei würde sich die Neugierigen ansehen und sich fragen, wer von ihnen angerufen haben mochte. Duncan konnte es sich nicht leisten, dort gesehen zu werden.

Daß er ein zweites Implantat in den Trokar eingelegt hatte, der in Ginas Oberschenkel steckte, war eine Entscheidung in allerletzter Sekunde gewesen. Die Stimme seines Unterbewußtseins, das ihre Hartnäckigkeit und unbeirrbare Entschlossenheit besser erkannte als sein Bewußtsein, mußte ihm eingeflüstert haben, ihn gedrängt haben, er solle sich in bezug auf Gina rückversichern. Und diese Warnung war nur allzu berechtigt gewesen. Gina hatte ihr eigenes Bein aufgeschnitten und eines der Implantate entfernt.

Aber eben nur eines. Duncan hatte beide zerstört: das in dem Glasröhrchen und das noch in ihrem Oberschenkel steckende. Das Belastungsmaterial war vernichtet – und zugleich ein brillanter Verstand. Es würde Jahre dauern, bis die TPD-Wirkung abklang. Gina würde feststellen müssen, daß es fast unmöglich war, nach ihrer Genesung wieder als Ärztin zugelassen zu werden. Ihre jahrelange Ausbildung – wertlos. Ihre Hoffnungen auf eine Medizinerkarriere – zunichte gemacht.

Duncan hatte auf der ganzen Fahrt nach Hause wie ein Kind geschluchzt und sich dann in sein eigenes Haus geschlichen, um nicht mit Oliver reden zu müssen. Er wußte, daß es seinem Bruder unten im Keller nicht schlechtging. Der Raum war beheizt und hatte eine eigene Toilette; dort unten stand ein zusätzlicher Kühlschrank mit Saft und Limonade. Jeglicher Komfort, nur kein Telefon.

Oliver hat die Nacht vermutlich behaglicher verbracht als ich, überlegte Duncan sich. Er selbst war wach auf der Couch im Wohnzimmer gelegen, hatte zwischendurch mehrere Male gehört, wie Oliver ihn rief, und vor seinem inneren Auge in endlosen Wiederholungen den entsetzten Gesichtsausdruck gesehen, mit dem Gina bewußtlos geworden war.

Eine Zeitlang hatte er mit dem Gedanken gespielt, seinen ursprünglichen Plan aufzugeben. Er konnte den Geheimdienstmann anrufen, der ihm seine Karte gegeben hatte – Decker hieß er –, und ihm erklären, die Operation sei abgesagt. Oder Dr. VanDuyne anrufen, damit er seinem Patienten, dem Präsidenten, bestellte, er solle sich zum Teufel scheren und sich für seine gottverdammten Lider einen anderen Chirurgen suchen.

Aber nach allem, was er durchlitten hatte, konnte er sich diesen Luxus nicht mehr leisten. Nicht nach dem, was er Gina angetan hatte. Unverzeihlich – aber er hatte es für eine gerechte Sache getan. Sie jetzt nicht zu Ende zu bringen, hätte bedeutet, daß er Gina vergebens hätte leiden lassen. Und das wäre ungeheuerlich gewesen.

Deshalb war er um halb fünf Uhr morgens, eine halbe Stunde früher als ursprünglich geplant, zum Surgicenter unterwegs. Oliver war nach wie vor im Keller seines Hauses eingesperrt. Sobald der Präsident sich nach Camp David begab, hoffentlich mit einem Implantat im Oberschenkel, würde Duncan zurückfahren und Oliver freilassen. Was danach passierte, hing von seinem jüngeren Bruder ab.

Vielleicht konnte er Oliver dazu überreden, ihn nicht zu verraten. Er würde das restliche TPD zurückgeben und feierlich versichern, dem Präsidenten nichts angetan zu haben. Er würde sagen, er habe eine Periode anomalen Verhaltens durchlitten, fühle sich nun aber besser und werde sich einer Therapie unterziehen. Und er würde behaupten, nichts von Ginas Zustand zu wissen, und nochmals schwören, er habe sie letzte Nacht zwar gesucht, aber nicht gefunden.

Oliver würde einen Verdacht hegen, ihn aber nicht beweisen können. Schließlich hatte Gina das Implantat herausoperiert – Oliver hatte es selbst gesehen. Und wenn Duncan ihn davon überzeugen konnte, es sei besser, das Vergangene ruhen zu lassen, weil er in Zukunft auf dem Pfad der Tugend wandeln werde, machte Oliver vielleicht mit. Vermutlich. Hoffentlich.

Wurde dieser Fall öffentlich bekannt, würde Duncans

Schande schließlich auf Oliver und seine Implantate zurückfallen. Dann wäre seine Erfindung für immer mit dem Makel mißbräuchlicher Verwendung behaftet. Unter Umständen verweigerte die FDA den Implantaten sogar die Zulassung.

Oliver hält bestimmt dicht, sagte Duncan sich, während er den Mercedes parkte. Was mir schadet, schadet seinen Implantaten. Und er weiß genau, daß das Gute, das sie bewirken können, meine Untaten mehr als aufwiegt.

Er schloß den Privateingang auf und betrat das Surgicenter. Als er die Alarmanlage übers Tastenfeld abstellen wollte, fand er sie bereits ausgeschaltet. Verdammt! Barbara hatte wieder einmal vergessen, sie beim Weggehen einzuschalten. Wäre sie nicht eine so gute Sekretärin gewesen . . .

Barbara würde er sich nächste Woche vorknöpfen. Im Augenblick hatte er Wichtigeres zu tun. Die Leute vom Secret Service würden in einer halben Stunde eintreffen, um das Gebäude zu sichern.

Reichlich Zeit, um ein Implantat mit TPD zu füllen.

Nachdem er die Flurbeleuchtung und die Außenscheinwerfer eingeschaltet hatte, ging er in sein Büro. Er erstarrte, als er dort Licht machte und Bücher, Zeitschriften und Akten in wüstem Durcheinander auf dem Fußboden liegen sah. Sein Büro glich einem Trümmerhaufen. Irgend jemand hatte hier eingebrochen und es verwüstet. Warum? Was konnte er gesucht haben?

Das TPD?

Duncan war mit wenigen großen Schritten an seinem Schreibtisch. Er stöhnte, als er das zersplitterte Holz der Schublade sah. Jemand mußte es mit einem Hammer bearbeitet haben, um die Schublade aufzubekommen. Er kontrollierte rasch ihren Inhalt. Das TPD-Fläschchen war verschwunden. Auch der Trokar fehlte.

Nein!

Sein Herz begann zu jagen. Er hastete wieder auf den Korridor hinaus und sah nach beiden Seiten, als hoffe er, dort eine Spur entdecken zu können.

Irgend jemand hatte das TPD gestohlen.

Aber wer? Oliver war eingesperrt, und Gina befand sich in irgendeiner Notfallambulanz. Wer wußte noch von . . .?

Er warf sich herum, als er ein leises Geräusch hörte, als habe jemand einen Stuhl verrückt. Es war aus dem rückwärtigen Teil des Korridors gekommen. Dann sah er, daß die Tür zum Untergeschoß offenstand.

Ein Geräusch von dort? Wer konnte unten in der Registratur oder in . . .

Olivers Labor!

Er bewegte sich möglichst leise, rannte den Korridor entlang und schlich dann auf Zehenspitzen die Treppe hinunter. Aus der offenen Tür von Olivers Labor fiel helles Licht. Und dort drinnen waren Geräusche zu hören. Olvier mußte aus seinem Keller ausgebrochen sein. Gina hatte ihm erzählt, wo das TPD versteckt war, und er war jetzt dabei, es zu beseitigen.

Duncan vergaß alle Vorsicht und stürmte durch die offene Tür ins Labor.

»Oli . . .!« Der Name blieb ihm im Hals stecken, blockierte seine Atemwege. Er bekam keine Luft mehr.

Eine blasse, zerzauste Schwarzhaarige, die einen Pullover und Sweatpants trug, stand mit der TPD-Phiole in der Hand am Arbeitstisch. Sie hob den Kopf. Aus ihren vor Schreck geweiteten Augen sprühte ihm dunkles Feuer entgegen.

Duncan fand seine Stimme wieder. »Gina!«

Als sie ausholte, um mit der kleinen Flasche nach ihm zu werfen, stürzte Duncan sich auf sie und bekam ihren Arm gerade noch rechtzeitig zu fassen. Gina kreischte, zerkratzte ihm das Gesicht mit den Fingernägeln und schlug mit der freien Hand nach ihm, während er ihr das Fläschchen zu entwinden versuchte. Gott, sie war stark wie ein wildes Tier, aber er wehrte sie ab und entriß ihr schließlich die Phiole. Und darauf griff Gina ihn mit beiden Händen an, während sie weiter Unverständliches kreischte. Sie war eine Furie, eine Berserkerin. Wirkte sich das TPD bei ihr so aus?

Dann riß sie sich los und wollte zur Tür hinaus. Er bekam sie am Arm zu fassen, schleuderte sie seitlich gegen den Arbeitstisch, knallte die Tür zu und lehnte sich dagegen.

Beide keuchten, während sie sich gegenseitig anstarrten.

»Du Schwein!« kreischte Gina mit Tränen in den Augen. »Du gemeiner, dreckiger Hundesohn! Wie hast du mir das antun können?«

Sie stützte ihre verschränkten Arme auf den Arbeitstisch, ließ ihren Kopf sinken und begann zu schluchzen.

Duncan war zunächst sprachlos. Gina wirkte wider Erwarten ganz normal. Erregt, gewiß, aber völlig bei klarem Verstand. Aber das Implantat ... Das TPD. Hatte sein Ultraschallsender die Membran etwa nicht zerstört?

So mußte es gewesen sein. Schwache Batterien, Störfelder, aus irgendeinem Grund hatte der Sender versagt.

Großer Gott, was sollte er jetzt tun?

Eines stand fest: Er brauchte etwas Bedenkzeit. Er drehte sich zur Tür um, fand das Schloß und ließ es einschnappen. Das konnte Gina wenigstens für einen Augenblick aufhalten, falls sie versuchte ...

Duncan schrie laut auf, als ein kalter, scharfer, stechender Schmerz die Rückseite seines linken Oberschenkels durchdrang. Er faßte nach der Stelle und drehte sich um.

Gina stand direkt hinter ihm und hielt den Trokar wie einen Dolch umklammert.

Duncan schien das Blut in den Adern zu gefrieren. Er entriß ihr den Trokar.

»Nein. Du hast's nicht getan! Gina, das hast du *nicht getan*!«

Gina nickte langsam. Ihre Augen leuchteten wild, und ein leichtes Lächeln umspielte ihre Lippen.

Über ihre Schulter hinweg sah Duncan auf dem Arbeitstisch ein Metalltablett mit drei Implantaten und einer Injektionsspritze. Er berührte nochmals die Rückseite seines Oberschenkels und sah sich danach seine Finger an.

Blut.

Aufwallender Zorn überwand bei diesem Anblick seine panische Angst. Aber als er auf Gina zuging, hob sie ihre andere Hand. Ihre Finger umklammerten den Transducer-Handgriff des Ultraschalltischgeräts, das Oliver für seine Experimente mit Membranen benutzte.

Duncan warf sich rückwärts gegen die Tür.

»Nein, Gina!« Er wollte die Worte herausschreien, brachte sie aber nur heiser flüsternd heraus. »Bitte ... *bitte tu's nicht!*«

»Warum nicht?« fragte sie mit irrem Lächeln.

Der wilde Ausdruck ihrer Augen erschreckte Duncan zu Tode. Sie stand offensichtlich dicht davor, ganz den Verstand zu verlieren. Ein falsches Wort, eine falsche Bewegung konnte bewirken, daß sie völlig außer Kontrolle geriet.

»Warum *nicht*?« wiederholte sie. »Genau das hast du mir antun wollen.«

»Nein, Gina. Das habe ich nie gewollt. Aber mir ist keine andere Wahl geblieben. Ich ...«

»*Verschon* mich mit deinen Lügen!« sagte sie und hob drohend den Transducer-Handgriff. »Ich bin heute nacht ohnmächtig geworden, weil ich krank und aufgeregt und schwach gewesen bin. Aber du hast geglaubt, das TPD wirke schon. Du hast heute nacht versucht, mich ins Irrenhaus zu bringen, Duncan. Und du bist verdammt nahe dran gewesen. Hätte meine Fingerspitze nicht das zweite Implantat gestreift, als ich das erste herausgeholt habe, säße ich jetzt im D. C. General in der geschlossenen Abteilung. Aber so bin ich wieder zu mir gekommen und habe meine Wohnung verlassen, kurz bevor der Krankenwagen vorgefahren ist.«

»Das ist der Beweis dafür, daß ich dir nicht schaden wollte. *Ich* habe diesen Krankenwagen gerufen.«

»Richtig. *Nach* deiner Ultraschallbehandlung.«

Als Gina näher kam, wich Duncan nach rechts aus. Er wagte nicht, ihr den Handgriff zu entreißen. Ihr Daumen lag auf dem Einschaltknopf. Ein leichter Druck genügte, um das Implantat in seinem Bein zu zerstören – und in kurzer Zeit auch seinen Verstand. Er mußte sie weiter in ein Gespräch verwickeln.

»Du hast mich mißverstanden«, behauptete Duncan und rückte weiter von ihr ab. »Oliver hat mir erzählt, daß du beide herausgeholt hattest. Ich bin nur gekommen, um ...«

»Das hat Oliver nicht gewußt! Er hat nur das eine in dem Tablettenröhrchen gesehen – das zweite Implantat. Das erste ist in der Wanne zerplatzt und im Ablauf verschwunden.«

Duncan bewegte sich Zentimeter für Zentimeter weiter. Am liebsten hätte er den Arbeitstisch zwischen Gina und sich gebracht, aber sie blieb auf gleicher Höhe mit ihm und bedrohte ihn ständig mit dem Transducer-Handgriff.

»Gina . . .«

»Wie hast du mir so was antun können, Duncan? Wie hast du versuchen können, mein ganzes Leben zu ruinieren? Du hättest mir ebensogut eine Pistole an die Schläfe setzen können. Ich habe dir *vertraut*, Duncan!«

Sein Herz begann wild zu hämmern, während er den in ihrem Blick aufsteigenden Zorn beobachtete. Er sah sich nach einer Waffe, nach einem Ausweg, nach irgend etwas um, aber sie hatte ihn in die Enge getrieben. Er durfte nicht länger zurückweichen, sondern mußte in die Offensive gehen, mußte riskieren, sich auf einen Kampf mit ihr einzulassen.

Und dann sah er seine Rettung – keinen Meter entfernt. Er wandte sofort wieder den Blick ab. Sie durfte nicht merken, was ihm aufgefallen war. Wenn er zugreifen konnte, bevor sie auf den Knopf drückte . . .

»Und ich habe *dir* vertraut, Gina«, sagte er, weil er hoffte, etwas Zeit zu gewinnen, wenn es ihm glückte, sie in die Defensive zu treiben. »Ich habe dich angestellt, habe dir die Schlüssel zu meinem Gebäude gegeben – und was hast du getan? Du hast heimlich das Schloß meiner Schreibtischschublade geöffnet und bist in meine Privatsphäre eingedrungen.«

Der Zorn in ihrem Blick verebbte kaum merklich.

»Wie hast du das rausgekriegt?«

Er war jetzt nahe daran, fast in bequemer Reichweite. Wenn es ihm gelang, die Hand zu heben . . .

»Du hast ein Stück deines Dietrichs im Schloß zurückgelassen.« Er hob die rechte Hand und deutete mit Daumen und Zeigefinger etwa drei Millimeter an. »Nur ein winziges . . .«

Seine Hand schoß nach rechts, bekam das Anschlußkabel des Ultraschallgeräts zu fassen und riß es aus der Steckdose, so daß Gina jetzt ein stromloses Metallstück in der Hand hielt.

Duncan sank gegen den Arbeitstisch. Jesus, das war knapp gewesen!

Er streckte seine Hand aus. »Gib mir den Handgriff, Gina. Er ist jetzt wertlos.«

»Verlaß dich nicht darauf!«

Sie holte aus und warf ihm den Griff ins Gesicht. Duncan drehte sich zur Seite und duckte sich dabei, aber seine Reaktion kam zu spät. Der Transducer-Handgriff prallte schmerzhaft an seinen Schädel. Bis er sich aufrichtete, den Schmerz verbiß und sich umsah, hatte Gina bereits die Tür aufgesperrt und war dabei, sie zu öffnen. Sie entwischte nach draußen und verschwand, bevor er sie festhalten konnte.

Duncan ignorierte die Schmerzen in seinem Bein, nahm die Verfolgung auf und hinkte hinter Gina her zur Treppe.

Gina rang keuchend nach Atem, während sie die Treppe hinaufrannte. Sie hatte den Rest von Olivers Amoxicillin eingenommen, aber sie war noch immer krank, noch immer sehr schwach. In diesem Zustand würde sie ihren Vorsprung vor Duncan nicht lange halten können.

Sie erreichte das Erdgeschoß und jagte durch den Korridor davon . . .

Geradewegs in die Arme dreier Männer in grauen Anzügen.

»Was zum Teufel geht hier vor?« fragte der große Schwarzhaarige in der Mitte, während der Mann rechts außen, mit dem sie zusammengeprallt war, sie am Oberarm gepackt hielt. Sein Griff war eisenhart. Sie hätte ebensogut mit Handschellen an ihn gefesselt sein können.

»Agent Decker!« sagte Duncan hinter ihr. »Gott sei Dank, daß Sie schon früher gekommen sind! Bei meiner Ankunft habe ich diese junge Frau hier angetroffen. Sie muß sich irgendwann nachts Zutritt verschafft haben.« Er hielt den Trokar hoch. »Damit hat sie mich eben angegriffen und verletzt.«

»Ich habe nur bei ihm gemacht, was er heute beim Präsidenten machen wollte.«

»Langsam!« sagte der große Schwarzhaarige, den Duncan als Agent Decker angesprochen hatte. »Ganz ruhig, Ma'am . . .«

»Sie ist geistesgestört«, behauptete Duncan und kam näher heran. »Sie leidet unter völligem Realitätsverlust.«

»Nein, das ist gelogen!« rief Gina aus. »Ich arbeite hier! Ich bin selbst Ärztin. Und er hat vor, heute den Präsidenten zu ermorden.«

Das war übertrieben, aber sie mußte sich die Aufmerksamkeit dieser drei Männer sichern. Und das hatte sie jetzt erreicht.

»Ja, sie hat früher hier gearbeitet, Agent Decker«, sagte Duncan rasch. »Uns ist in letzter Zeit ihr unberechenbares Verhalten aufgefallen, und wir haben uns bemüht, daß sie psychiatrische Hilfe erhält. Leider hat ihr Zustand sich dramatisch verschlechtert, bevor wir einen Behandlungstermin vereinbaren konnten.«

»Ihr Name, Ma'am?« fragte Decker.

»Dr. Gina Panzella. Ich bin ausgebildete Internistin und geistig so normal wie Sie.« Sie begann zu schildern, welche Schicksalsschläge ehemalige Mitglieder der Richtlinien-Kommission getroffen hatten, die alle zufällig Dr. Lathrams Patienten gewesen waren, aber Duncan unterbrach sie schon nach wenigen Sätzen.

»Agent Decker, müssen wir uns ihr wirres Gerede noch länger anhören? Fragen Sie beim FBI nach. Erst letzte Woche hat sie Ihre Kollegen mit der Behauptung, ich hätte Senator Marsden ein Nervengift implantiert, in die Irre geführt.«

»Nein, warten Sie! sagte Gina. »Hören Sie nicht auf ihn. Der Fall Marsden ist ein bewußt geplantes Ablenkungsmanöver gewesen.«

Duncan schüttelte traurig den Kopf, als er sie anstarrte. Jesus, der Kerl war ein guter Schauspieler. Ein regelrechter Jack Nicholson. Man hätte fast glauben können, er sei wirklich betrübt über den bedenklichen Geisteszustand einer ehemaligen Kollegin.

»Eine gründliche Untersuchung des Senators«, fuhr Duncan fort, »zu der auch eine Kernspinresonanztomographie gehörte, ist ergebnislos verlaufen, so daß sie zuletzt als Trottel dagestanden haben. Das können Sie nachprüfen.«

»Verlassen Sie sich darauf«, sagte Decker. »Wir werden's nachprüfen. Wir prüfen *alles* nach.«

»Gut. Der für dieses Debakel verantwortliche Agent heißt

übrigens Canney. Ich wette, daß er den Tag bereut, an dem er sich hat beschwatzen lassen, Dr. Panzella zu glauben.«

»Canney?« fragte Decker. »Yeah, ich rufe ihn an.«

»Das hat Zeit!« drängte Gina. »Jetzt müssen Sie *mir* zuhören!«

»Wir hören jedem zu«, sagte Decker. Er wandte sich an den Mann, der Gina festhielt. »Briggs und Sie fahren mit ihr in die Stadt und nehmen ihre Aussage zu Protokoll. Ich rede inzwischen mit Mallard und sehe zu, ob wir diese Sache für 'ne Weile verschieben können. Irgendwie kommt sie mir verdächtig vor. Sogar sehr verdächtig.«

»Gott sei Dank!« rief Gina aus, als die Geheimdienstagenten sie zum Hinterausgang führten. »Ob Sie mir glauben oder nicht, ist mir egal, wenn nur der Präsident heute nicht hierherkommt.«

Decker betrachtete sie mit neuem Interesse, während er ihr die Tür zum Parkplatz aufhielt. »Die Entscheidung liegt nicht immer bei uns, Ma'am. Sie kennen also Gerry Canney, was?«

Er wußte Gerrys Vornamen! »Ja! Seit unserer Schulzeit. Sie auch?«

»Wir kennen uns. Haben Sie ihm von der Operation des Präsidenten erzählt?«

»Richtig. Sind Sie der Mann, den er angerufen hat?«

Decker gab keine Antwort, sondern starrte das Auto an, das eben auf den Parkplatz gefahren kam.

Eine lange Nacht. Eine schlimme Nacht. Gerry hatte seit gestern morgen um sechs Uhr kein Auge mehr zugetan. Er war müde, sein Magen spielte verrückt, und er war allgemein stinksauer.

Seit er gestern abend das Hotel Tremont verlassen hatte, war es ihm nicht gelungen, eine Spur von Gina zu entdecken. Die einzige Aktion war ein Notruf zu ihrem Apartment gewesen, der sich als Fehlalarm erwiesen hatte. Als der Krankenwagen kam, war niemand da – aber die Wohnungstür stand weit offen.

Irgendwie erschien ihm dieser Notruf seltsam und bedrohlich. Hier ging irgend etwas vor, das er nicht ganz begriff. Etwas, das knapp außer seiner Reichweite lag. Und diese quälende Nähe hielt ihn die ganze Nacht lang auf den Beinen.

Gerry hatte es nicht fertiggebracht aufzuhören, seine Suche einzustellen. Er hatte Mrs. Snedecker angerufen und sie gebeten, Martha bei ihr übernachten zu lassen. Martha machte das zum Glück nichts aus. Er hatte übers Autotelefon mit ihr gesprochen, war dann weiter herumgefahren und hatte sich in regelmäßigen Abständen bei seiner Dienststelle nach irgendwelchen Nachrichten erkundigt. Sogar mit Ginas Eltern hatte er telefoniert, die ihm versicherten, nichts von ihr gehört zu haben. Er konnte nur hoffen, daß sie die Wahrheit sagten und er nicht umsonst die ganze Nacht durch den gottverdammten Nordwesten gefahren war.

Eben kam er wieder von Ginas Apartment. Noch immer leer. Und jetzt kontrollierte Gerry zum drittenmal in dieser Nacht – oder vielmehr an diesem Morgen, weil die Sonne bald aufgehen würde – Dr. Lathrams Surgicenter.

Auf dem rückwärtigen Parkplatz standen zu seiner Verblüffung drei Autos – zwei davon ihren Kennzeichen nach Dienstwagen von Bundesbehörden. Als er geparkt hatte und ausstieg, sah er, wie Gina mit verbissener Miene von drei bulligen Männern in Anzügen aus dem Gebäude begleitet wurde.

Vor Erleichterung bekam er so weiche Knie, daß er sich an seinen Wagen lehnen mußte. Gott sei Dank!

Immerhin lebte sie, obwohl sie nicht eben gut aussah. Und die drei Kerle . . . das mußten Geheimdienstagenten sein. Bob Decker war einer von ihnen.

Secret Service . . . die Operation des Präsidenten. Scheiße. In welchen Punkten hatte Gina noch recht gehabt, wenn dies stimmte?

Er knallte die Autotür hinter sich zu. *Verflucht* noch mal!

Gina lächelte plötzlich. »Gerry!«

»Wenn man vom Teufel spricht«, sagte Decker. »Wir haben gerade . . .«

»Du verdammter Dreckskerl!« brüllte Gerry, der mit großen Schritten auf ihn zukam. »Du verdammter *Dreckskerl*!«

Die beiden Begleiter Deckers wichen einen Schritt zurück und schienen unter ihre Jacken greifen zu wollen.

»Alles okay«, sagte Decker. »Ich kenne ihn. Ein Fibby.«

»Gina?« fragte Gerry. »Alles in Ordnung mit dir?«

Sie strahlte ihn an. »Jetzt wieder.«

Sie wirkte so schmal und zerbrechlich zwischen ihnen. Gerry hätte sie am liebsten tröstend in die Arme genommen, aber dies war nicht der richtige Zeitpunkt – nicht hier, nicht in dieser Gesellschaft.

Er wandte sich an Decker. »Du hast behauptet, nichts von irgendeiner Operation des Präsidenten zu wissen – und jetzt bist du um fünf Uhr morgens in Lathrams Surgicenter. Willst du mir das nicht erklären, Kumpel?«

Decker zuckte mit den Schultern. »Wenn der Mann sagt, daß es niemand erfahren soll, erfährt's niemand.«

»Das hätte mit einer Katastrophe enden können, ist dir das klar?«

»Du meinst, wenn wir diese junge Dame nicht dort drinnen geschnappt hätten?«

»Nein, ich meine, wenn sie's nicht geschafft hätte, dort reinzukommen.«

»Gerry!« sagte Gina mit großen Augen. »Heißt das, daß du mir glaubst?«

»Ich weiß nicht mehr, was ich eigentlich glaube, aber ich weiß, daß Dr. Lathram ein so verdächtiger Typ ist, daß ihr ihn nicht näher als ein paar Meilen an den Präsidenten rankommen lassen solltet.«

Deckers Jovialität verschwand schlagartig. »Er hat uns erzählt, daß diese junge Dame dich und das Bureau letzte Woche in die Irre geführt hat.«

»Wir sind in die Irre geführt worden, das stimmt, aber ich weiß nicht mehr so recht, von wem.«

»Und der Doc dort drinnen sagt, daß sie auf ihn eingestochen hat.«

»Mit einem Trokar«, sagte Gina. »Mit demselben, den er bei mir benutzt hat. Den er auch für den Präsidenten verwenden wollte.«

Gerry fuhr innerlich zusammen. Wie abwegig das klang! Wer würde ihr *das* glauben?

Was sich ideal zu Lathrams Vorteil auswirkte.

Aber vielleicht hatte er's von Anfang an darauf angelegt.

»Meine Agenten fahren mit ihr in die Stadt und nehmen ihre Aussage zu Protokoll . . .«

»Nein, warten Sie!« rief Gina. »Das läßt sich sofort klären. Ich weiß, wie.«

»Kommen Sie, Miss«, sagte der rothaarige Agent, der ihren Arm festhielt, und wollte sie zu seinem Dienstwagen führen.

Gerry legte ihm eine Hand flach auf die Brust. »Geben Sie ihr einen Augenblick Zeit. Sie soll ausreden können. Hätten wir schon früher auf sie gehört, lägen wir fünf jetzt vielleicht zu Hause in unserem Bett, anstatt zu dieser unchristlichen Zeit hier draußen zu stehen.«

Was die Operation des Präsidenten betraf, hatte sie recht gehabt. In welchen anderen Punkten vielleicht auch noch?

Der dankbare Blick, den Gina ihm zuwarf, machte alle seine schlaflosen Stunden wett.

»Also gut«, sagte Decker. »Fünf Minuten, dann fahren wir los.«

Duncan konnte sich kaum vorstellen, daß es noch schlimmer kommen könnte, ging aber letztlich davon aus.

Während er beobachtete, wie Gina von den Geheimdienstagenten abgeführt wurde, gab er sein Vorhaben, das TPD noch einmal einzusetzen, endgültig auf. Viel wichtiger war jetzt Schadensbegrenzung.

Und die erste, allerwichtigste Aufgabe war, das TPD zu beseitigen.

Duncan zog die Phiole aus seiner Tasche und hastete wieder in Olivers Labor hinunter. Er legte sie in den stabilen Ausguß, bedeckte sie mit einem Papierhandtuch und zertrümmerte sie in kleinste Splitter. Dann ließ er eine Zeitlang das Wasser laufen und kippte die restlichen Glassplitter aus dem Ausgußsieb in das durchnäßte Papierhandtuch. Die von Gina benutzte Injektionsspritze säuberte er, indem er Kolben und Nadel mit Aceton spülte, um alle TPD-Spuren zu beseitigen. Danach warf er sie einfach in den Abfallbehälter zu den übrigen benutzten Spritzen.

Er ließ das Wasser laufen, während er nach oben in die Herrentoilette ging und die letzten Splitter des Fläschchens, sein Etikett und das Papierhandtuch in die Kanalisation von Chevy Chase hinunterspülte.

Das war also erledigt. TPD? Ich weiß überhaupt nicht, wovon sie redet. Durchsuchen Sie meinetwegen alle Räume. Bitte sehr!

Die letzte noch existierende Probe der Verbindung steckte in seinem Bein.

Das war ein wirklich erschreckender Gedanke. Die Vorstellung, was mit ihm geschehen würde, wenn die Membran riß, bevor er das Implantat entfernen lassen konnte, brachte Duncan ins Schwitzen. In den nächsten Stunden würde er *äußerst* vorsichtig sein müssen. Und sobald sich die jetzige Aufregung gelegt hatte, würde er sich nachmittags das Implantat herausoperieren lassen. Jeder seiner vielen Freunde unter den Chirurgen der näheren Umgebung würde das ohne lange Voranmeldung für ihn erledigen.

Duncan wusch sich die Hände. Während er sie abtrocknete, starrte er sein Spiegelbild an.

Das Spiel ist aus, dachte er. Vielleicht hast du etwas erreicht, indem du die Richtlinien-Kommission sabotiert hast ... vielleicht auch nicht. Wenigstens ist Lisa gerächt.

Bereust du irgendwas?

Nur, daß er gegen Gina hatte vorgehen müssen. Und daß er eine einzigartige Gelegenheit, einen Schlag gegen den großen Häuptling im Weißen Haus zu führen, ungenutzt verstreichen lassen mußte.

Er seufzte. Aber man mußte wissen, wann es Zeit zum Aufhören war. Und dieser Zeitpunkt war gekommen.

Als seine Hände trocken waren, trat er in den Flur hinaus.

»Dr. Lathram?« Das war Agent Deckers Stimme.

Als Duncan sich umdrehte, sah er eine kleine Menschenmenge herankommen. Gina, die drei Geheimagenten und ein vierter Mann. Canney, der FBI-Agent. Was hatte *er* hier zu suchen?

»Können wir ins Labor hinuntergehen?« fragte Decker. »Wir

versuchen, hier ein paar Dinge zu klären, und ich hoffe, daß Sie uns dabei behilflich sind.«

Duncan gefiel nicht, wie das klang, und noch weniger gefiel ihm das Raubtierhafte in Ginas Blick. Er überlegte kurz, ob er einen Anwalt anrufen sollte. Aber das hätte verdächtig gewirkt und alles nur hinausgezögert.

Mit diesen Leuten wurde er allein fertig.

Gina hörte zu, als Agent Decker zu reden begann. Er war ein cooler Typ, den offenbar nichts aus der Ruhe bringen konnte. Aber seine blauen Augen waren in ständiger Bewegung. Diesem Mann entging nichts.

»Also, Dr. Lathram, Sie haben vorhin gesagt, Dr. Panzella habe Sie durch einen Stich verletzt. Wollen Sie Anzeige wegen Körperverletzung erstatten?«

»Nein, bestimmt nicht. Sie ist nicht bei klarem Verstand. Ich will nicht, daß sie eingesperrt wird; mir geht's nur darum, daß sie die richtige Therapie bekommt.«

Gina mußte die Zähne zusammenbeißen, um nicht laut aufzuschreien. Der rothaarige Agent – er hieß Reilley – hatte wie abgesprochen dafür gesorgt, daß sie im Labor hinter dem Arbeitstisch stand. Gerry hatte sich so davor postiert, daß er sie Duncan gegenüber abschirmte.

Gerry, Liebster. Sie war in ihrem Leben noch nie so froh gewesen, jemanden zu sehen, wie an diesem Morgen, als Gerry auf den Parkplatz gefahren war. Er hatte sie nicht aufgegeben, hatte sie nicht abgeschrieben, sondern war auf der Suche nach ihr die ganze Nacht unterwegs gewesen. Dafür hätte sie ihn am liebsten gleich jetzt umarmt.

»Das ist sehr großzügig von Ihnen«, sagte Decker gerade, »aber wir sind um Ihre Sicherheit besorgt. Dr. Panzella hat angegeben, sie habe mit diesem Stich irgendeine Art Giftpille unter Ihrer Haut deponiert.«

»Lächerlich!« wehrte Duncan ab. »Das ist eine ihrer typischen Wahnvorstellungen. Sie glaubt, daß ich das bei ihr und anderen Leuten getan habe, und jetzt meint sie, *sie* hätte es bei mir gemacht. Sie braucht eine Therapie, Gentlemen. Und je schneller sie in eine Anstalt kommt, in der sie versorgt ist, desto besser für alle.«

Verdammt redegewandt, dachte Gina, während sie den Stekker des Ultraschallgeräts unauffällig wieder in die Steckdose schob. Der »silberzungige Teufel« in Person.

Sie stellte den Hauptschalter des Geräts auf EIN. Eine rote Leuchtdiode begann zu glühen.

»Fertig«, flüsterte sie.

Gerry drehte sich um, blinzelte ihr zu und nahm den Transducer-Handgriff vom Tisch. Dann wandte er sich wieder Duncan zu und ließ ihn sehen, was er in der Hand hielt.

»Wenn das stimmt, Dr. Lathram, haben Sie sicher nichts dagegen, wenn ich dieses Gerät über Ihr Bein führe.«

Gina sah, wie Duncans Augen sich entsetzt weiteten, als er das rote Lämpchen anstarrte, das die Betriebsbereitschaft des Ultraschallgeräts signalisierte. Er warf sich herum und versuchte zu flüchten, aber an Briggs, der die Labortür bewachte, kam er nicht vorbei.

»Bleiben Sie mir damit vom Leib!« rief Duncan angstvoll. »Um Himmels willen, schalten Sie das Ding aus!«

Decker sah rasch zu Gina hinüber und nickte ihr kaum merklich zu.

Ihr Triumphgefühl ließ sie für Augenblicke die Müdigkeit vergessen. Ja! Noch jemand, den sie überzeugt hatte, der ihr jetzt glaubte.

Deckers Gesichtsausdruck verhärtete sich, als er sich wieder nach Duncan umdrehte. Er hatte jedoch keine Gelegenheit mehr, ihn anzusprechen, weil Gerry die Initiative an sich gerissen hatte.

»Setzen Sie sich, Dr. Lathram«, forderte Gerry ihn auf und deutete mit dem Transducer-Handgriff nonchalant auf einen der Stühle am Arbeitstisch.

»Bitte«, sagte Duncan. »Seien Sie vorsichtig mit . . .«

»Hinsetzen!«

Duncan setzte sich.

Gina verfolgte bewundernd, wie Gerry das Kommando führte.

»Steckt in Ihrem Oberschenkel ein mit dem Nervengift TPD gefülltes Implantat?«

»Nein.«

Gerry begutachtete den Transducer-Handgriff. »Dann kann's vermutlich nicht schaden, wenn ich dieses Ding einschalte und damit . . .«

»Also *gut*!« rief Duncan aus. »Ja! Ja, ich habe ein Implantat im Bein!« Er zitterte jetzt sichtbar. »Bitte, legen Sie das Ding weg!«

»Erst noch ein paar Fragen. Haben Sie Senator Vincent ein ähnliches Implantat eingepflanzt, nachdem er sich hier einer Operation unterzogen hatte?«

»Darauf brauche ich nicht zu antworten«, sagte Duncan.

»Natürlich nicht«, bestätigte Gerry. Er drehte sich halb nach Gina um und zeigte auf den Einschaltknopf am Handgriff. »Ist das der Knopf, auf den ich drücken muß?«

»Ja!« brüllte Duncan. »Ja, ich hab's getan!«

Er hat's gesagt! Gott sei Dank!

»Und was ist mit Lane, Allard und Schulz?«

»Ja, ja, ja!« Er war auf den Beinen und wich vor Gerry zurück, während seine Stimme zu einem Kreischen anstieg. »Sind Sie jetzt zufrieden? *Ja*, verdammt noch mal! Stellen Sie endlich dieses Ding ab!«

»Ich habe genug gehört«, sagte Decker.

»Ich auch«, stimmte Gerry zu. Er steckte den Handgriff in seine Halterung an dem Ultraschallgerät zurück.

Geschafft! dachte Gina und sank kraftlos nach vorn gegen den Arbeitstisch. Jetzt ist es endlich vorbei.

Decker wandte sich an den Agenten neben Gina und deutete auf Duncan. »Reilley, Sie leisten Dr. Lathram Gesellschaft, ja? Alle anderen bleiben genau dort, wo sie jetzt sind. Ich gehe nur rasch hinauf, um zu telefonieren.«

Gerry streckte seine Hand über den Arbeitstisch aus. Gina umklammerte sie mit vor Erleichterung kraftlosen Fingern.

»Wie fühlst du dich?« fragte er besorgt.

»Viel besser, seitdem du hier bist.«

Er starrte sie an. »Sag mal . . . im Hotel Tremont . . . das viele Blut im Bad . . . hast du . . .?«

Sie nickte, und er schloß kurz die Augen. Als er sie wieder öffnete, sah er weg.

»Du bist unglaublich. Und mir tut es leid, daß ich an dir gezweifelt habe.«

Diese Worte waren Musik in ihren Ohren. Sie nahm seine Hand in die ihren. »Wir sind beide von einem Meister manipuliert worden. Aber du hast mich nicht aufgegeben, nur das zählt.«

Gerry sah sich nach Duncan um. »Er sieht eigentlich nicht wie jemand aus, den eine Anklage wegen Totschlags in zwei Fällen und weiterer nach Bundesgesetzen strafbarer Verbrechen erwartet.«

Gina sah, was er meinte. Seit das Ultraschallgerät abgeschaltet war, saß Duncan völlig ruhig und gelassen auf seinem Stuhl. Sie ging um den Arbeitstisch herum, um näher an ihn heranzukommen.

»Wo willst du hin?« fragte Gerry.

»Ich will ein paar Worte mit meinem früheren Chef sprechen.« *Mit meinem einstigen Idol.* Sie wußte, daß sie jetzt vorsichtig sein mußte. Sie hatte etwas zu sagen, wollte aber nicht, daß ihre Emotionen ihr dabei in die Quere kamen. Schon sein Anblick genügte, um sie fast in Tränen ausbrechen zu lassen.

»Ist dir eigentlich klar, was du geworden bist, Duncan?«

Er sah ausdruckslos zu ihr auf. »Ich habe das Gefühl, daß du's mir sagen wirst.«

»Seit ich nach Washington zurückgekommen bin, hast du mir Vorträge über Ethik und Ehrlichkeit und Anstand gehalten und häufig beklagt, daß kein Politiker sich an irgendwelche ethischen oder moralischen Normen hält. Und leider hast du damit nicht mal unrecht gehabt. Aber ich habe immer angenommen, du sprächst von höherer Warte aus. Das ist leider nicht so gewesen. Während du Anstand gepredigt hast, hast du dich gegen deinen ärztlichen Eid versündigt. Ich weiß, daß diese Männer dir Schlimmes angetan haben, daß sie vielleicht wirklich gelogen, betrogen und sich bereichert haben, wie du behauptet hast – aber darauf kommt's nicht an. Sie haben dich als Arzt konsultiert, und du hast sie als Patienten akzeptiert. Sie haben darauf vertraut, daß du besser bist als sie. Das ist ein geheiligtes Vertrauen – und du hast es gebrochen.«

Sie merkte, daß Decker wieder hereingekommen war, aber er unterbrach sie nicht. Gut so, denn sie war noch nicht fertig.

»Ich weiß, was du gewesen bist, Duncan – *wer* du früher gewesen bist –, und habe diesen Menschen auf der ganzen Welt am meisten bewundert. Aber du bist genau wie die Leute geworden, die du so verabscheust: Der Zweck heiligt die Mittel, alles ist machbar und erlaubt. Sieh dir bloß an, was du mir antun wolltest!« Gina merkte, wie zornig sie wieder wurde. Sie mußte aufhören, bevor sie explodierte. »Du bist der *Feind* geworden, Duncan. Und dafür wirst du büßen!«

»Vielleicht«, sagte er leise. »Vielleicht auch nicht.«

»Mach dir ja keine Illusionen«, fauchte sie. »Du hast vor fünf Zeugen alles gestanden.«

Er lächelte sie an. »Irgendwelche Aussagen sind mir unter Androhung von körperlicher Gewalt abgepreßt worden.« Er nickte zu Gerry und seinen drei Kollegen vom Secret Service hinüber. »Du kannst jeden dieser Gentlemen fragen, ob er glaubt, daß auch nur ein Wort von dem, was ich vorhin gesagt habe, jemals vor Gericht als Beweis zugelassen wird.«

Sie sah sich um. Keiner der vier brauchte etwas zu sagen. Gerrys Blick sprach Bände.

In ihr zerbrach etwas. »Du meinst, er kommt *frei*?«

Gerry wollte etwas sagen, aber sie achtete nicht auf ihn. All die Schmerzen, all die Leiden, das Entsetzen, die Selbstzweifel, der Verrat ... und Duncan würde *freikommen*!

Gina drehte sich um, riß den Transducer-Handgriff aus der Halterung, drückte mit dem Daumen auf den Einschaltknopf und knallte den Handgriff gegen Duncans Bein.

»Versuch mal, *davon* freizukommen!«

»NEIN!« kreischte Duncan und umklammerte mit beiden Händen seinen Oberschenkel. »O Gott, *NEIN*!«

Im Labor war plötzlich die Hölle los. Reilley stieß Gina von Duncan weg, und Gerry entwand ihr den Handgriff, während Decker aufgebracht rief: »Verdammt noch mal! Gerry, sieh zu, daß du sie hier rausschaffst!«

Gerry packte sie von hinten an den Oberarmen und schob sie behutsam, aber energisch zur Tür – an Duncan vorbei, der zusammengekrümmt dahockte, verzweifelt an seinem Oberschenkel herumkrallte und stöhnend wimmerte: »Oh-nein-oh-nein-oh-nein, bitte, Gott, nein-oh-nein-oh-nein!«

Und dann waren sie in dem engen Durchgang zwischen Labor, Aufenthaltsraum und Registratur. Gerry schloß die Tür hinter ihnen und drehte Gina zu sich herum.

»Mein Gott, Gina! Ich kann nicht glauben, daß du das getan hast!«

«Ich wollte, daß er soviel Angst hat, wie ich gehabt habe. Ich wollte, daß er weiß, was es bedeutet, vor Entsetzen wie gelähmt zu sein.«

»Das verstehe ich gut. Hör zu, Gina, ich weiß, was er dir anzutun versucht hat, aber nach allem, was du vorhin gesagt hast, hätte ich nie geglaubt, daß du . . .« Er fand keine Worte mehr und starrte sie an. »Warum lächelst du?«

Sein Sinn für Anstand machte diesen Mann wirklich liebenswert.

»Ich hätte vielleicht erwähnen sollen, daß Duncans Implantat leer gewesen ist.«

»Leer?«

Gina nickte. »Richtig. Er hat mich überrascht, bevor ich eins füllen konnte – also habe ich ihm ein leeres ins Bein getrieben.«

Sie verfolgte, wie Gerrys verzerrter Gesichtsausdruck sich löste, wie seine Mundwinkel zuckten. Im nächsten Augenblick schüttelte er den Kopf und grinste.

»Ah, das gefällt mir! Ihn mit seinen eigenen Waffen schlagen – oder es zumindest so aussehen lassen.« Er schlang seine Arme um sie und zog sie an sich. »Ich hab' mir solche Sorgen um dich gemacht. Warum hast du mich nicht angerufen?«

»Weil ich Angst hatte, du würdest mir nicht glauben.« Gina fühlte sich plötzlich schwach und zittrig. »Können wir uns einen Augenblick setzen?«

Gerry führte sie zu einem Sessel im Aufenthaltsraum, zog einen zweiten für sich heran und legte ihr beschützend einen Arm um die Schultern.

»Das soll nie wieder vorkommen, Gina. Ich werde dir immer glauben. Ehrenwort!«

»Gut. Hoffentlich komme ich nie wieder in eine vergleichbare Situation.«

»Damit sind wir schon zu zweit. Zu dritt, wenn man Martha mitrechnet. Sie hat oft nach dir gefragt.« Er beugte sich etwas nach vorn. »Ich denke, daß dieser Morgen mich dem Bureau gegenüber rechtfertigen wird. Das heißt, daß ich wahrscheinlich befördert werde. Und dann möchte ich mit Martha aus Washington wegziehen. Wie steht's mit dir? Willst du unbedingt weiter auf dem Kapitol arbeiten?«

Sie schüttelte den Kopf. »Von Washington hab' ich die Nase voll. Ich glaube, ich suche mir eine Praxis in einer netten Kleinstadt, in der nur Dinge, nicht auch Menschen käuflich sind.«

»Großartig.« Er sah ihr in die Augen. »Vielleicht findest du eine, in der's auch eine FBI-Dienststelle gibt. Wie klingt das?«

»Das klingt gut«, sagte sie leise.

Hinter ihnen wurde die Labortür geöffnet. Briggs kam heraus und ging auf dem Weg zur Treppe an ihnen vorbei. Er warf Gina einen argwöhnischen Blick zu. Bevor die Tür wieder zufiel, war Duncans Stimme zu hören.

»Sie müssen mich in ein Krankenhaus bringen! *Sofort*! Nicht irgendwann! Dies ist ein Notfall!«

Und dann fiel die Tür ins Schloß.

»Wann sagen wir's ihm?« fragte Gerry.

»Sagen?« wiederholte Gina. »Ich hab' nicht vor, ihm etwas zu sagen. Früher oder später kommt er selbst drauf. Bis dahin soll der Hundesohn ruhig schmoren.«

Gerry lachte. »Erinnere mich daran, daß ich's mir nie mit dir verderben darf.«

Sie packte seine Krawatte und zog ihn zu sich heran. »Das will ich dir geraten haben, Freundchen. Merk's dir gut!«

Sie küßten sich.

Danksagung

Der Verfasser möchte John L. Jackleys ausgezeichnetes Buch *Hill Rat* als Hauptinformationsquelle dafür anerkennen, was auf dem Kapitolshügel hinter den Kulissen vor sich geht.

Ebenfalls danken möchte ich den Mitarbeitern von Abgeordneten und Senatoren, die sich die Zeit genommen haben, mit mir zu reden und mir zu zeigen, wie Dinge im Kongreß getan – oder nicht getan – werden. Auf ihren Wunsch sollen sie anonym bleiben. Ihr wißt, wer ihr seid. Danke.

Die Kommission für ärztliche Ethik und Richtlinien zur Berufsausübung gibt es nicht, aber ihre Mitglieder existieren. Ich habe lediglich ihre Namen geändert.